Cała zawartość damskiej torebki

Agnieszka Topornicka

Cała zawartość damskiej torebki

Prószyński i S-ka

Projekt okładki
Paweł Rosołek

Redakcja
Magdalena Koziej

Korekta
Mariola Będkowska

Redakcja techniczna
Elżbieta Urbańska

Łamanie
Małgorzata Wnuk

ISBN 978-83-7469-658-6

Warszawa 2008

Wydawca
Prószyński i S-ka SA
ul. Garażowa 7, 02-651 Warszawa
www.proszynski.pl

Druk i oprawa
Drukarnia Wydawnicza im. W.L. Anczyca S.A.
30-011 Kraków, ul. Wrocławska 53

Gdybym, gdybym, gdybym. Gdybym tylko.

Była blondynką o postrzępionej grzywce.

Miała o dziesięć lat mniej.

Gdybym została w Nowym Jorku, w pokoju z łukami i alkową na Meserole Avenue, obok firmowego sklepu Wedla i nad solarium, nie stałabym teraz na balkonie zdobionym motywami żeglarsko-roślinno-rustykalnymi, w mieszkaniu przy ulicy Świętojańskiej w Gdyni, bardzo wysokie czwarte piętro, bez windy, paląc vogue'a za vogue'em, połykając łzy zmieszane z dymem papierosowym i dłubiąc w skrzynce z usychającymi bardzo à propos nagietkami.

If I hadn't come back to Poland, I wouldn't be in this mess now. Gdybym nie wróciła do Polski, nie tkwiłabym teraz w tym bagnie. Ten, kto powiedział, że gramatyka angielska jest nudna, nie miał pojęcia o życiu. Tryby warunkowe. Czysta filozofia. Ruch skrzydeł motyla może wywołać lawinę; nie jestem wyspą, i tak dalej. Akcja – reakcja, wszystko ma swoje konsekwencje. *If Eryk hadn't cheated on me again, I wouldn't have broken up with him once and for all*. Gdyby Eryk mnie nie zdradził po raz wtóry, nigdy bym go definitywnie nie porzuciła. A gdybym była tą o dziesięć lat młodszą blondynką o postrzępionej grzywce, na sto procent tak wyglądała, znałam jego typ przecież, toby mnie nie zdradził w ogóle. Mężczyźni wolą blondynki. „Gentlemen prefer blondes", do garów Jane Russell z asymetrycznym czarnym lokiem. Chyba żeby wtedy zdradził cię, z tęsknoty za nieznanym, z jakąś brunetką na przykład?

W bloku po przekątnej też ktoś stał na balkonie. Po rozczochranej trwałej i ogólnym przygarbieniu rozpoznałam smutną żonę Lumpenproletariatu w Podkoszulku, który dzień i noc się wydzierał z byle powodu; nie umiał mówić normalnie. Pewnie umiał też bić, ale nigdy nie widziałam. Teraz też się wydzierał, gdzieś w środku. Wrzaski przebijały się przez tłumik zamkniętych drzwi balkonowych. Kobieta stała bez ruchu i paliła papierosa. Widok tej kamiennej beznadziei, chudej, bladej, pogodzonej z samą sobą, która nie miała żadnego wyjścia, bo w tym mieszkaniu była jeszcze chora, chuda matka, na chronicznie nieścielonym łóżku, i chuda, smutna, blada córka, we wczesnej podstawówce, rozwalił mnie do końca.

I co ja mam teraz ze sobą zrobić? Jak tu znowu od zera układać sobie życie? I gdzie? Wracać do Nowego Jorku? Zamieszkać z kotem na Greenpoincie, szukać pracy w polonijnej gazecie? Uciec do Warszawy, nauczyć się chodzić w szpilkach, przebrać się w opiętą garsonkę, z uśmiechem znosić męski szowinizm i robić karierę po trupach rączych i wszechstronnie wykształconych dwudziestolatek, w wolnym czasie omamionych clubbingiem? Czy przeciwnie, do Krakowa, do domu, i tam znowu uczyć angielskiego, zdzierać sobie gardło do anginy, tłumacząc młodzieży zgubne meandry trybów warunkowych, a rodzicom kolejną życiową porażkę? Co zrobić z tym wycackanym mieszkaniem, z tą wypieszczoną kuchnią pseudoprowansalską, wyposażoną w średniej klasy sprzęt AGD, co z tym łożem dwumetrowym, robionym na zamówienie, w którym od prawie roku nie działo się nic? Skąd wziąć pieniądze na przeprowadzkę, na wynajęcie mieszkania, ewentualnie na bilet do NYC – o, to by mi chyba najbardziej odpowiadało – kiedy przez całą zimę wszystko, co zarobiłam, wydawałam na bieżące rachunki, bo przecież nie na życie?

Żeglarze w zimie nie pracują. Mają sjestę. Zgodnie z tym powszechnie obowiązującym prawem, Eryk przeleżał ją na kanapie, wypocił na siłowni, przeesemesował i przeemailował Bóg wie do kogo, bo nie do mnie, pobierając symultanicznie rentę chorobową z ZUS-u na krzywy kręgosłup moralny lędźwiowy oraz drobne wydatki typu komórka. Przez całą zimę, kiedy Eryk celebrował sjestę, wracałam do domu o dziesiątej w nocy, maszerując zmarznięta z jednej albo drugiej szkoły, bo ciągnęłam na dwa etaty, żeby nie było tak, że się któregoś dnia budzimy, a tu Kredyt Bank parzy nam poranną kawę.

Maszerowałam dziarsko, w mrozie i wietrze, z obu szkół językowych naraz, żeby o dwudziestej drugiej zrobić nam na kolację kanapki. Raz Eryk upiekł szczupaka. Nie miałam siły okazać zachwytu ani wdzięczności. W dodatku szczupak miał żywe oko.

Czekałam wiosny jak kania dżdżu.

Na wiosnę ruszą lody i żeglarstwo. Eryk zacznie zarabiać, przestanie się frustrować szczupakami i odklei się od kolejnej edycji „Idola". Wszystko inne też ruszy, cieszyłam się. Na przykład nasze życie erotyczne, od roku w fazie głębokiej hibernacji.

Lody stopniały. Eryk pojechał na pierwsze regaty.

I wrócił zakochany.

Dziś wieczorem.

Nie wiedziałam nic na pewno. Ale czułam. Czułam, jak diabli.

Leżał na łóżku, zapatrzony w kosmos.

– Cześć, kocie. – Przytuliłam się.

Dalej leżał bez ruchu i patrzył w kosmos.

Pachniał suchymi liśćmi. Opalony, długonogi.

Pocałowałam go w kark.

– Co? – Spojrzał na mnie, jakbym była UFO.

– Co ci? – Pogłaskałam go z rozpaczy po głowie.

– Nic. – Odwrócił się na drugi bok.

O, Jezu. O, Jezu. Nogi mi drżały, ręce mi drżały, serce chciało wyskoczyć na parkiet.

Nareszcie.

Nareszcie się stało. Niby nie wiem, a wiem.

Ma kogoś.

Wstałam i poszłam do łazienki. W kryzysie zawsze uciekałam do łazienki albo na balkon.

Albo całkiem na ulicę, nawet o drugiej w nocy, i kupowałam paczkę papierosów.

To koniec. Nareszcie mogę odejść z przeświadczeniem, że zrobiłam wszystko, co było można. Czułam się zupełnie nienormalnie. Jednocześnie zrozpaczona i wniebowzięta. Chryste.

Prawdziwy koniec. Nie tak, jak za pierwszym razem, z Iloną o blond grzywce. Wtedy to nie był koniec, tylko, jak się okazało, skok w bok, chociaż dla mnie właściwie koniec świata. Eryk wiedział, że ten numer już nie przejdzie. Umiałam przebaczyć tylko raz. A więc dziś, 29 maja, nareszcie odejdę od niego, po siedmiu latach obustronnego udawania, że ten związek dokądś zmierza.

– Szykuj się, synek – wychrypiałam do smutnej brunetki w lustrze. – Będzie konfrontacja.

Oczywiście, pójdzie w zaparte, byle tylko utrzymać status quo. Kiedy wypłynęła Ilona, najpierw twierdził, że nikt taki nie istnieje, a potem, że to koleżanka ze szkoły podstawowej. Eryk nie cierpiał histerycznych konfrontacji, życiowych zmian i świadomości, że ktoś tak fantastyczny, jak on, robi komuś krzywdę. Według filozofii życiowej Eryka, nawet jeśli mnie zdradzał, to dla mojego dobra. Tak samo jak dla mojego dobra mówił mi wciąż, że jestem niezorganizowana i powinnam coś z tym zrobić. Postanowiłam się więc zorganizować. Dla mojego własnego dobra.

– A zatem potrzebujemy niezbitego dowodu – powiedziałam do obłażącego piecyka gazowego.

I wyszłam na balkon na paczkę papierosów.

*

Kwadrans później, z popielniczką zamiast ust, lżejsza o szklankę łez i wiaderko adrenaliny, szczękając zębami, wróciłam do mieszkania. Eryk już spał. Weszłam do tak zwanego gabinetu.

Laptop Eryka był włączony, cicho szumiał w kąciku pod oknem. Wstrzymałam oddech i nacisnęłam „enter". Zniknął wygaszacz ekranu ze zdjęciem z Pucharu Ameryki (opaleni super-macho faceci na gigantycznym jachcie, z pupami zwisającymi nad rozbryzganą falą) i pojawiła się skrzynka pocztowa – ku mojemu zdumieniu – otwarta. Eryk ewidentnie z kimś przed snem korespondował, i nie zamknął skrzynki. Co za traf. Pewnie czekał jeszcze na e-maila od niej, i zasnął. Ale.... to do niego niepodobne. Do tej pory zawsze skrzętnie zamykał skrzynkę, tylko on znał hasło dostępu do niej, bronił swojej prywatności jak rząd USA archiwum X, a tu znienacka taka beztroska. Chyba że... chyba, że chciał zostać przyłapany, żeby nie musieć mi nic wyjaśniać.

O Jezu. Przeganiam skrupuły dotyczące kultury osobistej i prywatności korespondencji. Naciskam, otwieram. Jest wiadomość. Od kobiety. Obcej. Od kochanki. Kochanka, jak to brzmi. Fak, fak. Andżicośtam małpa wu-pe kropka pe-el. Andżi! Po co ja to czytam. Ale muszę. Czytam, kompulsywno-obsesyjnie, masochistycznie. Nie mogę przestać.

Oto moje zdjęcie, niestety, niezbyt aktualne, i bez retuszu:-)!. Mam na nim krzywy nos, ale w rzeczywistości jest prosty! Nie uwierzysz, ale kiedyś chciałam zostać aktorką:-)!

Pozdrawiam, Andżi

Rzeczywiście, trudno uwierzyć. Tak jak myślałam. Blondynka o wielkich zębach i postrzępionej grzywce. Ładna. Oczywiście, że ładna, przecież nie wymieniłby sobie na brzydszą, idiotko. W fioletowej bluzeczce bez rękawów, w pozie hollywoodzkiej starletki. Na oko piętnastoletnia. Eryk miał trzydzieści jeden.

Andżelika,

Nie przesadzaj z tym retuszem, kociaku. Jesteś śliczny debeściak!

Myślałem, kiedy moglibyśmy się spotkać, i w ten weekend byłoby to możliwe:-)

Już nie mogę się doczekać:).

Buziaki,

Eryk.

P.S. Posyłam swoje zdjęcia z pobytu na Słowacji.

Zdjęcia, które mu zrobiłam, gdy byliśmy razem na nartach! Eryk z nowymi carvingami i w kombinezonie prosto ze sklepu. Ja na pożyczonym sprzęcie (buty były za ciasne i sczerniał mi jeden duży palec) i w starej puchowej kurtce, jeszcze z Ameryki, kupionej na nowojorskie mrozy.

Serce waliło mi jak szalone. Drżącymi rękami przesunęłam kursor po innych listach. Nic podejrzanego. Nagle zauważyłam, że pod skrzynką główną znajduje się ikonka Hotmail. Kliknęłam. Bingo. Ta sama technika, co w wypadku Ilony.

Renia, jak fajnie było cię znów zobaczyć. Pisz, pisz jak najwięcej...

Buziaki, Eryk.

List sprzed miesiąca. Do jakiejś Reni. Potem już tylko Andżelika, Andżela, Andżi.

Renia została odstawiona na bocznicę.

Korespondencja nie pozostawiała żadnych wątpliwości. Eryk ewidentnie podrywał, Andżelika kokieteryjnie odpowiadała. Raz nawet ja pojawiłam się pośród tego godowego gruchania. Jeśli byś chciał pogadać o swoim „małym problemie", to możesz na mnie liczyć, zapewniała po harcersku Andżelika. Andżi. Chyba, że chodziło... o inny rodzaj problemu?

Zamknęłam skrzynkę. Na ekranie pojawiła się galeria ślicznych zdjęć pornograficznych, ale nie miałam już siły doszukiwać się na nich Eryka. Ani tym bardziej Andżeliki. Andżi.

Weszłam do sypialni.

– Kto to jest Andżi? – zapytałam anielskim głosem.

W tym samym momencie straciłam kontrolę nad własnymi nogami. Dla pewności oparłam się o ścianę.

– Co? – Eryk poruszył się lekko, ale nie otworzył oczu.

– No, wiesz, Andżelika, Andżi.

– Co?! Nikt.

Jeszcze kur dobrze nie zapiał, a już się jej wyparł.

– Andżi. Śliczny debeściak. Z Ko... koszalina... – prawie krzyknęłam, żeby nie zauważył, że zaczęłam się jąkać.

Zawsze się jąkałam, kiedy traciłam panowanie nad sobą. Za bardzo trzęsły mi się usta.

– Nikt. Koleżanka. Żeglarka. Aguś, przestań. – Usiadł na łóżku.

– Ty przestań.

– Aguś, nie zdradziłem cię. Porozmawiajmy – zakląskał Eryk.

– Aha. Już nie ma o czym.

Przyniosłam z garderoby torbę i zaczęłam wrzucać do niej bieliznę. Wypadło to dosyć melodramatycznie, zważywszy, że właśnie wybiła północ, i na skwerze Kościuszki zaczęły strzelać fajerwerki. Gdzieś rozdzierająco zawodził Marcin Rozynek „... jak krew smakujesz miiiii...". O, tak. Właśnie tak.

– Co ty robisz?!

– Odchodzę od ciebie. Najwyższy czas. Boże, jak to dobrze, że tak się stało. – Wrzuciłam do torby na chybił trafił kilka par butów. – Nareszcie przestanę się oszukiwać, że coś jeszcze może z nas być.

– Aguś, ale ja cię kocham. Naprawdę – zamiauczał.

– Jasne. Od roku mnie nie dotknąłeś. To ma być miłość? Ja nie jestem święta Klara.

– Kto?

– Nikt. Baw się dobrze z Andżeliką. Andżi – warknęłam, żeby tylko się przy nim nie rozpłakać. – Ile ona ma lat, tak à propos? Trzynaście?

– Dziewiętnaście.

– To jesteście na tym samym poziomie rozwoju. Na pewno się dogadacie.

Torba była już pełna. Zawierała dziesięć zmian bielizny, pięć par butów i nic poza tym.

Zasunęłam zamek. Przepakuję jutro.

Zabrałam swoją pościel i poszłam spać na kanapę do gabinetu.

Eryk przyczłapał za mną.

– Aga, porozmawiajmy, proszę cię – jęknął.

– Za późno. Nie ma już o czym. Całe lata chciałam o nas rozmawiać, a ty mówiłeś, że nie ma o czym, i że jestem przewrażliwiona. I niezorganizowana. Boże, jak mi lekko – zaśmiałam się histerycznie.

– Aguś, musimy....- Eryk wyglądał, o ile to w ogóle możliwe, jednocześnie na zrezygnowanego i przerażonego.

– Ja już nic nie muszę. Jak Stefania Grodzieńska.

Eryk zamrugał. Nie miał pojęcia, kto to jest Stefania Grodzieńska.

Przykryłam się kołdrą i ostentacyjnie odwróciłam do niego plecami. Siadł obok wersalki jak wielki, podpalany wyżeł. Przesiedział tak do świtu, a ja przeleżałam z otwartymi oczami. W końcu zrezygnowany, wrócił do sypialni. Pewnie rozbolał go kręgosłup. Moralny, ha, ha, ha.

Rano wyszedł. Przepakowałam się nieco rozsądniej, zabrałam swoje dokumenty, w tym także paszport i amerykańskie świadectwo naturalizacji – nie ufałam mu ani na jotę – oraz tonę podręczników do angielskiego, kosmetyki i ręcznik.

Właśnie wychodziłam, kiedy znienacka wrócił. Przebrać się na bankiet z okazji otwarcia bardzo ważnych regat sponsorowanych przez bardzo ważnego potentata kosmetycznego. Jeszcze tydzień temu planowaliśmy, że na ten bankiet pójdziemy razem. Zrobiło mi się słabo, chyba z nienawiści, nie byłam pewna.

– Aguś, nie uciekaj. – Odciął mi drogę i bez przekonania próbował mnie objąć.

Miał łzy w oczach? Pachniał moją ulubioną wodą toaletową. Bulgari.

Nie dam rady. Jeśli nie wyjdę teraz, to nie wyjdę nigdy.

Odsunęłam się.

– Żegnaj – powiedziałam ze ściśniętym gardłem, bardziej do siebie, niż do niego.

Zarzuciłam torbę na ramię i wybiegłam na duszną klatkę schodową, gdzie tuż za progiem, zgięta wpół, zatoczyłam się z łoskotem pod ciężarem spakowanego na chybcika dobytku, na obite płytą antywłamaniową drzwi sąsiada.

*

– Nie bądź głupia. – Malwina zamieszała energicznie herbatę z cytryną. – Za to, co ci zrobił, nie odpuściłabym. To przecież w połowie także twoje mieszkanie. Musisz tam wrócić. Dlaczego to ty masz się tułać po obcych kątach? Przecież nic złego nie zrobiłaś. Niech on się wyniesie, jeśli ma jakieś resztki honoru. Chcesz jeżyka? – Przybiła pieczątkę „English for You" na marginesie nowej edycji testów do egzaminu CAE, i z szelestem położyła na blacie paczuszkę ciasteczek.

– Nie ma, Malwinko. Będzie ze mną mieszkał, że tak powiem, ad mortem defecatum. Był już precedens. Mieszkaliśmy tak razem w Stanach Zjednoczonych Ameryki, kiedy wrócił z Polski zakochany w Ilonce. Twierdził, że nie ma dokąd pójść, ani za co, więc równie dobrze możemy sobie być współlokatorami. Był z Ilonką nawet na Florydzie, i chwalił mi się, że udało mu się kupić takie tanie bilety lotnicze, wiesz? A w sezonie.

– Żartujesz. – Malwina z niedowierzaniem wsadziła całego jeżyka do umalowanych na perłowo ust.

– Na szczęście po którejś jego wyprawie na seks do Kraju, Urząd Imigracyjny USA stracił cierpliwość, i go deportował.

– I ty tu za nim przyjechałaś?! Sorry, Aga, ale po co? Za czymś takim?! – Pieczątki na podręcznikach dla średnio zaawansowanych stały się bardziej wyraziste.

– Zapewniał, że mnie kocha i żyć beze mnie nie może. No i uwierzyłam.

– Boże. Musiałaś go strasznie kochać, biedaczko.

– No.

– Wiesz. – Malwina nagle spoważniała, jak ktoś, kto wspomina dawno zmarłą ciocię. – Też byłam z takim, na studiach. Kiwał mnie, jak chciał. Kiedy patrzę na ciebie, biedaku, wszystko wraca. To niesamowite, nie uwierzysz, ale naprawdę – złapała się za mostek – czuję ten sam ból, co wtedy. Boże, jak on mnie upokarzał, mikrobiolog zakaźny. Mieliśmy się pobrać. Na szczęście oprzytomniałam. Był taki punkt zwrotny, nigdy tego nie zapomnę. Jedliśmy zupę w barze studenckim. Barszcz zabielany. On jadł ze spuszczoną głową, z takim pedantycznym namaszczeniem, tak obrzydliwie oblizywał łyżkę, że zrobiło mi się niedobrze. Pomyślałam sobie, że nie jestem w stanie patrzeć dzień w dzień, jak je tę zupę, i oblizuje te łyżki, i tak aż śmierć nas rozłączy. Chyba miałam silniejszy instynkt samozachowawczy, niż ty. – Malwinka spojrzała na mnie wilgotnymi oczami. – Ale przejdzie, wszystko przejdzie.

– Będzie dobrze. Musi. Należy mi się siedem lat tłustych po tym wszystkim. – Chrupnęłam Malwinowe ciasteczko. – W horoskopie „Twojego Stylu" napisali mi, że jakiś królewicz już odnalazł drogę do mojej samotnej wieży. Nawet by się zgadzało, bo wysoko mieszkam. Bez windy.

Rozległo się pukanie do drzwi. Nieduży facecik w beżowych spodniach i koszulce z krótkim rękawem w błękitną kratkę, z beżową teczką pod pachą.

– Dzień dobry.

– Dzień dobry. Słucham pana? – Malwinka wyćwiczonym ruchem schowała kubek z herbatą pod biurko tak, że facecik niczego nie zauważył.

– Chciałem zapłacić za czerwiec. Miranda Kawalec. Tygrysy.

– ...Tygrysy, Tygrysy. A, jest. Karta czy gotówka?

– Gotówka.

A więc to jest tatuś Mirandy. Z moich Tygrysów. Taki bezpretensjonalny i wyprasowany na gładko. A Miranda, którą bez powodzenia od ponad pół roku próbowałam przekonać, że pisze się *forty*, a nie *fourty* – cóż, z Mirandą nic nie szło gładko – w wieku lat dziesięciu przejawiała zamiłowanie do złotych sandałków i różowych bluzeczek z napisami obcojęzycznymi, całkowicie zresztą bezpodstawnie.

Wyprasowany tatuś zapłacił i wyszedł.

Tygrysy. Plus średnio zaawansowani. Chryste. Cztery godziny zajęć.

Jak mam je poprowadzić pół godziny po ostatecznym zerwaniu z miłością mojego życia, jak, kiedy w gardle miałam jedną wielką, kłującą kulę upokorzenia?

– Malwinko, daj mi, ptaszku, sześć słowników na zajęcia – powiedziałam bez przekonania.

Muszę choć na chwilę zapomnieć o wszystkim, oprócz języka angielskiego.

Malwina uśmiechnęła się smutno.

– Nie martw się, ptaszku ty. Dobrze się stało. Przynajmniej jesteś wolna. Ale wróć do domu. Pamiętaj, to także twoje mieszkanie. Musisz myśleć o sobie. – Przechyliła się przez stół i pogłaskała mnie krzepiąco po policzku.

Chryste, zaraz się rozpłaczę. Rozsypię się w drobny mak. Nie pamiętam, kiedy ktoś ostatnio pogłaskał mnie po policzku.

– Na razie nie... mogę – odchrząknęłam – ...na niego patrzeć. Brzydzę się przebywać z nim na tym samym metrażu. Ale to przejdzie, wszystko przejdzie. – Spróbowałam się uśmiechnąć

Podniosłam swoją morderczą torbę, z którą po zajęciach miałam wylądować u Adama i Ewy, i zarzuciłam na ramię. Na wolnym przedramieniu Malwinka ułożyła mi kopiec ze słowników i otworzyła usłużnie drzwi na korytarz.

– Hello, Teacher! – Uśmiechnięta od kłapciatego ucha do kłapciatego ucha piegowata Ewelinka Pastusiak, najlepsza ze wszystkich Tygrysów, wyskoczyła zza rogu.

„English for You", i do roboty.

*

– *What other parts of the body can you name?* – Jeszcze piętnaście minut i będę mogła zamknąć się w łazience i spokojnie się wyryczeć. Jeszcze tylko...

Stoję z oczami wbitymi w sufit, bębnię niepedagogicznie palcami o biurko.

Średniozaawansowani w panice. Konsultują się, przerzucają słowniki i zeszyty. Wszystko już było, czego ona chce. Nogi były, ręce były, brzuchy i zęby, i łokcie, i pięty.

A ja sobie w cichej furii czekam na palce u nóg. Były na ostatniej lekcji powtarzane, to poziom przedszkola, arteriosklerozy jedne. A niech no mi tylko któryś na dwa tygodnie przed egzaminem do gimnazjum powie, że ma u stóp *fingers*...

– ...Eee, jeszcze są... te, no... *guts*. – Pewny siebie, szczupły blondynek z porozumiewawczym chochlikiem w oku łypie łobuzersko spod grzywki.

– Kuba, a co to jest to *guts*? – szturcha go od tyłu w łopatkę pyzaty Błażej.

Czekam. Kąciki ust mi niebezpiecznie drgają. Nie wytrzymam. Iiiii...

– Flaki, man, flaki – poucza Kuba z wyższością światowca.

Iiii... i puszczają mi wszystkie hamulce. Pokładam się po ławce. Cała grupa zgodnie kwiczy ze śmiechu, ale już bardziej ze mnie, niż z tak podanych flaków.

– Nie flaki, Kuba, tylko... o Jezu... – ocieram łzy – ...wnę... wnę... trz... noś... ci...!

– Trzewia, trzewia – podchwytuje ożywiony Błażej.

Odwracam się do tablicy, zapisuję, podaję dodatkowo znaczenie idiomatyczne *guts*:

have the guts to do something – mieć odwagę coś zrobić.

Na przykład, porzucić zdradzieckiego sukinsyna, myślę w nagłym uniesieniu.

– A palce u nóg mają? – z tego wszystkiego łamię tabu. Zapominam, że nie używamy na lekcjach języka polskiego.

– Mają. Pokazać *toes*? – Kuba niezwykle zadowolony z siebie, już zdejmuje adidasy, rozmiar 43.

– Łeee, maski gazowe włóż! – ryczy Błażej.

Cała grupa zgodnie łapie się za nosy. Ja też.

Humor trzynastolatków.

Koniec zajęć.

– Na środę czasy wszystkie potwórzyć, zrobić wszystkie testy podsumowujące z ćwiczeń, te na końcu rozdziałów.

Jęk katowanych duszyczek.

– *Have a nice weekend.*

– Pani to jeeest.... – burczy Błażej – muszę jeszcze biologię poprawić w poniedziałek.

– *Bye.* – Pakuję podręczniki, magnetofon, kasety, uśmiecham się do siebie.

Nie jest jeszcze całkiem źle na świecie, skoro młodzież ma *guts*.

No i, rzecz jasna, *toes*.

*

Czekam przed szkołą na Adama. Zapalam papierosa. Jest ciepły wieczór, ani śladu wiatru, w Gdyni ewenement. A we mnie pustka i jednocześnie lekkość. Malwina ma rację. Jestem wreszcie wolna. Co z tego, kiedy plączą mi się mimowolnie po głowie jakieś ujęcia, jak z serialu: Eryk z nią gdzieś na łódce, na plaży, w knajpie. W łóżku. Czyim? Andżelika mieszka z rodzicami, więc zapewne seks musi być wyjazdowy... hmm... nawet mi nie żal tego seksu Erykowego, bo było tego niewiele. A kiedy już, to byle jak. Zawsze intuicyjnie, podskórnie wyczuwałam, że nigdy nie byliśmy w łóżku sami. Jakby ta trzecia, ta postrzępiona blondyna, siedziała gdzieś z brzegu, w czerwonej koronkowej wyprawce, podczas gdy ja byłam tylko gumową lalką, erzacem, tego, czego i kogo Eryk naprawdę chciał. Miałam wrażenie, że odgrywa rolę ogiera w jakimś prywatnym różowym filmie.

O, komórka.

– No, cześć Adasiu. Tak, jestem pod szkołą.

Za kilka minut na zakręcie pojawia się pomarańczowy fiat uno.

Adam uśmiechnięty, troszkę nieśmiały, kojący, jak to on. Cały schowany w środku, chyba dlatego taki świetny z niego detektyw. Że też nigdy go nie wykorzystałam do śledzenia Eryka.

Pakujemy moją torbę na tylne siedzenie, jedziemy.

W drzwiach wita nas roześmiana Ewka.

– Wiem, że to nie bardzo wypada – marszczy się – ale strasznie się cieszę, że z nami pomieszkasz! – Ściska mnie po siostrzanemu. – Nawet w takiej sytuacji.

Nie mogę się powstrzymać i też się śmieję, na głos i całkiem radośnie.

Bella macha ogonem, jakby chciała rozpędzić wszystkie komary świata, po czym kładzie się na plecach z łapami do góry, i tak zastyga.

Dostaję pożywną pomidorową – jednak nie ma to na wredotę losu jak ciepła zupa – potem ciasto roboty Ewy i herbatę z goździkiem.

Wykradamy się na balkon na papierosa. Adam nie pali i zwalcza. Ale dziś Ewka ma dyspensę ze względu na mój dramat miłosny.

Pod nami szumi ulica Śląska. Kilka przecznic dalej Eryk pewnie pisze esemesy do swojej syreny z Koszalina. Albo imprezuje gdzieś w Sopocie. A, precz mi z tym. Niech.

– Mówiłaś rodzicom? – Skąd ona zawsze wie, o czym myślę?

– Co ty. Jeszcze nie. Skąd ty zawsze wiesz, o czym myślę? – Chichramy się jak szesnastki.

– Ha. Bo to zawsze kiedyś i tak wyjdzie. Kiedy im powiesz?

– Po weekendzie, jak trochę ostygnę.

– Nie będę cię pytać, co chcesz zrobić, bo na pewno nie masz pojęcia.

– Ano nie mam.

– To ja cię zapraszam na kąpiel.

– Zmieniłaś orientację? Co na to Adam?

– Pogodził się. Chyba nawet się przyłączy. Lubisz z pianą?

– Z pianą. I z piwem. I z zasmażką.

– Już się robi. Adaś! – wrzeszczy, wariatka – piwo jeszcze wyjmij z lodówki!

Wchodzę do niebiesko-żółtej łazienki. Ewka z Adasiem zamykają za mną drzwi, uśmiechając się jak dwa syjamskie Harry Pottery.

Wanna pełna piany pachnącej magnolią. Na półeczce zimny zielony lech. Błękitny, puchaty ręcznik na brzegu wiklinowego kosza. Zwijam włosy w ciasny babciokoczek i zanurzam się po szyję. Pociągam łyk piwa. Błogość. Hedonizm w postaci czystej. Czuję, jak całe napięcie z ostatnich siedmiu lat odpływa z każdego atomu mojego ciała.

Po co nam jakieś Eryki, skoro jest piwo i kąpiele pachnące magnolią?

*

Leżę na podłodze na rozkładanej materaco-kanapce. Klepki drewniane nade mną (śpię pod łóżkiem znajdującym się na antresoli), dygot wewnętrzny we mnie. W pokoju obok, na zielonej, staroświeckiej wersalce cichutko pochrapują Adaś i Ewka. W przejściu między pokojami sapie Bella, rozłożona na panelach niczym turecki błam zdobyczny.

Dygot nie jest nawet jakiś wyjątkowo histeryczny, typu „nie mogę bez niego żyć”. Raczej podsumowujący, typu „a nie mówiłam” (bo mówiłam sobie przecież nieraz), pomieszany z wściekłością, upokorzeniem, poczuciem klęski i tęsknotą za tym wszystkim, co było dobre. Bo przecież jednak i dobre się zdarzało. Chociaż zawsze podszyte niepewnością, czy to rzeczywiście ze mną Eryk chce jeść tego łososia w masełku czosnkowym, i pić to wino, i jechać potem na dziką plażę na Helu, czy jednak wolałby – to uczucie od czasu Ilony nigdy mnie nie opuszczało – robić to wszystko z nią, czy inną blondyną postrzępioną. Najgorsze w tym moim nocnym dygocie czerwcowym jest przeświadczenie, że przecież od zawsze znałam odpowiedź. Był ze mną z jakichś sobie tylko wiadomych powodów, których się domyślałam, ale wolałam na głos nie wypowiadać.

– Dla papierów z tobą jest, łamago ty – puknęła się w głowę Mańka, kiedy zaczęłam pakować walizki, żeby porzucić pączkującą karierę recenzentki filmowej i wszystko, co w Ameryce kochałam, i wrócić w ramiona bezpardonowo deportowanego Eryka.

– Kocham cię, Aguś – chlipał z Frankfurtu, w drodze powrotnej do Polski, po nocy spędzonej w lotniskowym areszcie w Newarku. – Przyjedź do mnie.

Telefonował, oczywiście, na mój koszt.

– Ale ja chcę się przekonać, muszę się przekonać, że zrobiłam wszystko, co się dało – tłumaczyłam Mańce, wysuwając ów w moim mniemaniu logiczny argument.

– Oj, zrobiłaś, zrobiłaś – sarknęła, aż jej podskoczyły piersi w kostiumie kąpielowym w amerykańską flagę.

Był czwarty lipca. Świętowaliśmy urodziny Mańki.

– Za jaką cenę?! – Pociągnęła łyczek soku pomarańczowego z amaretto. – Jezu, nie mogę, jaka ty jesteś naiwna. Koleś już ją raz przerobił, a ta go nadal kocha. – Mańka nigdy nie mówiła o facetach inaczej niż „koleś" albo „towar". Do mnie nie zwracała się natomiast inaczej jak „Aga-łamaga", a w obliczu zaistniałej sytuacji miała, we własnym, a po trosze także i moim mniemaniu, wszelkie prawo, by zwracać się tak do mnie do końca życia.

– Misiu, weź jej coś powiedz. – Wyskoczyła z leżaka.

Misio oderwał się wtedy od podwiązywania pomidorów, podciągnął gatki i zainterweniował swoim erotycznym głosem:

– Co, no wszystko jasne. Chce się z tobą ochajtać dla amerykańskiego paszportu. Spłacasz mu kredyt za samochód, który zaciągnęłaś na siebie, bo on miał przerąbaną historię kredytową. Już nie pamiętasz, jak on sobie pomykał mazdą, a ty tłukłaś się autobusem do pracy? Płacisz osiemset dolarów za mieszkanie. Nie możesz się teraz wyprowadzić, bo podpisałaś umowę na rok, i to na siebie, bo jemu nikt by mieszkania nie wynajął, bo z poprzedniego go wypierdolili, bo nie płacił. – Tu Misio podrapał się po łopatce. – Ja bym go spuścił po brzytwie – dodał od serca.

Mańka spojrzała z czułością na jego spoconą twarz, czerwoną jak pomidory, które podwiązywał.

– No – mruknął, odcinając z wprawą nożem kawałek konopnego sznurka.

Żadnych sentymentów. Twarde, męskie rozliczenia.

Teraz też nie płaci, przeszedł mnie złowieszczy dreszcz. Wszystkie rachunki przez całą zimę i wiosnę spłacałam ja. Eryk tylko kładł mi na biurku koperty z wezwaniami. Nawet nie zaglądał do środka. A co zrobimy z mieszkaniem?! Każde z nas jest właścicielem połowy udziałów, co oznacza, że każdą drobinę kurzu, każdy koci kłak dzielimy na pół. Czynsz! Ostatnio dałam mu pieniądze, żeby zapłacił... a jeśli... nie zapłacił?

Muszę tam wrócić. Jak najszybciej. Przypilnować. Malwina ma świętą rację. Nie wolno mi ustępować pola. Wesoły Romek, ma w domku wodę, światło, gaz. I jeszcze Internet. Za moje pieniądze.

Klepki drewniane nade mną, nerwica kompletna we mnie. Byle do świtu. Byle do świtu.

*

– Kawy, kawy, dużo kawy – wybełkotałam, z niedowierzaniem rejestrując przez zapuchnięte oczka wyświeżoną porannie Ewkę, która krzątała się po kuchni, krojąc chleb, pomidory i zwijając polędwicę sopocką w artystyczne ruloniki. Uśmiechnięta i zorganizowana, energicznie sięgnęła po dwa białe kubki w niebieskie kwiatuszki, nasypała do każdego po kopiatej łyżeczce neski i zalała wrzątkiem.

– Z mlekiem?

– Aha. Dzięki. A Adaś gdzie?

– Pojechał na działkę.

Ta Ewka. Odkąd kupili działkę na Kaszubach, spędzała tam każdą wolną sekundę. No i nigdzie nie ruszała się bez Adasia. A tu sobota, pogoda jak reklama raju, a ona siedzi z zapuchniętą, niemytą jeszcze z rana babą, i się gościnnie uśmiecha.

– Nie spałaś, co?

– Aaa – ziewnęłam rozpaczliwie, i poczułam, jak w głowie rozrasta mi się, niczym wielki, szary grzyb, gigantyczna migrena. – Zaczęłam rozmyślać o mieszkaniu, i o tym, jak to wszystko rozegrać. Muszę tam wrócić, niestety, ale...

Ewka pokiwała głową.

– Nie chciałam ci nic na siłę....

– ...ale nie jestem w stanie tam zostać, Ewuś. To grozi chorobą psychiczną, cały ten układ jest chory. Nie wiem, co robić. Gdzieś muszę mieszkać. A ten się przecież nie wyprowadzi honorowo, chociaż mógłby, do rodziców.

– Najlepiej byłoby sprzedać mieszkanie, spłacić kredyt, podzielić się resztą, i do widzenia ślepa Gienia – zawyrokowała Ewka.

– Dokładnie – zgodziłam się. – Też to wymyśliłam w nocy. Ale muszę z nim o tym najpierw jakoś porozmawiać. Wiesz, wypadłam w gorączce z torbą pełną bielizny i tyle. Nie wiem, co on zamierza. Tak czy inaczej, wracam dzisiaj do domu.

– Jesteś pewna? – Ewka nie była przekonana, że to najlepszy pomysł.

– Nic mi nie będzie – zawahałam się. – Wiesz, że mam wprawę w mieszkaniu obok Eryka. Dosłownie i w przenośni, ha, ha.

– Ha, ha – zawtórowała Ewka ponuro.

– Do września coś wymyślę. A ty sobie pojedź na działkę, przecież widzę, że konasz z tęsknoty za tym swoim.

Zmarszczyła nos.

Ewka i Adam byli rozwodnikami. Podobnie jak dziewięćdziesiąt procent rocznika 1966, rok ognistego chińskiego konia, ze mną włącznie. To, że po wszystkich przejściach trafili na siebie, stanowiło jakieś magiczne zrządzenie losu, i ci dwoje doskonale zdawali sobie z tego sprawę. Kochali się tak, jakby świat miał się skończyć jutro, i całkiem dosłownie nie byli w stanie bez siebie żyć. Ilekroć na nich patrzyłam, czułam jakieś wszechogarniające wzruszenie, że można być ze sobą tak blisko. Zazdrościłam im, ale była to zazdrość dobra, która dawała sentymentalną nadzieję, że takie rzeczy zdarzają się nie tylko w amerykańskich filmach i książkach Marian Keyes.

Umyłam się z grubsza, starając się nie spoglądać w lustro. Czułam się koszmarnie, jakbym przez całą noc piła ruską wódkę z przemytu. Ból rozsadzał mi głowę, pod oczami miałam sińce wielkości granatowych talerzyków deserowych. I bez zaglądania w zwierciadełko wiedziałam, że wyglądam jak panda.

*

– Dzień dobry – powiedziałam sympatycznym głosem miłej osoby, która kocha świat, zwierzęta i jest całkowicie zadowolona z siebie i swojego życia.

Bardzo wiele mnie to kosztowało.

Sąsiad z trzeciego piętra zmierzył wzrokiem mnie i moją torbę, prychnął pogardliwie i odwrócił się, żeby wyrzucić śmieci. Co jest? Zawsze był raczej grzeczny i miło się uśmiechał. Zagadywał niezobowiązująco o pogodzie i problemach naszej wspólnoty mieszkaniowej.

Sąsiad był przewodniczącym rady lokatorów.

W drzwiach uderzył mnie kwaśny fetor wina. Szary i Cielęcina miauczały przeraźliwie, jakby nie jadły przez miesiąc.

Nie przejęłam się tym specjalnie. Miauczały przeraźliwie zawsze, nawet pięć minut po jedzeniu, jeżeli tylko zauważyły jakiś ruch w kuchni połączony z krojeniem czegokolwiek na desce.

Mieszkanie wyglądało jakoś... dziwnie. Nie wiedziałam, o co chodzi, ale coś zdecydowanie było nie tak. Przypomniała mi się sytuacja ze studiów, kiedy mój kolega z roku po emisji „Ściany" Pink Floydów zgolił sobie brwi, i wszyscy wpatrywali się w niego, usiłując bezskutecznie dociec, dlaczego wygląda inaczej, niż zwykle. Nikt nie załapał, że zgolił sobie brwi, a on był bardzo z siebie zadowolony. Dopiero pod koniec dnia się przyznał.

Aha, nie było mojego stolika z blatem wykładanym czerwonymi kafelkami!

Podłoga kleiła się pod stopami, a tam, gdzie się nie kleiła, przetaczały się po niej kłęby kocich kłaków. Pod oknem stał sobie wesolutko rząd pustych butelek najróżniejszego autoramentu. Na środku kuchni szarzała przykurzona tłusta plama. Łóżko w sypialni było byle jak zarzucone kapą, dywan w gabinecie zwinięty do połowy. Tak musiały czuć się krasnoludki po desancie Śnieżki.

Rzuciłam torbę na podłogę, aż zadudniło. Poczułam się lepka od brudu. Musiałam natychmiast umyć ręce. W łazience wanna, umywalka i kafelki były zachlapane jakąś białą substancją. Przy bliższych oględzinach okazało się, że to nie to, co mi się od razu logicznie skojarzyło, tylko wosk. Wściekła, wyszłam z łazienki, by odszukać swój ukochany czerwony stolik. Znalazłam go w gabinecie. Stał oparty blatem o ścianę. Kiedy go odwróciłam, furia podeszła mi do gardła. Był pomazany cienką warstwą zaschniętego wosku zmieszanego z tłuszczem i sadzą ze świecy. A na półce z książkami, leżało – chociaż zwykle stało – zdjęcie moje i Eryka, ekstatyczne ujęcie z okresu szczęśliwego zakochania w dodatku. Leżało twarzą w dół.

Wiedziona nieomylnym przeczuciem, zanim zorientowałam się, co robię, poszłam do sypialni. Podniosłam pomiętą narzutę. Białe plamy na granatowo-zielonym prześcieradle nie pozostawiały wątpliwości. Były tym, co mi się od razu logicznie skojarzyło.

A więc Eryk urządził sobie małe erotyczne co nieco. Ze świecami wszędzie, w stylu gotyckiej awangardy. Jak kreatywnie. Pewnie pili wino w wannie. Jak nowatorsko. Ciekawe, ile z tego przedstawienia dotarło do sąsiada piętro niżej.

Wyjęłam komórkę.

Gratuluję imprezy, napisałam.

Za moment zawibrowała odpowiedź.

Aga, sorki, ale bardzo się śpieszyłem i nie zdążyłem posprzątać. Przepraszam. Wracam za dwa dni:-)

Niewiarygodne.

Zażyłam tabletkę na migrenę. Wypiłam pół litra wody. Złapałam za odkurzacz.

Nie miałam siły się wściekać, nie chciało mi się demonstracyjnie podtrzymywać postimprezowego chlewu w stanie nienaruszonym aż do powrotu Eryka, żeby mu zrobić awanturę z dowodami. Kiedyś, może bym. Kiedy mi jeszcze zależało.

Koty w panice pierzchły przed ryczącym odkurzaczem. Gąbką na kiju wyszorowałam klejącą się podłogę, umyłam łazienkę, zdrapawszy uprzednio wosk z całego białego montażu, starłam kurze, zamiotłam i umyłam balkon, również, jak się okazało, pokapany, tym razem czarnym tłuszczem z grilla. Wrzątkiem, żelazkiem, nożem i proszkiem do szorowania doprowadziłam swój czerwony stolik do poprzedniego stanu, aż zalśnił dumnie, i postawiłam na dawnym miejscu, w salonie między oliwkowymi fotelami. Postcoitalną pościel ujęłam w dwa palce i porzuciłam w gabinecie na kanapie, obok Erykowego komputera. Gotowe.

Aby uporządkować chaos w sobie, uprzątnij najpierw chaos wokół siebie. Endorfiny zrobiły swoje. Migrena ustępowała. Na wymiętą gębę wypłynął mi rumieniec, oko zalśniło jakby żywiej. Wykąpałam się, wymyłam włosy, nałożyłam na twarz centymetrową warstwę odmładzającego kremu z kwasami AHA w nadziei, że pokona resztki śladów po nieprzespanej nocy i przy okazji uczyni mnie o dziesięć lat młodszą.

Oraz blondynką?

Przez otwarty balkon wpadało powietrze pachnące morzem, wiał lekki wiatr. Jakiś królewicz już do mnie jedzie, tra-ta-ta. Tak mówią gwiazdy. Ha. Na koniu. Białym. Ciekawe kto.

Z ciężkim westchnieniem wzięłam telefon. Nie będę tego przecież odkładać w nieskończoność. Wykręciłam numer rodziców.

– Cześć, mamo, to ja.

– Cześć, mała – zaświergotało w słuchawce. – Co porabiasz?

– Hmm... – Jak to powiedzieć, żeby nie trzeba było wzywać pogotowia? – Eryk... ma... nową panienkę. I... zostawiłam go.

Cisza. Ale krótka.

– Co ty mówisz?! Stefan, weźże drugi telefon! Jak to się stało?

– Normalnie. Tak samo, jak z tamtą. Żeglarka, blondyna, lat dziewiętnaście.

– Agusia? – zagruchał po drugiej stronie tata, zagłuszany przez odgłosy jakiejś szamotaniny. Pewnie walki z kablem telefonicznym. – Co ten drań ci znowu zrobił?

– To samo, co zwykle

– Skurczybyk. Można się było tego spodziewać. Nigdy mu nie ufałem, Agusia, nigdy. A po tym, jak nas ostatnio potraktował po chamsku, straciłem do niego resztki sympatii. Pamiętasz, Iza, mówiłem, resztki sympatii straciłem jakiejkolwiek – nawiązuje tata do ich niedawnego pobytu w Gdyni.

Eryk przez cały dzień nie odezwał się do nich ani słowem i niezwykle pilnie studiował rachunki telefoniczne.

– No to przyjeżdżaj do nas, nie siedź tam z nim sama. – To mama.

– Ale mieszkania przecież musi pilnować. Nie wiadomo, co ten znów wykombinuje. – To ojciec.

– Przyjedź na kilka dni, odetchniesz sobie. – Mama.

– Mieszkania nie odpuszczaj! Żeby cię nie wykolegował. Tylko się przypadkiem nie wyprowadzaj, pamiętaj! – Ojciec.

– Tato, nie mogę z nim mieszkać pod jednym dachem nie wia...

– Agusia, dajże spokój, musisz wytrzymać. Niech wykupi twoją część albo ty wykup jego, jakoś znajdziemy pieniądze. – Ojciec.

– Przyjadę do was na kilka dni, rozejrzę się w Krakowie. – Ja.

– No, dobra, dobra, to czekamy. Trzymaj się tam. Nie daj się. – Mama.

Trzask. I po wszystkim.

Sięgam po papierosa. Jak będę tyle palić, to nie zdążę zapuścić warkocza, żeby się po nim na czwarte bez windy ten mój królewicz wdrapał.

Telefon.

– Agusia? – Szamotanina, trzaski. – Tak tu z mamą wymyśliliśmy, że jak już tam te sprawy z tym draniem załatwisz, żebyś z nami zamieszkała. Przecież tu jest twój dom, co się będziesz gdzieś pałętać.

– Szafę ci kupimy. – Mama.

Rany boskie.

– Tato, bez sensu. Mam za dużo swoich rzeczy, koty. Poza tym zagryziemy się na śmierć po tygodniu. Nie da rady.

– Co nie da rady, co nie da rady. Co masz pieniądze wydawać, za mieszkanie kątem gdzieś płacić, a tak sobie zaoszczędzisz – włącza się w tacie zodiakalny Skorpion.

Mama dyplomatycznie milczy, swoje wie. Pewnie jej się przewija przed oczami film, jak raz w życiu na lekkiej bani do domu wróciłam. Miałam wtedy dwadzieścia trzy lata, ale przez trzy dni płakała i się do mnie nie odzywała. Uznała, że jestem alkoholiczką, i że się stoczę. I ja miałabym się pchać między te ich idealnie dopasowane, naoliwione wspólną codziennością trybiki pożycia małżeńskiego? Po trzynastu latach samodzielnego życia poza domem?

Samobójstwo i morderstwo.

– Żadnej szafy przypadkiem nie kupujcie, na miłość boską!

– A, no to rób, jak chcesz. Ale w każdym razie pamiętaj, że zawsze... ekhem... – ojciec chrząka patetycznie – ...zawsze masz tu dom.

*

Nikt mnie nie chce. Nikt mnie nie kocha. Nikt się za mną na ulicy nawet nie obejrzy.

No, może i się obejrzy, ale już nie tak, jak parę lat temu. A ci co się gapią, nie są w moim typie. Czasem się zdarzy, owszem, jakiś w czarnym podkoszulku, artystycznie nieobecny i potargany, rzekomy geniusz. Na dzień dobry niewierny. O, tak jak ten tutaj, z miłą blondynką (tfu!) na gładko wyczesaną i subtelną, koftę indyjską wegetariańską dłubie, i zamiast tej subtelnej w oczy w kolorze nivea blue patrzeć, to na mnie się gapi zupełnie otwarcie.

No i co się gapisz? Nie widzisz, że na sam widok facetów mnie mdli jak w drugim miesiącu ciąży? Nie widzisz, że mam oczy podbite i na czole pryszcze? Ślepy jesteś?

Patrzę na niego ostentacyjnie i ponuro, wypracowanym już w dzieciństwie bykiem.

Patrzę i w swojej własnej kofcie wegetariańskiej dłubię, niech sobie nie myśli, że mnie speszy i zawstydzi. Właśnie że nie będę się rumienić, mam w końcu swoje lata.

Blondynka świergoli, błyska pięknym uśmiechem, urocza jest w tych błyskach i świergotach. Nic nie zauważa, popija dietetyczny koktajl z malin. A ten od czasu do czasu kiwa głową i dalej się gapi. Dlaczego oni tak mają, że jak są z blondynką to woleliby z brunetką, i odwrotnie? Chociaż nie zawsze, fakt. Są tacy, którzy seryjnie wymieniają ten sam typ na ten sam typ. Ethan Hanke, na przykład, aktor i autor opowiadań mrocznych. Umę „Czarną Mambę" Thurman, w której stopach zakochał się Quentin Tarrantino, zostawił dla jakiejś modelki, co ma w nazwisku egzotyczną zbitkę spółgłosek, ale egzotyka jest wyłącznie na etykiecie, bo modelka wygląda niemal identycznie jak Uma.

Ale dlaczego ja w ogóle zawracam sobie głowę Umą o wielkich stopach w obliczu własnej katastrofy w życiu osobistym? W dodatku w wegetariańskim „Green Wayu" przy ulicy Abrahama, pierwszego wójta Gdyni, gdzie przychodzi dużo singli o wyrobionej świadomości ekologicznej, czyli wrażliwych i ewentualnie intelektualnie kompatybilnych, niekoniecznie gejów, i mogłabym już rozpocząć poszukiwania nowej miłości swojego życia? Może do „Green Waya" właśnie ten mój królewicz zapowiedziany wjedzie?

Ale przecież tak naprawdę to ja wcale nie chcę żadnej miłości. Żadnego romansiku nawet dla wywindowania poczucia własnej wartości. Chcę być sama, dzielna i niezależna, mieszkać w Nowym Jorku w urządzonej dziwacznie miniaturowej norce, z kotem albo dwoma, hodować na parapecie rozmaryn i bazylię, pisać książki i wiersze, a w każdy piątek pić margeritę albo pięć w „Vera Cruz" na Bedford Avenue.

Hmm. Ten kudłaty od blondynki jednak interesujący. Szkoda, że padalec. Dopijam sok z grejpfruta, który ma być świeżo wyciskany, ale jest mieszanką świeżego i tego z kartonu. Wiem, bo sama tak robiłam jako barmanka w Londynie w „Balzac Bistro", nauczył mnie menedżer Gino. Przerzucam torbę na skos przez pierś, wychodzę.

Mam przed sobą zupełnie pusty weekend. Tak samo czułam się po zdaniu egzaminu magisterskiego, kiedy wyszłam z Collegium Paderevianum w Krakowie, w białej bluzce i spódnicy, którą przesądnie zawsze władałam na egzaminy. Spódnica była w granatowo-niebieskie podłużne pasy, na tak zwanej baskince, i pochodziła z komunistycznej jeszcze kolekcji Barbary Hoff, połowa lat osiemdziesiątych, domy towarowe „Centrum", Warszawa.

Wolność. Jęzor życia rozwija się w nieznane. W pustkę. W samotność. Ale za to koniec z układaniem każdego dnia, każdego weekendu, każdej sekundy pod dyktando Eryka. Koniec z kombinowaniem, kiedy moglibyśmy spędzić ze sobą trochę czasu, i to tak, żeby on był zadowolony i nie okazywał każdym gestem i wrednym półsłówkiem, jak bardzo się męczy i jak bardzo jest mu niewygodnie. Już nie muszę się zadręczać, dlaczego nie chce mnie dotknąć, chociaż powtarza, że kocha, i racjonalizować sobie, że przecież bez tego też można żyć. Nieuzbrojonym okiem widać, że można, skoro żyłam tyle lat. Tylko po co.

Idę Świętojańską w górę miasta, klapię pomarańczowymi klapkami. Jak to fajnie, że jest ta moda na japonki, przywraca człowiekowi w depresji dziecięcą, pierwotną przyjemność z faktu posiadania stóp. Choćby i dużych. Ciekawe, czy Uma Thurman lubi japonki. Jest upalnie, za parę tygodni koniec roku szkolnego, wakacje. Kończę na zawsze pracę w „English for You". Już im to zapowiedziałam. Od września na pewno mnie tu nie będzie. Na lato zostawiłam sobie drugą szkołę językową, w moim ulubionym secesyjnym Wrzeszczu. Trzeba uzbierać na przeprowadzkę w nieznane.

Kupuję capuccino w La Cawie. Mimo, że robię to prawie codziennie od pół roku, panny nieodmiennie unoszą w zdumieniu brwi, kiedy proszę o mało spienione mleko i chytrze proponują cafe latte. W polskiej piekarnio-cukierni na Greenpoincie dziewczyny bez pytania po dwóch tygodniach wiedziały, że biorę czarną z dwoma łyżeczkami cukru. Ech, obsługa klienta. Ech, tęsknota. Klapię od sklepu do sklepu. Mierzę jakieś buty, jakieś sukienki bez sensu, tu falbana, tam sznureczek. Zeszczuplałam. Mam jaśniejsze włosy, i dłuższe, widzę w lustrze. Po co mierzę, dla kogo. Jeszcze nie jestem na tym optymistycznym, budującym samoocenę etapie, że mam to robić dla siebie, nie dla samca. Gdzie on teraz jest? Z kim? Kogo bajeruje dowcipami, komu stawia drinki? Kogo obejmuje ciasno ciepłym ramieniem? Co się stało, że nie chce mu się już więcej olśniewać, bajerować i obejmować mnie? Odwracam się na pięcie, człapię z powrotem w dół Świętojańskiej. Po drodze robię zakupy spożywcze. Mleko do kawy, papierosy do życia. Kotom suchy Whiskas.

Wdrapuję się po schodach, do swej siedziby w wieży, na czwartym bez windy, karmię koty, robię sobie kawę, wychodzę na balkon, zapalam papierosa. Na dole dzieciaki gonią się po placyku. Blady Lumpenproletariat z mieszkania po przekątnej wyszedł na balkon w białych bawełnianych majtkach i znowu wydziera się na swoją bladą matkę, żonę i córkę. W głębi dudni telewizor, szczeka blady pies, znam go, załatwia się do piaskownicy.

Wrzeszczą mewy.

Jest złocistopomarańczowe, wiosenne, sobotnie popołudnie.

A ja zupełnie nie mam pojęcia, co ze sobą zrobić.

*

Pierwsza niedziela bez Eryka. Po pierwszej sobocie bez Eryka.

Bywały ich wcześniej dziesiątki, ale wtedy jeszcze, przynajmniej w teorii, byliśmy razem. A teraz Eryka w ogóle już nie było w moim życiu. I miało nie być – na zawsze. Otaczały mnie jego meble, na półkach leżały jego nieliczne książki, głównie o tematyce żeglarskiej, w garderobie wisiały jego koszule i piętrzyły się rzucone na bezładną kupę spodnie i podkoszulki, w łazience był jego ręcznik i stały w rządku wody toaletowe, w pralce kłębiła się brudna bielizna, ale do żadnego z tych przedmiotów nie miałam już emocjonalnego prawa. Istniały, a jakoby ich nie było.

Wieczór spędziłam, włócząc się po Gdyni i rzucając pełne pogardy oraz goryczy spojrzenia wszystkim rozanielonym zakochanym parom.

Komórka milczała.

Po długim spacerze spałam dosyć dobrze, coś mi się śniło, bardzo to było skomplikowane, ale nie pamiętałam co, i dopiero kiedy głodna Cielęcina wskoczyła mi na brzuch o ósmej rano, dotarło do mnie, że wszystko się przecież zmieniło.

I wszystko jest nie tak. Bo jestem sama.

Wstałam i powlokłam się do kuchni. Oślepiło mnie słońce – tak bezczelne w swoim bezchmurnym splendorze, że mimo woli musiałam się uśmiechnąć. Uwielbiałam swoje samotne śniadania w tym mieszkaniu. Eryk zwykle wychodził wcześnie, więc rzadko jadaliśmy razem. Coś tam załatwiał na mieście czy w klubie żeglarskim. Niby mówił dokąd idzie, ale nigdy nie miałam pewności, że jest tam, gdzie mówi, a bałam się pytać. Te chwile rano były tylko moje, mogłam nimi rozporządzać, jak mi się żywnie podobało, o ile nie gnałam po omacku na zajęcia do Wrzeszcza na siódmą rano. Powolutku piłam kawę albo dwie, jadłam jakieś płatki albo kanapki, pozwalałam się ogłupiać telewizji śniadaniowej, kolejna kawa, papieros. Bez pośpiechu, bez stresu, bez uporczywego poganiania ze strony Eryka, który by co chwilę powtarzał „już wychodzimy, wychodzimy", kiedy ja jeszcze szukałam majtek.

Po bukowym parkiecie i beżowych ścianach ślizgały się jasne plamy światła. Otworzyłam drzwi balkonowe – lubiłam otwierać je na oścież, dawało mi to złudzenie ogrodu. Pomimo wczesnej pory było bardzo gorąco, nagle zrobiło się prawdziwe lato. W towarzystwie telewizora i kotów zjadłam dwie kanapki z białym serem i resztką pomidora, popiłam wielkim kubkiem kawy. Co dalej, piękna niedzielo?

Na głębokie depresje miałam dwa sprawdzone sposoby o działaniu katartyczno-stymulującym. Jeśli opadła mnie chandra z cyklu „on mnie nie kocha" (Eryk na regatach, w komórce włącza się poczta głosowa), aplikowałam sobie dawkę „Jerry'ego Maguire". Z kolei na dołek pod tytułem „do niczego się nie nadaję i nic w życiu nie osiągnęłam" nic nie robiło mi tak dobrze, jak „Working Girl", przetłumaczona dosłownie i idiotycznie jako „Pracująca dziewczyna" z Melanie Griffith i Harrisonem Fordem, który zmienia przepoconą koszulę na oczach i przy owacyjnym aplauzie całego biura.

Oglądając po raz enty historię niedojrzałego emocjonalnie chłystka Jerry'ego, który w końcu dorasta do prawdziwej miłości i prawdziwego związku, mamiłam się, że Eryk też kiedyś w końcu do nas dorośnie. To przecież tylko kwestia czasu. Bo jest młodszy. Z kolei opowieść z reaganowskich lat 80. o ambitnej sekretarce – korporacyjnym Kopciuszku, który odnosi zawodowy sukces dzięki inteligencji, pewnej dozie przebiegłości, sile woli, pracowitości i metamorfozie wizerunku – dawała mi nadzieję, że mnie też uda się w końcu odnaleźć miejsce w życiu i zostać kobietą zawodowo spełnioną. Problem polegał jednak na tym, co uświadomiłam sobie, siedząc zapłakana w kucki w oliwkowym fotelu, po podwójnym reanimacyjnym seansie filmowym (ostatnie sceny, Tess właśnie dostała wymarzoną pracę i swój pierwszy osobisty gabinet z widokiem na wieżowce Manhattanu, plus własną osobistą asystentkę; w tle monumentalna Carly Simon). A mianowicie na tym, że Eryk postanowił nie tyle dorosnąć, ile raczej wrócić do przedszkola, a życie i praca pod dyktando budzika oraz kostium ze szpilkami to nie dla mnie, i że raczej nie spełnię się zawodowo, wyłącznie ucząc angielskiego, choć to bardzo przyzwoity kawałek chleba. I że nadal nie wiem, w przeciwieństwie do przedsiębiorczej Tess, co chcę ze sobą zrobić. W tym życiu i kraju.

W Polsce, do której wróciłam „na zawsze" po dziesięciu latach spędzonych w Stanach, czułam się jak Eskimos w Afryce. Nie „czaiłam bazy", nie umiałam poruszać się w tej rzeczywistości. Nie rozumiałam, o czym do mnie mówią znajomi w moim wieku, i dlaczego cieszą się, że „zrobią sobie koszty na działalności", ani dlaczego w sklepie obuwniczym, gdzie nie pozwalano mierzyć obuwia na gołą stopę, muszę najpierw za pięćdziesiąt groszy zakupić pończoszki, żeby dopiero pod znudzonym okiem panienki z pępkiem na wierzchu, przymierzyć sandały, i jest to zjawisko normalne. Czasem siadałam na podłodze, otwierałam starą teczkę z wierszami, przeglądałam, poprawiałam. Dziwiłam się, że kiedyś potrafiłam tak myśleć. Tak patrzeć. Teraz już nie.

*

Dół, dół, dół coraz głębszy. Na nic „Jerry Maguire" i „Pracująca dziewczyna". Na nic „Sushi dla początkujących" po raz setny przekartkowane na kibelku.

Palę jednego za drugim, piję dwudziestą chyba kawę, snuję się po domu w piżamie. Koty śpią, zwinięte w kłębki na łóżku. Słońce dawno uciekło z balkonu. Jest trzecia po południu. W Ameryce dziewiąta rano.

Jeszcze godzina, i dzwonię.

*

Ameryka wydała potężne westchnienie ulgi słyszalne od Kłaja po Katmandu.

Klementyna najpierw wrzasnęła, potem zachichotała nerwowo, a następnie, symultanicznie wyjadając z lodówki szyneczkę, przeganiając dzieciaki do ogrodu i domalowując ostatnie światłocienie na najnowszym obrazie, szczerze pogratulowała mi rozwiązania tej, jak to ujęła, dawno przenoszonej ciąży.

Alinka najpierw się zmartwiła, potem ucieszyła, a następnie zaczęła mnie pocieszać i utulać.

Mańka najpierw szpetnie zaklęła pod adresem Eryka, potem przypomniała „a nie mówiłam?", a następnie zaproponowała, żebym natychmiast przyjeżdżała do Ameryki, bo ma dla mnie pracę w szkole, i będę w związku z tym od razu ustawiona.

Wszystkie trzy kazały mi wydrzeć od Eryka należne mi pieniądze za mieszkanie. Wszystkie trzy radziły, żeby wynająć w tym celu prawnika (Mańka – przyznając, że to stereotyp, ale skuteczny – alternatywnie proponowała też ruską mafię), bo inaczej Eryk nie uwierzy, że to nie przelewki, czyli że *I mean business*. Wszystkie trzy mnie żałowały, a jednocześnie entuzjastycznie fetowały moje wybicie się na niepodległość z toksycznego związku. Wszystkie trzy sapnęły nareszcie, witaj jutrzenko swobody.

Niby nareszcie. Rozum to pojmował, ale serce krwawiło. Bo dlaczego Eryk nie robił nic, żeby mnie odzyskać? Czy można przestać kogoś kochać, ot, tak, z dnia na dzień, po siedmiu latach bycia razem? Czy po prostu nigdy mnie nie kochał, i tylko wygodnie sobie czekał, aż sama to zrozumiem? I zechcę wreszcie uczynić mu tę przysługę, i sama sobie pójść, dzięki czemu on nie będzie musiał powiedzieć mi niczego wprost? Oczywiście, za nic, pod żadnym pozorem bym do niego nie wróciła, ale gdyby wykonał jakiś naprawdę spektakularny gest... emocjonalny, ma się rozumieć, a nie jakieś tam prostackie bukiety róż liczące tyle kwiatów, ile mam lat... to kto wie? Może mógł jeszcze zrobić coś, żebym uwierzyła, że jestem jedyna i najważniejsza?

Nie mógł. Bo nie byłam. Nigdy. Wiedzieliśmy to oboje. Z tą różnicą, że mnie ta świadomość wdeptywała w trotuar, podczas gdy jemu automatycznie nakazywała wstąpić do kiosku po świeży zapas prezerwatyw na kolejne gotyckie tête-à-tête z Andżeliką i kupić bilet na pospieszny do Koszalina.

Nie ujawniłam się Ameryce ze swoją biegunką myślową na temat Eryka, i tego co by mógł, gdyby chciał. Było mi wystarczająco wstyd przed samą sobą, że w ogóle rozważam hipotetyczny powrót Eryka na moje... łono?

*

Ewce wystarczył jeden profesjonalny rzut niebieskiego oka.

– To oczywiście banał, ale czas naprawdę leczy rany – powiedziała, zasysając mentolowego marlboro. – Pewnie ci się wydaje, że jesteś nic niewarta, i nic już cię w życiu nie czeka – wymądrzała się dalej, bujając się na oparciu zielonej ławki, na skwerze między Śląską a Władysława IV, obok pogotowia.

– Wiesz, że odkąd wróciłam do kraju, nie poznałam ani jednego wolnego faceta godnego uwagi? Tu wszyscy są albo żonaci, albo mają po piętnaście lat, albo są z odzysku. I wszyscy, dosłownie wszyscy, nawet ci żonaci, marzą o ideale kobiety, a jest nim doktor Zosia z serialu „Na dobre i na złe".

– O nie, moja droga, doktor Zosia to szczyt emancypacji! – prychnęła Ewka. – Ideałem kobiety dla nich jest Basia z „Klanu".

– Taka miła domowa blondynka z własną apteką. Rozumiem.

– No.

– A na kobiety w moim wieku, którym Ameryka wyprała mózg, więc wciąż im się wydaje, że są młode i mogą wszystko, patrzy się tutaj z podejrzliwą niechęcią, bo przecież coś musi być z nimi nie tak, skoro są same w tym wieku. Na pewno są nienormalne, to oszołomki bezpłodne, frustratki oziębłe, kobiety sukcesu, ha, ha, jakiego sukcesu, albo feministki, albo lesbijki, albo jedno i drugie, nie daj Boże, rany boskie...

– Mówisz jak Szczuka Kazimiera – zachichotała Ewka. – Masz rację, oczywiście, że masz. Ale z odzysku jeszcze da się czasem coś ukopać. Vide ja sama i mój – ukłoniła się. – Ja jestem z odzysku, Adaś jest z odzysku...

Zaśmiałam się.

– My jesteśmy z odzysku...

– Są fajni ludzie z tego odzysku, widzisz!

Pierwszy epizod małżeński Ewki polegał na tym, że wyszła za frustrata, który zagroził, że się zabije, jeśli ona nie zostanie jego żoną. Po ślubie okazało się, że frustrat sobie z tym samobójstwem zażartował, a w dodatku wymagał codziennej obróbki – śniadanie, gotowanie, prasowanie – na okrągło, z przerwami na obowiązkowy seks po wieczornym filmie akcji oraz szorowanie łódki i żeglowanie we dwoje w weekendy; na samą wzmiankę o pracy zawodowej Ewki dostawał piany na swoich wąskich ustach programisty komputerowego, a kiedy wspomniała, że mogłaby dawać korepetycje (żeby mieć własne pieniądze na dezodorant i pigułki antykoncepcyjne), bo i tak siedzi w domu, oznajmił, że nie życzy sobie, żeby mu się jacyś obcy gówniarze szwendali po mieszkaniu. Ewka uciekła po roku do babci, poszła natychmiast do pracy, w wakacje popłynęła w rejs do Francji, i na pokładzie poznała Adama, oficera śledczego, który właśnie odchorowywał koszmarny rozwód z pewną dentystką o wybitnych ambicjach finansowych.

– Wiesz, jak pracowałam w tej firmie ubezpieczeniowej... – przypomniało mi się.

– No. Przez tydzień, pamiętam.

– ...był tam taki... Zygmunt chyba... przystojny dosyć, około trzydziestki. Poszliśmy kiedyś na kawę do La Cawy po pracy, w ramach przełamywania lodów biurowych. Eryk wyjechał do Hiszpanii, ja zostałam całkiem sama, i okropnie mi było, w ogóle, i w tej pracy, bo nikt tam z nikim nie rozmawiał, wszyscy się siebie nawzajem bali i na siebie donosili... panna w sekretariacie, dżinsy, stringi na wierzchu, powiedziała mi, na przykład, że używam za mocnych perfum... no więc, ten Zygmunt siedział i patrzył na mnie, a konkretnie na mój biust, którego, jak wiesz, nie mam, więc się trochę dziwiłam. Wreszcie powiedział asertywnie: „Masz pomięty sweter”...

– Nie! – Ewka zawyła.

– I to było moje jedyne przeżycie erotyczne z Polakiem w nowej Polsce. Dwa lata temu.

Ewka potrząsnęła głową z dezaprobatą.

– Nie, o Jezu, bo nie szukałaś. Byłaś zapatrzona w Eryczka swojego. Nie wiem zresztą, co ty w nim widziałaś, bo mnie się on, szczerze mówiąc, nigdy nie podobał. Jest w nim coś takiego.... śliskiego. Teraz możesz się wreszcie trochę porozglądać. Wyjdź trochę do ludzi, przecież ty się nigdzie nie ruszasz.

– Ewuś, powtarzam, nikogo tu nie znam. Mam się samotnie szlajać po SPATiF-ach, po tych Galaktykach i Mandarynkach sopockich, jak jakaś rycząca desperado w pomarańczowej miniówie?

– Zaraz szlajać, zaraz po dyskotekach – zaburczała Ewka – możesz przecież...

– No co? Pójdziesz ze mną może?

– ...no, są różne miejsca... – Zaczęła nagle czyścić sobie czubek adidasa.

Który był idealnie czysty.

– Słucham? Jakie miejsca? Bulwar Nadmorski? Molo? Kluby nocne? Kościół? Ewka, ja mam 36 lat. W tym wieku normalne kobiety przeprowadzają ze swoimi dziećmi rozmowy uświadamiające, a nie kombinują, jak na prywatce poderwać małoletniego boyfrienda. Pewnych rzeczy już mi robić... nie wypada. Nie śmiej się, wredoto. Nie żegluję, tak jak ty. Nie mam „swojej paczki". Moja paczka została w Ameryce, a ci, co wrócili, rozpierzchli się po Warszawce.

– Naprawdę nie spotkałaś nikogo, na przykład w szkole, kto by ci się podobał?

– Jeden z uczniów zapytał mnie, czy mam chłopaka. Nie wiem, czy miał na coś nadzieję, czy wydawało mu się to tak nieprawdopodobne, że aż musiał zapytać.

– No widzisz!

– Szesnastolatek. Paragraf. Ale zdolniacha. Fakt, jest taki jeden pan Michał, ale wszystkie się ślinimy na jego widok. Pięknie ogolona na łyso czaszka, duży urok osobisty, duże mięśnie i zdolności językowe.

– Mniam.

– A tam, mniam. On z kolei ślini się wyłącznie na widok Moniki, niestety. Bardziej w jego typie chyba, i bliższy przedział wiekowy.

– Szkoda.

– Chyba nie. Jest zdaje się strasznie macho.

– A, to odpada.

– Ewka, ja naprawdę nikogo nie szukam – powiedziałam z przekonaniem, w które prawie uwierzyłam. – Muszę się wyciszyć, odnaleźć siebie, i tak dalej. Pobyć sama, stanąć na nogi. Być dzielna.

– Jak w powieściach obyczajowych i poradnikach.

Puściła do mnie oko.

– Nie mogę wskoczyć z jednego związku w drugi w takiej histerii. Co prychasz na mnie i puszczasz...

– No to sobie nie wskakuj – przytuliła mnie – i już. Sorki. Masz rację. Rób, jak ci dobrze. Rób swoje po swojemu.

Nie wiadomo kiedy nadeszła północ. Ewka zwinęła smycz, zawołała Bellę.

Poszłyśmy każda w swoją stronę.

Ona do Adasia, który czekał z herbatką. Ja do pustej, czarnej wieży. Gdzie czekały na mnie dwa wiecznie głodne koty i sterylna, wypucowana na błysk kuchnia, w której nikt niczego dla mnie od miesięcy nie gotował.

*

Chrobot klucza w zamku. Koty zeskoczyły z łóżka i jednym susem znalazły się pod drzwiami.

Jest. Wrócił.

Sprawdziłam czas na komórce. Ósma.

Wszedł do sypialni.

– Cześć, Aga.

Nie odpowiedziałam. Wystarczył mi jeden ukradkowy rzut oka spod kołdry, żeby odtworzyć sobie scenariusz Erykowego weekendu. Syndrom wilczura, który zerwał się z łańcucha. Wreszcie, po latach niewoli może otwarcie robić to, co do tej pory robił ukradkiem. Ciasne, różowe oczka. Włos w nieładzie. Dwudniowy zarost. Ogólna szarawa poświata na opalonej twarzy. Front białej koszulki, z nieidentyfikowalnym z tej odległości takim czy innym żeglarskim logo, zachlapany czerwonym winem. Nerwowe ruchy. Poczucie winy, czyżby? Kozi zapach nieprzespanej nocy pomieszany z wonią soli i odorem strawionego alkoholu. Z kim imprezował? Jakie blondynki znowu obejmował za kark z wysokości swoich 195 centymetrów wzrostu, dając im fałszywe poczucie bezpieczeństwa i wyjątkowości?

Zaraz.

Przecież to w ogóle nie powinno mnie już obchodzić. Ale obchodziło. Bolało tak, że nie mogłam oddychać. Przecież go już nie kocham. Więc dlaczego chcę, żeby mnie dotknął, objął, błagał o przebaczenie? To tylko moja zraniona duma i poczucie upokorzenia. Ale czy na pewno tylko tyle? Miałam nadzieję, że tak.

– Musimy porozmawiać – powiedziałam, siadając na łóżku.

Jeszcze tydzień temu by mnie przytulił i pocałował. Co z tego, że z obowiązku.

– Wiem. Tylko się wykąpię – bąknął.

– Nie. Najpierw ja. Idę do pracy.

– Ja też.

– Niemożliwe?

– No, wyobraź sobie – odparował.

Rozmowa zapowiada się niezwykle miło, pomyślałam, drepcząc do łazienki.

Wzięłam długi prysznic. Uczesałam się starannie. Zrobiłam delikatny makijaż.

Wałożyłam beżową miniówę, czarny, obcisły podkoszulek z dekoltem w łódkę, czarne kabaretki, które wypadało nosić w tym sezonie, i beżowe, słomkowe sandały na koturnach. Całość spryskałam mgiełką swoich ulubionych Cerutti 1881. Spojrzałam w lustro. Powiedziało: „nieźle". Zapytało też: „dla kogo ta rewia". Niech wie, co stracił, odpowiedziałam, poprawiając włosy. Ale on wie – błyszczyk na usta – i wcale tego nie chce. No to co, nie mam zamiaru wyglądać jak ofiara losu. Jeszcze jedna warstwa błyszczyku.

Wyszłam z łazienki. Eryk siedział przed telewizorem i oglądał poranne wiadomości. Anita Werner zmysłowymi pełnymi ustami informowała o kolejnym spadku notowań rządu Millera.

Eryk obrzucił mnie długim spojrzeniem.

– Ładnie wyglądasz.

– Daruj sobie. – Nastawiłam wodę na kawę.

– Zrobisz dla mnie też? – Przymilny uśmiech.

– Bo?

– No, wiesz...

No, nie, puścił do mnie oko!

– Nie wiem?

– Zrób, zrób. – Zamrugał porozumiewawczo i pokiwał głową.

– Żartujesz.

– A, no to jak chcesz. Ale mogłabyś zrobić, jak już robisz. – Cały czas się uśmiechał. – Co ci szkodzi.

– Eryczku – zakląskałam ostrzegawczo – czy ty znowu chcesz zostać moim kolegą? Amerykański plagiat?

– A nie jestem? Zawsze się lubiliśmy. – Podrapał się w kolano.

– No, popatrz. Faktycznie. Plus ja jeszcze sprzątałam. W ramach pozalekcyjnego kółka zainteresowań.

– No, zauważyłem, sprzątnęłaś. Dzięki. Naprawdę, sorki za ten piątek, ale nie zdążyłem, musiałem wstać o szóstej na regaty.

– Eryk – odstawiłam z powrotem kawę na półkę, żeby w niego nie rzucić – nie powiem teraz tego, co chcę ci powiedzieć, ponieważ wiem, że po prostu nie dotrze tam, gdzie powinno. Ty nie masz takiego miejsca w mózgu. Ale powiem zamiast tego coś prostymi słowami, co być może zrozumiesz: rób sobie, co chcesz, i z kim chcesz, ale w mieszkaniu nie ma być po tym żadnych śladów. Nie chcę o tym wiedzieć. A jeśli już uprawiasz seks w naszym wspólnym łóżku – patrzyłam mu cały czas prosto w oczy, i wreszcie spuścił wzrok – TO, DO CHOLERY, MIEJ CHOCIAŻ NA TYLE PRZYZWOITOŚCI, ŻEBY ZMIENIĆ POŚCIEL!

Zapaliłam papierosa.

– Nie pal.

– Bo co?

– Bo to niezdrowo. Martwię się o ciebie.

– Martw się o Andżi – warknęłam.

Miesiąc temu nie chciało mu się wyjść mi kupić tabletek na migrenę, chociaż słaniałam się z bólu. A teraz każe mi dbać o płuca.

– Przepraszam za ten bajzel. To się już nie powtórzy. – Z giętkością linoskoczka przeskoczył z sarkazmu w skruchę.

O, był w tym bardzo dobry. W manipulacji. Nigdy nie wiedziałam w takich sytuacjach, co mam myśleć. Teraz też mu się udało. Zamurowało mnie, więc milczałam. Generalnie, przez całe siedem lat nie wiedziałam, co mam myśleć i czuć, bo kiedy byłam na niego wściekła, Eryk mi powtarzał, że „czuję źle". „Nie bądź taka, bo będę zły". Bałam się, że jeśli „będę taka", czyli powiem otwarcie, co mi sprawia przykrość czy ból, to przestanie mnie kochać. Obawiałam się jego milczących napadów furii z byle powodu. Bo masło źle się rozsmarowywało. Albo patelnia przypalała, a ja twierdziłam, a raczej wmawiałam mu – ulubione słowo Eryka – że nie przypala. Były to oczywiste preteksty, przykrywki dla prawdziwych powodów złości, których wyjawienie byłoby dla niego bardzo niewygodne, bo musiałby powiedzieć mi prawdę. A tak – proszę bardzo – ja się obrażałam, a on miał pretekst, żeby bez słowa wyjaśnienia wyjść na pół nocy z domu. Przewracając się bezsennie z boku na bok w naszej lawendowej sypialni, poddawałam go wówczas w wyobraźni najbardziej wyrafinowanym torturom, i jednocześnie zadręczałam siebie rozważaniami na temat: może jednak nie mam racji, może ta patelnia naprawdę przypala?

Patrzyłam na tę jego nieogoloną, teraz niby to zatroskaną, na pierwszy rzut oka bardzo sympatyczną twarz, i zakłuło mnie wspomnienie sprzed kilku tygodni.

Wyjeżdżał na regaty na Zalewie Zegrzyńskim pod Warszawą. Zaproponował, żebym pojechała z nim. Całe wieki nigdzie nie byliśmy razem. Ucieszyłam się, jakbym szła na pierwszą randkę. Może nie jest tak źle, jak mi się wydawało, a tylko rzeczywiście sobie coś ubzdurałam? Załatwiłam sobie wolny weekend, chociaż zwykle uczyłam. Byłam już prawie spakowana, kiedy Eryk nagle oświadczył, że nie ma dla mnie noclegu. Nie ma kawałka podłogi ani materaca, ani pół metra obok niego na łóżku.

– No to zatrzymam się u Jacków w Warszawie. Już zresztą wstępnie się umawialiśmy. – Jacek i Antonina byli naszymi przyjaciółmi jeszcze ze Stanów. – Mogę przecież do ciebie podjechać albo ty przyjedziesz do miasta, co za problem. Pójdziemy sobie gdzieś razem na kolację.

– Co ty sobie wyobrażasz, że ja będę się tłukł po ciebie do Warszawy?! Będę fatygował kogoś, żeby się tarabanił do centrum, w takich korkach?! – wrzasnął.

– Nie musisz. Jacek i Tośka mogą mnie podwieźć do ciebie albo spotkamy się w pół drogi – powiedziałam spokojnie.

Nie chciał, żebym z nim jechała. Dlaczego?

– Aga, ja nocuję u znajomych, i tam nie ma miejsca... Nie będę miał czasu!

Był zły i rozstrojony. Ewidentnie ta rozmowa nie szła po jego myśli. Mój logiczny plan B wytrącił go z równowagi. Kolidował z jakimś jego sekretnym planem A, to było oczywiste. Nie spodziewał się, że potrafię być tak zorganizowana na zawołanie.

– Nie będziesz miał czasu dla mnie? – doprecyzowałam.

Eryk przyciśnięty do muru. Ma się tam z kimś spotkać. I nie wie, jak się mnie pozbyć. Co za pech.

– Nie będę... nie chcę z tobą jechać... jak... jak masz robić kwasy!

– Nie, to ja nie chcę z tobą jechać – powiedziałam lekceważąco, chociaż ledwo byłam w stanie oddychać. – Jedź sobie i śpij z kim chcesz. Na łóżku, którego nie ma.

– Jesteś przykra, wiesz? – Wiedział, że nie znoszę tego słowa.

– Spadaj, synek. – Wiedziałam, że nie cierpi, jak tak do niego mówię.

*

– Spadaj, synek – powiedziałam, wydmuchując ostentacyjnie dym w jego kierunku.

– Co?

– Te próby zakumplowania się z byłą dziewczyną są żałosne.

– O co ci chodzi? Mamy być dla siebie wredni? – warknął.

– O, tak, takie sympatyczne pogaduszki, wspólne kawki, obiadki wydatnie zmniejszają poczucie winy. Łatwiej ci uwierzyć, że nic złego nie zrobiłeś, prawda? Już to, zdaje się, przerabialiśmy. Tyle, że na innym kontynencie.

Cisza.

– Jesteś przykra.

– Przynajmniej wiesz, dlaczego mnie zdradziłeś.

– Idę się wykąpać.

– Najwyższy czas. Jak wyjdziesz, musimy porozmawiać. O konkretach.

Wyciągi z banku, wydruki z ZUS-u. Jest. Wygrzebałam książeczkę czynszową spod bezładnego pliku papierów upchniętego byle jak w szufladzie Eryka.

Wyszedł z łazienki wypachniony i gładki. Minął mnie bez słowa i nastawił sobie wodę na kawę.

– Czy możesz mi wyjaśnić, co to znaczy? – Podsunęłam mu pod nos otwartą książeczkę czynszową.

– Co co znowu znaczy? – westchnął ciężko.

Jak udręczony emeryt, który nie ma już sił znosić dłużej zrzędzenia flejtuchowatej żony.

– W kwietniu i maju dałam ci pieniądze na zapłacenie czynszu. Razem osiemset złotych. Jak idiotka ufałam ci i nie sprawdziłam, czy zapłaciłeś. Z książeczki wynika, że ostatnia wpłata była w marcu. Nie płaciłeś czynszu przez dwa miesiące.

Możesz mi powiedzieć, co zrobiłeś z tymi pieniędzmi? – Kolejny papieros.

– Widocznie musiałem zapłacić inne rachunki. – Wzruszenie ramion.

– Jakie rachunki?! Przecież za wszystko od jesieni płacę ja! Jakie rachunki? Co zrobiłeś z tymi pieniędzmi?!

– No, przecież mówię. Widocznie miałem inne rzeczy do zapłacenia.

– Jakie inne rzeczy? Wziąłeś ode mnie pieniądze, wydałeś je i nie raczysz mi nawet powiedzieć na co? Teraz jest czerwiec, też niezapłacony, więc mamy dług za trzy miesiące. Jak zamierzasz go zwrócić?

– Nic się nie stało, poczekają.

– Od tej chwili przestaję płacić za cokolwiek, rozumiesz? Podobno masz pracę, więc teraz ty płać. – Trzasnęłam książeczką o stół.

– Dobrze.

– Nie mów mi „dobrze". Znam cię, wiem, że dla świętego spokoju zgodzisz się na wszystko. Tylko jakoś gorzej z dotrzymaniem słowa, prawda? Jakbyś się czuł, gdyby ktoś ci nie zapłacił za wykonaną pracę? Albo ukradł twoje pieniądze?!

– Ale oni naprawdę mogą poczekać. Mnóstwo ludzi nie płaci czynszu i nic się nie dzieje. – Kolejne wzruszenie ramion, siorbnięcie kawy. – Poza tym niczego nie ukradłem.

– Ukradłeś mi – tak, ukradłeś – nie śmiej się, nie wyprowadzisz mnie z równowagi, smarkaczu. Ukradłeś mi osiemset złotych. Nie po to wstaję o piątej rano i zapieprzam kolejką do Wrzeszcza, żebyś ty miał na kieszonkowe. Nie stać mnie na ciebie, kochanie.

– Nie mów do mnie „kochanie", starucho – warknął.

Zignorowałam staruchę.

– Od zawsze mieliśmy osobne konta, i całe szczęście. A teraz – starannie wymyłam kubek po kawie i odstawiłam na suszarkę – powiedz mi, co zrobimy z mieszkaniem. – Masz jakiś pomysł?

– Jeszcze nie zastanawiałem się tak konkretnie... coś trzeba będzie wymyślić...

Podrapał się po łydce.

– To myśl szybko. Bo chyba nie będziemy do śmierci mieszkać razem? Z Andżeliką?

– No, nie.

– Oboje jesteśmy właścicielami, co oznacza, że wszystkie decyzje musimy podejmować razem.

– No, to chyba jasne.

– Są trzy możliwości: ty wykupisz moje udziały, i ja się wyprowadzam, ja wykupię twoją część, i ty się wyprowadzasz, albo sprzedajemy mieszkanie, spłacamy kredyt i dzielimy się resztą pieniędzy na pół.

Po twarzy Eryka przemknęło coś na kształt konfuzji i niepokoju.

– Ja się nigdzie nie wyprowadzam.

– Czyli chcesz wykupić moją część, zgadza się?

– No, chyba tak.

– Eryk, nie ma „chyba", trzeba podjąć decyzję. Jeśli chcesz mnie wykupić, daję ci czas do końca wakacji na zwrot trzydziestu tysięcy, które włożyłam w mieszkanie. I znikamy na zawsze ze swojego życia.

– Nie mam teraz tylu pieniędzy.

– A kiedy będziesz miał?

– No, nie wiem. Będę miał, kiedy będę miał.

– To znaczy kiedy?

– Nie wiem, za pół roku, za rok... – Niefrasobliwie zaczął sobie skubać piętę.

– Jak ty to sobie wyobrażasz? Że ja będę tutaj do tego czasu z tobą mieszkać?

– No... nie wie...

– Jezu, Eryk, czy jest chociaż jedno pytanie, na które potrafiłbyś udzielić innej odpowiedzi niż „no"?!

– Nie wyprowadzam się. Ani nie chcę sprzedawać mieszkania.

– Jeśli ty nie możesz mnie spłacić, to ja spłacę ciebie, przejmę kredyt, a ty poszukasz sobie czegoś innego...

– Powiedziałem już, że nigdzie się nie wyprowadzam! – Skubanie pięty weszło w fazę intensywną.

– Nie wyprowadzisz się, nie chcesz sprzedać mieszkania, a nie masz pieniędzy, żeby mnie wykupić. To co, do ciężkiej cholery, chcesz zrobić? Czy ja rozmawiałam z trzylatkiem, który chce mieć ciastko i jednoczenie je zjeść?

– Nie wiem jeszcze, mówiłem ci, że się nad tym nie zastanawiałem!

– Trzeba było, zanim poszedłeś do łóżka z kolejną panienką. Zawsze jest tak samo, prawda? Zawsze myślisz, że jakoś to będzie. Tak samo jest z kasą, z twoimi długami, z tymi wszystkimi amerykańskimi ogonami, które po sobie zostawiłeś, i które ja musiałam sprzątać! Nie mam zamiaru powtarzać historii ze Stanów, rozumiesz!?

Byłam na krawędzi łez, ręce mi się trzęsły. Z trudem trafiałam papierosem do ust. Zaraz zacznę się jąkać.

– Ależ ty mi nie przeszkadzasz – zapewnił Eryk z uśmiechem.

– Ttto się chyba naz... ywa perwersja. Na... na... prawdę chcesz mieszkać z byłą dziewczyną i bzykać w jej łóżku nową?

Odzyskałam władzę w języku.

Eryk wiercił się niespokojnie w fotelu. Patrzył gdzieś obok mnie, w przestrzeń poza balkonem.

– Na razie nie mam innego wyjścia – powiedział wreszcie.

– W takim razie ja ci tego wyjścia poszukam, bo do września chcę się stąd wyprowadzić. A nie zrobię tego, dopóki nie oddasz mi pieniędzy. Bo nie mam za co. Wszystko, co do tej pory zarobiłam, włożyłam w to mieszkanie. Dobrze się zastanów, czy chcesz ze mną ubierać kolejną choinkę. Nie zapominaj, że jestem z natury przykra. – Złapałam torbę i wyszłam, trzaskając drzwiami, niczym heroina meksykańskiej telenoweli.

*

– Sukinsyn. – Mężczyzna w szarym garniturze, z elegancką, brązową teczką na kolanach rzucił mi zszokowane spojrzenie. Na wszelki wypadek przesiadł się na miejsce po drugiej stronie przejścia.

– Sukinsyn!

Wytarłam oczy.

Za oknem odjeżdżał do tyłu napis „Gdynia-Orłowo". Wysoki brunet i drobna dziewczyna z masą rudych loków opadających na gołe plecy. Szli peronem, ciasno objęci, zataczając się ze śmiechu.

Wstrząsnął mną kolejny atak płaczu. Łzy spływały mi równiutko na dekolt. Kiedy ja byłam tak beztrosko i po prostu szczęśliwa? Bo świeci słońce, a ja sobie idę ze swoim chłopakiem ulicą, i wszyscy widzą, jak się kochamy, jak jesteśmy w siebie zapatrzeni, i tak już będzie zawsze?

W dodatku ona ma takie włosy, o jakich zawsze marzyłam, naturalne, lśniące jak miedź sprężynki, buńczucznie podskakujące przy każdym niefrasobliwym, kołyszącym ruchu bioder opiętych arogancko dżinsowymi dzwonami.

Suka.

Nie ma sprawiedliwości na świecie.

Rozryczałam się, oczywiście, natychmiast po wyjściu na klatkę schodową. Rycząc przebiegłam ulicę Starowiejską na dworzec, rycząc kupiłam sobie kawę w dworcowym automacie zabezpieczonym żelaznym łańcuchem, rycząc usiadłam w kolejce SKM.

Już przy ostatnich słowach wypowiadanych do Eryka czułam, jak drgają mi usta i broda, i odwróciłam się, żeby nie widział mojej twarzy. Nie znosił płaczu. Uważał go za oznakę słabości i szantaż. Nie mogłam okazać słabości, ale wyłącznie siłę i rozsądek, bo tylko wtedy uzna mnie za godną przeciwniczkę; a już na pewno nie chciałam, by myślał, że go szantażuję, bo to by oznaczało, że chcę, by do mnie wrócił. A może – na moment przestałam histerycznie szlochać – powinnam pozwolić mu tak myśleć? Może powinien zobaczyć moje łzy? Wtedy zrozumiałby (może?) chociaż tyle, że się nie porzuca i nie zdradza tak, jak się zjada bułkę z masłem. Że się ponosi jakieś emocjonalne konsekwencje. Przecież tak naprawdę – to już wiedziałam po naszej rozmowie na sto procent – nie chciałam z nim być. Chciałam tylko.... czego to ja chciałam? Chyba przekonać się, czy on w ogóle coś czuje. Chociaż raz zobaczyć, jak się miota, szarpany wyrzutami sumienia, czy czymkolwiek w ogóle. Tak. Jeśli Eryk miał pewność, że go nie kocham, to mógł pozwolić sobie na wszystko. A jeśli będzie myślał, że kocham go nadal... to jak tu bez oglądania się przez ramię bzykać się w wannie z nastolatką, w obecności moich kosmetyków i podpasek?

Sopot. Trochę mi się poprawiło. Łyczek dworcowej kawy. Nawet smaczna. Hm. Poprawiło mi się zdecydowanie. A gdyby mu tak wysłać esemesa, na przykład, „Kocham Cię, wróć do mnie"? Och, coraz bardziej zaczynał mi się podobać ten pomysł. Intryga żywcem z „Niebezpiecznych związków". A ja w roli markizy de Merteuil, zagranej tak fantastycznie przez Glenn Close. Markiza, co prawda, skończyła marnie, ale ona miała na sumieniu znacznie grubsze machlojki. Pisać czy nie pisać? Stracę w jego oczach twarz i godność do ostatniego okruszka, bo wyjdzie, że żyć bez niego nie mogę, nawet po tym, co mi zrobił. I w dodatku jestem rąbnięta, bo przecież przed chwilą mu właśnie wykrzyczałam, że się go brzydzę. Ale – przypudrowałam czerwony nos – on i tak jest przekonany, że jestem pod każdym względem niezrównoważona. A godność straciłam już przecież raz na zawsze, kiedy pozwoliłam mu wrócić po pierwszej zdradzie. Wpatrywałam się w komórkę, jakby stamtąd miał przyjść do mnie jakiś esemes od Anioła Stróża, jakaś epifania z zaświatów. Nic. Nacisnęłam guziczek „skrzynka odbiorcza". Miałam zaledwie kilka zachowanych wiadomości, których nie wyrzuciłam ze skrzynki, bo nie było takiej potrzeby. Żenujące ubóstwo towarzyskie. Kilka esemesów z pracy, jakiś jeden od Jacków z Warszawy, bardzo miły nawet. O, dwa od Eryka. No, proszę. Ze stycznia i lutego. „Jestem na siłowni. Będę ok 10" i „Kotku, kup chleb, bo wyszedł". Dwie wiadomości od ukochanego przez pół roku.

Palce same powędrowały mi na klawiaturkę. „Kocham Cię, wróć do mnie". Odszukałam numer Eryka i nacisnęłam „wyślij". Zdumiona komórka zapytała „ok?". Czy okej? A bo ja wiem? Jezu, okej, czy nie okej?!

Ręce mokre od potu. Serce wali.

Na Żabiance już prawie się zdecydowałam. W Gdańsku-Oliwie doszłam do wniosku, że to jednak poniżej mojej godności. No, dobrze. Jeśli ta blondynka z różowymi pasemkami po przekątnej wysiądzie na Przymorzu, i do tego czasu skończy drożdżówkę, to wysyłam.

Gdańsk-Przymorze. Ostatnie dwa kęsy. Blondynka podnosi seledynową torebkę z siedzenia, poprawia szybko usta i ewidentnie wysiada. „Ok?"

A, co mi tam. Nie taką idiotkę już się z siebie robiło.

Okej.

*

Podła intrygantka. Awanturnica, skandalistka i manipulatorka. Markiza de Merteuil rodem z Pcimia.

Minęła godzina. Komórka nic.

Nie dostał wiadomości? Dostał wiadomość oraz zawału serca, a raczej tego czegoś, co z grubsza spełniało jego funkcję?!

Dżizes, co ja narobiłam?!

*

Gdańsk-Wrzeszcz. Źródło nieustającej uciechy Anglosasów zatrudnionych jako *native speakers* w szkołach językowych. *Where do you work*?, pytali siebie nawzajem. *In Scream*, ha, ha, ha.

Przedwojenne secesyjne wille. Ulice ochrzczone przez kogoś z wyobraźnią. Do Studzienki. Jaśkowa Dolina. Wielkie stare klony i kasztany. McDonald's po drodze do pracy. Bar „Syrena", gdzie można zjeść obiad za 6,98. Z kompotem w fajansowym kubku, z archaicznym napisem „Społem" i dziesięcioprocentową zniżką, jeśli się jest studentem.

Wrzeszcz, moja oaza spokoju. Jak kot, który nie cierpi zmian i znajduje przyjemność w znajomym rytmie codziennej rutyny, tak ja, po wyjściu z kolejki SKM, zwykle podświadomie zwalniałam kroku, jakbym po leniwym jesiennym spacerze wybierała się właśnie do cioci Helenki na aromatyczną popołudniową herbatę i ciasto ze śliwkami, a nie do pracy. Obwąchiwałam po drodze swoje znajome kąty – sklepy z butami, Galerię Centrum, księgarnię na piętrze przy Grunwaldzkiej, cukiernię Wenty, gdzie kupowałam pyszne francuskie drożdżówki z serem, kruszonką i migdałami. I, oczywiście, tysięczną kawę na wynos.

Dobrze mi było wśród tych szarych kamienic o przepastnych podwórkach i wielkich, gościnnych oknach, w których załamywało się popołudniowe światło. Dobrze mi było w tym obcym mieście, które sobie oswoiłam, i które oswoiło mnie, przytulnie mi było w tym Wrzeszczu i swojsko, bo tylko tu nie myślałam o Eryku.

*

Wyskoczyłam z pociągu, wciąż ściskając w mokrej dłoni osłupiałą komórkę. A właściwie wyskoczyło moje ciało, wytrenowane przez dziewięć miesięcy nieustannych dojazdów. Kiedy mijało dwadzieścia pięć minut od stacji Gdynia Główna Osobowa, samo wiedziało, że już pora rozkrzyżować nogi, zarzucić na ramię torbę i dryfować w stronę wyjścia. Tak. Gdyby nie pies Pawłowa w moim ciele, dziś raczej nie wiedziałabym, gdzie jestem ani w którą stronę iść. Ani po co.

Komórka zabrzęczała i zawibrowała. To nie Eryk.

– Cześć, dzieciaku. – Hugo był ode mnie młodszy o dziesięć lat, ale traktował mnie jak młodszą siostrę.

Co było bardzo miłe.

– Weźmiesz mi placki ziemniaczane w „Syrenie"?

– Jasne. Coś do tego? Jakieś mięsko?

– Nie, tylko placki. Z sosem grzybowym. Jesteś już, czy dopiero wstałaś?

Ha, ha, bardzo śmieszne.

– Jestem, jestem. Będę za kwadrans. I prawie nie spałam.

– Chwalisz się czy narzekasz?

– Opowiem na miejscu. Rób kawę.

Hugo był sekretarką, dyrektorem administracyjnym i sprzątaczką w naszej szkole językowej. A poza tym był moim przyjacielem. Uwielbiałam się z nim kłócić na temat wyższości „Polityki" nad „Wprost", a on ze mną na temat wyższości „Wprost" nad „Polityką". Oboje okropnie świntuszyliśmy i byliśmy niezwykle dumni z naszej pornograficznej błyskotliwości. To, że w ogóle udawało nam się doprowadzić cokolwiek w pracy do końca, zakrawało na cud, bo koncentrowaliśmy się głównie na uprawianiu życia towarzyskiego, zamawianiu pizzy z pizzerii „Olimp" („dowóz gratis", ilekroć widzieliśmy ten napis na menu, zaśmiewaliśmy się do łez; naszym zdaniem brzmiał jak typowe greckie nazwisko) i grzebaniu w Internecie.

Eryk wciąż się nie odzywał. Cóż, na jego miejscu też bym była zbita z pantałyku. Po chwilowej panice na odcinku Przymorze–Wrzeszcz przestałam się obawiać o konsekwencje tego esemesa. Po raz pierwszy w życiu było mi kompletnie obojętne, co Eryk o mnie myśli. Nie musiałam się napinać, żeby spełniać jego oczekiwania. Nie obchodziło mnie, czy uważał mnie za idiotkę, przykrą sukę, czy upierdliwą ofiarę. Teraz chciałam tylko, żeby jakoś zareagował. Potraktowałam go tak, jak on zawsze traktował mnie. Instrumentalnie. Eksperymentalnie. Na zimno. I z niecierpliwością naukowca czekałam na rezultaty. Czy było to paskudne? Owszem. Wyrachowane? Jak najbardziej. Czy się tego wstydziłam? Nie. Czułam się silniejsza. Do tego uczucia pełnej kontroli nad drugim człowiekiem mogłabym się nawet przyzwyczaić. Było bardzo przyjemne. Świadomość władzy. Nic dziwnego, że Eryk był od tego uzależniony. Znał mnie tak dobrze. Naciskał jakiś guziczek i wiedział dokładnie, jak zareaguję. A ja? Chyba nie znałam go wcale, bo nie miałam pojęcia, co teraz zrobi. Ale spokojnie czekałam.

Zanim zapłaciłam kasjerce o image'u lojalnie dostosowanym do nazwy zakładu gastronomicznego – niebieskie pasemka, zielone cienie na powiekach, neonoworóżowe paznokcie – za placki ziemniaczane z sosem grzybowym (dla Hugonota), placki ze schabowym i mizerią (dla mnie), udzieliłam sobie pełnego rozgrzeszenia.

Wchodząc po drewnianych schodach prowadzących do szkoły, stwierdziłam, że nawet Mańka nie wymyśliłaby nic lepszego.

*

Spod biurka wystawały kształtne męskie pośladki opięte bojówkami khaki oraz para różowych stóp w beżowych sandałach na rzepy. Pośladkom i stopom towarzyszyło sapanie i postękiwanie, a także swobodne rzucanie mięsem po polsku, angielsku i francusku.

Pod względem dbałości o wizerunek szkoły językowej Hugo był jednak niezastąpiony.

– Obiadek! – oznajmiłam radośnie.

No bo w końcu czyż Hugo był winien, że mnie zdradził ukochany?

Nie będę mu melodramatów odgrywać. W dodatku w godzinach pracy.

Przynajmniej imię miałam normalne. Takie, które nie stanowiło nieustającej pożywki dla niewybrednych dowcipów. Hugo był z wykształcenia romanistą, i to w drugim pokoleniu. Jego matka, także romanistka, fanatycznie uwielbiała francuski romantyzm. Hugo, biedak, miał oczywiście na drugie Wiktor. Na szczęście jego ojciec, artysta plastyk, w porę wychynął na moment ze swojej alternatywnej rzeczywistości, aby zapobiec zarejestrowaniu syna jako Hugo Victor, przez „V". Oprócz skojarzeń oczywistych - nikt, włącznie z jego własną narzeczoną, nie zwracał się do niego po prostu „Hugo" - trafiały się również wyrafinowane nowotwory językowe, w których celowali zaprzyjaźnieni z nim lingwiści, a które on kwitował pełnym politowania uśmieszkiem. Szczytem moich możliwości był „Quasimodo", ale szybko zrezygnowałam z garbatego dzwonnika, bo po pierwsze, Hugo był porażająco wręcz przystojny (dlatego, rzecz jasna, „Quasimodo" wydał mi się szczytem błyskotliwości i inwencji), a po drugie, był ciepły i kojący jak mięciutki, pomarańczowy polar w zimie. Podawany w zestawie z herbatą z rumem. Uroda Hugona była legendarna. Gdyby żył kilka wieków wcześniej, malarze zabijaliby się, by go malować, a rzeźbiarze, by modelować jego idealne ciało. Kobiety i mężczyźni pisaliby o nim pieśni i wiersze, i popełniali samobójstwa z miłości. W obecnych czasach Hugo miał, wydawać by się mogło, wszelkie predyspozycje, by zostać czołowym supermodelem Hugo Bossa, albo wysadzić z siodła etatowego ulubieńca niespełnionych erotycznie intelektualistek, Hugh Granta.

Niestety, niestety.

Obdarzony zapierającą dech fizycznością Hugo (dla przyjaciół Hugonot) - tak wyglądałaby Cindy Crawford, gdyby była mężczyzną, i nawet nie musiałaby obcinać włosów - cierpiał na chroniczną niezborność ruchową.

Panny, mężatki i babcie, które czerwieniły się jak homary we wrzątku na widok Hugonota statycznego za biurkiem, nie mogły wydobyć z siebie słowa, zapominały, po co tu przyszły i jak się nazywają, mrugały rzęsami, prężyły biusty, i w ogóle zachowywały się skandalicznie, otóż, te same panny, mężatki i babcie parskały okrutnym i niepohamowanym śmiechem, gdy tylko Hugo zza biurka się podnosił.

Każda część jego ciała zdawała się żyć własnym życiem; w wypadku Hugonota lewica naprawdę nie wiedziała, co czyni prawica, a Mieszko Plątonogi, książę śląski, gdyby kiedykolwiek go spotkał, wydałby się sobie zaledwie nędznym aspirantem do własnego przydomka. Jeśli na ulicy stał jeden jedyny samotny słup, Hugonot siłą niewytłumaczalnego magnetyzmu nań wpadał. W całym Trójmieście nie było księgarni, w której choć raz nie zrzuciłby całej zawartości regału. Zawierającego dzieła zebrane Victora Hugo. Ani pubu, w którym nie spadłby z krzesła, nie potknął się o własny cień, czy nie zdemolował, zupełnie niechcący, męskiej, a przy okazji, także zupełnie przypadkiem, damskiej toalety. Wielokrotnie zatrzymywany na ulicy przez policję pod zarzutem zamroczenia alkoholowego lub/i odurzenia narkotycznego, nie miał łatwego życia. Ale jakby na przekór swej aspołecznej przypadłości, to niewiarygodne zjawisko genetyczne jeszcze nigdy w życiu niczego nie stłukło. W kuchni i za barem sprawdzał się fantastycznie. Jego ramiona dalej kręciły młynka, ale był to, choć z pozoru chaotyczny, młynek całkowicie celowy, a kiedy wreszcie ustawał, przed zdumionym obserwatorem lądowało idealnie zmiksowane martini z wódką i oliwką albo francuski suflet ze smardzami (trufle ciężko kupić). Poza tym Hugo był komputerowym magikiem i mistrzem świata w opowiadaniu dowcipów.

– Obiadek w dwojakach styropianowych żem ci przyniosła – powtórzyłam, bo brak odzewu spod biurka zaczynał mnie niepokoić.

– Merci, merci. – Hugonot wymawiał swoją francuszczyznę po polsku.

– Będziesz jadł, bo wystygnie?

– Chwila.

Położyłam styropianowe pojemniki w bezpiecznej odległości na regale z książkami.

Pod biurkiem coś się zapętliło, zasapało, jęknęło „merde" i zastygło w pozycji laookonicznej.

– Hugonot?

– ...yyymm...

– Wezwać pogotowie? – podsunęłam usłużnie.

– Kurew wredna – wystękał – byś pomogła lepiej.

– Ale ty jesteś tak zakleszczony, że nie wiem, gdzie co masz. Jeszcze pociągnę nie to, co trzeba i Oliwka mnie spoliczkuje.

Zaszurał nerwowo pod biurkiem.

Zaraz zadzwoni telefon, on walnie się w łeb, i coś zleci na podłogę, zaprorokowałam w myślach.

W tym momencie zadzwonił telefon, pod biurkiem rozległ się łomot, a cały mebel uniósł się w górę, niczym skorupa żółwia. Plastikowy pojemnik, w którym trzymaliśmy drobne, zjechał na brzeg stołu, podskoczył i wylądował na niebieskim dywanie, rozsiewając wokół złudne wrażenie zbytku w postaci złotych i srebrnych monet.

– Odebrać?

– Nie, to faks.

Spod biurka wyjrzała czerwona z wysiłku twarz Hugonota, a za nią po chwili wysunęła się reszta jego długiego ciała.

– Nareszcie. Cześć, dzieciaku. – Uśmiechnął się jak demon seksu.

– Cześć. Co się stało?

– Komputer znowu nawala. Musiałem pogrzebać.

– I jak?

– Już w porządku. Ciesz się i bądź wdzięczna, bo inaczej byś plan zajęć na piechotę układała, byś.

– Cieszę się i jestem wdzięczna – westchnęłam.

– Czemuś... – odsunął się i zmierzył mnie wzrokiem – wyglądasz mi na pięćdziesiąt lat. To znaczy, na twarzy, bo reszta okej. Wieczorami dorabiasz tańcem na rurze? – Zatrzymał wzrok na moich rajstopach.

– Zawsze subtelny jak Violetta Villas. Kabaretki modne są, matołku. Do wszystkiego. Oliwia też nosi. Ostatnio miała różowe.

– Nic nie zauważyłem. Kto to jest Violetta Villas?

– Typowe. Violetta Villas, ikona estrady. Dinozaurzyca. Las Vegas i tak dalej.

– Nie znam. – Hugo pokręcił głową. – No, to co jest z tobą? Dawaj placki i opowiadaj.

Odwinęłam z serwetki dwa plastykowe widelce.

Hugo wysłuchał bez słowa. Na koniec oblizał widelec z resztek sosu grzybowego i spojrzał na mnie smutno.

– Taak. To już wszystko jasne z tymi rajstopami. Kawy?

– Uhm.

Wstał, zgrabnie zrzucając swój styropianowy pojemnik na krzesło. Plastikowy kręgosłup widelca chrupnął pod beżowym sandałem. Hugo na moment położył mi swoją wielką łapę koszykarza na ramieniu, a potem, niczym wyznawca wudu w transie, potrząsając grzywą jak paralityk, popląsał do kantorka zrobić kawę.

– Dalej nie rozumiem, po co wysłałaś mu tego esemesa. Gdybym był na twoim miejscu, w życiu by mi coś takiego spod palców nie wyszło. – Hugo wpatrywał się z zapamiętaniem w ekran komputera.

– Czego nie rozumiesz? Chciałam sprawdzić, co się stanie. Czy jakoś zareaguje.

– No, ale po co ci to? To przecież niczego nie zmieni. Jak koniec, to koniec. „Kocham cię, wróć do mnie". Dno. – Pokręcił głową z niedowierzaniem. – Kompletne dno.

Męska logika. Niedobrze mi się od tego robiło. Za grosz finezji. Łopata to łopata. W żadnym wypadku metafora łopaty.

– Boże, wiem o tym. Ale zrobiłam z siebie idiotkę z premedytacją. Niech się trochę poszamocze. Dlaczego ten koniec ma być dla niego taki komfortowy?

– Tylko o to chodzi?

– No, tak. – Spojrzałam na niego zdumiona. Ile razy można w kółko powtarzać to samo? Czy on nic nie zrozumiał?

– Jesteście okropne. Ale wiesz, co to znaczy, dzieciaku? – Hugo uśmiechnął się protekcjonalnie do ekranu.

– Co? – Zaczynał mnie irytować. Przemądrzały bachor.

– Manipulujesz z zimną krwią, znaczy, że już nie kochasz go – zrymował odkrywczo. – Jesteś wolna. Twoje zdrowie – oznajmił, podnosząc do ust kubek z herbatą.

– Gratuluję jasnowidzenia. Jak na dwudziestosześciolatka, to całkiem nieźle. Twoja dojrzałość mnie powala. – Siorbnęłam swoją kawę.

Ledwo udało mi się przechwycić szybujące w moim kierunku „Wprost". Natychmiast posłałam je w drogę powrotną tam, skąd nadleciało.

– Nie szanujemy już ulubionych publicystów? Stracili pazur? Może Pilcha chcesz poczytać? – Wzięłam ze swojej półki „Politykę".

– Zżyna z Gombrowicza – mruknął.

– Skąd wiesz? Przecież go nie czytasz? Podobno. A poza tym wcale nie zżyna. Z nikogo. Głosem oryginalnym jest.

– Wołającym na puszczy. Nie czytam, ale zżyna.

– Oby każdy tak zżynał. Jest wybitny.

Hugo przewrócił oczami i parsknął, jak młody arab z janowskiej stadniny.

– Naprawdę nie możecie się jakoś dogadać? – Gwałtownie odkręcił się na fotelu, zrzucając łokciem stertę rachunków.

– Z Pilchem czy z Gombrowiczem?

– Zapomnij na zawsze o mojej firmowej herbacie, hadro. I o kawie orzechowej, przede wszystkim. Z tym twoim pseudowikingiem!

– Hugonot, nie mam ruchu. A Eryk, jak to Eryk. Jak zwykle. Myśli, że jakoś to będzie. Że wygra na loterii, albo Święty Mikołaj podrzuci mu worek z pieniędzmi. I wszystko samo się pozałatwia.

Wstałam i wyjrzałam przez okno. Kasztany na naszym podwórku miały jeszcze kilka kwiatów.

– Dobra, dosyć tego ślimaczenia. Puść mnie do komputera – powiedziałam prosto w szybę.

Nie miałam siły o tym wszystkim więcej myśleć.

Hugo zwolnił fotel i zajął się przeglądaniem faktur. Jeszcze dwa lata temu nie wiedziałam, co to jest faktura, przeleciało mi przez myśl. Jakoś się człowiek przystosowuje do rzeczywistości. Wolno, ale zawsze.

– Słuchaj, a czemu nie zwrócisz się do prawnika? Na pewno coś wymyśli. Inaczej będziesz czekać w nieskończoność, aż on raczy podjąć decyzję.

– Mówisz, jak moje Amerykanki.

– Bo Amerykanki mają rację. Trzeba go przycisnąć. On nie ma pieniędzy, zgadza się?

– Uhm.

– I nie będzie miał.

– No, nie. Nie wiem. Raczej nie.

– Ale czy jest w stanie utrzymać mieszkanie?

– Myślę, że będzie się starał spłacać kredyt, bo będzie się bał, że bank przejmie mieszkanie. Plus może jakieś podstawowe rachunki, żeby sobie herbatę ugotować i przygotować ciepłą kąpiel dla Andżeliki. Za to na pewno nie będzie płacił czynszu.

– Poczekaj.

Hugo wyjął komórkę i wystukał jakiś numer.

– Cześć Moniczko-prawiczko. Pardon, prawniczko. To ja – zagruchał. – A, u mnie wszystko dobrze. Podobno Oliwka chodzi w różowych kabaretkach. Wiesz coś o tym? Aha. Słuchaj, mam tu jedną taką pannę w opałach.

Niewiarygodne.

Znał słowo „opały". A nie znał Violetty Villas.

Co za okaz.

*

Hugonot umówił mnie z Moniczką-prawniczką. Jak się okazało, ulubioną kuzynką Oliwki. Ponieważ nie miała zbyt wiele czasu, zgodziła się spotkać ze mną za godzinę, o drugiej. Potem jechała do Warszawy na jakieś negocjacje biznesowe.

– Leć, ja ułożę plan. Chcesz mieć dużo zajęć w przyszłym tygodniu?

– Przecież wiesz, że potrzebuję kasy.

– Załatwione. Głowa do góry, pani dyrektor.

– Dzięki, wujku.

– Nie ma sprawy. Powodzenia.

Pani dyrektor. Byłam dyrektorem metodycznym, i do mnie należało układanie planu zajęć lektorów, hospitacje i ogólne podtuczanie pańskim okiem stadka naszych anglistów. Uwielbiałam atmosferę w Fast Lane. Nie tylko ze względu na Hugonota, z którym nadawaliśmy na tej samej częstotliwości. Budynek, który szkoła wynajmowała na zajęcia, zdawał się generować jakieś dobre wibracje. Lektorzy nie podgryzali się nawzajem, szanowali swój i cudzy czas, mieli poczucie humoru. Byli profesjonalistami, a nasza współpraca układała się gładko. Jedyne zgrzyty zdarzały się, gdy nagle trzeba było załatwić zastępstwo, bo któremuś z lektorów znienacka życie stanęło w poprzek. Wówczas buzowała nam adrenalina, wydzwanialiśmy z Hugiem do tysiąca osób, ale z reguły wszystko dobrze się kończyło. Jak w serialu „Na dobre i na złe". Dużo napięcia, wstrzymywanie oddechu i zastanawianie się, czy Burski zdradzi idealną Zosię z jej własną siostrą, czy nie, a na końcu potężne westchnienie ulgi. Najważniejsze jednak było chyba to, że czułam się tam zwyczajnie lubiana. W Fast Lane, miałam wrażenie, co najmniej kilka osób uważało, że jestem fajna. A może tylko się łudziłam.

– Ciebie nikt w środowisku żeglarskim nie lubi – wyznał mi kiedyś w przypływie szczerości Eryk.

Ta wydarta prosto z serca uwaga Eryka nie pognębiła mnie tak, jak się spodziewał. Znowu o coś się wtedy kłóciliśmy i bardzo chciał mi dopiec do żywego. Nie przewidział tylko, że dla mnie opinia jego środowiska żeglarskiego nie była kwestią życia i śmierci, tak jak niewątpliwie była dla niego. Zresztą z innych źródeł akurat wiedziałam, że było wręcz odwrotnie, a brak sympatii dla mnie odzwierciedlał jedynie brak sympatii do Eryka. Jego koledzy zawsze byli dla mnie mili, chociaż wydawało mi się, że patrzą na mnie jakby z ukosa. Ostrożnie. Badawczo. Jakby wiedzieli o czymś i sprawdzali, czy ja też wiem. Nie miałam o niczym pojęcia, a oni z kolei zastanawiali się pewnie, jak się w takiej niezręcznej sytuacji zachować.

A teraz wszystko wreszcie stało się jasne.

Z Moniką miałam się spotkać w sopockim SPATiF-ie. O tej porze dnia było tam spokojnie i pusto. Można było rozmawiać i patrzeć na morze.

– Brunetka, długie włosy. Okulary. Będzie w niebieskiej sukience – poinformował mnie Hugo. – I w beżowych kabaretkach. To jakaś zaraza? – zmarszczył brwi.

– Polska właśnie. Jak coś jest modne, to wszyscy noszą.

– Ja nie noszę.

– Bo jesteś abnegat.

– Tylko bez mobbingu. Idźże wreszcie, bo nie zdążysz.

Z pewnym poczuciem winy zostawiłam go z całą szkołą na głowie, ale nie było czasu do stracenia. Tego typu sprawy wloką się nieraz miesiącami, a nawet latami. Ewka już od ponad pół roku usiłowała sprzedać swoje mieszkanie, bez rezultatu. Bałam się, co powie Moniczka, ale z drugiej strony, wolałam wiedzieć, że jest kiepsko, niż nie wiedzieć nic.

Złapałam pociąg do Sopotu i już po kilkunastu minutach maszerowałam w dół Monciaka, wdychając jod zmieszany z wyziewami grillowanej karkówki, smażonych ryb i słodkawym zapachem gofrów.

Sopot, podobnie jak Wrzeszcz, był jednym z niewielu miejsc w Trójmieście i okolicach, gdzie wciąż przyjeżdżałam z przyjemnością niezatrutą przykrymi wspomnieniami.

Fakt ten mógłby zostać śmiało zaklasyfikowany jako zjawisko nadprzyrodzone – analogicznie do kariery Magdy Mołek w telewizji – zważywszy, że większość naszych wspólnych wycieczek z Erykiem zwykle kończyła się kłótnią, a w najlepszym razie uczuciem niedosytu. Że czegoś nam brak. Że we wszystkim dźwięczy jakaś fałszywa nuta. Że to po prostu nie to. My razem – to nie to. Długo, bo całe siedem lat, byłam naiwnie pełna nadziei, że ta bylejakość się przełamie, a my pójdziemy na spacer po Orłowskim Klifie i nagle okaże się, że Eryk na tyle mnie kocha, by nie wściekać się, że grzmotnęłam na podszycie leśne, pośliznąwszy się na mokrych liściach, tylko uśmiechnie się z czułością i przybiegnie mnie ratować, i skończy się to wszystko długim, namiętnym pocałunkiem na płask na barwnym jesieni dywanie, jak w tym filmie z Winoną Ryder, gdzie ona umiera w ramionach Richarda Gere'a.

Guzik. Zawsze było nie tak. Nawet jedząc wątróbkę czy pijąc wodę mineralną, miałam wrażenie, że zdaję przed Erykiem jakiś egzamin. Na szczęście w Sopocie byliśmy razem tylko kilka razy i obyło się bez afer, jeśli nie liczyć spektakularnego występu Eryka w „Błękitnym Pudlu".

Siedzieliśmy tam pewnego wczesnego popołudnia, piliśmy piwo i – od czasu do czasu – patrzyliśmy sobie w oczy. Jesienne słońce sączyło się przez przydymione szyby, nadając eklektycznie wystylizowanemu wnętrzu klimat staroświeckiego salonu. Przystojny barman wycierał szklanki. W tle subtelnie pobrzękiwał jakiś smooth jazz. Byliśmy prawie sami, jeśli nie liczyć pary przy stoliku za nami.

W pewnym momencie przy barze pojawiła się ładna brunetka z kucykiem.

Eryk zerwał się bez słowa, jakby ukąsił go giez, i jednym skokiem znalazł się obok brunetki, blokując jej przejście i nie pozostawiając możliwości manewru.

– Ania?! Ania?! – wykrzyknął histerycznie.

– No, Ania, Ania. A my się znamy? – Brunetka obrzuciła go nieuważnym spojrzeniem.

– Znamy się, znamy! – zamruczał kokieteryjnie, po czym jak gdyby nigdy nic, wrócił do stolika, gdzie siedziałam jak w słup soli zamieniona, nie wiedząc, czy się obrazić, czy śmiać, czy z żenady schować się pod stół.

– To Ania Brylska. Z „Niepokornych" – oznajmił, siadając nonszalancko na krześle i wykręcając do tyłu głowę jak flaming.

Ania właśnie witała się z przyjaciółmi.

– Kto? – Wtedy nie znałam jeszcze gwiazd polskich seriali.

– Ania Brylska. Gra pielęgniarkę w „Niepokornych".

– Aha. Znasz ją?

Wzruszył ramionami.

Nie wiedziałam, czy miało to oznaczać tak czy nie. Sądząc po reakcji Ani, raczej nie miała pojęcia, kim jest Eryk. Ja też w tym momencie nie wiedziałam. Gospodynią domową, która wpada w ekstazę na widok bohatera telenoweli kupującego włoszczyznę w osiedlowym warzywniaku?

To była jakaś rozpaczliwa, żałosna próba zaistnienia. Nie rozumiałam, po co Eryk to zrobił. Pewnie impuls. Tylko skąd mu się brały takie impulsy? Dlaczego nie mógł mieć impulsu, żeby mnie przytulić, zamiast zostawiać, jak idiotkę, samą przy stoliku, wystawioną na pełne politowania spojrzenia barmana zrobionego na Bena Afflecka?

Nieważne, teraz wszystko już nieważne. Wszystko marność.

Sopot piękny. Jeszcze pustawy przed sezonem. Wiosna. Wolność.

Windykacja tego, co mi się należy.

*

Była zjawiskowa.

Arystokratycznie blada brunetka, uczesana w dwie idealnie symetryczne pacułki nad uszami (mnie nigdy się tak nie udawały), z których wystawały pięknie polakierowane, krzyżujące się nad czubkiem głowy, drewniane czarne szpilki. Wąskie, prostokątne okulary podkreślające inteligentne, stalowoszare oczy. Orientalna sukienka ze stójką, w kolorze błękitu paryskiego, zapinana asymetrycznie na ramieniu, ozdobiona kremowo-seledynowym haftem. Kremowe kabaretki. Do tego wsuwane klapki z wąskimi noskami. Ale jakie! Seledynowy atłas naszywany błękitnymi i granatowymi koralikami.

Miałam ochotę się odwrócić na pięcie swojego starego beżowego sandała i czym prędzej zbiec z powrotem po stromych schodach SPATiF-u. W tym momencie zjawisko podniosło łapkę z pięknym manikiurem i ewidentnie do mnie zamachało. „Nie zachowuj się jak dzicz", opieprzyłam się w myślach. „Co z tego, że wygląda jak orientalna fantazja biznesmena na delegacji? Może ci pomóc, pipo ty, bez poczucia własnej wartości. Może jest fajna".

Odmachałam.

– Agnieszka? – Zjawisko uśmiechnęło się i tym samym wyżłobiło w gładkich policzkach dwa dołeczki.

Jezu. Jaka sympatyczna.

– Cześć. Monika?

– Moniczka-prawniczka, do usług. – Zachichotała z głębi trzewi.

Miała głos jak Nina Simone i najseksowniejszy uśmiech na świecie.

Gdybym grała w innej drużynie, musiałabym się natychmiast w niej zakochać.

– Aga-łamaga, vice versa.

– Co ten Hugonot ma do kabaretek? – Wyjęła z wielkiej, płaskiej seledynowej torby profesjonalny notes i niebieski długopis.

Zapachniało czymś oszałamiająco. Alien, Thierry Mugler, odnotowałam zazdrośnie. Czterysta złotych za flaszkę płynu, który wyglądał jak denaturat.

– A, widocznie zabiłam go dziś tymi swoimi. Normalnie nie zauważa, co mam na sobie, ale dziś leżał pod biurkiem, więc miał zmodyfikowaną optykę. Jesteś podobno ulubioną kuzynką Oliwki?

– I jedyną. A ona moją. Razem wisiałyśmy na trzepaku pod blokiem. Mieszkałyśmy obok siebie na Przymorzu. Nasze matki są siostrami, w dodatku obie główne księgowe.

– Ech, te wspomnienia. Ech, dzieciństwo. I klucz na szyi?

Monika zaśmiała się i kiwnęła głową. Usiłowałam wyobrazić ją sobie jako siedmioletnią smarkulę z poobijanymi kolanami i świeżo wyklutymi jedynkami, ale nasunął mi się jedynie obraz małoletniej gejszy, która w kucki parzy w piaskownicy herbatę dla szczerbatych kumpli z zerówki.

– Napijesz się kawy? – zaproponowałam.

– Wiesz co, weź dla mnie gin z tonikiem.

Pewnie. Co innego mogła pić taka wytworna sylfida. Nawet limonka w drinku będzie jej pasować do torebki i obuwia. A ja się dorobię brązowego osadu na zębach.

Zanim wróciłam do stolika, złożywszy zamówienie u pana Józefa za barem, Monika zdążyła zapisać całą stronę A-4. Dopiero teraz uwierzyłam, że jest spokrewniona z Oliwką. W sprawach zawodowych była tak samo zorganizowana, rzeczowa i profesjonalna. W dodatku przygryzała dolną wargę identycznie jak ukochana Hugonota, kiedy coś rozważała w swojej krótko ostrzyżonej główce. Na przykład, jak mu powiedzieć, że koniecznie musi sobie kupić jeszcze jedną parę butów.

– Sorry, ale jestem tak zarobiona, że wykorzystuję każdą wolną sekundę. Mam nocne negocjacje w Warszawie. Wielcy panowie prezesi nie mają czasu w ciągu dnia. – Westchnęła i skrzywiła się – Selawi.

– Hmm. – Nie miałam doświadczenia z wielkimi panami prezesami oraz ich brakiem czasu, więc bez komentarza poszłam do baru odebrać nasze drinki.

– A dlaczego Hugonot leżał pod stołem? – Monika poprawiła okulary profesjonalnym gestem gwiazdy z serialu o prawnikach i pociągnęła łyk ginu.

– Naprawiał komputer. To co, może przejdziemy do rzeczy, bo nie chcę ci zabierać zbyt wiele czasu...

– Jasne.

Nie wiem, jak to się stało. W ciągu piętnastu minut opowiedziałam obcej kobiecie całe swoje życie. Które w kilku fragmentach okazało się niepokojąco podobne do jej własnego. Monika przez cały czas robiła jakieś notatki, tym razem na mój temat, a nie nocnych negocjacji z prezesami. Zadawała konkretne pytania dotyczące kredytu, hipoteki, współwłasności, kiwała głową i uśmiechała się z gorzkim zrozumieniem.

– To skomplikowana sytuacja, ale nie bez wyjścia – powiedziała wreszcie. – Jedynym rozsądnym rozwiązaniem jest nakłonić go do zgody na sprzedaż mieszkania. Eryk musi zrozumieć, że to najlepsze, co można zrobić, no i oczywiście musimy mieć jego decyzję na piśmie. Trzeba zaaranżować spotkanie, i to jak najszybciej, bo inaczej możesz czekać w nieskończoność – powiedziała autorytatywnie.

– A jeśli się nie zgodzi? – Poczułam, jak budzą się motyle w moim żołądku.

– Przestań obgryzać paznokcie. Zgodzi się. Przedstawimy mu wszystkie aspekty finansowe; myślę, że nie będzie miał żadnych argumentów. Polubowne załatwienie sprawy będzie o wiele tańsze, niż odwołania się do sądu. Byłby głupi, gdyby tego nie zrozumiał.

Otworzyła oprawny w skórę terminarz.

– Jestem wolna w przyszły poniedziałek. Możemy się umówić o osiemnastej u mnie w kancelarii na Abrahama. Daj mi znać w tygodniu, czy Eryk się zjawi.

– Zwykle jest na miejscu po weekendach. Ale boję się, żeby nie robił uników.

– Nie martw się na zapas. To może trochę potrwać, ale najważniejsze, żeby uzyskać jego zgodę. – Monika wstała i zamotała na ramionach seledynowy szal.

– Strasznie ci dziękuję. Bałam się, że nic się nie da zrobić, i że będziemy musieli mieszkać razem do końca życia. Chociaż to pewnie nie trwałoby zbyt długo, bo albo ja bym go otruła, albo on doprowadziłby mnie do samobójstwa. – Stałyśmy pod SPATiF-em, na gęstniejącym coraz bardziej Monciaku.

– Na razie nie ma za co. – Monika pokazała dołeczki. – To ja lecę, mam za chwilę pociąg. Do poniedziałku!

Truchtem afrykańskiej gazeli ruszyła na dworzec.

Przeszłam na drugą stronę ulicy, żeby sprawdzić, czy Gino Rossi nie ma przypadkiem dla mnie na wyprzedaży jakichś szalonych klapek wyszywanych koralikami. Nie miał. Miał za to szpilki za trzysta siedemdziesiąt pięć złotych dla profesjonalnych prawniczek. Poruszających się gazelim truchtem.

Pomimo poniżającego przeświadczenia, że kompletnie już nie umiem się ubrać zgodnie ze światowymi trendami, bo nie mam pojęcia, co jest trendy – oprócz kabaretek, które zapewne były trendy tylko w Polsce, tak jak w latach osiemdziesiątych plastykowe, czerwone uchwyty na szklanki i zasłonki kuchenne w biało-czerwoną kratkę – było mi lżej.

Ufałam Monice. Fakt, była młodsza. Piękna. I światowa. Może nieco zbyt starannie wykończona we wszystkich detalach. Jak luksusowy apartament. Kotary dopasowane do odcienia różyczek na pościeli i serwisu śniadaniowego. No i co z tego. Ale za to mądra jest i konkretna. Pracowita. Bezpretensjonalna. I sprawiała wrażenie, że wie, co robi. Tym samym dzięki niej ja też wiedziałam, co mam robić, a to napawało mnie otuchą. Nie czułam się tak od... Odkąd byłam z Erykiem, nie czułam się tak nigdy. Dzięki Monice po raz pierwszy od lat odważyłam się snuć plany – bez Eryka w tle. Rosły mi feministyczne skrzydła.

Widziałam już, jak sprzedajemy mieszkanie, ja odzyskuję swoje pieniądze i wynajmuję coś niedużego na krakowskim Kazimierzu, farbuję włosy na demoniczną czerń (znowu, chociaż w Nowym Jorku przysięgałam, że nigdy więcej, bo zajęło mi trzy lata i trzy tony najróżniejszej chemii, żeby uzyskać jakiś inny kolor, ale w kraju tylko czarne włosy znamionują wyrafinowanie intelektualne), prowadzę artystyczne życie, za dnia jestem tłumaczką i pisarką, a w nocy bywalczynią i piwniczarą, w której smutnych oczach zakochują się, wbrew sobie, jak w filmach z lat sześćdziesiątych, młodzi biznesmeni pachnący Burberry's for Men. A ja zmieniam kochanków jak czarne rękawiczki i koronkowe stringi. Albo, z Szarym pod pachą, ląduję na lotnisku Kennedy'ego, gdzie wpadam w ramiona Alince, jedziemy na Williamsburg, obcinam włosy na wyszczypaną zapałkę, farbuję na platynowy blond (zawsze o tym marzyłam i nigdy nie miałam odwagi), i tym samym podejmuję ciąg dalszy mojej przerwanej amerykańskiej biografii.

I jestem wolna od Eryka, z nową fryzurą, tym znanym każdej kobiecie symbolem nowej drogi życia.

– No cześć, Hugo Wiktorze. Jestem po rozmowie z Moniką.

– No i co?

– Jest nadzieja. Świetna dziewczyna. Czemu ją ukrywaliście?

– Sama się ukrywa. Pracoholiczka.

– Bardzo mi dobrze zrobiła na nastrój. Mamy spotkanie trójstronne w przyszły poniedziałek. Będziemy cisnąć Eryka. Potrzebujesz mnie w szkole?

– Plan już ułożyłem, dzieciaku. Jutro masz na dziewiątą, cztery godziny. Pasuje?

– Ekstra. Hugonot, nie wiem, co to będzie po tym moim esemesie. Trochę się jednak boję.

– I słusznie – odpowiada Hugo z wyższością.

– Oj, przestań. Pocieszyłbyś, a nie... – Czuję, że z sekundy na sekundę coraz bardziej się spinam.

Skrzydła opadają. Oprószone kurzem rzeczywistości. Znowu się boję Eryka. Ale sama chciałam. Oj, głupia ty. Eksperymentów emocjonalnych się zachciało.

– Nie bój się. Gorzej nie będzie – kulawo i bez przekonania pociesza mnie Hugo.

Co on tam wie.

Idę do pociągu. Jakiś facet się do mnie uśmiecha w kolejce SKM. Rozpoznaję swojego ucznia z Wrzeszcza.

Wysiadam. W „Justynce" pod dworcem kupuję dwie gorące drożdżówki z budyniem i natychmiast zjadam.

Pomaga niewiele. Nadal zjadają mnie nerwy.

Jest dopiero wpół do trzeciej. Eryka na pewno nie ma w domu. Przede mną wolne popołudnie. Niech będzie błogosławiony Hugo Wiktor Domosławski. Może uda mi się skoncentrować na tyle, żeby przygotować lekcje, poprawić wszystkie testy i wypracowania do English for You. Przez cały weekend nie zrobiłam nic, bo zajmowałam się swoją kiełkującą depresją. Ale Tygrysy i średnio zaawansowani mają oczywiście gdzieś moją depresję. Miranda Kawalec nie zrozumie, dlaczego nie sprawdziłam jej zadania domowego (krzyżówka ze słówek, kierunki i pytanie o drogę), a Kuba Smętek, który ma *guts*, będzie zawiedziony brakiem wnikliwego komentarza (*well done!*) pod swoim wypracowaniem na temat agresji wśród nastolatków.

Na podwórku ogarnia mnie niejasne przeczucie. Spoglądam w górę. Drzwi balkonowe otwarte na oścież. Eryk jest w domu? Krew odpływa mi z głowy przez zmartwiałe stopy wprost w betonową wylewkę na podwórku.

Nie naciskam domofonu, otwieram drzwi na klatkę schodową własnym kluczem. Niech sobie nie myśli. Nie potrzebuję jego łaski i kooperacji. Powolutku wdrapuję się na czwarte piętro. Staję przed drzwiami, które aż wibrują od muzyki rozsadzającej mieszkanie.

The show must go on... dostaję na odlew w twarz decybelami *made by* Queen.

Eryk krząta się w kuchni, z której dochodzą jakieś nieziemskie zapachy, chyba włoskie.

Koty kręcą się jak szalone, ich ogony falują w górze.

– Cześć. – Przyciszam muzykę.

Odwraca się zaskoczony.

– Już jesteś? – Ma zaczerwienioną twarz. W jednej garści trzyma sałatę, w drugiej nóż.

Widocznie nie wie, że kontakt z metalem zabija jej wartości odżywcze. A można by pomyśleć, że pobyt w Ameryce czegoś go nauczył.

– Jestem.

Idę do siebie czyli, od soboty – do sypialni. Zwykle w tym momencie przebieram się w obrzydliwe, za to wygodne domowe dresy, ale dziś potrzebuję naprawdę porządnej zbroi. Zostaję w ubraniu roboczym. Kabaretki i spółka.

– Zjesz ze mną? – Eryk uśmiecha się zachęcająco. Jak aktor reklamujący rosołki Knorra. Brakuje mu tylko nieprzemakalnego fartuszka z wielkim kogucim łbem na froncie.

Z łbem poderżniętym wielkim, zakrwawionym nożem.

– Nie, raczej nie – odpowiadam, patrząc przed siebie, na ścianę.

Głaszczę Szarego potem Cielęcinę. Prężą grzbiety pod dotykiem mojej dłoni. Idę do łazienki.

– Dlaczego? – Wciąż ten sam uśmiech.

– Bo już jadłam. I... jakoś nie mam ochoty. – Zamykam za sobą drzwi.

W lustrze podbite oczy, wypieki na twarzy. Chryste. Nie wytrzymam. Nie wytrzymam z nim pod jednym dachem ani sekundy dłużej. Zamieszkam w piwnicy, byle go nie widzieć. Stanę się blada jak ziemniak, będę się przekradać do łazienki i do szafy po ciuchy, będę jeść na mieście. Byle dalej od niego.

Nawet niezły plan, w gruncie rzeczy. I całkiem wykonalny.

Myję ręce.

– Nie przełamiesz się ze mną chlebem? – atakuje, ledwo znalazłam się w pokoju.

– Mówiłam, raczej nie.

– To po co mi napisałaś, że mnie kochasz? – Uśmiecha się chytrze.

O kretynko koncertowa. Całkiem o tym zapomniałam. O tym cholernym esemesie. Moja misterna intryga kompletnie wyleciała mi z głowy. Kiedy go zobaczyłam, chciałam tylko, żeby go już nie było. Żeby rozpłynął się w niebycie, jak denat w sodzie kaustycznej.

Otwieram oczy, wpatruję się w szary podkoszulek polo, który zatrzymał się jakieś trzy metry ode mnie.

– Chwila słabości – kłamię. – To już się nie powtórzy.

Siadam przy stole. Szary z mruczeniem wskakuje mi na podołek. Cielęcina przeplata się pomiędzy łydkami Eryka. A ten się nie odzywa. Pochyla się przy piekarniku i wyjmuje płaską blachę pełną zapiekanych pomidorów z mozarellą i bazylią. Z twarzą sfinksa przenosi pomidory na talerze, stawia na stole obok wielkiej michy pełnej kolorowej sałaty z kurczakiem i półmiska z chlebem czosnkowym, który sam przyrządził.

– Dla kogo to wszystko? – Usiłuję przełknąć wielką grudę, której jakoś nie mogę się pozbyć z przełyku od piątku.

– Napijesz się wina? – Eryk otwiera jedną z ostatnich już butelek wina, które przywiózł z Hiszpanii.

– Nie, mam dużo pracy. Nie chcę alkoholu. – Dalej nie wiem, o co chodzi.

Kolacja z winem to specjalność Eryka. Zrobił dokładnie to samo, kiedy chciał mnie odzyskać po historii z Iloną. Tylko menu było inne: krewetki z ryżem i szparagami. I kontynent. Ameryka Północna. I pora dnia.

Ale teraz przecież nie chce mnie odzyskać. Ani ja nie chcę być odzyskana.

Czekam.

Dalej się nie odzywa.

– Pomidorka? – Podsuwa mi talerz.

– Nie, dziękuję. Nie jestem głodna.

Co akurat jest prawdą.

– Może sałatki? Naprawdę mi się udała. Taka, jak lubisz.

– ...

– Chciałem... porozmawiać. Napisałaś, że chcesz, żebym wrócił, a ja... – Patrzę, jak nakłada sobie sałatkę. Bardzo dużo sałatki.

– Nie chcę. Nabrałam cię. To był eksperyment. – Jego ręce zastygają nieruchomo. – Chciałam zobaczyć, jak zareagujesz. Czy coś zrobisz. Coś dorosłego. Nie wiem, czego się spodziewałam.

Zapalam papierosa, czym z premedytacją łamię podstawowe zasady savoir-vivre'u.

– A ty zrobiłeś obiadek. Chcesz mnie udobruchać? Przekupić? Wybrałeś Andżelikę, ale za to dostanę smacznie jeść? – Nalewam sobie lampkę wina.

A, do cholery z tym. Należy mi się.

Cisza. Trafiłam.

– Chcę, żebyśmy pozostali przyjaciółmi – mówi w końcu, głupek jeden.

Odkłada widelec.

A więc o tym będziemy rozmawiać. Gdybym nie była tak wściekła, byłoby mi go żal. Emocjonalny żłobek. Jak on sobie dalej poradzi w życiu?

– Nie ma takiej możliwości. Ani teraz, ani nigdy. Może z czasem będę cię tolerować, ale nigdy nie będę twoją koleżanką.

– Ale ja ciebie naprawdę bardzo lubię. – Uśmiecha się do mnie, podnosi kieliszek z winem.

– Zdrada to chyba nie jest najlepsza droga do przyjaźni.

– Ale ja nie chcę, żebyśmy przestali się lubić...

Boże, on naprawdę w to wierzy.

– Wiem, że byłoby ci łatwiej, gdybyś wiedział, że nie mam ci za złe, że mnie zdradziłeś. – Śmieję się mimo woli. Gdzie ja jestem? Co to za piekło postmodernistyczne? – ...ale to jakby... trochę niemożliwe. Poza tym, Eryk, ja ciebie już nie lubię. Od dawna.

Zdaję sobie w tym momencie sprawę, że to najczystsza prawda. Nie lubię go. Po prostu. Nie tylko go nie kocham, ale nawet nie lubię. Bo... bo nie jest dobrym człowiekiem. Nie przeszkadzałoby mi to, gdyby był tylko moim kolegą, z którym od czasu do czasu spotykałabym się na imprezach. Nie obchodziłoby mnie wtedy, że zrobił komuś drobne świństewko, i ma to gdzieś. Albo że zdradza swoją kobietę. Pewnie śmiałabym się z jego dowcipów, tańczyła z nim, piła wódkę, a potem spokojnie wracałabym do domu. Ale ja uparłam się, że chcę go kochać. I to ja byłam kobietą, którą zdradzał. I trochę mi to przeszkadzało. Tak samo, jak fakt, że tu czy tam zrobił komuś drobne świństewko, i ma to gdzieś. Oraz to, że musiałam przepraszać swoich znajomych za jego zachowanie; i tłumaczyć rodzicom, że źle go zrozumieli. Kryć go. Udawać przed światem i przed sobą, że jest lepszy, niż jest. Nie żebym ja była ideałem. Wręcz przeciwnie. Ale przynajmniej nie uważam swoich wad za zalety.

– No, co ty. – Śmieje się z przymusem.

Wydaje się autentycznie zdziwiony. Nawet wstrząśnięty.

Siedzimy sobie tak w naszej pięknej kuchni, z sałatą i winem na stole, wbici w perwersyjną polsko-amerykańską telenowelę.

Nie mam zamiaru dalej się w to bawić.

– Byłam dziś u prawnika. – Patrzę na niego zmrużonymi oczami. – Uważa, że najlepsze wyjście dla nas obojga, to sprzedać mieszkanie – mówię powoli, nie spuszczając z niego wzroku.

Kołyszę w dłoni kieliszek. To naprawdę dobre wino.

– Kto to jest?

– Kobieta.

– Oczywiście.

– Monika Wejman. Znasz?

– Nie. – Patrzy na mnie uważnie.

Jak kobra.

– Umówiłam nas wstępnie na spotkanie. – Wytrzymuję jego spojrzenie.

– Ale po co? Ja już podjąłem decyzję.

– Tak, że nie chcesz mi oddać pieniędzy, a jednocześnie nie chcesz, żebym wykupiła twoją połowę udziałów w mieszkaniu. –

Udaje mi się stłumić furię, która już podpełzła mi pod uszy. – I ja też już podjęłam decyzję.

Spokój. Spokój.

– Nie mówiłem, że ci nie chcę oddać pieniędzy, tylko że możesz mieszkać ze mną, dopóki nie zdobędę tej kasy – warczy. – Chcę ci oddać wszystko, co do grosza. Serio. Nie sądzisz chyba, że cię oszukam. – Znienacka uśmiecha się drwiąco.

– Eryk, nie chcę mieszkać z tobą ani sekundy dłużej, niż to będzie konieczne. Ani nie chcę czekać sto lat na pieniądze, a tyle mniej więcej by ci zajęło zdobycie trzydziestu tysięcy. Nie mieszaj. Najlepiej będzie sprzedać to wszystko w cholerę. Myślę, że Monika wyjaśni ci to lepiej niż ja. Będziesz na miejscu w przyszły poniedziałek?

– Chyba będę. Dam ci znać w sobotę. – Patrzy na mnie, jakby nareszcie coś do niego dotarło.

– Musimy podpisać umowę, w której wyrażamy zgodę na sprzedaż mieszkania.

– Na razie nic nie będę podpisywał! – Jednak nie dotarło.

Surprise, surprise.

– Masz cały tydzień, żeby sobie wszystko rozważyć i... może poradzić się kogoś – mówię łagodnie jak Matka Teresa. – Mam nadzieję, że uda nam się wszystko rozsądnie rozegrać.

– Ja też – rzuca beztrosko Eryk i ładuje sobie do ust potężną porcję sałaty.

– To super. – Zaciskam palce na kieliszku.

Szary wbija mi miłośnie pazury w uda. Zrzucam go na podłogę.

Teraz.

Muszę wiedzieć.

– Eryk...

– Tak?

– Dlaczego mnie zdradzałeś? Dlaczego... mnie nie chciałeś?

Wzruszenie ramion.

– Bo nie było mi z tobą dobrze w łóżku – odpowiada po prostu.

Tak jakby zamawiał półtora kilo wołowego na pieczeń.

Ach.

Nie sądziłam, że aż tak zaboli. Przeczuwałam, co powie, ale nie spodziewałam się, że to będzie aż tak.

– Aha. I zajęło ci siedem lat, żeby to odkryć? Po co tak długo ze mną byłeś?

Mój głos brzmi jak skrzek.

Nie wie.

Nie płakać. Nie będę płakać.

– Niech cię szlag.

Torebka, klucze, sweter, papierosy.

Uciekam. Znowu uciekam. Na ulicę, byle gdzie, byle dalej.

Znowu wygrał.

Ja się rozsypałam, a on spokojnie dokończy sałatę, dopije wino i poprawi grzywkę.

*

Pierwszy raz uciekłam od niego jeszcze w Ameryce.

Byliśmy ze sobą wtedy niecałe pół roku. To musiał być maj albo czerwiec, w każdym razie któryś z tych idealnych wiosennych weekendów, które poprzedzają nieuchronne nadejście tropikalnych nowojorskich upałów. Wybraliśmy się na tenisa. Mieszkałam niedaleko parku. Byliśmy sami. Włosy miałam związane w kucyk, byłam wystrojona w obcisłe, czarne szorty z lycry i sportowy biustonosz. Czułam się jak nastolatka. Rozsadzała mnie energia. Drzewa szumiały świeżymi liśćmi, pachniał rozgrzany asfalt.

Uśmiechnęliśmy się do siebie ponad siatką i posłaliśmy pierwsze piłki.

Ależ fantastycznie, pomyślałam sobie. Wiosna, słońce, Ameryka, sobota, lekka bryza, a ja sobie gram w tenisa z moim chłopakiem. I przy okazji się opalam i dotleniam. Wyobrażałam sobie, że jestem giętka, i zgrabna, i że to robi na Eryku jakieś wrażenie. Odbijaliśmy sobie spokojnie. Pyk-pyk, pyk-pyk. Tak raczej żeby się poruszać, niż rozegrać prawdziwy mecz. Tym bardziej że Eryk grał o niebo lepiej ode mnie, no i miał te swoje prawie dwa metry wzrostu i ramiona jak skrzydła wiatraka, więc bez problemu zgarniał wszystkie moje piłki. Wygrałby z palcem w nosie. Ale mnie się z jakiegoś powodu wydawało, że nie chodzi o to, żeby wygrać, tylko żeby było przyjemnie. W pewnym momencie coś się zmieniło. Raptem posłał mi kilka piekielnie mocnych piłek, których w żaden sposób nie byłam w stanie odebrać. A potem, wyraźnie celowo, zaczął psuć wszystkie swoje uderzenia. Wszystkie serwy, nawet te, które mógł odebrać z zamkniętymi oczami, lądowały w siatce. Znów zmienił technikę. Czekałam na jego serwis, ale nie doczekałam się. Z jakąś nieludzką furią posłał kilka piłek na out, prosto w druciane ogrodzenie, tuż nad moją głową. Teraz miałam serwować ja. Posłałam mu łagodną piłkę, bo chciałam sobie poodbijać. Szarpanina po jednym serwisie, bieganie po piłki, wydłubywanie ich spod ogrodzenia, nie bawiło mnie to. Chciałam harmonii, współdziałania, rytmu. Jak w tańcu albo w seksie.

Ze znudzonym uśmieszkiem zepsuł wszystkie moje piłki.

Podeszłam do siatki, zapytałam, o co chodzi. O nic, gramy, wzruszył ramionami. Ale dlaczego się wygłupiasz, zapytałam. Normalnie gram, odparł i popatrzył gdzieś ponad moją głową. Emanowała od niego taka ściana wibrującej złej energii, że aż się cofnęłam. Nigdy w życiu nie poczułam tak wyraźnie, tak namacalnie czyjejś wściekłości. Gdybym wyciągnęła rękę przed siebie, roztrzaskałaby się jak szkło w jakimś filmie science fiction. O co ci chodzi, powórzyłam. O nic, gramy, popatrzył przeze mnie, jakby mnie tam nie było. Wróciłam na pozycję. Zaserwowałam. Eryk odwrócił się tyłem, odebrał piłkę i posłał ją w siatkę.

Wtedy uciekłam.

Czułam się, jakby mnie zgwałcił. Zebrałam swoje piłki, spakowałam rakietę i wyszłam z kortów. Nie oglądając się za siebie, wsiadłam do samochodu i pojechałam do domu. Wiedziałam, że musi za jakiś czas wrócić. Nawet jeśli by teraz chciał, obrażony, pojechać do siebie, musiał zabrać swoje rzeczy, i klucze, które były u mnie.

Przyszedł pół godziny później. Siedziałam na schodach przed domem i paliłam papierosa. Bardzo niehigienicznie po partyjce tenisa. Uśmiechnął się, jakby nic się nie stało. Czekałam na jakieś przepraszam, ale nic nie nastąpiło. Dlaczego tak się zachowałeś, zapytałam. Jak? Znowu wzruszył ramionami. Dlaczego byłeś taki wredny, o co chodziło, chciałam coś od niego wydobyć, zrozumieć. O nic, normalnie, chciałem sobie pograć. Przecież wiesz, że to nie była zwykła gra. Grałem tak, jak chciałem. I co, uważasz, że twoje zachowanie było w porządku, zapytałam, kompletnie zdumiona jego brakiem reakcji. Nigdy wcześniej nie rozmawiałam ze ścianą. Oczywiście, odpowiedział z uśmiechem. Chciałam wtedy wrzasnąć, wynoś się dupku, nie chcę cię więcej widzieć. Zamiast tego wstałam i przytuliłam się do niego. Nie rób mi tego więcej, powiedziałam. Okej, odpowiedział, i odsunął się. Jadę do domu. Nie jedź, poprosiłam. Chodźmy na obiad. Okej, powtórzył, chodźmy.

To był ten moment. Wtedy powinnam była odejść. Ale nie odeszłam. Wydawało mi się, że go otworzę, nauczę wrażliwości. Eryk nie chciał być nauczony. Robił wyłącznie to, co było wygodne dla niego. I tyle. Zanim to zrozumiałam, było już dla mnie za późno. Nie potrafiłam odejść. Kliniczny przypadek. Kobiety uzależnionej od socjopaty. Cały czas liczyłam, że będzie lepiej. O tym modelu przeczytałam dopiero niedawno w książce.

W Gdyni znów zaczęłam uciekać. Kiedy zrobiłam to po raz pierwszy, około północy, w środku zimy, zaledwie kilka miesięcy po swoim powrocie na zawsze do kraju, miałam nadzieję, że za mną pobiegnie. Nie pamiętam, o co poszło. Chyba o jakieś wyjście z kumplami na piwo i wyłączoną komórkę, brak kontaktu. Tak myślę, bo potem zdarzało się to często. On wrócił, a ja naciągnęłam spodnie na piżamę, włożyłam kurtkę i wyszłam. Chciał mnie zatrzymać, mówił, że się o mnie boi i że nie powinnam się sama włóczyć po mieście, ale nie przeprosił za spóźnienie ani za mną nie poszedł. Obeszłam opustoszałe ulice, wypaliłam pół paczki papierosów kupionych w nocnym sklepie i wróciłam. Eryk leżał w łóżku, udawał, że śpi. Nie odezwał się ani słowem. Dla niego byłam histeryczką, która robi sceny. Ja musiałam rozumieć i tolerować wszystko. On nie musiał nic. Wystarczyło, że był. Powinnam się cieszyć. Którejś nocy, latem, zaryczana z bezsilności, i wściekła na siebie, wędrowałam tam i z powrotem Świętojańską, ubrana w maskujący dres z kapturem, żeby mnie nikt nie zaczepiał, chociaż w środku wszystko we mnie aż krzyczało z samotności. Jakiś młody mężczyzna zbierał metalowe puszki. Podeszłam do niego i poprosiłam o papierosa. Dał mi, podpalił. Będzie dobrze, powiedział.

Błąkałam się tak bez sensu i celu wiele razy. Byle ochłonąć. Być jak najdalej od niego. W jego obecności fizycznie się dusiłam. Teraz już nie chciałam, żeby za mną biegł. Chciałam tylko być sama, i modliłam się, żeby stało się coś, co pozwoliłoby mi do niego nie wrócić. Zanim poznałam Ewkę, nie miałam dokąd pójść ani do kogo zadzwonić. Rodzicom nigdy nic o swoich ucieczkach nie mówiłam. Przeżywaliby to bardziej niż ja. Ameryka co nieco wiedziała, ale zdawałam raporty dość lakoniczne. Wstydziłam się, że znowu jest mi źle. Zresztą, racjonalizowałam sobie, inni faceci też chodzą z kumplami na wódkę, a kiedy dzwoni żona, rzucają rozrechotanemu towarzystwu: „Moja smycz szczeka", i wszystko jest, jak trzeba. Męskie zabawy. Tak musi być. Mąż imprezuje, żona zrzędzi. Reguły przejrzyste od początku świata.

Eryk po kilku próbach udowodnienia mi, że mogę mu od nowa ufać, uznał, że już nie musi się starać. Nie musi się spowiadać. Ani nie musi się ze mną kochać. Nie zbliżał się do mnie, a ja nie wiedziałam, dlaczego. Wielokrotnie próbowałam z nim o tym rozmawiać. Łagodnie. Sarkastycznie. Wprost.

I zawsze bez efektu. Zatrzaskiwał się jak małż. Wolałam nie myśleć, że ma kochankę. Albo że jest ukrytym gejem. Co tłumaczyłoby wszystko. Musiałam więc znaleźć inny racjonalny powód.

Wyhodowałam sobie nerwicę. Nie potrafiłam utrzymać rąk z dala od twarzy. To było silniejsze ode mnie. Potem zrobiły mi się infekcje, z którymi walczyłam, po to tylko, by natychmiast wywoływać nowe. Spirytus salicylowy, woda utleniona, kwas borowy, altacet, szałwia, waciki, plastry, wreszcie silne antybiotyki w maściach nie znikały z mojej apteczki. Codzienne rytuały przemywania, dezynfekowania, maskowania ran przed wyjściem z domu. Przez trzy lata. Jak narkotyk. W pewnym momencie doprowadziłam się do takiego stanu, że musiałam wziąć tydzień zwolnienia w szkole, bo nie mogłam pokazać się na ulicy. Moje czoło stanowiło jedną wielką ranę, twarz była zapuchnięta, jakby mnie ktoś ciężko pobił. Ale przynajmniej nie musiałam myśleć o tym, dlaczego Eryk mnie nie chce. Wystarczyło jedno spojrzenie w lustro i wszystko było jasne.

Miałam mnóstwo pracy z pielęgnowaniem swoich ran. Codzienne operacje wymagały absolutnej precyzji i koncentracji. Nie wystarczało mi już czasu, by zastanawiać się nad naszym związkiem.

*

Z przyzwyczajenia obeszłam starą dzielnicę portową, a właściwie tych kilka uliczek, jakie z niej pozostały. Niziutkie, liszajowate domki, podwórka, gdzie na starych, wybebeszonych kanapach koty dotrzymywały towarzystwa lokalnym pijaczkom; jakaś kwadratowa willa z ogrodem, pamiętająca PRL, zdziwiona, że jeszcze się uchowała pomiędzy luksusowymi apartamentowcami.

Wróciłam na Świętojańską. Ruszyłam w górę miasta. Pomimo późnego popołudnia było wciąż ciepło.

Zajrzałam do kilku sklepów, przejrzałam się w paru lustrach i niezliczonych szybach wystawowych. Hm. Mniej więcej od miesiąca nie miałam już problemów z cerą. Drobne ślady zostały, ale były prawie niewidoczne. Kiedy mijałam całododobowy sklep, w którym tyle razy podczas swoich nocnych ucieczek kupowałam papierosy, nagle, na widok własnego odbicia w szybie, doznałam objawienia: dziś uciekłam od Eryka ostatni raz. I po raz ostatni mnie zranił.

Znikał bezpowrotnie, jak przegoniona antybiotykami infekcja.

Byłam naprawdę wyleczona.

*

Kuchnia lśniła czystością, zmywarka do naczyń kojąco szumiała. Po Eryku i jego wyrafinowanym obiadku pozostał tylko zapach pomidorów, bazylii i przypalonego serka mozzarella. Koty, ewidentnie nakarmione, leżały zwinięte na łóżku. Cielęcina na mój widok leniwie podniosła jedną powiekę, oblizała wąsy i stoicko powróciła do popołudniowej drzemki. Szary tylko zastrzygł uszami, odwracając je w moim kierunku jak teleskopy, co oznaczało, że owszem, wie, że wróciłam, ale mało go to obchodzi. Podeszłam do niego i podrapałam po karku. Miauknął ostrzegawczo, wciąż nie otwierając oczu. Koniuszek ogona kilkakrotnie uderzył z irytacją o kapę. Okej, okej. Wycofałam się.

Zrobiłam sobie słodkiej, mocnej herbaty z cytryną i odgrzebałam jakieś zapyziałe ciasteczka, które chowałam w metalowej puszce, głęboko w szafce, na najczarniejszą godzinę.

Przebrałam się w swój obrzydliwy dres, związałam włosy, rzuciłam stos kartek i książek na stół, wygrzebałem z dna torby czerwony długopis, usadowiłam się w salonie na zielonym fotelu i zabrałam do poprawiania prac domowych swoich uczniów. Miranda Kawalec odrobiła zadanie na A. Coś podobnego. Nawet jeśli ktoś jej pomagał, to i tak świetnie. Oznaczało to, że jej jednak trochę zależy. Z przyjemnością narysowałam obok „A" uśmiechniętą buźkę z wywalonym językiem. Buźki cieszyły się ogromnym wzięciem. Większym nawet niż „A+", czyli „szóstka". Nie było zajęć, żeby któreś z Tygrysów nie zajęczało: „Pani postawi buźkę!". Stawiałam, ale tylko za naprawdę bezbłędnie wykonane ćwiczenie.

Jeszcze dziesięć dni. I koniec z dzieciakami z English for You. Zapewne już więcej nie zobaczę ani piegowatej Ewelinki, która z powodzeniem mogłaby zagrać Pippi Långstrump, ani nowych kreacji Mirandy Kawalec w stylu techno-Barbie, ani zapatrzonej w nią Eurydyki Grzelak, która z kolei imponowała nawet chłopakom swoim pancernym aparatem korekcyjnym na zęby. Aparaty korekcyjne były bardzo trendy w kręgach podstawówkowo-gimnazjalnych. Dzieciaki. Za miesiąc zapomną o moim istnieniu. A jeśli Miranda Kawalec, za jakieś piętnaście lat, wypisując czek na czterdzieści dolarów na blankiecie Polish & Slavic Federal Credit Union – a to bardzo prawdopodobne, bo ma bardzo rzutką i zakochaną w niej babcię w Nowym Jorku – napisze poprawnie *forty*, zamiast fourty, to będzie mój maleńki, osobisty wkład w rozwój jej i tak bujnej osobowości.

Ułożyłam prace domowe w dwa schludne stosiki, schowałam do czerwonej tekturowej teczki i przesiadłam się do komputera. Musiałam jeszcze przygotować całoroczne testy podsumowujące, a tu nie wiadomo kiedy zrobiła się siódma. Kończyłam właśnie drukowanie ostatnich stron, kiedy zadzwonił telefon. Stacjonarny. A zatem rodzina. Ale tak w porze wieczornych wiadomości? Coś się musiało stać. Coś w rodzaju trzęsienia ziemi.

– Dobry wieczór, czy mogę rozmawiać z Erykiem?

Energiczny, nosowy głos. Młody, bardzo młody. Bardzo blond.

– Nie ma go – wyrzęziłam.

– Przepraszam, ale nie mogę dodzwonić się na komórkę... – zawahał się blond głos – a to dosyć pilne... czy mogłaby mu pani przekazać, że regaty....

– Nie – warknęłam i rozłączyłam się.

Natychmiast zniknęła pozorna równowaga, jaką na chwilę złapałam, zatracając się w przygotowywaniu testów i snując wizje na temat przyszłości Mirandy Kawalec. Moja wewnętrzna Tereska żołnierka okazała się bezwolną lalką-szmacianką. Bez kręgosłupa, bez koordynacji. Wystarczyło pchnąć palcem, i leciała na łeb, na szyję, lądując na ziemi, z każdą kończyną żałośnie wykręconą w inną stronę, niezdolna pozbierać się do kupy.

Znowu siedziałam na balkonie i paliłam papierosa za papierosem. Patrzyłam na wielkie, granatowe niebo z zimną broszką księżyca w prawym górnym rogu, nad wysoką kamienicą przy ulicy Waszyngtona. Na skwerze Kościuszki znowu dudnił jakiś koncert. Powietrze było chłodne i przejrzyste, prawie jak w ostatniego sylwestra. Najgorszego w moim życiu, jeśli nie liczyć tego w górach w Pensylwanii, kiedy miałam trzydzieści dziewięć stopni gorączki i większość czasu spędziłam, pijąc wiadra herbaty z cytryną i miodem, oraz paradując z dwoma ząbkami czosnku w nosie, owiniętymi w skrawki papieru toaletowego, żeby móc oddychać, ale nie przepalić sobie na wylot nozdrzy. Spadł wtedy wielki śnieg i chwycił wielki mróz, a nigdzie w okolicy nie było nawet stacji benzynowej, żeby kupić cokolwiek na przeziębienie, a w drewnianym domku, gdzie przebywaliśmy, nie znaleźliśmy choćby okruszka aspiryny, bo została w całości po poprzedniej naszej imprezie wyżarta przez Mańkę *the day after* na kaca. Eryk był wtedy z jednej strony wściekły, że choruję, a z drugiej bardzo zadowolony, bo mógł sobie do woli jeździć na nartach, tak jak chciał, i gdzie chciał, i nie musiał się oglądać do tyłu, czy za nim nadążam, sunąc rozkraczonym pługiem, w durnej, pomarańczowej czapce à la Stańczyk, podczas gdy dookoła śmigały smukłe kozice w obcisłych, pastelowych kombinezonach i markowych goglach, z włosami spiętymi elegancko w gładkie końskie ogony, które majtały się zgodnie z każdym perfekcyjnym skrętem ich umięśnionych ud i szczupłych bioder.

Przedostatniego sylwestra, przed tym najgorszym, spędziliśmy na Słowacji. Eryk był chyba zadowolony, bo dużo jeździliśmy na nartach, natomiast moja obecność była mu, zdaje się, głównie obojętna. Nie tak dawno jedna z naszych wspólnych koleżanek poinformowała mnie, że przez prawie rok nie miała pojęcia, że Eryk w ogóle ma dziewczynę, bo zapytany przez nią w tamte święta, co robi na sylwestra, odparł, że jedzie na Słowację. Ze znajomymi. Mieszkałam z nim wtedy w Polsce już dwa lata. Impreza tytułowa odbyła się wówczas w postkomunistycznej stołówce naszego postkomunistycznego hotelu, udekorowanej bibułą, sztucznymi kwiatami i plastykową choinką. Gwoździe programu stanowiły: rosół wołowy o konsystencji oleju, popis taneczny numer jeden w wykonaniu naszej przewodniczki i jej partnera do wiadomej pieśni Andrei Boccellego, podczas którego to popisu okazało się, że przewodniczka jest kobietą prawdziwie wyzwoloną i nie goli włosów pod pachami, oraz popis taneczny numer dwa, w wykonaniu tubylczego Johna Travolty do lokalnego odpowiednika disco-polo, zakończony imponującym, pełnym poświęcenia padem tancerza na rzepki kolanowe, i spektakularnym rozdarciem przezeń białej koszuli od grdyki aż po pępek, owłosiony jak pachy naszej przewodniczki. Obiektywnie rzecz biorąc, był to jednak sylwester bardzo udany. Towarzystwo, pardon, znajomi, których poznaliśmy w autokarze, okazali się inteligentni, rozrywkowi i w pełni świadomi korzyści, jakie niosła ze sobą wyższość złotego nad słowacką koroną, zwłaszcza w przeliczeniu na alkohol. To właśnie z tego sylwestra pochodziło zdjęcie – zaśnieżony stok, Eryk w pozycji mistrza slalomu – które mój ukochany posłał e-mailem Andżelice. I nawet nie drgnęła mu ręka.

A ostatni – cóż, sylwester ostatni był adekwatny pod każdym względem do całkowitego rozkładu naszego nieistniejącego pożycia. Po pierwsze, nie mieliśmy pieniędzy na ekscesy wyjazdowe, bo żyliśmy tylko z jednej pensji (mojej). Po drugie, pieniądze, których nie mieliśmy na ekscesy wyjazdowe, wydaliśmy na prezenty pod choinkę. Po trzecie, Eryk najpierw bardzo chciał wyjechać na narty, a kiedy okazało się to niemożliwe, pójść do jakiejś *cool* miejscówki. Byle nie siedzieć w domu. Odwrotnie niż ja. Wolałam siedzieć w domu, niż iść byle gdzie, a już zwłaszcza mnie skręcało na samą myśl o imprezowaniu wśród wystylizowanych *cool* kolesi w trendy koszulach w paski w skos, w jakiejś *cool* miejscówce. Kiedy do ósmej wieczorem 31 grudnia 2002 roku nie zadzwonił do nas telefon z żadną last minute superpropozycją superfantastycznej imprezy, frustracja Eryka sięgnęła szczytu. Nie dość, że musiał siedzieć w domu jak ostatni leszcz, to jeszcze musiał siedzieć ze mną. Nieblondynką i niepostrzępioną. Nie rozumiałam, dlaczego nie możemy po prostu spędzić sylwestra we dwoje, dopijając resztki hiszpańskiego wina i przytulając się do siebie romantycznie. Jak bieda, to bieda. Bądźmy sobie biedni razem. Ale wtedy jeszcze nie wiedziałam, że jestem dla Eryka tylko znajomą. Z którą można mieszkać, chodzić na obiadki do rodziny, nawet sypiać w jednym łóżku, ale nic ponadto. Około dziesiątej, kiedy tempo, z jakim Eryk zmieniał kanały w telewizorze osiągnęło prędkość światła, zaproponowałam, żebyśmy wzięli ze sobą butelkę szampana i poszli, pomimo trzaskającego mrozu, przed dwunastą na skwer Kościuszki. Miałam dość jego skrzywionej gęby. Przynajmniej zamarznie mi mózg, i nie będę musiała już o tym myśleć, uznałam. A kiedy się obudzę, będzie już Nowy Rok. I kto wie, co przyniesie. Zgodził się. Opatuliliśmy się szczelnie, Eryk wsunął do kieszeni kurtki butelkę szampana; w przebłysku sylwestrowego szaleństwa i tęsknoty za amerykańskimi imprezami u Miśka i Mańki, zamotałam dookoła szyi wściekle różowe boa.

Nic nie powiedział, ale był ewidentnie zażenowany. Na skwerze Kościuszki przytupywał zmarznięty tłum. Na scenie pod galerią Silver Screen produkowała się grupa Okonie. Wokalista miał na sobie fantazyjnie obszarpany kożuszek i (chyba) czarny cylinder. A może mi się zdawało. W każdym razie byłam pełna uznania dla jego odwagi i profesjonalnej beztroski; na takim mrozie popękałyby liny okrętowe, a co dopiero instrument tak delikatny, jak struny głosowe piosenkarza estradowego. Staliśmy dosyć daleko od sceny, ale nawet stąd było widać, że gitarzyści mają ręce i twarze czerwone jak gotowany baleron. Pocieszałam się, że pewnie są wstawieni. Musieli być. Nikt na trzeźwo nie zagrałby przy temperaturze minus piętnastu stopni. Próbowałam potańczyć z Erykiem, ale nie wykazał entuzjazmu. Zakręciliśmy się kilka razy w kółko. Popodskakiwałam sobie przez moment, wymachując swoim boa niczym szansonistka z kabaretu Olgi Lipińskiej, czując, że robię z siebie piramidalną idiotkę. Rozpoczęło się odliczanie ostatnich sekund do północy. Otworzyliśmy szampana, stuknęliśmy się butelkami z kilkoma osobami obok nas, które miały już bardzo szklane oczka. Dookoła strzelały fajerwerki, niczym wielkie srebrne palmy, lśnił śnieg, za „Błyskawicą" rozpościerało się morze, gładkie jak tafla miki. Było pięknie. I jednocześnie byle jak. Pocałowaliśmy się z Erykiem bez przekonania. Patrzył gdzieś ponad moją głową, a ja nawet nie miałam siły udawać, że cieszy mnie perspektywa spędzenia z nim kolejnego roku. Dopiliśmy swoje igristoje i ruszyliśmy z powrotem. Jesteśmy już stare dziadki, próbowałam żartować. No, odpowiedział. I nie odezwał się więcej ani słowem przez całą drogę do domu.

Poszliśmy szybko spać, odwróceni do siebie plecami. Przypomniało mi się, jak jedna z moich koleżanek opowiadała, co zrobiła ze swoim chłopakiem w któregoś sylwestra.

Naszykowali mnóstwo pysznego jedzenia, jakieś wędzone łososie, śliwki zapiekane w boczku, jajka z kawiorem, włoskie sałatki makaronowe, wędzone ostrygi, francuskie paszteciki i sery, karczochy, winogrona i inne awokado, nakupili wina i szampana, udekorowali mieszkanie pachnącymi świecami, i całą noc spędzili razem w łóżku, kochając się, to znowu jedząc, słuchając muzyki, a w kluczowym momencie podając sobie szampana z ust do ust. Jako zodiakalna Panna nie byłam przesadną entuzjastką okruchów w łóżku; pewnie w trakcie aktu miłosnego w takiej typowo filmowej scenerii wstałabym i wrzuciła zalatującą wędzoną ostrygą pościel do pralki. Ale zazdrościłam im bliskości, tej pewności, że mogą spędzić ze sobą całą noc i ani przez moment się nie nudzić.

Eryk też potrafił uwodzić na nastrój i jedzenie, tak uwiódł przecież mnie, i to dwa razy. Wydawało mi się wtedy, że jestem najbardziej wyjątkową osobą na świecie. A tymczasem zawsze chodziło o to, że to on jest najbardziej wyjątkowy, najbardziej fantastyczny.

Ja byłam tylko lustrem.

*

...After drinking a bottle of whisky, can you walk in a straight line? After drinking a bottle of whisky, can you walk in a straight line? No, after... – wyrzuciłam z siebie swoje ulubione callanowskie pytanie, które nieodmienie wywoływało chichoty i porozumiewawcze pomruki wśród uczniów.

W każdej grupie znajdowało się co najmniej kilku prawdziwych Polaków, którzy twierdzili, że po wypiciu butelki whisky spokojnie potrafiliby nie tylko iść prosto, ale również wykonywać najbardziej skomplikowane manewry wózkiem widłowym.

Za moment kończyłam swój poranny zestaw czterech godzin w Fast Lane.

– Hugonot, chcę urlop – odważyłam się, kiedy już wyszli wszyscy studenci.

– Kiedy i na jak długo? – Jak automat postawił na biurku dwa kubki z kawą.

– Za tydzień na tydzień. Jadę do domu.

– Okej. Tylko plan zajęć mi ułóż na następne dwa tygodnie. – Hugo usiadł do komputera i westchnął ponuro.

– Co ci jest? – Spytałam. Wyglądał na wyjątkowo wymiętego.

Bursztynowe oczy, w które tak usilnie chciała zajrzeć każda nowa studentka, były przekrwione i podbite. Złocistobrązowe włosy, które zwykle opadały mu w naturalnych lśniących kędziorach na plecy, były pozbawione połysku i od niechcenia związane w kitkę zwykłą gumką-recepturką.

– Ty jesteś ewidentnie wczorajszy. Krzysio cię dopadł? – Krzysio miał zwyczaj znienacka dopadać Hugonota raz w miesiącu. Wyciągał go na męskie piwne nasiadówy w jednym z gdańskich pubów i płakał mu w kufel, że nie może sobie znaleźć dziewczyny.

– Też, chociaż nie miałem tego w planach. Ściąłem się z Oliwką... no i wylądowałem u Krzysia... *Fucking merde*, co jest z tym programem! – Hugo trzasnął myszką o blat, potrącając przy okazji swój kubek z kawą. Bura ciecz rozlała się po biurku i zaczęła skapywać na niebieską wykładzinę. Rzuciłam się ratować dzienniki zajęć rozłożone obok komputera.

Hugo z wściekłością przecisnął się obok mnie i poszedł do łazienki, skąd przyniósł rolkę papierowych ręczników i ajax. Bez słowa wytarł kawę, zabrał kubek.

– Masz papierosy? – zapytał po wyjściu z kantorka.

– Przecież ty nie palisz. Młody, co się dzieje?

– Nic. Chodźmy na taras. – Hugo odgarnął kosmyk ze zmarszczonego czoła.

Nad brwiami wykluły mu się dwie świeżutkie krosty.

Paliliśmy przez chwilę bez słowa, patrząc na srebrne świerki obok przedszkola po drugiej stronie ulicy.

– Oliwka... coś jej odbija... – Hugo zaciągnął się z lubością. – Kurczę, od piątej klasy tak mi nie smakowały. – Zrobiła mi awanturę, że kontaktuję się z Moniką za jej plecami.

– Z Moniczką-prawniczką-kuzynką? – chciałam się upewnić.

– No.

Hmm. Też bym się awanturowała, gdyby mój narzeczony kontaktował się z taką Moniczką bez mojej wiedzy.

Dobrze, że nie miałam narzeczonego.

– Ale czy to chodzi o ten telefon w mojej sprawie? – Poczułam się winna rozpadowi związku. – Nie wyjaśniła jej?

– Powiedziałbym, rozumiesz, tylko Monika dopadła ją wcześniej. Najwyraźniej nie powiedziała Oliwce, po co dzwoniłem, tylko jakoś tak zakręciła, że niby szukałem kontaktu. – Rozgniótł papierosa na miazgę czubkiem adidasa i posłał go w kąt, gdzie piętrzyła się pokaźna kupka petów.

– Ale jak dopadła? Przecież wtedy była w Warszawie?

– Normalnie, komórką. Chryste, a podobno byłaś w Ameryce. – Przewrócił oczami.

– No, ale... – coś mi się tutaj nie zgadzało – ...przecież była taka zajęta, sam mówiłeś, że pracoholiczka... Zadzwoniła do Oliwki tylko po to, żeby jej to powiedzieć?

– Na to wygląda. Daj mi jeszcze jednego. – Hugo wyciągnął rękę.

– To vogue'i. Którymi gardzisz – przypomniałam mu.

– Dlatego muszę dwa naraz. Nie upokarzaj. – Chyba poczuł się lepiej, bo powróciła znajoma retoryka.

– Ale to jakieś przedszkole. Co ona kombinuje, nie ma własnego życia? – Stanęła mi przed oczami Moniczka jak żywa, w błękitach i seledynach, z iskierkami od ginu w stalowych oczach. Piękna i pewna siebie.

– Oli mi nie uwierzyła. Wszystko jej wytłumaczyłem, ale i tak była wściekła. Ubzdurała sobie, że coś mnie ciągnie do Moniki! – sapnął przez nos. – Że przecież mogłem zadzwonić do niej, i ona by sprawę załatwiła, bo to rodzina, a ja robię jakieś boki. Mówię jej, że nie było czasu, że masz podbramkową sytuację, a ona... w kółko swoje. No, mówię ci jakaś serialowa kołomyja... – Hugo wyznawał bardzo proste zasady.

Mroczne labirynty, którymi chadzały kobiece myśli i uczucia, były terenem, na który się nie zapuszczał.

Było mi głupio. Niby nie moja wina, a jakoś moja. W dodatku świetnie rozumiałam Oliwkę.

– Hugonot.

– No?

– A dlaczego Oli czuje się taka zagrożona? Ma jakieś powody? – zapytałam ostrożnie.

– No, coś ty, kobieto. Znasz mnie. U mnie jest albo-albo. Gdybym chciał Monikę... wtedy bym coś z tym zrobił, a nie zaręczał się z Oli. Monika to atrakcyjna laska, ale nie dla mnie. Jestem dla niej normalnie sympatyczny, bo to rodzina jakby, zaraz... Kiedyś tylko... a zresztą, nieważne. – Skończył drugiego papierosa i posłał kolejnego peta na kupkę pod ścianą.

– Co „kiedyś tylko"? Co „nieważne"?

Ach ci faceci. Oczywiście, że ważne. To, co „nieważne", jest zawsze najważniejsze.

– Rok temu... na moje urodziny... – Hugo poczerwieniał.

– Co na urodziny?

– ...Monika podarowała mi... – Popatrzył w górę.

– ...stringi w panterę?

– Blisko. Taniec brzucha. We własnym wykonaniu. Do hinduskiego disco, wiesz, takie Hollywood. – Twarz Hugo przybrała barwę pomidora.

Wytrzeszczyłam oczy. Zatkało mnie. Proszę, proszę. Coś takiego.

A to ci modliszka.

– To niby miał być dowcip. Byliśmy w takiej orientalnej knajpie. Ja bym tam nigdy z własnej woli nie poszedł, ale przygotowano mi niespodziankę. Tak po amerykańsku. Wszystko zaplanowane i przećwiczone dwa tygodnie wcześniej. – Spojrzał na mnie wymownie. – Moi kumple szaleli...

– Wyobrażam sobie.

– ...a Monika była oczywiście gwiazdą wieczoru. Ale Oli... Jezu, stała pod ścianą z takim wyrazem twarzy... a potem uciekła. Od tego czasu jest na Monikę uczulona.

– Ciekawe dlaczego. I w związku z tym poszedłeś wczoraj, obrażony, pić całą noc? – spytałam z przekąsem.

– A co miałem robić? – warknął. – Kazała mi spadać. To spadłem. – Uśmiechnął się koślawo. – Nie odbiera moich telefonów ani esemesów.

Rzeczywiście, zdumiewające.

– Słuchaj, czy w tym wszystkim chodzi o ciebie, czy o to, że Monika zawsze musi być gwiazdą? – zapytałam.

– Szczerze mówiąc, mało mnie to obchodzi. Mam gdzieś te wasze... introspekcje. Zawsze byłem w stosunku do Oliwii w porządku. Reszta to już sprawa między dziewczynami – zaperzył się.

– Młody, przybredzasz. Nie tylko między dziewczynami, chociaż między nimi to pewnie ciągnie się od piaskownicy. Musicie to raz na zawsze załatwić. We trójkę. Nie wiem jak, ale musicie. Bo rozleci ci się wszystko. I tak jest mi głupio, bo wydawało mi się, że poszłam tylko z kimś na biznesowego drinka, a tu wychodzę na Bohaterów Monte Cassino i trwa trzecia wojna światowa.

– To co teraz, pani dyrektor? – Spuścił głowę.

Wyglądał jak wielki golden retriever, który rozgrzebał rabatkę w ogródku.

– To teraz tak. – Podniosłam mu brodę do góry i spojrzałam w oczy. – Marsz do domu. Posprzątać. Nic nie rozbić. Zaopatrzyć lodówkę. Prysznic, golenie, świeże ciuchy. Wyprasowane. Nie spalić mieszkania. O piątej pod biurem Oliwki. Z bukietem. Potem nowe buty, jakie tylko zechce. I kolacja. Nic nie wylać na Oliwkę. No, już, spadówa – wyrecytowałam gładko i z satysfakcją dałam mu stymulującego kopniaka w wymięte bojówki.

*

– Oliwka? Tu Aga. – Po drugiej stronie brzemienna cisza, rozdarta sygnałem faksu.

– Cześć – mówi wreszcie.

Lekka chrypka.

– Słuchaj, jak Hugonot zadzwoni, to odbierz, dobrze? – mówię ostrożnie.

– On już mnie nie interesuje – chrypi dalej.

– Facet jest czysty jak łza. Chciał mi pomóc. I tyle. Potrzebowałam dobrego prawnika. Monika jest dobrym prawnikiem. Zresztą wiesz przecież, o co chodzi. – Zatrzymuję się na moment.

– Wiem – mówi cicho.

– No to co się wygłupiasz? Był całą noc u Krzycha. Wygląda jak weteran z Wietnamu, który nie może się odnaleźć po powrocie z wojny.

– Hmm. Jak kto?

Dzieci.

– Jak Tom Hanks w „Cast Away".

– Aha.

– Co „aha", co „aha". Kocha cię facet jak głupi, nie wiem, co prawda, za co....

Cichy śmiech po drugiej stronie.

– Skąd wiesz? – pyta, wyraźnie zadowolona.

– Wiem. Oli, jakby już nie zadzwonił, to bądź o piątej przed wyjściem z biura – mówię szybko.

– Co? Po co?

– Czekaj o piątej przed biurem – odkładam słuchawkę.

Uff.

Nie mogę uwierzyć, że dobrowolnie wpakowałam się w dyżur w szkole do dwudziestej pierwszej. Aaaa! Jeszcze siedem godzin.

Najwyższy czas sprawdzić w Internecie horoskopy.

„Niespodziewanie spadną na twoje barki nowe obowiązki, którym będziesz musiała sprostać. W sprawach zawodowych bez zmian, co może stanowić dla ciebie źródło frustracji. W sprawach osobistych zaufaj intuicji. Coś, co uważałaś za niemożliwe, ma szanse się wkrótce spełnić."

Ha.

*

Eryk wyjechał w czwartek rano. Obiecał, że da mi znać, czy będzie mógł przyjść na spotkanie z Moniką w poniedziałek. Był ujmująco uprzejmy. Kiedy wróciłam z pracy w środę w nocy, na balkonie suszyło się pranie, w tym kilka moich podkoszulków. Nic nie powiedziałam. Bądź co bądź, też prałam jego ciuchy. Nie chciało mi się bawić w oddzielanie ziarna od plew: jego bokserki na jedną kupkę, moje figi na drugą. Nawiasem mówiąc, od miesięcy był to najbardziej intymny kontakt, jaki ze sobą mieliśmy, jeśli nie liczyć łyżeczek po jogurcie przypadkiem stykających się ze sobą w zlewie.

Kiedy tylko zamknął za sobą drzwi, natychmiast zapadłam w kilkugodzinny, spokojny sen. Cielęcina i Szary ułożyły się na kołdrze, i tak się wszyscy regenerowaliśmy mniej więcej do dziesiątej. Obudził mnie esemes. Hugo.

Wesele 26 lipca:)) Przyjdziesz?

No, tak. Innym to ja potrafię życie układać.

Na co ją wziąłeś? Buty czy róże?

Za moment zabrzęczała odpowiedź.

Pełna lodówka i własnoręcznie wyprasowana koszula:))

Cała Oliwka. Praktyczna jak Mary Poppins, ale w środku wulkan. Miałam nadzieję, że Hugonot o tym wie.

No to się wpakowałeś. Od razu wszystkie karty na stół. Gratuluję. No i oczywiście przyjmuję zaproszenie:)) Ale bez osoby towarzyszącej:((ha, ha.

Zrobiłam sobie kawę, dodałam mleko. Nasypałam muesli do miseczki. Od dziś będę żyć zdrowo. Koniec z autodestrukcją. No, może tylko malutka dyspensa na pięć papierosów dziennie. To przecież tylko babskie vogue'i, więc jakby dwa marlboro. Prawie się nie liczy.

Nie bój nic, nie jesteś taka ostatnia. Coś ci przygruchamy – zapipczało.

Chryste, miałam nadzieję, że Hugo nie zamierza mnie na serio swatać z którymś ze swoich niezrzeszonych kumpli. Oprócz Krzysia, który nie miał żadnych szans u żadnej z płci (pasje: spiskowa teoria dziejów, gry fantasy i breloczki), Hugo przyjaźnił się również z niejakim Dzidziusiem, który przypominał niedomytego Nicholasa Cage'a, pasjonował się mrocznym rockiem, filmami z Sandrą Bullock, i lubił podwijać rękawy koszuli, by eksponować dekadenckie tatuaże, oraz z „czymś" o ksywie Torbiel, „czego" nigdy nie poznałam osobiście, i wolałam nie wnikać, w jaki sposób weszło w posiadanie tak wyrazistego przydomka. Hugo wyrażał się, co prawda, o Torbielu w samych superlatywach, twierdząc, że jest to jednostka wybitnie inteligentna, wiecznie przebywająca za granicą na niezliczonych stypendiach, gdzie zbiera materiały do doktoratu, i z nabożeństwem powtarzał, że praca magisterska Torbiela z pogranicza literatury i filmoznawstwa („Motywy proustowskie we współczesnym kinie francuskim") już dziś stanowi legendę wszystkich neofilologii.

Abstrahując od zawartości ich niewątpliwie dla kogoś interesujących wnętrz, wszyscy koledzy Hugonota mieli jedną zasadniczą wadę: byli dla mnie za młodzi. Poza tym uważałam za uwłaczające, że ktokolwiek miałby mi kogokolwiek zaocznie przygruchiwać. Mimo iż Eryk wyrąbał mi prawdę w oczy, twierdząc, że jestem do niczego „w te klocki", miałam skądinąd dowody, że jest inaczej. Byłam przekonana, że sama potrafię coś sobie przygruchać. Tylko teraz akurat mi się nie chciało.

I tyle.

Mmm. Zapaliłam sobie na deser zakazanego papierosa. Jak cudownie było mieć całe mieszkanie dla siebie. Jak fantastycznie, spokojnie, po prostu NIE CZEKAĆ na Eryka. Jak nieprawdopodobnie dziwnie – nic nie czuć, wąchając jego swetry i podkoszulki. I wiedzieć, że nie jest to wyłącznie zasługa proszku Ariel.

Jedyne, co mnie gryzło tego poranka, to sprawa Moniki. Czy poszukać sobie innego prawnika? Z jednej strony, byłam pewna, że jest skuteczna. Z drugiej, całe to zamieszanie z Hugonotami. Z trzeciej, mój brak czasu i znajomości w środowisku trójmiejskim. Z czwartej, to przecież nie moja wina, że stałam się katalizatorem erupcji zadawnionych rywalizacji między kuzynkami. Z piątej, wszystko dobrze się skończyło. Monika zostaje, postanowiłam. Zacznę się martwić, jak nic nie wskóra. Albo gdy wybuchnie kolejna afera.

*

Znowu byłam singlem.

Zostawiałam mieszkanie wysprzątane i kiedy wracałam do domu, nadal było wysprzątane, jeśli nie brać pod uwagę normalnych skutków posiadania dwóch kotów. Jeśli gdzieś rósł sobie jakiś brud, to był to brud wyłącznie mój własny. Naczynia zostawione w zlewie cierpliwie czekały na mój powrót, samotne, ze śladami zaschniętego jedzenia, nieprzywalone talerzami i kubkami zużytymi przez Eryka. Nie musiałam czekać, aż zwolni się łazienka, ani oglądać relacji z regat żeglarskich w telewizji, przy których polskie kino moralnego niepokoju stanowiło szczytowe osiągnięcie kina akcji. O ile uczestniczenie w regatach na żywo jest w najwyższym stopniu elektryzujące, o tyle oglądanie ich z boku, a zwłaszcza zza bariery szklanego ekranu, nawet na wytrawnych żeglarzy działa bardziej usypiająco niż piwo wypite w południe. Eryk sam to przyznawał, niemniej jednak obowiązek żeglarski musiał być spełniony. Rzecz jasna, świetnie to rozumiałam. Kochająca kobieta powinna wszak całą sobą wspierać pasje swojego mężczyzny. Jak dobrze, że ja już nie musiałam.

W piątek sprawdziłam i oddałam testy końcowe dzieciakom w English for You. Wszyscy zdali, z wyjątkiem Mirandy Kawalec, która natychmiast stwierdziła, że chce pisać poprawę, bo nie ma zamiaru chodzić w następnym roku jeszcze raz na ten sam poziom. Hugo i Oliwka zapraszali mnie na dziękczynne piwo na gdańską Starówkę, ale ponieważ znów przypominali parę gruchających ptasząt z przedwojennej pocztówki, uznałam, że lepiej będzie, jeśli ten miodowy weekend spędzą sami. Nie wiadomo, kiedy im się znowu taki trafi. Tym bardziej że Oliwka już zaczynała przejawiać pewne symptomy nerwicy przedślubnej („buty w kolorze ecru, muszą być ecru! I kapelusz, będę miała kapelusz. Z piórami") i obecność drugiej kobiety mogłaby spowodować jej nieoczekiwaną eskalację. Nie miałam najmniejszej ochoty siedzieć godzinami w zadymionym pubie i analizować fasonów sukien ślubnych, podczas gdy Hugo upijałby się samotnie, skubiąc bezmyślnie skórki przy paznokciach.

Miałam zatem mnóstwo wolnego czasu i wolną głowę, a Eryk przyplątywał się do niej tylko okazjonalnie i mało boleśnie. W sobotę nadrobiłam zaległości w czytaniu, i pożarłam długo odkładane „Ałtorkę" i „Płacz, Radosna" Hiszpanki Cuki Canals. A potem, zainspirowana tym, że są na świecie kobiety spełnione, które piszą na przekór wszystkiemu, wygrzebałam z szafki własne dyrdymały.

„Your eyes warm grapes on a sunburnt slope..." – twoje oczy ciepłe winogrona na zboczu spalonym słońcem... rany boskie, jakie szczeniactwo. Jak to było dawno. O, jest data, 1988. Trzeci rok studiów. Kraków. Fascynacja Joyce'em i Eliotem. Ksawerym. Wiersz, który napisałam po naszym spotkaniu w koktajlbarze „Delicje" na Szewskiej. Najpierw w pamiętniku, a potem „na czysto", na maszynie. Piliśmy wtedy herbatę, i patrzyłam na niego przez szklankę pełną bursztynowego płynu. To nic, że oczy miał Ksawery szaroniebieskie. Dla mnie miał winogronowe, i to pretensjonalnie po angielsku, bo wszystko mi wtedy ładniej brzmiało po angielsku. Pamiętam, że prawie nic nie mówił, zwykle zresztą nic nie mówił, tylko patrzył, a potem pisał wiersze. „Smutku... mój smutku", napisał mi kiedyś, nie bardzo, zdaje się, pochlebnie. Długo nosiłam ten wiersz, którego dalszego ciągu nie pamiętam, w portfelu. Albo się całowaliśmy. Ciekawe, co u niego. Ilekroć myślałam „Ksawery", natychmiast widziałam to imię wygrawerowane na którymś zwoju swojego mózgu, jak na nagrobku pierwszej miłości. Był od dawna żonaty. Dwa lata temu zadzwonił do mnie przypadkiem, kiedy przyjechałam do rodziców na Wielkanoc. Nie umiałam z nim rozmawiać. Nigdy nie umieliśmy ze sobą rozmawiać, więc nic dziwnego, że i tym razem nie było o czym. Poprosił o adres e-mailowy. Dałam mu go, bez przekonania, ale i z pewnym rozbawieniem, pewna, że się nie odezwie. Powiedział wtedy, że może do mnie przyjechać w każdy zakątek Polski, jeśli i kiedy tylko zechcę. Cały Ksawery: spektakularne, romantyczne gesty, które miały rzucać panny na kolana, a oznaczały: „popatrz, k..., na moje ego!". Ku mojemu zaskoczeniu, rzeczywiście się odezwał, dosyć neutralnie, ale jednak z podtekstem, więc odpisałam mu, że odbudowuję swój związek z Erykiem i chcę być lojalna, więc nie będę z nim korespondować. A poza tym – dodałam – Ksawery, jesteś przecież, psiakrew, żonaty. Odpisał, że rozumie, poczeka. I podał mi wszystkie możliwe numery telefonów, pod którymi mogłam go znaleźć. To sobie czekaj, pomyślałam wtedy, tylko na co? Po tej wymianie e-maili zamilkliśmy oboje. Nie pierwszy raz się zdarzyło, że byli ukochani, nagle przypominali sobie o mnie. Jakbym miała coś, czego wtedy nie dostrzegali, a teraz nagle za tym zatęsknili. Ale skąd mi się raptem teraz wziął Ksawery? Czy przypomniał mi się dlatego, że chciał się ze mną kiedyś spotkać, nie mając nawet pojęcia, jak wyglądam po tylu latach, i to wcale nie na platoniczną herbatkę, co w zawoalowany sposób dał mi do zrozumienia? A dla mnie było to tak niewyobrażalne, że ktoś mógłby mnie pragnąć jako kobiety, i wywarło na mnie tak kolosalne wrażenie (bo odkąd wróciłam do Polski, nikt tak o mnie nie myślał), że cały ten epizod ukrywałam skrzętnie przed Erykiem, z jednej strony brzydząc się propozycją Ksawerego, z drugiej odczuwając żałosną, ale jednak satysfakcję, bo mi to, wstyd się przyznać, pochlebiało.

To był mój skarb na zakurzonym strychu, moje godne pożałowania samopocieszenie, mój as w rękawie, którego mogłam w odpowiednim momencie rzucić Erykowi w twarz, mówiąc, patrz, taka jest moja miłość, taka lojalność, a ty co? Okazja nadarzyła się, a jakże, szybciej niż się spodziewałam, tej nocy, kiedy znalazłam e-maila do Andżeliki, i Erykowi mowę odjęło, że uczciwość kociołapska była dla mnie ważniejsza od zaspokojenia własnej próżności czy choćby zwykłej ciekawości.

Ksawery Najpiękniejsze Oczy na Świecie.

Po raz pierwszy zobaczyłam go w kościele w naszym rodzinnym miasteczku. Siedział na ołtarzu, z tymi oczami porażającymi, w których mieścił się cały kosmos, z wyrazem twarzy uduchowionym. Siedział tak, i ucieleśniał wszystkie dziewczyńskie marzenia o romantycznym boyfriendzie. Przygrywał na gitarze, akompaniując solistce, mojej koleżance Ani zresztą: „Jak ten chleb, co złączył złote ziaaarna...", śpiewała Ania, i zanim skończyła wers, zdążyłam się w Ksawerym zakochać na śmierć i życie. Miałam chyba szesnaście lat, w każdym razie na pewno było to na początku liceum. Od tego dnia co niedziela biegałam na mszę młodzieżową do reformatów, z nadzieją, że będzie. Wpatrywałam się w niego z tak oczywistym zachwytem, że musiałby być ślepy, by tego nie zauważyć. Nie zauważył. Nigdy. Mnie to nawet wtedy specjalnie nie przeszkadzało, bo był dla mnie jak obraz któregoś z prerafaelitów. Wystarczało mi, że istniał. I nie miałam mu za złe, że o moim istnieniu nie ma pojęcia. Miał do tego pełne prawo, bo przecież był nie z tego świata. Nigdy też nie zrobiłam żadnego kroku, żeby go rzeczywiście poznać. Domyślałam się, że prawdopodobnie działa w ruchu oazowym, ale ponieważ byłam wtedy piekielnie nieśmiała, i dodatkowo przejawiałam, jako jedynaczka, wrodzoną niechęć do wszelkich stowarzyszeń, organizacji i sportów zespołowych, z wyjątkiem koszykówki, nawet do głowy mi nie przyszło, żeby w ten całkiem oczywisty sposób szukać z nim kontaktu. Zapytać Ankę-solistkę? Nie wchodziło w grę. Byłaby to siara w najpodlejszym stylu; tego tylko brakowało, żeby puściła plotę, że się bujam w Ksawerym. Prędzej bym umarła. I tak pozostał Ksawery wyłącznie w sferze ideału. Później zakochałam się straszliwie w pewnym Michałku, klasycznym brunecie o niebieskich oczach, który na każdej przerwie wychodził na papierosa na skwerek przy Kremerowskiej, z bandą swoich rozrechotanych kumpli. Byliśmy nawet raz w kinie, ale wkrótce wyszło na jaw, że Michałek woli – *surprise*! – silne, rumiane blondynki od neurotycznych brunetek. Co stanowiło źródło mojego cierpienia do czasu, kiedy zdał maturę i opuścił mury liceum.

Ksawery objawił się ponownie dopiero, kiedy byłam na trzecim roku studiów. Dojeżdżaliśmy z naszego miasteczka do Krakowa i często widywaliśmy się w pociągu czy w autobusie. Ja, rzecz jasna, udawałam, że go nie dostrzegam. I wreszcie, pewnego razu – myślałam, że dostanę zawału – to on pierwszy mnie zaczepił. W ostatnim autobusie o 22:30. Siedzieliśmy obok siebie w ciemności, na fotelach śmierdzących zwietrzałym potem i stęchlizną, a mnie serce chciało wyskoczyć przez gardło. Wracałam z koncertu „Kwartetu Jorgi", on – z filharmonii. Rozmawialiśmy, bardzo oryginalnie, o studiach i muzyce. Z powodu osłupienia nie dałam mu swojego numeru telefonu, ale i tak samodzielnie mnie odszukał. Zaczął przychodzić po mnie na uczelnię. Ale tylko wtedy, kiedy on chciał. Wszystko musiało być tajemnicze, głębokie i spontaniczne. Żadnych głupawych dowcipów o babie u lekarza, które uwielbiałam. Spotykaliśmy się wyłącznie na jego warunkach. Ja nie miałam w tej kwestii nic do powiedzenia. Jak się wkrótce okazało, w żadnej innej także. Ksawery – nosił imię po dziadku – nie był zainteresowany moim wnętrzem. To znaczy był, ale w sposób nie do końca duchowy. Twierdził, że go inspiruję, a ja nie miałam pojęcia, jak to było w ogóle możliwe, skoro tak naprawdę nic o mnie nie wiedział ani nie chciał wiedzieć. A ja przecież byłam taka niezwykła. I fascynująca.

Ksawery Najpiękniejsze Oczy na Świecie.

Tak zawsze o nim po indiańsku myślałam, dużymi literami. Kiedyś poeta-polonista z aurą Stachury, na rowerze, w szarym swetrze z owczej wełny pachnącym dymem i jabłkami, Ksawery, który nosił w plecaczku wywrotową bibułę, Miłosza i karategię, i śpiewał mi smutno, z pełnym przekonaniem, „z nim będziesz szczęśliwsza", chociaż ja wcale nie chciałam być szczęśliwsza, tylko chciałam być z nim, chciałam namiętności romantycznej i nawet tragicznej, jak w „Wichrowych wzgórzach" - pójść z nim na to wrzosowisko i „zapomnieć wszystko". I Ksawery teraz, zapewne w markowym garniturze, król życia w nowej Polsce, rozdający karty w takiej czy innej branży. Zdaje się, że reklamowej. Jak to tak, po „*...your eyes warm grapes on a sunburnt slope*" i nocnych pocałunkach na Plantach?

Kartka i ołówek.

Kochana Poezjo, tak dawno już do Ciebie nie pisałam...

Znajomy, ciepły dreszcz w całym ciele.

Właśnie tak.

*

Niedomyty, jeszcze bardziej opalony i w świetnym humorze, Eryk pojawił się w domu w niedzielę po południu i od progu zaczął opowiadać mi świeżo zasłyszane dowcipy. Pośmiałam się uprzejmie, po czym przypomniałam mu o jutrzejszym spotkaniu u prawnika.

– Oczywiśśś-cie – syknął filuternie, rozpakowując torbę pełną wilgotnych ciuchów – przecież się umawialiśśśmy.

Filuterne syczenie nieomylnie oznaczało u Eryka śśświetny nastrój. Wysypał na podłogę kupkę T-shirtów, skarpet, ręcznik i żeglarski kombinezon. Na samym szczycie wylądowała płaska, kolorowa paczuszka. Zakołysała się i ześliznęła na podłogę.

– Ups! – zachichotał, i błyskawicznie wsunął prezerwatywy do kieszeni szortów.

Nastawił pranie, po czym zamknął się w łazience, żeby wziąć prysznic. Szum wody mieszał się z *We Are the Champions* w wersji gwizdanej.

Wyszedł tylko w bokserkach, demonstrując plecy w odcieniu polędwicy sopockiej. W sekundę się ubrał – jasne sztruksy, czarny podkoszulek, rozpięta pomarańczowa koszula. Przyczesał raz jeszcze włosy, złapał portfel.

– Wrócę jutro. Mówię ci, żebyś się nie denerwowała. – Mrugnął do mnie, przejrzał zawartość portfela, i już go nie było.

*

W poniedziałek o świcie zadzwoniła Moniczka-prawniczka.

– Wszystko aktualne? – zaszeptała gorączkowo – Nie mogę za bardzo rozmawiać, bo jestem na spotkaniu, ale wyrwałam się na moment do kibelka.

– Tak, tak. Eryk będzie – odszepnęłam równie gorączkowo. Miałam wrażenie, że gram w amerykańskim dreszczowcu. Moniczka była bardzo sugestywna.

– To do zobaczenia! Pa! – wydyszała scenicznie i rozłączyła się.

Kancelaria Moniki i jej wspólniczki mieściła się na ostatnim piętrze nowoczesnej kamienicy przy ulicy Abrahama. Jeden, ale za to spory pokój utrzymany był w spokojnej beżowo-łososiowej tonacji. Monotonię przerywała lewa boczna ściana, dla kontrastu pomalowana na apetyczny kolor szwajcarskiej czekolady. Okna przysłaniały drewniane żaluzje, idealnie dobrane do koloru parkietu o barwie cynamonu. Na ścianach, oprócz wszelkiej maści dyplomów i certyfikatów, wisiały czarno-białe fotografie starej Gdyni. Za masywnym biurkiem, na tle czekoladowej ściany i dorodnej jukki, siedziała wzbudzająca zaufanie, lekko piegowata blondynka o bardzo zdecydowanym podbródku. Po prawej, przy identycznym biurku, pochylona nad klawiaturą komputera, siedziała Monika. Dziś miała gładkie, rozpuszczone włosy, opadające na fantastycznie skrojoną, prostą sukienkę bez rękawów w drobniutką biało-czarną pepitkę. Do tego Monika włożyła i takież płócienne czółenka. Na jej szczupłym, opalonym przegubie połyskiwała szeroka na dwa centymetry srebrna bransoletka, a na serdecznym palcu tkwiły trzy srebrne obrączki do kompletu. Obok komputera na biurku spoczywała bardzo błyszcząca prostokątna torebka z czerwonej lakierowanej skóry.

– Cześć – uśmiechnęła się ustami w kolorze torebki. – Gosiu, to jest właśnie Agnieszka.

– Agnieszka-Gosia.

Podałyśmy sobie ręce. Gosia uśmiechnęła się konspiracyjnie.

– Ja tu jestem od wychwytywania i obserwacji psychologicznej. Wy będziecie za bardzo zaangażowane, żeby zwracać uwagę na takie szczegóły jak mowa ciała, i tym podobne.

– Agnieszka, ty usiądziesz obok mnie, pod oknem. Eryka usadowimy naprzeciwko, na fotelu plecami do drzwi. W ten sposób uzyskamy przewagę energetyczną – zarządziła Monika.

– Ustawienie siłowe à la feng shui? – zażartowałam.

– Coś w tym rodzaju – skinęła głową Gosia.

– I to działa? Wy w to wierzycie? Ja wierzę, ale żeby prawniczki racjonalne?

– Zdziwiłabyś się... – Monika otworzyła szafkę i wyjęła z niej trzy czerwone firmowe kubki Nescafe. – Kawa przed konfrontacją?

– O, ja chętnie – ucieszyłam się.

– Ja też. Mam tu gdzieś zakamuflowane prince polo... tylko gdzie ja... to... – Gosia zanurkowała pod biurkiem.

– Wiecie, coś w tym jest. Kiedy idę do restauracji, to zawsze staram się usiąść pod ścianą, tak, żeby mieć widok na całą salę. Czuję się wtedy bezpieczna – wyznałam.

– Ja mam dokładnie to samo. Siedzenie tyłem do wejścia okropnie mnie stresuje – powiedziała Monika.

– To normalne, każdy chce podświadomie kontrolować sytuację – wzruszyła ramionami Gosia. – Kiedy mój Robert siada w knajpie pod ścianą, zawsze każę mu się przesiąść. Inaczej nie potrafię się zrelaksować. Wafelka? – Podała mi sztabkę prince polo.

– A ile one mają lat? – Monika podejrzliwie obejrzała swoje opakowanie.

– Dobre są, nie marudź. Tydzień temu kupiłam.

– W życiu nie uwierzę, że przez tydzień siedziałaś obok szuflady z prince polo i nawet jednego nie skubnęłaś – powiedziała Monika, zalewając kawę wrzątkiem. – Mleczka?

– Uhm.

– Dla mnie też. A kto powiedział, że nie skubnęłam? Całą paczkę kupiłam. To są nędzne resztki. – Gosia zachrupała apetycznie.

– Fajnie, zrobiła się impreza – zauważyłam.

– Musimy się pośpieszyć. Żujcie szybciej. – Monika zerknęła na zegarek. – Za dziesięć szósta.

– Głupio byłoby zepsuć nasze ustawienie siłowe, pokazując Erykowi czarne zęby. – Uśmiechnęłam się szeroko, demonstrując czekoladowy zgryz.

– Ja mam lepsze, zobacz. – Gosia odsłoniła swój.

Wyglądała jak średniowieczna statystka z filmu „Monty Pyton i Święty Graal". Brakowało jej tylko skołtunionych włosów i szarego giezła. Monika się zakrztusiła. Kawałek prince polo wypadł jej z ust i wylądował na kolanie w pepitkę.

W tym momencie rozległo się pukanie do drzwi.

– Serwetki, szybko! – spanikowanym szeptem zażądała Gosia.

Przełknęłyśmy kawę, wytarłyśmy zęby i kiedy nareszcie udało nam się odzyskać mniej więcej normalny wyraz twarzy, Monika, wciąż podejrzanie zaczerwieniona, bardzo urzędowym głosem zawołała:

– Proszę!

Eryk wszedł lekko przygarbiony, chytrze rozglądając się dookoła.

– Dzień dobry – powiedział do prawniczek. – Cześć. – Spojrzał na mnie przeciągle.

– Dzień dobry. Proszę, niech pan siada – zaprosiła Monika.

Usiadł na fotelu ustawionym tyłem do drzwi.

Rzeczywiście, z tej perspektywy wydawał się jakiś taki... nieduży.

– Moja Klientka... – zaczęła Monika, kiwnąwszy lekko głową w moją stronę.

Ha! Jestem Klientką, proszę bardzo.

Przez duże „K". To było wyraźnie słychać.

Mam własną prawniczkę.

Spojrzałam na Eryka z wyższością ze swojej pozycji feng shui pod ścianą. Myślałam, że go ta sytuacja być może rozbawi. Miał duży talent do wychwytywania absurdów codzienności. To kiedyś zresztą stanowiło dla mnie część jego uroku. A ta sytuacja była groteskowa, absurdalna i teatralna w sposób kliniczny. Siedzieliśmy naprzeciwko siebie z ponurymi minami, cyniczny przestępca i ofiara, odgrywając sceny z amerykańskiego dramatu sądowego. Nie było mi to do końca niemiłe, bo niosło z sobą pewien powiew hollywoodzkiej światowości, adrenalina mi lekko szumiała w uszach i czułam się trochę jak Julia Roberts w oskarowej roli Erin Brokovich, która za moment, za momencik, wytoczy najcięższe kolubryny dowodów mające pogrążyć koncern energetyczny bezkarnie zamieniający w ruinę środowisko naturalne.

Hmm. Eryk nie wyglądał na rozbawionego, a może tylko sprytnie się czaił. Czaić się sprytnie to on potrafił przecież jak mało kto. Jego twarz wyrażała skupienie i zblazowanie, jakby od lat grywał role oszustów matrymonialnych w amerykańskich dramatach sądowych. Nogi w wytartych dżinsach wyciągnął przed siebie i skrzyżował w kostkach, jedną ręką podparł ostry podbródek.

Czekał. Niby nonszalancko, niby bez emocji, ale wiedziałam, że kona, po prostu kona z ciekawości, co będzie dalej.

– ...moja Klientka zaprosiła pana na dzisiejsze spotkanie, aby ostatecznie wyjaśnić państwa sytuację prawną jako współwłaścicieli mieszkania oraz zastanowić się, jak tę sprawę rozwiązać bez narażania się na zbyt wielkie koszty... – walnęła Monika, błyskając stalą tęczówek zza markowych okularów.

Eryk zastrzygł uszami przy frazie końcowej.

– To oczywisssste – rzucił trochę niespójnie.

– Pani Agnieszka poinformowała mnie, że nie ma pan zamiaru wykupić jej udziałów w mieszkaniu, czyli, innymi słowy, nie przewiduje pan, przynajmniej w ciągu najbliższych sześciu miesięcy, zwrócenia mojej Klientce jej wkładu w mieszkanie. Nie zamierza też pan odstąpić mojej Klientce swojej części udziałów, mimo że złożyła panu taką ofertę i jest w stanie, mówiąc potocznie, pana spłacić. Czy to się zgadza? – spytała Monika łagodnym głosem Krystyny Czubówny czytającej tekst filmu przyrodniczego o florze i faunie australijskiej rafy koralowej.

Eryk przełknął ślinę.

– Z moich informacji wynika również – ciągnęła Monika, zajrzawszy do notatek – że od pół roku nie uiszcza pan swojej części kosztów utrzymania mieszkania. Czynsz, media oraz spłata kredytu pokrywane są z kieszeni mojej Klientki – zapuentowała, hipnotyzując Eryka jak kobra.

Przerwała, po mistrzowsku wkomponowując w tekst dramatyczną pauzę.

Ach, jakie to było ekscytujące. Na chwilę zapomniałam, że sprawa dotyczy mnie. Osobiście.

Eryk przerzucił lewą nogę na prawą, a podbródek z prawej dłoni na lewą.

– Dlaczego nie płaci pan rachunków? – zapytała po prostu.

Eryk przerzucił prawą nogę na lewą. Ręce splótł na piersi. *Very bad body language*, odnotowałam skrzętnie. Odgradzanie się od świata, czyli niepewność.

– Miałem inne zobowiązania – powiedział tonem, który miał mówić „a fak of się ode mnie, za chwilę lecę prywatnym dżambo dżetem do swojego zamku w Szkocji", ale przy tych skrzyżowanych ramionach cały efekt wziął w łeb.

– Chce pan zatrzymać mieszkanie. W jaki sposób zamierza pan tego dokonać, skoro teraz nie stać pana nawet na pokrycie połowy miesięcznych kosztów? – Monika nie dała się nabrać na fałszywy luz Eryka-pseudomilionera.

Nie zazdrościłam mu. Wystrzałowa laska robiła z niego beznadziejnego gluta. I to niemal publicznie.

– To już moja sprawa. – Zaczerwienił się.

Po raz pierwszy, odkąd go znałam.

– To także sprawa mojej Klientki, która chce odzyskać swoje pieniądze – odparowała Moniczka. – Możemy, oczywiście, wnieść sprawę do sądu, ale ze względu na koszty – rzędu kilku tysięcy na osobę – czas oczekiwania i niepotrzebne zamieszanie, szczerze to odradzam. Nie opłaca się, po prostu. W tym wypadku najrozsądniej byłoby sprzedać mieszkanie. Pan ewidentnie nie jest w stanie utrzymać go samodzielnie, ani tym bardziej nie stać pana na to, by spłacić panią Agnieszkę. Upieranie się przy zatrzymaniu mieszkania jest w pana wypadku finansowym samobójstwem. I jest totalnie nieuczciwe w stosunku do mojej Klientki. Bank może bowiem przejąć mieszkanie, jeśli okaże się, że jest zadłużone. Z tego co wiem, już są problemy z czynszem. I w ogóle nie odzyskacie swoich pieniędzy, nie wspominając o tym, że już nigdy żaden bank w tym kraju nie udzieli wam kredytu. Panu być może na tym nie zależy, ale z jakiej racji ma za to płacić pani Agnieszka, która spłacała kredyt w terminie? – finiszowała Monika.

Eryk błądził wzrokiem po ścianach. Na moment skoncentrował się na Gosi, która pilnie wpatrywała się w ekran komputera. W przeciwieństwie do Eryka, z mojego naładowanego energetycznie miejsca miałam świetny widok na jej biurko. Gosia była pochłonięta nabywaniem na Allegro perfum Mademoiselle firmy Chanel. Jakiś przedsiębiorczy sprzedawca najwyraźniej dorabiał po godzinach, oferując na internetowej giełdzie szeroki asortyment wyniesionych z pracy testerów. Ceny były wstrząsająco niskie. Nic dziwnego, że Gosia patrzyła zezem.

– Przygotowałam projekt porozumienia dotyczący sprzedaży mieszkania. – Monika podała dokument Erykowi. – Proszę się z tym zapoznać, nanieść ewentualne poprawki i podpisać.

– Dobrze, mogę się zapoznać, ale nic nie obiecuję – mruknął Eryk.

– Naprawdę nie ma pan innego wyjścia – powiedziała lekko Moniczka, odsuwając krzesło od biurka.

Wstała. Eryk także się podniósł.

– I jeszcze jedna sprawa. Do tej pory mieszkanie utrzymywała pani Agnieszka. Przez ostatnie sześć miesięcy, z tego co mi wiadomo. Czy podejmuje się pan utrzymywać mieszkanie przez następne pół roku? Zdaje się, że dostał pan ostatnio dobrze płatną pracę.

– No, tak, oczywiśśście, będę płacił – wysyczał z uśmiechem Eryk. – To wszystko?

– Tak – powiedziała Monika, bez uśmiechu.

– Do widzenia. – Eryk odsunął fotel na bok i wyszedł.

– Do widzenia – rzuciła Gosia nieobecnym głosem.

– No i co? – To były moje pierwsze słowa od ponad półgodziny.

– Trzeba go zmusić do sprzedaży mieszkania. Inaczej nic z tego nie będzie. Moim zdaniem on się przestraszył, i dobrze. W przeciwnym razie by po prostu nie przyszedł – postawiła błyskawiczną diagnozę Gosia i odwinęła prince polo.

– Ale najważniejsze, że powiedział, że będzie płacił rachunki. Nie mamy tego co prawda na piśmie, ale oznajmił to przy świadku – pani Małgorzacie Arendarskiej tutaj obecnej – Monika błysnęła zębami – i zawsze możemy go za to pociągnąć.

– Ekstra – ucieszyłam się. – To mogę zacząć wydawać pieniądze na ciuchy. I perfumy. – Łypnęłam na Gosię. – Za ile kupiłaś?

– Sto dziesięć złotych. Darmocha. Normalnie kosztują ponad trzysta.

Po drodze do domu nie kupiłam perfum, tylko pół kilo ogórków małosolnych na zaprzyjaźnionym straganie przy Starowiejskiej. Były rewelacyjne. Chrupiące i słone właśnie w sam raz. Smak życia.

– Zawsze mogę powiedzieć, że byłem pod wpływem narkotyków – powiedział do mnie Eryk, kiedy weszłam do domu. – Nic na mnie nie macie. – I zamknął się w gabinecie.

No tak. Myślał, myślał, i wymyślił.

Jednak za dużo filmów amerykańskich się biedaku naoglądałeś, pomyślałam z rozbawieniem. Już się nie wywiniesz. I chrupnęłam ogóreczka.

Były naprawdę pierwsza klasa.

*

Eryk deliberował dwa dni, zanim podpisał porozumienie.

– A ta twoja prawniczka spała z moim kolegą – syknął z satysfakcją, składając autograf na moim egzemplarzu umowy.

– Ty też spałeś z moją koleżanką, i co z tego – odparłam, składając swój na jego kopii.

Zatkało go.

– Wiem wszystko o Oli, sorki, z amerykańska Sandrze. – To była historia jeszcze z Ameryki, kiedy to wydawało mi się, że jesteśmy w sobie okropnie zakochani i nie widzimy poza sobą świata.

Ale okazało się, że Eryk widział. Blondynki.

Doniosła mi o wszystkim oczywiście usłużna Mańka, która nie przebierała w środkach, żeby obrzydzić mi Eryka. Sandra była jej koleżanką z pracy, i kiedy mój romans wszech czasów zamienił się w telenowelę, zgłosiła się ze swoją historią do Mańki, twierdząc, że Eryk na którejś wspólnej imprezie proponował jej wycieczkę do Mańczynej i Miśkowej sypialni, gdzie głównym detalem skupiającym wzrok było wielkie lustro zainstalowane nad łóżkiem. Wtedy oczywiście Sandrze nie uwierzyłam, bo byłam na etapie przeprowadzki z USA do Polski, prawie już przebaczyłam Erykowi Ilonkę i uwierzyłam w jego przemianę duchową. Byłam poza tym święcie przekonana, że Mańka ucieka się do takich podłych chwytów, żeby mnie zatrzymać w Ameryce.

– Chcesz jeszcze porozmawiać o czyimś życiu erotycznym? – Z relacji Hugonota znałam trochę możliwości Moniki, ale lojalność wobec własnej prawniczki okazała się silniejsza. I co komu do tego, z kim sypia.

– Nie. Chcesz herbaty? – zaproponował znienacka.

– Chętnie. Jutro wyjeżdżam na tydzień do rodziców. Zajmiesz się kotami?

– Jasssne. Nie ma sprawy. Z cytryną? – zapytał, otwierając lodówkę.

– Poproszę.

Jak łatwo nagle się nam rozmawiało, kiedy opadły emocje i nie musieliśmy już o nic walczyć.

Ani o siebie nawzajem, ani o pieniądze.

Przedziwne. Nawet poczułam do niego przez moment nutkę sympatii, jak wtedy, kiedy był tylko moim kolegą i opowiadał śśświetne dowcipy. Trzeba było zatrzymać się na tym etapie, pomyślałam, przyduszając z pasją plasterek cytryny do dna kubka z napisem „San Francisco".

Spakowałam się. Błyskawicznie i rozsądnie. Zdaniem zdziwionej blondynki zawodowo zajmującej się w stacji TVN unoszeniem do góry brwi, przez następne dni miało być fantastycznie. Słońce, słońce, dużo słońca. I upał. A już na południu zupełnie jak na polskie standardy nie do wytrzymania. Żadnych cholernych orzeźwiających wietrzyków. Czyli tak, jak kocham.

Do niedawna nie umiałam się pakować błyskawicznie i rozsądnie, mimo że ciągle dokądś jeździłam. Zawsze zżerała mnie neuroza, zawsze zabierałam za dużo rzeczy, spakowanie ich zajmowało mi co najmniej dwie godziny. Albowiem musiałam być przygotowana na każdą ewentualność. Mróz, upał, tajfun, tsunami, menstruację. Targałam, na przykład, trzy pary butów, doskonale wiedząc, że będę nosić tylko jedną; albo cztery spódniczki, chociaż dwie były za krótkie, trzecia paskudna, i nie pasowała do niczego, a czwartej nie miałam na sobie od pięciu lat, bo miała coś nie tak z zamkiem. Pakować po ludzku nauczyłam się dopiero dzięki Alince, tak jak dzięki Klementynie, Mańce i pewnemu mądremu poradnikowi nauczyłam się walczyć o swoje (trochę) i przezwyciężać nieśmiałość. Wyczytałam w nim, że aby zmierzyć się z sytuacją, która w jakiś sposób nas przerasta, należy sobie wyobrazić, że jest się kimś innym. Na przykład, kiedy chce się wymienić wadliwe buty, i wiadomo, że będzie walka z ekspedientką, bo wymiana obuwia jest to rzecz absolutnie w tym kraju niemożliwa, trzeba sobie wyobrazić, jak na naszym miejscu – a jesteśmy, załóżmy, osóbką kruchą i nieśmiałą – zachowałaby się, na przykład, taka Mańka – asertywna, pewna siebie, prąca do przodu jak czołg. Z biustem zamiast lufy. Stosowałam tę technikę z powodzeniem w urzędach i bankach. Zawsze działało. Ale na wymianę obuwia czułam się jeszcze za słaba. Raz spróbowałam i panna z pasemkami w trzech odcieniach purpury w modnie zasłaniającej pół twarzy grzywce spojrzała na mnie posępnie i westchnęła:

– Nie przyjmujemy zwrotów. Kiedyś klientka nas oskarżyła, że przez nasze buty dostała grzybicy. Pani nie ma pojęcia, jakie ludzie stopy mają – zakończyła, wbijając we mnie ołowiany wzrok.

Poczułam się tak, jakbym właśnie wyhodowała wyjątkowo upartą odmianę grzybicy, i zamiast walczyć z panną z pasemkami, wycofałam się rakiem, ściskając pudełko pod pachą. Pewnie dlatego, że nie miałam Mańczynego biustu.

Podobnie z pakowaniem. Ilekroć to robię, przeistaczam się w Alinkę.

Raz tak absolutnie zaimponowała mi w tej kwestii, że do tej pory jestem pod wrażeniem. Otóż było tak, że Alinka wyjeżdżała na weekend do New Hampshire do przyjaciół, i miała pół godziny, żeby umyć i wysuszyć włosy - a ma długie, rude i kręcone - ubrać się i spakować. Ja bym nie dała rady. Pojechałabym na pewno - jak mawia Klementyna - ze smalcem na głowie. Oraz z obgryzionymi paznokciami - z nerwów, że nie wiem, co zabrać - pięcioma parami majtek i niczym więcej. A Alinka - spokojnie i metodycznie - układała w torbie: spanie - komplecik z Victoria's Secret plus szlafroczek, impreza - czerwona kiecka, buty - kapcie, adidasy i do kiecki czarne baletki, dwa podkoszulki, sweterek lila, bluzeczka subtelny seledyn, make-up, bielizna. Patrzyłam w stuporze, jak bez miotania się półnago z mokrymi włosami, bez żadnego potykania się o porozrzucane ciuchy, odziana w bezpretensjonalne blue jeans z Gapa i takiż blue golfik, potrząsając pachnącymi i lśniącymi jak świeże kasztany włosami, równo pół godziny później zasunęła zamek błyskawiczny białej, pikowanej kurteczki, zarzuciła torbę na ramię, zabrzęczała kluczykami od samochodu i wyszła z domu. Do dziś nie wiem, jak tego dokonała. I do dziś nigdy nie udało mi się doścignąć ideału. Mój rekord życiowy w pakowaniu, z myciem włosów, ale już bez suszenia, to czterdzieści pięć minut.

*

Nazajutrz wstałam o siódmej, wykąpałam się i umyłam włosy, pozostawiając je do wysuszenia lekko zamglonemu słońcu, które niewątpliwie zapowiadało upalny i parny dzień. Ubrałam się w zielone, szerokie bojówki, w których lubiłam podróżować, bo były cudownie wygodne, a miałam przed sobą siedem godzin siedzenia. Niby wróciłam do kraju, ale podróż do rodzinnego domu zajmowała mi nadal tyle, ile z grubsza trwał lot z Nowego Jorku do Krakowa. Do bojówek, dla kontrastu włożyłam czarny romantyczny top na ramiączkach typu spaghetti, z dekoltem ozdobionym bawełnianą koronkową wstawką. Kupiłam go sto lat temu w Gapie jako top od piżamy, ale kto to wiedział. Wyglądał świetnie, i wciąż był jak nowy. Do tego czarne zamszowe japonki, i oczywiście Cerutti 1881. Z wielkiego, kryształowego lustra w sypialni, które w posagu wniósł do naszego związku Eryk, ale które ja przytargałam z Ameryki opakowane w dwie kołdry i bąbelkową folię, patrzyła na mnie szczupła, nawet interesująca (dla konesera, jak kiedyś stwierdził pewien przyjaciel rodziny, czyli, hmm, o niezbyt nachalnej urodzie) szatynka o brązowych oczach, nieco zbyt szczupłej twarzy i – w tej chwili – ironicznym uśmiechu. Wyglądałam... hm... nieźle. A już na pewno nie na panią w średnim wieku, którą przecież w papierach byłam. I zdecydowanie nie na Porzuconą w Brutalny Sposób. Raczej już na Poszukującą. Otwartą na różnych rycerzy na białych koniach. Lecz dyskretnie i bez ostentacji. Subtelnie i z godnością. O, zwłaszcza z tym wyrazem twarzy. A la Renata Przemyk. Intelekt, humor i ukryta melancholijna głębia.

W oczekiwaniu na pociąg na pachnącym rozgrzanym asfaltem peronie, pijąc kawę i dosuszając włosy w porannym słońcu, pomyślałam, że ta podróż jest zupełnie inna niż wszystkie poprzednie wizyty u rodziców. Wtedy, tego czerwcowego ranka, zanim wsiadłam do ekspresu na dworcu Gdynia Główna Osobowa, poczułam niemal namacalnie, że zamykam pewnien rozdział mojego życia i jednocześnie otwieram nowy. Jak dziecko niecierpliwie rozrywające papier na opakowaniu gwiazdkowego prezentu, nie mogłam się już doczekać, co znajdę w środku.

*

– Jaa-jecznicę proszsz o-debrać! – Sympatyczny pan z „Warsu", w białej koszuli z krótkim rękawem i o twarzy z rodzaju tych, jakich, pomimo szczerych chęci, nigdy się nie zapamiętuje, posłał mi bezpretensjonalny uśmiech bez górnej trójki.

Odebrałam moją jajecznicę na szynce, otoczoną girlandą z pomidorów ze szczypiorkiem z jednej strony i wachlarzem z półkromeczek chleba z drugiej. Pan z „Warsu" miał zacięcie artystyczne. Za każdym razem, kiedy podróżowałam pociągiem, zamawiałam jajecznicę na szynce, jakby to był mój autystyczny rytuał. Za każdym razem była inna: lepsza, gorsza, mniej lub bardziej tłusta, mniej lub bardziej wysmażona, z grilandą lub bez, z szynką krojoną w paseczki albo w kostkę. Ocenianie i porównywanie pekapowskich jajecznic stanowiło moje hobby, a ponieważ lubiłam podróżować i lubiłam jajecznicę, więc przyjemność była podwójna. No i co z tego, że mam świra – zamerdałam miniaturową kawę rozpuszczalną miniaturowym mieszadełkiem. Każdy coś ma. Jakieś swoje, jak mawiała mama Klementyny, natręctwa. Eryk obdłubywał pięty i kazał się bez przerwy drapać po plecach, ja kolekcjonowałam jajecznice i nie znosiłam płytek ceramicznych układanych na podłodze w skos, czyli, używając nazwy fachowej, w karo, bo mi mieszały w błędniku.

Jechaliśmy przez wciąż wściekle zielone, soczyste Żuławy, Wisła rozlewała się leniwie pomiędzy łachami jasnobeżowego piachu, i lśniąc, jakby pod powierzchnią wody przetaczały się ławice ryb, podchodziła pod pola i łąki. Nad tą masą sprężystej, falującej zieleni rozpościerało się przepastne, bladobłękitne niebo, na które od czasu do czasu zapędzały się niepozorne białe chmurki. Chyba trzy czwarte życia spędziłam w podróży, pomyślałam, wykańczając ostateczną jajecznicę (trochę za bardzo wysmażona, ale poza tym okej). Dojeżdżanie do Krakowa do liceum, potem na uczelnię, potem do pracy w Londynie, potem do pracy w Nowym Jorku, do pracy na lotnisku w Newarku, do pracy w Stamford. Do Wrzeszcza. Uwielbiałam dworce kolejowe i lotniska, pociągi i samoloty, i to uczucie pozostawania w *limbo*, w zawieszeniu, pomiędzy miejscowością A i miejscowością B, pomiędzy byciem tu i byciem tam, to przeświadczenie, tuż przed postawieniem stopy na schodkach wagonu czy w rękawie samolotu, przeświadczenie – nieistotne, jak błędne – od którego skrzydła swędziały i rozpościerały się same, że można pojechać czy polecieć wszędzie. W podróży mogłam bez wyrzutów sumienia czytać i myśleć do woli, bo cóż innego miałam do roboty, nie musiałam podejmować decyzji, określać się, być gdzieś po coś o konkretnej godzinie, w ogóle nic nie musiałam. Podróż – to był czas skradziony czasowi. Czas, w którym istniało się poza czasem.

Właściwie mogłabym mieszkać na dworcu albo na lotnisku. Do takiego wniosku doszłam już dawno. Stan permanentnego oczekiwania na przygodę, nawet jeśli nie miała się zdarzyć, był mi niezbędny do życia jak kawa z mlekiem i dwoma łyżeczkami cukru. Dojeżdżając do pracy do Nowego Jorku, najpierw z New Jersey, a potem z Connecticut, spędzałam całe godziny na Penn Station i Grand Central. Zamiast wracać grzecznie do domu i przygotować swojemu mężczyźnie obiad, włóczyłam się po podziemnych sklepach, robiąc sobie malutkie przyjemności. Kupowałam książkę, pizzę, kanapkę, parę kolczyków za trzy dolary, cokolwiek, oraz zawsze oczywiście kawę, i cieszyłam się, że jestem częścią tego amerykańskiego tygla, że przez chwilę mogę sobie być kimkolwiek, jechać dokądkolwiek, a nie do męża-Polaka, który dwa razy ogląda każdego centa, zanim go wyda, że mogę wtopić się w anonimowy tłum i nikt nie wie, że jestem emigrantką z Polski, nianią czterolatka, który ma trzy razy większą garderobę ode mnie, i nikogo nie obchodzi, że tak naprawdę nie jestem stąd, nie należę do tego kraju, bo na dworcu wszyscy są znikąd, istnieją tylko tu i teraz.

Na Penn Station damska toaleta jest długa, pomalowana na szaro, wąska i pełna zakamarków, w których nieraz udawało mi się znienacka znaleźć wolną kabinę. Przy umywalkach, nerwowo machając szczoteczką z tuszem do rzęs, zawsze stała jakaś biurwa, która nie zdążyła z make-upem przed pracą, myły ręce i pociągały perłową szminką usta energiczne, roześmiane staruszki w różowo-błękitnych poliestrach, adidasach i wiatrówkach, które z sielskich czeluści New Jersey wybrały się grupowo na Broadway zobaczyć wreszcie „Les Misérables" albo „Cats", zanim te ostatnie zdjęto wreszcie z afisza.

Któregoś dnia, późnym popołudniem, tuż przed Bożym Narodzeniem, stałam przy umywalce i myłam ręce. Obok mnie pojawiła się kobieta, na oko sześćdziesięcioletnia, o szerokiej, ładnej twarzy i zaczęła starannie, z namaszczeniem zaczesywać włosy w kucyk. Dopiero po chwili zauważyłam, że nie jest jeszcze jedną pogodną emerytką na wycieczce w Nowym Jorku. Sądząc po ubraniu, czystym, ale znoszonym, i kilku plastykowych workach, które postawiła przy nogach, i które prawdopodobnie stanowiły cały jej dobytek, była bezdomna. Długo czesała te włosy. Kiedy wreszcie skończyła, najwyraźniej zadowolona z rezultatu, zajęła się ustami. Nałożyła na nie czerwoną szminkę, zrobiła krok do tyłu i spojrzała w lustro. Uśmiechnęła się do swojego odbicia. Kiedyś musiała być bardzo piękna, nawet teraz była w jej twarzy jakaś szlachetność i niezłomność. Elegancka starsza pani. Która nie ma gdzie mieszkać. Schyliła się, żeby podnieść białe plastykowe torby, a kiedy się wyprostowała, nagle zastygła bez ruchu. Jej oczy, cała postać, wyrażały tak nieziemski zachwyt, że podążyłam za jej wzrokiem. Przy pierwszym lustrze od wejścia stała wysoka kobieta i energicznie pudrowała nos. Ale moja bezdomna sąsiadka nie patrzyła na jej twarz. Widać było, że z czymś się zmaga, że po prostu nie może już wytrzymać. Wreszcie podeszła do kobiety i nieśmiało zapytała:

– Przepraszam, czy to skórka jagnięca? – Wskazała głową jej płaszcz.

– Tak – odparła zdziwiona kobieta, przerywając pudrowanie.

– Zawsze chciałam mieć kożuszek z jagnięcej skórki – uśmiechnęła się bezdomna. – Czy mogłabym go dotknąć?

– Proszę – odparła kobieta automatycznie.

Była to dobrze wychowana i uprzejma, zwyczajnie serdeczna, typowa miła Amerykanka z małego miasteczka, która na niedzielę piecze czekoladowe ciasteczka, w razie potrzeby ochoczo wykonuje ręcznie kostiumy na przedstawienia dla swoich dzieci i organizuje przedświąteczne kiermasze na rzecz swojego kościoła.

– Jaki miękki. Dziękuję – uśmiechnęła się bezdomna, zaszeleściła plastykowymi torbami i wyszła.

To zdarzyło się ponad dziesięć lat temu, pomyślałam ze zdziwieniem, patrząc na pusty plastykowy talerz po jajecznicy, mojej magdalence. A przecież nadal dokładnie pamiętam twarz tamtej kobiety, jej stalowosiwy kucyk, indiańskie kości policzkowe, czerwień warg. I ten wyraz bezgranicznego zachwytu i tęsknoty, bez śladu zawiści czy goryczy. Tacy potrafimy być chyba tylko w obliczu absolutnego piękna. Dla niej ucieleśnieniem piękna absolutnego był kożuszek z jagnięcej skórki. A ja? Czy potrafię jeszcze kiedyś spojrzeć na zakochanych bez zawiści i goryczy?

Pociąg mijał kolejne stacje i stacyjki, czytałam „Ostatnią szansę" Marian Keyes, a kiedy za oknami pojawiły się wreszcie pierwsze podkrakowskie osiedla, zablokowana emocjonalnie księgowa Katherine właśnie się odblokowywała w ramionach kruczowłosego Joe spod znaku Wagi. Bardzo chciałam się przekonać, czy Kraków stanie się moją szansą, niekoniecznie ostatnią, na odblokowanie się w jakichś mocnych, męskich ramionach.

*

– Nawet nieźle wyglądasz, mała. – Ciemnookie, taksujące spojrzenie mamy omiotło mnie od stóp do głów niczym superczuła kamera szpiegowska i zatrzymało się na włosach. – Tylko końce sobie wyrównasz, prawda?

To przecież oczywiste, prawda?

– Nie, bo zapuszczam, a jak obetnę, znowu będą za krótkie.

Stałam w przedpokoju z torbą podróżną ledwo co rzuconą u stóp i – chociaż ledwo mogłam uwierzyć, że to się dzieje naprawdę – tłumaczyłam się z tego, jak wyglądam i dlaczego. Zupełnie jakbym nadal miała szesnaście lat. Nic się nie zmieniło.

Nawet dramaty życiowe, w oczach mamy, nie zwalniały z porządnej fryzury.

– Chcesz mieć takie całkiem długie? – Wpatrywała się w moją twarz niczym wytrawny stylista planujący szokującą metamorfozę. – A Beata Szlachetka, wiesz która, ona ma zawsze takie świetne ciuchy, nie wiem, skąd na to bierze, nawiasem mówiąc, przy tej sekretarskiej pensyjce, ma takie równe do ramion, i zawsze wymodelowane, taaaką ma szopę tych włosów, piękne ma, taaakie grube. – Zwinęła dłoń w pięść, demonstrując jakie grube. – Świetnie wygląda. Tylko jej się wcale nie błyszczą, nie wiem dlaczego...

– Jak się za dużo modeluje na szczotce, to się nie błyszczą – podzieliłam się skubniętą gdzieś kątem ucha wiedzą fryzjerską. – Umyję sobie ręce. – Skręciłam w lewo do łazienki.

– Aaa, widzisz, no właśnie. – Mama kiwnęła głową, wyraźnie usatysfakcjonowana.

No, chociaż tyle, bo jakby się jeszcze, nie daj Boże, błyszczały, to by już ta Szlachetka była całkiem nie do wytrzymania. Z tymi ciuchami markowymi, i w ogóle.

Tata, świeżo ogolony, ucałował mnie w oba policzki i poklepał krzepiąco po plecach.

– Klawe masz te spodnie – uśmiechnął się do moich bojówek. – Ale powinnaś się czesać na gładko.

To było silniejsze od niego, nic na to nie umiał poradzić. Lubił kobiety w obcisłych sweterkach i uczesane schludnie na gładko.

– Nie będzie lekko. – Popatrzyłam na swoje odbicie w lustrze oczami mamy i taty.

Beata Szlachetka ma równe końce i wymodelowane włosy, ale jej się nie błyszczą. Moje się błyszczały – suszenie na peronie w Gdyni – ale miały postrzępione końce. Które powinnam gładko ukryć w moich klawych bojówkach.

– Chodź na pomidorową, z naszych własnych przecierów. Trochę mi się zrobiła za kwaśna. – Mama zmarszczyła zabawnie nos.

Nic nie mogła na to poradzić, to było silniejsze od niej. To, co ugotowała, nigdy nie było w jej własnych oczach pyszne, dobre albo chociaż w sam raz. Zupy bywały za kwaśne, za rzadkie, za gęste, miały za dużo grzybów (mama dodawała grzyby do wszystkiego), warzyw, śmietany, zupy. Brokuły się rozgotowywały albo przeciwnie, niedogotowywały; sałatkom brakowało zielonego groszku, majonezu albo koperku, przy czym mama zawsze śpieszyła z wyjaśnieniem, dlaczego tego groszku, majonezu czy koperku brakowało, i dlaczego groszek, jeśli w ogóle był, to w wybrakowanym kolorze bladozielonym, albo przeciwnie, był zielony jadowicie, więc na pewno z jakąś rakotwórczą chemią.

– Pieczeń wyszła tacie trochę za słona i za sucha... – oznajmiła defetystycznie, stawiając przede mną talerz ze smakowicie ociekającą sosikiem porcją schabu z morelami, który pachniał aż po Bałtyk.

– Co ty pleciesz Izuniu, jest akurat. – Tata był asertywny w kwestii swojego talentu kulinarnego, który niezaprzeczalnie posiadał.

Mama klasycznie po kobiecemu pomniejszała znaczenie swoich dokonań, czy to w kuchni, czy na niwie zawodowej, pragnąc skrycie, by je jednak zauważono i chwalono – wedle zasady „siedź w kącie, a znajdą cię” – i cierpiała, kiedy oczekiwanych pochwał nie było, gdyż nie każdy pojmował jej pokrętną psychologię. Tata natomiast, klasycznie po męsku, chwalił swoje dokonania prosto w oczy, i prosto w oczy pochwał się domagał. W efekcie, gość po raz pierwszy zaproszony do nich na imprezę, był kompletny skołowany. Z jednej strony, mama, błyskając kokieteryjnie oczkami i kręcąc biodrami, zapewniała, serwując na stół coraz to nowe przysmaki, że są absolutnie niejadalne. Tymczasem z drugiej flanki atakował ojciec, ze szczegółami opowiadając, jak wykreował te pobudzające rwący ślinotok samym swoim wyglądem paskudztwa, zahaczając przy okazji o historię kuchni greckiej (jeśli akurat przyrządził musakę), oraz wyłuszczając – no bo czemu by nie – szczegóły bitwy pod Termopilami, dokonując pobieżnej egzegezy wojen peloponeskich i klnąc na zalew Anglików na Rodos (tata pasjonował się historią i angielskim).

– Zupa pyszna, pieczeń świetna. Poproszę herbatki do tego ciasta z truskawkami, które widziałam na oknie – uśmiechnęłam się.

– No, zdaje się, że fajne się tacie udało. Tylko ciasto chyba trochę za ciężkie... – zmarszczyła się znowu mama.

Tata mlasnął i rzucił jej pełen politowania uśmieszek, niczym szef kuchni paryskiego Ritza.

– Oj Izoldo, moja dzielna podkuchenna. Nic nie jest za ciężkie. Chyba tylko życie miłosne naszej córki, ha, ha.

– Taaak, teraz to podkuchenna. Gdyby nie ja, moje obieranie, podawanie, zmywanie, i wszystko, to dużo byś nagotował. – Odwróciła się na pięcie, i wyszła do kuchni.

– Agusia, no to chyba przeprowadzisz się do nas – zagaił tata, nie owijając w bawełnę.

Nic nie mógł na to poradzić, owijać potrafił tylko ogóreczki kiszone wołowymi bitkami i ciastem jabłka na strudel. – Dla mnie zrób kawę! – krzyknął w stronę kuchni.

– Już jedną piłeś Stefan, masz ciśnienie, zrobię ci herbatę, i to słabą! – odkrzyknęła mama w rewanżu za podkuchenną.

– Tato, już o tym rozmawialiśmy. Nie-e.

– Jak to nie? Dlaczego? – Tata był autentycznie zbulwersowany i zdziwiony.

Dałabym sobie rękę odciąć, że w jego przekonaniu nigdy o tym nie rozmawialiśmy. Posiadał talent, znany mi od dzieciństwa, do wypierania z pamięci faktów mało istotnych i pozostawiania na twardym dysku miejsca na rzeczy naprawdę ważne, jak cytaty z „Nie", bądź szczegóły biograficzne wybitnych postaci historycznych. Sławna była w naszej rodzinie przypowieść o tym, jak wyszedł z domu z poleceniem przywleczenia mnie z przedszkola i wrócił z kilogramem truskawek, przekonany święcie, że takie właśnie otrzymał od swojej żony instrukcje. W przedszkolu regularnie, jak sierotka, czekałam do zamknięcia, zabawiana przez panie sprzątaczki, lub odwrotnie, zależy jak na to spojrzeć. Posiadanie telefonu w tamtych czasach graniczyło z cudem, zatem nie było jak powiadomić rodziców, że siedzę w przedszkolnej kuchni obok wiadra na obierki, wyśpiewując na głos wszystkie przedszkolne szlagiery, łącznie z „Jestem Chinka Cziku-Cziku-Lin-Ka". Pozastawało mi jedynie mieć nadzieję, że może przy kolacji zauważą mój brak i ktoś wreszcie po mnie przyjdzie.

– Dlatego, że nie da rady. Po pierwsze, nie ma miejsca. Mam mnóstwo rzeczy, mebli, ciuchów, kota. Jak byśmy się tu pomieścili? Poza tym za stara jestem, tato, żeby mieszkać z rodzicami. Wstyd.

Już raz to tłumaczyłam.

– Eee, tam, zaraz wstyd. Po co masz gdzieś pieniądze niepotrzebnie wydawać? Tak to byś sobie uskładała i kiedyś może kupiła mieszkanie w Krakowie. Albo zarobiłabyś sobie na wyjazd do Ameryki, o ile, oczywiście, chciałabyś tam jeszcze wrócić. – Tata się zasępił.

Chyba czuł, że bez Eryka – bez miłości – w Polsce sama nie wytrzymam. Fakt, ciągnęło mnie do Nowego Jorku, jak wilczycę do puszczy. Wcale nie byłam przekonana, że powinnam przeprowadzić się właśnie do Krakowa. Nie miałam bodźca. Mimo że znałam go kiedyś na wylot, i że emanował szalonym urokiem osobistym – jak niegdyś Ksawery – Kraków był mi teraz obcy, musiałabym się go uczyć od początku. A Nowy Jork, cóż, to był Nowy Jork. Moja teraźniejszość. Całe moje dorosłe życie, a nie jakieś smętne studenckie sentymenty. Jak, nie przymierzając, Ksawery, ha, ha. W koreańskich delikatesach na rogu 43 Wschodniej i Madison Avenue na pewno jeszcze pamiętaliby, jaką lubię kawę.

W Nowym Jorku czułam się bezpiecznie. Ale moje poczucie bezpieczeństwa nie miało nic wspólnego z tym, które prysnęło bezpowrotnie 11 września 2001. To było raczej tak, że czułam się tam swojsko i u siebie. Wiedziałam, czego się spodziewać. Ogólnie rzecz biorąc - zawsze wszystkiego. Tam nic nikogo nie zaskakiwało, a jeśli w ogóle, to zaskoczenie trwało zwykle chwilkę. I już zaraz kręciło się głową z niedowierzaniem i jednocześnie ze zrozumieniem, jakie towarzyszy samospełniającym się przepowiedniom, zaraz wzruszało się stoicko ramionami i mruczało pod nosem: *only in New York. Only in New York* załatwiało sprawę. Nie trzeba było więcej myśleć o tym, dlaczego coś fantastycznego, idiotycznego czy makabrycznego wydarzyło się w tym mieście. No bo jeśli nie tu, to gdzie? Tu był pępek świata, tu się działo wszystko, co najważniejsze. Miło i szpanersko było czuć się częścią pępka świata. Biało-czerwona gąsieniczka, wydłubałam sobie w Wielkim Jabłku przytulną jamkę, i było mi w niej dobrze. Po raz pierwszy w życiu naprawdę siebie lubiłam, a Nowy Jork pokochałam - za to, czego nie miałam w Polsce, a za czym zawsze tęskniłam: wolność, możliwość bycia tym, kim chce się być. Wyszydzana przez Europejczyków amerykańska mantra „jestem fantastyczny", jeszcze chętniej wyszydzany wszechobecny amerykański uśmiech, miały w moim wypadku działanie terapeutyczne i wyzwalające. Miałam pracę, która niekoniecznie może spełniała moje ambicje anglistki, ale za to spełniała z nawiązką wszystkie obietnice jako szkoła języka, życia i innej rzeczywistości. Po dziesięciu, a bywało, że i czternastu godzinach pracy na lotnisku, miałam jeszcze siłę, żeby o jedenastej w nocy, tak jak stałam, w granatowym mundurku i białej bluzce, iść z Mańką i Miśkiem na dyskotekę, i szaleć na parkiecie do motywu przewodniego z „Titanica". W wolne dni pisałam, czytałam, robiłam zakupy, chodziłam do kina, oglądałam „Friends", spotykałam się z przyjaciółmi, przemeblowywałam mieszkanie, robiłam pranie. Robiłam, co chciałam - w najlepszym sensie tego słowa - i po raz pierwszy nikomu to nie przeszkadzało. Po raz pierwszy w życiu posiadałam tak zwane poczucie własnej wartości; przed przyjazdem do Stanów nie miałam pojęcia, co to takiego, *self-esteem*. Zbudowanie go zajęło mi dziesięć lat, i było ono wciąż kruche jak skorupka jajka. Jak bardzo kruche – przekonałam się dopiero po powrocie do kraju, kiedy musiałam zakasać rękawy i zabrać się do oswajania nowej-starej rzeczywistości w Gdynia Główna Osobowa; teraz nie byłam wcale przekonana, że znajdę w sobie siłę i determinację, by od nowa w ten sam sposób oswajać Kraków Główny, od początku udowadniać Polakom, Którzy Nie Wyjechali, że jestem coś warta.

Dlatego chyba, we wczesne upalne popołudnie, pijąc w swoim własnym towarzystwie piwo z sokiem malinowym „Pod Białym Orłem" na Rynku, mogłam pozwolić sobie na to, by patrzeć na Kraków okiem turystki. Niezobowiązująco. Uśmiechałam się pobłażliwie do niekompetentnego i opryskliwego kelnera z mysią grzywką, uśmiechałam się do babci, która z nieobecnym wyrazem twarzy podsuwała znudzonemu wnukowi pucharek z lodami, i do eleganckiej dziewczyny, w powiewnej sukience z modną asymetryczną falbaną, której pies właśnie załatwił się pod pobliską akacją, uśmiechałam się, bo miałam to wszystko gdzieś. Dla mnie – to wszystko stanowiło tylko folklor. W mojej skołowanej głowie nie byłam stąd, tylko z NYC. Jakbym była stąd, toby mnie obeszło, że kelner wredny, babcia oziębła, a dziewczyna i jej pies źle wychowani. A tak, nie moje małpy, nie mój cyrk.

Rozciągnęłam się w wiklinowym fotelu pod wielką akacją. Słońce opalało mi stopy i ramiona. Przy stoliku obok – brzmiało to, jakby ktoś energicznie chrupał orzechy – świergotała piątka Hiszpanek ubranych w obowiązujące młodzieżowe uniformy: dżinsy biodrówki z wystającymi spod nich stringami, koszulki na ramiączkach, i japonki. Po szarej płycie Rynku krążyły tłumy turystów z aparatami fotograficznymi i stada wakacjujących już nastolatków z aparatami korekcyjnymi na zębach. Hm. Nawet przyjemny ten Kraków. Miałam straszną ochotę na drugie piwo, ale w porę przestraszyłam się mamy. Z ciężkim westchnieniem wróciłam do wertowania ogłoszeń w „Gazecie Wyborczej". Marzenia o powrocie trzeba jakoś sfinansować. Odrzuciłam Warszawę – nie byłabym w stanie sama się utrzymać i zaoszczędzić na wyjazd. Trójmiasto, z powodów oczywistych, odpadało. Pozostawał, mimo wszystko, Kraków.

Z gazety wynikało, że nauczycieli angielskiego wciąż jeszcze potrzebowano, więc tutaj mogłabym powalczyć. W ostateczności, choć nie była to ścieżka, którą kroczyłabym z uśmiechem. Mogłabym, oczywiście, zostać przedstawicielką handlową i sprzedawać cokolwiek, ale do tego trzeba było mieć własny samochód, być elastycznym jak kauczuk i zrezygnować ze snu i jedzenia, nie wspominając o aspekcie fizjologii kluczowym dla przedłużenia gatunku, i to nie tylko gatunku przedstawicieli handlowych. No i z talentem do sprzedawania było u mnie średnio, o czym mogło zaświadczyć dwóch dawnych amerykańskich pracodawców.

Eeech.

– Przepraszam, poproszę jeszcze raz to samo – zaczepiłam wrednego kelnera z grzywką.

Wszystko to było... Psiakrew. Trudne. Cholernie.

Oh, what to do, what to do?

Tylko zwinąć się w kłębek, i uschnąć, jak kozi bobek.

Ramiona mnie piekły od słońca świdrującego przez dziurę ozonową, piwo zrobiło się ciepłe, wiedziałam, że już nie dopiję tej drugiej szklanki, bo po co. I tak się nie wyluzuję. Za późno. Teraz jeszcze tylko poszwędam się po starych ścieżkach, zajrzę do najdroższych sklepów z ciuchami, w księgarniach znowu dojdę do wniosku, że nic nie czytam i mam porażające luki w wykształceniu, no i dół krakowski gotowy. Jak nowy. Zapłaciłam wrednemu kelnerowi z grzywką, nie zostawiając napiwku.

Dla ochłody wskoczyłam w zacienioną o tej porze ulicę św. Jana, potem w zaułek Niewiernego Tomasza, gdzie zawsze było trochę chłodnawo. Rozejrzałam się, ot tak, żeby sprawdzić, kto siedzi pod parasolami przed „Dymem" i „Cherubinem". Oprócz grupek zagranicznych turystów, którzy oblegali metalowe stoliki, przy jednym siedziała odwrócona do mnie profilem rudowłosa dziewczyna w fioletowej bluzeczce à la peniuar, przewiązanej pod biustem na skos, i czerwonej spódnicy do kolan. Wyglądała, do czego mało kto miał talent, zarazem nieprawdopodobnie tredny i niesamowicie oryginalnie. Paliła w zadumie papierosa i popijała piwo. Patrzyłam na nią i patrzyłam, i nie mogłam przestać. Jej profil wydawał mi się tak znajomy, że aż mi serce podskoczyło przedzawałowo.

Nie, niemożliwe.

Dziewczyna odwróciła się w moją stronę, żeby strzepnąć popiół z papierosa, i już nie miałam żadnych wątpliwości.

A jednak.

– Mary?! – wrzasnęłam, i nie zważając na barykady z krzeseł pod nogami, ruszyłam przed siebie.

Dziewczyna podniosła na mnie oczy, dobrze mi znane, bardzo niebieskie, z lekkim astygmatyzmem, i zastygła nieruchomo.

– Pi?! – wrzasnęła, nazywając mnie moją starą studencką ksywą: Agnisia-Pisia, w skrócie Pisia, w skrócie Pi.

– Jeny, jeny, rety! A skoneś tu się wziena ty? – odezwała się naszą wewnątrzplemienną gwarą, wstając i ściskając mnie jak niedźwiedzica.

– Ale żeś jest, gupia ty – ucieszyłam się, i pogłaskałam ją po ręce.

– Ty to żeś jest gupia dopiero, ale – ucieszyła się Mary.

– How come żeś tu? Żeś w Londynie przecie?

– A nie, w Krakowie od roku. – Wyciągnęła do mnie paczkę vogue'ów, potrząsając bizantyjskimi w klimacie kolczykami, wysadzanymi kamieniami w kolorze przyrumienionej mandarynki. – Palisz?

– Palę – odpaliłam. – Ale masz kolczyki piękne, i w ogóle jesteś taki ikonostas w kolorze. – Spojrzałam z nieukrywanym podziwem i estetyczną przyjemnością na Mary, całą w nasyconych, ciepłych barwach.

– A mam se, a ty masz dopiero pierścienie Nibelungów jakichś zdobyczne skąd? – Mary oglądała w skupieniu moje palce, na których jak zwykle nosiłam ciężkie pseudoawangardowe żelastwo. – Mów zaraz, co, jak, z kim, miałaś być w Nowem Jorku, co już nie jesteś? – Śmiała się pełną gębą radośnie.

– Aaa, widzisz, to ci muszę zrobić apdejt – zaśmiałam się i ja pełną gębą, i zrobiłam.

Potem apdejt zrobiła mi Mary, i się okazało, że mieszka z mężem Szkotem i dzieckiem płci żeńskiej w Krakowie od ponad roku, jest tłumaczką, i może mnie wkręcić, i mam się absolutnie niczego nie bać, tylko brać za rogi wszystkie byki świata, ale nie te zodiakalne, bo miała z nimi podłe doświadczenia, i natychmiast się przenosić do Krakowa. Ale już.

– Pod Wawelem znajduje się jeden z czakramów energetycznych Ziemi – rzuciła wreszcie koronny argument, który sprawił, że sama tu wróciła.

Z Mary – Marysią Biernat – znałyśmy się stosunkowo krótko, ale intensywnie. Ona wyjechała na zawsze do Anglii w trakcie studiów w poszukiwaniu siebie i sensu życia, i tam rozpoczęła nakręcanie swojej własnej telenoweli życiowej, mocno zresztą – co uczciwie przyznawałam – konkurencyjnej w stosunku do mojej. Od czasu studiów spotkałyśmy się raptem kilka razy w Londynie, w dosyć odległych odstępach czasowych. Mary była przedstawicielką owego znienawidzonego powszechnie typu kobiet, która nawet ubrana w przysłowiowy worek po kartoflach wygląda, niestety, zachwycająco i od niechcenia skupia na sobie całą uwagę otoczenia. Pamiętam imprezę, która polegała głównie na tym, że siedząc po turecku na podłodze jak w transie obserwowaliśmy Mary, która bawiła się swoimi wełnianymi skarpetkami w paski, śpiewając do wtóru ludowe bieszczadzkie piosenki. Oj, Mary, Mary. Tęskniłam za nią tak, jak ciało tęskni za brakującą kończyną.

Brakowało mi naszych głupawek, jej erudycji, jej chwytania wszystkiego w ćwierć słowa, picia razem wina oraz roztrząsania wpływu naszego toksycznego dzieciństwa – obie we wczesnym niemowlęctwie zostałyśmy oddane na wieś do babć, żeby mieć – tere-fere – mleko i powietrze – na nasze późniejsze nieudane życie osobiste.

Mary kilka lat temu wyprostowały się wreszcie ścieżki i przestała walczyć ze mną o tytuł królowej telenoweli. To, że znienacka objawiła się właśnie w Krakowie, było niewątpliwie znakiem od losu, którego w żaden sposób nie mogłam zlekceważyć.

Po sałatce z bundzem i przy kawie Mary wyznała, że mąż Ian i córka Inusia wyjechali na dwa tygodnie do Londynu, w związku z czym ona ma labę, chociaż tęskni, więc chętnie by poszła ze mną na „Włoski dla początkujących" do kina Ars, na przykład, co mogłoby stanowić mój pierwszy krok w żmudnym procesie ponownego oswajania Krakowa.

– Rzeczywistość oblepia, oblepia jak szara maź bagienna, ale trzeba się zmagać, bo nas oblepi i wessie – powiedziała swoim markowym głosem, który świetnie się nadawał do śpiewania jazzowych kołysanek.

– Ja mam na rzeczywistość taki sposób, że udaję, że jestem w Nowym Jorku, a przez resztę czasu, udaję, że zaraz tam wyjeżdżam – powiedziałam.

– A ja z moim chodzę czasem na śniadanie do hotelu, i udajemy, że jesteśmy turyści światowi. Chodzimy w ostateczności, jak nas smutek i szarość, i brak stosunków międzyludzkich, oraz Oxfamów, przygniecie już całkiem do ziemi – westchnęła Mary pogodnie. – A o Eryku zapomnij ty, na ciebie też twoje przyńdzie, zobaczysz. Wybacz go sobie wreszcie, ja też miałam różnych, co to wiesz. Nie wolno się na nich zawieszać i energii tracić po próżnicy – dodała z uśmiechem w astygmatycznym oku.

– Nie mogę wciąż uwierzyć, że tu z tobą siedzę – powórzyłam chyba po raz setny, odpalając setnego papierosa.

– I że tak sobie żyłyśmy plecami do siebie rok cały? – uśmiechnęła się Mary jak Gioconda.

– To masz tu moją Marian Keyes następną, co ją zabrałam ze sobą na samotne siedzenie na Plantach.

– A tu masz moją Barbarę Pym, co ją zabrałam ze sobą na tête-à-tête do piwa.

Dwie godziny później, po bardzo krakowskim spacerze, podczas którego przewędrowałyśmy Drogę Królewską wzdłuż i wszerz, podładowałyśmy energię wawelskim czakramem, i zjadłyśmy lody Magnum na patyku, wylądowałyśmy z powrotem na św. Jana, gdzie przed kinem strzeliłyśmy sobie po szybkiej kawie w Rio.

– Mam nadzieję, że to nie jest film instruktażowy dla specjalistek od depilacji – powiedziała Mary, podając dwa bilety przystojnemu kontrolerowi, który uśmiechnął się niepewnie.

– Włosków woskiem – dorzuciłam, przeciskając się do sali z dwoma porcjami popcornu.

Kontroler zmierzył nas przerażonym wzrokiem, po czym zasunął za nami aksamitną zasłonę i zamknął drzwi.

*

– No, aleś się wysiedziała – powiedziała mama w drzwiach, z wyrzutem, ale z uśmiechem.

– Wyobraźcie sobie, że spotkałam Mary! Byłyśmy w kinie. Wiecie, że od roku mieszka znów w Krakowie?! Niesamowite, prawda?

– Coś podobnego! To fantastycznie! Będziesz miała kogoś bliskiego, prawda? – wrzasnęła mama.

– Prawda. – Usiadłam z impetem w fotelu. – Powiedziała, że może uda jej się mi załatwić jakąś pracę. – Spojrzałam na tatę, któremu wyraźnie na te słowa poprawił się nastrój.

– A, widzisz. A na czym byłyście? – odezwał się w tacie stary kinoman.

Kiedyś nie wychodził z kina, uwielbiał zresztą chodzić na filmy sam.

Gdy miałam dziewięć lat, zabrał mnie na „W pustyni i w puszczy" do kina „Wolność", gdzie dziś mieścił się salon gry w bingo, na ówczesnym placu Wolności, dziś Inwalidów, przy niegdysiejszej ulicy 18 Stycznia, dziś ponownie Królewskiej. Pamiętałam napierający zewsząd tłum, ja z ojcem za rękę w tym tłumie, przestraszona i podekscytowana. A potem ciemność, wielki ekran, Dwa Plus Jeden z „Gwiazdą dnia", czarni Murzyni w polskim filmie, i to niezapomniane, nie do podrobienia „Stasiu, Stasiu...!" podfarbowanej na blond małej Nel.

Mój pierwszy w życiu prawdziwy film. Tak ojciec zaraził mnie kinem.

– „Włoski dla początkujących", taka niby komedia romantyczna, niby dramat obyczajowy. Duński. Sympatyczne.

– Aha.

Dalszego zainteresowania „Włoskim dla początkujących" już nie wyraził, bo, po pierwsze, film nie był włoskim komediodramatem filozoficznym i nie nakręcił go Fellini, po drugie, nie był czeską komedią obyczajową, po trzecie, nie był angielskim sitcomem, a po czwarte, nie występował w nim ani w żaden inny sposób nie maczał genialnego filmowego palca Charlie Chaplin.

Coś niesamowitego. Z biegiem lat tutaj naprawdę nic się nie zmieniło. Owszem, inne były dywany i kolory ścian, pomarańczowe fotele zastąpione zostały nowymi z kremowej ekologicznej skóry, pojawiły się kwiaty, i to sporo, bo mama nagle odkryła w sobie pasję do hodowania roślin doniczkowych, o co nigdy jej nie podejrzewałam, jako że za moich czasów mieliśmy tylko jednego cholernego fikusa-giganta, którego liście musiałam co sobotę nacierać oliwką – ale oni w środku byli wciąż tacy sami, tylko bardziej. Jak to zgrabnie ujęła pewna amerykańska autorka sitcomów, z czasem stawali się coraz bardziej sobą.

Ha. Ja pewnie też. W dodatku wracam na stare śmieci. Afera.

Stałam na balkonie, paląc sobie papieroska prosto w chłodnawą czerwcową noc – nie wiem dlaczego, ale ostatnio wszystkie ważne wydarzenia w moim życiu miały związek z paleniem na balkonie – i wydmuchiwałam dym wprost na ścianę sąsiedniego bloku, z wiele mówiącym napisem „Bronx". Za „Bronksem" stały „Harlem" i „Queens", ale na całym osiedlu nie było Manhattanu ani Staten Island. Mój nowy Nowy Jork. W okrojonym składzie. Jakie to dziwne, że po trzynastu latach obijania się po świecie znowu będę mieszkać i zaczynać od nowa tutaj, gdzie wszystko się przecież zaczęło już dawno, kiedy urodziłam się w Krakowie, w szpitalu wojskowym przy Wrocławskiej. Patrzyłam na nieruchome w świetle latarń topole i morwy, na brzozy zasadzone w czynie społecznym, które dawno już przerosły nasz śmietnik pod oknami, podsłuchiwałam pijaczków dyżurujących na ławeczce pod balkonem, i wdychałam zapach świeżo skoszonej koniczyny zmieszany z wyziewami spalin.

Przypomniał mi się radosny, ezoteryczny uśmiech Mary.

Kto wie, na tym czakramie wawelskim wszystko może się ułożyć jeszcze całkiem fajnie.

Rano na pożegnanie tata wsunął mi do ręki pięćset złotych.

– Bierz, bierz, na pewno ci się przyda.

Nie miałam siły zaprotestować.

*

Z pociągu zadzwoniłam do Eryka. Chciałam uniknąć niespodzianek w stylu: moje meble rozebrane na części, w kuchni ślady obrzędów wudu, więc wolałam dać mu czas – bądź co bądź miałby siedem godzin – żeby wszystko ślicznie pozacierać.

– Słuchaj, Aga, jestem w Mrągowie na regatach, wracam dopiero w poniedziałek.

W tle rzeczywiście szumiało. Szuwary?

– A co z kotami?

– Brat się zajął, poprosiłem.

– Aha. Słuchaj, jutro daję ogłoszenie do „Anonsów" w sprawie sprzedaży mieszkania.

– Dobra. Dobra. Słuchaj, nie mogę teraz rozmawiać, strasznie przerywa.

Palant. Pewnie Andżelika patrzyła, z kim rozmawia, i udawała niezazdrosną oraz bardzo tolerancyjną.

W domu było pusto, czysto i duszno.

– „Żarówka starannie obojętna..." – przypomniał mi się fragment wiersza Marzeny Brody, przeczytanego wiele lat temu w nowojorskim „Nowym Dzienniku".

Był piątek. Jutro miałam zajęcia w Fast Lane, i tradycyjnie już, żadnych planów na wieczór, oprócz samotnego kina. Chyba, że Hugonoty by sobie o mnie przypomniały i z litości zabrały na piwo do baru „Przystań". Ewki nie było, popłynęli z Adasiem w rejs po Zatoce Botnickiej. Zdrajczyni. Tylko sms-a przysłała, że słabo wieje, i że zapomniała całkiem języka norweskiego w gębie, który przecież studiowała.

Do północy siedziałam przed telewizorem, czytając „Biegnącą z wilkami". Telewizor mruczał i śpiewał półgłosem, jak ciepły, troskliwy *boyfriend*, który robi sobie w tle swoje, grzebie w Internecie, albo skleja modele samolotów, i nie ma za złe, że jego *girlfriend* czyta książki feministyczne, przez które tylko będą się kłócić.

Rano nastrój mi się poprawił, ponieważ przypomniałam sobie, że mam zajęcia z umięśnionym panem Michałem o pięknej łysej czaszce. Z kawą w ręku wsiadłam do kolejki SKM, rozkoszując się jeszcze sennym, spokojnym porankiem, i mnóstwem wolnych miejsc w pociągu.

Tuż przed Wrzeszczem zadzwonił Hugo.

– Jesteś? Żywa? Trzeźwa?

– Żywa, merci, i trzeźwa, merci. Wcześniej nie raczyłeś zadzwonić?

– Nie chciałem cię odciągać od życia towarzyskiego w Krakau. Daliśmy radę – wesolutko zbył mnie Hugo. – A w ogóle, to jestem w pracy. Znaczy będę, za jakieś pięć minut. Miałem nie być, ale będę.

– A co się stało? Oliwka na zakupach, a ty odczuwasz egzystencjalną pustkę? – strzeliłam.

– No. A serio, to nie. Znaczy Oliwka na zakupach, skąd wiedziałaś? Ale odczuwam raczej ulgę, że mnie ze sobą nie ciągnęła. Nie daję rady w tych, jak wy to mówicie...?

– W mallach. A wy Francuzi w galeriach.

– Właśnie tam. Uwolniłem więc Ediego od zastępstwa, a poza tym wczoraj odebrałem zaproszenia na ślub i zostawiłem w pracy, zapomniawszy.

– Dżizes.

W Fast Lane było cicho, niebiesko i duszno. Biurko i automat do kawy starannie obojętne. Miałam około piętnastu minut do rozpoczęcia zajęć. Zaraz zaczną się schodzić studenci.

Hugonot wbiegł z rozwianym, świeżo umytym orzechowym włosem, wyjątkowo jakoś radosny i atrakcyjny. Zamiast nieśmiertelnych sandałów miał na nogach nowe czarne trampki, czarnoszare cienkie dżinsy z żółtymi stębnowaniami, w sam raz luźne, i w sam raz obcisłe, do tego śnieżnobiały podkoszulek. Całości dopełniała czarna torba-listonoszka z miękkiej skóry. Na pewno nie było panny, która by się dziś za nim nie obejrzała.

– A ty coś się tak wystylizował?

Zupełnie nowy image. Symultanicznie sympatyczny i wyrafinowany.

– Cześć, dzieciaku. Daj niedźwiedzia. Czujesz? Nowe Fendi – nadstawił kark. – Oliwka mnie przebrała. Dostała fuchę, ma dla jakiejś firmy konsultingowej sformatować dokumenty. No to wczoraj wydaliśmy kasę, której jeszcze nie zarobiła – błysnął uśmiechem. – To część zasadzki na Moniczkę-prawniczkę. Wchodzę w rolę.

– Ani słowa. Wolę nie wiedzieć. Ja jestem prosta dziewczynka – ostrzegłam.

– Odkąd to? To nie ja wysyłałem pokrętne emocjonalnie miłosne esemesy do swojego boyfrienda, którego nienawidzę – małostkowo, chociaż nie bez racji, wytknął mi Hugo.

– To by się dopiero Oliwka zdziwiła...

Zgrabnie uniknęłam ciosu weekendową „Wyborczą".

– Od tego czasu bardzo zmądrzałam.

Rzucił mi spojrzenie pełne najszczerszego politowania.

– Fajnie wyglądasz, powaga. – Nie dałam się sprowokować, nie było czasu. – Ale nie waż mi się siadać do komputera, muszę sprawdzić pocztę, tydzień mnie nie było. – Odepchnęłam go od biurka.

– Kawy? – zawołał po chwili z lektorskiej kanciapy.

– A jak? Tak na sucho mam nauczać?

W skrzynce miałam tylko jedną wiadomość. Sprzed tygodnia. Kiedy ją przeczytałam, omal się nie udławiłam firmową orzechową kawą Hugonota.

Witaj, Agnieszko.

Czy to nadal Twój aktualny adres? Chciałbym do Ciebie napisać kilka słów.

Ksawery

*

Siedziałam i wpatrywałam się w ekran, czytając list ciągle od nowa.

Skąd się to wzięło?

Co miało znaczyć „kilka słów"? I o czym? Po co?

Ale wiedziałam. Oczywiście, że wiedziałam.

Czakram wawelski wykonał swoją robotę profesjonalnie.

Kosmos mi zesłał Ksawerego, bo bardzo dużo o nim ostatnio myślałam. A Ksawery, gdziekolwiek teraz był, z jakiegoś powodu myślał o mnie. I tak się sobie nawzajem zmaterializowaliśmy. Jasne jak słońce. Jeśli się w to wierzy. Bo można też, na przykład, alternatywnie, w przypadek. Ale to nie ja. Czułam, że coś się wydarzyło. Ksawery nie był przecież na tyle bezrozumny, żeby mi mieszać w życiorysie dla samej przyjemności mieszania.

I co za adres dziwny jakiś – ksap@jakosc.com. „Ksap" jak Ksawery Podsiadło, tyle rozszyfrowałam. Podsiadło, chłe, chłe. Ale „jakosc"? Że niby co? Taki jest debeściak? No to zobaczymy.

Witaj, Ksawery.
Aktualny. To jakość napisz coś.
Pozdrawiam,
Agu

Wysłałam. Oczywiście, dopiero teraz zauważyłam, że mechanicznie podpisałam się swoją amerykańską ksywką. Niedobrze. Pomyśli, że albo od razu wchodzę w intymności e-mailowe, albo jestem pretensjonalna lala, co sobie pseudonimy wymyśla. A, trudno. Co mi zależy. Nie widział mnie sto lat.

– Podobne energie się przyciągają, wiesz – powiedziałam do Hugonota przemądrzale.

Spojrzał na mnie, jakby mi z głowy wyrosły antenki i przewrócił oczami. Nie rozumiał mojej fascynacji horoskopami, chociaż lubiliśmy je sobie podczytywać w Internecie i dopasowywać do naszych lektorów. Nie uznawał też oczywistej prawdy, że naszymi losami zdalnie steruje energia kosmiczna – co mnie zresztą nie dziwiło, bo taka postawa pozostawała w najlepszej zgodzie z jego znakiem zodiaku. Jako Baran, był zawsze zbyt zajęty, i zawsze musiał zaraz dokądś biec, i nie zawracał sobie głowy takimi pierdołami. Miałam jednakże cichą satysfakcję z powodu tego, że w tym pędzie zawsze się o coś potykał, i w takich momentach – o czym mu uprzejmie przypominałam – wychodził z niego ascendent w Strzelcu.

– Masz zamiar w ogóle dzisiaj pracować? Grupa czeka, jest pięć po dziesiątej. A może wasze energie się odpychają? – powiedział.

Z najdalszej sali dobiegł mnie głęboki baryton pana Michała o pięknej czaszce.

Fak, fak. Zamiast wymyślać fantazyjne scenariusze na temat Ksawerego, będę przez czterdzieści minut po raz kolejny tłumaczyć zastosowanie czasu Present Perfect. Na pewno od razu odpisze. W końcu co miał do roboty w sobotę rano, jeśli nie odpowiadać na e-maile jakiejś Agu, która raczyła mu odpisać po tygodniu? A jak nie odpisze? Czy powinnam napisać jeszcze raz, żeby się zrehabilitować za milczenie? Czy wyjdę na desperatkę? Chryste, help.

Przez Present Perfect przeleciałam jak burza, nie zostawiając oszołomionej grupie ani sekundy do namysłu nad jego wielorakim zastosowaniem, następnie wprowadziłam dwadzieścia nowych słówek, a na deser zrobiłam dyktando, przez cały czas bezwstydnie emanując seksapilem w kierunku zaskoczonego pana Michała. To skandaliczne zachowanie wynikało z nagłej tendencji zwyżkowej mojego poczucia własnej wartości, co z kolei stanowiło pochodną faktu – tu feministka we mnie zaryczała z oburzenia – że zainteresował się mną, mimo iż w jeszcze nieokreślonym celu („chciałbym napisać kilka słów" to żaden cel, patrzmy realnie), mężczyzna.

Koniec. Dziękuję państwu, do widzenia. Wyskoczyłam z sali jak oparzona. Drugą godzinę prowadziła Monika, ulubienica pana Michała.

Hugo już poszedł, zostawiwszy dla mnie na biurku zaproszenie na ślub. Było wyjątkowo udane – ciemnobeżowy, ekologiczny włochaty papier, na froncie dwa ludziki-patyczaki, narysowane czarną, japońską kreską. Ten kobiecy miał spódniczkę, a męski – cylinder. W środku – klasyka – „...z osobą towarzyszącą".

Pójdę bez.

Odwlekałam sprawdzanie poczty, chociaż palce same mi biegły do klawiatury, a głowa przechylała się w kierunku ekranu, jak kwiatek do światła. A jeśli nie odpisał? Albo odpisał głupawo? No to co, to tylko list, nie koniec świata. Dorosła jestem w końcu. Chyba. Spokój.

Kliknęłam na Outlook Express. Jest.

Agnieszko, Agu.

Dopiero po Twoim liście zorientowałem się, że mam głupawo nazwaną skrzynkę:-).

Służbowa. Już zmieniłem, jak widać.

Straciłem już nadzieję, że się odezwiesz, myślałem, że zmieniłaś adres. Bardzo mnie ucieszyła Twoja odpowiedź. Od miesiąca mieszkam w Krakowie, sam.

Moje małżeństwo się rozpadło, niestety, z mojej winy. Od roku żyjemy z żoną w separacji, we wrześniu – ostatecznie rozwód.

Czy bywasz czasem w Krakowie, czy jesteś w Gdyni, w Ameryce, gdzie jesteś?

Domyślam się, że u Ciebie także zmiany, bo odpisałaś:-)

Napisz jakie, czekam.

Pozdrawiam cieplutko.

Ksa

Ksawery, widzisz, jak to tak.

Kosmos chyba, bo byłam w Krakowie przez cały ubiegły tydzień. Szukałam nowego-starego życia. U mnie się wiele zmieniło, bo nie jestem blondynką w wieku gimnazjalnym:-), ale to już za mną. Uczę angielskiego w Gdańsku, mam dwa koty, i myślę o kolejnej przeprowadzce, tylko dokąd?

Co do bywania w Krakowie, to i owszem. Niewykluczone, że znów mnie przyniesie, za jakieś trzy tygodnie, bo ma przyjechać moja przyjaciółka ze Stanów, po raz pierwszy po 14 latach.

To może wtedy jakaś kawa, herbata, piwo? A może jesteś abstynentem? Wegetarianinem? Pamiętam to Twoje karate, więc tak mi się skojarzyło:-). Ja nie jestem, ani, ani.

Agu

Agu droga, tylko do Krakowa!
Piję, a jakże, ale może przyjedź wcześniej?
Pytają się bacy:
- Baco, czego się napijecie - wina, wódki?
A baca:
- I piwa!
Ściskam,
k.

Jaki fajny. Jaki normalny! Kawały opowiada. A kiedy mi boyfriendował, to o babie u lekarza nie pozwolił. A tu taki jakiś... swój. I miły. I entuzjastyczny tam, gdzie był ponury. Ciekawe, czy gruby i łysy, po tych biznesach, karierach i przejściach. Nieważne. To może być początek pięknej przyjaźni, nawet jeśli jest gruby i łysy. Zwłaszcza, jeśli jest gruby i łysy.

Telefon.

– Szkoła językowa Fast Lane to English, dzień dobry.

– Co ty tam jeszcze robisz? – Hugo z pretensjami.

– Czytam twoje zaproszenie, he, he.

– I jak? Może być? Spodziewałem się, że odbierze Monika. Zapomniałem swoich kluczy od firmy. I jak w poniedziałek wejdę?

– No są, widzę, to te z kogutem? Podjedź do Wrzeszcza, przyniosę na stację. A zaproszenia fajne. Bezpretensjonalne i z jajem. I wiesz co?

– Co?

– Może będę miała z kim przyjść.

*

Znowu to zrobiłam. Jakbym miała szesnaście lat, a nie... tyle, ile miałam.

Natychmiast zaczęłam fantazjować na temat faceta, którego w ogóle nie znałam. Nie przeprowadziwszy nawet jednej rozmowy twarzą w twarz, ani choćby przez telefon z nowo objawionym Ksawerym, już wybierałam się z nim na wesele

Hugonotów. Z premedytacją ślepa i głucha na pewien drobiazg – „...małżeństwo rozpadło się z mojej winy" – nie dość, że proponowałam mu wspólne picie alkoholu – a wiadomo, do czego to zwykle prowadzi – to jeszcze, jakby pożycie z tryskającym dowcipem Erykiem niczego mnie nie nauczyło, zachwycałam się, że Ksawery umie opowiadać kawały! I na tej skale, na tej rzetelnej podstawie, już w wyobraźni budowałam nowy związek. Głównie po to, by się lepiej poczuć i mieć o czym pomarzyć. Nie, nie, spokojnie, nie miałam zamiaru wsiadać w pierwszy pociąg do Krakowa po to, by stanąć na progu Ksawerowego mieszkania z walizką i rozbrajającym uśmiechem; ale sam fakt, że taki filmowy scenariusz w ogóle przyszedł mi do głowy, świadczył o poziomie mojej emocjonalnej dojrzałości. Fatalnie, podsumowałam siebie, waląc w klawisze pianina, które nie wiedzieć czemu stało w jednej z klas Fast Lane.

Właściciel lokalu nie bardzo chyba wiedział, co z nim zrobić, i pozostało z nami jako mebel, na którym podczas zajęć kładliśmy dzienniki, podręczniki, podkładki do pisania i długopisy. Pianino było jakiejś pośledniej klasy, ale nie bardzo nawet rozstrojone, i z tylko dwoma zapadniętymi klawiszami. Aż podskoczyłam na jego widok, bo od lat nie miałam okazji grać. Nie żebym była wybitna, i teraz ukradkiem ćwiczyła z zamiarem rzucenia wszystkich na kolana podczas planowanego w sekrecie recitalu. Grałam trochę, troszeczkę, i w kółko to samo. Motyw przewodni z *Fortepianu*. Często zostawałam w sobotę i niedzielę po zajęciach, żeby poćwiczyć, rozluźnić zesztywniałe palce, przypomnieć sobie utwory, które kiedyś wykonywałam całkiem przyzwoicie. To był rozkoszny relaks, jaki daje świadomość sprawności własnego ciała. Mój swoisty aerobik. Zdarzało się, że kompletnie traciłam poczucie czasu i brzdąkałam aż do zmierzchu. Eryka w weekendy i tak przeważnie nie było. Nie miałam się dokąd śpieszyć.

Żałosne.

Żałosna jesteś, kretynko, z tym chwytaniem się Ksawerowego e-maila jak emocjonalnej brzytwy. Pewno szuka plastra na rozbite małżeństwo i chce sobie podbudować ego. Wyssie, wykorzysta i porzuci. Tak, jak już raz ci zrobił, kretynko żałosna ty.

A może napisał kolejnego e-maila?

Witaj Agu.

Zapomniałem poprosić Cię o numer telefonu – jeśli można?

Podaję swoje, na wypadek, gdybyś skasowała te, które Ci kiedyś podałem:-), a jakoś mam pewność, że tak się stało.

Co będziesz porabiać przez resztę weekendu?

Cieplutko pozdro

Ksa

Ach, uparty uwodziciel Podsiadło jeden!

Witaj Ksa-very, Xavier Perez de Quellar?

To moje namiary. Twoje, jak słusznie zauważyłeś, lojalnie wobec ex-boyfrienda skasowałam.

Reszta weekendu, nie wiem, chyba powinnam napisać coś, co by Ci kazało myśleć, że jestem rozrywkowa, inteligentna i cool, i prowadzę życie wypełnione po brzegi, i nie jestem zdesperowanym singlem:-). Bo pomimo wszystko, nie jestem.

A więc zakupy, spacer, kino, niekoniecznie w tej kolejności. Ale raczej samotnie.

A Ty?

Agu

Za chwilę jadę na obiad do mamy:-)

Potem kino, spacer, zakupy, niekoniecznie w tej kolejności.

Odrabianie zaległości w pracy na poniedziałek:(.

Ale później być może mała imprezka na Kazimierzu. Czy mogę do Ciebie ewentualnie poesemesować?

Ksa

Możesz, ale respondują wolno, bo od niedawna mam komórkę, i do nikogo nie esemesuję jako kaleka komórkowa.
Miłej zabawy.
A.

Nie wiem. No nie wiem. Te imprezki na Kazimierzu. Ale odpisał. Po wielokroć. Natychmiast.

Wstałam od pianina, przeszłam się po wszystkich pustych, niebieskich pokojach, sprawdziłam, czy okna zamknięte, poprawiłam poprzestawiane krzesła, zebrałam z podłogi i parapetów plastykowe kubki po kawie i wodzie.

Pusto. Cicho.

Odkąd ponownie znalazłam się w Polsce, przez wszystkie trzy lata nie spotkałam nikogo, czytaj mężczyzny, z którym rozmawiałoby mi się, no i co z tego, że tylko e-mailowo, tak ciepło i swobodnie. Bez autokreacji. No, może w minimalnym stopniu. Odrobina kokieterii. Ale przede wszystkim nie potrafiłam się oprzeć przedziwnemu wrażeniu, że rozmawiam z samą sobą. Tyle, że płci męskiej.

Było to wrażenie wstrząsające.

Przed wyjściem sprawdziłam, czy nie odezwał się jeszcze raz. Mógłby, właściwie.

Ale w mojej skrzynce nie było żadnych nowych wiadomości.

*

W Sopocie na stacji grupki roztrajkotanych młodocianych, panny w białych spodniach, pod którymi białe stringi, od pasa w górę też jakby stringi, sądząc po ilości materiału, młodzieńcy albo na łyso, albo farbowani z grzywkami, albo na wczesnych Beatlesów, przeważnie w szerokich dżinsach à la bojówki, albo w bojówkach, a wszyscy w jednej ręce trzymają papierosa i piwo, a w drugiej komórkę. Nastrój już jest szampański, a tu dopiero szósta, i słońce oślepia na pomarańczowo, ale tak ma być, impreza zawsze zaczyna się i kończy na plaży.

Dojeżdżam do Gdyni, wysiadam z kolejki, tradycyjnie odwiedzam „Justynkę”, kupuję dwie drożdżówki z budyniem. Tęsknię za Ewką, nie mam się komu wygadać. Hugonot nie był zainteresowany rozmową, nawet z wdzięczności; chapsnął klucze i już go nie było. W Gdyni znowu wiatr, chłodno. Jak ta młodzież w tych stringach daje radę przez całą noc do rana? Ja mogę tylko w polarze, na dole i na górze. O, całkiem przyzwoity tekst hip-hopowy mi wyszedł.

Dzwonię do Mary.

– No i co? – pyta ona. – Przyjechałabyś.

– Ty byś przyjechała. Ja już byłam – wypominam.

– Bym. Ale dziecko mi wraca zaraz z Londynu.

– A Twój?

– Też wraca. Ale Mój by sobie beze mnie poradził, a dziecko nie.

– Pamiętasz Ksawerego, co byłam na studiach cierpiąca z miłości? – zagajam wreszcie główny wątek.

W końcu po to dzwonię. Żeby się podzielić.

– Aaa, ten z okiem pięknym? Kudłaty?

– No.

– To co Ksawery? Objawił się czy aby?

– Ciebie to nie można niczym melodramatycznie zaskoczyć – obrażam się.

– Aaa, bo królowe telenowel brazylijskich takie scenariusze mają we krwi.

– Fakt. Też mam. No więc napisał do mnie, rozwodzi się. Chyba chce się spotkać – mówię, udając, że mi nie drży głos.

– Jakoś dziwnie brzmisz. Cieszysz się? – Skąd ona tak potrafi strzelić w sedno?

– Chyba tak, chociaż... on był dosyć okropnym bawidamkiem, wiesz.

– No, coś pamiętam. Zmienił się?

– Nie wiem. Tak jakby. Pisze mi się z nim fajnie. Jak z tobą.

– No to się spotkajcie. Może coś...

– Nie, no co ty, to w ogóle nie wchodzi w grę. Mówię, że koszmarny był, porzucił mnie i nie wiedział dlaczego. Tylko mi śpiewał, „z nim będziesz szczęśliwsza", i zaraz poznałam u ciebie Marka.

– I wcale nie byłaś szczęśliwsza. W ogóle do siebie nie pasowaliście. Hm. *Mea culpa,* powinnam to była widzieć, a nie swatać w ciemno, tylko dlatego, że was lubiłam, i że oboje byliście singlami.

– Nie biczuj się, sama chciałam. Marek jest szczęśliwy z Bereniką. Chyba. Tak przynajmniej mi donoszą czasem z Ameryki.

– Wiem, wiem, mi też donoszą. No, ale do rzeczy, Ksawery, Ksawery! On się tak jakoś śmiesznie nazywał, coś z mlekiem....

– Podsiadło, he, he.

– Do-kła-dnie! To się z nim spotkaj, co ci zależy. Bez zobowiązań. A może będzie miło. Z tego, co wiem, od jakichś stu lat nie było ci miło. Się razem napijecie, porozmawiacie o życiu i poezji Steda, ha, ha. Nie musisz od razu iść z nim do łóżka.

Co ona tam wie.

– Pi? Jesteś tam? – zaniepokoiła się Mary.

– Łatwo ci powiedzieć – mruczę. – Z nim się nie rozmawia.

– No to masz moje błogosławieństwo, sister. Zrób to ku chwale ojczyzny, jak mu się oprzeć nie możesz.

– Tego nie wiem. I wcale nie wiem, czy on tego chce.

– Aha, akurat.

Jakim cudem znalazłam się za sprawą jednego e-maila w łóżku z Ksawerym? Mary, Mary, wredna swatka. Najpierw Marek, teraz Ksawery. Muszę z nią zerwać.

– Mary?

– No, co tam Pisieńko? – Mary zatroskana.

– Czy ty zawsze musisz mi tak całą zablokowaną podświadomość wywalać podszewką na wierzch?

– Chyba tak – zaśmiewa się.

– To nie fair. Ja ci nie wywalam – chichoczę.

– Bo ja nie blokuję.

– Aha. *Anyway*, dzięki.

– *Good luck.*

Otwieram drzwi wejściowe... i... *I was just lighting a cigarette, when the telephone rang*. Past Continuous i Past Simple. A właściwie zapipczał esemesowo.

Czy mogę się do Ciebie odezwać ludzkim głosem swym, swoim?

A więc nie na imprezie, Hawier? I jeszcze cytujemy Marka Koterskiego.

No, no.

Tak – odpisuję lakonicznie.

Ręka mi drży jak osikowy liść.

Za moment zadzwoni telefon. Za moment będzie za późno. Przyznamy, że istniejemy naprawdę. Nie będzie powrotu do wirtualu.

Dzwoni.

I was just going to have a heart attack, when the telephone rang.

*

– Cześć – wpadamy sobie w słowo.

Żeby broń Boże nie wyszło na jaw, jak bardzo jesteśmy spięci.

Przynajmniej ja, bo Ksawery, cóż, kto go tam wie, bawidamka światowego.

– Cześć, witaj. Witaj, Agusia. – Dopiero teraz zdaję sobie sprawę, że zupełnie zapomniałam, jaki ma głos.

Przez telefon wydaje się starszy, niż jest.

– No cześć, cześć – śmieję się serdecznie, nagle całkowicie wyluzowana.

– Słuchaj.... – znowu zaczynamy jednocześnie. – Ha, ha....

O, Jezu. Zachowujemy się jak bohaterowie filmów Nory Ephron.

– Słucham – ustępuję kulturalnie miejsca. Jak Meg Ryan.

Znowu śmiech zakłopotany. Jak Tom Hanks.

– Czy wiesz, gdzie jestem w tej chwili?

– Nooo, nie?

– Nad stawem na Grabówkach. A ty?

– W domku już, czwarte piętro, dlatego tak... saapię...! – sapię. – O Boże, Ośrodek Rekracyjny Grabówki. Tam chodziliśmy na capstrzyk przed Pierwszym Maja! Raz nad stawem opaliłam sobie pół brzucha, bo zasnęłam na boku. Sto lat nie widziałam tego miejsca! I jak jest? – ekscytuję się nostalgicznie.

– Dziwnie. Zapuszczone, zdziczałe. Widać, że nic tu się nie dzieje.

– Skąd się tam wziąłeś w ogóle?

– Byłem u mamy na obiedzie, tak jak ci napisałem, być może pamiętasz....

– Uhm.

– ...i postanowiłem się przejechać do parku. Żeby do ciebie zadzwonić z miejsca, które oboje znamy.

– Miałeś bardzo fajny pomysł – mówię powoli.

– Strasznie dużo tu wypaliłem papierosów...

– ...i wypiłem piwa, i wycałowałem dziewczyn...

– No, trochę tak. Przez całe liceum. – Śmiech. – Agnieszko, bardzo chciałbym się z tobą zobaczyć. Jestem ciebie cholernie, bardzo ciekaw, tyle lat minęło.

– I vice versa, Fama, i vice versa.

– Proszę?

– To taki dowcip. Przylatuje Nowakowa do Wojciechowej. Wojciechowo, mówi, fama głosi, że używacie słów, co to nie wiecie, co znaczą. O tak? – na to Wojciechowa, to powiedzcie tej Famie, że jest hetera i vice versa.

– Ha, ha! Ale czy jesteś całkiem pewna tej hetery?

– Nie używam brzydkich słów w towarzystwie nieznajomych mężczyzn, żeby nie pogrzebać swoich szans już na wejściu.

– Ja nie jestem nieznajomy.

– Okej, jesteś mężczyzną, którego nie znam.

– A, to już lepiej. – Chwila ciszy. Brzemiennej.

– Agnieszko, kiedy będziesz w Krakowie?

– Hm, tak jak pisałam, za kilka tygodni.

– A nie możesz wcześniej?

– No, nie, raczej nie – śmieję się. – Praca.

– To strasznie długo. Nie wytrzymam tyle. Czy w takim razie ja mógłbym cię wcześniej odwiedzić? – Ten sam narwany Podsiadło.

Trochę go jednak znam.

– Zapraszam. Kiedy?

Boże, jaka ja jestem skandalicznie łatwa. „Zapraszam", Jezu. Jakbym promocję baleronu gotowanego ogłaszała. Nic dziwnego, że faceci mną pomiatają.

– Za tydzień? Może być?

– W piątek?

– Uhm. W piątek. Agnieszko?

– Tak?

– Tylko najpierw muszę cię o coś zapytać. To dla mnie bardzo ważne.

Przełykam ślinę. Mam zupełnie wyschnięte gardło.

– Czy lubisz tequilę?

– Pasjami! – Napięcie opada.

Śmiejemy się oboje odrobinę za długo.

– To do usłyszenia. Przed zobaczeniem jeszcze?

– Do usłyszenia. – Wyłączam się.

Szary i Cielęcina ze zgorszeniem patrzą na swoją panią, która w podskokach, z piskiem podbiega do lustra i całuje swoje odbicie, zostawiając na tafli ślad po bezbarwnej witaminowej szmince.

Łapię telefon.

– Mary? On chce przyjechać.

– Poczekaj sekundę. – Mary odkłada słuchawkę, w tle jakieś syczenia, chlupotania, poszczękiwania. – Jestem. Robię zakochanego kurczaka. Musiałam dodać śmietankę. – Mary oblizuje się bardzo wokalnie.

– A jaki to?

– Z białym winem i lubczykiem. Pysznościowy. Robię mojemu na *welcome home*. No, co tam? Że chce przyjechać Ksawery, to dobrze. – Mary bez ogródek.

– No, dobrze, ale jak ja mam się zachowywać po tych piętnastu latach?

– Zdaj się na intuicję. Jak będzie drętwo, to mu pokażesz muzeum morskie, Sopot i „Błyskawicę", i wróci do domu. A jak będzie naaajs, to... co ja ci mam mówić, gupia. To będzie naaajs. Sama wiesz.

– Moja intuicja jest albo w amoku, albo w stanie uśpienia. Niczego złego mi nie podpowiada. To bardzo dziwne, bo on jednak jest tym bawidamkiem na zawołanie.

– Sorki, ale muszę do kurczaka, bo mi się zwęgli, ale raczej nie odrodzi się z popiołów jak feniks. – I poszła sobie.

Mama się przestraszyła, że dzwonię, no bo przecież dopiero co od nich wróciłam.

– Aga? Co się stało?

– Ksawery Podsiadło się odezwał, wyobraź sobie. Chce do mnie przyjechać – mówię w desperacji.

– A czy on nie był przypadkiem żonaty? – przestraszyła się mama.

– Był, i to nie przypadkiem. Z tym, że właśnie się rozwodzi.

– Agusia, tylko nie idź ty z nim od razu do łóżka, córeczko. Wiesz, jaki on jest. – Mama zatroskana jeszcze bardziej.

– Oj, mamo. Przecież nie widzieliśmy się sto lat. Spotkamy się, i tyle.

– No, ja tam nie wiem. Wiesz, jaki on ma temperament.

– Wiem, ale co z tego. Może nie mieć temperamentu na mnie. A skąd ty w ogóle wiesz, jaki Podsiadło ma temperament?

– Słyszało się to i owo. Po co by mu się chciało jechać taki kawał światu? – cytuje mama dziadka.

Moja intuicja się z tym zgadza. No bo rzeczywiście, po co by jechał taki kawał światu. Ale oczywiście udaję, że o tym nie myślę. Jestem ponad biologię.

– Tylko zrób coś z tymi włosami, i umaluj się trochę...

– Myślałam, że mam nie iść z nim do łóżka?

– Ale poczarować go możesz, nie zaszkodzi. Nie chcesz chyba wyglądać jak...

– ...wypłosz?

– Właśnie.

Byłoby bardzo zabawnie, gdyby się okazało, że Ksawery, wbrew oczekiwaniom całego świata, mimo wszystko nie będzie chciał pójść ze mną do łóżka. I że przyjeżdża, na przykład, żeby poszerzyć swoją amwayowską siatkę.

A ja jestem idealną kandydatką na przedstawicielkę na region Pomorze.

*

W sobotni ranek, który okazał się szary i wilgotny jak ciepła pleśń – sprawdziłam, wysuwając jedną rękę na balkon – obudziłam się z rozsadzającą głowę migreną.

Było mi niedobrze, a jednocześnie miałam straszliwą ochotę na kawę z całą tabliczką czekolady, używki całkowicie w tym stanie zabronione. Ale – rozgrzeszyłam się natychmiast – o ile kawa i czekolada mogły przyczynić się do ataku migreny, jak przeczytałam w jakiejś ulotce zdrowotnej, to w trakcie już mi raczej nic z ich strony nie groziło. Prawdę mówiąc, w stanie, w jakim się znajdowałam, nic nie mogło mi już zaszkodzić, oprócz uderzenia siekierą w potylicę, co właściwie nawet by mi na dłuższą metę pomogło, redukując moje szanse na kolejną migrenę w sposób permanentny.

Weszłam do wanny i odkręciłam wodę na full. Złapałam prysznic i skierowałam strumień niemal wrzącej wody na kark. Po chwili ból minimalnie ustąpił na tyle, że na moment mogłam zacząć myśleć o czymś innym. O śniadaniu. O tym, że muszę się ubrać. Że przyjedzie Ksawery, a mnie na przykład złapie migrena. Przez szum wody dotarło do mnie w końcu, że dzwoni telefon. Niech dzwoni. Jak to coś ważnego, to jeszcze zadzwonią, nie będę ganiać nago po parkiecie, kapiąc wszędzie wodą, i potem przez pół godziny czołgać się ze szmatą, i pod światło szukać, gdzie zostawiłam ślady. A po dobiegnięciu okazałoby się, że to znowu ktoś do Eryka w sprawie kolejnego niezapłaconego rachunku. Jest sobota, dziewiąta rano.

Na drzewo.

Wsadziłam kark ponownie pod strumień gorącej wody. Aaaach.

Od co najmniej dwóch lat, nawet w weekendy, regularnie budziłam się o tej samej porze, co w dni powszednie. Dowodziło to dwóch strasznych rzeczy. Po pierwsze, że nie posiadałam życia towarzyskiego. W *Saturday night*, zamiast dostawać gorączki erotycznej, i budzić się w niedzielę ze świadomością, że nie wiem, gdzie jestem, i kim jest ten dwudziestolatek z kolczykiem w języku, który znajduje się w moich ustach, ja, wyszorowawszy ząbki, grzecznie kładłam się spać, w podkoszulku i majtkach, które nikogo nie byłyby w stanie przyprawić o gorączkę erotyczną, po czym wstawałam rano w samą porę na „Teleranek". Po drugie – to było jeszcze straszniejsze – że jestem stara. Tylko starzy ludzie wstają codziennie o tej samej porze, niezależnie od pory roku i dnia tygodnia. Jeszcze tydzień i zacznę rano wychodzić do kiosku ruchu i piekarni, po znaczki, gazetę i bułki. Kiedyś dziwiłam się, w jaki sposób oni odróżniają weekend od reszty tygodnia, bez sobotnio-niedzielnego kaca; teraz wiedziałam, że mają od tego telewizor i seriale.

Znowu dzwoni. Teraz komórka. Miałam nadzieję, że nie muszę jechać do Wrzeszcza na zastępstwo za Monikę, która pojechała na jeden dzień do Szwecji i nie zdążyła wrócić. Bywały precedensy. Miałam nadzieję, że Monika wyrwała się na czas z objęć szwedzkiego boyfrienda, zdążyła na prom, i nie będę musiała mówić przez klika godzin, z jednym okiem sinym, a drugim czerwonym, wywalonym na wierzch i łzawiącym z bólu, w dodatku bardzo szybko i w obcym języku, zważywszy, że cierpiałam właśnie na mowowstręt. A poza tym, mogło mnie przecież nie być w Trójmieście (ha, ha, dobre sobie). Na drzewo.

Zakręciłam wodę. Z zaparowanego lustra patrzyła na mnie rozmazana sinoblada twarz z różowym podkładem – rozszerzone naczynia krwionośne na skutek długotrwałego biczowania gorącą wodą. Oczy zmrużone, w tym jedno czerwone. Na skórze jakieś cętki. Włosy ściągnięte na czubku głowy w kąpielowy koczek à la Mała Mi. Ach, obrzydliwość, napawałam się z migrenowym upodobaniem. Ależ koszmarnie wyglądałam. Posmarowałam cętkowaną czerwono-sino-bladą twarz kremem, zakropliłam czerwone oko visine. Trochę pomogło, ale ból nadal był okropny.

Eryk nie rozumiał, o co chodzi z tymi migrenami. Nie miał pojęcia, że po takim ataku czułam się jak potrącona przez ciężarówkę. Dla niego ból fizyczny był oznaką słabości, a słabością, jak wiadomo, się brzydził. Gdyby nie to, że ktoś już na to przed nim wpadł, Eryk miał wszelkie predyspozycje, by założyć Hitlerjugend. Które wtedy nazywałoby się Erichjugend? Boże, po co myślę o Eryku w migrenie, tylko mi od tego bardziej niedobrze. Nie wiem dlaczego, ale posmarowanie ust błyszczykiem niespodziewanie sprawiło, że nudności trochę ustąpiły. Zrobiłam sobie ekstramocnej kawy i z braku czekolady, którą zjadłam kiedyś z okazji PMS, wygrzebałam ze swojego tajnego pudełka paczuszkę skamieniałych pierniczków toruńskich, tych z logo z Kopernikiem, który środkowym palcem wymierzonym w górę pokazuje światu i wszech, co o tym wszystkim naprawdę myśli.

Kto mnie dręczył, czego chciał.

Aaa.

Na komórce Ksawery. Nieodebrane połączenie.

O dziewiątej rano w sobotę dzwoni, zamiast leczyć kaca. Świat się kończy.

Czy mam oddzwonić? Czy to będzie oznaczało, że jestem łatwa i zdesperowana?

I jak mam z nim rozmawiać, skoro mówić nie mogę? Może zadzwoni jeszcze. Jak mu zależy, to zadzwoni. Kobieta nie powinna oddzwaniać, bo według mądrych poradników o łapaniu męża, zwierzyna nie powinna gonić myśliwego. Boże, jakiego męża znowu. O migreno psychiczna. Jakiego męża?

Grzebię w torebce w poszukiwaniu tabletek od bólu głowy. Panie Boże, uczyń cud, niech mam zakamuflowany w jakimś skrawku biletu sumamigren, niech mam! Panadol, aleve, aspirin migraine, saridon... wszystko jest, arsenał cały, jak u narkomana, a nic nie pomaga.

Hurra! Jest. Cud. Nie ma sumamigrenu, ale jest recepta, o której zapomniałam! Biegiem na dół do apteki, do przystojnego aptekarza z rozwichrzoną czupryną i manikiurem, niech sprzeda narkotyk, i niech mnie już ten czerep wreszcie nie boli.

Cholera.

U mojego rozczochranego aptekarza nie było sumamigrenu. Nie było go też w czterech aptekach na Świętojańskiej, ani w „Batorym". Po trzech kawach – domowa plus dwa razy latte na wynos z La Cawy, gdy wędrowałam Świętojańską w górę, a następnie w dół – z rozstrojem nerwowym żołądka oraz pulsującym bólem w gałce ocznej, a teraz już w całej szczęce i szyi, nie byłam raczej przyjaźnie nastawiona do świata. Byłam, można rzec, wcieloną, zziajaną furią. Z czerwonym okiem.

Ksawery, po pierwszej próbie porannej, już się nie odezwał. Trudno-brudno, trudno-brudno, powtarzałam sobie, maszerując dziarsko na kofeinowym haju w kierunku stacji kolejki SKM na Wzgórzu Maksymiliana. Kiedyś za ten rym dostałam lanie. Rodzice nie pozwolili mi pójść się bawić do sąsiadki Asi, która jako jedyna miała w bloku żywego kota, a kiedy zapytałam dlaczego – jak każdy przedszkolak, czepiałam się związków przyczynowo-skutkowych – usłyszałam klasyczne „nie, bo nie". A potem jeszcze, „trudno". No to ja na to, „trudno-brudno". Tata nie zachwycił się moją umiejętnością zgrabnego rymowania we wczesnym dziecięctwie à la Orszulka Kochanowska. Zamiast zapisać mój bon mot skrzętnie w kajeciku, żeby mi go ze wzruszeniem po latach pokazać, jak już będę sławną literatką, rozjuszony moją niefrasobliwą bezczelnością, tudzież nieposłuszeństwem i uporem, wciągnął mnie z klatki schodowej do mieszkania, i spuścił manto. I czy można się dziwić, że trudno-brudno zakodowałam w podświadomości na zawsze.

Bolała mnie głowa, bolały mnie stopy od intensywnego marszu, w żołądku mi bulgotało od hektolitrów kawy, było mi przykro, że nie dzwoni Ksawery. A może w ogóle nie miał zamiaru dzwonić, tylko mu się komórkę przez przypadek całkiem bezwiednie nacisnęło, gdy, dajmy na to, przyciskał do piersi jakąś niunię.

A niech sobie przyciska, powidło jedno zsiadłe, jadę na zakupy.

Na ten sam pomysł wpadła chyba cała Gdynia, bo pociąg był przepełniony, niczym moja czara goryczą. Cały ten tłum wypadł na peron w Gdyni-Orłowie i skierował się w stronę centrum handlowego „Klif". Niesiona falą, zbiegłam po schodach do przejścia podziemnego i za moment znalazłam się przy wejściu.

Apteka. Apteka. Jest. Jest sumamigren. O dziesięć złotych droższy, ale co tam. Po półgodzinie, lekko senna, ale bez bólu, przymierzam w Benettonie pięknie pofalowane, ogromne słomkowe kapelusze. Wyglądam trochę jak z filmu lat sześćdziesiątych, trochę jak Majka Skowron. Mmm. Marzenie. Ale droga, za droga, ta fanaberia. Pomimo że miałam spod tego ronda wyjątkowo powłóczyste spojrzenie. Ale nie kapelusza mi trzeba na Ksawerego było, lecz spódnicy.

Komórka. Mary.

– No i jak tam przygotowania? Masz już nową kreację? Pedicurie-manicurie-skłodowskie-curie zaliczyłaś?

– Nie zadaję się z tobą, wracaj do Salem. Skąd wiesz, Bloody Mary jedna?

– Ha.

– Co „ha", że niby taki jestem banalny stereotyp?

– I w dodatku pleonazm – śmieje się wrednie.

– Jestem w rozterce, a ty się przezywasz. Miałam migrenę, ale zabiłam wreszcie. Teraz szukam spódnicy.

– Ty to masz rozterki.

– To dopiero początek. Nie wiem, co mam czuć....

– ????? Czy pani występuje w jakimś filmie niemoralnego niepokoju? Tego się nie wie. Jak się czuje, to się czuje, i już, ażeś jest gupia, gupia....

– Mary, słuchaj... ogoliłam nogi, i pod pachą, ale bikini, wiesz... nie... tego. Zupełnie jakbym sama do siebie wysyłała jakieś sprzeczne sygnały.

– Normalne, i chciałabyś, i boisz się....

– Ale przecież może być bardzo naaajs nawet i bez tego...

– Może. Męska przyjaźń miła rzecz. Jaka ta spódnica?

Spódnica była w Ravelu, i nigdy jeszcze nie udało mi się nic tam kupić, bo wszystko na gidie bez bioder, lat trzynaście. Ale ta spódniczka leżała, a właściwie wisiała na biodrach, poniżej pępka, idealnie tak, jak trzeba. Warta była nawet pogardliwego spojrzenia czarnowłosej sprzedawczyni o figurze pogrzebacza z wielkim biustem, i w dodatku kupiłam ją z przeceny, bo rozmiar niechodliwy wśród gimnazjalistek – elka.

A tu pipczy esemes. Ksa-very naaajs...

Witaj, Agu. No i jakże Ci tu nie powiedzieć dzień dobry z miejscowości Nietulisko! Ja w robocie, dzwoniłem, ale mnie tknęło nagle, że pewnie śpisz:-), i przerwałem, po szkodzie:-)) Obudziłem?

Już po drugiej, i po obiedzie. Jestem rozrywkowa, ale najlepsze lata już mam za sobą:-) Nie sypiam do południa. A Gózd, a Strzepcz na Kaszubach czy nie ślicznie też?

Mogę trr? – pisze on.

– No czeeeść... – mruczy w słuchawce.

Ciarki mi latają po wydepilowanych łydkach.

– No czeeeść. Jak to ty w robocie? Przy sobocie?

– Mam klienta, musiałem do niego w sobotę, bo on kiedy indziej nie ma czasu – wzdycha.

– A gdzie ty właściwie jesteś?

– A gdzieś koło Kielc. Upał straszny. A u ciebie?

– Szaro i wilgotno, jak Nowy Jork. Migrena. Ksawery...

– Uuuu, współczuję... Tak?

– Już przeszła. Słuchaj, wybacz mój bardzo spóźniony zapłon, ale... czym ty się właściwie zajmujesz? Pamiętam cię jako polonistę, i potem jakieś słuchy mnie dochodziły o agencji reklamowej, ale teraz nie mam pojęcia. Czy my w ogóle o tym rozmawialiśmy?

– Ha, ha. Nie, chyba nie rozmawialiśmy, chociaż pewnie coś ci wspominałem, tak mi się przypomina...

– Bo ja w ogóle takiej rozmowy nie pamiętam. Ale może też być tak, że mi mówiłeś, ale jeśli to jest coś, czego nie rozumiem, jak na przykład aktuariusz, albo prawo Gaussa, to na pewno wyleciało mi z głowy. Mój mózg tak ma. Jak nie rozumie, to wyrzuca.

– Jestem konsultantem... zajmuję się udoskonalaniem systemów zarządzaaaniaaa... – mówi bardzo wolno – na razie rozumiesz?

– Uhm – śmieję się.

– Wdrażam systemy zarządzania jakością, zgodne z taką międzynarodową normą ISO...

– ...

– Okej. Weźmy, na przykład: Urząd Gminy Ameryka.
– Ha, ha.
– Co „Ha, ha". Wieś prawdziwa autentyczna pod Olsztynem.
– Nie.
– Tak, właśnie, otóż. Chociaż nie wiem, czy to akurat gmina... Ale niech będzie, dla potrzeb doraźnych. Weźmy na przykład problem hipotetyczny: godziny urzędowania gminy pokrywają się ze standardowym czasem pracy w Polsce, czyli od ósmej do szesnastej. Petenci nie mogą załatwić swoich spraw, o ile nie wezmą urlopu w pracy, co jest dziś coraz gorzej widziane przez pracodawców. Urząd nie posiada środków na zatrudnienie dodatkowego personelu ani na opłacenie nadgodzin. Co byś zrobiła w takiej sytuacji?
– No, to chyba oczywiste? – zdziwiłam się, że to w ogóle może być jakiś problem. – Na przykład, powiedzmy, dwa razy w tygodniu przesuwamy godziny urzędowania... w poniedziałki od siódmej do piętnastej, a w czwartki od dziewiątej do siedemnastej... frontem do klienta...
Cisza. A potem chichot.
– Agu.
– Uhm? – mówię skromnie.
– Ty naprawdę byłaś w tej Ameryce, prawda?
– Ano byłam.
– I jesteś rozpuszczona przez ichni *customer service*, co się z zasady ściele do stóp.
– Uhm. Jestem.
– Ciężko ci tu?
– Ciężko – chichoczę. – Domyślam się jednak, że twoja praca jest trochę bardziej skomplikowana, niż ustawianie grafików paniom urzędniczkom gminnym. Dobrze się domyślam?
Śmieje się, głupi.
– To są całe złożone systemy... w każdej firmie inny. Może chcesz ze mną wdrażać? Masz dobre wyczucie, wiesz, w którą stronę trzeba do Europy...

– Ha, ha. Nigdy. Wiedziałam, że będziesz mnie chciał skaptować do Amwaya. Jestem okropnie niezorganizowana. Czepialska i pedantyczna, ale niezorganizowana. Hawier, ja uczę ludzi angielskiego, no i trochę czasem piszę, i niech tak może zostanie... nie umiem zarządzać... teraz zarządzam trochę, ale to całkowity przypadek i samograj...

– ???

– Opowiem dokładniej na żywo. Ale skąd ty się znasz na zarządzaniu?

– Hawier? Tak z hiszpańska? Aaa, zrobiłem studia. Piszę teraz doktorat.

– Hawier, Hawier. Trochę się znam na hiszpańskim, ale ociupinkę. A ten doktorat też z zarządzania?

– ISO w administracji publicznej...

– No, tak, oczywiście. Te gminy... Jakim prawem się znasz na administracji publicznej znów?

– Też się uczyłem. I byłem radnym przez parę lat...

– Rany boskie!

Nigdy nie znałam żadnego radnego. Oprócz taty.

– No, właśnie! Ale... czy możemy o tym porozmawiać, kiedy się spotkamy? Bo teraz... mi się nie chce – śmieje mi się prosto w ucho.

– Tak tylko chciałam wyrobić sobie jakiś obraz inicjalny...

– I co?

– Nic mi się nie zgadza, a jednocześnie wszystko. Już na studiach dziwiło mnie, że jesteś poeta, a masz swój samochód.

– Malucha, nie samochód. Dlaczego?

– Bo miałeś być ubogi, i w ubóstwie uduchowionym pląsać po wrzosowiskach, a nie samochodami się nowobogacko rozbijać i pieniądze w reklamie zarabiać.

– A karate?

– Karate mi się zgadzało, przed tobą kochałam się w takim jednym na zabój platoniczny, też karatece. Sztuki walk wschodu, bardzo w porządku. Samodoskonalenie. Tu żadnych dysonansów w image'u.

– A ty wróciłaś do Polski, mimo że ci tam w tej Ameryce było dobrze. To też dysonans.

– Ale ja przyjechałam za chłopem. Romantycznie i bezinteresownie. Wszystko w najlepszej zgodzie z moją wrodzoną naiwnością.

– U mnie też w zgodzie. Chyba po prostu nie...

– ...dałeś się poznać z tej strony?

– Nie wiedziałem, że piszesz.

– Pisałam już wtedy, na studiach. Ale też nie dałam się poznać z tej strony, ha, ha. Zresztą, nie pytałeś.

– Prawda, byłem egotycznym dupkiem. Mamy sporo terenu do rozpoznania?

– Sporo.

– A dasz poczytać?

– Umm... nie wiem. Boję się...

– A po tequili?

– Zobaczymy. Mogę dać, po tequili pewnie będzie mi wszystko jedno.

– Naprawdę? To przywiozę dwie butelki.

– O, à propos, jesteś tym wegetarianinem? Nie odpowiedziałeś mi nigdy, a mam w planach firmową sałatkę. Z kurą.

– Jakże bym śmiał. Kocham mięcho! Kury też kocham.

– No to ci kurą dogodzę?

– Może ja jednak kupię te dwie butelki?

– Czy nie musisz być przypadkiem w pracy?

– Muszę. Od dziesięciu minut stoję na parkingu pod firmą.

– Hm.

– Agnieszko. Muszę iść zarabiać nowobogackie pieniądze. Ale będę dzwonił. Uporczywie i wciąż. Mogę?

– Tak.

*

W poniedziałek migrena wróciła, a Hugo się na mnie obraził, bo powiedziałam, że Oliwka moim zdaniem odrobinę przegina z przygotowaniami do ślubu, i że jeśli jeszcze raz usłyszę z jego bujnych ust słowo „ecru" lub „kapelusz" w wersji jojczącej („ona chce w kapeluszu, Aga, nikt w tym kraju nie chodzi do ślubu kościelnego w kapeluszu", „Aga, skąd ja mam wziąć garnitur w kolorze kawy z mlekiem, no skąd"), to mu odetnę sztywny służbowy Internet oraz kucyk.

Od tego czasu Hugo mnie ignorował. W sposób obrzydliwy i wyrafinowany.

Na powitanie zamiast „cześć, dzieciaku" mówił mi ordynarnie „dzień dobry", omiatając mnie roztargnionym spojrzeniem znad komputera, spojrzeniem, które – niejednokrotnie to sprawdziłam, zaglądając mu w ekran – miało osobom stojącym po drugiej stronie biurka, czyli mnie, lektorom i studentom, sugerować stan najwyższego zapracowania, a w istocie odzwierciedlało stan najwyższego zaangażowania Hugonota w wyszukiwanie dowcipów w Internecie. Wiedział doskonale, że ja wiem. Oj, wiedział.

I teraz rozkoszował się swoją perwersją w sposób bezwstydny.

Ostentacyjnie robił sobie pyszną kawę orzechową i zagryzał całą paczką „jeżyków". Których byłam fanką. O czym również wiedział, bo osobiście go w świat „jeżyków" wprowadziłam.

Czytał „Politykę".

I tym podobne.

Afrontom nie było końca.

Zamawiał moją ulubioną pizzę w „Olimpie", z oliwkami i salami, i pożerał w całości. Nagle zaczął się przyjaźnić ze znienawidzonym przez wszystkich Edziem, lektorem, którego trzymaliśmy w Fast Lane wyłącznie dlatego, że z niezrozumiałego dla nas powodu był uwielbiany przez studentów. Edzio miał sentyment do spranych, przetartych w kroku sztruksów i flanelowych koszul, nosił zarost à la kombatant walki z komuną, którym w żaden sposób być nie mógł, ponieważ miał raptem dwadzieścia osiem lat. Pomimo stosunkowo młodego wieku dorobił się na kulistej czaszce pokaźnej tonsurki, którą obrastały, zwisając w luźnych strzępach do ramion, rozkudłacone, mysiopopielate, wiecznie przepocone kosmyki. Oczka miał Edzio ciaśniutkie, w kolorze, który Agatha Christie z właściwą sobie celnością do podważenia określała jako „gotowany agrest", posturę kulistą jak czaszka, a do tego wszystkiego usta Angeliny Jolie, czyli, jak mawiała moja świętej pamięci babcia Basia, „wardzysa". Obrośnięte, rzecz jasna, kłakiem na modłę kombatancką.

W zamierzchłych czasach, kiedy żyliśmy z Hugonotem w zawziętej przyjaźni, zgodnie twierdziliśmy, że z braku wyrazistej osobowości, Edzio świadomie kreuje się na dysydenta i fana Pink Floydów, żeby się odciąć i wyróżnić z tłumu rówieśniczego, koniunkturalnie i oportunistycznie studiującego sobie w garniturach marketing i zarządzanie. I rzeczywiście, udało mu się to z nawiązką. Edzio, owszem, odcinał się w sposób ewidentny nie tylko od swojego pokolenia, ale od całej ludzkości, jednak nie tyle image'em niepokornego inteligenta z chlebaczkiem – ruch hippisowski wciąż miał swoich zwolenników wśród młodzieży – co niechęcią do używania dezodorantu.

– Prawdziwy mężczyzna się nie goli i nie perfumuje żadnym badziewiem – głosił, oblizując markowe wardzysa. – Prawdziwy mężczyzna poluje, podbija i gwałci – mawiał, przysuwając się lubieżnie do pięknej Moniczki-lektorki, która w takich razach błyskawicznie odskakiwała na swoich szpilkach ze szpiczastymi noskami, i podnosiła środkowy palec z polakierowanym paznokciem do otwartych ust (własnych). Edzio się nie zrażał, przekonany, że jego charyzmie nic i nikt się nie oprze. Opór Moniczki oraz jej wyrazistą pantomimę przedstawiającą odruch wymiotny uważał za dowcipną grę wstępną.

– Każda samica opiera się dla zasady. To prawo natury. Popatrzcie na gęsi, kaczki, kury, pawice. Każda udaje, że nie chce, a naprawdę aż się pali – uświadamiał nas regularnie.

I z tym reliktem męskiego szowinizmu, który nie uznawał higieny osobistej i uważał kobiety generalnie za drób, Hugonot, który kąpał się dwa razy dziennie i wielbił ziemię, po której stąpała Oliwka, ten sam Hugonot zarykiwał się z Edziem w kącie z dowcipów o blondynkach. Zamiast, jak zwykle, zarykiwać się ze mną.

Nie mogłam tego znieść. Udawałam, oczywiście, że jestem ponad. Przychodziłam, robiłam swoje i wychodziłam. Bez wygłupiania się z Hugonotem.

Chłodno egzekwowałam od niego informacje dotyczące spraw szkoły, on je lodowato relacjonował.

– Czy Ewelina będzie pracować w wakacje? I kiedy bierze urlop? Miałeś się zorientować.

Suka, suka, suka. Ale ze mnie zimna suka.

– Będzie, a urlop chce tylko tygodniowy, trzeci tydzień sierpnia. Zostawiłem ci wiadomość na półce. Przedwczoraj – mścił się.

Ciekawa byłam, czy jemu też doskwiera ta sytuacja.

Trwało to tak do czwartku. W czwartek pękłam. Byłam w takiej ekstazie nerwowej przed przyjazdem Ksawerego, że nie miałam siły ignorować Hugonota. Za bardzo mnie to wyczerpywało. A tu jeszcze trzeba było posprzątać mieszkanie, zrobić sałatkę z kurą, a po tym wszystkim pozostawała jeszcze sprawa najważniejsza i najbardziej pracochłonna: musiałam, jak mawiała mama, „zrobić koło siebie".

– Słuchaj, jutro mnie nie ma, pamiętasz, masz dyżur do wieczora? – zapytałam więc swoim normalnym głosem.

Zdumione milczenie.

– Słyszałeś, nie ma mnie jutro? Idę robić herbatę. Chcesz?

– Dziękuję, przed chwilą piłem. – Wcale nie pił. – Wiem, że cię jutro nie ma, uzgadnialiśmy to sto lat temu. – Strącił na podłogę długopis.

Schylił się, żeby go podnieść i zajechał obrotowym fotelem na zasłonę. Odpadły dwa haczyki, zasłona zawisła jak smętny flak nad jego głową.

– Ta zasłona wisi jak smętny flak, zrobiłbyś coś z tym – powiedziałam groźnie.

Nie wytrzymał.

– Sama jesteś smętny flak – zabulgotało i parsknęło spod biurka.

Nareszcie.

– I vice versa. To już ci zrobię tę herbatę – zaśmiałam się.

– To już mi zrób. Ale kawy – uśmiechnął się smutno, i sapnął.

– Wszystko okej? – zaniepokoiłam się.

– Mam nadzieję, że tak. Zależy, jak na to spojrzeć – westchnął.

Zamieszałam mleko w Hugonotowej kawie.

– Masz. Pij. I przepraszam za swoją migrenową wredotę. Wyglądasz jak z krzyża zdjęty.

– Ksawery tumorou? – spytał apatycznie.

– Uhm. Boję się. A z tobą co?

– Jeszcze nie wiem – sarknął. – Nie chcę o tym rozmawiać.

– Hugonot.

– No.

– Każdy się panicznie boi ślubu.

– No. Wiem.

– A ja się boję Ksawerego.

– Nie bój się. Zawsze możesz pokazać mu „Błyskawicę" – zachichotał jak skazaniec.

– Mary też mi tak radzi. Nie jesteś oryginalny.

Ksawery napisał o 7:43:

Agu, nie mogę się doczekać. Od wczoraj nie śpię:))
Thank God It's Friday?
Hawier

Hawier,

Kultowy film ery disco i sieć restauracji w Ameryce:)), jak najbardziej.

O której będziesz?

Nie śpię również.

Agu

Wyjeżdżam o 7:00, planowy przyjazd 14:40.

Będę dzwonił i esesmanił.

Ksa

Wróciłam do domu obładowana zakupami na okoliczność kurczaka w pesto dla Ksawerego. Na podwórku ścięło mnie z nóg.

W mieszkaniu paliło się światło.

– Co ty tu robisz, miało cię nie być? – rzuciłam kurze piersi, pomidory, papryki i makarony na podłogę pod progiem.

Tyle depilowania na nic.

Szary z Cielęciną jednym susem znalazły się przy foliowej siatce.

– Mieszkam. – Eryk uśmiechnął się milutko, i odwrócił żeglarską torbę do góry dnem.

Poleciały znane mi dobrze – teraz znane też i Andżelice – gatki z Gapa, i jakieś dziesięć podkoszulków.

– Nie bój, nie bój, jutro rano znowu jadę precz. Imprezka? – Kiwnął głową moim zakupom.

Nie raczyłam odpowiedzieć.

– Baw się dobrze – uśmiechnął się jak rekin. – Możesz zaszaleć, wracam w poniedziałek.

Może powinniśmy zacząć wieszać krawat na klamce od drzwi wejściowych.

– Robisz swojego firmowego kurczaka? A dasz trochę? – Zaczął myszkować w moich siatkach. – Bardzo lubię, pyszności.

– Kurczaka robię dopiero jutro – warknęłam.

– Um, szkoda. Może zrób dzisiaj, bo się nie przegryzie, co? – Mrugnął porozumiewawczo, w swoim mniemaniu łobuzersko.

Nie cierpiałam tego jego mrugania.

– Przegryzie się, przegryzie. Ekskjuz mi. – Ominęłam go i przeszłam do kuchni.

Rozpakowałam zakupy, kurczaka wymyłam i zamarynowałam w sosie sojowym z oliwą, czosnkiem i bazylią. Niech się maceruje całą noc w lodówce, będzie super.

– Nie kupiłaś żadnego alkoholu? – zainteresował się ponownie Eryk, mój ulubiony kolega. – Mam nadzieję, że nie będziecie pić mojego hiszpańskiego wina?

Rok temu Eryk przemycił dla nas dwadzieścia butelek pysznego wina z Hiszpanii. Uważał je za wyłącznie swoją własność. Ilekroć chciałam się go napić, musiałam prosić o pozwolenie. On brał moje rzeczy bez pytania. Na przykład serce, ha, ha, ha.

– Alkohol przynoszą goście – odparłam z godnością.

Przebrałam się w dres i zabrałam się do prasowania.

Spódnica bojówkowa szara, czarny podkoszulek. Japonki zamszowe czarne. Paznokcie błękitne połyskliwe. Powinno być okej. Ale łydki były już do podgolenia. Jutro, żeby nie porosły.

Telefon.

– Dobry wieeczóór... – Ksawery podszyty śmiechem.

Jezus Maria. To już jutro.

– To już jutro! Nie mogę się doczekać, i spać nie mogę. Już bym jechał, bym. Ja. Do ciebie.

Eryk patrzy na mnie wstrząśnięty i mruga, usiłując w ten sposób zakamuflować wstrząs. Całe wieki nie widział mnie tak roześmianej od ucha do ucha. I gruchającej do słuchawki.

– Ja też się nie mogę doczekać! – Popatrzyłam na niego ostentacyjnie.

Dalej siedział w fotelu, strzygąc bezczelnie wielkimi uszami.

Zalałam kawę, przycisnęłam telefon do ucha, wzięłam kubek w jedną, papierosa w drugą rękę. Balkon.

– To o 14:40? Gdynia Główna Osobowa... będę.

– A jak się rozpoznamy? Jak wyglądasz? Jesteś gruby?
– Trochę...
– Bardzo?
– Trochę jestem...
– A łysy?
– Nie, łysy nie.
– Zęby masz?
– Ma-am.
– Bo ja palę papierosy. – Może jakiś oszołom nietolerancyjny, lepiej uprzedzić.
– Ja też palę. Bo lubię – śmieje się.
– Ja nie paliłam, ale teraz znowu palę... od maja. – Odwracam się w stronę kuchni.
Eryk coś bardzo pilnie przekłada z miejsca na miejsce, bardzo blisko okna.
– Agnieszko... posłuchaj... – mówi Ksawery, nagle bardzo poważny – to może być przesądzające, więc chciałbym, żebyś wszystko wiedziała o mnie teraz... jeszcze możesz zmienić zdanie... czy mam przyjeżdżać, czy nie... to musi być twoja decyzja...
– Wiem.
– Ja... ja... bardzo nadokuczałem.
Nie mogę się ruszyć. Nie mogę się odezwać. „Nadokuczałem". Jaki śliczny, dowcipny eufemizm. Jaki niewinny. Jakby komuś posolił herbatę zamiast posłodzić.
– Zdradzałem ją... Anię... Wszystko... źle
– Dlaczego...? – pytam niemal szeptem.
– Nie wiem. Teraz myślę, że dlatego, że mogłem, wiesz. *He-done.* Miałem piękną, mądrą żonę, którą kochałem... ale zdradzałem, kiedy i z kim się dało.
– Mówisz, że ją kochałeś?
– Tak myślę. Tak mi się wydawało. Nigdy nie zdradziłem jej naprawdę... tak sądzę, i dalej tak czuję... te wszystkie panny... żadnych prawdziwych emocji, zawsze tylko ciało...
– Co za bzdury... przecież... to...

W gardle mi puchnie wielki, zimny kamień.

– Teraz to wiem... ale wtedy... wiesz, ja... nie wiem, czego szukałem, myślałem... myślałem, że tak można. Że mnie wolno, że dla mnie istnieje osobny dekalog. Wiesz, ja byłem trochę takim Midasem na małomiasteczkową skalę. Wszystko, czego dotknąłem, zamieniało się w złoto. Własna firma, kariera polityczna, sukcesy zawodowe i naukowe... przez cały czas uczyłem, cały czas pracowałem... i jeszcze imprezowałem, chlałem, a Ania... była ze mną bardzo samotna. Dla mnie prawdziwe życie było zawsze gdzie indziej. Na pewno nie w domu. Kiedy Ania powiedziała, że odchodzi, nie uwierzyłem. Klasycznie. Byłem pewien, że wróci.

– Jak się dowiedziała? – Opieram się o poręcz, w żołądku mam coś bardzo, bardzo ciężkiego.

– Zostawiłem na wierzchu komórkę z esemesem do jakiejś przypadkowej panny. Głupota albo alkohol, bo zawsze byłem bardzo ostrożny. Ta panna, wszystko to było zupełnie bez znaczenia, nawet jej nie lubiłem. Ania przeczytała i powiedziała, że to koniec. Chciałem ratować, przyrzekałem, że z tą panną to nic, że koleżanka, że nigdy więcej... ale zadzwoniłem do niej jeszcze, żeby powiedzieć, że to koniec. Ania wzięła billingi moich rozmów i rzuciła mi w twarz. Potem już nie chciała rozmawiać. Napisała tylko list, sama gorycz, wściekłość i rozpacz. Jeden wielki krzyk. Przez tyle lat nic nie mówiła. Wierzyła w moją miłość, i sama kochała mnie tak bardzo, że nie dawała wiary żadnym plotkom na mój temat. Które akurat były prawdziwe – chrypi. – Po tym wszystkim zabrała Piotrusia i wyprowadziła się do rodziców. Byłem potworem, Agnieszko.

Milczymy.

Wreszcie zbieram się na odwagę.

– A twój syn?

– Piotruś. To już Piotr. Ma czternaście lat. Próbuję go poznać. Od nowa i naprawdę.

– I co? Wychodzi?

– Powolutku, ale myślę, mam nadzieję, że tak. – Wzdycha, ale już pogodniej.

Znowu cisza.

– Agu?

– Przyjeżdżaj. Opowiem ci swoją historię – mówię przez ściśnięte gardło, i dopiero teraz czuję, że od ściskania słuchawki całkiem zdrętwiała mi dłoń.

Eryk siedzi w zielonym fotelu i patrzy na mnie uważnie ciasnymi oczkami, udając, że nic go to wszystko nie obchodzi. Oczywisty blef, bo od miesięcy nie patrzył na mnie wcale. Z wyjątkiem momentów, kiedy kłamał, a wtedy zawsze patrzy prosto w oczy, jasnym, szczerym spojrzeniem, żeby uzyskać wrażenie wiarygodności.

W telewizji zaczyna się film akcji ze Stevenem Seagalem. Eryk wbija wzrok w ekran. Bez słowa przechodzę przez pokój i zamykam za sobą drzwi sypialni. Padam na łóżko.

Znikąd ratunku, znikąd pomocy. A jeśli będzie beznadziejnie? Po co chcę tego przyjazdu? A jeśli mnie zrani? Dlaczego moja intuicja milczy? Milczy, uparcie i konsekwentnie, od pierwszego Ksawerowego e-maila. Na próżno drążyłam, wprawiając się w trans nieomal medytacyjny. Tam, gdzie zwykle znajdowała się moja intuicja, teraz natrafiałam na ścianę obitą czarnym wygłuszającym aksamitem.

A jeśli jest grubym, nieapetycznym, męskim szowinistą, bo przecież może być, krzyczy o tym jego przeszłość? I do tego jeszcze nie lubi kurczaka w pesto, tylko schabowego by wolał z zasmażaną, jak to typowo samiec-szowinista? Hm. Przypomniało mi się, że też lubię schabowego z zasmażaną.

Jak tu zasnąć. Z rozsądku powinnam sobie zaaplikować co najmniej osiem godzin snu dla urody. A potem zakropić oczy cytryną, żeby się błyszczały. Te rady mamy. Zasłyszane przypadkiem, nawiedzały mnie w najdziwaczniejszych momentach życia. Podczas matury z matematyki myślałam o tym, że buty zimowe trzeba po zimie natrzeć kremem Nivea i wypchać gazetami. To musiał być jakiś mechanizm obronny chyba.

Jak tu zasnąć. Jeszcze raz, zamiast baranów: produkty do sałatki są, pazury zrobione na obu poziomach, depilacja obecna, pryszcze - hura! - nieobecne, ciuchy wyprasowane, piwo, wino, sumamigren awaryjny - jest.

No to spać.

No, ale jak. Tyle motyli w brzuchu. Całe stada. *Motyle, motyle, motyle. Motyli, motyli, tyle, tyle, tyle... płyną nad łąkami, mo-tylim dywanem, takie żywe*! Oczywiście, jeszcze musi mnie prześladować piosenka Madzi Pustułki, piosenka, którą Madzia, koleżanka z liceum, napisała na międzyszkolny festiwal małych form teatralnych. W tamtym akurat roku w kategorii poezji śpiewanej wygrał Grzegorz Turnau, wtedy jeszcze szczeniak-licealista. W ogóle wygrywał wtedy wszystko jak leci, przede wszystkim Festiwal Piosenki Studenckiej, i kiedy w auli naszego liceum zaciągnął aksamitnie „Znów wędrujemy ciepłym krajem", to młodzież całkiem zamilkła i przerwała flirty, i ciarki jej po grzbiecie przeszły, bo poczuła, że obcuje z geniuszem. A nawet z dwoma.

Motyle, motyle, motyle. Motyli, motyli, tyle, tyle, tyle...

Na taką bezsenność w Gdyni z motylami tylko Dorothy Parker. Dobrze, że dawno temu przezornie wsadziłam ją do szafki nocnej, w przeciwnym razie musiałabym teraz pukać do Eryka, do gabinetu, gdzie była cała nasza biblioteczka.

Oczywiście, jak potrzeba, to nie mogę znaleźć opowiadania o bezsenności. O, ale jest to świetne o dużej blondynie. Mam. „The Little Hours", małe godziny. Te tuż przed świtem. Dorotka P. nie może zasnąć, bo położyła się wyjątkowo o dziesiątej, zamiast, jak Pan Bóg przykazał, pójść z bandą zaprzyjaźnionych pijaczków-literatów do zaprzyjaźnionej nowojorskiej meliny. Do meliny, bo jest prohibicja. Uuu, ale świetne. No, tak. Nie był to jednak najlepszy pomysł, na bezsenność czytać o bezsenności. Efekt jest oczywiście taki, że teraz już w ogóle nie chce mi się spać. Mam w głowie kompletną sieczkę, gorączka przed jutrzejszym miesza mi się z zachwytem nad talentem pani Parker, a na to wszystko nakłada mi się furia na Eryka, który subtelnie puka, wchodzi na palcach i bierze sobie z garderoby koszulę i spodnie.

Jak tu zasnąć.

Księżyc prosto w oczy, jak latarnia. Otwieram okno, patrzę na szpital naprzeciwko na placu Kaszubskim. Z szelestem przejeżdża kilka samochodów, sapie nocny autobus. Powietrze pachnie latem.

Wracam do łóżka, chłodno.

Zasypiam wreszcie, licząc motyle, i śni mi się Grzegorz Turnau, który zakrztusił się sałatką z kurczaka w pesto na śmierć, i policja aresztowała Eryka jako sprawcę, a ja jako duża blondyna, zeznawałam w sądzie w stylu amerykańskim, co dostarczyło mi ogromnej satysfakcji, i na podstawie wyroku sędziego Ksawerego Podsiadło, który wyglądał jak Steven Seagal, ale i tak wiedziałam, że to Ksawery, bo we śnie się takie rzeczy wie, miał Eryk za karę dożywotnio uczyć w więzieniu angielskiego metodą Callana.

*

Wstaję o siódmej, bez budzika. I bez migreny. Koty zdziwione, że bez porannej żebraniny od razu dostały jeść, zanim jeszcze poczuły głód.

A więc. Mieszkanie wysprzątać na błysk. Balkon zamieść i wymyć. Oskubać zdechłe nagietki. Koty wyczesać, kocie wymyć miseczki. Zrobić sałatkę. Zrobić... koło siebie.

Włosy umyć, żeby wyschły samoczynnie i się pięknie błyszczały, a nie tak jak u Beaty Szlachetki. Brwi wyskubać tam, gdzie zarosły. Nabalsamować i wyperfumować, wszystko, co się zwyczajowo przed randką balsamuje i perfumuje.

Zażyć garść relanium.

Najważniejsze, to, jak zawsze powtarza Eryk, mieć plan.

*

Snuję się w piżamie po salonie, z kubkiem kawy. Torba Erykowa prawie spakowana, Eryk w łazience. Czekam, aż sobie całkiem pójdzie, jakoś nie mogę zabrać się do niczego, kiedy jeszcze tu jest. Mam idiotyczne wrażenie, że go zdradzam. Ledwo, ale wyczuwalne poczucie winy, że dla innego żołądka kurczaka w pesto będę przyrządzać.

Podczas gdy on się szoruje już pół godziny dla Andżeliki. Idę do sypialni, żeby go już dziś nie oglądać. Leżę bezmyślnie.

Komórka.

Ku-rewka, nerwica, zaspałem. Pociąg mi uciekł. Ale następny za pół godziny. Będę! Dam znać, o której, jak się dowiem.

Pięknie się zaczyna. Faceci. Nigdy nie można na nich polegać.

Co to znaczy, co to wróży. Nakręca się we mnie znajoma paranoja.

Będzie się zawsze spóźniał, nigdy nie zadzwoni wtedy, kiedy obieca, znów obgryzanie paznokci i wyczekiwanie pod telefonem, jak z Erykiem.

Spokój. To tylko kolega. Który jedzie cię odwiedzić po piętnastu latach. Nie musi być punktualnie o 14:40, to nie wasz ślub. Kretynko.

Spoko, to daj znak:)

Eryk wsadza głowę do sypialni.

– Cześć. To jadę. Będę z powrotem we wtorek.

Zrywam się z łóżka i zaczynam obgryzać paznokcie, jak koala eukaliptus.

Obgryzam, dopóki nie skończy się w radiu Kasia Kowalska, a potem zabieram się do sałatki.

Zamarynowanego i lekko rozbitego tłuczkiem kurczaka smażę na oleju z masłem, odkładam, żeby przestygł. Gotuję kolorowy świderkowy makaron al dente, marchewkę pokrojoną w półksiężyce na półtwardo, takoż brokułowe różyczki, ale w wodzie z solą i cukrem. Czerwoną i zieloną paprykę ciacham w kostkę, pomidorki koktajlowe na ćwiartki i połówki. Pieczarki duszę na masełku z odrobiną czerwonego wina i soli.

Komórka.

Jestem w Warszawie, zaraz do Gdyni. Będę około 16:)

Będę na stacji, w białym kapeluszu, jakby co.

A ja cały na czarno:), jakby co.

Oczywiście pójdę bez kapelusza. Może zdążę uciec, jak będzie okropny, zanim mnie rozpozna.

Odcedzam makaron i od razu dodaję zielone pesto, potem pieczarki, pokrojonego kurczaka, i wszystkie warzywa. Mieszam. Smakuję. Hm, dobre, ale jeszcze by trzeba jakiegoś pieprzyka. Kiszony ogórek, raz. Łyżeczka musztardy. Na koniec koperek, i sekret smaku i faktury – podrumieniony na patelni słonecznik. Mmm. Mniameks, jak mawia Klementyna. A teraz do lodówki, niech się przegryza.

Jeśli nie będzie mu smakować, to jest matołkiem. Do tego pieczywko czosnkowe z serem, na liściach sałaty.

Jedenasta. Sprzątam mieszkanie, balkon, podlewam kwiaty. Pierwsza trzydzieści. Cholera. Ręce mi śmierdzą chlorem, nie włożyłam do sprzątania rękawiczek. Nic nie pomaga, zapach przebija przez wszystkie kremy i balsamy.

Nagle zdaję sobie sprawę, że mam za mało chleba. Nie przewidziałam, zdaje się, śniadania. Narzucam dżinsy i podkoszulek, lecę po zakupy. Przy okazji przypominam sobie, że zużyłam całe masło, i nie mam żadnego deseru. Będą ciepłe pączki z „Pączusia", i już. Uff. Trzecia piętnaście. Gnam z powrotem do domu. A, jeszcze owoce. Na stoisku przy Starowiejskiej kupuję zielone winogrona i jabłka. Płacę, odwracam się, i staję jak wryta. Oliwka. Po drugiej stronie ulicy. Zaśmiewa się do rozpuku, chybocząc niebezpiecznie na czarnych koturnach. Zaśmiewa się do wysokiego, dorodnego nordyckiego blondyna w białej koszuli i dżinsach, jak z reklamy Ralpha Laurena. Który obejmuje ją w pasie, i też się słania ze śmiechu. Myślę błyskawicznie, co z tym zrobić. I wymyślam, że nie mam teraz na to czasu.

Ulatniam się boczkiem, i pędzę, pędzę, do domu. Za dwadzieścia pięć czwarta.

Przebieram się, czeszę, lekki makijaż, w biegu pazury bezbarwnym lakierem, biały kapelusik do torby. Jakby co. Japonki. Jak ja dobiegnę na czas w tych japonkach, psiakrew.

Serce w trybie turbo. Zbiegam ze schodów, staję. Telefon.

– Agu? Zaraz będę! – śmieje się, podły.

– Ja też!

Maszeruję w górę Starowiejskiej jak Robert Korzeniowski.

Docieram na stację za dwie czwarta.

Pociągu jeszcze nie ma. Opóźniony dziesięć minut. Stygnę.

Staję na peronie obok tablicy ogłoszeń. Bez kapelusza.

Ręce nadal mam chlorowane.

Jezu. Chryste. Józefie. Święty.

Jedzie. Nadjeżdża.

Staje.

Tłum, tłum, tłum.

Szukam wzrokiem całego na czarno, z kudłatym łbem.

Och. Wiem. Widzę.

Śmieje się do mnie od razu, dookoła twarzy. Czarny podkoszulek, czarne sztruksy. Czarny plecak. Ksawery.

– To naprawdę ty? Bez kapelusza – mówi, z iskierkami w oczach.

– Bez, jeny, bez – śmieję się jak pacjentka psychiatryczna.

– Witaj. – Patrzy na moją spódnicę, na podkoszulek, japonki. Uśmiecha się do moich niebieskich paznokci.

– Witaj ty.

Ściskamy się. Ostrożnie. Mokrusieńki on jest z upału, ale pachnie czymś pięknie.

– Jesteś... taka sama. Byłem pewny, że tak będzie. Usłyszałem to w twoim głosie. – Przygląda mi się uważnie, z uśmiechem.

Ze wzruszeniem?

– Wiesz, mam wrażenie, że czas zatoczył jakieś niebotyczne koło albo raczej zassał gdzieś te piętnaście lat. Zupełnie jakby ich nie było...

Całuje mnie w rękę, szarmant jeden. Zawsze całował, przypomina mi się.

– Mam ręce całe z chloru, myłam łazienkę na gwałt – tłumaczę się bez sensu.

Po co, po co. Bądź pewna siebie, a nie.

Okropnie chce mi się go pogłaskać po ramieniu. Ręce same mi się wyciągają. Wbijam je w kieszenie bojówkowej spódnicy.

– Wiesz, okropnie chce mi się pić. Może pójdziemy gdzieś na piwo?

Gdybym się tak nie bała, uściskałabym go z wdzięczności za wyczucie, że cały ten ambaras trzeba przenieść na grunt neutralny.

– Chodźmy do „Cyganerii". Tam jest klimatycznie, i o tej porze całkiem pusto.

Idziemy. Idę. Ramię w ramię z Ksawerym. Ulicą 10 Lutego w Gdyni. Zerkam na niego z ukosa. Trochę posiwiał. Przytył, ma brzuszek. Ale taki sympatyczny. Profil nadal nienaganny. Oczy. Wciąż piękne. Szaroniebieskie. Tylko jakoś niewymownie smutne.

W „Cyganerii" od razu wypijam pół litra piwa, i wypalam pół paczki papierosów. Przestaję dygotać, motyle w żołądku, pijane, idą spać. Ksawery patrzy na mnie, pali marlboro. O czym my będziemy rozmawiać przez te dwa dni.

– Agnieszko, czas był bardzo łaskawy. Bardzo – ogląda dokładnie moją twarz.

A ja po raz pierwszy nie boję się niczego. Nie wstydzę się zmarszczek, przebarwień, popękanych żyłek, dużego nosa. Patrzy na mnie tak, jakbym była piękna.

I nagle jestem.

– To za spotkanie. – Wznoszę szklankę.

Mam ochotę dotknąć jego ucha.

– Za spotkanie – mówi, i uśmiechamy się.

Zamiast dotknąć jego ucha, sięgam po czerwonego marlboro.

– Mogę?

– Proszę.

Biorę jednego i szybko podpalam sama, zanim zdąży sięgnąć po zapalniczkę.

Siedzimy w narożniku z kanapą. Ksawery w głębi, ja z brzeżku. Ostrożniutko.

Jakbym zaraz miała odfrunąć. Jak motyle, ha, ha.

Ale nie odfrunę.

Nie chce mi się mówić ani słuchać.

Chce mi się z nim tylko tak siedzieć, i być.

– Wiesz, mam wrażenie, że wszystko w moim życiu zmierzało w pewien sposób do tego momentu. Piwo z Agnieszką w Gdynia Główna Osobowa – uśmiecha się smutno-wesoło.

Patrzy na mnie znowu. Boję się. Boję się takich słów.

Ale to jest chyba najoczywistsza prawda.

– Wiem. Nie mówiłam ci tego... Hawier, ale ja bardzo dużo o tobie ostatnio myślałam, jeszcze zanim się odezwałeś. Zupełnie, jakbym cię ściągnęła myślami, to niesamowite. – Macham mu papierosem nad szklanką z piwem, śmieję się.

– No więc jak to z tobą jest, Agnieszko-Agu? – pyta w końcu, i mruży te swoje ślepia firmowe.

Nie chcę, nie chce mi się, tyle razy opowiadałam o Eryku, że już mi to obrzydło, to wchodzenie raz po raz w te same klimaty *ad nauseam*, w ten szlam, w ten dygot, ale muszę, obiecałam, no i chcę, żeby wiedział. Wszystko.

Słucha. Od czasu do czasu spuszcza głowę, jakby coś z mojej opowieści sprawiało mu fizyczny ból.

– Eryk nie jest twoim mężem? – pyta nagle.

– Nie, kocia łapa.

– Ale wcześniej byłaś mężatką, prawda? Kiedyś.

– Byłam.

– I dlaczego przestałaś być?

– Bo nie byliśmy dla siebie. Od początku. Marek to bardzo dobry człowiek, ale nigdy nie powinniśmy byli być razem. Skrzywdziłam go. Bardzo... jak ty to wdzięcznie ująłeś, „nadokuczałam"...

– Powiedziałem tak tylko dlatego, że samemu trudno mi uwierzyć, że ja wtedy i ja teraz to jedna i ta sama osoba. Co w żadnym razie nie znaczy, że uciekam od odpowiedzialności, to nie tak. Wręcz przeciwnie. Nie potrafię się ogolić bez patrzenia w lustro, próbowałem – uśmiecha się krzywo. – Nie znalazłem w języku polskim słowa, które obejmowałoby wszystko, co zrobiłem Ani. Nie chodziło tylko o panny. To był tylko... w jakimś sensie zewnętrzny wyraz tego, że nigdy się z nią – jak mi powiedziała – naprawdę „nie zaprzyjaźniłem". Była mądra, znała mnie na wylot. A ja miałem swój świat, i wcale mi nie zależało, żeby dzieliła go ze mną. – Zaciąga się papierosem.

– Ja tak miałam z Erykiem, zawsze byłam na którymś tam miejscu, a na pierwszym, oczywiście, były łódki. Nie o te łódki miałam żal, nie jestem głupia, a przynajmniej nie w ten sposób, tylko o to, że po nich szły jakieś przypadkowe blondynki. A ja w pewnym momencie już nie szłam wcale. Uważałeś, że Ania zawsze będzie, prawda? Niezależnie od tego, co jej podłego zrobisz.

Smutno mi.

Krzywi się, kiwa głową.

– Jacy wy potraficie być zarozumiali – mówię. – Dlaczego jesteście tak cholernie pewni, że zostaniemy z wami pomimo wszystko, nawet kiedy robicie z nas wycieraczkę? Skąd się to u was bierze? Przecież sami nie bylibyście ani sekundy z kimś, kto was zdradza... A potem wielkie zdziwienie, że odchodzimy. No, bo jak to. Przecież mieliście zatrzymać ciasteczko, i jednocześnie je zjeść. Jak mówi Eryk, wyregacić wszystkich. Rozumiem, że Eryk. Wrodzony brak zdolności do autorefleksji. Ale ty, Hawier, wykształcony wszechstronnie, wrażliwy... co cię podkusiło? Warto było chociaż? – Nie może mi się w głowie pomieścić, że Eryk z Ksawerym są tak do siebie podobni.

– W ogóle nie było warto. Nigdy, ani przez sekundę. Żadna z tych panien się nie liczyła. Ale... – Ksawery pociąga łyk piwa, odpala marlboro.

Odpala w sposób okropnie sexy.

– ...ale to wiem dziś. Bo jestem zupełnie innym człowiekiem. Nie uśmiechaj się z takim niby to subtelnym politowaniem. – Patrzy na mnie łobuzersko. – No, zgoda, ciskam kliszami, ale nie wiem, jak można to inaczej powiedzieć. To prawda.

– Przemiana duchowa bohatera.

– Nie szydź.

– Nie szydzę, tylko słyszysz, jak polonistycznie to wszystko brzmi. Jacek Soplica i ksiądz Robak.

– Kmicic i Babinicz. Czy ja, Agnieszko, jestem kiczem? – śmieje się.

Gorzko-melancholijnie, z samowiedzą alkoholika na odwyku.

– A więc, ekhem, jeśli pozwolisz... przeszedłem... swoiste piekło. Tak już zupełnie poważnie. Nieprzespane noce, nawet przepłakane noce. Noce przesiedziane samotnie w fotelu, z wódką i papierosami. Czasem jakieś panny. Cóż, stare nawyki. Wreszcie zrozumiałem. Ja teraz cały jestem „tak-tak, nie-nie". Zero-jedynkowy. Całe życie kłamałem, a od paru miesięcy próbuję być czarno-biały. Nigdy nie będę w stanie wybaczyć sobie tego, co zrobiłem Ani i Piotrusiowi. I nie mogę zrobić nic, żeby im to wynagrodzić – mówi cicho, ze zmarszczonym czołem, patrzy przed siebie. – Rozumiesz, jakie to straszne? Taka... świadomość nieodwracalności... Byłem sukinsynem, kropka. A teraz zaledwie staram się być dobrym człowiekiem. Tyle, kropka. Odebrałem Ani radość życia. Zabiłem w niej wiarę w miłość. Zabiłem w niej ufność. Prawie nie da się z tym żyć.

– Wiem.

Myślę o kilkunastu latach pełnych nieprzespanych nocy, przepłakanych nocy, Anny, i moich.

– Jesteś bardzo odważna, że pozwoliłaś mi przyjechać. Bardzo odważna.

Milknie.

– Ale dokończ o Marku. Na resztę mamy cały weekend – mówi w końcu.

– No więc... o Marku, cóż, zakochałam się – zaczynam raz jeszcze, trochę oszołomiona. – Nie w Marku, oczywiście. Byliśmy już wtedy małżeństwem. Nie wiem, po co się pobraliśmy. Chyba ze strachu przed samotnością, z przyzwyczajenia, i z obowiązku. Bez sensu. Powinnam była odejść, zanim zrobiło się za późno, ale jak idiotka, powiedziałam „tak". Zostałam. Bo nie chciałam go zranić, bałam się konfrontacji, ostatecznej decyzji. Chciałam, żeby wszyscy mnie lubili...

Ksawery się uśmiecha, pali.

– I... okazało się, oczywiście, że to było najgorsze, co mogłam jemu i sobie zrobić. Marek chyba bardzo mnie kochał. Tak, jak zawsze kochamy kogoś, kogo do końca nie rozumiemy. Myślę, że tak kochała cię Ania. Byłam głupia, głupia i bezwzględna.

Tamte emocje, złe emocje, tamto szczeniackie rozedrganie, wszystko wraca.

– Nie kochałam Marka. Nie tak, jakbym chciała, a na pewno nie tak, jak on chciał być kochany. Wiesz, marzyłam o miłości doskonałej, nieustanne iskrzenie, pewność, że jesteśmy jak dwie połówki jabłka, i tak dalej. A tu nic z tych rzeczy. No i uderzył we mnie wreszcie ten słynny piorun. Kiedy zobaczyłam tego chłopaka po raz pierwszy, naprawdę cały świat przestał istnieć. Jak w filmie. Było tylko zbliżenie jego twarzy, a dookoła falowała sobie rzeczywistość... Musiałam... myślę, że wiesz, jak to jest – musiałam go dotknąć, bo... myślałam, że oszaleję. Nic się nie liczyło. Tylko on, to jak patrzył, jak mówił, jak zakładał nogę na nogę. A potem była znana ci historia z lustrem. – Uśmiechamy się. – Nie mogłam spojrzeć sobie w oczy. I musiałam rozstać się z Markiem. To było najuczciwsze, co mogłam zrobić.

Ksawery patrzy tak, że wiem dokładnie, że wszystko rozumie.

– Nigdy nie byłabym w stanie kochać go tak, jak na to zasługiwał. Z tamtym od pioruna nic oczywiście nie wyszło. W ogóle, rzadko z piorunami wychodzi, nie uważasz? A Marek... teraz jest szczęśliwy, ożenił się po raz drugi, ze swoją licealną miłością. Mieszkają sobie w Stanach. Podobno mają świeże bliźniaki. – Uśmiecham się do wspomnienia.

Marek. Nigdy, na żadnym zdjęciu nie wyglądał normalnie. Zawsze robił głupawe miny. Jakby nigdy do końca nie zaakceptował siebie.

– Mnie jest łatwiej, bo Markowi się ułożyło – mówię. – To wydatnie redukuje poczucie winy. Ale wstyd, świadomość, że zrobiło się komuś krzywdę, że jest się złym człowiekiem – to nie przechodzi.

– Gdyby Ania znalazła sobie kogoś... chociaż nie zdziwiłbym się, gdyby już nigdy nie chciała... też byłoby mi lżej. Gdybym wiedział, że jest szczęśliwa, ma w kimś oparcie, miłość, że ten ktoś się z nią... zaprzyjaźnił. – Przełyka ślinę. – Nie mów o sobie, że jesteś zła. Nie jesteś. Nie kochałaś, byłaś pogubiona i nieszczęśliwa - mówi, bawiąc się zapalniczką. - Może w tym wszystkim niemądra i niedojrzała. Źli ludzie nie myślą o sobie, że są źli. Są zarozumiali, bo wydaje im się, że wszystkich wyregacili na cacy. Ja taki byłem jeszcze rok temu. - Wytrzymuję jego spojrzenie. - Ale już nie jestem...

Ale to, że nie było mi dobrze na świecie, wcale mnie nie rozgrzesza. Jedyne wyjście, żeby nie zwariować, to po buddyjsku odpuścić i przyzwoicie żyć. I tak nie mamy wpływu na to, co inni ludzie myślą na nasz temat...

Jest jakoś ciężko i duszno. Już chyba nie chcę wiwisekcji.

Widzę, że zrobiła się nagle szósta, za oknem lekki kapuśniaczek. Brr.

– Chodźmy, chodźmy na tequila sunrise.

Płacimy, a właściwie płaci Ksawery, wstajemy. Jestem skostniała, odrętwiała, mam dreszcze od wypompowanej adrenaliny i gęsią skórkę z powodu braku sweterka. Świat mi się lekko jakby kolebie. Wte i wewte. Trzymam się za ramiona i podskakuję w miejscu, czekam, aż Ksawery załaduje plecak.

– Włóż to - mówi znienacka, i filmowo otula mnie swoją kurtką z beżowego dżinsu.

Śmieję się nerwowo. Idziemy do mnie, idę z Ksawerym. Ulicą Świętojańską w Gdyni. A kysz, motyle, a kysz. Nogi mi się trochę plączą, kapuśniaczek rosi niebieskie paznokcie u nóg, a Ksawery ma całkiem skręcone włosy. W cholerne klasyczne afro. Blond.

Ksawery jest blondynką.

*

– Czy w ten sposób mordujesz aspirujących gachów? - dyszy w połowie drogi na moje wysokie czwarte bez windy, pot zalewa mu inteligenckie czółko.

Opiera wielki, czarny plecak o ścianę obok subtelnie wykaligrafowanego długopisem hasła „Arka-Gdynia - nigdy nie będziesz sam". Co on tam przytargał na te dwa dni?

Uśmiecha się, w oczkach iskierki. Może szydzi sobie wewnętrznie z mojej wielkiej pupy, którą wywijałam mu przed nosem przez pół drogi po strasznych schodach. Ale jest mi wszystko jedno, w żyłach piwo mi gra, a motyli żadnych już ani śladu nigdzie.

– No, dalej, dalej, karateko. Eks. – Odwracam się, i dalej pupą wywijając, pnę się pod górę.

Otwieram drzwi jakoś pokątnie, jakbym na schadzkę pokój wynajęty otwierała. Eryka ani śladu. Uff. Koty ciekawskie, od progu dopadają Ksawerowy plecak. Cielęcina najpierw obwąchuje starannie różowym noskiem wszystkie paski, zamki i klapki, wreszcie usatysfakcjonowana, mości się koślawo na czarnym ortalionie. Szary, zamiast syczeć na wrogiego samca na swoim terytorium, ociera się o Ksawerowe sztruksy. Niesłychane. I zostawia na nich szary, włochaty szlaczek.

– Proszę, proszę. – Zataczam łuk przedramieniem.

– Mogę się porozglądać? – Ksawery nagle zamyślony, wyciszony.

Idzie do gabinetu.

– To taka prowizorka. Kolor nam całkiem nie wyszedł. Miało być kakao, a zrobił się jakiś siwy z lila.....

Patrzę na niego, jak się rozgląda i przygląda. A przygląda się uważnie. Drewnianej ramie okiennej na ścianie, którą Eryk przytargał gdzieś z Kaszub. Zniszczonej skrzyni, która przyjechała ze Stanów. Cepeliowskiemu dywanowi z mojego rodzinnego domu. Fotografiom. Kiedy po przyjeździe z USA odbierałam swoje rzeczy w terminalu kontenerowym w Gdyni, celnik nie mógł uwierzyć, że cały ten szmelc – skrzynię, stare meble, obrazy, czerwony stolik wykładany ceramicznymi płytkami, używany rower – przywiozłam z Ameryki. Zamiast nowego samochodu i nowego laptopa.

O, ogląda książki.

– Obiecałaś pokazać mi swoje wiersze. – Cholera, a tak się modliłam, żeby zapomniał.

– Zjemy coś? – Jeśli nie zrobię sobie podkładu, tequila rozłoży mnie na łopatki, nim zdążę zakąsić cytryną.

– Bardzo chętnie – mówi rozbrajająco, i widzę, że zmierza na balkon z paczką marlboro.

W salonie zatrzymuje się, patrzy na kuchnię, na moje gliniaki, butelki z kolorowego szkła, brązowo-żółte dzbanuszki na sznurku, które przywiozłam z Hiszpanii. Odwraca się.

– Tam masz sypialnię? Mogę?

W sypialni wisi większość obrazów, a wszystkie autorstwa Klementyny, z wyjątkiem ryciny ze śpiącym kotem, którą kupiłam w sklepie ze starociami za pięćdziesiąt groszy. Po drugiej stronie była mapa kolejowa Ameryki, a rycina pochodziła z katalogu reklamowego linii kolejowej Chesapeake i Ohio. Kot nazywał się, adekwatnie, Chessie. Uznałam za niesamowity zbieg okoliczności to, że moja miłość do kotów i Ameryki dogoniła mnie w Gdyni na jednym kawałku papieru. Musiałam go mieć. Eryk kocura oprawił w fałszywie pozłacaną ramkę, z tu i ówdzie przetartą farbą, dla efektu. Świetnie się prezentował na tle lawendowych ścian. Szkoda, że nasze wspólne zainteresowania kończyły się na dekoracji wnętrz.

– Agnieszko – mówi cicho – pięknie tu zrobiłaś. – To jest dom. – Rozgląda się, jakby chciał zapamiętać wszystko bardzo dokładnie. – Prawdziwy dom.

– Też mi się tak kiedyś wydawało. Ale to wszystko nic niewarte. Pazłotko. Opakowanie puste w środku – oświadczam. – Pójdziemy zapalić?

– To stąd ze mną rozmawiasz? – Zaciąga się, przewieszony przez balkon, patrzy na jaśmin pod balkonem, piaskownicę, kawałek nieba pomiędzy dachami kamienic.

– Stąd. – Nie mogę uwierzyć, że jest tu ze mną.

– Wciąż mam przed oczami nasze spotkanie na dworcu. Kosmos, przypadek, czy nie przypadek? – mówi.

– Ja też. Zwłaszcza w kontekście twojego porannego esemesa. Już myślałam, że nie dojedziesz – atakuję.

Bronię się przed nastrojem, który zaczyna się wślizgiwać pomiędzy słowa, właśnie dzięki nim.

– Zawsze bym dojechał. A teraz dojechałbym tym bardziej – mruczy.

Boję się. Coraz bardziej. Aaa.

– Chodźmy do środka, mam głód. – Przełykam znacząco ślinę.

– Alkoholowy? Potrafię zaradzić – śmieje się.

– Też. Sałatki? – pytam kusząco, z wdziękiem, we własnym mniemaniu, gospodyni-intelektualistki.

Takiej, której wszystko udaje się niby mimochodem. Takiej, co to zdąży upiec tort, zapeklować gruszki i ugotować obiad z trzech dań w przerwie pomiędzy napisaniem wybitnego wiersza, przeczytaniem najnowszej książki Kubiaka i dogłębnym jej krytycznym przemyśleniem, wyszorowaniem na błysk kibelka i zrobieniem się na oskarowe bóstwo. A wszystko to w locie, bez kropli potu i zmarszczenia czółka.

Akurat.

– Sałatki, tak, tak.

Siadamy przy czerwonym stoliku. Ksawery na zielonym fotelu, ja na podłodze, bo tak lubię. Na stoliku złoci się bursztynowo tequila. Cytryna, sól, dwa kieliszki.

– No to za spotkanie. W kosmosie.

Liżemy, pijemy, zasysamy.

Spotykamy się wzrokiem, i nagle zaśmiewamy się nie wiadomo z czego.

Och, jak dobrze.

– Świetny miałeś pomysł z tą tequilą. Jakby słońce przez gardło przepływało. – Cieszę się, szczerzę bez kompleksów, a przecież mam krzywy ząb w dolnej szczęce.

– To na drugą nóżkę – polewa Ksawery.

Umm. Prąd elektryczny w przełyku.

– Pycha! – Ksawery odrywa się od sałatki, żeby kulturalnie pochwalić.

Uśmiecham się z fałszywą skromnością. No, pewnie, że pycha. A co myślałeś, psiakrew, że w tej Ameryce niczego mnie nie nauczyli.

Sól, tequila, cytryna. Liżemy, pijemy, zasysamy.

Zaraz coś się stanie.

Wiem. On też wie.

Muszę wstać. Muszę. Uciec. Natychmiast. Już.

– Muuuszę... się napić herbaty miętowej. Trochę mi niedobrze... – Podnoszę się z dywanu, póki jeszcze jestem w stanie.

– To dla mnie też – deklaruje Ksawery.

Idę do kuchni, wyjmuję kubki, wkładam saszetki z herbatą. Nastawiam wodę, odwracam się i... jest. Wpadam mu w ramiona. Obejmuje mnie mocno, bardzo mocno w pasie. Widzę przed sobą jego czarny pokoszulek, włosy na ramionach, podbródek. Nie patrzę mu w twarz, boję się, okropnie się boję. Tak mi dobrze. Bezpiecznie. Ciepło. Jezu.

Głaszcze mnie po plecach, mocno i delikatnie, czule i zdecydowanie.

A ja zarzucam mu ręce na szyję, dotykam włosów, są takie miękkie, zupełnie inne, niż pamiętałam, staję na palcach, podnoszę twarz do jego twarzy, kątem oka chwytam nasze odbicie w szybie balkonu, nachyla się nade mną, jest blisko, coraz bliżej. Jesteśmy.

– Agnieszko – mówi – nareszcie.

Wtapiamy się w siebie, jakbyśmy na to czekali całe życie.

Jakbyśmy przez te piętnaście lat wędrowali do siebie, do tej jednej lipcowej nocy pijanej tequilą i tęsknotą.

Chce mi się płakać, ale zamiast tego śmieję się jak głupia, i całuję go, a on całuje mnie, i nie możemy przestać, nawet na ułamek sekundy, bo trzeba przecież nadrobić cały ten stracony czas. Zlewozmywak wbija mi się w pośladki, szyja boli od wyginania w górę, ramiona cierpną, usta coraz bardziej podrapane jego zarostem, pieką, ale nie mogę, nie chcę się zatrzymać.

I odrywamy się od siebie, na moment, dopiero wtedy, kiedy wiemy oboje, że pocałunki nie wystarczą.

*

Leżymy w skos mojego wielkiego łóżka. Ksawery śpi, z ramieniem pod moją głową. Drugą rękę przerzucił przez mój brzuch.

– Chodźże mi tu na ramię – powiedział, kiedy przytulaliśmy się do siebie, wyczerpani i szczęśliwi.

Poszłam. Sekundę później już spał kamiennym snem chłopa, który właśnie skosił hektar pszenicy. Oni już tak mają. Czysta fizjologia. Wiedziałam o tym z mądrych poradników, i nie uważałam za afront. W dodatku nie chrapie, Ksawery kochany z kindersztubą.

Boże, jak dobrze. Jak zwyczajnie dobrze. Brak wątpliwości. Spokój. Cisza. Pewność. Jakbym po tułaczce wróciła do domu i wszystko nagle wskoczyło na swoje miejsce. Niczym w kostce Rubika. Przytulam się do niego (Podsiadło! W moim! Łóżku!) i w ułamku sekundy zasypiam.

Na sekundę.

No, tak, jasne. Całą kołdrę ściągnął na siebie. Niepotrzebnie, bo wszędzie ma naturalne futro... bardzo zresztą miłe w dotyku. Mniam.

Au. Dotykam podbródka i aż syczę z bólu. Cholera! Zdaje się, że mam kompletnie zdarty naskórek! Wstaję i w panice drepczę do łazienki.

Rety. No, nie. No, tak. Zacałował mnie do krwi na śmierć, wampir z Grabówek. Tylko co ja mam z tym teraz zrobić?! O szóstej rano, *the day after*?! Wyglądam, no cóż. Okropnie. A tu cały weekend jeszcze, jak ja po mieście chodzić będę, jak się z Ksawerym pokażę, jak on się ze mną pokaże, przecież... a, trzeba to zdezynfekować... A... a... aaaa!

Wylewam na brodę pół butelki wody utlenionej. Pieni się i zasycha, zastygając w abstrakcyjną brunatnożółtawą skorupę. Taką, jaka przez całe przedszkole i pół podstawówki pokrywała naprzemiennie moje kolanka. Dżizes. Makabra.

I jak ja się będę z nim teraz całować?! A miało być tak pięknie, tak do dna.

I w jakimś sensie jest, śmieję się masochistycznie do lustra przez łzy.

Przypominam członka jakiegoś egzotycznego plemienia. Brakuje mi tylko wielkiej, okrągłej płytki w dolnej wardze.

Czy to jakiś symbol? Że mnie zrani głęboko? To zły omen jakiś. Zły.

Polewam skorupę spirytusem salicylowym, i zginam się wpół, żeby nie wrzasnąć z bólu. Jakby się zmniejszyła, i zaschła na dobre. Przynajmniej przestało boleć. A może przypudrować? Może się pod cielistym pudrem pod tytułem *nude* zakamufluje? Guzik. Teraz mam na brodzie różowawą sztukaterię. Taką tandetną, na której nie widać, gdzie co jest, gdzie liść, a gdzie kiść, bo niedokładnie odlana.

Woda utleniona, spirytus. Kwas borny?

Dlaczego muszę właśnie teraz, kiedy wszystko już było na prostej, na autostradzie nawet, znowu opatrywać rany na twarzy?

Zły omen. Zły.

Cóż, zostawię tak, jak jest. Sam mi to zrobił, niech ponosi konsekwencje. Niech paraduje przez weekend z babą ze strupem.

Kąpię się, wracam do sypialni.

Ksawery nadal śpi, z nogami rozrzuconymi na całą szerokość łóżka, z ramionami oplątanymi wokół kudłatej głowy. Pięciolatek, który wybiegał się do późna po osiedlu, a teraz śni o nowym komputerze na urodziny.

I co teraz? Co dalej? No?

Karmię koty, robię sobie kawę. Co dalej. O czym będziemy dziś rozmawiać. O mojej brodzie?

Po cichutku, żeby nie brzdękać szkłem, zaczynam z nerwów sprzątać szklanki i butelki z czerwonego stolika. Tequila, wino. Piwo? Jak? Kiedy? Nic nie kojarzę.

Nic dziwnego.

Och, pedantko ty pedantyczna. Nawet w takiej chwili nie możesz się wyluzować, musisz zbierać, przekładać, ścierać, zmywać, płukać, odkładać na miejsce, przekładać, ścierać, zmywać, układać. Zostaw ten bajzel jako wspomnienie gry wstępnej, bądź bardziej filmowa, a nie taka Panna.

Nie da rady, nie wyluzuję się, dopóki nie posprzątam. I już. Okej?

A to co. Pod butelką po tequili kartka. Wiersz!

Kiedy on to napisał?

Chyba w nocy, kiedy poszłam do łazienki, szarpnięta nagłym impulsem fizjologicznym stanowiącym oczywistą wypadkową przepijania tequili winem i wina piwem. Czy whisky? Niewiele z tego fragmentu nocy pamiętałam, tylko tyle, że baardzo długo myłam potem zęby, i bardzo się cieszyłam, że Ksawery się mnie nie brzydził. I jeszcze, że nie miałam kacowej migreny.

Wiersz. Dla mnie. O mnie. O nas.

I co teraz
teraz?
A lęk jej twój
Wypowiesz imię
Powiesz inkantacja?
przed snem
przed burzą?
Sto ramion objęcia
Sto ust słowa
Sto ust ona

Podpisane: Gdynia, wtedy-kiedy.

Och, Ksawery ty. Idę do sypialni, z wierszem, jak w transie. Podchodzę do łóżka. Nachylam się, żeby pogłaskać go po włosach, i... ląduję na materacu, przygwożdżona potężnym karateckim Ksawerowym udem.

– Czy ja się na ciebie rzuciłem po partyzancku? – Uśmiecha się jak szatan i anioł w jednym, bardzo z siebie zadowolony.

– Owszem. Obgryzłeś mnie też do krwi, o tu.

– Ojej – martwi się. – Boli bardzo?

– Już nie, ale wygląda strasznie. Wstyd. Nie, nie całuj... boooli! Precz!

Zasłaniam brodę. – Teraz można. – Wysuwam usta w długi dzióbek. – Piękne to napisałeś. Skąd tak umiesz na zawołanie? – pytam wreszcie, kiedy z powrotem łapiemy oddech.

Wzrusza ramionami.

– Nie wiem. – Kręci głową. – I co teraz? – pyta całkiem poważnie.

– Teraz... co tylko chcemy.

– Agusiu. Agnieszko – mówi, patrząc w sufit. – Jesteś mi bardzo bliska. Wiesz. Bardzo.

Co to znaczy? Jesteś mi bliska, *ale*... czy raczej: Jesteś mi bliska, *więc*...?

Czy to dobrze, czy źle? Czy chciałby, żebym była jeszcze bliższa, czy wręcz przeciwnie, i teraz subtelnie chce mi to powiedzieć?

– Bardzo, bardzo bliska. – Wtula mi nos w kark, i już wiem, że jeszcze co najmniej przez godzinę nie zjemy śniadania.

*

Słońce przez szyby, kanapki, kawa-herbata, pomidor, a naprzeciwko mnie mężczyzna, który patrzy na mnie tak, jak zwykle mężczyźni patrzą na Julię Roberts. Melanż nabożnego zachwytu z pożądaniem.

Jak ona to znosi, przelatuje mi przez myśl. Mnie od jednego takiego spojrzenia robiło się słabo, gorąco i zimno jednocześnie. A co dopiero setki takich spojrzeń, i to od płci obojga, dzień w dzień, rok w rok, w każdym zakątku kosmosu. Ja bym się spaliła na nico, jak mawiał mój dziadek.

„Nie siedź tyle na tym słonku, dziecko, idź se siądź do cienia, bo się spalisz na nico”, ostrzegał, kiedy heroicznie – komary, bąki i duchota – wylegiwałam się w samo południe pod lasem, w nadziei, że mnie strzaska na mahoń.

Albo załamując ręce, kiedy przyjeżdżałam na wieś na wakacje po zakończeniu roku szkolnego, lustrował mnie ciemnymi, przenikliwymi oczami: „Oj, dziecko, dziecko. Wyschłaś na nico!”. I od razu łup na kolację ziemniaki-talarki z wiejską śmietaną i półlitrowy kubek emaliowany równie wiejskiego mleka, dwieście procent zawartości tłuszczu.

No, tak. Ale, po pierwsze, na Julię Roberts nie patrzył nigdy na żywo Ksawery Najpiękniejsze Oczy Na Świecie. Kto wie, co by było, gdyby. A po wtóre, ona jest Skorpion, a Skorpiony, jak wiadomo, świetnie sobie radzą ze sławą i uwielbieniem. Bez tego po prostu giną. Vide Meg Ryan albo Demi Moore. Albo Picasso. A Panny nie radzą sobie wcale. Vide Greta Garbo i Ingrid Bergman. One zawsze myślą, że im się nie należy, i hołubią jakieś urojone poczucie winy.

Hm. Ksawery wyraźnie patrzył na mnie tak, jakby mi się należało.

Może miał rację?

– Nie patrz tak na mnie. Nie przywykłam, żeby ktoś na mnie patrzył tak, jakby wszystkie emocje miał na wierzchu – mówię w końcu, no bo naprawdę. Śniadania zjeść nie można.

– Śliczna jesteś. I powabna – śmieje się.

– Co za słownictwo archaiczne – cieszę się.

Może nie zauważy, jaka jestem blada, niewyspana, wymięta, i w ogóle zestaw kobieta po przejściach *the day after*. Z brodą.

– Czy nie uważasz, że jest coś kosmicznego w tym, że siedzimy w Gdyni i jemy razem śniadanie po piętnastu latach, po tym jak mnie porzuciłaś?

– Przecież to ty mnie porzuciłeś? – oburzam się. – Zostawiłeś mnie na klatce schodowej i odjechałeś w dal na wrzosowiska, w swetrze z wełny owczej, szarym.

Śmieje się.

– Tak, tak, idź w zaparte teraz – gulgocze. – Tak na pewno łatwiej ci poradzić sobie z poczuciem winy.

Nie wiem dlaczego, ale przerzucenie na mnie odpowiedzialności za to, co mi wtedy zrobił, uważam teraz za bardzo zabawne.

– Tak, tak – peroruje dalej – ja ciebie już dawno przyuważyłem wtedy w pociągu podmiejskim wiadomej relacji. Zapytałem kolegę, kim jest ta piękna dziewczyna zawsze z książką. Która nie wie o moim istnieniu.

– Książki rzadko wiedzą takie rzeczy.

– Się składni nie czepiaj teraz, kobieto z brodą. Mnie porzuciłaś. Piętnaście lat temu.

– Co ty tam wiesz. To ty nie wiedziałeś nigdy o moim istnieniu. I jak mnie poderwałeś, zagadnąłeś w autobusie nocnym na studiach, to ja ciebie już od lat miałam na oku miłości platonicznej – mówię niedbale, z premedytacją żując kanapkę z chrzanowym almette i pomidorem.

– Jak to? – Jego ręka z kanapką zawisa w pół drogi. – Mów mi tu zaraz.

– A widzisz.

Trudno. Urośnie mu ego jak bicepsy na sterydach.

– Chodziłam dla ciebie do reformatów. W liceum. Popatrzeć, jak na gitarze grasz. A Ania Weber śpiewała solo. Bardzo ładnie zresztą.

Tak jak się spodziewałam. Piorun. Kanapka nieruchomieje w ustach. Pomidor zsuwa się na stół.

– Znasz Anię Weber? Skąd? Dlaczego nigdy nie przyszłaś do nas na spotkanie po mszy? – Dziwne pytania, ale to chyba z osłupienia.

Mam nadzieję.

– Bo... bałam się oazy. Za dużo osób wiedziało, kim jestem, a i tak już dziwnie na mnie patrzyli, że chodzę do kościoła. Wszyscy by się tylko przy mnie czaili. Wiesz, ojciec dyrektor szkoły, partyjny. Lata osiemdziesiąte. Te klimaty, rozumiesz.

– No, tak, prawda.

– Anię Weber znałam jeszcze z podstawówki. Chodziłam z jej bratem do klasy, a wszyscy razem śpiewaliśmy w zespole wokalnym. Zresztą Marcin się we mnie kochał do siódmej klasy, ale porzucił mnie dla Małgośki Dominik, co była bardzo zgrabna i miała obcisłe dżinsy prosto z Turcji...

– No, dobrze, dobrze, ale co z tymi reformatami? Przecież musiałem cię tam widzieć! – Popija nerwowo herbatę.

– Nie miałeś pojęcia o moim istnieniu. Zawsze stałam po prawej stronie, jak najbliżej ołtarza, ale nigdy nawet okiem o mnie nie zahaczyłeś. Platon full wypas, niestety. Dopóki nie zadurzyłam się w Michałku ze swojego liceum – śmieję się jak durna – wtedy mi się Platon przetransferował.

– To... to niesamowite.

– Owszem. Idziemy na wycieczkę? Pokażę ci „Błyskawicę".

– Dobrze. Zaraz. Tak najpierw obuchem, a potem wycieczka. Moment. Eee... muszę do łazienki.

I całuje mnie znienacka w rękę, posyłając mi całe stado mrówek wzdłuż ramienia.

*

Przez chwilę idziemy obok siebie. Ramię w ramię. Ksawery na czarno, jedna ręka w kieszeni, druga na pasku od plecaka. Ja w zielonych bojówkach, bluzeczce z troczkami, co się podobała Mary, adidasy stare. Jedna ręka w kieszeni, druga na pasku torebki. Broda ze strupem bordo skoordynowana z kolorem troczków u bluzeczki.

– Ale jesteś Pocahontas. – Wsuwa sobie moją rękę, tę z kieszeni, pod pachę.

Hm. Mogłabym się przyzwyczaić do takich komplementów w sobotnie popołudnia.

– A broda? Nie będziesz się wstydził?

– No, co ty. Niech zazdroszczą. Nie każdy może się prowadzać z kobietą z brodą.

Zabrałam go na Bulwar Nadmorski, i drżałam, że mnie porzuci dla gimnazjalistek w szortach i na wrotkach. Bez brody. Zabrałam go na skwer Kościuszki, i drżałam, że mnie porzuci dla stąpających ze świadomością białych stringów pod półprzezroczystymi nylonowymi białymi spodniami, zaocznych studentek. Zabrałam go na obiad do „Ogrodów" na Władysława IV, gdzie mnie pocałował w rękę ponownie, odsunął krzesło i złożył zamówienie w moim imieniu.

– Dla pani meksykańska zupa gulaszowa i bitki cielęce w kremowym sosie śmietanowym, z bukietem warzyw na parze....

Kelner obrzucił pełnym politowania wzrokiem moje bojówki i strupa.

– Dla mnie zupa-krem z borowików, zrazy z borowikami, i warzywa... Dwa piwa? – spojrzał na mnie.

– Tak, tak.

– Piwo też z borowikami? – zapytałam.

– Nie-e. Ja po prostu pasjami uwielbiam grzyby. I nie musisz z takim przekąsem.

– Ale jak inaczej w restauracji?

Obiad był pyszny i miły. Rozmawialiśmy głównie o tym, jakie to wszystko niezwykłe, i w ogóle niesamowite. Następnie, idąc w kierunku przystanku SKM na Wzgórzu Maksymiliana, dawniej Nowotki, rozmawialiśmy dalej o tym, jakie to wszystko niezwykłe, i w rzeczy samej, nawet niesamowite.

Wsunęłam mu rękę pod pachę. Przycisnął ją mocno.

– Czy nie uważasz, że to wszystko jest zupełnie niezwykłe? – zapytał.

– Raczej tak. A nawet w pewnym sensie dosyć jednak niesamowite... – i ryknęliśmy śmiechem.

Chodzenie po Sopocie jako smętny singiel odtrącony i chodzenie po Sopocie pod pachę z mężczyzną zaanagażowanym emocjonalnie to dwa diametralnie odmienne stany świadomości. Nawet strup, pod pachę z takim mężczyzną, doznaje nobilitacji. W przeciwieństwie do strupa typu singiel, który jeszcze głębiej wsysa człowieka w bezdenną otchłań kiepskiej samooceny.

Szłam zatem z Ksawerym pod pachę przez Monciak, od czasu do czasu wspominając mimochodem, jakie to wszystko, co nam się przydarzyło, jest niezwykłe, a Ksawery odbąkiwał, że owszem, nawet niesamowite, i było mi wszystko jedno, czy mam strupa na brodzie, czy nie. To znaczy, oczywiście, tak dosłownie to wszystko jedno mi nie było. Wolałabym, rzecz jasna, strupa nie mieć. Ale w sytuacji, kiedy miałam do wyboru być singlem, ale bez strupa, albo iść pod pachę z Ksawerym, i ze strupem, przez Sopot - cóż, wszystko było jasne.

Maszerowaliśmy sobie dziarsko w kierunku mola, rozmawiając o Miłoszu (Ksawery, o przekładzie Pięcioksięgu z hebrajskiego), Szymborskiej i jej „Kocie w pustym mieszkaniu" (ja, bo mam koty), o Koterskiego „Dniu świra" (razem, że genialne), o Masłowskiej „Wojnie polsko-ruskiej pod flagą biało-czerwoną" (razem, że oczywiście), o McDonaldzie (razem, mijając na Monciaku, że od czasu do czasu lubimy, i nic nikomu do tego), o kinie (ja, że lubię w ogóle, ze skrzywieniem na okropne amerykańskie kino klasy B z lat 70. i 80., Ksawery, że też lubi, a w szczególe Julię Roberts, Andrieja Tarkowskiego i Sandrę Bullock, i nie może oglądać nic, co powstało poniżej roku 89, ze względu na oranżowy koloryt typu taśma ORWO, a już zwłaszcza nie może dramatów kostiumowych) oraz, rzecz jasna, o kosmosie, przypadkowości i determinizmie.

Na molo usiedliśmy na ławeczce, przytulając się, jak setki innych par zakochanych.

Nikt nie wiedział, że właśnie wczoraj przeznaczenie zatoczyło pełne koło, i że trwamy wciąż w zdumieniu i zachwycie, i rozumiemy, że nie wolno nam już zmarnować ani jednego dnia. Ani godziny, ani minuty, ani sekundy.

Nie wiedziała tego dziewczyna w marmurkowych dżinsach, która jazgotała na swojego męża, w bojówkowych bermudach, z dzieckiem na barana, że już ją nogi bolą, bo ją obtarły klapki, i wracajmy już, kuźwa, do ośrodka. Nie wiedzieli tego ogoleni na łyso, trzynastoletni ziomale, z gołymi torsami, z kluczami na markowych tasiemkach zwisającymi z karków, z oczami przekrwionymi od piwa i dragów, po bezsennej nocy na plaży. Nie wiedzieli turyści zagraniczni z Niemiec w pastelowych wiatrówkach i białych dżinsach, bezradnie kręcący się w kółko w poszukiwaniu do zjedzenia czegoś innego niż gofry, lody, kebab i frytki.

Przeszliśmy plażą do baru „Przystań" i wróciliśmy deptakiem na Monciak.

– To jest legendarny SPATiF – powiedziałam, zatrzymując się przed charakterystycznymi stromymi schodami prowadzącymi na piętro. – Wiesz, Cybulski, Kobiela, Osiecka, et cetera. – Pociągnęłam Ksawerego za rękę. – Teraz odnowiony, ale z charakterem. Wieczorami grają jazz i promują młodych transowców.

– Często tu chyba bywasz? – wyciągnął pochopny wniosek Ksawery.

– Raczej nie. Lubię, ale głównie o takiej porze jak teraz, wczesnym popołudniem. Kiedy jest pusto. Wieczorami nie da się rozmawiać, i kolejki do toalety są poniżające dla kobiety w moim wieku. Aha, no i nie mam z kim. Ani ochoty.

Na sali uderzył nas ciepły zapach tytoniu i zwietrzałego alkoholu.

Usiedliśmy przy niedużym stoliczku na prawo od wejścia, na staroświeckich, świeżo wytapicerowanych, ale już podniszczonych fotelach.

Oprócz nas były w lokalu może jakieś trzy osoby, wszystkie po drugiej stronie sali.

Za barem pan Józef.

– Ja stawiam – zarządziłam. – Co dla ciebie?

Ksawery się skrzywił.

– Nie-e. Ja stawiam właśnie.

– Ty stawiałeś obiad. Mogę cię zaprosić na drinka w Trójmieście? Ja dżin z tonikiem. A dla pana, *for you*?

– Też.

Pan Józef porozumiewawczo zmierzył moją brodę.

– To nie mógł już zrobić malinki? – Profesjonalnie zamerdał w szklaneczkach.

– Nie zdążył – zaśmiałam się półgłosem.

– No to gratuluję. Za dwa dni zejdzie. – Kiwnął w kierunku strupa.

Piliśmy dżin, paliliśmy papierosy i patrzyliśmy sobie w oczy.

– Hm, to mi przypomina Londyn. – Zabrzęczałam lodem w drinku.

Limonka stanęła na sztorc.

– Kiedy byłam barmanką w Balzac Bistro, nie musiałam się zbytnio wysilać. Dyżurny zestaw, co wieczór. Typowo angielski. Dżin z tonikiem, wódka z martini, piwo, szampan, wino. Raz tylko, to było prawdziwe morderstwo, odbywała się jakaś impreza urodzinowa, i musiałam zrobić szesnaście kaw po irlandzku. Naraz. Wiesz, jak się robi kawę po irlandzku? Ma wyglądać jak guinness, i tę słodką śmietankę, która jest na wierzchu, leje się delikatnie na łyżeczkę ułożoną płasko, o tak, na powierzchni kawy, żeby się nie zmieszała z resztą... Co? O co chodzi?

Ksawery siedział osłupiały.

– Kiedy byłaś w tym Londynie? – zapytał strasznym głosem.

– Gdzieś w osiemdziesiątym dziewiątym. Od sierpnia do grudnia... A co?

Ksawery upił drinka.

– A ja od czerwca do końca września. Pracowałem w recepcji. Classic Hotel przy Willesden Green.

– Balzac Bistro przy Sheperd's Bush.

Zamilkliśmy, porażeni.

– Wiesz, co to jest? – zapytałam wreszcie.

– Co?

– *Serendipity.*

– Co takiego? Czy ty się aby nie popisujesz, wieżo Babel? – zabulgotał.

– *Serendipity* to szczęśliwy zbieg okoliczności. Po polsku nie ma na to jednego słowa. A Anglicy sprytni mają.

– Śliczne. Coś z łagodnością... *Seren*... jak dalej?

– *...dipity.*

– To my?

– To my. Mogliśmy się wtedy spotkać.

– To sto lat.

– A resztę na wolności. Jak mówi Hugo Wiktor.

– Co za Wiktor Hugo znów?

– Przyjaciel.

– Agu.

– Ksa.

– Dobrze mi strasznie.

– Mi też.

– To dawaj brodę.

– No, widzę, że nie marnujemy czasu! – usłyszałam za plecami, kiedy Ksawery oddał mi brodę.

Odwróciłam się.

Obcisła bluzeczka z białymi haftami przy delikatnym dekolcie, na nim gęsty srebrny naszyjnik z miliona drobnych kuleczek, w uszach jakieś wiszące fiu-bździu srebrne również, głowa omotana błękitnym szalem, za szalem włosy czarne lśniące puszczone po pas, spodnie szerokie dzwoniaste w drukowane egzotyczne wzory, hinduskie rzemykowe japonki, i całe naręcza brazylijskich cieniutkich srebrnych bransoletek. Kurwa mać, przeleciało mi przez myśl.

Parwati żona Śiwy na wczasach w Sopocie. Vel Monika Wejman.

Brakowało jej tylko czerwonej kropki na czole.

Podczas gdy ja miałam strupa.

Śmierć, śmierć, śmierć. Fak, fak, fak.

Stała przy naszym stoliku, świdrując Ksawerego stalowymi tęczówkami, po których, mogłabym przysiąc, ślizgały się czerwone języczki ognia piekielnego.

Ksawery ewidentnie z lekka oniemiał.

– To jest Moniczka... eeee... prawniczka, która uratowała mnie z Eryko-mieszkaniowej opresji – przedstawiłam kulturalnie, i westchnęłam.

– Cześć. Monika Wejman. – Błysk zębów, błysk srebra, błysk czerwonych oczu.

Ksawery podniósł do ust wysuniętą ku niemu zwiewną dłoń, odginając nieco nadgarstek pełen brzęczących bransoletek, i z namaszczeniem ucałował.

– Bardzo mi miło. Ksawery Podsiadło – uśmiechnął się dobrodusznie.

– Podsiadło? Jak ten poeta? – zaćwierkała. – Co porabiacie? Jakaś impreza?

– Raczej nie. Regeneracja po imprezie – powiedziałam tonem „to jest prywatna rozmowa".

– Właśnie – przytaknął Ksawery, ze wzrokiem przyklejonym do Moniczki.

– Co pijecie? Dżin? – Zajrzała do szklanek. – O, widzę, że bieda! To co, mały replay? Ja stawiam! W końcu nawet nie oblałyśmy zwycięstwa nad Erykiem, co Agniecha?

Nienawidziłam, kiedy ktoś zwracał się do mnie „Agniecha".

– Jasne – wydukałam zdławionym głosem. – Super.

– To ja sobie tyl-ko za-ła-twię krze-seł-ko... – Moniczka rozejrzała się bezradnie wokół.

Tyle krzeseł i ona jedna.

Tych krzeseł tyle, tyle, tyle... zakołatała mi w głowie alternatywna wersja hitu Madzi Pustułki.

– Ja się tym zajmę. – Ksawery ze zbytecznym, jak na mój gust ferworem, rzucił się na ratunek Moniczce tonącej w oceanie krzeseł.

– No więc – zagaiła konfidencjonalnie Moniczka, moszcząc się w pomarańczowo-brązowym paskudztwie, które dosunął jej do pupy Ksawery – byłam na Björk. W ubiegły weekend. – Przewróciła oczami. – Coś fantastycznego. Byłaś, Aga?

– Nie, ale był mój znajomy – nie dodałam już „uczeń", co by było przecież więcej niż żałosne. – Dostałam koszulkę – pochwaliłam się, nie dodając już, że to z wdzięczności za napisanie po angielsku wypracowania na zaliczenie semestru, na temat jak przemiany polityczne ostatnich lat wpłynęły na wybory życiowe młodzieży u progu dorosłego życia. – Wódka wyborowa na plecach, a z przodu Björk, Smolik i jeszcze coś tam.

– Aha. Też sobie kupiłam, fajne kolory nawet, granatowy z białym. – Moniczka pokazała markowe dołeczki. – A ty co, Agniecha, z roweru spadłaś? – Kiwnęła do mojego podbródka. Zalśniły i zabrzęczały naszyjniki i kolczyki, błysnęła perłowa szminka.

– Nie, wpadłam na drzwi – uśmiechnęłam się fałszywie.

– To fatalnie. Bolało? Hm. Wygląda na jakieś rytualne znamię, nie sądzisz, Ksawery? – Sięgnęła w kierunku moich vogue'ów na stole. – Mogę? Staram się rzucić, ale w towarzystwie nie potrafię się oprzeć. – Zachichotała jak Nina Simone. – Nie da się rozmawiać bez papierosów, prawda?

– Ależ proszę. – Podsunęłam papierosy w jej stronę.

Truj się, truj. Trujo.

– Chyba coś mi umknęło. Nie jestem pewien, o jakim znamieniu mówisz? Ja nic nie zauważyłem. – Ksawery potrząsnął głową, strzepnął popiół ze swojego papierosa, i odłożył go do popielniczki.

Pod stołem poczułam, jak jego kolano dotyka mojego. Sięgnął po zapalniczkę i przypalił Moniczce papierosa. Przytrzymała jego rękę.

– Domyślam się, że nie jesteś z Trójmiasta, bo Agniecha nigdy nic o tobie nie wspominała. Masz oryginalne imię. – Zaciągnęła się jak Błękitny Anioł. – Ha, ha, na pewno lepsze niż Jacek. – Zabłysnęła. – Jesteś na urlopie?

– Dziękuję. Coś w tym rodzaju. Wpadłem odwiedzić Agnieszkę. Znamy się jeszcze z czasów studenckich – uśmiechnął się tajemniczo.

– A, to jesteś z Krakowa?! Uwielbiam Kraków. Zwłaszcza Kazimierz, coś niesamowitego, jakie klimaty. Co roku jeżdżę na Festiwal Kultury Żydowskiej, pełen trans. Wiesz, Agniecha, że mam w sobie żydowską krew? Moja prababka Katarzyna zakochała się w pewnym bogatym Żydzie, na wywczasach u wód w Baden-Baden – łypnęła czerwonym ognikiem w oku na Ksawerego – i kiedy wróciła do Gdańska, okazało się, że jest w ciąży. Klasyka. Miała 17 lat, on mieszkał w Wiedniu, nic z tego nie mogło być. A pradziadek Wejman, wtedy młody mecenas, był taki w prababce zakochany, że ożenił się z nią, i uznał dziecko za swoje. Nawet się podobno ucieszył, wyobraźcie sobie, bo bez tego dziecka Katarzyna nawet by na niego nie spojrzała. Tak więc moja babcia Greta była bękartem, ale dowiedziała się o tym dopiero po śmierci rodziców... – gadała i gadała, plotła i plotła, a Ksawery gapił się i gapił na jej dołeczki i wypukłości, na srebro, biel i błękit, chłonął tę miedź brzęczącą jej słowotoku, żłopał dosłownie jak wielbłąd wodę w oazie.

Mogłoby mnie tam w ogóle nie być.

– Tak, Kazimierz fantastyczny. Też bywam na Festiwalu. A Kazimierz nad Wisłą znasz?

– No, przecież! Ten renesans! Wybieram się ze znajomymi na Filmowe Lato, jak co roku zresztą... – zaterkotała.

Kiedy jeździsz, kłamczucho, przecież w kółko pracujesz!

Ksawery skinął ze zrozumieniem kudłatą głową.

– A wiesz, ja też, zdaje się, mam w sobie krew żydowską. – W najpiękniejszych oczach na świecie zapaliły się chochliki. – A raczej tak chciałbym myśleć, ze względu, oczywiście na filozofię i całą metafizykę...

– Oraz Hollywood – wtrąciłam półgębkiem.

Ksawery się uśmiechnął.

– Historia jest nieco podobna do twojej. Otóż moja prababcia, młodą panienką będąc na służbie, uległa ponoć urokowi pewnego „pana" – znaczy inteligenta – z Krakowa. Jako zajadły filosemita pochlebiam sobie, że być może był Żydem.

– Ha, ha! No to jako zajadły filosemita powinieneś natychmiast bardzo mnie polubić! Ale, Jezu, przecież miałam iść po drinki! – Szastnęła się w górę z brzękiem i szelestem, zgasiła ze skrętem papierosa, i śmignęła do baru.

Siedzieliśmy z Ksawerym, jakby nam ktoś nagle wyłączył światło.

– Eee, to ja skoczę po papierosy... – Potrząsnęłam pudełkiem, w którym obijał się sieroco jeden cieniutki vogue.

– Nie, ja pójdę. – Zerwał się Ksawery. – To męska rzecz.

– ...być daleko – zacytowałam.

– Proszę? Co mówiłaś?

– A kobie-ca, wiernie cze-kać. Alicja Majewska.

– Jaka Alicja?

– W Krainie Czarów. No idź, idź. Bo wróci i wypali mi ostatniego.

– Agusia? – Zajrzał mi głęboko w oczy.

– Uhm?

– Ślicznie wyglądasz.

A wsadź sobie tę nagrodę pocieszenia.

– Raczej nie. – Zasłoniłam brodę ręką i zrobiłam głupawą minę.

– Jesteś piękną kobietą.

– Od kostek w dół.

– Przestań. I mądrą.

– Jak Pamela Anderson.

– W tej chwili tak. Wiem, co mówię. Przestań. – Nachylił się i pocałował mnie w kark. – I pięknie pachniesz.

– SPATiF-em.

– I takie masz te wszystkie troczki i koroneczki... umm... Jezu...

– Ale nie mam w sobie żydowskiej krwi z temperamentem.

– Oj, masz, oj, masz. Wiem coś o tym. Indiańską. – Chwycił się brzytwy.

– Pierwsze słyszę o indiańskim temperamencie. Z tego, co wiem, Apanaczi była raczej dziewicą. I to raczej chłodną.

– Ale ta Pokahontas zabawiała całą drużynę pielgrzymów podobno... chyba dała im coś więcej niż indyka i kukurydzę...

– A idźże już, bajoku.

– Gdzie Ksawery? – Zaszumiała szmatkami Moniczka. Postawiła na stole dwa drinki.

– Poszedł po papierosy.

– I wróci za sześć lat? Ha, ha, ha! Zaraz przyniosę resztę. – Czmychnęła z powrotem o baru.

– No, to opowiadaj. – Zapaliła. – Skąd go wytrzasnęłaś?

– Z wykopalisk – błysnęłam starym dowcipem. Z brodą. – Chodziliśmy ze sobą trochę na studiach – wyznałam niechętnie.

– I tak nagle do ciebie przyjechał? No, popatrz, popatrz. – Moniczka upiła dżin.

– Tak nagle to znowu nie... – Obejrzałam się za siebie. – Wypisywał do mnie bez przerwy... – rzuciłam od niechcenia. – A co ty tu robisz, nawet nie zapytałam....

– A, tak się kręcę, wiesz, trochę bez sensu – sapnęła, pogrzebała w torebce i wyjęła komórkę.

Moniczka, superzorganizowana Moniczka, która „kręci się bez sensu"! Hm.

– Umówiłam się. Ale się, skubany, znowu spóźnia! Już mnie to naprawdę zaczyna wyprowadzać z równowagi!

– Kto cię tak wyprowadza?

– No, Hugonot cholerny, oczywiście. Miał tu być o czwartej, o, a jest prawie piąta! – prychnęła. – Mieliśmy iść do kina na wpół do szóstej. Przepraszam, muszę zadzwonić.

Dopiłam dżin, żeby nie sterczeć z rozdziawioną paszczą, niczym mamut złapany przez epokę lodowcową w trakcie prehistorycznej konsumpcji. A więc jednak, a więc jednak!, wrzasnęłam bezgłośnie. Oliwka z osiłkiem nordyckim, a Hugo z modliszką od tańca brzucha. Czy to ciągle była ta ich jakaś niby gra, o której mimochodem wspomniał Hugonot, rozsiewając złowieszczo fluidy nowego Fendi, czy coś całkiem wręcz przeciwnego?

– Cześć kochanie, no co nie odbierasz? – zakwiliła Moniczka do srebrnej motoroli. – Jak to nie dasz rady, kotku? To może się spotkajmy od razu pod kinem. No. Następny seans jest o wpół do ósmej. Wiem, no, sorry. Dziubasku, nie obrażaj się. Nie, no jasne, wiem, że się nie obrażasz, tylko... tak brzmisz, jakbyś... no, może mi się wydawało. Przepraszam. Okej, to czekam. Całuję. Pa.

Zamknęła komórkę i przewróciła oczami.

– Faceci.

– Hm. To oni nie są już razem? – zapytałam bez ogródek, siląc się na beztroski ton.

– No, wiesz teoretycznie, to są – zaśmiała się neurotycznie. – Bo jeszcze ze sobą mieszkają. Ale to już tylko kwestia czasu. Dopóki Hugo nie przeniesie się do mnie.

Chryste Panie.

– Co ty opowiadasz?! – Nie wytrzymałam. – Przecież dopiero co dostałam od nich zaproszenie na ślub...!

– Nieaktualne – zachichotała Moniczka.

Gorączkowo zerknęła ukradkiem na milczącą komórkę.

– Ale...

– Agniecha, wiem, co chcesz powiedzieć. – Pochyliła się do przodu i położyła mi rękę na przedramieniu. – Ale w miłości i na wojnie wszystko jest dozwolone, uwierz mi – powiedziała trochę zbyt asertywnie. – Sorry, Winnetou.

Boże miły, olśniło mnie. Ona jest zakochana. Na amen. W boyfriendzie swojej kuzynki. W facecie, który ewidentnie sobie z nią perfidnie pogrywał. W Hugonocie. Na pewno sobie perfidnie pogrywał, no bo przecież nie mógłby z nią na serio. Ostatnio coś napomykał o nowym Fendi jako pułapce na Moniczkę. O ironio nieuchronna. Nie chciałam nic o tym wiedzieć, a wdepnęłam w sam środek Sytuacji. W SPATiF-ie. Jaka była pokorna, kiedy nią pomiatał. Dobrze jej tak. Niech ją przewlecze przez ściernisko emocjonalne.

Tylko co z tą Oliwką i tym pięknym blondynem? Skoro zaręczyny z Hugonotem zerwane dla pozorów i zasadzki, to po co się z włóczyła z tym skandynawskim typem po Gdyni? Powinna siedzieć w domu i czekać na raporty z frontu od Hugonota. Nic z tego nie rozumiałam. Nic mi się nie zgadzało.

– Cześć, dziewczynki. – Ksawery położył papierosy na stole. – Świeża dostawa. Vogue'i dla was, marlboro dla mnie.

– Mmm, dzienks. – Strzeliła oczami Moniczka. – A tu twój drink. Sto lat. W górę serca. Widzisz, Agniecha, za szybko wypiłaś, ha, ha. Trzeba było oszczędzać.... Nie, nie, nie, panie Ksawery! Podczas stukania się szkłem musimy patrzeć sobie w oczy – zagruchała. – To taki turecki przesąd. W przeciwnym razie czeka nas siedem lat kiepskiego seksu. – Moniczka nadała swojemu spojrzeniu jeszcze więcej głębi. – Agniecha, a dla ciebie w takim razie zero seksu w ogóle... ahahahahaha!

– Nas się nie imają takie przesądy – powiedział Ksawery lekko, wyciągając ramię i przyciskając mnie ostentacyjnie do siebie. – Prawda?

Jednym haustem opróżnił szklaneczkę. Spojrzał na mnie erotycznie.

Kiwnęłam lekko głową.

– Bardzo nam było sympatycznie, ale też... – rozłożył ręce – musimy lecieć. Do zobaczenia. Baw się dobrze. – Pocałował Moniczkę w rękę. – Miło było cię poznać.

– Możesz sobie zostawić papierosy – powiedziałam, cmokając Moniczkę w zesztywniały policzek, pachnący Chanel Mademoiselle. – Eee... i pozdrów Hugonota...

– Noo, dobra, pa... – Moniczka spojrzała zdezorientowana na mojego strupa, przeniosła wzrok na moje stare adidasy, omiotła spojrzeniem bojówki z nadprutą kieszenią i uniosła do góry brwi.

– Bardzo piękna kobieta. Ma taki oryginalny styl – powiedział spokojnie Ksawery, kiedy znaleźliśmy się z powrotem na Monciaku.

Zrobiło mi się słabo. Gruda z ołowiu w gardle.

– I niepowtarzalny nawet – zachrypiałam. – To może wrócisz na górę? – Nie mogłam się powstrzymać.

– Ale nie taka piękna jak ty, głupoto z brodą. – Objął mnie w pasie.

– Akurat. Lustro mam niejedno. Moniczka to tsunami seksapilu. – Wierciłam się, zła.

– Nie takie w życiu głuszyłem. A poza tym, nie istnieją dla mnie. Od wczoraj.

– Aha, a wzroku od niej oderwać nie mogłeś.

Chciałam mu opowiedzieć, że jest jeszcze dodatkowy aspekt całej sprawy Moniczkowej, ale zmilczałam. Kiedy indziej.

– Jak od kobry. Cymbał srebrem brzmiący. To niedobra kobieta jest. Za to kobieta z brodą to....

– ...do cyrku – burknęłam.

Niech mnie przekonuje, że jestem jedyna na świecie, niech.

– Chodźże mi tu, babo z brodą. – Przytulił mnie, i szepnął do ucha:

– Już nie mogę się doczekać, żeby cię tresować.

*

– To ja teraz będę czytał twoje wiersze – oznajmił Ksawery, kiedy wróciliśmy do domu, i usadził się wyczekująco na fotelu.

Nadeszła straszliwa chwila prawdy.

– Ale musisz? – jęknęłam.

Rozpacz.

– Muszę. Nie mogę się doczekać... na-na-na! – Zatarł złośliwie rączki.

Sparaliżowana, poszłam sztywno do gabinetu, wyjęłam z szafki swoją sekretną teczkę w meksykańskie wzory i położyłam mu na kolanach.

– No to proszę. Se mua. Dusza obnażona. Sam chciałeś. Ale mnie niech przy tym nie będzie.

– No, co ty. A zresztą, jak chcesz – zweryfikował, widząc jaka jestem spięta.

Poszłam do sypialni, gdzie padłam na łóżko i zwinęłam się w kłębek.

No to teraz wie. Jestem imbecylowatą grafomanką z literackimi pretensjami.

Najgorsze, co może być. Oprócz doktorantek polonistyki z pretensjami.

Teraz wejdzie, wyjdzie i wyjedzie. I tyle będzie tego kulistego kosmosu.

Jedna doba.

– Agnieszko – usłyszałam za plecami. – To jest bardzo dobra poezja.

Śmiał się do mnie. Oczka miał zmrużone, najpiękniejsze na świecie.

– Eee, jaja sobie robisz.

– Mówię, bo się na tym trochę znam.

– No. Panie polonisto kultowy.

– Mówisz własnym głosem, a to trudne. Zwłaszcza w czasach, kiedy wszyscy coś piszą.

– Uhm. – Nie umiałam mówić o tym, co pisałam.

– Okropnie mi ulżyło, wiesz – zarechotał. – Nie wiem, co bym ci powiedział, gdyby te wiersze były słabe.

– Ja też nie. Ha, ha.

– Pewnie, że ich nie rozumiem... Ale ty byś mnie przejrzała... – zachichotał.

– Albo... albo... – zabulgotałam – ...powiedziałbyś, że... że... są bardzo hermetyczne... – A nie są? – zapytałam, nagle spanikowana.

– Nie są. Tyle, ile trzeba. Ale transparentne też nie, i wtórne też nie – ryczeliśmy już na całego. – Nie za bardzo...

– I nie mówisz tak tylko dlatego, że siedzisz na moim łóżku?

– Hm. Jakby ci to powiedzieć... du... szo obnażona... – zacukał się fałszywie.

– Hm. Chyba cię muszę wobec tego zakneblować. Nie zniosę litości w krytyce literackiej.

I zakneblowałam. Hermetycznie.

W środku nocy nagle się obudziłam, przeświadczona, że słyszę muzykę.

Ksawery leżał na boku z otwartymi oczami. Albo tak mi się wydawało.

– Już mi się przypomniało – szepnął.

Nie wydawało mi się.

– Co?

– Alicja Majewska. Męczyło mnie to strasznie... – i zaintonował:

Jeszcze się tam żagiel bieli...

– *...chłopców, którzy odpłynęli* – dołączyłam.

– *Nadzieja wciąż w serc kapeli na werbelku cicho gra...* – punktowaliśmy zgodnie stacatto – *Bo męska rzecz być daleko, a kobieca – wiernie czekać* – tu splunęłam feministycznie w duchu – *Aż zrodzi się pod powieką inna łza, radości łzaaa!* – zakończyłam, z patosem, wzruszeniem i wykrzyknikiem.

Mnie nadzieja grała jak diabli, pod powieką zrodziła mi się łza wywołana przez niehermetyczny, a wręcz transparentny tekst Jacka Cygana, a Ksawery... odwróciłam się, żeby sprawdzić, czy mamy porozumienie dusz.

Spał.

*

Niedziela.

Kiedy się obudziłam, w łazience szumiała woda, a na zielonym fotelu w salonie, obok wybebeszonego plecaka leżał przygotowany psu-z-gardła, ale świeży (powąchałam), kolejny czarny podkoszulek.

Taak.

Podreptałam smętnie do kuchni. Bez przekonania nastawiłam wodę, melancholijnie wyłożyłam do koszyczka chleb, pokroiłam wiejską kiełbasę i rzuciłam na rozgrzaną patelnię. Kiedy się zrumieniła, dodałam cebulę i przydusiłam lekko, tyle tylko, żeby się zeszkliła. Ale przy jajach, niczym przemarznięty za sprawą zimnych ogrodników kwiat jabłoni, opadł ze mnie cały entuzjazm.

Przyjechał, no i co z tego. Było naaajs, a nawet very naaajs. I co z tego. Odjedzie.

– *...przyjedzie karawan – przyjedzie*
odjedzie karawan – odjedzie
będę w oknie stała – patrzyła
będę ręką machała
chustką wiewała
żegnała
w tym oknie sama – zamruczałam posępnie do jaj rozbitych na patelni.

– Co sobie tam mruczysz? – Stanął za mną, pachnący, wyszorowany do różowości, włosy na gładko sczesane przedwojennie do tyłu.

Podkoszulek czarny, sztruksy czarne.

– Halina Poświatowska, z domu Myga Helena. Odjedzie Ksawery – odjedzie. – Popatrzyłam mu w oczy rozdzierająco.

– Ale przyjedzie znowu, przyjedzie. I do niego Agusia też? Naprawdę z domu Myga była? Nie wiedziałem. – Przyssał mi się do szyi.

– No. Aż strach pomyśleć, jak na nią wołali za panienki.

– Eee, no chyba Myganka?

– Całe szczęście, że na tego Poświatowskiego trafiła od razu. Zalejesz kawę-herbatę?

– Zalejesz.

Wróciłam do rozbijania jaj. Boże, jak mi będzie strasznie jutro. Jak mi już było strasznie teraz. Rozbełtałam jaja, dodałam ciutkę mleka, sól, pieprz. Na patelnię.

– Umm. Ależ pachnie!

– Wiesz, że nieskromnie robię najlepszą jajecznicę na świecie?

– Wiem – uśmiechnął się i odsunął lekko od stołu, kiedy nakładałam mu porcję na talerz.

– Cię zabiorę dziś w miejsce niezwykłe – oznajmiłam.

– Znowu?

– Zobaczysz sam.

– Gdzie zobaczę?

– W Sopot.

– Hm – mruknął bez przekonania.

Po śniadaniu wskoczyłam do łazienki, gdzie natychmiast obezwładnił mnie zapach żelu do kąpieli Palmolive, kolor fioletowy. Obok żelu, w hawajsko-egzotycznym zestawieniu kolorystycznym, leżała czerwona gąbka. Ksawery był higieniczny, jeździł z własnym osobistym sprzętem czyszczącym. Podniosłam butelkę. Ależ zapach orientalny. A, bo ma w środku paczulę. I ylang-ylang, i jeszcze lawendę... nic się nie stanie chyba, jak się w tym afrodyzjaku wykąpię?

Ubrałam się ślicznie w spódniczkę do kolan kremową w jesienne róże, ciucholand Beacon's Closet na Bedford, $ 9.99, Betsey Johnson, ale kto ją tutaj znał, i kto wiedział, że z ciucholandu. Bardzo kobieco i wiotko. I co z tego, i tak pojedzie.

Poszliśmy malutki kawałątek w dół Monciakiem, i prawie zaraz skręciliśmy w lewo, w krętą secesyjną uliczkę. Ogarnęła nas cisza i cień. Szum szarańczy przetaczającej się po Monciaku zniknął i stopił się z szumem morza i starych kasztanów.

– Tutaj. Dworek Sierakowskich. – Skręciliśmy w prawo, w staroświecką furtkę, przeszliśmy kawałeczek dookoła domu, i znaleźliśmy się przy wejściu.

W starym, zacienionym ogrodzie pod drzewami stało kilka stolików, wszystkie zajęte, oprócz jednego. Rzuciłam się na wolne miejsca.

– Jak u arystokratycznej ciotki, która nadal za punkt honoru poczytuje sobie serwowanie kawy i herbaty w szlachetnej porcelanie, chociażby i na poplamionym stole od zdekompletowanego biedermeiera – powiedział Ksawery, rozglądając się z nostalgią.

Podeszliśmy do baru.

– O, „Topos". – Podniósł kopię najnowszego numeru. – O, Podsiadło. Jacek.

– Nie żal ci, że to nie twoje Podsiadło w druku? – Też wzięłam egzemplarz.

– Nie żal. Ja nie zapisuję.

Zajrzał do wiersza.

– Ale wczoraj zapisałeś.

– Wczoraj było wyjątkowo. To było dla ciebie. – Pocałował mnie w rękę.

– Może zacznij zapisywać. Szkoda, żeby uciekało.

– Nie szkoda. Ja nigdy potem nie czytam. Słowo, obraz przychodzi, odchodzi. Ważna jest chwila. Synergia formy i treści tu i teraz.

– E, tam. Gdyby wszyscy tak myśleli, nie byłoby literatury. A Miłosz twój ukochany? Nie byłoby go, gdyby nie zapisywał.

– Miłosz to Miłosz. Geniusz. Poezja, oczywiście, eseistyka, powieść, filozofia, działalność translatorska, teoria literatury, Berkeley. Co chcesz. I wszystko najwyższe „c". – Uśmiechnął się do swoich myśli. – No, może, oprócz „Przejęcia władzy". Taak. Tylko Czesiek. I Józek.

– Józek who?

– Tischner. Byłem jego uczniem.

– ???

– Na studiach. Bo ja jeszcze studiowałem filozofię.

– Wiem, pamiętam, miałeś indywidualny tok studiów, bo byłeś onieśmielająco genialny.

Też bym chciała być onieśmielająco genialna. Ha.

– Tak zwany ITS. – Wyszczerzył się i nie zaprzeczył, egomaniak męski.

Każda normalna kobieta wyprodukowana w Polsce by uprzejmie i skromnie zaprzeczyła.

– Ale dzięki temu faktycznie nie musiałem się uczyć tej strasznej gramatyki staro-cerkiewno-słowiańskiego, na której poległa większość kolegów z roku, no i też nie mam do tej pory pojęcia o żadnej gramatyce, a zwłaszcza opisowej. Te wszystkie orzeczenia, przydawki, partykuły... mmm, pyszna herbata... mi, że tak powiem, wisiały, i wiszą...

– To jakim cudem zostałeś polonistą kultowym licealnym? – zapytałam bezczelnie.

– Uczyłem wyłącznie literatury. Jakoś się prześliznąłem – uśmiechnął się trochę z wyższością, trochę z zażenowaniem.

– A wiesz, à propos wiszenia, to w angielskim jest coś, co się nazywa *dangling participle*. Dyndający imiesłów.

– Dyndający imiesłów. No, proszę. A co to takiego?

– Odpowiednik polskiego „pijąc piwo ugryzła mnie osa".

– *Drinking beer* a... osa...?

– ...*wasp*...

– ...ugryzła...?

– ...*stung me*.

– A dlaczego „dyndający"?

– Bo sobie gramatycznie wisi biedaczyna, nie mając jasności w temacie, z czym ma pozostawać w składniowym związku.

– Czyli błąd gramatyczny. Chociaż niekoniecznie. Mogła osa pić piwo i się połączyć z orzeczeniem.

– Mogła. A widzisz, jaka gramatyka fajna.

– Fajna. Dawaj brodę.

– Ksa – sapnęłam – musimy iść. Masz pociąg o wpół do czwartej. A jeszcze cię zapraszam na obiad. W Gdyni.

– Dobrze. Ale to ja zapraszam. Bez dyskusji. W takich kwestiach nie uznaję feminizmu.

*

Było mi słodko, słodkim smutkiem nieuchronności przemijania, który towarzyszy babiemu latu w jesieni przed zimą, słodkim smutkiem świadomości cudowności życia, dlatego że istnieje śmierć, i tak dalej.

Obiad zjedliśmy w ulicznym ogródku, w nowej włoskiej restauracji „Da Vinci" na Świętojańskiej.

– Za ten weekend, i wszystkie następne – powiedział Ksawery, unosząc w górę baniasty kieliszek, w którym na dnie ślizgało się chardonnay w ilości laboratoryjnej próbki.

– Za. Ale, swoją drogą, w Ameryce...

– Oczywiście. W Ameryce.

– Przestań, łożo szyderców. Tak mi się porównuje samo, co poradzić. W tej Ameryce więc taka ilość wina w takim baniaku byłaby nie do pomyślenia. Byłby skandal. Nie kiwaj się tak, nie kiwaj. Wiem, że to nie moja zasługa, ale tak tam jest. Hojnie.

– Kiwam się ze smutku sierocego. Bo jechać mi trzeba zaraz.

– A co z carpe diem? – zapytałam ponuro.

– Chyba nie dam rady łapać tych carpi w takim stanie.

Przytulając się desperacko, jak we francuskim dramacie obyczajowym, wróciliśmy do mnie. Ksawery błyskawicznie wrzucił do czarnego plecaka swoje slipki, skarpetki i podkoszulki, ze świstem zasunął zamek błyskawiczny kosmetyczki od Samsonite'a nad czerwoną gąbką, fioletowym żelem Palmolive, szczoteczką do zębów, pianką do golenia i Miracle for Men.

– Masz. Na drogę. – Wyciągnęłam rękę z „Niedzielnym klubem filozoficznym" McCalla Smitha.

– Hm. Dzięki.

– Może ci oprawić? Może różowa okładka zbyt obciachowa jest?

– Nie-e. Jestem asertywny w swojej męskości, za pan brat ze swoim wewnętrznym dzieckiem i nie boję się eksplorować kobiecej strony swojego „ja". Różowe mi nie przeszkadza, o ile nie jest to koszula. – Wtulił mi się w kark.

Zmiękły mi kolana.

– Musimy iść – szepnęłam mu do ucha. – Naprawdę.

Szliśmy dziarskim marszobiegiem, trzymając się za ręce.

– Nie wiem, czy zdążymy – wysapałam. – Jeszcze bilet!

– Zdążymy, zdążymy. Bilet kupię w pociągu.

– W piątek nie zdążyłeś... – wypomniałam małostkowo.

– E, tam, zaraz nie zdążyłeś. Zaraz krew i piach. Zdążyłem na następny. Teraz też damy radę. Jak nie ten, to będzie inny.

– Nie ma innego. Jest tylko nocny. Dojedziesz o świcie – denerwowałam się.

Dobrze, że miałam się czym denerwować. W przeciwnym razie musiałabym uciec i się rozpłakać. A tak przynajmniej miałam coś do roboty. Miałam zadanie. Musiałam wsadzić Ksawerego do pociągu. Jak prawdziwa dobra gospodyni.

Ekspres odjeżdżał za siedem minut. Bez szans.

– Lecimy!

Puścił moją rękę, i pobiegliśmy tak szybko, jak było to w naszym stanie możliwe. Ksawery z plecakiem, ja na koturnach, oboje na krawędzi czterdziestki, w upale, po nieprzespanej nocy i na lekkim, ale jednak, kacu.

Ostatni odcinek. W górę po schodach na peron 4.

Stoi na stacji lokomotywa. Zielona – pot z Ksawerego spływa. Agusia blada, jakby nieżywa. Konduktor gwizdkiem odjazd wygrywa. Nagle – cmok! W dłoń. Nagle – skok! W pęd.

– Pa! Dziękuję! Zadzwonię! – Zawirowanie, świst, pociąg rusza, lokomotywa zielona, konduktor macha, Ksawery macha, i skacze... ja macham... macham...

I nie ma nic.

Stoję osłupiała, ogłupiała, niema. Nie ma. Było tyle, a nie ma nic. Pustka, wyrwa w płucach. Ocykam się, ocykam się w formie czasu teraźniejszego słowa „ocknąć", zobaczonego w takiej postaci na piśmie u Koterskiego. Dotykam brody bordo – jest. A zatem to nie dzień świstaka. To się zdarzyło naprawdę.

Był tu Ksawery Podsiadło i, ponieważ nie ma na to polskiego ładnego określenia, *he made love to me.*

I co teraz, teraz?

Tak, po prostu, ot, pójdę do domu, przez dworzec Gdynia Główna Osobowa, pójdę Starowiejską w dół, z powrotem, obok „Justynki" z gorącymi drożdżówkami na pocieszenie, obok sklepu „Pabia" ze strasznymi gustownymi garsonkami w kolorze przypudrowanego błękitu, zamkniętego, bo niedziela, w dół obok księgarni zamkniętej, bo niedziela, w dół, obok delikatesów ze słodyczami i alkoholem, otwartego, bo niedziela, obok baru, z którego kiedyś wybiegł człowiek z nożem w brzuchu, i zataczając się, przeciął ulicę i hakiem wtoczył się prosto do szpitala naprzeciwko, i pójdę w górę strasznymi schodami do mieszkania wspólnego z Erykiem, na czwartym bez windy, a tam wszędzie pachnie Ksawerym, i Palmolive fioletowym z paczulą, lawendą i ylang-ylang, i Miracle for Men, i gdzie właśnie zdarzył się Miracle for Agusia. I stoją kubki dwa, po kawie-herbacie, popielniczka w słoiku po ogórkach kaszubskich z czosnkiem na balkonie, i butelki puste po tequili, winie, piwie, i zapach w pościeli zamknięty. I wszystko jest nadal, w powietrzu, we krwi.

Telefon.

– No, czeeeść...

Nie ma rozpaczy i pustki, jest telefon, głos, rzeczywistość.

– Jadę. Bilet kupiłem, miejscówkę mam też. Tęsknię. Bardzo.

– Ja... też. Tak nagle cię zmiotło, jakby cię tornado zassało. Okropnie tu pusto bez ciebie. Żarówka starannie obojętna. To z wiersza niejakiej Marzeny Brody. Czytałam w Ameryce w „Nowym Dzienniku". Ale pasuje akurat.

– Jaja sobie robisz, prawda? – oburza się nie wiedzieć czemu. – Nabierasz mnie?

– Właśnie wcale. Wiem, że według wszystkich randkowych przewodników przetrwania nie powinno się mówić takich rzeczy mężczyźnie, ale nie powinno się też iść z nim do łóżka na peronie niemalże...

– Nie... z tą Brodą. Ja Marzenę Brodę bardzo dobrze pamiętam, świetna z niej kiedyś poetka była. Bardzo zdolna dziewczyna, trochę młodsza od nas. Jak ty ją...?

– Nie za dużo bród jak na jeden weekend? Nie poznałam jej osobiście, tylko czytałam trochę, tyle co w gazetowym kąciku poezji – chichram się. – To rzeczywiście kosmos. Ale uważaj. Siedzisz? W podstawówce, do której chodziłam, niejaki Jerzy Konic, ten od „Czarnych chmur", nakręcił w latach 70. film o kultowym poloniście-dysydencie metodycznym. Pod tytułem „Broda"... Takie polskie „Towarzystwo umarłych poetów".

– ...no to mamy bród w bród! – ryczy.

– Dobrze, że nie brudów – cieszę się. – Zamiotłabym pod dywan...

Coś w słuchawce trzeszczy, skrzypi i dudni.

– Zaczekaj – mówi półgłosem. – Już. Wyszedłem na korytarz, bo dziwnie na mnie patrzy społeczeństwo. W dodatku mam książkę w różowej okładce miękkiej.

Śmieję się.

– Przyjadę zaraz – mówi nagle.

– Kiedy?

– W piątek. To tylko cztery dni.

– Rzeczywiście. Cztery.

– Agu.

– Co.

– Tak sobie powtarzam i wspominam w głowie.

No i co, no i co.

Tralala. Horoskop jak ta lala mi wyszedł z „Twojego Stylu".

Proszę bardzo. Sprzątałam ślady naszej zakazanej miłości, a Ksawery co i raz do mnie dzwonił, i opowiadał, co mu się w „Niedzielnym klubie filozoficznym" podoba albo co mija, co widzi, co robi właśnie, i co myśli. O mnie.

Skończyłam sprzątać, a on dzwonił, poszłam na spacer szlakiem naszych pocałunków, a on do mnie gadał, wróciłam, zjadłam kolację, a on dojeżdżał do Warszawy, a przed północą zadzwonił, że właśnie wszedł do mieszkania.

– Agu, wiesz, że spędziliśmy cały dzień razem? Pomimo rozstania? – cieszył się. – I będę ci tak robił, przez cały czas, do piątku. A wtedy przyjadę. Już zaraz. Wiesz?

Wiem.

I wypełnia się pustka, krwiobieg i głowa, a między moimi stopami a ziemią nagle pojawia się metr powietrza pachnącego paczulą, lawendą i ylang-ylang, i unosi mnie wysoko, wysoko, w noc, a kiedy budzę się rano, otacza mnie wciąż jak kołdra puchowa z IKEA, miękka, ciepła i nie do zdarcia.

*

Dzień dobry! Ja już do roboty, i tęsknota bezmierna. Trr, jak będziesz mogła?:)

Kto to wysyła esemesy o siódmej rano?!

Ksawery Podsiadło, któremu się z jakiegoś powodu wydaje, że jak on i jakaś ptaszyna szara w krzakach już wstali, to wraz z nimi wstał cały świat.

Typowy egocentryzm męski. Zero empatii. Wstawaj, kochanie, popatrz, jakimi kolorami mieni się mój pawi ogon, wstawaj, wstawaj, już, już, już! Ten egocentryzm Ksawerego, naglący, posesywny, opływający testosteronem. Uwielbiałam go. Wywoływał we mnie ciarki od stóp z niebieskimi paznokciami po czubek głowy z przyklepanymi włosami (szampon nie spełnił reklamowej obietnicy, że pozostaną puszyste nawet po...) i sprawiał, że coś łaskotało mnie w gardle. Wybrałam numer Ksawerego. Nawet nie umyłam zębów, tak mi się śpieszyło, i natychmiast się przestraszyłam, że poczuje przez telefon mój poranny oddech, więc zamiast szczoteczki higienicznie wsadziłam do ust papierosa i wyszłam na zalany poniedziałkowym słońcem balkon. Każdy poradnik sercowy by tutaj złapał się za głowę, że jak to tak oddzwaniać od razu. Powinnam go potrzymać na smyczy niepewności jakieś dwie godziny co najmniej albo jeszcze lepiej, do wieczora. A jakby tymczasem nie zadzwonił, to nie odzywać się konsekwentnie dalej i zobaczyć, czy zadzwoni rano. A ja co. Trzęsącymi się rączkami, z radości i niepewności, że oto jest facet, który – jak sądziłam – nie może się doczekać, żeby usłyszeć mój głos, wyszukałam numer na komórce i bezmyślnie nacisnęłam.

– No, czeeeść! – uśmiechnięte po drugiej stronie. – Już się nie mogłem doczekać. Jadę i jadę, i nic. Wsie mijam polskie i miasta, a tu nic. Jak się spało?

– Czeeść. Hm. Spało się okej, bo się nie spało przez weekend. A ty gdzieś mi?

– A jam ci gdzieś koło Jędrzejowa. Do Radomia pomykam.

– Aha. A ja w Jędrzejowie uczyłam angielskiego na dojezdne z Krakowa, i zawsze w drodze na zajęcia się zatrzymywaliśmy w lasku takim jednym na kiełbasę z rusztu, a w drodze powrotnej, w piątki, kupowaliśmy szampana i piliśmy z gwinta. Ja, Ela i taki Przemek z USA. Pamiętam, że w tym lasku pełno było konwalii dzikich na wiosnę. A nasz kierowca miał marzenie, żeby założyć knajpę meksykańską w Krakowie. Wtedy jeszcze nie było sieci Taco.

– O, babo rozpustna. Ty mi tu oczu konwaliami meksykańskimi nie zamydlaj.

– Nie zamydlam, imprezowa wtedy byłam. To były czasy. Mąż w Ameryce...

– Ha! mąż, ha! trup!

– Prawie. A ja pisałam pracę magisterską i uczyłam na pełny etat, a jeszcze miałam siłę na balangi. Chodziłyśmy z Elką do najlepszej wtedy w Krakowie dyskoteki „Blue Box", która była cała jak niebo w srebrne gwiazdki, piłyśmy drinka „Orgasmus" i baletowałyśmy do spadu. Naprzeciwko Teatru Słowackiego. Teraz zrobili tam „Różowego Słonia", z pierogami, sałatkami i pomidorową.

– Akurat „Różowego Słonia" znam, świetne ma komiksy wymalowane na ścianach. I pierogi z mięsem. Agu?

– Taak?

– To jeszcze tylko trzy dni.

– Cztery.

– Co ty, poniedziałku nawet nie liczę wcale.

Do pracy chciało mi się iść wyłącznie po to, żeby się wygadać Hugonotowi, i wybadać go na okoliczność modliszki-Moniczki.

Ubrałam się w byle co, przekonana – dzięki śniadaniowym spojrzeniom Ksawerego – że jestem piękna i interesująca, i już, i wystarczy, bym przestrzegała tylko elementarnych zasad higieny, a będę wyglądać olśniewająco. Umyłam więc zęby i resztę, włożyłam dżinsy i ukochaną, spraną koszulkę z Gapa w wysmakowanym kolorze spranej szmaty do podłogi, na nogi japonki pomarańczowe, i pognałam do pociągu.

Zanim dotarłam do „Justynki" i zakupiłam poranne drożdżówki sztuk dwie, z budyniem, Ksawery zadzwonił dwa razy. Po jego telefonach miałam ledwo parę minut czasu, żeby kupić kawę w automacie dworcowym z łańcuchem, i wpaść z całym tym bagażem – kawa wrząca bez przykrywki – do pociągu. Ledwo wbiłam zęby w drożdżówkę, zadzwonił znowu.

– E oge móić, bo em – wytłumaczyłam.

– A kiedy skończysz? – indagował entuzjastycznie.

– E iem. Aak zem.

– Agusia. Czy ja cię zamęczam telefonami? – zachwycił się własnym błyskotliwym poczuciem humoru.

Przełknęłam bułę.

– Czy naprawdę oczekujesz odpowiedzi, czy jest to pytanie z rodzaju „zachwycam się swoją własną fantastycznością i Bóg jeden raczy wiedzieć, co jeszcze wymyślę"?

– He, he.

– Zamęczaj, zamęczaj. Nikt mnie tak nie zamęczał. Eryk tylko dzwonił, jak mu coś trzeba było załatwić. Nawet jak go deportowali, to dzwonił do mnie z Frankfurtu na mój koszt, żeby mi powiedzieć przez łzy, że mnie zdradził, bo ona jest blondynką, więc to oczywiste, że musiał, rozumiesz, ale mnie kocha, więc niech już przyjadę, a najlepiej, żebym napisała do jakiegoś senatora amerykańskiego w jego sprawie, że jest świetnym żeglarzem i Ameryka bez niego absolutnie sobie nie poradzi.

– Naprawdę?

– Naprawdę. Ksa....

– Taak...

– Muszę zjeść, bo umrę stojąc, jak drzewo. Metodą Callana uczy się na stojąco. Mam cztery godziny, a w żołądku tylko wspomnienie obiadu z Da Vinci.

– Czy ja przez moje natręctwo erotyczne skazuję ciebie na śmierć głodową? – zabulgotał wesolutko.

– Czy zawsze prowadzisz rozmowy metodą sokratejską w trybie tak/nie?

*

Właściwie, powinnam chyba czuć jakiś niesmak, niepokój jakiś, że mnie wykorzystał – jak i ja jego – w celu zaspokojenia niskich i prymitywnych popędów zwierzęcych. Powinnam zastanowić się nad tym wszystkim poważnie. Powinnam albo uznać, że stało się w ubiegły weekend coś bardzo ważnego, albo przyjąć, że po prostu dwoje samotnych, poobijanych o kanty życia trzydziestoparolatków-rozwodników, kochanków z lat młodości, spotkało się na sympatyczny seks. A tymczasem żadnego niesmaku nie czułam. Żadnego powiewu, żadnego drgnienia niepokoju nawet. Intuicja, z wodą w ustach spokojnie dalej przebywała na urlopie na Chalkidiki, a mnie było normalnie i zwyczajnie dobrze, o ile normalnym jest stan lewitowania metr nad ziemią na różowej kołdrze.

Ksawery wyjechał, a mnie się wydawało, że nie odstępuje mnie ani na krok. Patrzyłam na siebie z boku jego oczyma szaroniebieskimi. Myłam się rano, i słyszałam, jak szepcze „śliczna jesteś". Mijałam po drodze do Fast Lane kolejną agencję reklamową „Fart", łkając z zażenowania, że żaden z jej właścicieli nie zna angielskiego, a zastraszeni pracownicy boją się, ze względu na ciasny rynek pracy, właścicielowi bez języka wyjaśnić, co „fart" naprawdę oznacza, i słyszałam, jak mruczy z zachwytem, „czy ty masz pokrewne ze mną prostackie poczucie humoru".

Jadłam frytki z McDonalda, i myślałam, ha, właśnie by mi te frytki wyjadał.

*

Hugonot znowu palił na tarasie.

– Widziałem cię z góry, ale właśnie odpalałem, i nie mogłem wrzasnąć. Aaa, zdaje się, że było naaajs z twoim upiorem z przeszłości... – powiedział bez zainteresowania, apatycznym mrugnięciem rejestrując moją brodę.

Broda wyglądała dziś już o wiele niewinnej. Strup zasechł i odpadł – jak przepowiedział pan Józef ze SPATiF-u – pozostawiając pod spodem placek różowej skóry, który udało mi się nawet dosyć fachowo zapudrować.

Ewidentnie niewystarczająco fachowo dla oka Hugonota.

– Ty nie łyp na mnie nonszalancko, tylko przygotuj się na spowiedź – powiedziałam tak ostro, jak w obecnym błogostanie potrafiłam.

– No ale było najs, przecież widzę – westchnął.

– Było. Ziemia drżała w posadach – rozmarzyłam się. – Ksawery... jest niesamowity... inteligentny, i wiesz, dowcipny nagle się zrobił. Nie pamiętam, żeby był wcześniej. No i ta chemia... i poeta, i biznesmen w jednym...

– Jak szampon przeciwłupieżowy z odżywką. – Hugo uśmiechnął się głupawo. – Gratuluję.

Rzucił niedopałek pod nogi i chciał zgasić, ale przydeptał sobie stopy. Splunął z irytacją na ziemię.

Zagotowało się we mnie. Za to plucie, i ten szampon z odżywką. Gówniarz apatyczny.

– Jezu, ile razy prosiłam, żeby tu nie kiepować. Po co wystawiłam popielniczkę hotelową na kiju? Na naszych studentów wrzeszczę, a ty jaki przykład dajesz... – wściekłam się. – A teraz proszę się natychmiast wytłumaczyć z wydarzeń erotycznych ostatniego tygodnia. – Wyczekująco złożyłam rączki na piersiach.

– Jakich wydarzeń erotycznych? – spytał z nieco przesadnym luzem i nieco zbyt szybko.

Po apatii ani śladu.

– Co, Moniczka nic ci nie mówiła?

Zbladł.

– Mo... Mo... niczka? Ale że co?

– A że to. Spotkaliśmy ją z Ksawerym w sobotę w SPATiF-ie. – Zmrużyłam oczy. – Wiesz coś o tym? Bo przy mnie rozmawiała z tobą przez telefon. Mówiła do ciebie „kotku". Słała się do twych stóp, jak orientalny dywan, w który była ubrana. A ty ewidentnie ją chciałeś spławić.

Patrzył bez słowa w lewo, w zakręt Jaśkowej Doliny.

– Dlaczego Oliwka prowadza się po Gdyni z jakimś nordyckim blondynem, a ty prowadzasz się po kinach z Moniczką? A dopiero co mi mówiłeś, że między wami wszystko dobrze. Zaproszenia na ślub... Hugonot?

Zakaszlał jak suchotnik.

– Dlaczego Monika mi powiedziała, że ślub odwołany, a ty przeprowadzasz się do niej? Ja nic nie rozumiem.

Spojrzał na mnie z obłędem w oczach.

– A więc jednak – powiedział z nieodgadnionym wyrazem twarzy. – Z nordyckim blondynem, powiadasz?

– Wiesz co, nie rób ty mi łaski. Nie wysilaj się. A w cholerę. – Zgasiłam papierosa i ruszyłam do drzwi.

W tym samym momencie podniósł głowę, a ja zupełnie przez przypadek dmuchnęłam mu dymem prosto w oczy. Wyszło bardzo profesjonalnie.

– Aga... – wydukał. – Ja mam teraz taki kocioł, że nie mam siły o niczym myśleć. Monika... Monika nie chce się odczepić, odkąd dowiedziała się, że Oliwka i ja... Nie jesteśmy razem.

O, Boże, o Boże. Nie kłamała żydowska prawniczka.

– W czwartek wieczorem chłopcy zrobili mi wieczór kawalerski... – powiedział grobowym głosem.

– ?!

– Byłem pewny, że idę do Krzycha na kompie płyty powypalać. Wiesz, przygotować muzykę na wesele, składanki. A ci zrobili mi *surprise*. Zamówili striptizerkę – sarknął. – Ukrainkę. Dzidziuś-idiota robił zdjęcia, posłał mi kilka e-mailem. No, i oczywiście, Oliwka to zobaczyła, bo mamy jedną wspólną skrzynkę... w piątek rano. Sprała mnie po pysku i wyrzuciła, tak jak stałem. Że to koniec, że jestem bydlę...

Dzielna dziewczynka. Ja nie sprałam Eryka po pysku. Był dla mnie za wysoki.

– Musisz zmienić kolegów. Jakoś za łatwo pakujesz się w te bary orientalne i panny szybkiej obsługi.

– Przestań, ja wcale...

– Wiem. Jestem na ciebie wściekła, bo jesteś apatyczny i plujesz petami. Aha, i jeszcze dlatego, że chodzisz na striptiz.

– Przestań, no. Nie chodzę, kurwa. To striptiz przyszedł do mnie. Wyniosłem się z domu, mieszkam u Krzycha – warknął.

– Oj, biedactwo. Jak to się czasem przydaje stumetrowe mieszkanie po babci. I od tego czasu się nie odzywałeś?!

– No... nie, kurwa, wyobraź sobie, że nie! A, tam, wy i tak wszystko wiecie lepiej! – Podszedł do kamiennej barierki i stał tak, z furią patrząc w dal.

– No, nie, to ty wszystko wiesz lepiej! – warknęłam, i złapałam go za rękaw bluzy zielonej z dezabilu. – Do kina sobie z Moniczką chodzicie, jak maturzyści in love. Kurwa – powiedziałam.

– Nigdzie nie chodziłem, rozumiesz! – Wyszarpnął rękaw. – Sorki. Aga, ja ją wystawiłem, grałem całą noc na komputerze wtedy. To by już było... – zmiął przekleństwo. – Monika sobie ubzdurała, że jesteśmy sobie przeznaczeni.

Kopnął ścianę.

– Jezu, ale jestem głupi buc. Wiesz, że od zawsze chciałem się z Oliwką ożenić. Żadnych tam lęków, żadnych wątpliwości nigdy nie miałem. Kocham ją od podstawówki. Jej pryszcze przed miesiączką, jej kolekcję butów, jej humory i zapisywanie wszystkich wydatków, nawet to, że precla sobie kupiła, i... kocham ją... – chlipnął, patrząc ciągle w dal i udając, że ma katar.

– ...w kapeluszu, i w berecie. I nawet, gdy jej łyżka spadnie – dokończyłam.

Odwrócił się twarzą do mnie i zawołał, ożywiony nagle, jakby brał udział w teleturnieju, a nie stał na krawędzi emocjonalnej przepaści:

– Skąd wiesz? Ej, czekaj, ja to znam skądś. To nie Brathanki śpiewały czasem?

– Nie, oni śpiewali „w kinie w Lublinie, kochaj mnie..."

– ...„w metrze i w swetrze, kochaj mnie...". No, fajne.

– A tamto to Gałczyński. Na polskim kiedyś uczyli. W czasach, kiedy nie było gimnazjum.

– No, popatrz. No i... – Pociągnął nosem.

– Kochasz ją nad życie, ale z nią nie jesteś, bo jesteś głupi buc – przypomniałam.

– Dokładnie. A wiesz, jak się jej oświadczyłem? Chciałem to zrobić jakoś... tak...

– ...żeby jej w pięty poszło – nie wytrzymałam.

– Idiotka – burknął. – Żeby, no, wiesz co.

– Nie odmówiła? – Rzucił we mnie papierosem. Na szczęście świeżutkim, prosto z paczki.

– Dzięki.

– Żeby było oryginalnie. Wymyśliłem, że zrobię jej niespodziankę. Zawsze marzyła, żeby pojechać na wyspę Wolin. Naoglądała się zdjęć, naczytała legend o wikingach w Polsce, wymarzyła sobie, że kiedyś tam pojedziemy. Szukać śladów wikingów. Ale wiesz, jak to jest. Nigdy się nie składało. I wreszcie rok temu, na jej urodziny, dziesiątego sierpnia... – zniżył głos – ...załatwiłem wszystko. Nocleg w chałupie rybackiej, bilety na pociąg, pierścionek przedwojenny po babci Domosławskiej na jej rozmiar przerobiłem. Miałem ją porwać. Tak, żeby się niczego nie domyśliła – rozmarzył się.

– No i...?

– Oczywiście, domyśliła się w pociągu, ale była wniebowzięta. Całą drogę zachowywaliśmy się skandalicznie. A oświadczyłem się jej na plaży, pod Wzgórzem Wisielców.

– Ha. I co, zostałeś przyjęty?

– Jeszcze jak! – uśmiechnął się na poły lubieżnie, na poły nostalgicznie. – Przy świetle księżyca.

– No, to, do diabła, rób coś!

– Ale... ja... – Podrapał się w ucho. – Ja... ona... ja nie... Okropnie ją to zraniło. Chociaż nic nie zrobiłem. Jezu, Aga, ja nawet nie zbliżyłem się do tej striptizerki, uwierz mi – jęknął. – Oli mnie już nie chce – dokończył tragicznie.

– Taniec brzucha, striptiz. Ty to wiesz, jak zauroczyć kobietę.

– Nie dręcz. Co ja mam teraz zrobić? Nie mogę bez niej żyć.

– Coś wymyślimy – powiedziałam bez przekonania. – Nie patrz na mnie jak łania. Ty wymyślisz, miałam na myśli. Musisz działać. Musisz się ukorzyć, i złożyć u jej stóp mocne postanowienie poprawy.

– Wcale nie patrzę jak łania. I dlaczego mam się niby korzyć? Dlaczego znowu ja? Przecież nic nie zrobiłem. To ona sprała mnie po pysku.

– Właśnie. Bierność. Nadmierna uległość. To podstawowe źródło twoich problemów, cherie. Koledzy, którym nie potrafisz odmówić. Moniczki, którym nie potrafisz, jak wyżej.

Hugonot się zasępił.

– Monika mówiła, że w SPATiF-ie rwał ją jakiś Żyd z Krakowa, i miał na imię Ksawery. A, pewnie chciała, żebym był zazdrosny – załapał.

– Biedaczka. Domyślam się, że nie wspomniała, że i ja tam byłam, i gin z tonikiem piłam, z tym Żydem. Wiesz – zamyśliłam się – w tym SPATiF-ie ona była po prostu taaaka maleńka – pokazałam między kciukiem a palcem wskazującym, jaka maleńka dokładnie była Moniczka – i jakaś... pożałowania godna... gdy ją tak metodycznie olewałeś przez telefon... Hugonot, ona jest tak zakochana, że przełknie wszystko, nawet publiczne upokorzenie. Sama kiedyś na balu żeglarza tarzałam się w mini po brudnej podłodze podczas konkurencji przeciągania liny, bo chciałam udowodnić Erykowi, jaka jestem fajna i równa, chociaż nieżeglarka, a tymczasem on stał przy barze i flirtował z kudłatą urodziwą barmanką, która miała pazury na dziesięć centymentrów, zupełnie nieżeglarskie, czerwone w złote szlaczki. A mnie pijani starcy przebrani za piratów dyszeli w kark.

Hugo zgiął się wpół.

– Oj, pani dyrektor.....

– Dobra, do rzeczy. Co jest Moniczka? – Zmarszczyłam brwi.

– W sensie?

– Znaku zodiaku.

– Jesteś nienormalna. Nie wiem. – Wzruszył ramionami.

– Kiedy ma urodziny? – westchnęłam.

Przecież każdy wie, że kompatybilność znaków zodiaku to podstawa każdego związku.

– Jakoś tak przed Oliwką. W lipcu?

– Rak. O, to nie cofnie się przed niczym. Ani w miłości, ani w karierze. Jak raz złapie w szczypce, to już nie puści. Wiem, bo Eryk też Rak. Okropnie są bezwględne – wyrecytowałam z satysfakcją.

Ma się tę wiedzę.

Hugo się przestraszył.

– To co ja mam teraz zrobić?! Jezu, czemu to nie może tak być zwyczajnie normalnie na świecie? Kochamy się, to się pobieramy, a nie pakujemy się w jakieś gówno psychologiczne.

– Bo ludzie ze sobą nie rozmawiają. Wszystkim zakochanym idealistom wydaje się, że partner powinien czytać w ich myślach... o, widzę, że Amerykę ci jakąś odkryłam?

– No, ale Oliwka przecież wie... świetnie wie, że ją kocham!

– A skąd? Skąd niby ma to wiedzieć tak świetnie? Od ukraińskich striptizerek?

– No, bo kocham ją... przecież wie...

– ...

– ...jak się wtedy pogodziliśmy, co mi kazałaś koszulę uprasować, nie zapomnę ci tego...

– ...

– No, powiedziałem jej przecież, jak się oświadczałem... O cholera, to rok temu było? – zmarszczył się.

– Nam trzeba mówić codziennie, bo inaczej mamy lęki i niepewność – zaopiniowałam z wyższością.

– A mnie się wydawało, że Oli wie, że mamy konstans. Wiesz, kochaj i rób co chcesz. Święty Augustyn. – Pokiwaliśmy głowami.

– Nie wiem, nie wiem. Mnie to nigdy do końca nie przekonywało. Nie wiem, czy przekonuje Oliwkę. Może na to trzeba z kimś rzeczywiście całą kopalnię soli w Wieliczce zjeść. Chyba trzeba dużo czasu, żeby nabyć tej pewności, że jak on się ogląda za seksowną rudą, to to naprawdę nic nie znaczy. Ja się zawsze bałam, że jednak znaczy, ale ja już tak mam.

Hugo patrzył na mnie tak, jakbym mu objaśniała co najmniej rachunek różniczkowy.

– Oliwka nie jest ciebie pewna – kontynuowałam w transie, lekceważąc jego szklany wzrok. – O czym zresztą rozmawialiśmy już setki razy, ale jak widzę bez skutku i wniosków. Co ona ma według ciebie zrobić z tymi tańczącymi brzuchami i striptizerkami? Nie potrafisz się do tego odwrócić plecami? Żeby nie urazić Moniczki albo kolegów? Za to wolisz urazić Oliwkę? Skoro wiesz, jak na takie sytuacje reaguje? Ona sama nie nauczy się, że to waszemu związkowi niczym nie grozi. TY musisz ją tego nauczyć, uspokoić, pokazać, że to nieważne, że tylko ona się liczy. I musisz jej to pokazywać co-dzien-nie. A potem dopiero rzucać na głęboką wodę wieczorów kawalerskich. Może kiedyś będzie się z tego śmiała, może się na tyle wyluzuje, że nie będzie jej to przeszkadzać. Ja... cóż, przyznaję, że zawsze miałam z tym kłopoty.

– Z czym, z czym? Zgubiłem się – potrząsnął głową.

– Z zazdrością, z niepewnością, z poczuciem własnej wartości. Dalej?

– Ale Oli... przecież jest mądra, śliczna, inteligentna. Nie ma powodu, żeby się dołować. Czasem marudzi, że jest za gruba, ale to normalne.

– Jasne. Nawiasem mówiąc, wszystkie takie jesteśmy: mądre, śliczne, inteligentne. I chude. – Łypnęłam spod oka. – A w ogóle to wybacz, stary, ale czuję się jak w komedii romantycznej, gdzie widzowie od początku wiedzą, że i tak będzie happy end, ale para bohaterów błądzi po omacku dla potrzeb durnego scenariusza, i nie może się porozumieć, bo w chwili, kiedy już, już mają sobie wyjaśnić oczywistość banalną typu, że ta piękna kobieta w szlafroku, która właśnie całuje naszego bohatera – czyli ciebie – rano w kuchni, to twoja dawno niewidziana ciocia ze słodkiej Francji, w dodatku *native speaker* i ma to *je ne sais quoi*, a tu Oliwka staje na progu z bułkami, to wtedy właśnie przelewa się woda w wannie, albo zaczyna się pożar, no wiesz, o co chodzi, i trzeba ratować życie, albo dzwoni telefon.

– No. Ja tak mam. Jakbym żył w środku takiej komedii... tragedii raczej. Wszystko, dosłownie wszystko, co jest proste w normalnym życiu innych ludzi, w moim nagle robi się karkołomne...

– To tak jakby twoje życie naśladowało twój sposób chodzenia... Ała! Puszczaj, kości mi połamiesz! Aaa!

Zobaczyłam ją pierwsza. Była czerwona z zakłopotania i upokorzenia.

– Yyy... cześć Oliwka... to nie jest to, co myślisz – rąbnęłam rutynowym tekstem z romantycznej komedii omyłek.

– My właśnie... rozmawialiśmy o tobie, i ona powiedziała, że ta ciocia z Francji w wannie to... nieee... tego iii bułki... znaczy... yyy... – Hugo utknął, bo się zapatrzył.

A było na co.

Ta Oliwka. Niby nic, te włoski krótkie, mysie, byle jak zmierzwione, rysy delikatne, jakby naszkicowane od niechcenia przez naturę, oczy mieniące się raz zielonkawo, raz szaroburo, kilka piegów rozsypanych na małym nosku, pełne, ruchliwe usta. Była subtelna, jakaś niedokończona, patrząc na nią miało się wrażenie, że gdyby tylko pomalowała jaskrawiej usta, podmalowała rzęsy, nie można byłoby od niej oderwać wzroku. A i tak było to bardzo trudne. Miała jedną z tych twarzy, co do których nigdy nie ma się pewności, czy są właściwie ładne, czy brzydkie. Człowiek patrzył, i patrzył, i nie mógł przestać, myślał, a gdyby tak jej włosy inaczej uczesać, to co, a gdyby tak ubrać ją w sukienkę z falbanek białych, pienistych, a do tego buciory ciężkie typu glany, to co, a gdyby tak wampowata suknia neonowy róż, boa, i fifka, to co. Oliwka była marzeniem każdego stylisty. Razem z Hugo tworzyliby idealną parę modeli – gdyby chcieli nimi zostać. Uroda Hugo była taka, jak uroda modeli męskich być powinna – zdecydowana i na pierwszy rzut oka niewątpliwie widoczna. Uroda Oliwii była świetlistą urodą wielkich modelek i wielkich gwiazd ekranu. Niby nic, a oderwać oczu nie sposób. Przy niej nawet Monika, śliczna przecież i subtelna, wydawała się narysowana już zbyt grubą kreską. Była jak... hm... Sandra Bullock przy Grecie Grabo. Tylko głosy miały podobne, niskie i bardzo seksowne. Po mamusiach-siostrzyczkach.

Hugo stał oniemiały i zapatrzony, ja stałam obok, oniemiała i zapatrzona, i czekałam, co będzie.

Oliwka najpierw zmieniła barwę z karmazynowej na bladoróż, i na powrót z bladoróżowej na karmazyn.

Poskubała przez chwilę paznokcie, po czym znienacka westchnęła, i uśmiechnęła się tajemniczo.

Bałam się. Cholernie się bałam.

Uniosła prawą rękę i podrapała się w lewy łokieć.

Uśmiechała się dalej.

Zabrakło mi śliny w ustach.

– Dasz papierosa? – rzuciła do mnie tonem, jakim prosi się w kiosku o codzienną prasę.

Grzecznie. Ciepło.

– Yy... – Spojrzałam na nieużywanego jeszcze lm'a, którym onegdaj cisnął we mnie Hugo.

Nadal zaciskałam go w dłoni. Był złamany.

– Ups... – uśmiechnęłam się przepraszająco – nie mam. Złamał mi się. Ale Hugo ma dobre.

– Daj. – Wyciągnęła rękę do Huga, wciąż patrząc mu w oczy.

Hugo stał z otwarymi ustami, z rękami opuszczonymi wzdłuż tułowia.

Nagle nerwowo zaczął grzebać w paczce papierosów.

Podał jej jednego drżącą ręką.

– Wiem, wiem, ja nie palę – zabuczała Oliwka, zaciągając się samobójczo.

Oparła się plecami ścianę i skrzyżowała nienagannie obute długie nogi.

Wypuściła dym kątem ust. Spuściła głowę.

– Przyszłam tutaj – jeszcze bardziej zniżyła głos – przyszłam... bo... – zaciągnęła się – spotkałam Krzycha. – Podniosła wzrok na Hugonota. – I... chciałam porozmawiać – dokończyła szeptem.

– To... ja pójdę robić sobie tam plan zajęć – powiedziałam także szeptem, i chciałam się wymknąć boczkiem.

– Nie, zostań – uśmiechnęła się znowu znienacka Oliwka – i tak wszystko wiesz.

Zdębiałam.

– Nic nie wiem – obruszyłam się. – Mnie nikt tutaj nic nie mówi. Wy, młodzież, jesteście dla mnie za szybcy.

Ostentacyjnie zamknęłam za sobą drzwi.

*

Za pół godziny przyszli do sekretariatu. Podejrzanie zarumienieni. Oliwka z ustami dwa razy większymi niż normalnie, Hugonot z niechlujnie rozpuszczonymi i skudłaconymi włosami. Obejmowali się w pasie.

– Maryś, moja Maryś, coś ty za niechluja... – zanuciłam pod nosem. – I co, robaczki? Ślub się odbędzie? Czyżbyście ponownie zadzierzgnęli więzy? I ponownie zerwali je razy kilka w tak zwanym międzyczasie?

– Ślub się odbędzie – zaśmiała się Oliwka nadludzko wielkimi ustami. – A ty jesteś bardzo mądra. – Mrugnęła. – Hugo się przyznał, że kazałaś mu mówić mi, że jestem fantastyczna i że mnie kocha do obłędu, codziennie rano, wieczór i w południe, dopóki nie zrozumiem, że jak chce iść na striptiz, to to naprawdę nic nie znaczy – parsknęła. – Jezu, oni są beznadziejni, prawda? Nic nie rozumieją.

– Ani w ząb – przytaknęłam gorliwie.

– Co znowu? – wkurzył się Hugonot. – Przecież przed chwilą sama mówiłaś, że mi wierzysz, nawet na nią nie spojrzałem ani razu...

– Hugonot – Oliwka nachyliła się konspiracyjnie nad moim biurkiem – wyznał mi, że to była taka biedna studentka z Odessy, która sobie dorabia tańcem egzotycznym, żeby mieć na czesne – powiedziała z grobową miną.

I obie zaległyśmy na blacie.

– Ale to na mnie nie robi wrażenia, przecież wiesz. No, może trochę. Estetycznie, ładnie tańczyła... – jąkał Hugonot, kompletnie zdezorientowany, mrugając orzechowymi oczami jak łoś złapany w halogeny w kanadyjskich lasach. – Co wam jest?!

Zatrzęsłyśmy się jak snopki żyta na furze.

– Oliwka, Oliwka – zamachałam szybko rękami, żeby mi myśl nie uciekła. – Ja już chyba wiem, o co tu chodzi!

– Słucham cię, mądra kobieto.

– On jest po prostu za dobry. Za miły chłopczyna jest. On nikomu nie chce podpaść. Chce, żeby go wszyscy lubili. I Krzycho, i Dzidziuś, i tancerka ukraińska uboga oraz... – zawiesiłam scenicznie głos, raz kozie śmierć – ...Moniczka.

– Ty. Ty. Ty masz rację. Faktycznie. To mój problem jest! – ucieszył się Hugo.

– Twój narzeczony to jest taki trochę lizus do świata.

– No właśnie. Musisz przestać być taki miły, kochanie. Ale Moniczka. Jak my to z nią załatwimy? – Oliwka zaczęła obgryzać kciuk. – Bo wiesz – kiwnęła do mnie głową – to jest ten typ, który udaje, że nie rozumie aluzji. Bardzo wygodnie, bo subtelny człowiek kulturalny nie powie jej wprost, że czegoś nie chce albo nie zrobi, a ona to wykorzystuje i idzie jak czołg...

– E... Ekskjuz mi – wtrąciłam – bardzo się cieszę z hollywoodzkiego happy endu, który zresztą przed chwilką osobiście przepowiedziałam, tylko nie spodziewałam się, że nastąpi tak błyskawicznie... ale... czy moglibyście mnie w końcu oświecić, o co chodzi? Ale od początku – zażądałam.

Zachichotali jak Żwirek i Muchomorek.

– No, więc... – zaczął Hugo i spojrzał na Oliwkę.

– Nie, ja... – przerwała mu Oliwka.

– Dobra, mów, mów już, bo od niego to niczego się nie dowiem. I szybko, bo zaraz uczę.

– Chcieliśmy załatwić Moniczkę...

– ...jej własną bronią... żeby się oduczyła tańców brzucha dla cudzych boyfriendów.

– Hugo miał się niby w niej zakochać, a potem ją porzucić pod pretekstem, że nadal jednak kocha mnie, że próbował o mnie zapomnieć w jej ramionach, ale nie dał rady.

– Najpierw wymyśliliśmy, że ją będę czarował i podrywał urokiem osobistym.

– Fendi, nowe dżinsy i te sprawy. Jasne – przypomniałam sobie.

– Ha, ale nie tylko. Miał być głęboko nieszczęśliwy ze względu na moje natręctwa oraz materializm – dorzuciła radośnie Oliwka.

– I Moniczka to kupiła? Nie wierzę, przecież zna Oliwkę od pieluch, niemożliwe, żeby się dała nabrać – prychnęłam sceptycznie.

– Ha, i tu się mylisz! Znała ją jako kuzynkę, ale skąd miała wiedzieć, co z niej wylazło w związku intymnym z mężczyzną, znaczy ze mną? – doprecyzował Hugo.

– Przestańcie z tym „ha!", mam już tiki.

Zastanowiłam się. Prawda. Fakt.

Sama w związkach z mężczyznami byłam przecież zupełnie inna niż w związkach z przyjaciółmi. No, proszę. Jakie to młode pokolenie psychologicznie przebiegłe. Wszystko przez te amerykańskie seriale.

– Hugo zaczął jej się zwierzać... razem wymyślaliśmy różne okropne rzeczy na mój temat. To było lepsze niż pisanie scenariusza – zakwiliła Oliwka. – Na przykład, że jestem nienormalna na punkcie czystości, i jak tylko Hugo wchodzi do domu, to podlatuję z miotełką i po nim zamiatam, tak po japońsku, że... alfabetycznie mam poukładane przyprawy i kosmetyki, a gazety zawsze muszą być w wachlarzyk na stoliku... a z drugiej strony nie pozwalam spuszczać wody od razu, tylko czekam, aż się nazbiera... no, wiesz... a najlepsze... o, Jezu, nie mogę... Aga, nie obraź się, dobra? To Moniczkę zabiło...

– Co? Dlaczego miałabym się obrazić? – zaniepokoiłam się.

– Bo... trochę cię tego... wykorzystaliśmy... no, może raczej zacytowaliśmy – bąknął Hugo.

– Nie pierwszy raz, przywykłam.

– Hugo jej powiedział, że nie pozwalam mu rzucać gumy do żucia na ziemię... bo

– No, bo się ptaszkom do nóżek może przykleić, wiadomo! – dokończyłam, a oni, podli, zwinęli się ze śmiechu.

No, naprawdę. Przecież to każdy normalny człowiek wie, że tak się nie robi. To jest faux pas wobec fauny.

– Jezu, ona serio z tymi ptaszkami... – jąkała się Oliwka – Nie mogę...!

– Spokój mi tu zaraz. Może jestem naiwna, ale nie na tyle, żeby nie zauważać nordyckich przystojniaków w białych koszulach. W piątek. W Gdyni. Oliwka? – zażądałam groźnie wyjaśnień.

– A, to już było po tym, jak spoliczkowałam Hugonota i jak zerwaliśmy naprawdę – wyjaśniła entuzjastycznie. – Arno... to, cóż, moja była sympatia. Znaczy, eks.

Hugonot się wzdrygnął.

– Jest aktorem Teatru Muzycznego, może nawet go widziałaś, grał w „Hair". Jego ojciec jest jakimś genialnym muzykiem jazzowym w Estonii. Mówił, że powinnam zostać aktorką albo modelką. Że mam warunki... – Twarz Oliwki przybrała kolor niezabielanej botwinki.

– Arno? Jak melodyjnie. Jak szum fiordów norweskich... – zachwyciłam się mimo woli oraz kontekstu.

Hugo Wiktor zagryzł zęby.

– Arno. Arnold chyba. Też... palant pretensjonalny z takim imieniem – warknął zwartoszczelinowo.

– Jak ta rzeka w Toskanii, z „Pokoju z widokiem”... – rozmarzyłam się. – Jak mi nie wyjdzie z Ksawerym, to mnie z nim zapoznaj. A to nie jest z jakimś umlautem nad a albo o?

– Nie wiem, chyba nie. A może? – Udała, że się zastanawia.

– Oliwka... – Hugonot miał furię w oczach.

– O co ci chodzi, kochanie? I wcale nie jest pretensjonalny. A imię ma, jakie ma. Ugrofińskie. Co, Hugonot, co się tak patrzysz? Widzisz, jak to jest? A ja tylko mu niewinnie pomagałam kupić prezent dla mamy. Nie prosiłam go o taniec brzucha, chociaż po tym, co pokazał w „Hair”, to błąd, błąd. Z pewnością byłoby warto.

– Co ty powiesz – syknął Hugonot.

Wiedział doskonale, że w „Hair” produkcji Teatru Muzycznego w Gdyni jest scena, w której wszyscy aktorzy stają w kręgu, trzymając się za ręce. Nago. Wiedział, bo byli na przedstawieniu razem z Oliwką. I doskonale kojarzył Arno.

– No – powiedziałam do Oliwki, patrząc z uśmiechem na Hugonota. – A jak będziesz chciała pooglądać tego Arno na golaska w „Hair” siedem razy w tygodniu, to też nic nie znaczy. Możemy nawet pójść razem. On na pewno bardzo estetycznie tańczy. Zrobimy sobie taki babski wieczór. Pardon, panieński.

*

– Agusia? – zamruczało z lekkim niepokojem w słuchawce, kiedy wreszcie skojarzyłam, co oznacza pulsujący uparcie na wyświetlaczu napis „Ksa dzwoni”, i w ostatniej chwili, zanim włączyła się poczta głosowa, zdążyłam odebrać telefon.

Na czas trwania operetki w plenerze balkonowym w wykonaniu Oliwki i Hugonota, gdzie emocje falowały niczym głos przechodzącego mutację Kuby Smętka, udało mi się całkowicie zapomnieć o istnieniu Ksawerego.

– Cześć, cześć. Kochanie, nie obraź się, ale przez chwilę nie wiedziałam, że ty to ty – wytłumaczyłam klarownie.

– Jak to tak?

– Telenowela latynoska. Burza uczuć, związek dwojga młodych ludzi wystawiony na próbę, niewiele brakowało, a roztrzaskałby się o górę lodową wzajemnych nieporozumień – streściłam znużonym półgłosem. – Oliwka z Hugonotem najpierw się mieli pobrać, potem ona go rzuciła, przez wieczór kawalerski z Ukrainką-striptizerką, potem na moich oczach się pogodzili, potem znów się pożarli, odrobinkę, a teraz albo żreją się dalej, albo całują, nie wiem, bo wreszcie sobie poszli.

Nie pisnęłam ani słowa o udziale w qui pro quo orientalnej Moniczki.

– Agusia?

– No.

– To już za trzy dni – sprowadził mnie na ziemię Ksawery. Bardzo mu byłam za to wdzięczna.

– Tak. Jak przyjedziesz?

– W nocy. Pracuję do późnego popołudnia i nie zdążę na żaden normalny ekspres. Będę musiał jechać pośpiesznym nocnym...

– Aha...

– I będę u ciebie pewnie o trzeciej nad ranem. – Zamilkł wymownie.

– I cię okradną, zabiją, a członki wyrzucą psom na Żuławach...

– He, he, byle nie wszystkie.

– Boże, ty to prymitywny jesteś jednak.

– He, he, no. Jestem.

– I głupawy?

– Ehehehe, no, jestem też. Mam tęsknotę. Mam tęsknotę obrzydłą i obmierzłą....

– A ja do ciebie obrzydzenie okrutne – zachichotałam.

– A ja do ciebie większe, i ohydna mi jesteś obleśnie babo... aliteracyjna.

– Muszę iść tłumy nauczać.

*

Nie było wątpliwości: nadal unosiłam się metr nad ziemią. Ucho i komórkę miałam rozżarzone do czerwoności. Serce waliło mi cztery razy szybciej niż normalnie, a metabolizm osiągał szczyty. Ksawery wydzwaniał jak psychicznie niezrównoważony paranoik, i rozmawialiśmy na okrągło, przez cały dzień, w każdej wolnej sekundzie.

Wrócił Eryk, a ja, kiedy wreszcie po zakupach zainspirowanych perspektywą spotkania z Ksawerym tuż, tuż, dotarłam wieczorem do domu, ledwo go zauważyłam.

Spojrzałam w łazienkowe lustro, i zdumienie odjęło mi mowę: pomimo całodziennej mimowolnej głodówki, jako że usta miałam ustawicznie zajęte rozmową, wyglądałam – cóż, nie da się ukryć – fascynująco. Ewidentnie emanowała ze mnie pozytywna energia wywołana gorączką erotyczną: oko mi błyszczało, jakbym za radą mamy wlała w spojówki cały litr soku cytrynowego, włos, niczym u Grażyny Torbickiej, połyskiwał z własnej woli i układał się twarzowo bez żadnego wysiłku, nos wyglądał na mniejszy w zestawieniu z rozgorączkowanym okiem, a każdy mięsień i każda kość w moim ciele zdawały się współgrać ze sobą w idealnej harmonii.

Eryk łypnął na mnie raz czy dwa zdumiony, ale nie odezwał się ani jednym niepotrzebnym słowem. Okazanie ciekawości byłoby niemęskie i świadczyłoby o słabości.

Tuż przed snem, po kąpieli w palmolive fioletowym, które kupiłam, żeby zasypiać z zapachem Ksawerego, zadzwonił znowu. Była już prawie północ, leżałam w łóżku, patrząc na letni księżyc i cienie przesuwające się po lawendowych ścianach jak stary film; w ciemności łatwiej było mi sobie wyobrazić, że tu ze mną jest.

– Nie mogę spać. Bez ciebie – powiedział.

– Ja też nie.

– Agnieszko... – zawiesił poważnie głos – ja... muszę ci coś powiedzieć...

Spociłam się natychmiast. No co znowu. Jezu. Czy oni nie mogą tak normalnie, bez krętactw, kombinacji, pewnie w ogóle nie przyjedzie, będzie się migał, no bo po co dzwoni o północku, po co mi spokój i sen w drzazgi rozwala, jakim prawem.

– Uhm – chrypnęłam słabo do słuchawki.

– Agnieszko... ja... się w tobie zakochałem.

Zmartwiałam.

– Ksawery...

– Ja wiem, myślisz, że to niemożliwe, za szybko, ale ja wiem... – rozpędził się.

– Ksa... ale nie mów... to naprawdę za szybko. Za wcześnie. Przecież... my się w ogóle nie znamy nawet. Może ci się wydaje, bo jesteś sam, i na wirażu...

– Agu, nie wiem, co to znaczy, na jakim znowu wirażu...

– Emocjonalnym. Jesteś spragniony akceptacji i bliskości po rozbitym związku, a to nie to samo co...

– ...co miłość? Agu, ja wiem, co czuję... i uwierz mi, nigdy... od dawna żadna panna... nigdy do żadnej niczego nie czułem... To nie jest na chwilę, rozumiesz?

– Ksa, ale ty wiesz, że jesteś paliwoda pierwszej wody, wszystko albo nic, i od zaraz. Musimy ochłonąć. Dać sobie czas – broniłam się, chociaż wiedziałam, że w zaistniałych okolicznościach plotę głupoty. – Oboje jesteśmy poturbowani, to za szybko naprawdę...

– A na co mamy czekać? Aż będziemy mieć po pięćdziesiąt lat? Będziemy się testować i sprawdzać, czy możemy ze sobą w ogóle być, i wyjdzie nam, jak to zwykle przy samospełniających się proroctwach, że nie możemy? Agnieszko, ja ciebie kocham. Wiedziałem to, zanim jeszcze cię zobaczyłem, wiedziałem po naszych rozmowach... spotkanie było tylko potwierdzeniem tego, co już wiedziałem...

Leżałam sobie cichutko, i czułam, że łzy napływają mi do oczu.

– Masz wszelkie prawo mi nie ufać. Zrozumiem. Po tym, co o mnie wiesz, masz pełne prawo. Ale to jest prawdziwe. Agnieszko... jesteś tam?

– Tak...

– ...Ja nie chcę już marnować czasu. Nie chcę żyć byle jak. Chcę żyć dobrze i pięknie. Z tobą. Chcę się z tobą kochać, z tobą kłaść spać, i jeść rano śniadanie, i myć zęby, i palić na balkonie, tańczyć, czytać książki, śpiewać i pić wódkę, razem, wszystko, do końca. I tak umrę pierwszy, bo jestem choleryk.

– Ale ja jestem nienormalna. Byłam w chorym związku, i nie jestem gotowa... tak od zaraz... to może odbić się na nas, na tobie.

– Agusiu, ja cię wyleczę. Zobaczysz. Wyleczę cię ze wszystkich tych twoich lęków i kompleksów. Przecież... zdarzył nam się cud.

– Tak.

– Chcę być z tobą. Tyle wiem. Chcę ciebie... z... z... czekaj... wiem, mam. Z całą tą niepojętą dla płci męskiej surrealistyczną zawartością twojej torebki. Emocjonalnej i psychologicznej. Agnieszko. To jest na serio. Ja... powiedziałem o tobie swojej mamie...

Chryste. Bredzi w malignie. Jakiej torebki? Powiedział matce swej o mnie?!

– I co? – wyjąkałam.

– Powiedziała – nagle głos podskoczył mu o oktawę – ...powiedziała... „to ja... zrobię kurę!".

Niewiele brakowało, a udławilibyśmy się ze śmiechu.

Nie mogliśmy przestać. Ryczeliśmy chyba z pięć minut, a co przestawaliśmy, i próbowaliśmy powiedzieć coś bardziej... na miejscu, zaczynaliśmy od nowa.

– Ksawery... – Zapanowałam wreszcie nad sobą. – Ja... ciebie też. Chyba zawsze cię kochałam. Mimo że porzuciłeś mnie niecnie po spacerze jesiennym na górę pod Baranem i pisałeś mi wiersze o smutku. I teraz, za tę kurę.

– Jesteśmy nienormalni? Rzucamy się z motyką na słońce?

– No – zaśmiałam się.

Boże, jak chciałam się do niego przytulić.

– Teraz to bym sie do ciebie przytulił, i już tak bym został, na twoim ramieniu – zamruczał, a następnie powtórzył jeszcze raz to wszystko, co już mi powiedział, a co każda kobieta zawsze chce słyszeć raz po raz, nieustannie i bez przerwy.

A ja co zrobiłam? Rozpłakałam się. Patrzyłam na rozmazany księżyc, na rozmazane smugi światła i cienia na ścianie. Szary przeciągnął się przez sen i ziewnął, oblizując nos różowym języczkiem.

Wtuliłam się w pościel, szukając zapachu Ksawerego, i obracając w głowie jego słowa.

Zasnęłam chyba dopiero nad ranem, a kiedy się obudziłam, nadal ściskałam w ręku komórkę. Na wyświetlaczu pokazała się mała koperta. Miałam wiadomość:

Jest już jutro. A ja Cię dalej kocham!

*

Eryk wyszedł z domu około dziewiątej po zdawkowym „cześć". Pozostawił po sobie niebudzący wątpliwości zapach wody kolońskiej Adidas Sport, której używał w dni powszednie, w odróżnieniu od weekendowego Bulgari oraz wolną przestrzeń psychofizyczną, którą natychmiast wypełniłam rozmyślaniem o Ksawerym. Jezu. Nikt mi nigdy tak pięknie, i tak wprost, a może dlatego właśnie pięknie? – nie powiedział, że mnie kocha. Słońce nad moim balkonem (jak długo jeszcze moim, co teraz będzie, dokąd pójdę, jak zarobię na siebie, co zrobię dalej ze swoim życiem) świeciło jak tydzień temu, chmury pełzały obok, ptaszki latały na tle chmur i nieba, a u mnie wszystko było inaczej. Bo Ksawery mnie kochał.

Poruszałam się po mieszkaniu posuwistymi podskokami, jak dinozaury w „Parku Jurajskim" i uśmiechałam się do kotów, mebli, czajnika elektrycznego Zelmer, do odkurzacza, do zmysłowej Anity Werner w TVN, i oczywiście, nieustannie – obsesyjnie sprawdzając, czy nadal wyglądam fascynująco – do lustra. Trawiła mnie *reisefieber*, jakbym znowu wyjeżdżała do jakiejś Ameryki, w nieznane, poznawać nowe terytoria. Tyle, że teraz terra incognita był Ksawery. Przecież praktycznie go nie znałam, jeśli nie liczyć naszych studenckich randek, sekretnych, namiętnych i bardzo ad hoc. Nie wiem dlaczego, ale zawsze ukrywaliśmy się przed ludźmi, włócząc się nocami po najbardziej zakrzaczonych i zachwaszczonych zakamarkach krakowskiego parku Jordana, wybojach kopca Kościuszki albo opuszczonych, przerośniętych, pachnących przejrzałymi śliwkami ogrodach naszego rodzinnego miasteczka. Tak chciał Ksawery, a ja byłam mu powolna, bo bałam się, że mnie porzuci, jak nie będę – chociaż, jak się okazało, porzucił mnie i tak – niemniej przez cały czas nie opuszczało mnie niesprecyzowane uczucie, że jestem tą drugą kobietą, nielegalną, a ukrywamy się przed tą pierwszą, legalną. I nie daj Boże, żeby nas ktokolwiek znajomy zobaczył. Nasze spotkania organizowały się z reguły tak, że Ksawery po prostu się pojawiał pod tablicą ogłoszeń na wydziale anglistyki po moich zajęciach, kiedy trącił go impuls, że ma ochotę się ze mną całować, brał mnie za rękę, i na oczach rzucających zawistne spojrzenia koleżanek – Agnieszko, a któż to jest ten piękny chłopiec?, zapytała kiedyś jedna – odciągał mnie na od stada na stronę, niczym upatrzoną jałówkę z pastwiska.

Był okropny. Egotyczny, seksistowski, niesympatyczny, po krakowsku ponuro-filozoficzny, bez poczucia humoru na żaden temat, a zwłaszcza swój własny. Ale oczy miał piękne, a spojrzenie sentymentalne, pełne niebieskoszarej głębi, więc szłam za tym spojrzeniem, kopiec, nie kopiec, jak w dym, kiedy już o mnie zaczepiło. A teraz, nie dość, że tryskał autoironią i lingwistycznym dowcipem, to jeszcze w dodatku mnie kochał.

W tym stanie niekontrolowanej euforii zadzwoniłam do rodziców.

– Agusiu, dziecko, ale to wszystko tak... Matko Boska. Żeby on cię znowu nie skrzywdził... Ty tak się rzucasz bez głowy, na łeb, na szyję, po kim ty to masz – rozdygotała się mama.

– Jak się mogę rzucać na łeb bez głowy... mamo, ale ja się jakimś cudem w ogóle nie boję... no, nie wiem dlaczego, ale nie wyczuwam żadnym złych wibracji. Mam pewność, że to jest TO. Ksawery też... nigdy tak się jeszcze nie czułam w życiu.

– No, oby, oby. Oby to była prawda, córko, oby się wam udało... – westchnął bez entuzjazmu ojciec z drugiego aparatu. – To co teraz zamierzasz?

– Zdaje się – zaśmiałam się – że po latach pętania się po świecie wrócę jednak z tobołkiem do Krakowa...

Zamarli.

– No... a co z twoim mieszkaniem, co z pracą? – zapytała mama słabo po chwili.

– Mieszkanie się sprzeda, pracę się znajdzie...

– Oj, dziecko, tak ci się wydaje. To nie takie proste... rynek pracy jest w dzisiejszych czasach...

– Wiem, tato, ciasny i nasycony...

– ...no i niczego...

– ...nie załatwisz bez znajomości – dokończyłam za ojca.

– Właśnie – zgodził się dobrodusznie, zamiast się obrazić.

– Dam sobie radę, nieraz zaczynałam wszystko od początku. Cóż to dla mnie, dzie-e-siąta przeprowadzka, ekhem, ekhem – udałam, że się zakrztusiłam.

Rany boskie, dziesiąty raz bym się przeprowadzała! Powinnam zostać Tuaregiem.

– Który?! – wrzasnął tata.

– Dziesiąty, nie słyszałeś – burknęła mama Iza.

– Ja tylko aktorsko wyrażam swoje zdumienie, nie jestem głuchy. Jak można przeprowadzać się dziesięć razy w ciągu trzynastu lat?!

– Oj, dajże jej spokój. Agusiu, słuchaj dziecko, a jak ty to sobie zorganizujesz, przecież to cholernie ciężka robota, masz meble, książki... to czwarte piętro mordercze bez windy...

– Wynajmę firmę.

– A skąd weźmiesz pieniądze? Na pewno nie chcesz poczekać, aż sprzedacie mieszkanie? Iza, ty mi nie pukaj po głowie, bo jeszcze ją ten palant wycycka jak kurzą kostkę...

– Mam odłożone – skłamałam. – Tato, przecież wiesz, że moje siedzenie z nim w Gdyni niczego nie zmieni... byłam całe lata na miejscu, a i tak mnie przerobił na pasztet... szkoda czasu poza tym, bo i tak tu nie zostanę. Muszę poszukać w Krakowie pracy i mieszkania przed jesienią.

– Na pewno nie chcesz przezimować z nami?

– Dzięki, ale muszę być dzielna i niezależna.

– Dobra, to przyślemy ci trochę grosza. Daj numer konta.

Przejrzeli mnie, oczywiście.

– No, dobrze, ale na pożyczkę – westchnęłam ambitnie.

– Przestań się wygłupiać, bierz i już. Dawaj ten numer.

To dałam.

Kiedy po drugiej stronie Atlantyku zrobiła się godzina wystarczająco cywilizowana na poranną kawę, zadzwoniłam do Ameryki.

Amerykę zatchnęło z sensacji, zdziwienia i radości, a kiedy jej przeszło, westchnęła z troską:

– A nie boisz się, że ciebie też będzie zdradzał? – Mańka, Klementyna i Alinka.

– Nie boję się – odpowiedziałam trzy razy na to samo pytanie, za każdym razem trochę mniej pewna, czy nie będzie.

Nie to, że nie ufałam Ksaweremu. Wierzyłam, że naprawdę się zmienił. Widziałam to gołym okiem. Nie mógłby – chyba – tak doskonale udawać Robaka, gdyby wciąż w środku był Soplicą. Problem polegał na tym, że byłam przekonana, że każda pierwsza lepsza panna jest ode mnie lepsza, bo jest inna. Ładniejsza, brzydsza, starsza, młodsza, blondyna, czarna, ruda, z balejażem, czy z trwałą, baletnica, matematyczka, lekarka, dowcipna, poważna, elokwentna czy tajemniczo milcząca – nosiłam w sobie przeświadczenie, że każda z nich była bardziej atrakcyjna dla mojego aktualnego mężczyzny niż ja.

A kto wie, kto wie, rozkręcała się coraz bardziej moja paranoja, czy dla takiego pogromcy jak Ksawery, który głuszył panny bez opamiętania, któraś z nich naprawdę nie okaże się atrakcyjniejsza? Pomimo deklarowanej miłości do mnie i zapewnień, że pomimo libertyńskiego trybu życia, kochał w życiu tylko trzy kobiety? I dlaczego jeszcze do mnie nie zadzwonił, tylko bawił się mną, tak, że usychałam z niepewności, każąc mi trwać o suchym pysku bez choćby jednego esemesa porannego?

Zadzwoniłam do Mary. W obliczu narastającego kryzysu emocjonalnego i sceptycyzmu otoczenia, poczułam natychmiastową potrzebę fachowego wsparcia duchowego. Ale włączyła się tylko automatyczna poczta głosowa. Boże, Boże, Boże! Niech mi ktoś powie, że wszystko będzie dobrze!

Zbiegłam błyskawicznie na dół, przeskakując na schodach po kilka stopni, i bez tchu wpadłam do kiosku „Kolportera".

Złapałam „Wróżkę", „Twój Styl" i „Elle".

Zaczęłam gorączkowo przerzucać kartki w poszukiwaniu swojego horoskopu. Wreszcie dowiem się od prawdziwych profesjonalistów, o co w tym wszystkim chodzi. „Wróżka" poświęciła mi, czyli Pannie (z trzeciej dekady, ascendent w Byku), aż dwie rozkładane strony. W kwestii pracy – świetnie! Merkury w koniunkcji z Uranem sugerował, że ludzie zajmujący się nauką (czy nauką języka też?) i handlem mogą liczyć na sukcesy zawodowe, a jeśli urodziłam się w trzeciej dekadzie, to Merkury w półsekstylu (co to jest sekstyl, styl seksu?) z Neptunem obdarzy mnie fantazją i sprawi, że z optymizmem spojrzę w przyszłość. W kwestii uczuć natomiast czekały mnie „miłe przeżycia i nieoczekiwane doznania". No, proszę! Wiedziałam, że mnie kocha! Natychmiast z optymizmem spojrzałam w przyszłość.

To jeszcze Ksawerowy Strzelec, dla porządku. „Jeśli jesteś samotny, pierwszy wyjdź z inicjatywą. Planety obiecują swoją przychylność". Przecież już wyszedł! Co ma jeszcze wychodzić?! A jak będzie tak ciągle wychodził z tą inicjatywą do różnych Panien, Byków, Branów, Ryb... i nie daj Panie Boże, Bliźniaczek, to co będzie? Przecież już okazałam mu przychylność... a może okazałam za mało? Albo za dużo, za szybko jednak, i przestał mnie szanować? Eee, to po co wyznawałby miłość, skoro w życiu, jak twierdzi, wyznał wszystkiego trzy razy? A może uznał, że jak już wyznał, to już nic nie musi? Zadzwonić nawet nigdy?

„Twój Styl". No, w sprawach zawodowych świetnie. Merkury w koniunkcji z Uranem sprzyjają pracy intelektualnej. Mogę nawet wygrać na loterii większą sumę pieniędzy. Neptun dodaje mi skrzydeł twórczych, a Wenus obdarza seksapilem, że aż strach. Płci przeciwnej miękną kolana. To dla mnie cudowny okres, a w łóżku będę taką przyczajoną tygrysicą, że mój partner oniemieje. To chyba już się stało, bo nie odezwał się od wczoraj.

Skorpion... Strzelec... o, proszę... „wakacje sprzyjają zawieraniu znajomości, niekoniecznie przelotnych... uważaj, możesz spotkać tę jedyną/jedynego, ale wielka miłość może ci przemknąć koło nosa, jeśli nie wykażesz się większą tolerancją dla wad i słabostek innych". Jakich słabostek, jakich wad, ja się pytam?! Co mu się znowu we mnie nie podoba?! Najpierw mówi że kocha, a potem milczy, bo wadę wypatrzył, i zmienił zdanie?!

Telefon. Esemes. Od Mary.

Sorki, Pisiu, komórka off, konferencja do nocy:-(. Zadzwonię jakoś ASAP. Xx.

Ha, no cóż, selawi. Ale i tak poczułam się dziwnie lepiej. Tak jakby z samego esemesa Mary zapromieniował czysty zdrowy rozsądek i kazał przełączyć się z histerycznego serialu pod tytułem „Przekleństwa miłości" na „Fakty". Może też pracuje do nocy Ksawery, jak Mary. To przecież właściwie dosyć prawdopodobne. Poza tym, jaka noc. Nie było jeszcze nawet czwartej. Może jak pójdę do kina, to zadzwoni. Jak się siedzi przy telefonie, i czeka, jak pies na spacer, to nie dzwoni nigdy. *A watched pot never boils.* Jasne jak słońce. No, tak, ale przecież ja z tym telefonem do kina pójdę. I bardzo dobrze się składa, bo muszę koniecznie wyłączyć dzwonek, tak każe savoir-vivre kinowy, więc to nie będzie tak, że nie odebrałam z zemsty specjalnie, tylko jakby siła wyższa. Niezależna. Wtedy na sto procent zadzwoni. A ja będę niedostępna poczta głosowa, esemes głuchy. I on mnie będzie z tej niedostępności mojej pragnął jeszcze bardziej. Tak zrobię. I oddzwonię mu w nocy, jak gdyby nigdy nic, że niby taka jestem zajęta i rozrywana, w kinie byłam. Na „Władcy pierścieni", o. Jeszcze zobaczy. I rulonem wykonanym z „Wróżki", „Twojego Stylu" i niedoczytanego „Elle" walnęłam z całej siły w ścianę bramy prowadzącej na moje podwórko.

– Ej! Ludzi nie poznajesz?! – wrzasnęło coś w okolicy moich kolan.

Wyrwana z pasywno-agresywnych rojeń, nieprzytomnie spojrzałam w dół.

Na bruku, u moich stóp obutych w pomarańczowe japonki, nad rozbebeszoną brezentową torebką kucała opalona, postrzępiona blondyna.

– Iiii... Ewka!

– Ty wariatko ślepa!

Zapiszczałyśmy, jak na amerykańskim filmie o nastolatkach, i padłyśmy sobie w ramiona.

– Co tu robisz? To znaczy, pewnie wróciliście, ale co robisz w kucki w mojej bramie?

– Nie to, co myślisz, pipko wołowa! – Klepnęła mnie otwartą dłonią w potylicę. – Wróciliśmy w sobotę w nocy. Dobrze wyglądasz.

Przysunęła głowę do mojego ucha, pociągnęła nosem i powiedziała półgłosem: – Uuu, seksik był... – Cofnęła się i zmierzyła mnie profesjonalnie. – Od razu widać. Z kim? Tylko nie mów, że z nim? – Kiwnęła głową w stronę mojego balkonu i przewróciła niebieskimi oczami, wywalając język.

– Był. – Spłonęłam jak dziewica. – Nie, no co ty, nie z nim, błe. Opowiem ci zaraz wszystko, chodź na górę. Ale ty, królewno, też dobrze... wyjątkowo. Seksik był z tym samym, co zawsze, mam nadzieję.

– Od dwóch dni nie mogę się do ciebie dodzwonić! Cały czas zajęte! Myślałam, że wyjechałaś, ale zadzwoniłam do Fast Lane, i powiedzieli mi, że jesteś, normalnie. Właśnie grzebałam w torebce, żeby zostawić ci kartkę, tylko oczywiście nie mam nic do pisania. Pięć długopisów i żaden nie działa.

– Pożyczyć ci? – zaproponowałam niewinnie.

– Idiotka. Dawaj pyska jeszcze. Aguś... – zaśmiała się – nigdy cię takiej nie widziałam... z żarówką w środku! Co się dzieje? Zaraz mi wszystko opowiadaj! A w ogóle to jestem słomiana wdowa do jutra, Adaś na działce z bratem fundamenty kopie...

– Sprzedaliście w końcu mieszkanie? Fantastycznie!

– Wyobraź sobie, mama sprzedała, jak byliśmy w rejsie! I mamy kasę na dom, no, część kasy w każdym razie, reszta oczywiście w kredytach. Ale wysokie te twoje schody, zapomniałam... Uch... trochę mi siadła kondycja na tej wodzie...

– Ewka, Ewka... Wszystko okej? Zbladłaś strasznie. Słabo ci? Jezu, nie mdlej mi tu... poczekaj, usiądź, zaraz... Słonko... jeszcze tylko jedno piętro...

– Już, już, dobrze... dam radę... już przechodzi... powolutku... Masz w domu sok pomidorowy?

– Sok pomidorowy? Nie, no skąd. Kupuję tylko do Krwawej Mary... Ewka?

– No pewnie, że tak! – Oparła się o ścianę i roześmiała się prześlicznie. – A co myślałaś? Że umieram? Piąty tydzień już!

– Jezu. – Zapiekło mnie pod powiekami. – Ty wariatko nieodpowiedzialna! Tak się cieszę!

– Ała, nie ściskaj tak, bo mnie mdli. Tylko sok pomidorowy. Nic innego nie pomaga.

– Zaraz skoczę do sklepu.

– Dzięki. I paluszki, kup mi paluszki. Z makiem, nie z solą. Będziesz matką chrzestną? Amerykanka jesteś, to dziecko się obłowi.

– Komputer na chrzciny, porsche na komunię, potem Harvard albo Yale.

– Właśnie. Ale Stanford, Kalifornia. Eryk nie wróci?

– Nie wiem. I w rejs tak pojechałaś?

– Nie wiedziałam. Mieliśmy nadzieję, ale nie byłam pewna. Wiesz, że test ciążowy kupowałam w Norwegii, a robiłam na łódce w fiordzie? Czad, mówię ci, coś niesamowitego.

– A nie było ci niedobrze?

– Co ty, dziecko żeglarzy nie zrobiłoby tego matce. Zresztą, jeszcze troszkę za wcześnie. Podobno naprawdę porządnie targa w drugim i trzecim miesiącu. O... psiakrew... łazienka... Sorry...

Kiedy wyszła, chwiejna, bladosina, i z zaczerwienionymi oczami, kazałam jej się położyć na moim wielkim łóżku, i grzecznie czekać, aż wrócę.

– O matko, jaka jestem głodna! – jęknęła.

– Przecież dopiero co wymiotowałaś?

– No i dlatego jestem głodna! Kup mi coś, dobra, do tych paluszków, cokolwiek. Byle nie rybę i nie pizzę. I coś zielonego.

– Nie pizzę? Przecież ty nie możesz żyć bez pizzy? Co zielonego?

– Dolary. Nie wiem, jabłka?

– Dobra, to kładź się. Jak się nie zabiję po drodze z wrażenia, to zaraz wrócę.

Kupiłam dwa kurczaki z rożna (na wszelki wpadek), ogórki małosolne pyszne w ulubionym warzywniaku na Starowiejskiej, dwie bagietki prosto z pieca, truskawki, jabłka i trzy czekolady z nadzieniem pomarańczowym. Oraz, rzecz jasna, paluszki i sok pomidorowy.

A Ksawery jak nie dzwonił, tak nie dzwonił.

– Słuchaj – Ewka oblizała palce i zgarnęła kurze kosteczki w kopczyk na talerzu – hmm, pyszne było... tylko nie wygadaj się przed Adamem, dobra?

– Nie wie, biedak?

– Jeszcze nie. Chociaż może się domyślać, bo nie umiałam uzasadnić, dlaczego płakałam na reklamie serka Hochland. No, wiesz, tej z dzieciakami, które dzielą się kanapkami na ławce...

– Dlaczego mu nie powiedziałaś? Wścieknie się, jak się dowie, że zataiłaś – postraszyłam.

– A, bo zaraz by się zaczął nade mną trząść, i nie pojechałby na żadną budowę, tylko nasłałby na mnie mamę. A ja muszę być samodzielna i...

– ...no chyba Pan Bóg cię całkiem opuścił! – nie wytrzymałam. – Rzygasz, masz zawroty głowy...

– Ale tylko takie malutkie....

– Nie byłaś pewnie nawet jeszcze u lekarza....

– No, nie. Ale idę w tym tygodniu. Wtedy powiem Adamkowi. – Spuściła głowę.

– Nie chcesz iść z nim?

Podejrzanie długo bawiła się paskiem od torebki. Wreszcie wzruszyła z zamyśleniem ramionami.

– Chyba nie. Wiesz – podniosła wzrok – to pierwsze spotkanie chyba chcę odbyć tête-à-tête... tak czuję, mam taką potrzebę. I już.

– No, jak tam uważasz – zmartwiłam się.

Przecież nie będę jej edukować na temat szczerości w związku, w dodatku takim, który zawsze uważałam za idealny. Ona sama wie najlepiej.

Opowiedziałam Ewce o przewrocie miłosnym w swoim życiu. Słuchała, chrupała paluszki, ogóreczki, jabłka i czekoladę, przepijając raz po raz sokiem pomidorowym.

– Strasznie się cieszę. – Beknęła wdzięcznie i zabrała się do następnej paczki paluszków. – I... sobie usiądę w fotelu, okej. A ty się nie bój nic. Na moje oko rozwódki doświadczone, to mi wygląda na sprawę do śmierci.

– A te panny...? – zmarszczyłam się.

– E – prychnęła pogardliwie i wyłożyła nogi w adidasach na mój czerwony stolik.

– Co „e"? – zbuntowałam się.

– No, „e", bo w tym wieku człowiek nie robi już takich rzeczy beznadziejnie głupich, po takich przejściach. Wie, co stracił, i co znowu może stracić.

– Ale...

– Co „ale". Mówiłaś, że jest wybredny i mało której, z tego miliona, co zgłuszył, powiedział, że kocha. No, to jak już ci powiedział, to weźże się ciesz, a nie wymyślaj problemy. Naprawdę, Aga, mnie to się czasem wydaje, że ty po prostu lubisz być nieszczęśliwa.

– Wcale nie – obraziłam się.

– Pliz. Jesteś urodzona masochistka – po co siedziałaś tyle z tym Erykiem, i po co – pytanie podstawowe za sto złotych – z własnej woli do niego wróciłaś? No?

– Bo go kochałam, chciałam się przekonać, że się zmienił. Przecież wiesz!

– Wróciłaś, bo uwielbiasz być nieszczęśliwa! – wykrzyknęła Ewka triumfalnie.

– Ewka – wściekłam się – wiem, że jesteś przesterowana, i hormony ci biją na mózg, ale daruj sobie tę domorosłą psychologię.

– Kochana, mam drugi fakultet, a właściwie pierwszy, z psychologii, he, he. Nie bocz się. Każdy ma jakieś natręctwa.

– Jak widać. Na przykład ciężarną matkę rodzaju, Ewę!

– He, he, matka rodzaju. Uwielbiam, jak się wściekasz, jesteś wtedy bardzo kreatywna. Zrób mi lepiej kawy, tylko słabej. Aguś, ty uwielbiasz być nieszczęśliwa, bo to jest jedyny stan, jaki znasz. W związkach z mężczyznami, oczywiście. Bo z kobietami masz... przyzwoicie. Nie bij ciężarnej. Matki rodzaju. Nieprawdaż? – Rozłożyła triumfalnie rączki. – Z pierwszym mężem było źle, bo nie umiałaś w porę uciec... nie chciałaś go ranić, zdaje się, i bałaś się, że nikt nigdy cię już nie zechce... czy jakieś brednie w tym rodzaju, z tego, co pamiętam. Zgadza się?

– No – bąknęłam znad czajnika.

Brednie. Su-ka!

– Eryk przekręcił cię przez wyżymaczkę, a ty do niego wróciłaś, bo go niby kochałaś. Nieprawda. Bałaś się szukać nowego związku, i wolałaś wrócić do starego, dobrze znanego piekła. Bo ty, dziecino, nie wiesz, jak być szczęśliwa. Uwielbiasz się zadręczać. Sama sobie kręcisz nieustannie sznury na tę swoją chudą szyję.

– Wypraszam sobie. Ksawery nie dzwonił przez cały dzień, a przedtem nie mogliśmy przestać ze sobą rozmawiać. To nie jest jakiś sznur wyimaginowany, to jest fakt!

– Ale fakty miewają racjonalne uzasadnienia. Jezu, nie mogę uwierzyć, że coś takiego powiedziałam. – Przewróciła oczami. – I jakie „przedtem"? Wczoraj? Aga.

– Co chcesz, podła.

Zamieszałam wściekle kawę.

– Daj sobie luz. Przestań roztrząsać.

– No, ale skąd mogę mieć pewność, że nie spotyka się z jakąś dawną flamą?

– Nie masz. Musisz mu zaufać.

– No, super, wielkie dzięki – prychnęłam.

– Nie ma innego wyjścia. – Spojrzała mi serio w oczy. – Bo się zakatujesz, paranoiczko jedna. I jego też. Zabijesz tę miłość w embrionie... przepraszam, Zosiu, mamusia uczy przygłupią ciocię życia. – Pogłaskała się po brzuchu. – Komórka ci dzwoni. Chyba. – Wpatrzyła się intensywnie w aparat, który leżał na stole obok jej lewej stopy. – Bo mruga, ale nie brzęczy...

Złapałam telefon.

– ...Zosiu?! Yyy, Ksawery?

– Agusia? – zapytał z niepokojem. – Czy ty mnie jeszcze kochasz?!

– A ty mnie? A dlaczego?

– Nie odezwałaś się do mnie wcale od rana... myślałem, że może się przestraszyłaś... mojego entuzjazmu...

Ewka patrzyła na mnie z politowaniem, pukając się rytmicznie w czółko.

– To ty się nie odezwałeś... ja... cały dzień czekałam...

– Wysłałem ci esemesa, ale nie odpisałaś... a potem miałaś cały czas zajęty telefon... a potem ja musiałem iść do roboty... a ty nic, i nic, i milczysz, babo. A ja cię kocham, i tęsknię niemożliwie, nie wiem w dodatku, dlaczego.

O paranoiczko-sklerotyczko pasywno-agresywna.

– Nie odpisałam ci, bo... tak intensywnie o tobie myślałam, i rozmawiałam, że... o tobie... zapomniałam.

Roześmiał się. Uff.

– A z kim rozmawiałaś?

– A z Ameryką, z rodzicami... Teraz rozmawiam z Ewką-żeglarką.

– I co rodzice?

– Boją się, czy znowu się w coś nie pakuję.

– A ty? Boisz się? Że się wpakujesz?

– Już... chyba coraz mniej.

– To zadzwonię jeszcze później... bo masz gościa.

– Poczekaj chwilkę. Ewka, mogę?

Kiwnęła wspaniałomyślnie głową.

– Ewka jest w ciąży. I strasznie się wymądrza, ale jej przebaczyłam.

Ewka pokazała na Cielęcinie, jak mnie za chwilę udusi.

– To gratulacje. Bawcie się grzecznie, dziewczynki.

– No i co, pipko wołowa, paranojo?! – Doskoczyła do mnie, po czym raptownie stanęła, zwiędła i zbladła. – Yyyy... przepuść mnie...

Odskoczyłam na bok.

– Zosia? Skąd wiesz, że Zosia? – zawołałam przez drzwi.

– Nie wiem, ale chcę! O Jezu....!

– Potrzymać ci główkę?

W odpowiedzi usłyszałam szum spuszczanej wody.

– Długo tak będzie? – zatroskałam się, kiedy ponownie wychynęła z łazienki.

Bo słyszałam różne rzeczy. Jedna z moich znajomych wymiotowała równiutko do rozwiązania, na przykład. Ale tego Ewce nie powiedziałam.

Niemo wzruszyła ramionami. Wyglądała jak swój własny denat.

– A bo ja wiem. Nie zdążyłam się jeszcze wyedukować. Mama mówi, że jej przeszło po trzecim miesiącu, jak w książce. Mam nadzieję, że też jestem średnia statystyczna.

Klapnęła na fotel.

– O, rany. Teraz mnie znowu mdli. Ale nie do rzygania. Tak na paluszki...

Rzuciłam jej napoczętą paczkę.

– Jak tak masz, to nie wydaje mi się, żeby udało ci się cokolwiek ukryć przed Adamem – zasiałam ziarno zwątpienia.

– Udawało się, do dziś – zachrupała. – Wczoraj minęło dokładnie pięć tygodni... Jezu, czuję się tak, jakbym przez te wszystkie turbulencje robiła Zośce jakąś krzywdę... co zjem, to ląduje w kiblu. Szkoda na mnie jedzenia.

– Nie bredź – przywołałam ją do rozsądku, bo zdaje się mówiła serio.

Hormony nieodgadniona rzecz.

– Powiedz Adamowi.

– Pewnie jednak powiem, jakoś... – pokiwała głową – potrzebuję chyba silnego ramienia, wiesz... i owłosionej klaty, żeby na niej zlec, kiedy mi niedobrze – westchnęła z rezygnacją. – A miało być tak pięknie, jak w amerykańskim filmie. Miałam do końca chodzić do pracy, i na aerobik, i potrząsać wymodelowaną fryzurą, i uśmiechać się błogo do świata, cała rumiana. A tu proszę, porażka na starcie. Nawet nie mogę sobie sama buta włożyć, bo mi się refluks robi... Zaczynam się martwić, jak sobie poradzę w pracy od września. – Uśmiechnęła się.

– Może, jak jesteś statystyczna, to ci do tego czasu przejdzie.

– Mama mówiła, że w drugim trymestrze czuła się fantastycznie. Miała tyle energii, że nikt nie mógł za nią nadążyć. Pracowała, gotowała, sprzątała, piekła jakieś ciasta eksperymentalne. Mnie, póki co, bez przerwy chce się spać. I nie mam na nic siły. Tylko biust mi się zrobił. Chyba sobie już pójdę, muszę się zdrzemnąć. I ugotować obiad dla Adaśka.

– Co będziesz gotowała, jak cię mdli. Kup mu kurczaka z rożna, najlepsze są pod dworcem. I ogórki. I tak, jak się dowie, nie będzie miał głowy do jedzenia. Odprowadzę cię.

– Fajnie.

Szłyśmy sobie kroczek za kroczkiem, wolniutko. Ewce zrobił się tymczasem smak na pączka, więc zamiast iść prosto jak strzelił Starowiejską do dworca, skręciłyśmy w górę Świętojańskiej, żeby zahaczyć o „Pączusia" na rogu 10 Lutego, po czym błyskawicznie musiałyśmy go szerokim łukiem ominąć, bo Ewkę zemdliło od zapachu smażonego oleju.

– Chodźmy do „Batorego", mam ochotę na szarlotkę z lodami w „Marioli" – wyznała.

– Okej, ze mną jak z dzieckiem.

Zjadłyśmy gigantyczne porcje szarlotki na ciepło, z bitą śmietaną, cynamonem, lodami i sosem toffi.

– Muszę przestać się z tobą prowadzać, bo bez przerwy jem. Wszyscy pomyślą, że to ja jestem w ciąży. Ty się bulimicznie wypróżnisz, a mnie zostanie opona. – Oblizałam się.

– A propos prowadzania się. Chyba powinnyśmy już iść – powiedziała Ewka półgłosem, i kiwnęła głową w kierunku lady.

Spojrzałam.

Przy barze – właściwie wcale mnie to nie zaskoczyło – stał Eryk, obejmując za szyję drobną blondynkę z dużymi zębami, ubraną w płócienne beżowe ogrodniczki. Proszę, proszę. A więc przyjechała narzeczona w odwiedziny. Eryk uwielbiał dziewczyny w ogrodniczkach. Kiedyś sama dostałam od niego parę na Gwiazdkę. Bladozielony sztruks. Nie nosiłam ich zbyt często, bo były za krótkie.

Eryk zapłacił, podniósł z blatu dwie filiżanki z kawą, i ruszył w naszą stronę. Zwalniałyśmy stolik. Wszystkie pozostałe były zajęte.

Andżelika szła tuż za nim, niosąc dwa pucharki z lodami.

Podobno, jak coś ma się wydarzyć, to się wydarzy. I już.

Tym razem nie wydarzyło się nic.

Eryk spokojnie zatrzymał się metr od naszego stolika, spojrzał na Ewkę. Spojrzał na mnie. Nie drgnął mu ani jeden mięsień w opalonej twarzy. Postawił obie kawy na stole, odsunął krzesło dla Andżeliki, która pokazała w uśmiechu zęby i usiadła. Na to Eryk odwrócił się tyłem, i także usiadł, plecami do nas i do całego świata.

W milczeniu i osłupieniu wyszłyśmy z „Batorego". Milcząc i nadal trwając w osłupieniu, doszłyśmy do skrzyżowania Władysława IV z Armii Krajowej. Ciągle nie odzywając się, ruszyłyśmy dość dziarskim, jak na nasz stan, marszem w górę Władysława IV. Przy „Lewiatanie" nie wytrzymałam.

– Ale buc. Niedobrze mi. – Czułam ściskanie w żołądku, pulsowały mi skronie.

A poza tym w całym ciele paraliż. Że też jeszcze mógł mi to robić. Nóż w płuca, przekręcany powolutku.

– No. Mnie też – bąknęła Ewka. – Jakbym nie widziała, tobym nie uwierzyła. Jakby cię w ogóle nie znał, co za porażka, nie facet – rozkręciła się. – Coś podobnego.

– Ale – zastanowiłam się – jak właściwie miał się zachować? Co nakazuje savoir-vivre w takich okolicznościach? – zaśmiałam się histerycznie.

To wszystko było absurdalne. Tylko Eryk mógł wpakować się w taką sytuację, i nic sobie z niej nie robić.

– Nic nie nakazuje, bo savoir-vivre takich sytuacji nie przewiduje. Ludzie kulturalni takich rzeczy nie robią. Przedstawić was sobie raczej nie mógł. Ale mógł powiedzieć „cześć", i wyjaśnić jej wszystko potem.

– Eryk jest, jak wiesz, na bakier z wyjaśnianiem. A poza tym nie wiem, czy mnie by przeszło „cześć" przez gardło.

– A gdyby to Eryk spotkał cię z Ksawerym za rączkę? To statystycznie całkiem możliwe.

– Nie wiem, co bym zrobiła. Ale wiem, że na nim nie zrobiłoby to w ogóle wrażenia. – Chyba mimo wszystko powiedziałabym mu „cześć". Umarłabym w środku, ale bym powiedziała.

– I jak ciebie znam, jeszcze czułabyś wyrzuty sumienia, że go zdradzasz. – Łypnęła spod grzywki. – O, Boże. Dlaczego zawsze najpierw kochamy niewłaściwych ludzi? W każdym razie, jest jeden plus tej całej „Marioli". On też dziś chyba zrozumiał, że nie powinno cię tu być. I na pewno będzie chciał, żebyście jak najszybciej sprzedali mieszkanie, bo tylko wtedy przestaniesz go nachodzić w cukierniach.

– O cholera – przypomniało mi się nagle. – Kurczaki!

Zatrzymałyśmy się.

– Przez Eryka zeszłyśmy na manowce. Zamiast do dworca, idziemy prosto do mnie. I ojciec Zośki umrze mi z głodu oraz się ze mną rozwiedzie.

– Odwrót – zarządziłam. – „Lewiatan". Tam też mają dobre.

Po zakupach (kurczaki, dwa kartony soku pomidorowego, sześć paczek paluszków) odstawiłam Ewkę pod klatkę schodową. Obiecała, że jednak nie będzie się wygłupiać, i powie o Zośce Adaśkowi, a ja obiecałam, że przestanę się zadręczać, że Ksawery mnie nie kocha, jak nie dzwoni punktualnie o umówionej godzinie, oraz że spuszczę Eryka po psychicznej rynnie, i nie będę się katować tym, że nawet po śmierci naszego związku nie umie mnie uszanować.

Zadzwoniłam do Ksawerego.

– Nie uwierzysz, co się stało.

Prawie nie uwierzył.

– Musisz stamtąd uciekać. Wybacz, że uderzę w patos. To takie rozszarpywanie ran na terminalnie chorym, bo jeszcze nie na trupie. Gdyby był trup, to nic byś nie czuła. Pierwsza powiedziałabyś „cześć", gdyż jesteś dobrze wychowaną dziewczynką.

– Nie bardzo. I nigdy nie słyszałam na żywo słowa „gdyż". Ksawery... słuchaj, nie poszedłbyś ze mną na wesele?

– Nasze? – ucieszył się.

– Ha, ha. Jako osoba towarzysząca. Do Hugonotów.

– Chętnie, bardzo, bardzo. A kiedy?

– A 26 lipca.

– Aaa... to nie mogę – zmartwił się. – Bo, wiesz, jadę na koncert Rolling Stonesów do Pragi. Wyjeżdżamy dwudziestego piątego.

– Kto wyjeżdżamy? – zapytałam jak najszybciej się dało, żeby to już mieć za sobą i nie zastanawiać się, czy jestem zaborcza, zazdrosna, i co tam jeszcze.

– Ja i mój przyjaciel z narzeczoną. Mamy bilety już od pół roku, to taki nasz wymarzony kultowy koncert... i czeskie piwo...

– I beherovka... i czeskie dziewczyny... z baardzo długymy nogamy....

– Agusia, nie myśl tak. Nie myśl tak nigdy. Ja ciebie kocham, i sto panien nagich może na mnie leżeć, a ja nic....

– A jak możesz ręczyć za swoje ciało, które przywykło latami do głuszenia setek nagich panien?

– Mogę, bo to nic nowego dla mnie, żadna tam podnieta. Tyś mi podnietą jest na świecie jedyną, na wieki wieków, wiesz? Z nikim nie mógłbym tak rozmawiać. Wiesz przecież, że cały ten seks to naprawdę jest w głowie.

– W twojej pewnie wyłącznie. To pójdę sama.

– Bardzo, naprawdę, żałuję. Chciałbym, ale nie mogę.

– Mam nadzieję, że nigdy więcej tego od ciebie nie usłyszę.

– Bardzo śmieszne, ha, ha. Agu, jestem już w domu. Poczekaj chwilkę, dobrze?

Zaszeleściło, trzasnęło, zabuczało, i nagle... *I'm gonna love you, like nobody's loved you... come rain, or come shine...* Eric Clapton i B. B. King. Jedna z napiękniejszych piosenek o miłości.

W mojej słuchawce. Serce mi stanęło dosłownie.

– Aguś? I co?

– Puścisz jeszcze?

– Puszczę. Ja ciebie też tak samo. W słońce, i w deszcz. A znasz „Czakarerę"? Antonina Krzysztoń.

– Nie.

Owszem, Antoninę Krzysztoń znałam, ale mało dokładnie, na tyle tylko, żeby wiedzieć, że ma najbardziej przejrzysty głos folkowy w kraju.

Ale w Ameryce, a tym bardziej w Gdyni, nie słuchałam jej wcale.

– No, to masz.

Tań-czymy cza-ka-rerę, na to nie ma słów – zagrzechotały marakasy, zabrzęczały tamburyny – *przestań wreszcie tęsknić, zdarzył nam się cud!*

Oż, kurwa. O, psiakrew.

– No i co? – zaindagował.

– Co? – zachrypiłam. – Zno... znowu się popłakałam. Dlaczego ja zawsze płaczę z tobą przez telefon...?

Na całym ciele miałam gęsią skórkę. Ze strachu i ze wzruszenia.

Muszę go zapytać, bo obgryzę sobie wszystkie paznokcie.

– Czy ty nie boisz się takiej... nadmiernej poetyzacji życia? – wyrzucam wreszcie. – Co będzie, jeśli ja nie spełnię twoich oczekiwań? Może nie mam takiego usposobienia zalotnicy niebieskiej, żeby tylko jeść stokrotki i patrzeć sobie w oczy? Boję się. Ja to jednak optuję mocno za prozą życia. Boczek z musztardą, pranie...

– Statystycznie ten etap ostrego stanu ze stokrotkami trwa około trzech miesięcy. Wybacz, ale my musimy przerobić go – tu odwołam się do nieobcej ci nomenklatury szkół językowych – jako kurs intensywny, więc... bo zaraz przejdziemy do tej twojej prozy, jak się do mnie przeprowadzisz, prawda?

– ?!

– No, to przecież tylko kwestia czasu. Przecież będziemy razem. Nie przeprowadzisz się chyba do osobnego mieszkania? – Zawiesił głos.

– Ja... Ksawery... ale my się pozabijamy. Ja mam różne złe wibracje jeszcze. Ty pewnie też. Jesteś choleryk i perfekcjonista...

– ?!

– Nie dław się. To... to jest wielka pokusa, ale ja muszę stanąć najpierw na własnych nogach... a nie tak od razu... zamienić jedno życie na inne.

– Ja tam nie mam żadnych wibracji. Ty się jakoś boisz mi bardzo. Dlaczego?

– Nie wiem... może boję się... że sobie mnie wykreowałeś, a potem ta bańka pryśnie...

– No, to pryśnie. Boczek z musztardą. Tobie też na pewno coś pryśnie, bo jestem okropny. Choleryk i perfekcjonista. Szowinista i sadysta. Marksista i leninista. Zatańczmy se lepiej twista, będę wił się niby glista...

– Jezu, przestań, bo z tego to już tylko Henryk Bista, aktor wybitny nieżyjący Teatru Wybrzeże, wystąpił w spektaklu „Z życia glist", o Andersenie Christianie.

– Nie znam. Skąd ty...?

– Mam głowę do trywiów.

– Agusia, damy radę. A poza tym, co sobie znów według ciebie wykreowałem. Kocham cię.

– Ale ty jesteś dłużej sam... a ja...

Utknęłam. Jezu, jak mam mu powiedzieć, że inne męskie kosmetyki nagle, inne kapcie, inne slipy, inne ubrania w szafie, inne wszystko, herbata zamiast kawy czarnej z dwoma łyżeczkami cukru, tak z dnia na dzień, po siedmiu latach znienacka, to szok dla organizmu? Jak mu to powiedzieć, żeby nie pomyślał, że go nie kocham?

– Nie bój się. Obiecuję, że będziesz mogła odreagowywać na mnie. Pod warunkiem, że będziemy się kochać i rozmawiać o wszystkim. Słyszysz? Nie bój się...

On naprawdę nie ma pojęcia, jakie to wszystko jest piekielnie skomplikowane. Jest przekonany, że będzie sielanka. Ma wizję związku idealnego.

– A nie będziesz się na mnie obrażał, że nie jestem taka, jak ci się wydawało? – pytam słabym głosem.

– Przecież wiem, jaka jesteś. Piękna, mądra, inteligentna, dowcipna. Pokaleczona przez życie i takich facetów jak ja. Zazdrosna. Trochę. Chcę z tobą spędzić resztę życia, babo.

Oj, biedak. Nie wie, naprawdę nie wie, w co się pakuje.

A może ma rację. Może rzeczywiście jestem taka fantastyczna, a on tolerancyjny i silny, i wszystko będzie cudownie?

I wtedy skrzypią drzwi wejściowe i wchodzi do domu Eryk. Bez Andżeliki.

Za to z siatką zakupów alkoholowych i rozognionym spojrzeniem, które stara się zamaskować, wykonując bardzo wolno wszystkie rutynowe czynności. Zmianę żeglarskich mokasynów na kapcie. Wizytę w łazience. Rozpakowanie zakupów.

Trochę rozdygotana żegnam się z Ksawerym.

Eryk nagle sięga za siebie i wyciąga zza pleców bukiet czerwonych róż.

– Przepraszam – mówi. – A to... może... wypijemy na zgodę... jak za dawnych czasów. – Stawia na stole butelkę żubrówki. – Chciałbym... żebyśmy rozstali się w zgodzie... żebyś nie miała do mnie żalu.

Coś ściska mnie za gardło. Kiedyś, kiedyś, dawno temu w Ameryce, tak załatwialiśmy swoje sprawy. Piliśmy wódkę i rozmawialiśmy całą noc. Potem szliśmy do łóżka. Albo nie.

Ostatni raz piliśmy tak razem gorzką żołądkową, kiedy już wiedzieliśmy, że nie będziemy razem. On był wtedy z Iloną – zdradą numer jeden – a ja właśnie się z tym jakoś pozornie pogodziłam. Upiliśmy się wtedy koncertowo, i w tym pijanym widzie nagle błyskawicznie przebraliśmy się w stroje wyjściowe – Eryk w garnitur, ja w suknię bez pleców – i przetańczyliśmy całą płytę Cesarii Evory. Potem padliśmy jak kawki, każde na swoje łóżko. Wtedy miałam jeszcze nadzieję, że mnie kocha. Że do mnie wróci. Przytulałam się w tańcu, chętnie, miękko przeginałam mu się w ramionach, podsuwałam twarz blisko, blisko, do pocałunku. Nie pocałował mnie wtedy, ale dopiero za parę miesięcy, kiedy do mnie wrócił, żeby – dlaczego dopiero teraz było to dla mnie oczywiste? – urobić mnie na tyle, bym powiedziała, że wyjdę za niego za mąż, i dam mu amerykańskie obywatelstwo.

– Wiesz – mówię nagle bez związku – dowiedziałam się, nieważne od kogo, że w czasie kiedy to niby wróciliśmy do siebie, tamtego lata, przed moim przyjazdem, kiedy ja byłam w Nowym Jorku, a ty tutaj w Gdyni, nadal spotykałeś się z Iloną. Powiedziałeś mi, że odbyłeś z nią ostatnią rozmowę, podczas której obydwoje podobno płakaliście, i już nigdy miałeś się z nią nie spotkać. A byłeś z nią jeszcze przez całe lato. Spędziłeś z nią nawet swoje urodziny.

Przerywa rozpakowywanie siatki, patrzy na mnie, jakbym była psychicznie chora. Nie ma pojęcia, o co mi chodzi. Nagle czuję się jak ostatnia kretynka. Kretynka upokorzona, którą obchodzi jakiś zeszłoroczny śnieg. Ale to jest silniejsze ode mnie. Pragnienie, żeby wreszcie, na koniec zrozumiał, co mi zrobił. Żeby to poczuł do kości. Oczywiście nigdy nie poczuje, idiotko, bo nie potrafi. Nie ma takich komórek z napisem „empatia". Świetnie o tym wiem, a mimo to ciągle, nieustannie próbuję.

– Ty... ty jesteś nienormalna – prycha. – Powinnaś się leczyć. Jakie lato, co ty w ogóle wywlekasz? – zapienia się.

– Nie wiem, nic. Tyle chyba, że dopóki jesteśmy razem pod jednym dachem, ciągle, bez przerwy mnie ranisz. Mimowolnie może, ale tak jest. Wiem, że po tobie wszystko spływa, ale po mnie nie. Mam dość. Bez przerwy wyłażą jakieś nowe brudy. Dzisiaj wylazła Andżelika...

– Sorki, Aga, to był zbieg okoliczności... naprawdę nie chciałem, żebyś...

– Jasne. Powiedziałeś jej, kim były te dwie starsze panie, które oddały wam stolik?

– No, nie, po co.

– Niby racja. Musimy jak najszybciej wzajemnie zniknąć sobie z oczu...

– Wiem, i dlatego...

– ...przyniosłeś wódkę?

– Obiecuję, że nigdy już nie zrobię nic, co mogłoby ci sprawić przykrość – mówi gładko. – I tak prawie nie ma mnie w domu. Teraz nie będzie mnie jeszcze bardziej. Sprzedamy jak najszybciej mieszkanie. Oddam ci pieniądze. *Peace?* – Patrzy mi prosto w oczy, wyciąga rękę.

Tak bym chciała wierzyć, że coś zrozumiał. Ale wiem, wiem, aż za dobrze, że on po prostu, zwyczajnie, chce mieć spokój. Za tę flaszkę chce kupić sobie spokój sumienia.

Wielka, opalona łapa, którą znam tak dobrze, zatrzymuje się na wysokości mojego brzucha. Tyle razy ją trzymałam, mogę potrzymać i teraz. Co mi zależy. Zresztą, i tak nie mam wyjścia.

– *Peace* – mówię. – Przekażmy sobie znak pokoju.

Eryk odbija butelkę, wrzuca po kilka kostek lodu do pękatych szklanek, sprawnie miesza sok jabłkowy z żubrówką.

– „Szarlotka" dla pani, raz – podaje, uśmiecha się jak etatowy barman.

Ze względu na zasady savoir-vivre'u odpowiadam uśmiechem. Wypada dosyć płasko, jakbym miała narysowaną prostą kreskę bez wyrazu zamiast ust. Zapalam papierosa, staję przy otwartym oknie. W jednej ręce papieros, w drugiej drink.

Brakuje mi trzeciej, żebym mogła ją wampowato oprzeć na biodrze.

– A ty dalej palisz – mówi Eryk z żartobliwym wyrzutem.

Niby dlaczego mu się wydaje, że ma prawo czynić mi żartobliwe familiarne wyrzuty. Bo mi obiecał pieniądze?

– Mówiłem to już wiele razy, więc sorki, jeśli będę się powtarzał – świergoli frywolnie – ale bardzo chciałbym, żebyśmy zachowali o sobie dobre wspomnienia.

Podnosi w górę szklankę do toastu.

W górę serca?

– Chyba nie zdajesz sobie sprawy z pewnej istotnej rzeczy. – Staram się nie wpaść w ten sam żartobliwy trel. – Być może ty też się ze mną męczyłeś i było to ponad twoje siły. Ale nie przypominam sobie, żebym zrobiła ci coś naprawdę podłego – mówię spokojnie, patrząc na niego. – A przynajmniej nie z wykalkulowaną premedytacją.

Nie podoba mu się taki ton. Chciałby wieczoru z Cesarią Evorą puszczoną na full, dowcipnej gry słów, wspomnień miłych z Ameryki, a pamiętasz, jak byliśmy na Block Island, jeździliśmy na skuterach i baletowaliśmy w Yellow Kitten, a jak pływaliśmy po Lake George z Mańką i Miśkiem, a jak cię zabrałem do Montauk na Long Island na homary, a jak zawsze chodziliśmy do „Barcelony" w Stamford na tapas, porto i cygara.

Koleżeństwa chce.

– Kochałem cię... – mówi nagle – tak, jak umiałem.

I to, niestety, jest chyba nareszcie prawda.

– Z tego wszystkiego najbardziej mi przykro, że cię ściągnąłem do Polski.

Czekam, aż doda „niepotrzebnie". Ale nie dodaje. Jest mu przykro, że mnie ściągnął do Polski, ale nie jest mu przykro, że mnie zdradzał. Pewnie jak nie było miłości, to nie było też i zdrady.

Biorę butelkę, robię drinki. Zapalam nowego papierosa.

– A mnie nie jest przykro. – Zaciągam się aż po zamek w dżinsach. – Bo teraz już wiem, że nic lepszego nie mogło mnie spotkać. Wyświadczyłeś mi przysługę.

Widzę, jak brwi Eryka unoszą się coraz wyżej i wyżej. Niedługo zderzą mu się z zakolami.

– Gdyby nie ty, na pewno nigdy nie wróciłabym do Polski. I nie spotkałabym znowu Ksawerego.

I powiedziało się samo. Tyle razy wobrażałam sobie tę scenę, wymyślałam, co powiem i jak, jakim tonem, jakimi słowami. Jak się ślicznie, sarkastycznie zemszczę. Jaka będę jadowita czarna mamba bezlitosna, w dodatku w rozkwicie urody od buzujących hormonów, enzymów i całej masy endorfin. Tyle razy przepowiadałam sobie w łazience, w drodze do pociągu, na spacerach, swój wielki niech-mu-w-pięty-pójdzie monolog. Przepowiadałam i udoskonalałam, zastępując imiesłowy prostszymi w zrozumieniu i bardziej sugestywnymi konstrukcjami podrzędnie złożonymi („zdradzający" na: „który zdradza", „zdradziwszy" na: „kiedy zdradziłeś", itp), trenowałam, wiedząc, że otwieram w ten sposób wentyl psychicznego bezpieczeństwa, tak samo, jak jeszcze parę tygodni wcześniej w trakcie bezsennych nocy wyobrażałam sobie, w jaki sposób Eryka zamorduję, żeby go jak najbardziej bolało. Tak naprawdę nigdy nie brałam pod uwagę okoliczności, w jakich miałabym Erykowi o Ksawerym opowiedzieć. To się miało nigdy nie zdarzyć. Ja i Ksawery, uznałam, wyjątkowo bez dyskusji z samą sobą, to zbyt piękne, prawdziwe i czyste. Eryk nie był godzien, by usłyszeć historię naszej miłości nawróconej. No, chyba, żeby mi „Wróżka" jakieś dwa tygodnie temu wywróżyła, że będę dziś z Erykiem piła pożegnalną wódkę („osoba, na której się zawiodłaś, stara się odzyskać twoją przyjaźń") i opowiadała mu o miłości swojego życia („niespodziewane spotkanie towarzyskie przybierze nieoczekiwany obrót").

Jest zdziwiony, ale tylko trochę.

– Ksawery? Tak podejrzewałem. Ostatnio... wyglądasz... chyba jesteś szczęśliwa. Trochę domyślałem się, że to chyba ten Ksawery.

Uśmiecha się.

– Uhm. To właśnie ten Ksawery. Nigdy w życiu tak się nie czułam. Jestem – rumienię się, psiakrew! – zakochana i szczęśliwa.

Śmieję się szeroko. Do Eryka! O pierwszej w nocy!

Ale tak mi dobrze, tak lekko, że mogę mówić i mówić o Ksawerym, bo przez to znowu jest ze mną. Nie mogę przestać.

Eryk słucha i uśmiecha się dziwnie, z zakłopotaniem.

– ...i od tego czasu lewituję metr nad ziemią, i nie mam żadnych wątpliwości, że to jest to...

– Muszę przyznać... – chrząka – że trochę mi... przykro i... dziwnie, hm, tego słuchać, ale cieszę się – mówi w końcu do kieliszka. – Naprawdę się cieszę. Bałem się...

– Że cię jeszcze kocham? Eryk, ja cię nie kocham już chyba od co najmniej trzech lat – mówię swobodnie i beztrosko. – Byłam z tobą, bo nie zdawałam sobie z tego sprawy. I ciągle miałam jakąś bezsensowną nadzieję, bo ty ciągle wysyłałeś zmienne sygnały. I w dodatku uporczywie twierdziłeś, że mnie kochasz.

Uśmiecham się pobłażliwie.

– Bo kochałem. Tak...

– Tak, jak umiałeś. Wiem.

– Wbrew pozorom – podnosi na mnie wzrok – ja bardzo przeżywam to, co się stało... I jest mi przykro tego słuchać, że jesteś zakochana, ale również lżej... wiem, że nie powinno mi być przykro, w obecnej sytuacji... bo jest Andżelika, ale bądź co bądź ty i ja przeżyliśmy razem kawałek życia, i wiele nas łączy... – Marszczy czoło z wysiłkiem.

„W obecnej sytuacji", „bo jest Andżelika". Wszystko samo się porobiło, kiedy siedziałem z założonymi rączkami. Nawet nie mam siły na sarkazm. Chce mi się spać.

– Andżelika jest tą jedyną? – W sumie mało mnie to obchodzi.

– Nie wiem, chciałbym.

– Powiedziałeś jej, że mnie przed nią już zdradzałeś? – Celowo używam formy, która sugeruje mnogość.

Eryk mnie nie poprawia.

– Andżelika poznała Ilonę.

Przez mózg przelatuje mi błyskawica. Wypijam swoją „Szarlotkę" do dna.

– I co ona na to? – mówię wątłym dyszkantem.

– No, jest... trudno. Ale pracujemy nad tym. – Uśmiecha się na siłę.

– To... cóż. Powodzenia. Dobranoc.

Wstaję nieco zbyt gwałtownie, idę do sypialni. Eryk zastępuje mi drogę.

– Daj misiaka.

– Proszę?

– Misia, no, niedźwiedzia....

– Aaa. A po co? – Żarówki wirują mi nad głową.

– Na dobranoc. Na do widzenia.

– Aha.

Nie chcę, nie chcę. Nie mogę.

– Okej.

Obejmujemy się przez chwilę. Nie czuję nic.

Nawet zapachu, chociaż jakiś przecież musi być.

Ale może jestem pijaniutka.

– Nie wspominaj mnie wyłącznie źle – mówi. – *Peace*.

– *Peace*. Dobranoc.

Odrywam się od niego, idę do łazienki, długo biorę prysznic, myję zęby.

Jestem przerażona.

Nie wiedziałam, że ktoś, kogo się kochało ponad wszystko, może stać się tak zupełnie obcy.

*

Śpię ciężko i długo, a kiedy budzę się około dziewiątej, potwornie boli mnie głowa.

I jest mi smutno, jakby umarł mi w Australii daleki krewny, którego nigdy dobrze nie znałam.

*

Gigantyczna kacowa migrena, której się spodziewałam od momentu, kiedy wczoraj zanurzyłam usta w „Szarlotce", okazała się milutką mini-migrenką nie do końca wyklutą, która poszła sobie już po zwykłym panadolu. Podczas ostatniego pobytu w Krakowie natrafiłam na Gołębiej na kawiarnię o nazwie „Migrena", i od razu zrobiło mi się niedobrze. Dlaczego komuś się wydawało, że taka nazwa to dobry i oryginalny chwyt marketingowy, nie mogłam pojąć. Nie wyobrażałam sobie, że kiedykolwiek mogłabym tam pójść na kawę. Niemniej spięłam się w sobie i zajrzałam do wnętrza – było po krakowsku staroświecko-artystowsko-milusińskie, ale mocno wyludnione.

Na samą myśl o „Migrenie" krakowskiej, moja oswojona mini-migrenka posłała mi w lewą skroń kilka ostrzegawczych impulsów. Z rozsądku wypiłam dla zdrowia – kacowa szkoła Eryka – pół litra wody mineralnej, i zaczęłam zastanawiać się, czy to możliwe, że on jeszcze śpi. Drzwi do jego pokoju były zamknięte, co mogło oznaczać, że tak, chociaż niekoniecznie. Może go jednak nie było, tylko drzwi mu się zamknęło przypadkiem. Z reguły wstawał wcześnie, nawet po żeglarskim piciu. A co to za picie było z byłą eks. Butelka żubrówki, w dodatku z rozpuszczalnikiem.

Rany boskie, przecież ja mam za godzinę zajęcia!

Wpadłam na dworzec dokładnie na dwie minuty przed odjazdem kolejki, zziajana, spocona, oblana (odbrobinkę, tylko przy rozporku dżinsów) kawą z automatu, i potykając się o spojrzenia biurowych lasek, asertywnych od rana aż miło, w spiczastych kołnierzach od białych bluzek wyłożonych na klapy marynarek, wskoczyłam do pociągu. Usiadłam i z przyjemnością upiłam łyk kawy. Trzy godziny zajęć. Następne trzy

– przekomarzanki z Hugonotem. Bardzo miły dzień. Ksawery, piknęło mi serce leciutko, dlaczego nie dzwoni?

Zmartwiłam się, ale nie paranoicznie. Nie dlatego, bynajmniej, żebym z dnia na dzień ekspresowo zmądrzała dzięki Ewczynym analizom psychologicznym; nie dlatego, że dałam się złapać (Ha! *As if!*) Ksaweremu na lep B. B. Kinga i Antoniny Krzysztoń oraz jego mowę gładką o stu pannach nagich, których zjednoczonej mocy rażenia nie przetestował przecież empirycznie, więc co mnie tu będzie czarował. Nie. Ten stan wyjątkowej i zupełnie niespotykanej jak na mnie równowagi emocjonalnej zawdzięczałam ołowianej czapie vel kacowemu przymuleniu. Fakt, nie dopadało mnie ono często, bo ze strachu przed migreną wolałam nie pić wcale, ale kiedy już się trafiło – nie mogłam przecież żyć tyle lat jednocześnie bez seksu i bez alkoholu – objawiało się tak, że było mi równiutko wszystko jedno.

Dziś, oczywiście, tak do końca wszystko jedno mi nie było. Euforii miłosnej, w której półprzepuszczalnym woalu różowym błąkałam się od tygodnia po Trójmieście, nie mogła przecież stłumić byle żubrówka. Tęskniłam, oczywiście, że tęskniłam. I bardzo chciałam się podzielić z Ksawerym radością, że jestem wyczyszczona emocjonalnie z Eryka, wyczyszczona nawet z poniżającego incydentu w „Marioli". Napisałam więc:

Ko, gdzieś mi, śpisz czy nie, robisz, czy nie? Kac po wódce pożegnalnej z Erykiem. Jadę robić, a potem przyjedziesz? Całuję.

Nie zdążyłam nawet zanurzyć ponownie ust w kawie, kiedy zadzwonił.

– Agusia? Wszystko w porządku? – Był wyraźnie podenerwowany.

– Cześć, kochanie. A dlaczego miałoby być nie w porządku? – zapytałam prostodusznie.

– Bo... przestraszyłem się. Czy... nic ci przypadkiem nie wróciło?

– Nie, no aż tak to się nie upiłam. To była żubrówka, nie tequila. Lekka migrena, ale sobie poszła... nic wielkiego.

Udaję, że nie wiem, o co chodzi. Ach, jak świetnie się bawię.

– Nie o taki zwrot mi chodziło. Czy ty i Eryk... czy nic się nie wydarzyło?

Ksawery zazdrosny. A nigdy nie bywa zazdrosny. Ksawery zaniepokojony i niepewny. A nie bywa nigdy, gdy chodzi o kobiety. Jak miło. Mmm. *Enjoy, while it lasts.*

– Kotku, czy tobie chodzi o *farewell fuck*? – pytam słodko.

– Jaki fak?

– Pożegnalny. Ostatnie tango w Paryżu.

– No... – burczy. – I co... Było?

Biorę głęboki oddech, żeby się nie roześmiać, ale wiem, jakie to dla tego po drugiej stronie jest ważne.

– Ksawerciu miły, Hawier mi amor. Myśmy się z Erykiem od roku nie dotknęli erotycznie. Po co mielibyśmy robić to teraz, kiedy absolutnie nic nas już nie łączy?

– Bo tak się zdarza – burczy. – Bo znam mnóstwo rozwodników, którzy po ostatniej rozprawie umawiali się na pożegnalnego drinka, puszczały emocje, puszczały napięcia, hamulce, znikała odpowiedzialność emocjonalna, a zostawała sympatia, wspomnienia wspólne i pociąg fizyczny. I lądowali w łóżku – recytuje jednym tchem. – Poza tym alkohol... nie myślałem, że będziesz piła wódkę z Erykiem. Ja nie piję z ludźmi, których nie lubię, albo przynajmniej elementarnie nie szanuję. Wiem, że Ania też... nigdy by ze mną nie piła. To kompletnie niemożliwy scenariusz.

– Ksa, myśmy tak zawsze załatwiali nasze sprawy. Złe i dobre. Taki zwyczaj. To nic nie znaczy. Zresztą, prosił mnie o pokój. Nie w mieszkaniu, tylko bardziej taki jak z ONZ. Obiecał, że odda pieniądze. To była wódka na jego nieczyste sumienie. Niech sobie myśli, że w ten sposób wszystko załatwił. Wszystkim nam będzie łatwiej.

– Na pewno? Nie było jakichś... pocałunków ostatnich?

– Uściskaliśmy się na niedźwiedzia. I aż mnie ciarki przeszły...

– Aguś!

Śmieję się.

– ...bo nic, absolutnie nic nie czułam. A nie myślałam, że to będzie kiedykolwiek możliwe. I tyle. Cię kocham. Gdzie jesteś?

– Ja cię też, pijanico. W Harklowej piję japońską herbatę i jem sushi.

– ???

– Szkolę. Uczę. W pensjonacie „Akiko" prowadzonym przez Japonkę na Podhalu.

– Żartujesz. I pewnie gejsze głuszysz?

– Średnia wieku pięćdziesiąt sześć, dziewięćdziesiąt procent płeć brzydka.

– A te dziesięć procent?

– No, jest taka jedna... Węgierka.

– Ksawery!

– No, jest jedna, ładna, nie powiem.

Wiotczeją mi ręce i nogi.

Węgierka jakaś. Psia jej egri bikawer!

– Agusia? No, co ty? Nie wygłupiaj się!

– A jak się zakochasz?!

– Po co? Mam ciebie! Babo, przecież tak nie można. Zwariujesz, a ja z tobą. Aguś, posłuchaj, musimy coś ustalić.

Milczę, obgryzam paznokcie prawego kciuka.

– Okej? – pyta.

– No.

– Na świecie są piękni ludzie. Tak czy nie?

– No.

– Kobiety i mężczyźni. Większość z nich piękniejsza od nas. Tak czy nie?

– No.

– Jeśli ich widzimy, to mamy nie patrzeć?

– No... patrzeć.

– Ty nie patrzysz na przystojnych facetów?

– Patrzę. Czasem. Ale ich jest mniej niż pięknych kobiet. Co innego w Ameryce. Albo w Szwecji.

– I co, jak patrzysz na takiego Toma Cruise'a, to od razu myślisz, jakby tu mnie zdradzić?

– Ja... nie jestem taka. Tom Cruise to nie mój typ zresztą. Prędzej Sam Shepard. Albo Hugh Grant. A poza tym oni są w telewizorze, a nie w Trójmieście.

– Hugh Grant to też mój typ. Zwłaszcza w „Notting Hill". Ale poważnie Aguś, ja tak nie patrzę na kobiety. Jak na mięcho. Już nie. Rozumiesz? Ciebie kocham. Nie robię nic przeciw tobie.

– Na pewno? – pytam słabo.

– NA PEWNO! I już zaraz przyjadę. KOCHAM CIĘ! Muszę iść, bo zaraz zaczynam zajęcia.

– To pa.

– Pa.

W Sopocie dostałam esemesa.

Kto to jest ten Sam Shepard?

Odpisałam:

Moja wielka miłość. Sprawdź w Internecie:-)

Z pociągu do Fast Lane pomaszerowałam raźnym krokiem, radośnie podśpiewując. Oczyszczająca rozmowa z Ksawerym wygnała ze mnie resztki kaca, ołowiana czapa uniosła się znad otępiałej głowy odsłaniając bladoniebieskie lipcowe niebo, na tle którego pięknie rysował się billboard z reklamą piwa Lech i żółto-czerwone łuki McDonalda. Ze śpiewem na ustach („*I'm gonna love you, like nobody's loved you, come rain, or come shine*") wpadłam do szkoły.

Jak wpadłam, tak zamarłam.

Na miejscu Hugonota w sekretariacie siedział potworny Edzio.

Sądząc po rozbebeszonym opakowaniu po ciasteczkach „Hit" i trzech plastykowych kubkach po kawie, siedział już tak dość długo. Zastanawiałam się, ilu naszych studentów, obecnych lub przyszłych, a prędzej niedoszłych, miało okazję natknąć się na Edzia, i ciarki mi przeszły po grzbiecie. Podeszłam bliżej – nie dało się tego uniknąć – i natychmiast powalił mnie znajomy zapach mokrego wilczura, który nażarł się cebuli.

Skręciłam głowę lekko w bok i uśmiechnęłam się fałszywie na powitanie.

– Witam szefową – wybełkotał Edzio, pokazując w uśmiechu resztki przeżutego ciasteczka. – Siedzę za Hugonota. Kupuje ślubny garnitur. Będzie miał jak znalazł na pogrzeb, he, he.

Zignorowałam kiepski dowcip i przeszłam do meritum.

– A dlaczego nikt nie raczył mnie powiadomić o tym, że zrobiliście sobie zastępstwo? Co to za metody? – Ostentacyjnie przesunęłam kubki i ciasteczka łokciem w stronę Edzia i rozłożyłam podręcznik. – Czy mógłbyś wyrzucić to badziewie do kosza?

– Hugonot mówił, że to tylko parę godzin, nie chciał ci zawracać głowy. Ma być z powrotem o dwunastej. Zresztą, i tak nikogo nie było. Parę telefonów, i tyle. – Wzruszył ramionami. – Podobno i tak odchodzisz – wyszczerzył się – to co się szczypiesz?

Aha. No, proszę. A to ci nowina. Nawet sama o tym nie wiedziałam.

– No, popatrz – powiedziałam serdecznie – a mnie nic o tym nie wiadomo. Skądże to ty, Edziu, masz takie rewelacje?

Hugonot. Zdrajca.

– Podobno się zakochałaś – oblizał się – w jakimś Żydzie z Krakowa?

– Z „Wesela” – wyprostowałam automatycznie.

Moniczka, no jasne, a któż by. Ale jak, skąd?!

– Co? A, no tak, rozumiem. – Uśmiechnął się – A czy on jest... no, wiesz... – Mrugnął porozumiewaczo znad poplamionej koszulki z podobizną odgiętego ekstatycznie do tyłu Boba Marleya – no, wiesz co...

– Co wiem? – Pokręciłam głową z udawanym niezrozumieniem.

Glista ludzka po prostu. A studenci go uwielbiali. Jakim cudem?!

– No, czy jest... prawdziwym Żydem? – Jedną rękę położył na głowie, a drugą zrobił znaczące kółko w okolicy krocza.

– Kto ci powiedział, że odchodzę? – Przerzuciłam kartki podręcznika.

Czytanka numer 10, zaznaczyłam seledynową zakładką.

– No, to chyba jasne. Logika. – Przeciągnął się obleśnie. – Facet jest z Krakowa. Ty jesteś kobietą po miłosnych rozczarowaniach. Nic cię tu nie trzyma, więc się do niego przeprowadzisz – wyrecytował od niechcenia. – Kto będzie za ciebie dyrektorował? Musisz kogoś wyznaczyć, przynajmniej tymczasowo. Dopóki góra kogoś nie narzuci. – Zamrugał rzęsami jak Marilyn Monroe.

Drżącymi rękami pozbierałam z biurka Edziowe śmieci, i z pasją wrzuciłam do kubła.

A więc Edzio chciał dyrektorować.

Spokojnie. Tylko spokojnie. Z wyższością. I z kulturą.

– Nigdzie się nie wybieram. – Zaśmiałam się, miałam nadzieję, beztrosko. – Mecenas Wejman wyciąga pochopne wnioski na podstawie poszlak. – Zmusiłam się, żeby spojrzeć w kierunku jego czarnej koszulki, obsypanej na ramionach kaszką łupieżu.

Zemdliło mnie. Ale trafiłam.

– No, Monika jest niezła dupa. Ale dla mnie za chuda. Kiedyś wyglądała lepiej. Było za co złapać. A na pierwszym roku prawa była ruda – oznajmił bez emocji.

– Studiowałeś prawo? – Świat się wali.

– Przez chwilę. – Uśmiechnął się tęsknie. – Ale szybko zrozumiałem, że w tym kraju nigdy nie będę dzielnym amerykańskim prawnikiem i uciekłem na anglistykę.

Wstał i podszedł do automatu z kawą.

– Chciała ze mną chodzić. Nie mogłem się od niej opędzić. – Wrzucił monety.

– Kto, Monika?!

Rany boskie.

– Ona ma słabość do abnegatów z długimi włosami. – Nacisnął przycisk. – Ale tylko dlatego, że zaraz chce im robić metamorfozę. Kręci ją ten ukryty potencjał.

Od niej też, jak się okazało, Edzio uciekł, po czym Moniczka przerzuciła się na pewnego Artura, „taki gładki ulizaniec, syneczek sędziego N., dostał się na studia przez plecy tatusia".

– Gościu – prychnął Edzio z pogardą – przez całe studia zdał w normalnym terminie chyba tylko niemiecki. Kawy? Mogę ci postawić za złoty dwadzieścia, he, he.

– Eee, tak, chętnie – wybełkotałam w stuporze, odsuwając na bok Edziowe podteksty.

Edzio i Monika! Monika i Edzio!

– Wiesz, że Monika jest kuzynką Oliwki?

– No, pewnie – mlasnął. – Z cukrem?

– Tak. To wy się wszyscy musicie znać kawał czasu. – Zadumałam się.

Co za świat zapętlony.

– I tak, i nie. Oliwka mnie nie trawi, a z Hugonotem trochę się kumplujemy. Poznałem go zresztą dopiero tutaj. Bo ja generalnie jestem poza. Zawsze byłem i jestem poza. Wszystkim. A Monikę spotkałem wczoraj w pociągu do Warszawy. Zwiałem do Warsu, ale mnie znalazła i zagadała na śmierć. Stąd wiem o twoim Żydzie.

Skorzystałam z okazji, że stał do mnie bokiem, skupiając się na automacie do kawy i dokładnie mu się przyjrzałam.

Jaki potencjał? Co ona w nim zobaczyła? Może coś przeoczyłam? Jakie włosy? Może wtedy nie był łysy na czubku. Mogło tak być.

Wyobraziłam sobie, jak Edzio w swoich niegdyś czarnych sztruksach, przetartych w kroku i wypchanych na kolanach, z chlebaczkiem obijającym się o Boba Marleya na brzuchu, ucieka wąskimi korytarzami wagonów PKP przed Moniczką, tym razem przebraną za Audrey Hepburn, z kokiem, szpilkami i trapezoidalną lakierowaną torebką. Wiatr z otwartych na oścież okien rozwiewa mu mysie włosy, na twarzy maluje się wyraz nieugiętej determinacji.

Skurczybyk.

Od razu zgadł, że polecę za Ksawerym, jak tylko gwizdnie.

Pewnie, że będę się opierać ze strachu, ale ostatecznie, nie czarujmy się, przyznałam w duchu uczciwie, polecę. Od początku wiedziałam, że polecę. Ale tu mi kaktus wyrośnie, o, jeśli się Edziowi do tego przyznam.

– Pewnie chcesz dociągnąć do września? – zapytał, podając mi kawę. – Ja bym tak zrobił. Serce nie sługa, co? No, powiedzmy, że serce – zachichotał złośliwie.

Zamyśliłam się.

– Edi.

– Uhm? – mruknął znad swojej czwartej kawy.

– Kiedy mogę przyjść do ciebie na lekcję? Już dawno powinnam, a jeszcze nie byłam. – Edzio, tak samo zresztą jak ja, został zatrudniony jeszcze przez szefa z Warszawy, a nie przeze mnie, jak lektorzy młodsi stażem. Zaczęliśmy pracę równocześnie, i chyba dlatego jakoś nigdy nie przyszło mi do głowy, żeby pójść do niego na hospitację, co było moim obowiązkiem.

– Kiedy tylko chcesz – wzruszył ramionami.

– Dobra, to weź moją grupę teraz, na godzinę, a ja sobie poobserwuję. – Wyjęłam z szafki teczkę z notatkami z hospitacji. – A potem ich dokończę.

Arkusz Edzia był pusty.

Poszłam po następną kawę. A właściwie po brązowy wrzątek, bo to, co wypiłam przed chwilą, kawy raczej nie przypominało. Ale nie chciało mi się parzyć prawdziwej. Tak naprawdę potrzebowałam tylko czegoś, żeby zająć ręce, bo nie mogłam zapalić.

– Pijesz więcej kawy ode mnie – zauważył. – Nigdy cię nie widziałem bez kubka.

A ja ciebie umytego, pomyślałam.

– Sala numer pięć. – Podałam mu dziennik grupy i podręcznik.

Ledwo rzucił na nie okiem i odłożył na biurko.

– Skoczę się tylko odpryskać. Nie idzie zakładać kagańca oświaty z pełnym pęcherzem.

Grupa zachichotała, kiedy zamiast stanąć za pulpitem, zajęłam miejsce na niebieskim krześle. Podpięłam arkusz hospitacyjny Edzia do czerwonej plastikowej podkładki. Wszedł, ogarnął grupę spojrzeniem, uśmiechnął się nawet jakoś mało obleśnie, rozłożył podręcznik na pulpicie. Wyglądał okropnie. Przerośnięty fan alternatywnego rocka powracający z dziesięcioletnim poślizgiem z festiwalu w Jarocinie. Westchnęłam.

Studenci zwykle najpierw zadawali sobie nawzajem pytania z poznanymi wcześniej słówkami, dopiero potem rozpoczynała się lekcja właściwa. Skorzystałam z okazji, żeby w tym czasie wpisać w arkusz Edzia podstawowe dane: grupa, godzina, realizowany materiał, data. Wzięłam czystą kartkę papieru i podzieliłam na „plus", „minus" i „uwagi". To był mój brudnopis, który po hospitacji przepisywałam na czysto do arkusza.

– *I'm great* – usłyszałam nagle.

– *I'm great* – powtórzył posłuszny chórek.

– *I'm fantastic!* – rzucił Edzio nieco głośniej.

– *I'm fantastic!* – podjęła grupa.

– *I'm fabulous!* – wykrzyknął Edzio radośnie.

– *I'm fabulous!* – wrzasnęli roześmiani studenci.

– *I'm absolutely fabulous, yeah!* – Edzio potrząsnął szarymi kosmykami i zastygł w nieśmiertelnej pozie Johna Travolty, z ręką wystrzeloną w sufit.

– *I'm absolutely fabulous, yeah!* – ryknęła grupa.

Edzio wskazał palcem na pierwszego z brzegu studenta.

– *I'm absolutely fabulous, fantastic and great!* – wrzasnął student.

– *Yeah!* – zasekundowała grupa.

Dalej poszło jak lawina. Każdy student powtarzał Edziową afirmację, a grupa ryczała *yeah*!, unosząc w górę ramiona. To było jak... jak... – szukałam w oszołomionej głowie określenia – ...msza gospelsowa u baptystów w Harlemie. Z Edziem w roli elektryzującego, nawiedzonego pastora w transie, i studentami, którzy zmienili się w zahipnotyzowane owieczki. To było fantastyczne. Gdyby nie powaga mojego stanowiska, sama krzyczałabym *„yeah!”* ile sił w płucach.

– Okej, to do roboty, *let's learn some English*! – powiedział spokojnie, kiedy rundka dobiegła końca.

Przez całą lekcję nie zapisałam nic. Edzio mnie zauroczył. Nie mogłam oderwać od niego wzroku. Po angielsku miał głos i akcent jak Jack Nicholson. I tak jakby nawet miał coś z Nicholsona w okolicach czoła. Po początkowej fazie szaleństwa, przez resztę zajęć pozostał niemal kompletnie statyczny, jeśli nie liczyć ręki, którą wskazywał, kto ma opowiadać. Cała energia skupiała się w nim, i od niego wychodziła. Tempo zajęć było jednorodne i niezakłócone, jak tykanie szwajcarskiego zegarka. Można było niemal usłyszeć, jak nowe słownictwo i czas Past Perfect z szelestem wsuwają się do odpowiednich szufladek w mózgach studentów, niczym świeżo wyprasowane powłoczki. To, że sam Edzio w niczym świeżo wyprasowanej powłoczki nie przypominał, ewidentnie nikomu nie przeszkadzało.

Kiedy zajęcia się skończyły i wyszedł na przerwę, odrętwiała wstałam, zamknęłam z trzaskiem szczękę, która od czterdziestu minut pętała mi się w okolicach kostek, pozbierałam swoje puste papiery, i z ciężkim sercem poszłam go poszukać.

Oczywiście stał przy automacie do kawy.

– Edi.

Odwrócił się.

– A, pani dyrektor. I jak? – Uśmiechnął się i podszedł bliżej. Niestety, niestety. Cebula i mokry wilczur. Odsunęłam się.

– Cóż... – Westchnęłam i spojrzałam na niego ponuro.

Zmieszał się?

– To było... – wycedziłam, spuszczając głowę i splatając ręce – *abso-fucken-lutely fabulous*! – dokończyłam, i zaśmiałam się.

Ciasne oczka Edzia podejrzanie zalśniły.

– Nie. Serio? – powiedział z niedowierzaniem.

– Tak. Serio. Idź, poprowadź następną godzinę. Ja po tobie nie mam tam czego szukać. To była najlepsza lekcja, jaką widziałam w życiu. Gratulacje. – Wyciągnęłam rękę.

Edzio uśmiechnął się i podał mi łapę wolną od kawy.

– Dzięki. Wiesz, Aga, myślałem, że ty mnie chyba nie lubisz. Bo mnie to właściwie nikt nie lubi. – Wzruszył ramionami.

– To nie ma nic do rzeczy – zaśmiałam się wymijająco. – Masz talent i charyzmę. Na pewno byłbyś świetnym prawnikiem.

– Ha, tyle to akurat wiem. – Odrzucił głowę do tyłu, i zostawił mnie przy automacie w aurze cebuli, mokrego wilczura i kiepskiej kawy, żeby zagonić studentów do klasy fachowym gestem hodowcy drobiu.

Hugonota nadal nie było. Według tego, co mówił Edzio, powinien wrócić przed pięcioma minutami, ale postanowiłam się go nie czepiać, jak już wreszcie wróci, no bo w końcu, ile razy w życiu kupuje człowiek ślubny garnitur, w dodatku człowiek o tak zaawansowanym stopniu abnegacji jak Hugo. W dodatku w obecności osoby o tak wysublimowanym smaku – w tym chyba najbardziej przypominała Monikę – jak pierwsza policjantka mody, zwłaszcza obuwniczej, inspektor Oliwia.

Westchnęłam i bezradnie spojrzałam na wciąż pusty arkusz hospitacyjny Edzia. Edwarda Miąsko, na miłość boską. Co ja mam tu napisać dla warszawskich szefów. Że zachowuje się na zajęciach jak telewizyjny pastor, tylko bez marynarki w cekiny? Że wprowadza swoich uczniów w trans, w związku z czym następuje gwałtowna akceleracja procesu dydaktycznego? Że uczy w systemie turbo? Jest fizycznie odpychający, ale za to genialny? A, tam. Prześpię się z tym, to może coś wymyślę. Odłożyłam Edzia na półkę do segregatora, i podeszłam do sali numer pięć. Przyłożyłam ucho do drzwi. Zajęcia toczyły się pięknie. Edzio wyrzucał z siebie zdania z prędkością Hanki Bielickiej, uczniowie niewiele wolniej.

Prawdę mówiąc, byłam załamana. Niby w środku wiedziałam, że nie mam powołania pedagogicznego, ale na pewno nie byłam przygotowana na to, że ktoś taki jak Edzio – Edzio! – tak bezlitośnie, od niechcenia obnaży mój brak talentu.

I co ja mam teraz robić. Jak zarabiać na życie ze świadomością, że choćbym nie wiem jak się natężała, Edziowi nie dorównam. No, jak.

Angielski nagle pomieszał mi się z polskim. Coś się działo na klatce schodowej. Zastrzygłam uszami. Hugonot. I ktoś jeszcze?

Odkleiłam się od emaliowanych na biało drzwi klasy i szybko z powrotem wśliznęłam się przed ekran komputera, przybierając wyraz twarzy pełen pracowitego zatroskania.

Dosłownie w tej samej sekundzie otworzyły się drzwi wejściowe i wpadł przez nie Hugonot. Na płask.

– O, kurwa....! – jęknął blado.

– O, widzę, że do twarzy ci w nowym garniturze... – zaczepiłam go tradycyjnie, i oderwałam się od ciężkiej pracy, żeby pomóc kalece.

Podeszłam, i natychmiast się zamknęłam.

Tuż za Hugonotem, który potknął się na progu o swój ślubny garnitur – z tego, co zauważyłam przez folię, w kolorze biała kawa z dużą ilością mleka, zapewne o ton lub dwa ciemniejszym od Oliwczynego ecru – i leżał teraz na nim spocony i upokorzony, stała na korytarzu zziajana i rozczochrana Moniczka-prawniczka.

– Cześć – wysapała na mój widok i spróbowała się uśmiechnąć.

Jej szare oczy były podejrzanie zaczerwienione, co próbowała ukryć, poprawiając swoje markowe okulary.

– Cześć – bąknęłam z uśmiechem i ja, zastanawiając się, co z tego wszystkiego wyniknie.

U stóp Moniczki pełzała – Hugo miał problemy z podniesieniem się ze śliskiej folii – jej obecna nieodwzajemniona miłość. Za drzwiami sali numer pięć szalała jej miłość nieodwzajemniona z przeszłości, dziś we wcieleniu Jacka Nicholsona skrzyżowanego ze Steve'em Martinem w filmie „Cudotwórca".

– Eee.... Monika, przepraszam, ale nie mam więcej czasu – odezwał się z klęczek Hugonot. – Muszę iść do pracyyyy... – Rzucił mi błagalne spojrzenie i z niechęcią wstał do pionu, zasłaniając się garniturem.

Folia z niepozostawiającym wątpliwości napisem „Eldorado" była w strzępach.

– Dawaj – powiesiłam garnitur na wieszaku. – Co ty sobie wyobrażasz, że to jest jakiś stragan z burakami i marchewką, że możesz sobie po prostu zamknąć biznes i pójść na zakupy?! Wiesz, ile było telefonów? Kto to ma odbierać, według ciebie? – zagderałam lodowatym szeptem, kulturalnie pamiętając o Edziu i jego owieczkach.

– No, Jezu, przecież był za mnie Edi. Nic się nie stało. – Wzruszył na pokaz ramionami i mrugnął do mnie dziękczynnie.

Zacisnęłam szczęki i wysyczałam:

– Porozmawiamy później. – Spojrzałam znacząco na Monikę.

– No, Aga, nie wiedziałam, że potrafisz być taka jadowita. Gratuluję – powiedziała przez nos i rozpłakała się.

– Monika... – Hugo zrobił krok w jej stronę, po czym zatrzymał się i bezradnie rozłożył ręce. – Monika...

– Na korytarz mi, ale już. Trwają zajęcia – zarządziłam.

Monika posłusznie odwróciła się na pięcie.

– Ale dlaczego? Dlaczego mi to robisz?! – załkała ze spuszczoną głową, ewidentnie wracając do przerwanego wątku.

Hugonot niepewnie poszedł za nią. I oczywiście zatrzymali się w progu.

– Już ci mówiłem – wyszeptał. – Kocham Oliwkę. Myślałem, że mi przeszło, ale okazało się, że nie – plątał się Hugo. – Nie możemy bez siebie żyć, i dlatego musimy się pobrać.

– Ale dlaczego? Co ona ma takiego? No co? Mówiłeś, że mnie kochasz... – bulgotała – że Oliwka to pedantka i oszołomka... na punkcie tej gumy do żucia i ptaków, pamiętasz, sam mówiłeś, że doprowadza cię do szału... że... że – Zaczęła gwałtownie grzebać w czerwonej lakierowanej torebce, łzy leciały jej łańcuszkiem po niemalowanej twarzy. – Że zabija twoją wolność, że nie możesz żyć z kimś takim...!

Rzuciłam Hugonotowi spojrzenie Gorgony. Skulił się.

– Proszę. Idźcie sobie tam, dzieci. – Podsunęłam Moniczce uprzejmie papierowy ręcznik i wskazałam ręką wykuszowe okno na półpiętrze klatki schodowej.

– Dzię-ę-ki. To... powiedz mi, co się stało? – Wydmuchała nos, i spojrzała bardziej przytomnie.

– Monika, po pierwsze, nigdy nie mówiłem, że cię kocham... – Reszta mi na szczęście umknęła, bo drzwi się wreszcie za nimi zamknęły.

Dość melodramatów na jeden tydzień.

Starając się zapomnieć o istnieniu genialnego Edzia, ułożyłam plan zajęć na następny tydzień, przygotowałam się do lekcji, po czym z czystym sumieniem, choć nie bez melancholii, zaczytałam się w „Polityce".

Hugo zjawił się po ponad półgodzinie.

– Dzięki, Aguś. Jestem wypluty – westchnął.

– Nie ma za co. Z przyjemnością zawsze mogę być dla ciebie wredna.

– No, myślałem, że sobie pójdzie, jak mnie tak profesjonalnie opieprzyłaś, ale sama widziałaś...

– Kobiece łzy. Nie ma na nie mocnych.

– Jest załamana. Powiedziała, że pęka jej serce. Czuję się jak ostatni wał. – Pokręcił głową. – Ja się jednak nie nadaję do takich... to miało być, tak wiesz, pół serio, pół dla jaj... A ona naprawdę cierpi.

– Coś ci powiem. Pewnie, że cierpi. Bo też poigraliście sobie z miłością, a się nie powinno. Ale przeżyje – wymądrzyłam się. – Co jej powiedziałeś, że dlaczego jesteś z Oliwką, pedantką i oszołomką ptasią, której nie znosisz?

– No, powiedziałem, że czasem jesteśmy z ludźmi, którzy nas wkurzają, i nic na to nie możemy poradzić, bo to jest ta druga połówka pomarańczy, nawet jak jest pedantem.

– Aha. Wszystko prawda – pochwaliłam, myśląc o Ksawerym i jego cholerycznym temperamencie, którego co prawda jeszcze w całej krasie nie zaznałam, ale którego przedsmak poczułam trochę w czasach studenckich.

– A widzisz. Monika myślała, że to ona jest moją połówką. Ona – zniżył głos – nas dziś śledziła. Dopadła mnie, jak Oliwka poszła z powrotem do pracy. Zrobiła mi scenę na środku ulicy...

– Słuchaj – odważyłam się zmienić temat, który już nieco mnie nużył – czy ty wiedziałeś, że Edzio odprawia takie czary na zajęciach?

– Co? – otrząsnął się. – Jakie czary?

– Jest fantastyczny. Byłam dziś u niego na lekcji. Nie miałam pojęcia.

Hugo wzruszył ramionami.

– Nie wiem nic o żadnych czarach. Na pewno studenci bardzo go lubią, ale nie wszyscy. Są tacy, którzy celowo nie przychodzą, kiedy mają mieć zajęcia z Edziem.

– Serio? – mruknęłam.

O Hugo, nawet nie wiesz, jakie miód-maliny spuściłeś na moją niepedagogiczną duszę.

– On robi mszę gospelsową – kontynuowałam, już weselej. Bądź co bądź, chyba nie każdy musi być Edziem, żeby być dobrym nauczycielem.

– Zaczyna od afirmacji, wszyscy się dowartościowują po angielsku entuzjastycznie, i krzyczą, a potem on robi ręką tak – zatoczyłam przed sobą półkole wyprostowaną dłonią – i zapada cisza, jak makiem zasiał. I zaczyna nauczać charyzmatycznie. Ma świetne wyniki.

– No – bąknął nieuważnie Hugo. – Myślisz, że Monice naprawdę nic nie będzie? Martwię się o nią.

Podszedł do okna i zapatrzył się na kasztany.

– Co? A, nie. Wiesz, że się wzruszył, jak powiedziałam, że to najlepsza lekcja, jaką widziałam? Czy ty mnie w ogóle słuchasz? – Hugo nadal stał, milcząc, i się gapił.

– A jak ona sobie coś zrobi? – Pokręcił głową.

– Aha. Zrobi sobie. Nową fryzurę.

Ugryzłam się w język. Nie miałam prawa. Ale ileż można.

– Nie znasz jej – odezwał się spod kasztana.

– Fakt. Nie znam. A ty znasz? Jak to się stało, że was śledziła? – westchnęłam ciężko.

Niech się wygada, i niech to się wreszcie skończy. Miałam pięć minut. Grupa już się schodziła.

W skrócie wyglądało to tak, że od momentu dramatycznego pojednania z Oliwką, Hugo ze strachu nie odbierał telefonów Moniczki, chodził bocznymi uliczkami, i wracał do domu okrężną drogą, via centrum handlowe Klif. Moniczka nie wiedziała, rzecz jasna, że została definitywnie porzucona, skomentowałam, na co Hugonot podrapał się w ucho. A ponieważ jest sprytna, uparta i nieszczęśliwie zakochana, to się zaczaiła. Po ślubnych zakupach dopadła go w tramwaju, i zażądała, i słusznie, wyjaśnień, po czym wpadła w histerię, zaczęła publicznie szarpać folię na Hugowym garniturze i odrzucać do tyłu włosy, smagając przy okazji po oczach kontrolera, który wyprosił oboje z tramwaju i wylegitymował za burdy. Wtedy zrobiło się już bardzo późno, i Hugo pod tym obiektywnym pretekstem zaczął uciekać w kierunku Fast Lane, ale Monika, która nie na darmo robiła na bieżni w klubie fitness dziesięć kilometrów dziennie, i wyjątkowo miała na nogach adidasy, dogoniła go jednym susem głodnej gepardzicy, tym łatwiej zresztą, że Hugo taszczył balast w postaci garnituru w kolorze kawy z mlekiem oraz wrodzonego zespołu niezborności. Resztę widziałam, że tak powiem, naocznie, jak wyraziła się pewna pani, poproszona o skomentowanie wypadku motocyklowego w Rumi.

– No, i po tym, jak powiedziałem to, co wiesz, o tej połówce pomarańczy, jakoś tak uszło z niej powietrze... – rozwodził się dalej.

– O, idzie Edzio – ucieszyłam się. – Już skończył. Muszę iść na lekcję. Edzio mnie świetnie zastąpi we wrażliwym słuchaniu. Nikt tak, jak on, nie zna Moniczki.

Złapałam książkę, dziennik, komórkę z zegarem, garść długopisów i z ulgą rzuciłam się na swoją dzisiejszą grupę.

Nazywała się Shire. Każda grupa miała jakąś nazwę, a te, którym przypadały zajęcia w tym samym dniu, zaczynały się – uważaliśmy to za bardzo sprytne posunięcie organizacyjne – na tę samą literę. Nazwy wymyślaliśmy zazwyczaj wspólnie, ale czasami Hugo potrafił być bardzo upierdliwy, zwłaszcza w kwestii Tolkiena, którego wielbił, uważając jednocześnie za jedynego prawdziwego pisarza anglosaskiego. Wszyscy inni prawdziwi pisarze byli oczywiście Francuzami. Shire było więc, rzecz jasna, jego wymysłem, a studenci z tej grupy zostali, chcąc nie chcąc, Niziołkami. W każdym razie, nikt z lektorów nie wyrażał się o nich inaczej. Mieliśmy także w swoim asortymencie grupę stuprocentowo sfeminizowaną Mordor, która skupiała wyjątkowo sympatyczne i pilne uczennice w wieku 45 plus. Ale kiedy Hugo wyjechał mi z Silmarillionem, zaprotestowałam. Powiedziałam, że nie każdy jest rąbnięty na punkcie Tolkiena, i że to już jakiś snobizm, a poza tym i tak wszyscy będą mówić sylimarol, jak te brązowe tabletki na wątrobę.

– Nie wiem, jaki to znowu snobizm, ale ta wątroba mi nie leży – skapitulował wtedy.

I nazwaliśmy grupę Sting, co odpowiadało wszystkim z wyjątkiem Edzia. Edzio oznajmił wówczas, spoglądając na swój grafik, że to, co teraz robi Sting, to popelina dla pokolenia macdonaldów, że kiedyś, w zamierzchłych czasach działalności The Police, potrafił jeszcze być prawdziwym muzykiem, ale jego aktualne dokonania to chała i kicz. Na to chciała go pobić Moniczka-lektorka, co bardzo Edzia ucieszyło, bo lubił kontakty cielesne z młodymi blondynkami. Wtedy z kolei zainterweniował Hugonot, który działając z całkowitego zaskoczenia, wyznał, że nie miał wcale na myśli Stinga gwiazdora estrady, lecz słynny film z Redfordem i Newmanem, który błędnie funkcjonował w świadomości polskiego widza jako „Żądło", co nie miało nic wspólnego z fabułą, ani nawet przestępczym slangiem polskim. Edzio zdumiał się wówczas wybiórczą erudycją Hugonota, i dodał, że jego zdaniem film powinien być przetłumaczony oczywiście jako „Przekręt", na co Moniczka prychnęła, że już taki film jest, i zrobił go mąż Madonny, Guy Ritchie, z Bradem Pittem w roli głównej, o. Na to razem wrzasnęliśmy z Hugonotem, że tamten Przekręt", który przez pomyłkę został „Żądłem", był pierwszy, i zrobił go w 1973 roku George Roy Hill, kiedy Moniczki nie było nawet jeszcze w planach, a „Przekręt" Guya Ritchie naprawdę nazywa się „Snatch". Edzio wtedy powiedział, że przeciętny człowiek nie wie, co Hugo miał ambitnie na myśli, i wszyscy, tak czy inaczej będą myśleć, że chodzi o Stinga-muzyka, a to – powtórzył, patrząc z nadzieją na Moniczkę – jest kicz, skandal i chała. Tym razem jednak został zignorowany, ponieważ podczas pierwszego ataku Moniczka uszkodziła sobie na Edziu paznokieć, więc w oczywisty sposób całą uwagę skoncentrowała teraz na nim. Grupa Sting została, i zapisali się do niej sami poważni ludzie w średnim wieku, którym firma płaciła za to, żeby w ramach podnoszenia kwalifikacji uczyli się angielskiego po godzinach pracy, oraz kilkoro nastolatków, którzy pokazali się trzy razy, a potem ślad po nich zaginął.

W Shire, „moim" Shire – nazwa okazała się wyjątkowo trafiona – pracowało mi się zawsze idyllicznie. Idyllicznie, czyli – interesująco. Grupa składała się wyłącznie z licealistów i studentów pierwszych lat. Byli inteligentni, konkretni, z poczuciem humoru i charakterystycznym dla bystrej młodzieży wyczuciem absurdu. Poza tym, wiedzieli czego oczekiwali, i, co najważniejsze, przychodzili zawsze przygotowani. Przerabialiśmy już Callana dla zaawansowanych, i pytania w podręczniku były nietuzinkowe i tak sformułowane, że niemożliwe było wymiganie się od dłuższej wypowiedzi. Poruszały problemy etyczne, filozoficzne, moralne, pod przykrywką pozornie prostego pytania o opinię w pozornie oczywistej kwestii, na przykład: Co byś zrobił, gdybyś bardzo potrzebował pieniędzy, i znalazł portfel wypchany pieniędzmi? Zajęcia często przeradzały się w zażarte dyskusje; gołym okiem widać było, że dzieciaki nie miały zbyt wielu okazji do wypowiadania się na najważniejsze tematy w życiu. Metoda sokratejska wyjątkowo im odpowiadała, bo same specjalizowały się w zadawaniu kłopotliwych i zaczepnych pytań. To właśnie w Shire zostałam zagadnięta kiedyś, czy mam chłopaka, i wybrnęłam mówiąc, że nie zadajemy pytań typu „tak", nie", bo to ślepy zaułek i koniec dyskusji. Okropnie się wtedy nagimnastykowali, żeby coś ze mnie wyciągnąć, stosowali przepięknie nagle wszystkie tryby warunkowe, stronę bierną, i – co zakrawało na lizusostwo bardzo grubymi nićmi szyte – nawet „rachunek prawdopodobieństwa", czyli wszystkie potwory typu *could have done, must have met, shouldn't have kissed*, i to w dziewięćdziesięciu procentach poprawne.

Ogarnęłam ich wzrokiem, i nagle temat zajęć wyświetlił mi się w głowie, jak na ekranie telewizora. Po zwyczajowej rundce pytań, które zadawali sobie nawzajem, sprawdzając w ten sposób ostatnio przyswojone (lub nie) słownictwo, zamilkli i z oczekiwaniem popatrzyli na mnie.

– Co byście zrobili, gdyby... – I tutaj pokrótce zreferowałam im historię Hugonota, Oliwii i Moniczki-prawniczki.

Oczywiście, imiona bohaterów zostały zmienione. Ale sytuacja jest prawdziwa, wyjaśniłam. Nie, nie jestem w to wszystko zamieszana.

To troszkę ich rozczarowało, ale na szczęście nie na długo.

Jeśli Hugo potrzebował trzeźwego spojrzenia na cały ten kram, to rzetelniejszej spec komisji nie znalazłby nigdzie.

– To po ile oni mają lat?! – zapytała powtórnie Inga Knauss. Retorycznie, bo odpowiedź usłyszała za pierwszym razem. Stała naprzeciwko mnie, zarumieniona i poruszona. Gęste, lniane włosy zebrane byle jak w koński ogon, który majtał się gniewnie tam i z powrotem, głęboko osadzone niebieskie oczy, twarde, białe zęby od ucha do ucha.

Inga, ucieleśnienie marzeń Eryka o nordyckiej blondynce. Ucieleśnienie marzeń każdego zdrowego faceta o nordyckiej blondynce, marzeń hodowcy o rasowej klaczy. Niby wysoka, a drobna i kobieca, niby chuda, a z biustem. Miała na sobie jakieś porcięta pomarańczowo-malinowe z ewidentnego lumpeksu, i rozciągnięty szary T-shirt, który dziwnym trafem idealnie podkreślał stalowy błękit jej oczu. Smarkula jedna. Bardzo ją lubiłam. Za radykalizm etyczny i feminizm, między innymi.

– Nie do wiary. – Pokręciła jeszcze raz głową, pożegnała się ze mną, i wyszła.

Sprzątnęłam szybko salę, otworzyłam na oścież okno, zebrałam swoje rzeczy i podreptałam do sekretariatu.

– Hugo.

Siedział z głową ułożoną na biurku à la śpiący Staś Wyspiańskiego. Bujne orzechowe kędziory pokrywały trzy czwarte biurka. Zgadywałam, że właśnie pod nimi leżały spłaszczone lub/i pomięte dzienniki, faktury, poczta oraz inne mało istotne urzędowe gadżety.

Hugo był w depresji.

– Jestem w depresji – wymamrotał do dłoni, na której leżał.

– Niziołki twierdzą, że wszyscy jesteście na poziomie widowni Atomówek. Ty, Oliwka, Moniczka – wypunktowałam, żeby rozwiać ewentualne wątpliwości.

– Co?!

Ha. Udało się. Kędziory podskoczyły w górę.

– Coś ty im nagadała?!

– Spoko, spoko. Zrobiłam sobie z was studium przypadku. Zabierz te nożyczki. Bez nazwisk, bez nazwisk, człowieku w kawowym garniturze. Młodzież jest radykalna, ale przez to jasno myśli.

– No. Dawaj – westchnął z rezygnacją.

– Oszczędzę ci inwektyw. No więc. Młodzież zaordynowała, że macie zostawić Moniczkę samej sobie. Żadnych, powtarzam, żadnych kontaktów. Dopiero na tydzień przed ślubem wysłać jej zaproszenie. To w końcu rodzina. Posadzić ją obok najprzystojniejszego i najbardziej inteligentnego kumpla. Singla. Który uwielbia brunetki.

– Torbiel, Torbiel przyjeżdża z Kanady... – ucieszył się Hugo. – No i...?

– No i już. Reszta sama się zrobi.

– Myślisz? – Hugo wydął sceptycznie usta.

– Ty się tu na mnie nie wydymaj, i tak wiem, że robisz to tylko po to, żeby nie zapeszyć. Myślę, że mają rację.

– No, he, he. No. Dobra. Fajnie, dobra. Kurcze, ty wiesz – podrapał się w głowę – spadł mi serca jakby głaz – uśmiechnął się, po raz pierwszy tego popołudnia. – To ja się jakby cieszę. Dziękuję, Agnieszko. Jesteś wspaniałą przyjaciółką, Agnieszko. Zrobię ci przepysznej orzechowej kawy prawdziwej z mojej sekretnej szafki pod licznikiem elektrycznym, o wspaniała przyjaciółko Agnieszko. O, hadro. O, wredna szpieżyco. Ci zrobię - zaśmiał się, głupek. - Chodź no tu. - Rozpostarł długie łapy.

– A poszedł mi precz z łapami. - Wykręciłam zgrabne pas, i przemknęłam do szafy z książkami. - Ksawery jutro przyjeżdża - dodałam, pozornie bez związku.

– Poznam go na weselu, nie?

– Nie-e - mruknęłam. Musiał mi przypomnieć, musiał? - Nie będzie Ksawerego. Jedzie do Pragi na Rolling Stonesów - powiedziałam, czując jak każde słowo do krwi szarpie mi struny głosowe, niczym Keith-Chodząca Śmierć-Richards struny swojej gitary basowej.

– Jezu! Ale gościu! Sam bym pojechał, gdyby nie ten cholerny ślub! - wyrwało się Hugonotowi z głębi trzewi.

– Czyżby? - sarknęłam.

– No, co ty, żartuję - zreflektował się fałszywie. - A dlaczego ty nie jedziesz? - Naprawdę, coraz bardziej dziwiłam się Oliwce. Moniczce zresztą też. Kto wie, czy nie bardziej.

– Bo idziesz na mój ślub, wspaniała przyjaciółko Agnieszko - klepnęłam go z rozmachem w potylicę.

– A, no tak, faktycznie. I będziesz sama?

*

Na czwarte bez windy dotarłam w nastroju refleksyjnym wynikającym z silnie napierających na moją wyobraźnię obrazów Ksawerego nużającego się w praskiej rozpuście, oraz z faktu, że - o czym przypomniałam sobie, kupując w „Bomi" jogurty ze zbożem na śniadanie z Ksawerym - w domu czekał na mnie, wyparty w najczarniejszy róg podświadomości, ukryty pod stertą kserokopii i testów, straszliwy, nietknięty - a raczej tknięty symbolicznie (przetłumaczyłam tytuł) - tekst o genetycznie zmodyfikowanych zbożach, czyli fucha, którą wzięłam po powrocie z Krakowa, by podreperować finanse, i którą miałam od pierwszego wejrzenia ochotę wrzucić Szaremu i Cielęcinie do kuwety. W miarę upływu czasu genetycznie zmodyfikowane zboża zaczęły mnie prześladować. Termin upływał za tydzień, a ja nadal nie kiwnęłam w ich stronę nawet małym palcem, ani żadną inną częścią ciała. Zboża nie były długie, jakieś cztery strony makabrycznych wywodów dotyczących badań, oraz wniosków z tych badań, plus tabelki i wykresy, ale... no, niemożliwe!, „Dźwięki muzyki"!, i to w normalnej telewizji bez reklam. O ósmej dwadzieścia. Cóż, westchnęłam z ulgą, odkładając program telewizyjny na stolik, zboża będą musiały poczekać do jutra. Niezbadane są wyroki Krajowej Rady Radiofonii i Telewizji.

„The Sound of Music", sztandarowe dzieło spółki Wise, Rodgers i Hammerstein, oglądałam zwykle w Ameryce w towarzystwie Alinki i butelki chilijskiego merlota, który przebiegli Francuzi kupowali w Ameryce Południowej hurtem za guziki, aby sprzedawać później w świat za ciężkie euro jako własne. Alinki nie było w pobliżu, zapewne katowała prądem jakiegoś pacjenta, wino miałam, ale zastrzeżone na Ksawerego. Spojrzałam na zegarek w komórce. Czwarta. Odrobinę za wcześnie, żeby rozkładać się z herbatką i rezerwować sobie miejsce przed telewizorem na jednym z dwóch pustych zielonych foteli. Równie dobrze mogłam rozłożyć się wśród modyfikowanych zbóż. Decyzje, decyzje. Lenistwo, lenistwo.

Zabrzęczała komórka. Ksawery. Dzwonił z trasy. Był złachany, a miał jeszcze mnóstwo roboty przy komputerze.

– Świetny miałaś pomysł z tą młodzieżą radykalną etycznie – pochwalił mnie, a mnie natychmiast urosły gigantyczne skrzydła, że jestem taka psycholożka zawołana i nauczycielka z polotem.

– Okropnie się ekscytowali, właściwie lekcja zrobiła mi się sama, do tego stopnia, że zwracali się do mnie tylko wtedy, kiedy nie znali jakiegoś słówka. Nie mogli uwierzyć, że tak zachowują się ludzie starsi od nich.

– No, to powinni posłuchać naszej historii. Mojej i twojej, razem, i z osobna – zaśmiał się Ksawery.

– Fakt, w wieku Hugonota byliśmy straszne szczawie. Okropność. – Otrzasnęłam się na wspomnienie własnej głupoty, a jednocześnie przed oczami przemknęła mi armia długowłosych brunetek pędzących w ramiona uśmiechniętego Ksawerego, w rozchełstanej lubieżnie koszuli, spod której wyglądał rozkudłacony dzik.

Ścisnęło mnie w żołądku. Czy ja się kiedykolwiek z tego wyleczę. Czy Ksawery mnie wyleczy. Wątpliwe. Musiałoby stać się coś naprawdę... no, nie wiem, co musiałoby się stać, ale pewnie się nie stanie i tak, i będziemy się męczyć, dopóki nam sił wystarczy, ja ze swoimi demonami, a on z moją zazdrością. Aż do końca.

Milczałam, świadoma, że milczę dość długo, ale nie wiedziałam, co powiedzieć, bo nagle kompletnie oklapł mi nastrój.

– Agusia?

– No.

Jezu, czemu ja jestem taka.

– Co ty? Coś nie tak? – zaniepokoił się.

– Nieeee... tylko...

– Tylko co? Zamilkłaś mi tak...

– Wizje z twojej przeszłości mnie prześladują.

– Agusia – powiedział serio – nie możesz tak o mnie myśleć, to... bardzo boli. Nie czujesz, jak cię kocham, jak o wszystkim ci mówię, jaki jestem cały na ciebie otwarty? Nigdy taki nie byłem, z nikim. Nie chce mi się raz po raz udowadniać, że nie jestem wielbłądem. Mam... oboje mamy chyba ważniejsze problemy.

To teraz już na pewno nie przyjedzie.

– Ksa, nie gniewaj się, ja tylko... ciężko mi z tym wszystkim.

– Ja się nie gniewam, tylko jest mi przykro, że tak mnie oceniasz.

– Przyjedziesz jutro? – zakwiliłam cichutko.

– No, pewnie, że przyjadę, babo. Tylko weź się zastanów, co nam robisz.

– Okej – westchnęłam, trochę na zgodę, trochę zła.

No bo co mnie będzie pouczał.

– To pa – powiedział po prostu.

– To pa – odpowiedziałam, i rozłączyliśmy się.

Stałam z telefonem w ręku i gulą w gardle. Zrobiłam przykrość Ksaweremu. Ksawery już nie kocha mnie tak bardzo. Kocha mnie trochę mniej. Chciało mi się płakać. Zamiast tego wypaliłam papierosa, po czym odłożyłam komórkę i poszłam do gabinetu. Wygrzebałam spod góry papierów artykuł o zbożach, i jak stałam, tak usiadłam i zabrałam się do roboty. Świat był ziarnem piasku, zapomnianym przez Boga, który na okrągło oglądał „Dźwięki muzyki", żeby przekonać samego siebie, że stworzył byt idealny.

Równie dobrze mogłam dobić do dna za pomocą zbóż genetycznie zmodyfikowanych.

*

Dlaczego mnie nie można było zmodyfikować genetycznie? Już pal diabli urodę, w moim wieku dawno już powinnam się przyzwyczaić do tego, że wyglądam tak, jak wyglądam, więc gdyby się dało, to nawet nie wiedziałabym, jak chciałabym wyglądać. Na pewno amerykańskie zęby i włosy – dużo, zdrowe, i błyszczące, i skóra jak młode Tajlandki, bo one podobno nie mają celulitisu, nawet po czterdziestce. I tyle, właściwie. Niewiele. Moje pragnienia sprowadzały się do tego, żeby być *low maintenance* – zachować dobry wygląd jak najmniejszym kosztem, i jak najmniej się przy tym napracować.

Poważnie zmodyfikowałabym sobie za to mózg. Wyposażyłabym go w nieobecne dotychczas geny zmysłu biznesowego, a wyrzuciłabym te, które nieustannie fundowały mi imprezy depresyjne z Niską Samooceną, Brakiem Pewności Siebie, Lękiem Przed Porzuceniem oraz Podejrzliwością jako gośćmi nieustannie honorowymi.

Zboża. Jest ich wiele. Wymagają też znajomości specjalistycznego słownictwa. Ale, o dziwo, pomimo często sięgania do słownika, szło mi dosyć szybko. Może dlatego, że nie myślałam bez przerwy o tym, jak nienawidzę tego, co w tej chwili robię, tylko po prostu to robiłam. Przetłumaczyłam już dwie strony – a kiedy przyjrzałam się uważnie tekstowi, okazało się, że napisany jest dosyć rozstrzelonym drukiem, ergo mniej strasznych zmodyfikowanych lingwistycznie słów do sprawdzania – hura! Nie byłam aż taką optymistką, by wierzyć, że skończę, zanim zaczną się „Dźwięki muzyki", o nie. Ale szanse na trzy strony zrobione porządnie, z korektą, były poważne.

Cieszyłam się coraz bardziej, że będę miała te zboża już wkrótce (jutro?) z głowy, kiedy zadzwonił Ksawery.

– Ja ciebie jednak bardzo kocham. – Głos zbłąkanego jagnięcia, i cisza.

– Ja ciebie też – mówię i ja cichutko.

– Nie mogę tak, że coś jest pomiędzy nami. Bo mnie męczy.

– Mnie też męczy. I przepraszam. To na pewno nie będzie ostatni raz, ale może kiedyś przestanę...

– Będziesz mi ufać bardziej? Bo jak tak mówisz, o mojej przeszłości, o tych babach, Węgierkach, i w ogóle, to ja nie daję rady. Nienawidzę siebie z tamtego okresu. Nie chcę już o tym myśleć...

– Hawier, ale tak się przecież nie da. Ty chcesz jakiejś grubej kreski, chcesz udawać, że ty z przeszłości i ty teraz, to dwie różne osoby. Niemożliwe. Niewykonalne. Rozumiesz? Ja ciebie trochę znałam wtedy i nie mam zamiaru udawać, że tamten Ksawery nie istniał. Wiem, że tobie byłoby łatwiej, wiem, że wierzysz, że jesteś inny, ale oboje musimy się o tym przekonać. Jak mam ci ufać bezgranicznie po tym, co o tobie wiem – zresztą od ciebie? Jakim cudem? Ksawery?

– Tak, wiem, po części masz rację, tylko ja... po prostu nie chcę już wracać do przeszłości. Skrzywdziłem Anię i Piotra, i innych ludzi, to za każdym razem powraca taką ohydną czkawką. A teraz... chyba nie krzywdzę, po raz pierwszy w życiu. Twoje zaufanie dodaje mi skrzydeł, rozumiesz? Trzyma mnie przy życiu. Nie śmiej się znowu – obrusza się. – To prawda. Więc mi ufaj.

– Dobrze. Nie śmieję się – śmieję się do słuchawki. – Będziemy próbować. Tłumaczę straszny tekst – zaczynam z innej beczki. – O zbożu.

– W płynie? – słyszę, jak przełyka ślinę.

– Otóż nie.

– Buszującym w?

– Otóż niestety, też nie. Poza tym, przetłumaczyli go już dawno.

– Wiem, inaczej bym nie przeczytał, ha, ha.

– Ha, ha. Okropne, ale dosyć dobrze mi idzie. Muszę skończyć, zanim przyjedziesz.

Jak mi było z nim dobrze. Nigdy wcześniej żaden mężczyzna nie pytał, co czuję, a już uchowaj Boże, żeby chciał wiedzieć dlaczego. Nigdy wcześniej nikt tak nie zwracał uwagi na moje milczenie, zawieszenie głosu, oddech. Odłożyłam zboża do spichlerza na biurko. Przegadaliśmy godzinę. Przed ósmą dwadzieścia asertywnie zażądałam, żeby się rozłączył, bo mam kultowy film. Zaśpiewałam nawet kilka wersów z największych przebojów, ale z niczym mu się to nie skojarzyło. Pożegnaliśmy się najczulej, jak to możliwe, niepewni, jak zniesiemy rozstanie do jedenastej czterdzieści pięć w nocy, bo tyle miał trwać seans, po czym zrobiłam sobie herbatki i umościłam się w fotelu.

Zaczyna się.

Wiatr wśród ostrych alpejskich szczytów. Błękit nieba, szarość skał, biel lodowca.

Julie Andrews tańczy, tańczy po zielonych alpejskich halach, przeskakując *edelweiss*, alpejskie szarotki, rozsiane tu i tam, kamera tańczy za nią, uwertura narasta, nabrzmiewa – aż pęka – i cały pokój wypełnia muzyka:

The hills are alive with the sound of music...

I wtedy, jak zwykle stają mi włosy na rękach i nogach, po grzbiecie przebiega dreszcz, ale nic mnie nie obchodzi, że jestem sentymentalną krową, która kocha amerykańskie musicale, i płacze, gdy słyszy głos Julie Andrews.

...With songs they have sung for a thousand years

The hills fill my heart with the sound of music....

Ano właśnie.

Ksawery zadzwonił, kiedy kapitan von Trapp z rodziną szczęśliwie pokonywali ostatnie metry górskiej granicy, dzielącej okupowaną Austrię od Szwajcarii. Poinformował mnie, że właśnie sprawdził w Internecie, którym pociągiem przyjedzie, i że będzie w Gdyni za dwadzieścia dziesiąta.

*

Następnego dnia zadzwonił, gdy znajdowałam się w tranzycie pomiędzy Gdynią a Gdańskiem.

– Agusia – wysapał. – Właśnie skończyłem szkolenie. Gnam do domu się wykąpać i spakować, i lecę na dworzec. I do ciebie.

– To leć, leć. Ja też lecę.

– To pa.

– To pa.

Wysiadałam we Wrzeszczu, kiedy zadzwonił ponownie.

– Agusia – wydyszał. – Właśnie się okazało, że ucieka mi pociąg. Wpadłem w potworny korek, w Krakowie wszystko stoi, całe Aleje. Kiedy dotarłem do domu, zostało mi piętnaście minut na wszystko, łącznie z dotarciem na dworzec. Dotarłem teraz, ale ucieka. O, uciekł. Szukam innego połączenia. Ale będę. Cię kocham. To pa.

– To pa – zaśmiałam się z rezygnacją.

Podczas zajęć dostałam esemesa:

Kotku, jadę przez Katowice do Warszawy, stamtąd do Ciebie. Będę! Kocham.

Czy ja nie mogę mieć normalnego faceta. Który jest wtedy, kiedy mówi, że będzie, a nie każe mi obgryzać paznokcie przez cały dzień, i zgadywać, złapie połączenie czy nie złapie? Dojedzie czy nie dojedzie? Kocha czy raczej olewa? Kiedy wyszłam na przerwę, Hugo bardzo z siebie zadowolony, bez żadnych śladów po wczorajszym miotaniu wewnętrznym, sympatycznie zauważył:

– A coś ty taka?

– A, bo tak jakoś.

– Ksawery nie przyjedzie?

– Jedzie. Ale jakoś dojechać nie może. Pospóźniał się na wszystkie pociągi. – Nie powinnam tak mówić. – No, spóźnił się na jeden, ale za to ostatni bezpośredni z Krakowa. Jedzie do Gdyni przez Katowice i Warszawę.

– A, to z Warszawy już nic normalnego o tej porze nie złapie. Zostaje tylko pospieszny. W Gdańsku jest o drugiej rano. To w Gdyni będzie około wpół do trzeciej.

– Żartujesz. Co ja mam robić do drugiej w nocy?

– Serio, nic nie ma. Przetestowaliśmy rozkład jazdy z Oliwką – uśmiechnął się – jak wracaliśmy z koncertu Wilków kiedyś.

– Ale przecież jest lato. Pełnia sezonu. Nie ma jakichś dodatkowych połączeń? Zawsze były, prawda?

– To jest właśnie dodatkowe. Przedłużona linia. Jedzie na Hel.

Po zajęciach, targana tęsknotą za przewidywalnym, zjadłam hamburgera z frytkami w MacDonaldzie, i odrobinkę podniesiona na duchu zadzwoniłam do Ksawerego.

– Agusia! – ucieszył się. – Skończyłaś? Jadę. Ale mam dwie wiadomości. Dobrą i złą.

– Aha.

– Dobra jest taka, że zdążyłem na pociąg. Wyjechałem z Katowic i niewątpliwie jadę do Warszawy. I kupiłem w Katowicach na dworcu „Pięcioksiąg" w tłumaczeniu Miłosza. Będziemy sobie czytać, przyjaciółko moja. Zła wiadomość jest natomiast taka... – zawiesił głos – że...

– ...przyjedziesz o trzeciej rano.

– Skąd wiesz?!

– Wywiad mi doniósł. Wiem, bo nie ma innego połączenia na Wybrzeże z Warszawy.

– Będziesz czekać?

– Będę na dworcu. O wpół do trzeciej. Ale daj znać, gdyby coś się zmieniło.

W domu błyskawicznie odkurzyłam oraz, dla pewności, umyłam jeszcze raz łazienkę. I włosy, żeby sobie schły naturalnie i się nabłyszczały same, podczas gdy ja skupiałam się ponownie nad zbożami. O dziewiątej byłam całkiem gotowa. Tekst przetłumaczony i dopięty na wszelkie językowe haftki, leżał sobie na dyskietce. Włosy pięknie lśniły. Postanowiłam się tylko wykąpać, i popstrykać Ceruttim. Robienie się na laskę, żeby pójść na dworzec o trzeciej rano wydawało mi się pewną nadgorliwością. Mogłoby też zostać opacznie odczytane przez tubylczą ludność dworcową.

Zbiegłam na dół do kafejki internetowej, żeby wysłać tekst. Teraz nie pozostawało mi nic innego, tylko czekać. Poszłam na szybki nocny spacer nad morze. Było ciepło, ale zaczynał wiać silny zachodni wiatr, wróżący zmianę na deszcz. Kupiłam w Gemini gorącą czekoladę na wynos, przecięłam skwer Kościuszki i poszłam pod Teatr Muzyczny obejrzeć plakaty przedstawień. W „Contraście" znowu grali szanty, po Bulwarze przetaczały się fale turystów, ludzie spacerowali z psami, dzieci biegały, oszalałe z podniecenia, że nie muszą jeszcze spać, z wesołego miasteczka Holiday Park dochodził łomot techno, od którego pulsowały skronie, plaża i drzewa. Było strasznie. Dokończyłam czekoladę i uciekłam do domu. Ksawery systematycznie wysyłał esemesy, gdzie jest i kiedy będzie. Dwa razy próbowaliśmy rozmawiać, ale w pociągu panował taki łoskot, że słyszeliśmy tylko kawałki sylab.

Jadę z rezerwistami i studentami nad morze:-). Jest jak za komuny. Miejsce stojące przy toalecie – napisał po wyjeździe z Warszawy.

O dziesiątej obejrzałam jakiś depresyjny, ale wciągający argentyński film obyczajowy o wpływie kryzysu ekonomicznego na środowisko uniwersyteckie oraz o miłości, wierności po grób, i wierności samemu sobie, pomimo ciężkich czasów determinujących trudne wybory moralne.

O dwunastej wypiłam herbatę. Poczułam się bardzo senna i zmęczona. Postanowiłam przespać się dwie godziny. Nastawiłam budzik na drugą.

Idę spać, kotku. Odezwij się, jak będziesz w Gdańsku – napisałam Ksaweremu.

Położyłam się do łóżka i zamknęłam oczy. Za pół sekundy natychmiast z powrotem je otworzyłam. Cała senność wyparowała ze mnie, jak wódka w parny nowojorski wieczór.

Znienacka, podstępem, opanowała mnie gorączka podróżna. Jak to będzie, kiedy wreszcie przyjedzie. A co powie, a co zrobi. A jak będzie wyglądał. Co ja poczuję za tym drugim razem. A co on poczuje. Czy to nie pomyłka. Czy nie projekcja pragnienia wielkiej miłości zamiast wielkiej miłości właściwej. O czym będziemy rozmawiać.

Umęczona podnieceniem i niekończącym się oczekiwaniem, wreszcie usnęłam.

Obudził mnie budzik. Otumaniona, nie rozumiejąc, dlaczego mam się zrywać w środku nocy, przesiedziałam na łóżku piętnaście minut, po czym nagle z okrzykiem w głowie „Ksawery!”, skoczyłam na równe nogi. Miałam dreszcze. Włożyłam adidasy i kurtkę, bo mocno już wiało. W ostatniej chwili zawróciłam od drzwi i sięgnęłam do nocnej szafki. Trzymałam tam miniaturkę czarnego Johnniego Walkera, prezent świąteczny od amerykańskiej przyjaciółki. Remedium na bolesne miesiączki. Wsunęłam buteleczkę do kieszeni i pobiegłam na dworzec, jakbym była bernardynem z wiadomą beczułką, od której zależało życie uwięzionego pod śniegiem turysty. Nie chciałam się spóźnić. Nie chciałam, żeby Ksawery stanął na peronie, rozejrzał się wokół, i zagryzając krzywo powitalny uśmiech, zobaczył, że mnie nie ma.

Pociąg – planowy przyjazd druga trzydzieści pięć – był opóźniony dziesięć minut. O kłody, rzucane pod nogi zakochanych. Czekanie, wciąż więcej czekania. Spojrzałam na telefon. Ksawery dzwonił w jakimś momencie z Gdańska, ale chyba bardzo twardo spałam, bo nic nie słyszałam.

Pociąg wjechał z impetem. Miałam wrażenie, że nigdy się nie zatrzyma. Przypominał te, którymi uchodźcy powracali po wojnie do Warszawy, obwieszone ludźmi, jak kiśćmi winogron. Ten nie był co prawda obwieszony, ale na pewno zapchany po sufit. Rezerwiści, już nie agresywni o tej porze, ale melancholijni, machając przez okna chustami i puszkami z piwem, śpiewali swoje rozpaczliwe pieśni o rozstaniach i powitaniach, miłościach, zdradach, dzieciach na ręku, granatach w ręku, śmierciach od noża lub wrażej kuli. Młodzi ludzie, a wszyscy z plecakami, w bojówkach i polarach, wysypywali się na peron, i przesiadali się pospiesznie do innych wagonów. Ewidentnie tylko jedna połowa składu jechała dalej na Hel, druga miała zostać w Gdyni.

Nigdzie nie widziałam Ksawerego. Tłum kłębił się i kłębił, coraz bardziej rozwrzeszczany i gęsty, a mnie nagle zaczęło się wydawać, że to wszystko jest jakimś koszmarnym snem, i że nic nie dzieje się naprawdę. Że Ksawerego nie ma, i nigdy nie było, i zaraz ponownie się obudzę – na dobre. A raczej na złe. Wymyślałam sobie właśnie od idiotek, no bo która kobieta, przy zdrowych z pozoru zmysłach, i, nie wypominając, z wykształceniem uniwersyteckim, włóczy się w moim wieku po nocy z flaszką po dworcu? Taka Moniczka-prawniczka na pewno by się nie włóczyła. A może...? W desperacji...?

I wtedy, gdy już całkiem zmieszał mi się sen z jawą, i zaczynałam dygotać z braku snu i z zimna, zadzwonił.

– Agusia, gdzie jesteś?! – zatrzeszczało.

– Tutaj! – odpowiedziałam jak kretynka. – Eee, pod tablicą z tym, eee, rozkładem jazdy!

– Widzę cię!

Błyskawicznie sięgnęłam do kieszeni kurtki, odkręciłam butelkę, pociągnęłam potężny haust whisky. W tym momencie go zobaczyłam. Uśmiechał się tak samo, jak wtedy, dookoła twarzy, i był cały w dystyngowanych beżach. Podeszliśmy do siebie, oboje z głupawymi, szczęśliwymi uśmiechami. Ksawery cisnął plecak na ziemię i przytulił mnie z całych sił.

– Mojaś ty. Usta! – zażądał, a ja posłusznie podałam mu je wraz z zawartością.

– Mmm?! – zabełkotał, i oczy mu wyszły na wierzch. – A to co?! – zapytał, kiedy przełknął.

– Aha-Aha-Aha! Dwunastoletni Johnnie Walker. Może być? – zaśmiałam się, zadowolona z efektu.

– Dawaj go!

Zarzucił plecak na ramię, objął mnie w pasie, a ja jego, i pociągając whisky dla rozgrzewki, ruszyliśmy szybkim marszem w dół czarnej, wyludnionej Starowiejskiej, do domu.

– Jaki jesteś cały w nobliwych wiedeńskich beżach – zauważyłam.

– Nie w beżach, tylko w sepii. A dlaczego wiedeńskich?

– W sepii? Jesteś mój Wilk Sepiowy?

Zaśmiał się i mnie pocałował.

– No. I mam dla ciebie dwa paciorki, nieszklane, na szczęście, i świetnej jakości. Ale co z tym beżem.

– A ty tylko o jednym.

– Aha. Mów wreszcie, babo, do rzeczy.

– Bo jak kiedyś byłam w Wiedniu przez dwa dni bez pieniędzy, i włóczyłam się po mieście z walkmanem i z Bachem na uszach, to marzyło mi się, żeby sobie usiąść w którejś z tych kafejek w centrum, i zamówić kawę i sernik po wiedeńsku, albo tort Sachera, i tak sobie siedzieć, i patrzeć, i udawać, że też jestem częścią tego lepszego świata.

– No a czemu nie usiadłaś i nie zamówiłaś? – zdziwił się.

– Bo nie miałam forsy wcale, już ci mówiłam. Bo byłam na wycieczce, i musiałam kupić wszystkim choćby jakąś pierdołkę, a nie rozwalać się w kawiarniach. Przywiozłam wtedy Markowi okropne seledynowe szelki.

– O, Jezu. Dlaczego?

– Szelki były wtedy bardzo modne. A ten seledyn nawet całkiem interesujący. W jadowity sposób.

– Ale o beżu miało być.

– Wszystkie kobiety, które siedziały w tych kosmicznie drogich i kompletnie dla mnie niedostępnych kawiarniach, były ubrane w beżowe garsonki. Do tego beżowe dodatki, i tak dalej. Beżowo-blond włosy, lśniące od najlepszych odżywek. To był w moich oczach szczyt luksusu, wyrafinowania i dobrego smaku.

– Rozumiem – zaśmiał się znowu, i pociągnął łyk z naszej buteleczki. – Uuu – zatroskał się. – Pomorek. Końcóweczka. Chcesz ostatka, byś mi była jeszcze piękniejsza i bardziej gładka?

– Uhm. – Łyknęłam końcóweczkę i wyrzuciłam butelkę do kosza.

Wziął mnie za rękę.

– Bałaś się?

– Uhm.

– Bardzo?

– Uhm.

– Ja też. Drugi raz jest najgorszy?

– Jest – zgodziłam się.

– Bałem się, że się rozczarujesz, i nie będziesz mnie już jednak kochała.

– To jest moja rola, przestań się zgrywać. To ja zawsze mam lęki i dręczy mnie niepewność, podczas gdy ty nigdy nie masz żadnych wątpliwości, że jesteś fantastyczny.

– To prawda – zmarszczył się. – Jesteś moją hipochondrią?

– Tak. A ty jesteś moim egomaniakiem?

– Kim?!
– Ha. Ucz się języków obcych.
– Chodź no mi tu zaraz.
– Sam sobie chodź. Taka sama droga – przypomniał mi się tekst z podstawówki.

Nie mogłam przestać się śmiać.

– Jest nam dobrze? – zapytał znad beżowego sweterka w serek, przytulając mnie do swojego brzucha.

– Jest.

– Jesteśmy szczęśliwi i sobie przeznaczeni? – kontynuował poważnie.

Dostałam drgawek ze śmiechu.

– Jesteśmy – wybulgotałam.

– Czy ja jestem szczytem twoich marzeń o prawdziwym mężczyźnie i ucieleśnieniem cnót wszelkich?

– A jesteś?! – umierałam.

– Oczywiście. Czy ja jestem okropnie głodny i mam ochotę na kebab z tamtej budki, pomimo że to grozi śmiercią?? – Pokazał palcem obskurną budkę z kebabami, przy której kiwało się dwóch dresiarzy i bardzo czarna brunetka z odsłoniętymi nerkami.

– Nie. Nie wolno – zaprotestowałam. – Na kebaba trzeba iść na dworzec. Tak samo jak na kurczaka z rożna.

– Aha. To wracamy?

– Oszalałeś.

– Nie, serio. Chodźmy?

– Nigdy w życiu. Jajecznicę ci zrobię na kiełbasie. Chodźże już. Zimno mi, spać. Ksawery!

– Spać? – oburzył się. – Nigdy w życiu.

– To jest tytuł takiej popularnej powieści – pouczyłam go.

– Wiem. Czy jestem twoim troglodytą?

– A ja twoim akolitą? Nie popisuj się. Chodźże już! – Pociągnęłam go za rękę.

– Agusia. – Zatrzymał się po pół kroku.

– Co znowu?

– Ja ciebie jednak bardzo kocham. Nawet za drugim razem chyba bardziej.

– To świetnie. Idziemy. Bo przestanę cię kochać. Za drugim razem nawet bardziej.

– Gdy mnie kochać przestaniesz, to powiedz – zaśpiewał. – Powiedz o tym od razu, kocha-aa-nie...

– To jest bardzo mądra piosenka retro o tym, jak trudne i złożone są związki między mężczyzną a kobietą. Powinieneś ją dogłębnie przeanalizować, żeby wiedzieć, co nas czeka – powiedziałam, zanim zdążyłam ugryźć się w język.

– Ty też wierzysz, że nas czeka? Prawda? – Znowu się zatrzymał, i patrzył na mnie już całkiem serio. – Bo ja nie mam żadnych wątpliwości. Nie miałem już za pierwszym razem.

– Ksawery. Wiem, mówiłeś mi o tym z tysiąc razy, przez telefon i na żywo. A to jest najdłuższa droga z tego dworca do domu, jaką przebyłam, odkąd tu mieszkam. CHODŹŻE JUŻ!

– Czy ja jestem twoim maruderem? – zachłysnął się.

Położyłam mu dłoń na ustach.

Spaliśmy krótko, ale wesoło, jak mawiała moja szatniarka z podstawówki, pani Stasia, z którą bardzo lubiłam przesiadywać po lekcjach wśród płaszczy i worków na kapcie, słuchać plotek i jej przekomarzanek z dzieciakami i sprzątaczkami, i pić herbatkę z sokiem malinowym. Nie wiedziałam wtedy, co to znaczy, no bo jak można spać wesoło, i dlaczego zawsze przy tym chichotała, aż trząsł się jej potężny biust pod bordowym, nylonowym chałatem.

Ranek wstał szary i chłodny, pogoda jednak się załamała. Leżeliśmy leniwie w łóżku, udając, że mamy dla siebie całe morze czasu, i na zmianę gadaliśmy, tuliliśmy się do siebie i całowali, dopóki burczenie w brzuchach nas nie rozłączyło.

– Jeść – zażądałam kategorycznie.

– Aha – mruknął Ksawery i jak gdyby nigdy nic zmiażdżył mnie w uścisku na następne dziesięć minut.

Zaburczało mi znowu.

– O, faktycznie, ryczy ci z głodu, jak ranny łoś – powiedział, i położył mi kudłatą głowę na brzuchu.

I rękę na łydce.

– Nie rób mi tak teraz – odsunęłam jego rękę na kołdrę. – Jeść. – Wyskoczyłam z łóżka.

Pomiędzy kanapką z pomidorem a kanapką z szynką babuni, Ksawery nadal patrzył na mnie tak jak za pierwszym razem, czyli wciąż jak na Julię Roberts. Ja natomiast byłam rozdarta między paniką, która nie wiem skąd się wzięła, że zaraz wejdzie Eryk, a rozlewającym mi się po kościach obezwładniająco błogim przeczuciem, że nic nie stoi na przeszkodzie, byśmy jedli takie śniadania już zawsze, i żeby on już zawsze tak na mnie patrzył. Z przyjemnością mogłabym się do tego przyzwyczaić. Gdyby nie duch Eryka, który nie pozwalał mi się cieszyć śniadaniem z ukochanym w mojej połowie mieszkania.

– Mam takie jakieś dziwne wrażenie, że zaraz zjawi się tu Eryk. Nie wiem, o co chodzi – wyznałam. – Może ty jesteś mądrzejszy w takich kwestiach, i wiesz o co chodzi.

– Hm. Myślę sobie tak... Dziękuję, pyszne było. – Otarł usta serwetką. – Że masz jakieś resztki poczucia winy. Myślę sobie też tak, że to jest jego terytorium, a ty nagle jesteś tu szczęśliwa... bezprawnie jakby.

– ...a zawsze byłam raczej nieszczęśliwa. Może. – Zamyśliłam się.

– Oraz... – Włosy miał mokre po kąpieli i zaczesane do tyłu.

– Wyglądasz jak Ordynat Michorowski.

– A ty jak trędowata – odwdzięczył mi się. – Oraz, kontynuując, że jesteś grzeczną dziewczynką, i pewnie ci się wydaje, że go zdradzasz, co jest absurdalne, niemniej podświadomie prześladuje cię lęk, że on tu wejdzie i zobaczy in flagranti, i tym samym runie mit o tobie jako o osobie wiernej, dobrej i pokrzywdzonej, bo okaże się raptem, że niczym się od siebie nie różnicie, więc Eryk ma wszelkie prawo robić to, co robi, bo moralnie jedziecie jakby na tym samym wózku, chociaż przecież nie jedziecie, mimo że z pozoru to tak wygląda, że masz gacha nowego od zaraz i szybko się pocieszyłaś...

– Chyba cię nienawidzę – powiedziałam, krztusząc się kawą ze śmiechu.

– Nie szkodzi. Nie przeszkadza mi taki twój faryzeizm, że uważasz się za lepszą od Eryka. Ani twoje wymyślone dylematy moralne. – Pstryknął we mnie kawałkiem chleba. – Chodź, coś ci pokażę.

– Ale nie znowu to samo?

– Nie-e, babo jednotorowa.

– Co robisz? – zaniepokoiłam się, kiedy po powrocie z palenia zaczął nagle grzebać w plecaku. Chce już jechać?

– Szukam... i znajduję. O, proszę – uśmiechnął się i wyjął niedużą książkę w białej obwolucie. – *Szir haszirim.*

– ???

– *Canticum canticorum.* To tam jest. Zaraz będę ci czytał, przyjaciółko moja.

– Aaa, daj, daj! – Wzięłam do ręki niedużą książkę w białej obwolucie.

„Księga pięciu megilot". Z hebrajskiego i greckiego, Czesław Miłosz. Otworzyłam, i wsiąkłam. Kompletnie straciłam poczucie czasu, miejsca i okoliczności. Za jakieś dziesięć minut podniosłam głowę i rozejrzałam się. Czarny plecak... czarny plecak... coś mi to mówi. Eryk wrócił? Ale skąd ma czarny plecak? Może kupił... aa, Ksawery! Gdzie jest?!

– Hawier? Gdzieś mi? – zaniepokoiłam się.

– Śpię – doleciało z sypialni.

– Aha. Tak na dobre, czy możesz do mnie przyjść?

– Mogę przyjść. Mimo że zapomniałaś o mnie na zawsze, babo – burknął.

– Już wiem, skąd jesteś taki mądry po hebrajsku i łacińsku. Tu wszystko stoi napisane we wstępie. Teraz ja też jestem mądra – upokorzyłam go, kiedy przydreptał, cały rozmemłany.

– Ja byłem taki mądry już wcześniej – ziewnął. – Nie wiem, czy wiesz, babo przebrzydła, że chciałem być księdzem.

– Miałeś tupet. Na księdza, z takim libido.

– No co. Trzeba poznać życie, żeby być dobrym kapłanem – powiedział z chytrym uśmieszkiem. – Nie, serio. W liceum codziennie służyłem do wieczornej mszy u Franciszkanów, przystępowałem do komunii...

– ...i grałem na gitarze – przypomniałam. – Czy dlatego mnie nigdy nie zauważałeś w kościele, że miałeś zostać świętym?

– Nie całkiem. Chodziłem wtedy z Elżbietą Wieczorek. Byliśmy ze sobą całe liceum. I pomimo pokus oraz, jak to ujęłaś, rozbuchanego libido, byłem jej wierny.

– Ela Wieczorek? Znam ją, bardzo ciemna, uśmiechnięta, i podobno była bardzo utalentowana matematycznie. Ale w jaki sposób ze sobą chodziliście, bo chyba nie platonicznie?

– Chodziłem bardzo często do spowiedzi – zmarszczył się. – Chociaż nie zawsze się spowiadałem z migdalenia, bo nie uważałem go za grzech. No, nie za taki znowu duży. Przecież nikomu nie robiliśmy krzywdy.

– Dosyć heretyckie podejście.

– Dlatego między innymi nie zostałem tym księdzem. Ale potem studiowałem u Tischnera. A Ela, rzeczywiście, genialna była z matmy. Poszła na informatykę. Wyszła za mąż, ma chyba dwoje albo troje dzieci.

– A czemu się rozstaliście?

Wzruszył ramionami z zamyśleniem.

– Bo ja wiem. Chyba nie umiałem wtedy z nikim jeszcze naprawdę być. I naprawdę chciałem do seminarium. Poza tym, co się wie o miłości w tym wieku. Ela była na pewno bardziej dojrzała, a ja... Zresztą zaczęliśmy studia, i poznałem Weronikę, zakochałem się.

Weronika, jak się okazało, była genialną polonistką. Opowiadał mi o niej z nostalgicznym rozmarzeniem, podczas gdy ja robiłam herbatę, i ściskało mnie w dołku z zawiści i zazdrości o jego przeszłość, ale z całych sił starałam się tego nie okazywać. Po Weronice jakoś chyba byłam ja, przez ten króciutki interwał, który ze sobą przeżyliśmy, potem jeszcze jakieś panny przypadkowe, a to w Londynie, a to gdzieś tam. I wreszcie pojawiła się Ania, druga po Weronice miłość prawdziwa. I żona.

– Agusia. – Objął mnie znienacka od tyłu.

Milczałam.

– Wiesz, że jesteś trzecią kobietą, jaką naprawdę kochałem w całym moim życiu. Trzecią prawdziwą miłością. Wielką miłością.

– Przecież jesteś ze mną tylko dlatego, że nie możesz być z Anią – powiedziałam przekornie.

Niech mówi jeszcze.

– No, to raczej jakby oczywiste. Nie mógłbym być jednocześnie z tobą, i z Anią. Przestań już. – Uszczypnął mnie w pasie.

– Ale na pewno porównujesz, i żałujesz. – Spuściłam głowę.

– No pewnie, że żałuję. Myślałem, że wszystko mi się uda, a zostawiłem po sobie ruinę. I muszę z tym żyć, każdego dnia. Ale mylisz się. Ja was nie porównuję.

Patrzył mi smutno prosto w oczy.

– Jesteś straszny głuptas – szepnął, i pocałował mnie w czubek głowy. – Przecież wiesz najlepiej sama, że po zdradzie nic nie jest takie samo. Ania nigdy nie byłaby mi w stanie na nowo zaufać. A ufała mi bezgranicznie.

– Nie ma mojej wrodzonej podejrzliwości – wtrąciłam.

– Nie, wredoto. Dlatego, kiedy dowiedziała się prawdy o mnie i o naszym małżeństwie, świat rzeczywiście jej się kompletnie zawalił. Gdybyśmy zostali razem, pewnie bym zwariował z poczucia winy. Nie mógłbym żyć na nieustannym cenzurowanym. I niewykluczone, że bym ją znienawidził...

– Tak jak Eryk w pewnym momencie znienawidził mnie. Bo najbardziej nienawidzi się ofiary.

– Bingo. A tak to być może, kiedyś, będziemy mogli normalnie ze sobą rozmawiać, i cieszyć się naszym synem. Czy już masz jasność, ciemnoto anglistyczna, że tylko z tobą mogę być? I nigdy cię nie zdradzę.

– Mam. Ale musisz mnie o tym zapewniać nieustannie, i w kółko tłumaczyć, dlaczego. – Przytuliłam się.

– Jezu. A z reklamy wynikało, że jesteś inteligentna.

Usiedliśmy w fotelach, i Ksawery czytał mi na głos „Pieśń nad Pieśniami", a czytał pięknie. Potem czytaliśmy na role, i miałam wrażenie, że znalazłam się w samym środku dziewiętnastowiecznego romansu. I pewnie normalnie bym się roześmiała, autoironicznie i z zakłopotaniem, gdyby miły mój nie był taki cholernie uwodzicielski.

– Czy jesteś moim ajerem wonnym i cynamonem, z wszelkim drzewem kadzidlanym, myrrą, aloesem i wszelkim rzadkim balsamem? – zapytał śpiewnie, jak sam Salomon.

– Oczywiście. A ty... daj książkę... Jesteś... o, mam... Jesteś mi biały i rumiany, wybrany z tysięcy? I jeszcze podobny gazeli albo jelonkowi na balsamicznych górach?

– Raczej tak. Temu jelonkowi podobny zwłaszcza. Bezdyskusyjnie – spojrzał na swój brzuch. – Czy ja cię miłuję, moja ty różo Saronu, lilio dolin, klaczy w zaprzęgach Faraona?

– A czy miły mój jest mój, a ja jestem jego, który pasie między liliami?

– Twoje zęby jak stado owiec strzyżonych, które wyszły z kąpieli, każda z dwoma jagniątkami, a nie ma wśród nich niepłodnej.

– A widzisz. Nareszcie zauważyłeś. Gdyż oto minęła zima, deszcze przeszły i ustały.

– Tak. I gruchanie synogarlicy słychać w naszym kraju.

– To nie synogarlica. To Cielęcina pod stołem – sprostowałam.

Cielęcina otworzyła pół oka na dźwięk swojego imienia.

– To chodźmy w świat, przyjaciółko moja – zaproponował, podnosząc się z sapnięciem.

– To chodźmy, rączy mój jelonku.

Na zewnątrz okazało się, że skądś bokiem wyszło słońce, i zaczęło się robić gorąco.

– Naprawdę gruchają te synogarlice – zauważył Ksawery, i przycisnął mnie do siebie tak mocno, że się potknęłam o własne stopy.

– Musisz mi tak robić? – zirytowałam się.

– No. Chyba muszę. – Przycisnął mnie jeszcze mocniej, i uniósł pół metra nad ziemię. – Bo mam do ciebie miętę. – Cmoknął mnie w kark i postawił z powrotem na chodniku.

– Rzeczywiście gruchają. Jak to zwykle po deszczach. Które faktycznie jakby ustały i przeszły. – Otrzepałam się, jak Szary po nadmiernym głaskaniu.

Szliśmy, nieprzyzwoicie przyklejeni do siebie, obsadzoną starymi drzewami aleją Waszyngtona w kierunku skweru Kościuszki.

– Co tam się dzieje? – Ksawery skinął głową w kierunku Gemini.

Skwer Kościuszki wydawał się pokryty szczelnie statyczną masą ludzką.

– Nie wiem – wzdrygnęłam się. – Chcesz zobaczyć? Albo czekaj, wiem. Wiem. – Stanęłam na środku chodnika. – Przypomniało mi się. To jest targ staroci. Gdyńska wersja Jarmarku Dominikańskiego. Widziałam przecież wczoraj plakaty. To chodźmy, chodźmy! – Pociągnęłam go za rękę.

Dosyć natarczywie, bo już zagrała we mnie krew i adrenalina, włączył się instynkt łowcy. Kupić coś, kupić. Coś fajnego i oryginalnego. Za psie pieniądze. Już.

– No, dobra, dobra – zdziwił się Ksawery. – Ależ ty masz rwanie, kobieto. – Potknął się o własne sandały.

– Bo uwielbiam pchle targi. Chodź, bo nam wykupią. – Przyspieszyłam.

– Co wykupią? – spytał Ksawery, i zamrugał zdziwiony, i też, chcąc nie chcąc, przyspieszył.

– No... wszystko. Wszystkie co ciekawsze rzeczy... – Mam tłumaczyć, jak głupiemu, naprawdę.

Pierwszy raz na targu staroci jest?

– A skąd wiesz, co tam jest? – Zamrugał ponownie.

– Nie wiem, ale wiadomo, że na takie imprezy trzeba przyjść jak najwcześniej, bo potem już się nic nie upoluje. Najlepszy towar jest wcześnie rano, a my i tak mamy już kilka godzin w plecy – wyjaśniłam, wymijając zgrabnie wygiętym biodrem pięcioosobową rodzinę z wózkiem, która wlokła się niemiłosiernie, blokując ruch z tyłu, z przodu i z boków. – Też nie mają gdzie na spacery dzieci zabierać, tylko w oko cyklonu.

– Co mówiłaś, kochanie?

– Nic, kotku.

Ksawery zakleszczył się między szpanerskim trójkołowym wózkiem w markowych kolorach Tommy'ego Hilfigera a ojcem z dwulatkiem na ręku. Dwulatek jadł, sądząc po odcieniu, truskawkowego loda w wafelku, i zanim zdążyłam krzyknąć „uważaj!", błyskawicznie wyciągnął lepką łapkę i poklepał Ksawerego po loczkach.

– Kizia-mizia! Tata. Kizia-mizia! – ucieszył się, pokazując w radosnym uśmiechu piękny rządek mleczaków.

– Nie ruszaj pana, Krystianku. – Tata, łysy jak kolano, rzucił Ksaweremu spojrzenie udręczonego mordercy.

– Nic się nie stało. Kizia-mizia, o. – Ksawery uśmiechnął się i poczochrał po czuprynie. – A co ty jesz, Krystianku?

– Loda am. Loda. Srukakowego – wyjaśnił Krystianek.

– Truskawkowego – poprawił ojciec, przewracając przekrwionymi oczami.

– Aha. A dasz trochę? – zapytał podchwytliwie Ksawery.

– Nie dam. – Krystianek asertywnie przytulił się z lodem do podkoszulka taty z krokodylim logo Lacoste. – Sobie kup – poradził rozsądnie.

– Aha, chyba sobie kupię, ale czekoladowego, wiesz. Wolę czekoladowe... – wyznał Ksawery, i nagle cały się skulił pod spojrzeniem Łysego.

Ale puszka Pandory stała już otworem na oścież.

Na umorusanej twarzyczce Krystianka malowała się konsternacja. Coś jakby nie do końca uświadomiony dysonans poznawczy.

Nie czekając, aż Krystianek sobie wszystko uświadomi, i, co gorsza, zwerbalizuje, błyskawicznie złapałam Ksawerego za rękę. Zaczęliśmy przebijać się do przodu.

– Przepraszam! Przepraszam! O, przepraszam! – wychodziło nam jednak bardziej w bok, tłum spychał nas na ścianę centrum Gemini od strony multipleksu Silver Screen.

– Tata, ja też chcę czekoladowego!!! Taa-taaa!!! – dobiegło nas, niczym jątrzący wyrzut sumienia.

– Jesteś psychiczny – wysapałam, kiedy bez szwanku udało nam się dotrzeć pod ścianę.

Czy ja nadal miałam torebkę? Jest. A pieniądze trzymane luzem w bocznej tajemnej kieszonce, zasuwanej na zamek? Są.

– Dlaczego? – Ksawery otarł mokre od potu czoło i wyciągnął paczkę marlboro.

– Na miejscu Łysego bym cię zabiła. Wepchnęłabym ci tego wafelka pomiędlonego w tchawicę.

– Na oczach dziecka?

– Bez przesady. Tatuś pewnie nie takie sztuczki już mu pokazywał. Widziałeś jego bicepsy?

– Ja tylko byłem towarzyski. Lubię dzieci. – Wzruszył ramionami. – Fascynują mnie. Dla nich wszystko jest nowe. Uwielbiam z nimi rozmawiać... Patrzyłaś na jego bicepsy?

– I podpuszczać je na nieszczęsnych rodziców... nie patrzyłam, tylko widziałam, trudno było nie widzieć, miałam je na wprost nosa.

– Na pewno pociągał cię ten mięśniak z Lacostą. – Poczęstował mnie papierosem.

– Nie, jelonku. A poza tym, nic o nim nie wiemy. Może jest fajny, tylko ma ciężko.

– Może. Może ma żonę straszną z pazurami, która mu każe pakować na siłowni i nosić te krokodyle od Lacosty, i ten wózek trójkołowy bezsensowny pchać.

– A on i tak woli nosić małego na rękach. I nic nie powiedział, jak mu Krystianek całego loda wsmarował w te krokodyle.

– To chodźmy, bo nam naprawdę wszystko wykupią – powiedział i wziął mnie za rękę. – Ja też bardzo lubię targi staroci. Można upolować coś fajnego i oryginalnego, tylko trzeba przyjść wcześnie rano, a my i tak mamy kilka godzin w plecy...

– Wampir.

– Kocham cię.

W oku cyklonu, czyli w środku targowiska, jak się okazało, nie było wcale tak źle. Stoiska stały całkiem luźno, a pomiędzy nimi rozpościerały się na ziemi całe płachty pełne najróżniejszych różności. Srebra, porcelana, szkło, hełmy poniemieckie, karty telefoniczne, książki, meble, biżuteria, obrusy, młynki do kawy, podrabiane dresy z nadrukami, sukienki z falbankami, T-shirty, kapelusze, muszle, obrazy.

– Agusia?

– Tutaj! – Podniosłam głowę i pomachałam ręką.

– Co masz ciekawego? – Ksawery co chwila tracił mnie z oczu, bo trafiła się nam akurat alejka szkła, więc raz po raz przykucałam, żeby się przyjrzeć jakimś spodeczkom czy dzbanuszkom.

– Takie, zobacz, jakie cudne. – Podniosłam z brezentowej płachty niedużą złocistoróżową szklaną miseczkę. – Jest pięć, jednej brak. Czy nie są ekstra?

– Przedwojenne, prawdziwe – zareklamowała bez przekonania właścicielka w niebieskim ażurowym swetrze; nie wyjmowała papierosa z ust nawet podczas rozmowy.

– Wyglądają na ruskie podróby, ale mają klimat. Takie trochę artdekowskie – mruknęłam półgłosem.

– Jesteś pewna? – wymamrotał Ksawery. – Naprawdę ci się podobają?

– Uhm. A tobie nie? – zmartwiłam się.

– Nooo, nie do końca. Nie mam przekonania... są hmm... trochę... kiczowate? – Zmarszczył się.

– Ale dlatego właśnie są świetne! – zawołałam entuzjastycznie.

– Hm. A na co by to było? Dosyć małe te miseczki.

– Bo ja wiem, na żurawiny, albo na dżem. Na ogórki kiszone. Orzeszki. Pomidory. Deser.

– Aha. Na żurawiny, powiadasz?

– No. Bierzemy? Ile za ten komplet?

– Pięć złoty za sztukę. – Niebieski Sweter była nadal znudzona, ale zaświeciły jej się oczy do interesu.

– To na pewno nie jest tyle warte, ale naprawdę mi się podobają – szepnęłam Ksaweremu w kark.

– To bierz.

– A ty? Tobie się nie podobają.

– Ja ci ufam, że jak mi podasz w tych farfoclach ogórki z dżemem i orzeszkami, to na pewno będzie pysznie i gustownie...

– Wypluj to słowo.

– Które? Ogórki czy dżem?

– Gustownie.

– ???

– To jeszcze z liceum. Z Klementyną zawsze używałyśmy „gustownie" w cudzysłowie.

– Ale skąd wiadomo, że to jest w cudzysłowie? – zachichotał.

– Przecież nikt nie używa tego słowa w jego zwyczajowym znaczeniu.

– A jakie jest zwyczajowe znaczenie? – Ksawery śmiał się do rozpuku, głównie z miny Niebieskiego Swetra, która osłupiała wydawała nam resztę.

– No, panie polonisto kultowy, jak to jakie. Gustowne, czyli ładne, czyli przewidywalne. Ma pazur, ale dobrze spiłowany, taki, który nikogo nie zadrapie. Gustowne podoba się każdemu. Brama Floriańska. Piotr Rubik. A gustowne w cudzysłowie to już szczyt drobnomieszczaństwa i kicz.

– Jezu, ale przywaliłaś. A czy przypadkiem gustowne bez cudzysłowu to nie jest na przykład klasyka?

– Brama Floriańska to nie klasyka. Poza tym, klasyka musiała najpierw być oryginalna i totalnie nowatorsko zaskakująca, żeby się ustatecznić i zostać klasyką. Patrz Duchamp i jego kibelek. Ale ja uwielbiam kicz. W umiarze, jako dopełnienie eklektycznego wnętrza.

– Własnego też?

– Uhm – zachichotałam – zwłaszcza kicz doskonały, w postaci amerykańskiego musicalu. Proszę, trzymaj farfocle art-dekowsko-ruskie. – Podałam mu siateczkę.

Przejął z szacunkiem, i nagle, wolną ręką chwycił mnie za łokieć.

– Agusia. Zobacz to. – Pociągnął mnie w kierunku stoiska ze srebrami i hełmami.

Z kupki żelastwa wygrzebał coś, co wyglądało na rzeźbione grabie, ale bez kija. I jeszcze mi to podał.

– Jezu, fantastyczny!

– Zawołał do mnie. – Ksawery złapał się za serce. – Z daleka.

Trzymałam w ręku najbardziej szalony wieszak na ubrania. Metalowe, zaśniedziałe haki były wygięte jak wąsy, i umocowane na czymś, co wyglądało na głowy bożków, jakichś ni to Dionizosów, ni to centaurów.

– Genialne. Ksawery... – zakwiliłam.

– Ile? – spytał Ksawery. – Nie, to za dużo – uśmiechnął się jak Shylock. – Daję pięćdziesiąt. Stoi? Dziękuję. – Odwrócił się do mnie. – To do naszego domu. Powiesimy w hallu.

– Nigdy. Za dekoracyjny jest. W salonie na honorowym miejscu – oburzyłam się.

– Wariatka. Wieszak w salonie?

– Gustowny Gustaw. – Przewróciłam oczami. – Dziękuję! Jest cudny.

Wróciliśmy do domu, żeby zostawić zakupy i trochę porządniej się ubrać. Po złudnym ociepleniu zrobiło się jednak znowu chłodniej, i dreszcze latały mi po łydkach, czego bardzo nie lubiłam. Minęła dłuższa chwila, zanim wyszliśmy ponownie, ponieważ Ksawery zobaczył, że się przebieram, i natychmiast to wykorzystał.

– Widzisz, widzisz, co ty ze mną wyprawiasz – zadyszał mi w kark, kiedy usiłowałam włożyć dżinsy.

– Nic – powiedziałam fałszywie, a serce mi skakało.

To widać może być i tak.

– Będziemy się już zawsze tak kochać, że nie istnieje świat i nie brak nam niczego ani nikogo? – mruczał dalej.

– Tak, chociaż trochę mi brak czegoś do picia – odwróciłam się i pocałowałam go w nos.

Miał takie piękne kości policzkowe. Dlaczego ja nie mogłam mieć takich kości policzkowych? Co facetowi po takich kościach? Oczy też. Po co mu takie oczy, że zaglądały człowiekowi po samo dno?

– Proszę. – Wrócił ze szklanką soku pomarańczowego i najczulszym uśmiechem pod słońcem.

Włożył jasne, płócienne spodnie i czarny podkoszulek. Przesunął ręką po policzku. Miał bardzo mocny zarost, i chociaż golił się rano, nowy już zdążył zakiełkować. Zakręcił się w kółko i napotkawszy wzrokiem paczkę marlboro, wsunął ją do kieszeni razem z zapalniczką. Mój Ksawery. Jakie to nie do uwierzenia zupełnie. Mój ci on, a przecież nie Eryk. Wszystko robił zupełnie inaczej. A mój. Ciekawe, czy on też myślał o takich sprawach. Pewnie nie.

– No co? – Odwrócił się wreszcie, i uśmiechnął z udawaną irytacją. – Babo? Co znowu mam źle? – Zlustrował siebie od stóp do głów.

– Nic – zaśmiałam się. – Widzę, jak mój rączy jelonek kopytkiem w kółko grzebie, i rada jestem z tego widoku.

– Kopytkiem grzebie? Ale o marlboro będziesz żebrać, babo przebrzydła w dżinsach wranglerach obcisła.

– Będę, jak nic.

*

Było około północy, kiedy wróciliśmy do Gdyni wyspacerowani po molo, deptakach i wąskich uliczkach starego Sopotu, objedzeni halibutem z rusztu i sałatką Colesław, ubzdryngoleni leciutko dżinem. Na dworcu, pomimo weekendu, było niemal bezludnie. Jedynie peron w kierunku Sopotu nieustannie to pustoszał, to znów się zapełniał.

– Chodź, pokażę ci swoją kawę z łańcuchem. – Pociągnęłam Ksawerego w dół po schodach, na najniższy poziom dworca.

I wtedy stało się to, co nie stało się wczoraj o trzeciej nad ranem.

– Mmmm... ale zapach! – zachwycił się i oblizał Ksawery.

– Mmmm... rzeczywiście! – zachwyciłam się i oblizałam i ja.

Po lewej stronie u podnóża schodów stała legendarna dworcowa budka z kebabami. Woń grilowanego mięsa była tak nieziemska, że nie byliśmy w stanie się oprzeć.

– Eee, dwa kebaby... wołowe? – Spojrzał na mnie pytająco.

– Dla mnie drobiowy, bez cebuli i tylko z tym białym sosem, bez czerwonego – wyrecytowałam asertywnie, bo generalnie

nie cierpiałam kebabów, uważałam je za jedno wielkie oszustwo. Gigantyczna buła zalana sosami bez smaku, mnóstwo cebuli i szczypta wyschniętego mięsa, plus posiekana na śmierć sałata, która rozłaziła się i wysypywała wszędzie. Do tego na odczep się kawałek pomidora chłodniczego, twardego i ledwo różowego, fuj. Zawsze wyrzucałam połowę, ze złości, że buła nie mieści mi się w ustach.

– Okej – zaśmiał się Ksawery. – A dla mnie wół ze wszystkim.

Kudłaty sprzedawca z włosami do ramion i sinym cieniem zarostu skinął bez entuzjazmu głową – skąd zresztą wziąć entuzjazm na dworcu o północy – i zabrał się za wypychanie kebabów. Kogoś mi zdecydowanie przypominał. Tylko kogo? Jakby jakiegoś bohatera filmowego z dzieciństwa, może Robin Hooda? Nie, jednak nie. Najpiękniejszym Robin Hoodem wszech czasów na zawsze pozostał dla mnie angielski aktor Michael Praed, którego religijnie oglądałam w serialu jako nastolatka, zakochana po równo w nim, i muzyce Clannad. Sprzedawca z żadnej strony nie przypominał Michaela Praeda o oczach pełnych tajemnic.

Kebaby pachniały uwodzicielsko, ale kiedy ugryzłam pierwszy kęs, przekonałam się, że są takie same jak wszędzie.

– Ak fój? – zapytał Ksawery, z ustami umoczonymi w keczupowej krwi.

– Ak fobie – odparłam, otrzepując się z sosu i sałaty. – Ój?

– Uhm. Dobry – ugryzł kolejny kęs.

A mnie połowa mięsa wyleciała na beton.

– Fak, fak – zaklęłam, ale radośnie, bo z Ksawerym wszystko wydawało mi się rozrywkowe.

– Nie rzucaj mięsem o północy, babo. – Ugryzł następny kęs. – Dobry, ale buła – skomentował.

– Mój też buła, i nie umiem go zjeść. Weźmy widelce, i chodźmy stąd. – Wolną ręką złapałam dwa plastikowe sztućce i ruszyliśmy do wyjścia.

– O, tu jest moja kawa z łańcuchem. – Machnęłam na prawo widelcami w kierunku automatu, oplecionego żelazem, niczym średniowieczny skazaniec.

– Aha. Fajna. Chcesz?

– Nie. Coś zimnego.

Na zewnątrz usiedliśmy na pijackim murku po przeciwnej stronie dworca, obok baru całodobowego.

Dziabałam widelcem kebabową kurę, bezskutecznie usiłując dokopać się smaku, który obiecywał zapach.

– Mój jest jak trociny, i nie mogę właściwie znaleźć tej kury – burknęłam z niezadowoleniem.

– Bo ją wyrzuciłaś na bruk. Ale mój też trociniasty. Za to ten czerwony sos zabił wszystkie możliwe smaki. Dobrze zrobiłaś, że go nie chciałaś.

– Ksawery, czy ten sprzedawca kebabów kogoś ci nie przypominał? Nie mogę sobie przypomnieć, okropnie mnie to męczy. Kojarzy mi się z dzieciństwem, tak jakoś sentymentalnie, nie wiem, ktoś z telewizji...

Ksawery przerwał żucie – szło mu zdecydowanie lepiej niż mnie, został mu już tylko kawałek buły – i zamyślił się kreatywnie.

– Rzeczywiście, wiesz. Ja też mam takie wrażenie, jakbym dobrze go znał. Niemen? Nie, nie. Demis Roussos... nie... Czekaj, wiem, wiem! – Machnął kebabem, a pomidor wyrzucony z buły wylądował na drzwiczkach stojącej naprzeciwko taksówki.

Na szczęście taksówkarz niczego nie zauważył. A wiadomo, że taksówkarze są bardzo czuli na punkcie swoich narzędzi pracy.

– Drupi! – wykrzyknął triumfalnie, a dwie blondynki z wyprasowanymi na plecach włosami obejrzały się oburzone, i jednocześnie zadowolone.

– Jezu, no pewnie! – Uściskałam go. Blondynki odwróciły się, rozczarowane. – Nie mogłabym zasnąć.

– He, i tak nie będziesz mogła. – Przytulił mnie. – A pamiętasz „Sereno e”? – zanucił. – Pewnie. A „Sambario”, a „Piccola”?

– ...„e fragile”? Jasne.

– Chodźmy do „Cyganerii” spłukać te kebaby. Powinni być jeszcze otwarci. – Wstałam i pociągnęłam go za sobą.

W „Cyganerii” była już tylko obsługa, która plotkowała w trójkącie przy barze, oraz męska para typu dwaj panowie w delegacji. Usiedliśmy w naszym kącie z kanapami. Z nagłej tęsknoty za włoszczyzną Ksawery pił martini à la Bond, a ja campari z sokiem pomarańczowym.

– Nie podejrzewałabym nigdy, słuchając sto lat temu Drupiego, że jako rycząca trzydziestka z plusem, będę go z rozrzewnieniem wspominać, i to w okolicznościach Ksawerego Podsiadło – zauważyłam, bawiąc się papierosem.

– Hm – uśmiechnął się nostalgicznie Podsiadło. – Ja w ogóle nawet za bardzo o nim nie pamiętałem, ale to dlatego, że mam go we krwi, jak Kaczmarskiego, Stachurę, Stonesów, Boney M....

– Oni połykali ogień, pamiętasz? Ja lubiłam Drupiego, zwłaszcza „Vado via”, ze względu na monumentalny refren. – Położyłam się w konwulsjach na stole. – Myślałam, że on śpiewa o Wadowicach.

Z kim mogłabym się tak pozachwycać włoskim hydraulikiem o głosie Bruce'a Springsteena z zapaleniem krtani?

– A to Ragazzo di Napoli... – zaciągnął Ksawery – kto to śpiewał, to była parodia jakaś po polsku...

– ...*zajechał mirafiori, na sam trotuar wjechał kołami*... Jacek Zwoźniak. Ale to genialnie onomatopeiczne. *Nosem prezent poczułaś*... – śpiewałam w najlepsze, bo przed oczami nagle stanęły mi wszystkie ogniska młodości, podczas których popisywałam się śpiewem, akompaniując sobie ze zmienną biegłością na gitarze.

Moimi sztandarowymi przebojami były smutna ballada o narkomance, z repertuaru U2, oraz kilka piosenek Susan

Vegi, na które poderwałam w Londynie pewnego błyskotliwego Ślązaka. „Myślałem sobie, a tam, taka niunia nowa przyjechała z ojczyzny, a tu zaśpiewałaś o tej Cygance, i mnie zaczarowałaś", powiedział mi wtedy, i był to jeden z najmilszych komplementów, jakie usłyszałam w życiu, lecz nie przyznałam się Ksaweremu ani do śpiewu przy gitarze, ani do komplementów tychowianina, bo nie był to czas, ani miejsce. Kiedyś, może.

– Agusia... czy... to niemożliwe... niesamowite... słyszysz...? – Ksawery złapał mnie za rękę. – Drupi, jak Boga kocham, Drupi!

Osłupiała wsłuchałam się w muzykę. Z głośników zamiast intymnego, nieprzeszkadzającego jazzu leciał najprawdziwszy Drupi. „Sereno e".

– Czy my gramy w amerykańskim filmie? – zapytał Ksawery, dławiąc się ze śmiechu. – To jest kompletnie nie z tego świata!

– Chyba tak. Jak to opowiemy, to i tak nam nie uwierzą! – ryczałam. – O, Boże! Oj, rety. Sereno! E!

– To jest to... twoje *sere... serendipity*?

– Jest. Obawiam się, Ksawery, że właśnie zostaliśmy harlequinem.

*

Musiał jechać, była niedziela znowu wilgotna i bura, upalna, a mnie serce bolało, i dusiło mnie przy oskrzelach, oddychać nie mogłam. Spakował się raz-dwa, zapętlił wszystkie sznurki czarnego plecaka, pozapinał wszystkie dyndające przy plecaku paski, ubrał się w kolejny czarny podkoszulek, prysnął Miracle for Men w podgardle i dzika, i był gotowy. A mnie ręce latały, i głowa bolała z nerwów, tak okropnie, straszliwie nie chciałam się z nim rozstawać. Bo za tydzień się nie zobaczymy; bo on ma Pragę i Rolling Stonesów, a ja wesele. Jak ja pójdę na to wesele bez niego, no jak. Jak ja będę tam wyglądać taka nie do pary na tym weselu, przy tym stole biesiadnym, z nazwiskiem wypisanym przed talerzykiem samotnym. Jak żałość ostatnia, która nie ma nawet kolegi, ani brata, ani kolegi brata, żeby wystąpił w charakterze osoby towarzyszącej. Pod tym względem Eryk miał rację. Kiedy przyszło co do czego – a to właśnie była wzorcowa sytuacja typu „co do czego" – nie znałam nikogo, kto zechciałby się ze mną publicznie pokazać. Może Ewka, ale ona była w ciąży, i nie chciałybyśmy chyba występować w takim układzie jako para, chociaż Hugonoty miały otwarte głowy, ale nie ręczyłabym za teściów i rodziców, z wyjątkiem może Domosławskiego-seniora, artysty malarza. Może by mi w swojej nieskończonej szczodrobliwości odstąpiła na chwilę Adasia, ale to już by był przerost wspaniałomyślności, nawet jak na nią. A przecież wcale nie chodziło o to, żeby pójść z kimkolwiek, tylko żeby pójść z Ksawerym, z Ksawerym publicznie się pokazać, na jego ramieniu publicznie się opierać, i pękać ze szczęścia i z dumy, że miły mój jest mój, a ja jego.

A tymczasem miły mój wybierał się do Pragi, gdzie klony Pauliny Poriezkovej i Evy Herzigovej będą podawać mu kufle piwa, a na koncercie chude nastolatki o intelektualno-romantycznych twarzyczkach będą podskakiwać przed nim, migać mu przed zgrabnym profilem tatuażami na lędźwiach i kolczykami w pępkach. I na pewno pożałuje, że obiecywał nie wiadomo co jakiejś przechodzonej beretce w Gdyni, w sytuacji intymnej, kiedy przecież nie był panem swoich emocji.

*

Ryczał ordynarnie ze śmiechu.

– Dużo masz jeszcze takich rewelacji w paranoicznym zanadrzu?! – wykrztusił, kiedy rozwijałam mu przed oczyma barwne panoramy tatuaży na lędźwiach czeskich nastolatek.

– No – kiwnęłam.

– No, to nieźle. Ale – podszedł, i objął mnie – wiesz, babo, że będę z tobą przez cały czas?

– Duchem? Dziękuję, senk ju, ale to za mało – odparowałam.

– Nie tylko. Zobaczysz sama. – Uśmiechnął się tajemniczo. – Jest tu gdzieś Internet? – zapytał, kiedy zeszliśmy na dół.

– Zaraz za rogiem, w lewo.

– Muszę sprawdzić pocztę. Wiesz, praca.

Zalogował się do swojej skrzynki. Odwróciłam wzrok, żeby nie było, że mu gwałcę prywatność korespondencji, ale kusiło mnie okropnie.

– Możesz sobie zobaczyć, nie mam nic do ukrycia. – Ledwo to powiedział, na ekranie pojawiła się wiadomość.

Od jakiejś Basi. Ksawery wyraźnie się spocił, i nic nie powiedział, tylko błyskawicznie wrzucił wiadomość do kosza. Praca? Akurat. Cała poczerwieniałam, i także do wtóru oblałam się potem. Moja dłoń zostawiła na blacie neurotyczny, mokry ślad. Pytać, czy nie pytać, oto jest pytanie. Powiedział mi kiedyś, że żadnych sekretów, o wszystko pytać, żadnych wątpliwości i niedopowiedzeń. Odchrząknęłam.

– Co to za Basia? – Wyszło chropawo, i cicho.

– To... przeszłość. Agusia... – Odwrócił się do mnie nerwowo. – To jeszcze wraca, tak jeszcze przez jakiś czas będzie, ale to już mnie nie dotyczy. Nas nie dotyczy, rozumiesz?

– Skoro to nikt, to dlaczego nie przeczytałeś tego listu? – Zaczęłam dłubać przy paznokciach.

– Bo nie chciałem sprawiać ci przykrości... wiem, jaka jesteś....

– Więc lepiej nie pokazać, tylko ukryć, żebym się zamartwiała, i snuła domysły? – Wyszliśmy na ulicę, i automatycznie histerycznie podniósł mi się głos.

Ksawery zatrzymał się, złapał mnie za rękę.

– Dobrze, wracajmy. Pokażę ci. Masz rację. Postąpiłem jak kretyn. Chciałem ci czegoś oszczędzić, a wyszło zupełnie odwrotnie. Chodźmy.

– Ale... nie zdążymy na pociąg! – Poczułam się jak patentowana paranoidalna idiotka.

– Zdążymy. Chodź.

Chłopak w kafejce internetowej zmierzył nas rozbawionym spojrzeniem.

– Można jeszcze raz? – zapytał Ksawery.

– Ależ proszszsz... – Patrzył na mnie badawczo. – Cześć.

O, rany. To proszszsz... Kolega Eryka, oczywiście. Paweł, Romek, czy jakoś tak. Poznaliśmy się kiedyś na jakiejś piwnej imprezie na plaży.

– Cześć. – Uśmiechnęłam się niewinnie. – Dzięki.

Cały czas trzymałam Ksawerego za rękę.

– Mam deja vu – mruknęłam, kiedy ponownie otworzył skrzynkę.

– Ja też. Kto to? – zapytał niewinnie.

– A, kolega Eryka. Zapomniałam, że tu pracuje.

– Boisz się?

– Coś ty.

– No, to czytaj, proszę. Oto jest Basia. – Westchnął i otworzył list.

W e-mailu był wiersz. O porach roku i o miłości. O tym, że ona kocha i cierpi tak samo, niezależnie od tego czy wiosna, czy lato. Im bliżej było zimy, tym mniej zostawało nadziei. Smutny wiersz, miejscami bardzo udany.

Teraz ja westchnęłam.

– No i co? Co z tym zrobisz?

– Nic. – Wzruszył ramionami.

– Ale ona cierpi. Chyba cię kocha. Sugestywnie pisze.

– Agusiu. – Poderwał się i znowu złapał mnie za rękę. – Wyjdźmy stąd. Dziękujemy. – Położył złotówkę na blacie przed Romkiem, czy Pawłem.

– Kochanie, ja nie czuję się już winny. Ona wie. Wszystkie wiedzą. Napisałem do wszystkich swoich byłych i ewentualnych niedoszłych panien, zaraz po powrocie od ciebie. Wiedzą, że jesteś, że cię kocham, i nie będę odpowiadał na ich e-maile, esemesy, telefony, bo chcę być uczciwy. Tylko mono. Postawiłem sprawę może drastycznie, ale tak było trzeba. Nigdy żadnej Basi, Beacie, Joli czy Anecie nie robiłem nadziei na coś więcej. – Stał przede mną na chodniku, przed restauracją Da Vinci, w której zaledwie tydzień temu publicznie się całowaliśmy przy białym winie, stał cały mokruteńki, od pogody i nerwów, ze wzrokiem zbitego psa.

– A skąd mam mm... mieć pewność, że nie będziesz tego ża... ża... łował? – wyjąkałam wreszcie.

– Czego? Tamtego życia? Agusiu, czy ty nic nie rozumiesz? Gdybym go chciał, to bym je miał.

– A może chcesz i to, i to? I mnie, i te Basie poetyckie. Ładne to było o tych świętach bez Boga, bo bez miłości, w ostatniej zwrotce – brnęłam, brnęłam bez sensu.

– Przestań. Przestań. Święta bez Boga i bez miłości to ja miałem w ubiegłym roku – powiedział z goryczą. – Na własne życzenie, całkowicie. Ania z Piotrem u teściów, Wigilia, choinka, śnieg. Pojechałem im złożyć życzenia – miałem chyba nadzieję, że zaproszą mnie do stołu, że to, co się stało, jakimś cudem bożonarodzeniowym nagle się odstanie. Nie odstało się. Nie zaprosili mnie, bo chyba po prostu nie mogli. Nigdy w swoim życiu nie odczułem tak wyraźnie ludzkiej wrogości. Oni mnie nienawidzili i byli przy tym niewypowiedzianie smutni, że muszą mnie nienawidzić... Nie wiem, czy wiesz, co...

Pogłaskałam go po policzku. Chciało mi się płakać.

– A Piotruś... uściskał mnie, ale miałem wrażenie, że wie o wszystkich moich niegodziwościach... wyszedłem, wróciłem do naszego dawnego mieszkania... i piłem z przyjacielem. Do sylwestra.

– Dlaczego nie pojechałeś do swojego domu, do mamy?

– Sam? Bez Ani i Piotra? I co ona powiedziałaby wszystkim nieuświadomionym babciom i ciociom przy stole? – zaśmiał się gorzko. – Nie mogłem jej postawić w takiej sytuacji. – Podniósł na mnie wzrok. – Więc nie mów już nigdy do mnie o moim dawnym życiu, i że go w jakikolwiek sposób pragnę. Bo to by oznaczało, że się nie zmieniłem, i że nadal jestem potworem. Kochaj mnie jakoś albo co – zmarszczył się.

– Dobrze. Chociaż nie będzie łatwo.

– A mnie to jest łatwo, z tą twoją wyobraźnią erotyczną na mój temat? – Przytulił mnie. – I wiesz co?

– Uhm?

– Już wiem, z kim spędzę następne święta – szepnął mi do ucha, a mnie przebiegły ciarki po grzbiecie. – Choinka?

– Tylko żywa.

– Jasne. Żurek czy barszcz czerwony?

– Oba. I wielki stół.

– A pod choinką?

– ...

– No to gazu na dworzec!

Pociąg już ruszał. Nie w żadnej przenośni, że zaraz, że odjazd odgwizdany, i drzwi zamykać, ale jeszcze można, z jęzorem na brodzie, w ostatniej chwili wpaść na korytarz obok toalety, dysząc i sapiąc z ekstazy, że się udało, i uśmiechnąć się w podzięce do stoickiego konduktora, który bez mrugnięcia znudzonym okiem, jednym pewnym szarpnięciem ramienia zatrzaskuje za nami drzwi.

Pociąg Ksawerego *odjeżdżał*. Był *w ruchu*. A Ksawery, niczym Mojżesz stojący naprzeciw Morza Czerwonego, uniósł prawicę, jakby łapał okazję, i motorniczy – pierwszy raz spotkałam się na żywo z tak drastycznym przejawem uprzejmości nieznajomych, w dodatku obdarzonych władzą – po prostu przyhamował. Ksawery wskoczył na stopień, dublując wszystkie naraz sceny z amerykańskich melodramatów, odgiął się w bok, i uśmiechając się jak inspektor Clouseau, przepięknie mi pomachał.

Pokręciłam z dezaprobatą głową. Niech sobie nie myśli, że mi imponują takie sztuczki. Grożące śmiercią kaskaderskie wygłupy. Nie zobaczę go przez dwa tygodnie. Będzie szalał w Pradze, podczas gdy ja będę szalała z zazdrości. Ale mu się oczywiście po raz drugi nie przyznam. Będę o tym non stop obsesyjnie myśleć, oczywiście, to przecież jasne jak słońce, ale się nie przyznam.

Chciałam, żeby ktoś mi powiedział, że mam prawo czuć, to co czuję, i że jest to najzupełniej normalne. Bo przecież było. A nie?

Ewka odebrała zziajana.

– Cześć! Nie, Adaś, tutaj, dwadzieścia centymetrów w prawo, w prawo, nie w tył! O, tu, tu! – dyrygowała.

W tle zaćwierkały ptaszki.

– Sorry, ale tyczymy. Fundamenty. Musimy robić wszystko od początku, bo okazało się, że architekt zaprojektował nam ścianę sypialni na studni! Chryste, naprawdę! Oszaleję! Adaś, rzuć mi migdały, są w mojej torebce. Co?! Jak to nie widzisz, czego nie widzisz?! W bocznej kieszonce, tej na zamek!

Cisza.

– No, teraz mogę rozmawiać. – Zachrupała. – Co jest, jak wielka law?

– Już nie paluszki? Migdały? – upewniłam się. – Wielka law okej, tylko...

– Aha. Na paluszki patrzeć nie mogę. Teraz tylko migdały, muesli, lody, ale te z zamrożonego soku, takie sorbetowe, i meksykańskie jedzenie. Jezu, Adaś, nie wiem, gdzie jest siekiera, może ukradli? Była w składziku. Jeśli chcesz mnie zabić, to wystarczy, że mi dasz powąchać choinkę zapachową z samochodu, cha, cha. Nie mogę znieść woni cytrusów, zwłaszcza w odświeżaczach powietrza. Łe – wzdrygnęła się. – Poczekaj, muszę się wyrzygać.

Posłusznie poczekałam. Odgłosów, które słyszałam w słuchawce, nie sposób było pomylić z niczym innym.

– Okej. To teraz wreszcie możemy rozmawiać – wysapała. – No i jak tam wielka miłość?

– Dobrze, kwitnie... – powtórzyłam, lekko zdekoncentrowana. – Tylko że Ksawery jedzie do Pragi na koncert Rolling Sto....

– Poczekaj. – Ewka rzuciła słuchawkę.

Dobiegły mnie odgłosy łupania i okrzyki. Krzyczała głównie Ewka. Adaś coś mamrotał. Dyskusja dotyczyła sznurka, a właściwie jego braku. Po wbiciu przez Adama palików w kaszubską ziemię, okazało się, że nie ma sznurka, żeby te paliki tradycyjnie, jak każe sztuka wytyczania fundamentów, ze sobą połączyć.

Szelest w słuchawce. Ewka wróciła.

– Nie wiem, po prostu, nie wiem, jak można robić coś tak kompletnie bez głowy, jak Adam – zaburczała. – Najpierw nie było siekiery. Jak się znalazła siekiera, to znowu nie ma sznurka. Nie wiem, nie wiem, jak my ten dom wybudujemy. Przecież nie mogę sama wszystkiego pilnować, i to w ciąży.

– No. Zupełnie jak te pionierki, co zdobywały Dziki Zachód. Brakuje ci tylko takiego wozu z budą. – Nie mogłam się oprzeć.

– Cha, cha! Żebyś wiedziała! Mam wrażenie, że wszystko jest wyłącznie na mojej głowie. Nigdy tak nie było, Adaś zawsze był świetnie zorganizowany... a ostatnio zrobił się jakiś taki... rozlazły i niepozbierany.

– A ty się przepadkiem nie zrobiłaś ostatnio za bardzo zorganizowana? Nigdy wcześniej nie słyszałam... a teraz...

– Co teraz? – oburzyła się.

– No, jedziesz po Adaśku równo, organizujesz mu wszystko, włącznie z siekierą, którą na jego miejscu bym cię zdzieliła, ty potworze ciążowy...

– Hmm... – zachichotała. – Potworze, mówisz? Ale on naprawdę nie mógł znaleźć tej siekiery, chociaż ją osobiście schował do składziku...

– No i co z tego? A ty mnie dwa razy pytałaś o moje życie miłosne, i bez...

– No, właśnie, co tam u ciebie, jak twoje życie miłosne? – zaśmiewała się do rozpuku. – Jezu. Naprawdę jestem potworem, w dodatku mam klasyczną ciążową sklerozę. Potrafię się koncentrować wyłącznie na sprawach przyziemnych. Ale taka chyba biologia. Biedny Adaś mój – zakwiliła nagle, jak zakochana sikorka.

– Życie miłosne moje, potworze, jest okej. Ale dzwonię nie po to, żeby ci przeszkadzać w wytyczaniu Adasiowi planu sześcioletniego....

– Żmijo. Chuda.

– ...tylko powiedzieć, że chcę się umówić na audiencję, bo Ksawery jedzie do Pragi...

– No, na koncert Stonesów, już mi mówiłaś! – ryknęła.

– Zabiję. Sierotą to dziecko, pogrobowcem będzie.

– No i?

– No i mam cykora na temat długonogich Czeszek z tatuażami. Oraz z tego powodu, że idę na wesele sama, bez osoby towarzyszącej, bo osoba będzie towarzyszyć Stonesom w praskich ekscesach. A także chętnie bym zobaczyła ciebie, i zdjęcia dzidzi. Tyle. Oraz Adaśka. Na żywo, nie na zdjęciu z macicy.

– No to przyjdź wieczorkiem, ale dosyć wcześnie, bo ja zasypiam o dziewiątej.

– Okej – zaśmiałam się. – Przynieść ci migdały?

– Możesz. I lody, bo już wyżarłam, a w świetle tego, co mi nawtykałaś, nie mam teraz serca wysłać po prowiant męża sponiewieranego przez ciężarną despotkę.

*

Ewka wyglądała jak reklama ciąży z ulotek reklamujących ciążowe witaminy. Właściwie, sama przypominała witaminę, w wersji multi. Włosy już nie blond, tylko pszeniczne. Oczy nie błękitne, lecz fiołkowe. Usta jak świeża malina. Policzki aksamitne brzoskwiniowe. Biust dwa gigantyczne grejpfruty.

Miała na sobie obcisłą trykotową sukienkę do kostek w kolorze morelowym, z czekoladowymi lamówkami. Nieduży brzuszek obwiązała powiewną czekoladową hinduską chustą z frędzlami.

– O, matko! – zawołałam z zachwytem, wręczając jej trzy paczki migdałów po 250 deko każda, oraz reklamówkę zawierającą szeroki asortyment lodów. – Jaka jesteś dorodna!

– I córko – odparła, i uściskała mnie brzoskwiniowymi ramionami. – A ty chuda jak pies.

– Będzie córka? – wybałuszyłam oczy.

– Nie wiem. Ale tak się mówi popularnie. O, matko i córko.

– Aha. A gdzie Adaś?

– Gotuje mi ogórkową. Zachciało mi się – skrzywiła się przepraszająco – a nie mogę znieść zapachu gotowanych kości.

– Nie wyglądasz, jakby cię mdliło.

– Zmyłka, wszystko zmyłka. Mdli non stop – otrzepała się.

Adaś wychynął z kuchni w oparach gotowanych kości.

– No, sto lat, pani Agnieszko. Mówią w Trójmieście, żeś zakochana? – Uściskał mnie z całych sił.

Lewy nadgarstek miał obwiązany bandażem.

– A to co? – Kiwnęłam głową.

– Siekierka. – Popatrzył ponuro na Ewkę, która roześmiała się i opadła na kanapę.

– Ewunia czy samodzielnie?

– Samodzielnie. Ale przez Ewunię. Chodźcie na zupę. – Zatoczył ramieniem zapraszający łuk.

Opalony i żylasty, z zapadniętymi oczami i policzkami, Adam sprawiał wrażenie, jakby właśnie wrócił z samotnego rejsu dookoła świata, podczas którego żywił się wyłącznie glonami i surową rybą. Ale w zapadniętych oczach miał spokój i pogodę, podobnie jak Ewka, która zanim podał zupę, zdążyła pożreć loda w rożku o smaku pomarańczowym. Widać cytrus w odświeżaczu powietrza to nie to samo, co cytrus na podniebieniu.

– Jesteś taka.... – zaczęłam, ale Ewka wpadła mi w słowo.

– Spokojna, prawda? Wszyscy mi to mówią – wyterkotała.

– Paszcza – skomentował Adaś znad swojego talerza – jej się nie zamyka. Nie wiem, jak to robi, swoją drogą, bo bez przerwy je....

Powiedzieli mi, że mam się nie bać niczego, bo nawet jeśli ja mam obsesję, to wcale się nie przekłada na to, że Ksawery mnie zdradzi. Bo on obsesji nie ma. Wyśmiali obrzydliwie moje lęki towarzyskie dotyczące wesela, i powiedzieli, że myśleli, że jestem mądrzejsza, a w dodatku feministka. Piłam poobiednią kawę i napawałam się roztaczającą się przede mną idyllą życia rodzinnego. Trochę mi było, co prawda, głupio, że moje dylematy zostały rozwiązane w dziesięć minut, i to tak autorytatywnie, i z takim zamaszystym machaniem kończynami. Dano mi wyraźnie do zrozumienia, że moje problemy są z gatunku pseudo, w przeciwieństwie do problemów prawdziwych, takich jak budowa domu czy narodziny potomka. Ale każdy ma takie problemy, na jakie go w danym momencie stać.

– Jesteście potwory egocentryczne pozbawione empatii – oświadczyłam, z lubością zatapiając zęby w waniliowym lodzie Magnum, oblanym czekoladą i obsypanym na jeszcze większe pokuszenie prażonymi migdałami. – Ja mam bogate i złożone życie wewnętrzne, które przed wami wywalam na stół, a wy tylko w kółko USG, KTG i PEKAO BP.

– Eee, tam, takie życie wewnętrzne. – Ewka umościła się na kanapie, opierając głowę na poduszce, a nogi na udach Adasia. – Życie wewnętrzne prawdziwe to mam ja. – Pogłaskała się po brzuchu. – Adaś, podasz mi torebkę?

Adaś, unieruchomiony od pasa w dół przez nogi Ewy, rozciągnął się na całą pozostałą długość, żeby dosięgnąć torebki leżącej obok kanapy.

– Masz. – Zlitowałam się i podałam mu haftowane dywanikowe cudo, które Ewka przywiozła sobie z Amsterdamu.

– To à propos USG. – Wygrzebała zwitek wiotkich papierków i wręczyła mi z uśmiechem, w którym było i wzruszenie, i duma, i jakaś niepokalana czystość nie do podrobienia.

– To nasze. Nie wiemy co, ale jest.

Szczerze mówiąc, nie widziałam zbyt wiele.

– Czy... to... główka? – zaryzykowałam nieśmiało, kucając u wezgłowia Ewki.

Ludzie bywają tacy przewrażliwieni na punkcie swoich dzieci. Wszystko było szaroczarne, gdzieniegdzie tylko jakieś białawe smugi i łuki. A może to brzuszek? Jeszcze ich obrażę. I wtedy zaczną się moje prawdziwe problemy.

– Aha. A tu ma nóżki, widzisz, te dwa kółeczka, to kolanka. Moje. – Zadziubdziała Ewka. – Maleńtas słodki.

– Kiedy będzie widać płeć?

Jakie kolanka, jakie nóżki? Gdzie?

– Umm, nie wiem na pewno, ale zdaje się, że około dwudziestego tygodnia. O ile zechce ją nam pokazać. – Zarechotała, aż zrobił jej się drugi podbródek. – Tak jakoś czuję, że będzie dziew... czyyyn... kaaa...! – ziewnęła.

– No, to na pewno będzie chłopak – wtrącił uradowany Adaś. – Natura zawsze tak oszukuje. Ja też miałem być Dorotką, a popatrzcie, co wyszło.

– Może być. – Ewka poklepała Adasia po przedramieniu z bandażem, i ponownie ziewnęła. – Wybacz, Aguś, ale ja o tej porze mam zwykle padaczkę, i nie daję rady konwersować, ani nic. Nie, to nie tak, że nie chcę chłopca. – Podparła się na łokciach i otworzyła bardzo szeroko oczy. – Wezmę, co będzie. Tylko ja po prostu nic nie wiem o małych chłopcach... ja się ich boję. Nie umiem bawić się w bandy ani w autka, że nie wspomnę o grach komputerowych. Nie jestem... zbyt ruchliwa, a oni bardzo szybko biegają.

– I nie cierpisz literatury fantasy, tak jak i ja – przypomniałam życzliwie. – A bez fantasy teraz dziecka płci męskiej na dobrego człowieka nie wychowasz. To jedyny obszar etycznie czysty w dzisiejszym świecie, pomimo że nie istnieje – powiedziałam, i przestraszyłam się własnych słów.

– Jezus! – Ewka aż usiadła. – Ty masz rację! Nawet ostatnio o tym dyskutowaliśmy, prawda kotku? Że ludzie tego potrzebują, żeby dobro bezwzględnie wygrywało ze złem, bo inaczej nie da się żyć. Daj mi chrupki. Nawet jeśli muszą w tym celu czytać Sapkowskiego albo Harry'ego Pottera.

Adaś skamieniał.

– Jakie znowu chrupki, wielorybie?

– No, te chipsy, co sobie kupiłam i schowałam w szafce nad zlewem, no wiesz – zniecierpliwiła się. – Jezu, no, nie patrz tak. Z cheddarem i szczypiorkiem, czy coś.

– Ale to jest czysty monoglutaminian sodu, em es dżi, czyli MSG, do waszej kolekcji – postraszyłam. – Chyba nie powinnaś tego jeść. To sama chemia.

– Wiem, ale czasem tak mnie zadrze na te śmieci – skrzywiła się. – Nie jem ich dużo, bo mam poczucie winy, że coś zrobię Zosi z głową.

– To nie jedz wcale, i nie miej poczucia winy – burknął Adaś. – Nie dam ci tych chipsów, zjedz pomarańczę, masz i – wsadził jej do ust dwie cząstki gigantycznego cytrusa – zamilknij na zawsze. – Ucałował ją w czółko, a Ewce oczy wyszły na wierzch.

– Od fantasy mi wara, obie – zastrzegł. – Będę mu czytał w razie czego Tolkiena albo Ursulę Le Guin, albo C. S. Lewisa.

– I baśnie naszego dzieciństwa. Andersena. „Alicję w krainie czarów" – rozrzewniła się, ponownie czynna Ewka.

– I „Klechdy domowe" – przypomniał sobie Adaś. – O czerwonych trzewiczkach.

– I koniecznie „Klechdy sezamowe" Leśmiana, koniecznie. – Przebiegłam myślą do starego mieszkania na osiedlu Sienkiewicza, i do swojego pokoju, w którym przetrwałam ospę, odrę, szkarlatynę i świnkę, głównie dzięki czytanym mi na okrągło „Cudownej lampie Alladyna" oraz „O pięknej Parysadzie i ptaku Bulbulezarze".

Zabzyczała moja komórka.

– O, ukochany tęskni! – zagdakali w duecie. – I co, nadal cię kocha? Dojechał i już żyć bez ciebie nie może?

– Nie dojechał jeszcze, jest w Warszawie i was pozdrawia – odparłam chłodno.

Pokazałam im esemesa.

Zatkało ich.

– Łyso wam?

– Łyso. No, to kultura. My tacy nie byliśmy. My to nie widzieliśmy świata poza sobą – zadumał się Adaś.

Przestraszyłam się. Może Ksawery coś za dużo świata poza mną widzi.

– Ale my byliśmy młodsi i gorzej wychowani – wspomniała sentymentalnie Ewka. – A ty, wybacz kochanie, nie miałeś za grosz kindersztuby – ziewnęła. – Przepraszam. O, proszę, jaka jestem kulturalna, chociaż mam prawo nie być, bo jestem w ciąży. A teraz chodzi jak w zegarku. Drzwi otwiera, zamyka, krzesła odsuwa, plecy masuu-uje... – Znowu ziewnęła.

– Ewuś, będę spadać. – Podniosłam się i uściskałam ją delikatnie. – Idź sobie spać.

– Nie miej nam za złe. Nie ma sensu wpędzać się w jakieś paranoje zazdrości, szkoda życia. Sama zobaczysz. Chociaż... wbrew pozorom doskonale cię rozumiem, i pamiętam – zaszeptała, kiedy Adaś zniknął w drugim pokoju, żeby przygotować spanie – jak zachowywałam się identycznie. Bo mi się wydawało, że nie jestem godna takiej Wielkiej Love. A teraz wiem, że skoro facet myśli, że jestem godna, to co ja go będę wyprowadzać z błędu, no nie? – zachichotała.

Wyszłam z mieszkania Ewki przy Śląskiej po dziewiątej. Noc po lepkim dniu przyszła zimna i wilgotna, nad drzewami unosiły się wstążki mgły.

Szczękając zębami, ruszyłam ostrym marszem do domu. Moja bawełniana bluza przepuszczała przejmujący jak na tę porę roku chłód, na trawie stała rosa.

Ksawery milczał, chociaż jeszcze na schodach wysłałam mu wiadomość, że właśnie wychodzę i mogę już swobodnie rozmawiać.

Ponownie miałam wrażenie, że wszystko, co się z nim wydarzyło, to nieprawda. Był tak daleko. A może jednak nie było go wcale? Maszerowałam miarowo, torba obijała mi się o pośladek, podeszwy lekko stukały o beton, smutne neony bankowe świeciły jednostajnym światłem. Poszłam w kierunku dworca, jak po sznurku, ściągnięta zapachem powitań i pożegnań. Może tam jest. Może nie pojechał. Ale nie. Pusto, zimno, ciemno. Drupi z kiosku z kebabami zamienił się w rudą z dredami bordo upiętymi w higieniczny kok; mój automat do kawy nieczynny; bezdomni skuleni na ławkach. Kurczaki kręcą się monotonnie na rożnie, jak ptaki pod sufitem w sali balowej na wyspie Hula. A jeśli go nie ma, i teraz wracam sama do domu, gdzie tylko telewizor i koty, i wielkie granatowe okna na plac Kaszubski. I Eryk wraca od niej, a ja wegetuję, obok niego, i na nic nie czekam, i udaję, że mnie to nic nie boli, chociaż boli jak cholera. Tak było jeszcze parę tygodni temu. Czemu to wraca. I ta Basia od wiersza z porami roku, czekająca na przekór rozumowi na telefon od Ksawerego; tak jak ja czekałam kiedyś na wszystkie telefony i pocałunki Eryka, których nie było.

Ksa, muszę wiedzieć, że jesteś, napisz – piszę bez ładu i składu, nagle bez punktu zaczepienia w tej czarnej, mokrej Gdyni. Bez punktu zaczepienia, kropka.

Czekam, a Ksawery się nie odzywa, i dopada mnie z tego chandra rozwlekła, jak bagna Luizjany.

W moim oknie pali się światło.

Wchodzę na górę, otwieram sobie drzwi.

Eryk w kapciach i dresie przed telewizorem.

– Cześć – mówi ponuro, obrzuca mnie krótkim spojrzeniem, i wraca do telewizora.

– Cześć – odpowiadam równie miło, uciekam do sypialni.

Gdybym nie wiedziała, że jest Andżelika i Ksawery, mogłabym przysiąc, że zupełnie nic się nie zmieniło. Tak samo witaliśmy się jeszcze dwa miesiące temu. Tak witaliśmy się, kiedy wracałam nocą z pracy, przez całą zimę. I wtedy to było zupełnie normalne. Potworne, ale normalne. Leżę na łóżku, rozciągnięta na całą długość, w ubraniu, tak jak weszłam do domu, nawet nie zdjęłam torebki, pasek uwiera mnie teraz w plecy.

Ksawery nadal nie dzwoni. Wyjmuję komórkę, i otwieram skrzynkę ze starymi esemesami.

Na chybił trafił.

Jest już jutro – czytam – *a ja cię nadal kocham.*

Wpatruję się w komórkę, jak staruszka, która przegląda album z fotografiami z młodości. Wszystko jest naraz ze mną, uśmiecham się błogo do siebie, i do smutnego sufitu, który nigdy nie doczekał się lampy, bo nie mogliśmy się z Erykiem zgodzić co do estetyki, uśmiecham się więc, i nawet o tym nie wiem. Leżę nagle rozanielona na łóżku, leżę i czytam całą naszą z Ksawerym esemesową korespondencję, jakbym otworzyła przewiązany różową wstążeczką pakiecik listów miłosnych sprzed lat, a przed oczami przesuwa mi się komedia romantyczna, w której ja gram Julię Roberts, a Ksawery Hugh Granta.

– Aga, dobrze się czujesz? – warczy Eryk sprzed telewizora.

Warczy, żeby nie okazać, że go jakoś jednak jeszcze obchodzę, a nie powinnam, więc warczy na wszelki wypadek, buduje tarczę tym warczeniem, odgradza się, żebym uchowaj Boże przypadkiem nie wyczuła w jego głosie jakiegoś śladu ludzkiej troski. Którą odczuwa. Wiem, bo sama tak robię, kiedy nachodzą mnie jakieś ludzkie uczucia wobec Eryka.

– Ee... nie, wszystko okej! – mamroczę.

Nie chce mi się z nim gadać.

– To co tak leżysz.

Zwykle nie leżę, zwykle przebieram się natychmiast w domowe ciuchy, myję ręce, coś robię, palę papierosy, ewentualnie leżę, ale już przebrana. Eryk nie lubił, i ewidentnie nadal nie lubi, kiedy robię coś jak nie ja, inaczej, kiedy zmieniam zdanie albo plany. To od zawsze była jego domena.

– Leżę, bo leżę. – Wstaję, bo nie da się leżeć w takich okolicznościach.

– No, okej, tylko myślałem, że coś ci jest – mówi, gapiąc się ponuro w telewizor.

– Nigdy się nie przejmowałeś, kiedy coś mi było, i niech tak zostanie. Nic mi nie jest.

Chryste, te idiotyczne rozmowy o niczym. O tym, że mu wmawiam, że piecyk nieszczelny, albo nie. I awantury o to, że zatrzymałam się na schodach.

– A ty coś wcześniej wróciłeś. – Odpłacam mu troską za troskę.

– Tak się złożyło. Jutro wyjeżdżam na dwa tygodnie do Hiszpanii. – Podnosi na mnie wzrok.

Ma coś takiego psiego w spojrzeniu. Ale raczej nie wierność.

– To miło – mówię pękniętym głosem.

Też bym chciała pojechać do Hiszpanii, i mieć wszystko gdzieś.

Albo do Pragi, na przykład.

– Zostaw mi jakieś pieniądze na ogłoszenie, bo ostatnie ja zamieściłam – wyliczam dokładnie, bo on też by mi wyliczył.

– Jakie ogłoszenie? – dziwi się szczerze.

– O sprzedaży mieszkania, hello? Na razie nikt go nie chce kupić – dorzucam zgryźliwie – będziemy mieszkać sobie razem do śmierci.

Wzrusza ramionami. Przełącza kanał na sport, są jakieś regaty.

Koniec rozmowy.

Wieczór z Erykiem, jak tysiąc innych.

Znowu mam ochotę rzucić się wściekle z pazurami na ściany, rozbić telewizor, wyrzucić laptopa Eryka z trzaskiem na Świętojańską. Jak tysiąc razy przedtem.

Ale ponieważ jestem, jaka jestem, robię to wszystko tylko w wyobraźni, a z rzeczy niegrzecznych jedynie wypalam ostentacyjnie papierosa, wydmuchując dym przez lufcik, bo za zimno, żeby palić na balkonie - Eryk milczy, wściekły. Wycofuję się do swojego azylu w sypialni.

Próbuję dodzwonić się do Ksawerego. Jest.

– Już dojeżdżam do Krakowa, ale mam prawie nieżywą baterię w komórce, zaraz może nas odciąć! – krzyczy. – Co to znaczy, że mi piszesz, czy jestem?! Oczywiście, że jestem i będę! Zadzwonię z domu, jak się podłączę do prądu. Pa!

Wszystko wie, i w lot rozumie. Jak obiecuje, że będzie, to jest. Jak powie, że zrobi, to robi. Jak mówi, że kocha, to zachowuje się tak, że nie ma wątpliwości. I jak mówi, że zadzwoni, to dzwoni. I jeśli to wszystko ma przetrwać, to przetrwa, i Pragę z Czeszkami, myślę sobie, po raz pierwszy tego wieczora chyba trzeźwo, a jak nie, to nie.

Idę do szafy i zaczynam obmyślać kreację na samotne wesele. Musi być elegancka, ale też i trochę sexy, bo to lato, i upał, lecz nie desperacko jestem-wampem-po-trzydziestce sexy, bo występuję jako Hugonotowa szefowa.

Nic takiego nie mam. Normalne kobiety w moim wieku mają po kilka zestawów na tego typu okazje, ja się jakoś nigdy nie dorobiłam. Marzył mi się taki, idealnie skrojony, najlepiej czteroczęściowy, z sukienką, spodniami, marynarką i spódnicą, cały zestaw do rotacji w razie potrzeby, ale nigdy nie udało mi się nic podobnego upolować, nawet w klasycznej wersji dwuczęściowej. Oczywiście, śliniłam się do calvinów kleinów wyśmienicie uszytych nieraz, zaciskałam przez szybę zęby na widok armanich w cudownych krecich kolorach, przerzucając w kieszeni kurtki drobne na bilet autobusowy.

Ponieważ nie mogłam mieć kostiumu moich marzeń, postanowiłam nie kupować żadnego. Zamiast na erzace, wydawałam pieniądze na niezliczone bojówki, koszulki czy aktualnie modne spódniczki. Oraz torebki, i oczywiście, japonki.

Ale co teraz? Miałam czarną suknię wieczorową, na ramiączkach typu spaghetti, w której kiedyś wyglądałam świetnie. Teraz wydawała się jakby spłowiała, i gdzieś mi się całkiem zapodział w niej biust. Granatowa welurowa w ukochanym moim odcieniu błękitu paryskiego, leżała znakomicie, i biust, owszem, się w niej niewątpliwie odnalazł, ale nadawała się raczej na sylwestra, albo bal karnawałowy. Mała czarna? Za czarna, zbyt sjerjozna. Mała czerwona? Za mała, za krótka, rozpaczliwie za krótka, i za czerwona. No to może w takim razie spódnica, a do tego bluzeczka? Może, może... Wygrzebałam długą, obcisłą, popielatą spódnicę w biały rzucik, przy kostkach wykończoną niedużą, filuternie sterczącą falbanką. Przypominała dziewiętnastowieczną parasolkę, zamkniętą i odwróconą do góry nogami (nóżką?). Zwykle nosiłam do niej srebrną bluzeczkę z jedwabnej dzianiny na ramiączkach, i czadowe, srebrne buty na koturnach. Przymierzyłam całość. Nieźle. W dodatku bez prasowania. Niezawodnie, wśród szmat zapomniałam o Eryku za ścianą.

Nawet, no cóż. Na moment zapomniałam nawet o Ksawerym.

*

W poniedziałkowy poranek udało mi się zaczaić na Eryka, zanim cichcem wymknął się z domu. Zastąpiłam mu drogę znienacka jak zombi w halloweenowym horrorze, i stanowczo zażądałam pieniędzy na ogłoszenie.

– Aga, zapłać za mnie tym razem, teraz nie mam, muszę mieć na wyjazd – powiedział szybko, byle mieć to za sobą, wykonując przy okazji wiele znanych z naturalistycznych seriali gestów świadczących o tym, że niesłychanie wprost się śpieszy.

Chyba liczył, że rozproszona formą, nie zwrócę uwagi na treść.

– Nie rozumiem, przecież jedziesz na regaty, nie musisz za nic płacić, to tobie płacą, prawda? Zresztą to nie jest jakaś gigantyczna kwota... – Wzruszyłam ramionami, popijając kawę, ale furia już zaczerwieniła mi uszy.

– To nie moje regaty... – powiedział, upychając metodycznie, skarpety i slipki na lewo, koszulki na prawo, ubrania do torby – i spojrzał na mnie znowu jak zagubiony chart.

– Jak to, nie twoje? – zapytałam, i od razu mnie olśniło. – A, narzeczonej nowej?

– Nie narzeczonej. Andżeliki – skorygował z naciskiem.

Skąd mu się wzięła nagle taka pedanteria w nazewnictwie. O mnie zawsze, w mojej przynajmniej obecności, mówił „narzeczona", chociaż nigdy nią nie byłam. A za moimi plecami, „znajoma", którą technicznie byłam, ale zapominał dodawać: „z którą mieszkam i śpię w jednym łóżku".

– Grunt – zapaliłam papierosa, bo nerwy mnie wzięły – że wiemy, o kim mowa. Więc jedziesz na wakacje i potrzebne ci są pieniądze, żeby stawiać Andżelice nie-narzeczonej. W związku z czym, nie możesz zostawić mnie, swojej byłej „narzeczonej" – tu zrobiłam w powietrzu palcami dwa ptaszki na cudzysłów – głupiej stówy na ogłoszenie, które leży też w twoim cholernym interesie. Eryk...

– Aga, zapłaciłem wszystkie rachunki, i naprawdę niewiele mi zostało... a zresztą... – Prychnął, podniósł się z podskokiem, i sięgnął do tylnej kieszeni spodni. – Masz, stówa mnie nie zbawi. – Wyciągnął do mnie rękę z banknotem.

– Dziękuję – powiedziałam uprzejmie, wzięłam pieniądze, i schowałam skrzętnie do torebki.

Eryk uśmiechnął się, i rzucił dowcipnie:

– Fajny jestem, powiedz, że jestem fajny, co?

– Masz rozpięty rozporek – odparłam z satysfakcją.

Zapłacił wszystkie rachunki, bohater. A teraz jedzie odpocząć.

– Wcale nie! – oburzył się, kiedy sprawdził.

– Ha. *Made you look*. Fajna jestem, co? – prychnęłam.

– No. Co takiego?

– Sprawdź w słowniku. Cześć.

Zamknęłam za sobą drzwi do łazienki, i z impetem odkręciłam wodę. Wyszedł, kiedy katowałam swoją skórę odmładzająco-wygładzającym antycelulitowym peelingiem z pestek moreli. Po cholerę, po jaką ciężką cholerę dawałam mu się zawsze wciągać w te siłowe gierki, nie miałam pojęcia. Czułam się podle – dosłownie. Czułam się podłą, małostkową osobą o niskich instynktach. A tak bardzo chciałam, żeby Eryk dostrzegł i docenił moją wartość i ogólną wyższość moralną, i żeby mu było choć odrobinę wstyd. Nie szkodzi, że nie miał o moralności pojęcia; chciałam, żeby zapamiętał mnie – jak słusznie wytknął mi Ksawery – jako kobietę dobrą i szlachetną. A tu proszę. Masz rozpięty rozporek. Nowa narzeczona na pewno by na coś tak błyskotliwego nie wpadła. Nowa narzeczona na pewno była damą. Oraz znakomitą żeglarką. I dobrą kobietą, jak Marynia Połaniecka.

Kiedyś to ja jeździłam do niego do Hiszpanii, wspierać go cieleśnie i duchowo podczas regat, choć wcale tego nie potrzebował, bo ledwo mnie zauważał wśród tłumu przystojnych i sławnych żeglarzy oraz opalonych kobiet o nogach jak antylopy gnu i dłoniach jak rzemienie. A teraz on wspiera sobie nową narzeczoną.

Idiotka. Kto na moim miejscu by się tak zadręczał, no kto. A niech sobie jedzie z nią do naszej Hiszpanii, nawet niech sobie idą do naszych knajp, a jak znałam Eryka pójdą na pewno. Ale czemu się dziwić, właściwie, skoro na dzień dobry przespał się z nią w naszym łóżku. Nie ma czemu.

*

W czwartek wieczorem do Ksawerego zjechali na nocleg znajomi, z którymi następnego ranka jechał do Pragi.

– Kochanie! – zawołał wesolutko, kiedy do mnie zadzwonił – ukrywam się! – szepnął scenicznie, a w tle zajazgotał kobiecy chichot.

Zamarłam.

– Jak to się ukrywasz? – U Ksawerego ewidentnie odbywała się przedwyjazdowa impreza. – Ukrywam się – Ksawery ewidentnie coś już sobie chlapnął – w sypialni, bo oni chcą z tobą rozmawiać!

„Oni" zabrzmiało złowieszczo.

Oni. Obcy. Alieni.

Chichot się powtórzył i coś wrzasnęło: „Ała, przestań!".

– Kto oni? – Jako kobieta mądra i doświadczona (oraz dobra i szlachetna), wiedziałam, że z pijanym się nie rozmawia, podobnie jak również się nie tańczy. Chciałam jak najszybciej dotrzeć do meritum i skończyć rozmowę, ale czułam, że nie będzie łatwo.

Ksawery wszedł w fazę metafizyczną. Fazę, w obecnym stanie niepokalanej trzeźwości – po raz kolejny mierzyłam weselną kreację – dla mnie niedostępną.

– Agusia. Kocham cię. Nie chcę być sponsorem pustych przestrzeni – powiedział grobowym głosem.

– Aha. To nie bądź – zaryzykowałam.

– Chcę, żebyś tu już była – zamruczał. – Wtedy nie będę się musiał ukrywać. – Rozległ się łomot, i głosy męskie zmieszane z żeńskimi zawołały: „My też cię kochamy, Agnieszko!".

– Zaryglowałem się w sypialni – zdradził mi – i wyjąłem klamkę, żeby oni nie weszli. – Kocham cię, Agusiu, wiesz? – wyszeptał łamiącym się głosem. – Czy ty mnie też kochasz?

– Kocham. A kto jest u ciebie?

– Rafał, i Gosia, i Sandra i Billy...

Rafała znałam ze słyszenia. Był dla Ksawerego tym, czym dla mnie była Klementyna. Znali się od stu lat, i wzajemnie uwielbiali. Gosia również obiła mi się o uszy, jako jego dziewczyna. A reszta?

– Aha. I jesteś pijaniutki?

– Troszkę – zgodził się. – Ale bardzo cię kocham, wiesz? I zawsze będę, wiesz? I nigdy cię nie skrzywdzę, wiesz?

– Wiem – westchnęłam. – A Sandra i Billy to cudzoziemcy są?

– Sandra i Billy to sąsiedzi mili... hi, hi. Nie-eee... Poland, Poland.

– Aha. To wracaj do nich, bo nie wypada tak bez klamki.

– Dobrze. Już idę. Agusia... ja ciebie bardzo kocham. Wiesz?

– Wiem.

Moje „wiem" pozostało bez odpowiedzi; w słuchawce rozległ się najpierw szelest, potem łomot i okrzyki, a wreszcie chrapanie. Mój ukochany usnął. Chciałam wierzyć, że z miłości.

*

– Ty nie myśl, że ja nic nie pamiętam. Pamiętam, że mówiłem, że cię kocham. A ty pamiętasz?

– Pamiętam – zaśmiałam się. – Jedziecie?

– Jedziemy. Mamy sypialny, jest piękna pogoda, i tylko ciebie brak.

– A ja do pracy. A w sobotę na wesele. I tylko ciebie brak.

– *Poczujmy brak, proszę, poczujmy brak – a jutro nie – nigdy nie* – zaśpiewał, zawodząc.

– Znasz Antoninę Krzysztoń na wszelkie okazje?

– Tak. Wracam za tydzień. I wtedy na zawsze razem.

*

W sobotni ranek zerwał mnie z łóżka dzwonek do drzwi wejściowych.

Pożar? Eryk? Ksawery? Policja?

Wyskoczyłam w bokserkach i koszulce na podłogę, i kulawym truchtem - ostatnio coraz bardziej dokuczał mi kręgosłup, pewnie od ciągłego stania na zajęciach - podbiegłam do domofonu.

– Słucham?

– Aga? Mogę na moment? – Rozgorączkowany głos Hugonota.

Nadusiłam przycisk.

– A cóż ty tutaj robisz?! I która w ogóle jest godzina?

Od przeciągu w drzwiach obleciała mnie gęsia skórka. Również na biuście, co mnie w obliczu Hugonota, pana młodego, speszyło, pomimo wczesnej godziny porannej. Skrzyżowałam ręce na piersiach

– Szal, dzieciaku, szal.

– Nie szal, tylko szał. Podkowińskiego.

– Domosławskiego, kobieto-szefowo moja w majtkach. Ty nawet masz nogi jeszcze całkiem, całkiem...

– Jeszcze niegolone. Czego? – zażądałam bez ogródek.

– Szal, Oliwka przypomniała sobie, że miałem od ciebie wziąć szal jakiś z koronki, ma sobie nim podczas ceremonii osłaniać dziewicze ramiona. – Hugonot bezceremonialnie rozwalił się na zielonym fotelu, sięgnął do koszyka z gazetami i wsadził zarośnięty wilkołaczy pysk w najnowszą „Politykę". – To ja sobie tutaj poczytam, a ty poszukaj.

– A co, w domu tego nie masz?

– Nie mam. Siły na pyskówki też nie. Od tygodnia nie miałem w ręku gazety... – jęknął. – Ledwo żyję.

– Nawet w toalecie?

– Nawet. A poszła mi szukać.

– Zrób nam kawy – zleciłam. – Z mlekiem.

– Tak jest. Aha, i jest szósta trzydzieści.

Wiedziałam doskonale, o który szal chodzi. Miałam taki z Ameryki, a skądże by inąd, prezent od przyjaciółki Amerykanki, z którą po jej przeprowadzce z Nowego Jorku do Connecticut straciłam kontakt. Szal był cieniutki, wiotki jak mgiełka, z delikatnej koronki w kwiatowe motywy. W kolorze najbardziej ecru, jaki zdarzyło mi się widzieć, i wykończony cieniutkimi jedwabnymi frędzlami. Miałam go na sobie tylko raz podczas jakiejś imprezy szkolnej, prawie rok temu i już wtedy nie mogłam się opędzić od Oliwki, która z rozmarzeniem orzekła, że „jest taki powłóczyście secesyjny w klimacie", i kilka razy w ciągu wieczoru zaproponowała, że go ode mnie odkupi.

– Naści – podałam mu reklamówkę z Empiku. – Coś pożyczonego musi być.

– No, wiem, wiem. Sorki, że nie dałem znać wcześniej, ale wiesz.

– Wiem. – Wydawało mi się, że przez ostatnie dwa dni nie robiłam nic innego, tylko bez przerwy powtarzałam, że coś wiem.

– Aha, Jezu, najważniejsze! Jedziesz z moimi przyjaciółmi ze studiów...

– Wiem. Z Joanną i Andrzejem. Jesteśmy umówieni pod Dworcem Głównym w Gdańsku.

– Aha. No, to do zobaczenia. – Uściskaliśmy się na misia, Hugonot niemyty i nieogolony, ja niemyta i nieogolona.

– Uhuu... – zawyłam. – Ostatni uścisk kawalerski... uuu...

– Ech, życie. Ech! – westchnął Hugonot. – Ślub jest o czternastej.

– Wiem – warknęłam. – To chyba musisz się śpieszyć.

Uśmiechnął się pięknymi zębami, i jednym skokiem, niczym Fanfan Tulipan, znalazł się na półpiętrze.

Na jego miejscu bym się tak nie uśmiechała. Na jego miejscu miałabym ciężką lękową psychozę przedślubną, wyraziście zwaną przez Anglosasów syndromem zimnych stóp. Ale, uśmiechnęłam się, zamykając drzwi i dopijając zrobioną przez Hugo kawę, dziecina, w przeciwieństwie do mnie, kobiety wszechstronnie doświadczonej, nieświadoma jest, co czyni. Poza tym było jeszcze wcześnie, ledwo kilka minut po siódmej. Kupa czasu do czternastej, żeby się zmienić w galaretę.

Dla mnie to jednak, uświadomiłam sobie, taka znowu kupa czasu nie była; musiałam „zrobić koło siebie", spakować kreację i dojechać do Gdańska na 10:30; stamtąd dopiero z Andrzejem i Joanną, których nie widziałam nigdy wcześniej na oczy, mieliśmy wyruszyć ni mniej, ni więcej, tylko na Hel. Który miał stanowić namiastkę wyspy Wolin, gdzie Oliwka w pierwotnym romantycznym widzie chciała brać ślub. Na szczęście Hugonot przekupił ją obietnicą podróży poślubnej na Wyspy Kanaryjskie, ale nie było łatwo. Musiał przysiąc, że zabierze ją na Lanzarote, z wyskokiem na Fuerteventurę. Oliwka z nieznanych nikomu bliżej powodów grawitowała w stronę krajobrazów księżycowych, a już na widok wulkanów wpadała w ekstazę.

Zamiotłam żwirek wokół kociej kuwety – syzyfowa praca – szybko wykonałam powierzchowną toaletę, i umyłam włosy. Na Helu mieliśmy do dyspozycji luksusowe domki letniskowe, i zamierzałam się dokładniej wyszorować – chociaż właściwie nie było dla kogo – przed imprezą.

*

Na zewnątrz dostałam upałem w twarz, jak wilgotną gąbką. Miałam na sobie luźne lniane spodnie i podkoszulek, którego prawie nie było, a i tak wydawało mi się, że poruszam się w podgrzewanej wacie cukrowej. Może na Helu będzie wiało. Na pewno będzie wiało. Tam zawsze wieje.

Na dworcu w Gdańsku byłam trochę przed czasem. Wpadłam do klimatyzowanego McDonalda, żeby złapać oddech. Aaaa. Wypadłam – śmierć.

Komórka.

– Cześć! Jesteśmy. Czerwone renault, widzisz? Macham ci – powiedziała Joanna.

Rozejrzałam się. Nic. Pod słońce wszystkie samochody wyglądały identycznie. Jak gigantyczne, oślepiająco srebrne żuki z jakiegoś horroru. Nie sposób było odróżnić jakiekolwiek kolory. Wreszcie dostrzegłam wysoką szatynkę, która energicznie, i trochę już rozpaczliwie, machała ręką.

– Cześć, cześć, wsiadaj, jedziemy, jeszcze muszę odebrać kieckę! – powiedziała Joanna na przydechu, i zatrzasnęła drzwi.

– Cześć. Andrzej, brunet o wesołym obliczu, odwrócił się od kierownicy i podał mi rękę. – Jak zwykle moja żona robi wszystko na ostatnią chwilę. – Mrugnął. – Dlatego jedziemy jak potłuczeni naokoło przez Gdańsk, zamiast zgarnąć cię w Gdyni i prosto zasuwać na Hel.

– No, właśnie, miałam zapytać dlaczego...

– Nie pytaj. Musiałam zwęzić sukienkę, a krawcowa nie mogła wcześniej zrobić – westchnęła Joanna. – Czuję się jak niedorozwinięta. Mam nadzieję, że jesteś dziś ostatnią osobą, której będę musiała się z tego tłumaczyć – przewróciła oczami.

– Są na to szanse, ponieważ jestem, jakby to powiedzieć, osobą docelową – zaśmiałam się. – Masz klimę, genialnie – przeciągnęłam się z lubością.

Zatrzymaliśmy się na momencik w jakimś zacienionym zaułku. Joanna wyskoczyła, a następnie wskoczyła, podając mi do tyłu zafoliowaną sukienkę na wieszaku.

– Powieś na haku za Andrzejem, dobra?

Powiesiłam – bladobłękitne ze srebrnym połyskiem, obcisłe, krótkie, klasyczne w kroju. Joanna była w wieku Hugonota, a już wiedziała, że należy kupować klasyczne sukienki o konkretnym przeznaczeniu. I dawała je do przeróbki swojej krawcowej. Proszę. Żyje człowiek prawie dwa razy dłużej, a o niczym nie ma pojęcia. Nigdy nie miałam swojej krawcowej. Moja kreacja zwinięta w niemnący rulonik w czarnej torbie podróżnej na pewno pomięła się z zażenowania na amen.

– Wiecie, dokąd jedziemy? – zagaiłam.

– E, mniej więcej – zaśmiał się Andrzej. – Dostaliśmy mapkę. Asiunia pilotuje. – Pogłaskał ją po głowie.

Żachnęła się feministycznie.

– Jeszcze raz się odezwiesz do mnie takim tonem... To ma być kościół Nawiedzenia NWP w Jastarnii – przeczytała.

Tyle to ja też wiedziałam z zaproszenia.

– Ale – poprawiła na nosie okulary – znany jest jako kościół morski, bo ma niesamowitą ambonę w kształcie łodzi unoszącej się na falach... i w ogóle cały jest udekorowany gadżetami marynistycznymi... Zawsze chodziliśmy tam w wakacje.

Na hasło „gadżety" Andrzej uśmiechnął się do lusterka wstecznego, i mrugnął do mnie porozumiewawczo.

– Żeby tylko nie było korków... Kościół jest nie do przeoczenia raczej, stoi przy głównej ulicy. A wiecie od czego pochodzi nazwa „Jastarnia"? „Jaster" to po kaszubsku „jaskier". Podobno mnóstwo ich tam kwitnie na wiosnę... – Zamilkła nagle. – Coś komuś dzwoni?

Moja komórka zakopana w którejś z miliona kieszeni ortalionowej torebki. Pewnie się wydzwoni, zanim odbiorę.

– Sorki – przeprosiłam, obmacując nerwowo torebkę, jak kurę, której zginęło jajko.

– No dzień dobry, dzień dobry – zamruczałam, a Ksawery się zaśmiał cichutko i bardzo seksownie.

Rety.

– Witaj, miła moja lafiryndo weselna. Jedziesz? Tylko mi się nie wyfiocz za bardzo, żeby mi cię tam nie rwali – powiedział Ksawery.

– Jadę. Nie mam w co się fioczyć, a poza tym stara lafirynda jestem, nikt mnie nie będzie rwał.

Joannie na przednim siedzeniu zatrzęsły się ramiona. Andrzej dyskretnie chrząknął, żeby pokryć śmiech.

– Akurat – burknął mój ukochany.

– No, akurat. A poza tym przestań udawać, że jesteś zazdrosny, wiesz, że ci to kiepsko wychodzi, jak komediowe role Winonie Ryder.

Andrzej zachichotał już zupełnie otwarcie.

– Naprawdę? A Rafał mówił, że jestem bardzo wiarygodny... – W tle ryknął baryton Rafała i mezzosopran Gosi.

Po piętnastu minutach Joanna obejrzała się do tyłu z niepokojem. Po półgodzinie obejrzała się po raz drugi i zrobiła zeza.

– Ma specjalną taryfę – wyartykułowałam bezgłośnie.

Nie miał.

Joanna pokiwała ze zrozumieniem głową i westchnęła. Nici z plotkowania o państwu młodych.

Rozmawialiśmy, a właściwie Ksawery mówił, a ja półgębkiem odpowiadałam, aż do Półwyspu Helskiego, i jego pory obiadowej.

– Będę dzwonił nieustannie – postraszył.

– Okej. Tylko przez dwie godziny jestem nieczynna, bo ślub.

– Jasne.

Joanna bezbłędnie doprowadziła nas najpierw do domków letniskowych, gdzie wszyscy przebraliśmy się w odświętne kreacje, wziąwszy uprzednio prysznic – Joanna z plastikowym czepkiem na głowie, żeby chronić misterną fryzurę – kok upięty z pasm włosów pozwijanych w cienkie ruloniki, który od tyłu wyglądał jak jakiś mosiężny talizman. Dlaczego mnie nie przyszło do głowy, żeby zrobić sobie taką fryzurę? U fryzjera, ma się rozumieć? Może dlatego, że nigdy jeszcze nie byłam u fryzjera, żeby się uczesać.

– Nie wiem, jak ja wytrzymam w tym jelicie tyle godzin – sapnęła Joanna, wciśnięta w lśniące błękity, które przypominały kosmiczny pancerz. – Już mi się wszystko klei.

Podniosła do góry ramię i pociągnęła nosem.

Andrzej rzucił jej spojrzenie udręczonego zakładnika.

– A co ja mam powiedzieć. Trzyczęściowy garnitur, i krawat, psia jego mać – sarknął.

– Ja za to nie mogę chodzić – pochwaliłam się.

Elastyczna podszewka fikuśnej francuskiej spódnicy, która tak pięknie niwelowała wszelkie niedoskonałości mojej figury przed domowym lustrem, oblepiła mi nogi niczym celofan. Chodzenie w takim wynalazku było niemożliwe, nie wspominając o jakichkolwiek tańcach.

– Jedźmy, bo już za dwadzieścia druga – zarządził Andrzej.

Dziś wyjątkowo na Helu nie wiało.

*

Ściany kościoła z charakterystycznej dla Pomorza czerwonej cegły obiecywały kojący chłodek. Wewnątrz dało się całkiem normalnie oddychać, ale Andrzej, który w ciemnym garniturze musiał czuć się jak w zbroi, nawet tutaj nie znalazł wytchnienia.

– Jak oni tu załatwili ślub? Przecież żadne nie należy do tej parafii? – zastanawiała się półgłosem Joanna.

– Zdaje się – szepnęłam, łapiąc stalowe spojrzenie Moniczki-prawniczki (a jednak ją zaprosili!) – że brat Torbiela jest tu proboszczem...

Moniczka uśmiechała się serdecznie, i nawet nie smutno. Ciemne włosy miała gładko rozpuszczone na plecy, w uszach srebrne koła, i długą, prostą suknię w kolorze malin. Na ramiączkach typu spaghetti. Okulary zamieniła na szkła kontaktowe.

Obok niej stał rosły rudzielec z włosami zebranymi w kucyk, w estetycznie pomiętym popielatym, na mój rzut oka, zapewne lnianym garniturze.

– Aśka, to jest właśnie Torbiel! – Andrzej pokazał palcem Rudego.

Wytężyłam wzrok, szukając śladów legendarnej genialności w jego posturze. Na pewno biła od niej gigantyczna pewność siebie; na razie nic więcej nie można było powiedzieć.

Rozglądałam się dalej, szukając kogoś z Fast Lane; ale najwyraźniej, oprócz mnie Hugonot nie zaprosił nikogo. Z obecnych znałam tylko Moniczkę, z opowieści – Torbiela, z podróży – Joannę i Andrzeja, oraz, z bardzo przelotnych kontaktów, dwóch najbliższych kumpli Hugonota, Krzycha i Dzidziusia, których nigdzie nie mogłam dostrzec, ale którzy na pewno gdzieś tu byli.

Nagle rozległa się niezwykle słodka, niebiańska muzyka. Wszyscy wyciągnęli głowy. Dochodziła z prawej strony ołtarza: korpulentna pańcia o czerwonych włosach obciętych równo z uszami, i twarzy księgowej, której nie zgadza się saldo, odziana w powiewną morską zieleń, grała na harfie „Marzenie miłosne" Liszta. I grała jak sam anioł.

Staliśmy tak, zastygli, z wyciągniętymi szyjami, poddając się dźwiękom kojącym, jak chłodna woda źródlana; aż nagle, niczym sterowani przez wewnętrznego pilota, jak jeden mąż odwróciliśmy się w stronę otwartych drzwi, w których stanęli, uśmiechnięci, spoceni z emocji i upału, Oliwka i Hugo.

– Jezu, ale pióra! – wrzasnęła szeptem Joanna.

Połowa gości łypnęła ze świętym oburzeniem w kierunku naszej ławki; druga połowa spojrzała z rozbawieniem i wdzięcznością: Joanna wyraziła jednym lapidarnym wykrzyknikiem to, co wszystkim bez wyjątku, w tym także połowie lepiej wychowanej i bardziej świątobliwej (chociaż za nic by się do tego nie przyznała), spontanicznie cisnęło się na usta. Skuliłam się w sobie, udając, że szukam czegoś w torebce, żeby nie było na mnie. Hugonot by mi nie darował.

Niestety, niestety. Nie było od piór ucieczki. Albowiem były wszędzie. Nie można było podnieść głowy – co w końcu nieopatrznie uczyniłam – żeby nie zawadzić o nie wzrokiem. Pióra to były hollywoodzkie, a nawet, rzec by można, w swej obfitości i puszystości, wprost rubensowskie. Oliwka niosła na głowie cadillaca wszystkich kapeluszy. Za jego sprawą wszyscy przenieśliśmy się raptem na plan „Przeminęło z wiatrem" i natychmiast poczuliśmy się wyżsi, bardziej urodziwi, i ubrani jak gwiazdy filmowe z okresu, kiedy gwiazdom filmowym wolno było wszystko. Kapelusz ten – prosta konstrukcja, wielkie białe koło z lśniących, biało-kremowych piór, które falowały leciutko w rytm kroków Oliwii, chwytając tu i ówdzie różowawe refleksy z witraży – po prostu, cholera, na taki widok nie można się było nie usmiechać!

– Jezu, nie dam rady! – prychnął mi w kark Andrzej, i ryknął w bukiet nieco już wymiętych herbacianych róż.

Parsknęłam do wtóru, patrząc z zachwytem na Oliwkę. Jeszcze bardziej zachwyciła mnie zgromadzona licznie publiczność, która z każdym krokiem panny młodej w kierunku ołtarza coraz szerzej i sympatyczniej, a potem już całkiem na głos, się śmiała i komentowała, podnosząc w górę kciuki, i machając z uznaniem. A Oliwka, ta diablica zielonooka, w moim szalu koronkowym ecru na dziewiczych ramionach, w sukni koronkowej gołej ecru do dekoltu i połowy pleców, ale za to z trenem (ecru), kroczyła naprzód pewna siebie, dumna, smukła, wyprostowana, i roześmiana od ucha do ucha, trzymając bukiet kamelii w lewej ręce, a prawą ściskając łapę tak samo roześmianego, dumnego i wyprostowanego Hugonota.

– Jak ją znam, to ona wyreżyserowała cały ten efekt! – powiedziała scenicznym szeptem Joanna. – A Hugonot pewnie umierał, i błagał, żeby mu tego nie robiła!

– Kiedy miałem trzynaście lat, mój wujek przyjechał z Francji i dał mi posiedzieć w swoim porsche... – westchnął Andrzej nostalgicznie. – Nie wiem, dlaczego mi się to właśnie teraz przypomniało...

– A wiecie, że moja pierwsza Barbie... dostałam ją na szóste urodziny, miała niebieski kostium stewardesy i neseser zamykany na prawdziwy kluczyk? – Joanna należała do pokolenia, które mogło już bawić się Barbie.

Ja nie.

– Dolina Śmierci w sierpniu. Nocna jazda do Las Vegas, żeby zobaczyć tę gigantyczną łunę w samym środku czarnej pustyni. Totalny odlot. Jak to tutaj – na samiuśkim końcu Polski...

– Nigdy jeszcze odrobina luksusu nie sprawiła takiej frajdy tak wielu... – zabuczał wesolutko Andrzej.

– Ja bym na to nie wpadła. Ona jednak jest niesamowita – szepnęła Joanna, bo ksiądz właśnie pojawił się przy ołtarzu, i uprzejmie czekał, aż zapadnie cisza. – Zresztą mnie jest kiepsko w kapeluszach. Ale ona powinna zostać stylistką albo szefową klubu nocnego, a nie marnować się jako ekonomistka z rozsądku, nie uważasz, Misiu, i zajmować etaty. – Joanna była ekonomistką z zamiłowania. – Hej, co jest...?!

Zaczął Torbiel. Do niego natychmiast dołączyła się Moniczka, a potem już samo poszło jak lawina – klaśnięcie za klaśnięciem, aż cały kościół zagrzmiał burzą oklasków.

– Chyba po raz pierwszy biję brawo młodej parze przed ceremonią! – powiedziałam. – Mam nadzieję, że nie ma żadnych zabobonów, które tego zabraniają...

Ksiądz uśmiechnął się i coś powiedział do młodych, którzy właśnie dotarli do ołtarza.

Hugo skinął głową, po czym się odwrócił i oznajmił:

– Z całego serca wam dziękujemy za tak burnyje apładismienty, ale – uśmiechnął się – właściwie, jeśli można, to chcielibyśmy wziąć dzisiaj ślub... – na co znowu cały kościół ryknął śmiechem i huknął brawami.

– A bierzcie, bierzcie! – krzyknął radośnie postawny szpakowaty mężczyzna w kowbojskich butach, potrącając mimochodem długowłosą blondynkę w wieku i typie Izabeli Trojanowskiej. – Przepraszam, kochanie – powiedział półgłosem.

– Jest kolejka do ojca Krzysztofa, więc prosiłbym... Zaczynajmy – powiedział Hugo, na co natychmiast zapadła pełna szacunku cisza.

Ojciec Krzysztof rozpoczął kazanie dosyć standardowo od zacytowania Listu świętego Pawła do Koryntian, i zmierzał wartko ku konkluzji. Nagle przerwał, nabrał oddechu w szerokie płuca, i z wysokości ambony-łodzi pomykającej po wzburzonym morzu, zagrzmiał:

– Wszyscy patrzycie na nich, i myślicie: jaka piękna miłość! A ja wam powiadam, że ci dwoje się nie kochają!

– Hyyyy! – jęknął cały kościół.

Nieruchome powietrze zafalowało.

Jakaś ufarbowana na kruczą czerń starowinka dwie ławki przed nami złapała się za serce. Najpierw kapelusz, a teraz to.

– Tak, nie przesłyszeliście się. Nie kochają się! – powtórzył ojciec Krzysztof, niezmiernie rad z efektu, jaki wywołały jego słowa.

Połowa gości gapiła się z niedowierzaniem i oburzeniem na kaznodzieję; druga połowa patrzyła z nienawiścią na Torbiela. Wszyscy zamarli, czekając, co będzie dalej.

– Niech przyjdą tutaj, przed ten ołtarz, za dwadzieścia, trzydzieści lat, z dziećmi i wnukami, doświadczeni życiem. Wtedy powiem: ci się prawdziwie kochają! – zawołał ojciec Krzysztof, patrząc srogo spod kruczych brwi na Oliwkę i Hugonota.

Czarniawa starowinka chlipnęła, i wsparła się na ramieniu siwego, zażywnego staruszka w popielatym garniturze. Blondynka w typie Izabeli Trojanowskiej złożyła na moment blond głowę na piersi przystojniaka w kowbojkach. Joanna i Andrzej cmoknęli się dyskretnie. Torbiel – *en face* czarnobrewy jak jego starszy brat, ciasnooki i obiektywnie raczej niezbyt przystojny – pokiwał z uznaniem głową, i szepnął coś na ucho Moniczce, która zachichotała leciutko. Każdy miał kogoś. Każdy był z kimś. Tylko ja stałam sama, ze wzruszeniem w gardle, ściskając w torebce ukradkiem komórkę, w której mieszkał Ksawery. W trybie „milczy".

– Ja, Hugo Wiktor, biorę sobie Ciebie, Oliwię, za małżonkę, i ślubuję Ci miłość, wierność... – dźwięcznym głosem, i bez jednego drżenia, mówił Hugonot.

Księgowa w morskiej zieleni grała na harfie „Światło księżyca” Debussy'ego.

Izabela Trojanowska rozełkała się na dobre.

– Ja, Oliwia Elżbieta, biorę sobie Ciebie, Hu... – Oliwka spłonęła rumieńcem, spojrzała w sufit, i wypaliła – Hu... gonota za małżonka...

Ojciec Krzysztof bezskutecznie próbował opanować drżenie warg.

– To jest co prawda kościół katolicki, i katolicka ceremonia, ale jeśli kobieta chce koniecznie Hugonota... – rozłożył ręce – Panie Boże, przed Tobą wszyscy są równi. – Podajcie obrączki.

Wyszli, trzymając się za ręce, wymachując nimi jak przedszkolaki na wycieczce, żegnani euforycznym Mendelssohnem w wykonaniu lokalnego organisty.

Na dziedzińcu zostali przepisowo obrzuceni ryżem i pieniędzmi. Ojciec Krzysztof wyszedł i uściskał ich serdecznie, po czym wrócił do przedsionka i pojawił się ponownie ze sporą kolorową torbą z napisem „Geant”.

– To dla was, na zdrowie. Otwórzcie teraz.

W środku był gliniany, wiejski garnek wypełniony jakąś białą substancją.

– To wasza beczka soli. Do zobaczenia za, powiedzmy, dziesięć lat. Wszystkiego dobrego.

Ukłonił się, pomachał nam i poszedł ściskać się z Torbielem.

Ustawiłam się w kolejce do nowożeńców razem z Joanną i Andrzejem. Jako nie-rodzina, i nawet nie najbliżsi, czytaj najstarsi przyjaciele, czekaliśmy na szarym końcu, konając z gorąca.

– No, cześć Aga. – Coś skubnęło mnie za spódnicę.

– No, cześć Moniczko – ucieszyłam się mimo woli. – Jak zwykle najpiękniejsza na balu – uśmiechnęłam się.

Uśmiechnął się bezwiednie także Andrzej, a Joanna mocno zacisnęła usta.

– Co ty, absolutnie! – roześmiała się, potrząsając cygańskimi kolczykami i rozsiewając wokół zniewalający czar. – Poza tym, to zabronione. Nie wolno wyglądać lepiej niż panna młoda. Zresztą, nawet gdybym nie wiem jak się dziś starała, nie dałabym rady.

– Fakt. Jak ci z tym, tak w ogóle? – spytałam delikatnie.

Wzruszyła ramionami.

– Nie sądziłam, że to powiem, ale naprawdę się cieszę. Jakoś mi ulżyło. W pewnym sensie, mam to nareszcie z głowy. Nie muszę myśleć, co zrobić, żeby.... – Zamilkła i skinęła w kierunku młodej pary. Oliwka ze śmiechem usiłowała wypchnąć Dzidziusia spod swego kapelusza, Hugo obejmował ją w pasie. – No, właśnie. Wszystko jest jasne, prawda? – Przygryzła karminowe wargi. – Ale ten kapelusz! – zachichotała nagle. – Jak ja ją teraz przebiję?!

Joanna przewróciła oczami.

– Suknia ze spadochronu? – zasugerowałam, i ryknęłyśmy śmiechem.

Joanna podskoczyła.

Andrzej dalej uśmiechał się błogo, zapatrzony w rozcięcie malinowej kreacji Moniczki sięgające do połowy smukłego uda. Tego nie było widać w kościele.

– W każdym razie, uroczyście przysięgam, że koniec z tym niezdrowym współzawodnictwem. Oho, muszę iść. Moja... osoba towarzysząca – pokazała palcem Torbiela, który odpłacił jej tym samym – mnie wzywa, idziemy... całować młodych – zakończyła z rezygnacją, i popłynęła w kierunku rudzielca.

Stanęły naprzeciw siebie, dwie piękne i różne jak ogień i woda kuzynki, ta w bieli, a ta w czerwieni. Przez chwilę nie mówiły nic. A potem Oliwka ślicznie się uśmiechnęła, wyciągnęła rękę ze świeżą jeszcze obrączką, i pogłaskała Moniczkę po policzku. Wtedy Moniczka zrobiła to samo, a potem padły sobie w ramiona, i stały tak, i stały, i coś sobie szeptały i szeptały.

– Hej, hej, gazele, kolejka czeka! – ryknął ojciec Oliwki, grubawy pan w smokingu, i chrząknął, żeby pokryć wzruszenie.

Moniczka, z mokrymi oczami, podeszła do Hugonota, uściskała go serdecznie, ale bardzo po siostrzanemu. Kiedy się odwróciła, znowu była roześmiana i wszystkimi hormonami flirtowała z Torbielem.

– Ja na miejscu Oliwki bym jej nie zaprosiła – oznajmiła Joanna lodowatym tonem. – To jest taka niemożliwa kokietka, że aż człowiekowi wstyd, że jest kobietą – dodała nieco enigmatycznie, ale za to z niewątpliwą goryczą.

– E, no znowu bez przesady – zbył ją beztrosko Andrzej, wzruszając ramionami.

Joanna spojrzała na niego bykiem i zmrużyła oczy jak kobra.

– No co?! – zapytał Andrzej głosem nieco zbyt wysokim i nieco zbyt wyluzowanym.

– Ty wiesz co – warknęła Joanna.

– Przecież w końcu to rodzina. Przechwycenie Hugonota się nie powiodło. Happy end mamy, czy nie?

– Jasne – syknęła Joanna, odwracając się do męża plecami. – Aga, masz papierosa?

– Aśka, o co ci chodzi?! – szarpnął się Andrzej. – Nie rób scen.

– Ja nic nie robię. Idę sobie zapalić.

Odeszłyśmy nieco na bok, żeby gościom w kolejce nie dmuchać w twarz dymem.

Nie chciało mi się palić, upał wciskał mi się nawet do ust. Na samą myśl o rozżarzonym ogniku papierosa spociłam się jeszcze bardziej. Ale gościnność przede wszystkim.

– Nie mogę znieść tej francy – syknęła Joanna półgłosem, odpalając papierosa. – „Co ty, absolutnie!" – zapiszczała, w swoim mniemaniu imitując Moniczkę. – To jej potrząsanie włosami, i w ogóle – Joanna nie była zbyt ładna, a do tego zdawała się raczej kostyczna, chociaż w sympatyczny sposób, który sugerował spore pokłady ciepła pod chłodną i dosyć mocno zakompleksioną powłoką.

– Monika mi bardzo pomogła, i to za darmo – powiedziałam, serwując jej w pigułce swoją epopeję miłosno-mieszkaniową. – Potrafi być wkurzająca, bo jest niestety cholernie ładna... – Joanna uśmiechnęła się wreszcie – i jest niestety też cholernie inteligentna oraz pracowita i przedsiębiorcza, ale – zaciągnęłam się, chociaż wiedziałam, że zrobi mi się od tego słabo – żaden normalny facet z nią nie wytrzyma dłużej, bo ona zawsze jest na najwyższych obrotach. Myślę, że w ten sposób sobie radzi z jakimiś urojonymi kompleksami... Hm, chyba że trafi na kogoś, kto ją kompletnie czymś rozbroi i spacyfikuje...

– Jakie ona może mieć kompleksy? Jezu... – prychnęła nieco już rozluźniona Joanna.

Spojrzałyśmy na Andrzeja.

Rozmawiał z Dzidziusiem, który dziś wyglądał jeszcze bardziej jak Nicholas Cage, może ze względu na czarnego dzika, który niestosownie do okoliczności wyzierał mu spod lśniącej koszuli w modnym w latach 70. kolorze yellow bahama. Rękawy miał Dzidziuś tradycyjnie podwinięte, a jego tatuaże prezentowały się wyjątkowo imponująco. Ojciec Oliwki, który stał nieopodal, gwarząc z matką Hugonota, raz po raz spoglądał na niego tęsknie i z odrobiną zawiści; zanim został ekonomistą z rozsądku, jak jego córka, był liderem zespołu big-beatowego i, jak mi kiedyś wyznał Hugonot, „wymiatał na gitarze jak Hendrix".

Podeszłyśmy do chłopców, Joanna już ponownie z uśmiechem, który jednak szybko zgasł; do Andrzeja i Dzidziusia, no, bo przecież nie do nas, tanecznym krokiem zbliżała się Moniczka.

– Ej, niunia, któremu gliniarzowi zarąbałaś te bransoletki? – zagaił Dzidziuś, nawiązując do jej cygańskich kolczyków.

Moniczka pisnęła, zachwycona.

– Kostium Travolty? – Zmierzyła go otwarcie od stóp do głów – Dzidziuś, baby, nie wiesz, że lata siedemdziesiąte są *passe*? – zagruchała.

– Nie lubię być trendy. W przeciwieństwie do ciebie – odparował, unosząc w górę brew jak Harrison Ford.

– Dzidziuś, baby! – zachichotała Moniczka, wniebowzięta. – Uwielbiasz być trendy. Inaczej byś ze mną nie rozmawiał. A poza tym, dobrze wiesz, że teraz najbardziej trendy jest nie być trendy – zripostowała.

– Dobra jest – mruknęła rozbawiona Joanna.

– Ależ między nimi iskrzy – odmruknęłam. – Myślę, że Torbiel to zasłona dymna. Nie ma szans.

*

Siedziałam na ławeczce na tarasie pensjonatu „Syrena", paliłam papierosa, i relacjonowałam Ksaweremu przebieg weselnych wydarzeń. Przedpołudniowa duchota ustąpiła porywistemu, ciepłemu wiatrowi. Goście, w oczekiwaniu na nowożeńców, którzy tradycyjnie pojechali w plener robić zdjęcia do rodzinnego albumu, zanim młodemu przekrzywi się krawat, a młodej rozmaże precyzyjny makijaż, wylegli na zewnątrz i rozkoszowali się letnim popołudniem. Morze szumiało, jak to morze, szumiały sosny, powietrze pachniało żywicą. Pensjonat ulokowany był tuż przy plaży, od strony otwartego Bałtyku, gdzieś w głuszy między Juratą a Jastarnią. Mewy wrzeszczały kojąco.

– Ksa, żebyś ty tu był. Jest cudownie, po prostu cudownie...

– Tylko cholerny ten leżak...

– Też cię kocham, mój ty głupi kaowcu.

– Kiedy wracasz?

– Jutro rano.

– Bądź mi grzeczna.

– Sam bądź.

– Będzie padać, zobaczysz, Zysiu. Z takiej duchoty na pewno będzie burza! – powiedziała autorytatywnie do męża czarniawa starowinka, której relacji w stosunku do Hugonotów jeszcze nie ustaliłam.

Rzeczywiście, wiatr wiał coraz silniej, a słońce zniknęło za szarogranatowymi chmurami.

– Sztorm, jak amen w pacierzu. Popatrz tylko, Zysiu, na te fale!

*

– Najmilsi, witamy was serdecznie na naszym weselu – zadudnił do mikrofonu bezprzewodowego Hugo i poluzował krawat.

– Ogromnie się cieszymy, że jesteście tu dzisiaj z nami – powiedziała Oliwka, przejąwszy mikrofon z rąk męża.

Profesjonalna prezenterka. Nie miała już na głowie kapelusza.

– Wyglądają jak jacyś aktorzy na tle tej fototapety... – szepnęła Joanna.

– „Moda na sukces"? – zaproponował Andrzej.

Fototapeta przedstawiała karaibski zachód słońca, nad którym zwieszały się donice z prawdziwymi, żywymi fuksjami w rozkwicie.

– Pomyśleliśmy sobie, że zanim zaczniemy się bawić...

– Gorzko...! – ryknęło chrapliwym chórkiem spod tylnej ściany.

Dzidziuś, Torbiel i Krzysio.

– ...zanim zaczniemy...

– Gorzko...! – ryknęło z lewej.

– Gorzkoooo! – z prawej.

Nie było wyjścia. Hugo i Oliwka zatonęli w pocałunku na żądanie.

Na bardzo długo.

Gawiedź biła brawo i śpiewała nieskładnie „Gorzką wódkę".

– Taak... co ja to... – nawiązał Hugo, wycierając usta ze szminki Oliwki – aha, więc zanim zaczniemy się bawić, chciałbym wszystkich sobie nawzajem przedstawić... A zatem, oto moja ukochana teściowa, Magdalena.

Mama Oliwki, wysoka, subtelna szatynka w białej lnianej sukience podniosła się i ukłoniła.

Brawa.

– Moja ukochana teściowa, Krystyna – powiedziała Oliwka.

Izabela Trojanowska wstała i pomachała jak królowa angielska.

Brawa.

– Mój ukochany teść Eugeniusz...

– Mój ukochany teść Jan...

– Moja babcia jedyna w swoim rodzaju Eleonora – Hugo.

Czarniawa starowinka zachichotała, i machnęła ręką, mrucząc „a idźżeż, ty...!".

– Moja zagubiona i ponownie odnaleziona ulubiona kuzynka Monika...

– Moi przyjaciele wierni, my razem Czterej Pancerni, a oni dziś trzej muszkieterowie: Dzidziuś, Torbiel i Krzysio...

– Moja ulubiona szefowa, która nie dyszy mi w kark, Agnieszka... – parsknął Hugo, kiedy przyszła moja kolej.

To był absolutnie genialny pomysł. Po raptem dziesięciu minutach wszyscy goście wiedzieli, kto jest kim, i szeroko się do siebie uśmiechali. Wszelkie lody i konwenanse, które zwykle pękały dopiero, gdy pękła pierwsza magiczna butelka czystej, tym razem pękły błyskawicznie i bezalkoholowo.

– No to pora na flaczki – zatarł ręce Andrzej.

W tym momencie rozległ się pierwszy grzmot.

– A nie mówiłam, a nie mówiłam! – pisnęła babcia Eleonora. – Burza!

– Chodźcie popatrzeć na sztorm! – zawołała Moniczka, i wybiegła, a za nią Dzidziuś.

I cała reszta gości.

Morze szalało. Niebo było ciemnogranatowe. Tuż nad horyzontem pas granatu odcinała od wody smuga złotoseledynowego światła. Na taras spadły pierwsze grube krople. Poczułam, jak ramiona pokrywa mi gęsia skórka.

– Agusia? Kocham cię i tęsknię! – zawołał przez telefon Ksawery, gdyż zgodnie z obietnicą dzwonił do mnie średnio co pół godziny.

Niektórzy goście patrzyli już na mnie dziwnie.

– Ksawery, bardzo tu miło, ale okrutna samotność! I cię kocham też! – wrzasnęłam, jakbym grała w jakimś filmie katastroficznym i miała za moment zginąć.

Potykając się o falbanę francuskiej spódnicy, pobiegłam za róg tarasu, żeby schronić się przed wiatrem i deszczem, i jednocześnie nie stracić zasięgu.

– Telefon! – Trzej Muszkieterowie machali do mnie wolnymi rękami, w zajętych trzymając piwo. – Telefon!!!

– No, telefon, co?! – zdenerwowałam się.

– Wyłącz! – krzyknął Torbiel. – Bo cię piorun przez ucho zabije!

– Ksawusiu! Muszę kończyć, bo mnie piorun przez ucho zabije! Mamy straszną burzę! – wrzasnęłam do słuchawki.

– Dlaczego kiedy mówisz do mnie „Ksawusiu", to brzmi to jak szyderstwo, a nie jak zwrot czuły do kochanka? – obraził się Ksawuś, nieprzejęty kompletnie faktem, że dopiero co odzyskana miłość jego życia (ja) może zginąć od pioruna i wrzeszczy.

– Oni mówią, że mogę umrzeć, jak piorun przeleci mi przez komórkę do ucha, a ty się czepiasz detali, egoisto.

– Jacy oni?

– Trzej Muszkieterowie.

– Co cię rwą na potęgę pod moją nieobecność?

– Ksawusiu. Nudny jesteś z tym kompleksem Otella od siedmiu boleści. Poza tym, sam wolałeś Micka Jaggera.

– Babo najpodlejsza z bab, idź się bawić, ja idę na piwo oraz beherovkę. Zadzwonię jakoś nocą, chociaż wolałbym się wcale nie rozłączać...

– ...ale nie chcesz być sponsorem pustych przestrzeni. Pa!

Lało jak z cebra, wiatr gdzieś się zamotał pośród sosen nadbałtyckich, i powietrze ponownie stanęło w miejscu. Muszkieterowie się rozpierzchli; Dzidziuś w zacisznym rogu tarasu za filodendronem dopadł Moniczkę i poił ją szampanem; Krzysio wrócił na salę z fototapetą, zapewne po kolejne piwo.

– Ale sauna, co? – powiedział Torbiel, podchodząc do mnie i pociągając łyk piwa. – Uratowaliśmy ci życie. – Kiwnął na moją komórkę.

Uśmiechnął się przepraszająco, zdjął krawat i schował do kieszeni lnianego garnituru, który na skutek ulewy wyglądał jak wyjęty bernardynowi z pyska.

– Senk ju, senk ju. A to w ogóle prawda z tym piorunem?

– *You're welcome* – odpowiedział automatycznie Torbiel. – Owszem, owszem, prawda.

– Hm. – Jakoś nie byłam przekonana. – Czemu mam wrażenie, że robiliście sobie ze mnie jaja?

– Nie, no jakże byśmy śmieli. Pani dyrektor... – Torbiel rozłożył ręce.

Bardzo był sympatyczny, chociaż zupełnie nie w moim typie. Może dlatego tak fajnie nam się rozmawiało.

– Jezu, jak „Czas apokalipsy". Tam musiało być tak samo gorąco i parno. – Rozpiął kołnierzyk koszuli.

Proszę, proszę. Romanista, i w dodatku młódź, a zna kultowe pozycje. Chociaż przecież niby pisał tę swoją słynną pracę z kina i literatury.

– Albo jak Nowy Jork latem. Tam czasami jest tak, że wchodzisz pod prysznic, myjesz włosy, wychodzisz, a one nie schną... – wspomniałam nostalgicznie.

Niech sobie nie myśli, że tylko on jest światowy, Torbiel jeden.

Jakoś dziwnie na mnie spojrzał. Jakby... wyobraził mnie sobie pod prysznicem. E, mam jakieś urojenia.

– Sama jesteś – zauważył. – Może zatańczymy?

Nie wydawało mi się. Miał wzrok przyklejony do moich ud, które w sposób niewątpliwy rysowały się pod moją mokrą od deszczu spódnicą.

– A już można? Młodzi odtańczyli pierwszy taniec? – speszyłam się.

Nigdy nie umiałam zachowywać się dyplomatycznie w takich sytuacjach.

Zamiast pokazać klasę salonowego wampa i doprowadzić absztyfikanta do gorączki zmysłów, nie mówiąc ani tak, ani nie, a tylko dyskretnie sugerując „być może", kiedy miałam na myśli „po moim trupie", zawsze reagowałam jak nastolatka: rumieniłam się i zmieniałam temat albo uciekałam. Nie, nie umiałam być prawdziwą kobietą, co niejednokrotnie wypominała mi mama, która prawdziwą kobietą potrafiła być za cały tuzin.

Sięgnęłam po papierosa. Zbyt szybko chciałam go włożyć do ust i zawadziłam o wyciągniętą rękę Torbiela, który stał w gotowości zgięty wpół z wycelowaną w mój nos zapalniczką typu zippo.

Zachwiał się i upuścił zapalniczkę.

– Ooops! – Wrócił do pionu jak wańka-wstańka. – Ale masz miot!

– Sorry – uśmiechnęłam się z ulgą, samodzielnie przypalając sobie papierosa ordynarną plastykową jednorazówką ze stacji benzynowej.

– Znasz ten dowcip? Co wybierze Francuz: butelkę dobrego wina czy piękną kobietę?

– Nie znam. – Zaciągnęłam się i ostentacyjnie spojrzałam na komórkę.

Idiotka. Nie potrafię nawet bezboleśnie spławić szczeniaka, który wygląda jak wiewiórka z czarnymi brwiami.

– Zależy od rocznika – powiedział przeciągle, też się zaciągnął i posłał mi spojrzenie Don Juana.

Ksawery, gdzie jesteś! Dlaczego muszę to znosić, a ty sobie oglądasz Czeszki w miniówach!

– To co, zatańczymy?

– Okej – zaśmiałam się nerwowo. – Na weselu się nie odmawia.

Ujął mnie zdecydowanie pod łokieć i lekko popchnął w kierunku sali balowej.

– Mój narzeczony jest w Pradze na koncercie Rolling Stonesów. To właśnie on do mnie dzwonił, jak ratowaliście mnie przed piorunem. Dzwoni właściwie bez przerwy, bo nie mógł tu ze mną przyjechać... – powiedziałam w desperacji.

Może się odczepi.

– Aha – bąknął od niechcenia. – To z jego strony mało rozważne. Ja bym takiej kobiety nie puszczał samej na imprezę – zamruczał w okolicy mojego ucha, po czym złapał mnie za rękę i okręcił profesjonalnie o sto osiemdziesiąt stopni. – Uzyyyt! – świsnęło powietrze, i stanęliśmy naprzeciwko siebie w podstawowej pozycji tanecznej.

...Dzie-heń, wspom-nienie la-ta – la-ta! – zaintonowała liderka zespołu „Hopsasa", miła blondynka o mocnym głosie, i cała sala ruszyła w tany.

Spódnica podjechała mi do kolan; inaczej nie byłabym w stanie zrobić kroku.

Torbiel prowadził profesjonalnie, wykonując różne spektakularne manewry, obroty, przeplatanki i przerzutki. Miał fantastyczne poczucie rytmu, był kreatywny, potrafił improwizować. Widać było, że kocha taniec.

– Świetnie tańczysz. Jesteś bardzo gibka – powiedział, wypychając mnie do obrotu.

– Dziękuję. Ty też – odpowiedziałam uprzejmie.

– Dzisiaj dziewczyny nie umieją tańczyć. Wydaje im się, że wystarczy, jak poskaczą jak Britney Spears. Żadnego wdzięku, za grosz finezji. Dlatego wolę dojrzalsze partnerki – wyznał.

Gówniarz zarozumiały. Przez te brwi wyglądał jak Groucho Marx.

– Torbiel, jak ty masz właściwie na imię? – Może mu się głupio zrobi, że ma takie durne przezwisko.

– Ewaryst – powiedział, prostując się nagle, i szarmancko, wciąż do rytmu, pocałował mnie w rękę.

– Nie.

– Serio.

– Czy wy poznaliście się z Hugonotem w jakimś klubie dziwnych imion?

– Nie. To przypadek, ale jakże adekwatny.

– Jakże. A Torbiel to...?

– Dowcipy w męskiej szatni. Nie wchodź w to głębiej – poradził z grobową miną.

– Nie mam zamiaru, fuj – otrzepałam się.

Był jednak bardzo zabawny. Szkoda, że miał ten fetysz w postaci dojrzałych kobiet.

– Mój narzeczony... – zaczęłam, z akcentem na „narzeczony".

– Ten narzeczony to jednak istnieje? – westchnął Torbiel. – Myślałem...

– Ma na imię Ksawery. – Jak słodko było komuś o nim opowiedzieć, kiedy go nie było tutaj, a był Bóg wie gdzie, i Bóg jeden wie z kim. – I naprawdę jest teraz w Pradze. Nie mógł przyjechać na wesele, bo bilety na koncert kupił pół roku temu, a wtedy jeszcze się nie znaliśmy... to znaczy... długa historia... *anyway*, śmiało mógłby należeć do waszego klubu...

– Hugo, Ksawery i Ewaryst. Jak linia ekskluzywnych garniturów – podsumował Torbiel.

Ryknęliśmy śmiechem i stanęliśmy na środku parkietu zgięci wpół.

– A Dzidziuś? – wykrztusiłam.

– Nie nadaje się. Imię ma prozaiczne – Tomek.

– Gustowny zestaw do pielęgnacji obuwia?

Torbiel dostał drgawek, jak porażony prądem.

– Lepiej chodźmy na wódkę – zarządził, dławiąc się ze śmiechu.

– To lepiej chodźmy.

*

Nawet nie zauważyłam, kiedy minęła północ.

Tańczyłam i piłam, i znowu piłam, i tańczyłam. Wódka wchodziła we mnie przez gardło, i wychodziła wraz z hektolitrami potu, które traciłam na parkiecie. Wszyscy dużo pili, i wszyscy byli trzeźwi. Upał sprawiał, że alkohol wyparowywał z nas jak para z żelazka nastawionego na maksymalną temperaturę. Trzej Muszkieterowie oraz pan młody na zmianę obtańcowywali mnie, Moniczkę i Joannę. Andrzej zatańczył po jednym razie ze mną i z Moniczką, żeby nie narażać się żonie, która rozpuściła włosy, zdjęła szpilki i brylowała wśród Muszkieterów, opowiadając świńskie dowcipy. Moniczka najczęściej tańczyła z Dzidziusiem, przeplatając stylowe pokazówki à la Torbiel ociekającymi erotyzmem przytulankami. Jak się okazało, wszyscy Czterej Pancerni, łącznie z Hugonotem, ukończyli na studiach kurs tańca towarzyskiego, a Hugo na parkiecie zmieniał się, podobnie jak za barem, w precyzyjnie działającą, doskonale skoordynowaną machinę. Nikogo nie potrącał, niczego nie rozwalał, a wszystkie jego mięśnie poruszały się w idealnej harmonii.

– On tańczy jak Patrick Swayze – westchnął Krzysio, niski świński blondyn, który z całej czwórki radził sobie najsłabiej.

– No – przyznał uczciwie Torbiel. – Ale ty masz za to stumetrowe mieszkanie po babci w centrum Wrzeszcza.

– Fakt. – Krzysio spojrzał tęsknie na Monikę i Dzidziusia, którzy już otwarcie migdalili się przy „Lady in Red".

Oprócz Oliwki i Hugonota, którzy w tej chwili już nawet nie tańczyli, tylko kiwali się, obejmując się nawzajem w pasie, i zaśmiewali się z czegoś do rozpuku, byli jedyną parą na parkiecie.

Była czwarta rano i większość gości poszła spać do wynajętych domków letniskowych.

Zaraz, sądząc po pomarańczowej łunie nad wodą, miało wstać słońce.

Wypiłam szklankę wody mineralnej, wzięłam torebkę i rozejrzałam się za Joanną i Andrzejem. Hm. Widocznie też poszli spać. Obsługa z łoskotem sprzątała karaibską salę, chudy mężczyzna w mocno średnim wieku, w burych portkach, ale za to z gołym torsem spalonym na cegłę, polewał wężem taras. Ptaki śpiewały jak ptasie radio, las sosnowy pachniał kościelnym kadzidłem. Ruszyłam do domku powłócząc nogami, z podkasaną spódnicą, z obolałymi stopami, nieprzytomna z niewyspania, a jednocześnie na haju, jaki daje brak snu.

Joanna i Andrzej spali na górze. Wykąpałam się i też spróbowałam zasnąć. Nic z tego. Gryzło mnie coś nieokreślonego. Oczywiście miało to związek z Ksawerym. Może usłyszana kątem ucha uwaga Rafała na temat niezwykłej urody nóg jakiejś Czeszki. Albo zbyt mało w którymś momencie stęskniony głos Ksawerego. Albo lęk, że on przecież jest ze mną raptem dwa tygodnie i na pewno ma pokusy na widok takich czeskich nóg, bo, jak sam mi powiedział, świat jest pełen ludzi piękniejszych od nas, a niemożliwe, żeby poprzednie wcielenie rasputinowskie tak od jednego pocałunku ze mną się z niego ulotniło. Obgryzałam paznokcie pomalowane naprędce przed weselem bezbarwnym lakierem, i przewracałam się z boku na bok. Przecież ja muszę być kompletnie nienormalna, żeby wiązać się z facetem o takiej przeszłości. Teraz było rajsko i bezkonfliktowo, niebiański seks i rozmowy o poezji, ale co ja tak naprawdę o nim wiedziałam. Że używa fioletowego żelu Palmolive do kąpieli, lubi borowiki i czyta Tischnera. Że woli herbatę od kawy, i nie cierpi na nic czekać. Że ma najpiękniejsze oczy na świecie, na zgubę moją i reszty rodzaju żeńskiego. Że chce ze mną natychmiast zamieszkać. Świetnie. Tylko co dalej. Kompletnie nie potrafiłam sobie wyobrazić naszego wspólnego życia. Nie układał mi się w głowie żaden grafik, żaden scenariusz, żadne obrazy, że, o, tutaj, proszę, śniadanko, potem praca, potem jakieś obiady, życie wieczorno-towarzyskie – gdzie, co, o jakim charakterze? Nie miałam pojęcia. Dręczyło mnie przeczucie, że lada moment coś pęknie, walnie, rypnie z hukiem, i oboje zobaczymy, że jesteśmy zwyczajni, a przy tym całkowicie różni, i w ogóle nie dla siebie. On już wiedział, że jestem paranoicznie zazdrosna. A więc poznał mnie lepiej. Pierwszy but spadł. Ale ja nadal nie wiedziałam, co może mnie czekać z jego strony. Ale Ksawery się nie ujawniał. Bardzo sprytnie. Drugi but siedział mocno na jego nodze, a ja tymczasem dostawałam rozstroju nerwowego.

Słońce bez opamiętania przedzierało się przez grube, zakurzone zasłony.

Ciekawe, z której strony uderzy pierwszy cios. Bo że uderzy, to rzecz pewna.

Zawsze uderzał.

*

Do Gdyni dojechaliśmy w skwaszonym milczeniu. Joanna cierpiała na gigantycznego kaca i nie była w stanie mówić. Andrzej z gorąca nie zmrużył oka i miał przekrwioną, przemęczoną twarz. Po wyjeździe z Helu kupiliśmy w jakimś sklepiku bułki, jogurty i wodę. Oddałabym życie za kawę, ale kawy na wynos nigdzie nie było. Żadna restauracja nie była jeszcze otwarta; okazało się, że śniadanie o ósmej to obyczajowo za wcześnie. Większość lokali otwierano o dziewiątej.

W domu panował zaduch nie do opisania. Cielęcina leżała w wannie i dyszała. Szary z wywalonym jęzorem, owinięty wokół muszli klozetowej dla ochłody, wyglądał jakby odreagowywał kokainę. Nasypałam im do miski kocich chrupek, nalałam świeżej wody, otworzyłam na oścież balkon, wyłączyłam telefon i rzuciłam się na łóżko.

Spałam bez przerwy do czwartej, przez sen na wpół świadoma miłej bryzy, która owiewała mi ciało. Obudziło mnie słońce, które o tej porze zwykle przywędrowywało do sypialni. Upał wcale nie zelżał. Byłam głodna. Spełzłam z łóżka, umyłam zęby, i zeszłam do świata, żeby coś przekąsić w Greenwayu. Wybór o tej porze był niewielki, ale załapałam się jeszcze na koftę. Kupiłam butelkę lodowatej wody i poczłapałam w kierunku Gemini. Musiałam iść do kina. To było najbliższe miejsce z klimatyzacją. Repertuar prezentował się żałośnie. Do wyboru miałam film akcji lub animowany dla dzieci. Moje życie jest żałosne, pomyślałam masochistycznie, siedząc przy stoliku obok kina i pijąc bardzo dobre cappucino. Nie mam co ze sobą zrobić w niedzielne popołudnie. Nic mi się nie chce robić w niedzielne popołudnie, bo nie mam z kim. Najchętniej bym przeczytała jakąś eskapistyczną książkę o miłości, na nic innego mój opuchnięty od upału mózg nie miał siły. Chciałam zadzwonić do Ewki, ale nie miałam siły z nią rozmawiać. Ksawery zadzwonił w bardzo dobrym humorze, ewidentnie podniecony świąteczną atmosferą koncertową w Pradze, czym mnie wkurzył. Udałam, że konam ze zmęczenia, i właśnie się kładę, po czym zrobiło mi się głupio, i powiedziałam mu, że okropnie za nim tęsknię, i bardzo go kocham. Nic nie wspomniałam o czekaniu na pierwszy cios, ale nasłuchiwałam bardzo uważnie, czy coś złowieszczego nie przebija z jego głosu. Coś, czego mogłabym się uczepić, i czym mogłabym się dręczyć przez resztę wieczoru, i dzięki temu miałbym co robić. W końcu przyznałam się, że idę do kina na film akcji, i podałam tytuł, a Ksawery mnie pochwalił, że dobry wybór, bo zna, i radośnie życzył mi dobrej zabawy, czym wkurzył mnie jeszcze bardziej, bo chciałam, żeby mi opowiadał, jak za mną tęskni, a nie cieszył się bezinteresownie, że się dobrze bawię bez niego. Ja się jakoś bezinteresownie cieszyć nie potrafiłam, że on będzie sobie świętował sześćdziesiąte urodziny Micka Jaggera, o których trąbiły od tygodnia wszystkie stacje radiowe i telewizyjne, beze mnie, ale za to z tłumem obcych ludzi i kobiet w Pradze. Ale udawałam, oczywiście, że się bezinteresownie w jego imieniu cieszę.

– Zadzwonię do ciebie z koncertu – powiedział, a ja odparłam fałszywie ożywionym głosem, co mnie kosztowało bardzo wiele, fizycznie i psychicznie:

– Super! – Po czym zagryzłam wargi, żeby coś paskudnego mi przez nie niechcący nie wyleciało i nie zepsuło nastroju.

I tak, około dziesiątej w nocy siedziałam z powrotem na balkonie z telefonem przy uchu, i jako chyba jedyna osoba na świecie wysłuchałam na żywo przez komórkę „Wild Horses" i „Angie", a Ksawery mówił, długo i wzruszająco, że beze mnie to pustka i nicość, i musi się dzielić. W tle wydzierały się tłumy, dudniła muzyka, poczułam zapach papierosów, trawki, potu i czeskiego piwa; i zrozumiałam, że jestem podła w swoich humorach i wątpliwościach, bo tak, jak kochał mnie Ksawery, to już naprawdę nie można się przyczepić.

Nie mówiąc już o tym, że nie miał żadnej specjalnej taryfy ulgowej na komórkę.

*

Byli zarośnięci na czarno, ubrani w T-shirty pamiątkowe z koncertu Rolling Stonesów, a na głowach nosili białe, wydziergane na szydełku, weselne jarmułki. Oglądali się za nimi bez wyjątku wszyscy na peronie.

– Rany boskie. Uwielbiam was! – zawołałam i wpadłam w ramiona Ksaweremu. – Cześć. Miło poznać, rabbi – uściskałam Rafała, który dodatkowo nosił przyciemniane lennonki.

– Fajne? Kupiliśmy w Pradze na Józefowie. To dawna dzielnica żydowska – powiedział rozpromieniony Ksawery i objął mnie w pasie. – Dobrze ci się jechało? Wygodnie?

– Tak sobie, ale warto było pocierpieć dla tego widoku – zaśmiałam się. – Chyba naprawdę macie coś we krwi.

– No, ja mam, na pewno, a Rafał musi jeszcze poszukać w papierach.

– A Gosia gdzie?

– Gosia się nas wstydziła, i ukrywa się za rozkładem jazdy – mruknął poważnie Rafał.

– Nie kłam, Rafiku – zabrzmiał ostrzegawczo kobiecy głos obok nas. – Wysłali mnie do kiosku. Zachciało im się coli. – Gosia łobuzersko zmrużyła skośne, zielone oczy. – Powiedzieli, że nie mogą się rozłączać, bo inaczej nie będzie efektu.

Kraków tonął w ciepłym, wieczornym świetle.

Ksawery wrzucił moją torbę do bagażnika zielonego opla. To co, na Kazimierz? – zaproponował z uśmiechem.

– Jak najbardziej – przytaknął Rafał.

– W jarmułkach? – zaniepokoiłam się.

– Nie, to by było nieładnie. Kupiliśmy na pamiątkę, żeby mieć. I już – powiedział Ksawery.

Zjedliśmy kolację w ogródku, w małej włoskiej knajpce. Gosia przekomarzała się nieustannie z Rafałem, a Ksawery ze mną, z Gosią i Rafałem, na zmianę.

Od kocich łbów zaczynało wionąć ciemnym chłodem, który przeganiał ostatnie miedziane błyski ze ścian i okien. Kamienice rzucały coraz dłuższe cienie, ulice coraz gęściej zapełniały się rozchichotanymi grupami młodzieży i zamyślonymi parami w średnim wieku, spacerującymi pod rękę.

– Wiecie, że po raz pierwszy jestem na Kazimierzu? – przyznałam się. – Niby jest trendy, te wszystkie odnowione kamienice, knajpy, dyskoteki, ale i tak panuje tu jakaś nieuchwytna melancholia, zwłaszcza o takiej porze dnia, prawda?

– Uhm – mruknął Rafik, i spojrzał na mnie z sympatią.

– Zapraszam na kawę – szastnął się gościnnie Ksawery. – No, co. Że nie herbata. Czasem lubię na deser, z pianką.

Jak łatwo było z nim łazić, jeść, gadać o byle czym. Tak zupełnie bez wysiłku, że trzeba się czymś wykazać albo superwystrzałowo wyglądać. Co byłoby w moim wypadku i tak niewykonalne, bo spędziłam siedem godzin w pociągu w temperaturze trzydziestu stopni. W takich okolicznościach byłam zadowolona, że moja twarz nie przypominała golonki prosto z pieca.

– Skąd wiedziałeś? – szepnęłam mu do ucha, podekscytowana.

A na głos powiedziałam:

– Mam déjà vu. To niemożliwe. To jest po prostu Nowy Jork.

– A miał być Paryż – zmartwił się Ksawery na niby. – Przynajmniej w zamierzeniu.

– Bo kawiarnie w Nowym Jorku są paryskie, tylko obsługa milsza – zaśmiałam się, rozglądając się z radosną nostalgią po wytapetowanych plakatami ścianach „Les Couleurs". Goście zachowywali się zupełnie bezpretensjonalnie, ktoś czytał sobie gazetę, ktoś inny książkę, ktoś coś sobie pisał, ktoś inny obserwował ulicę. – To dla mnie latte, i coś słodkiego.

Na moment odfrunęłam na Bedford Avenue.

– Agu? Gdzie jesteś? – Ksawery zapukał łyżeczką w moją filiżankę. – Gdzieś mi uciekła, przepióreczko?

– A odleciałam sobie na moment do Nowego Jorku. Ale to przez ciebie. Nawet nie wiedziałam, że są w Krakowie takie kafejki.

Ksawery pogłaskał mnie dyskretnie po ręce.

– Tutaj jest fajnie, ale ja najbardziej lubię... – zaczęła Gosia

– ...obiadki w IKEA... – dokończył Rafał. – I nie tylko obiadki. Gosia mogłaby mieszkać w IKEA – uśmiechnął się wyzywająco.

– W Stanach się mówi Ajkija – rzuciłam. – A krem Nivea jest Niwja. Z akcentem na „Ni".

– Jesteśmy rycerze, którzy mówią Ni – zacytował Rafał.

Ksawery zachichotał. Zabrzmiało to tak, jakby odpalał silnik.

*

Jazda przez Kraków o zmierzchu. Łaskotanie zmysłów. Reinkarnacja wrażeń, jakie znałam dawno temu. Otwarte okna zielonego opla, lekki wiatr, a w nim zapach spalin, frytek, rosy, kamiennych murów, perfum. Zapadanie się w miękką, znajomą przestrzeń jak w materię wygodnego, wysłużonego fotela. Miasto przenika przez skórę do krwiobiegu, szuka kogoś, kogo zna, wywleka na wierzch głęboko ukrytą wiedzę. Zakręt za Wawelem w Powiślе, SDH „Jubilat", zjazd w Aleje, hotel „Cracovia", kino wciąż „Kijów", Karmelicka, o krok od mojego liceum, Nowy Kleparz. Wszystko moja pamięć zna na pamięć, z zawiązanymi oczami, jak koń, trafiłabym teraz bezbłędnie, kupując oczywiście po drodze obwarzanka, z powrotem na dworzec, żeby, jak w liceum, złapać pociąg podmiejski albo autobus do mojego miasteczka. Ale Ksawery skręca w aleję 29 Listopada, tutaj mówią w skrócie: „Dwudziesta Dziewiąta", jak Piąta, albo Trzecia, w Nowym Jorku. Potem w jedną z szeregu mniejszych uliczek, po prawej stronie gigantyczny billboard dewelopera na tle szkieletów bloków bez okien, ostów-mutantów, pagórków z obłupanych cegieł i pustaków, i zardzewiałych koparek zaprasza: „I ty możesz tutaj mieszkać". Ryczymy ze śmiechu. Ale po lewej błyszczy oświetlonymi oknami nowe osiedle z przestronnymi sklepami, bankami i pocztą, mikrokosmos lśniący od funkcjonalności, gdzie mieszkańcy zbierają z trawników psie kupki, a chodniki są wyłożone kolorową kostką w barwach złotej polskiej jesieni. Na tym osiedlu Ksawery wynajmuje na drugim piętrze dwa pokoje z kuchnią, łazienką i miniaturowym balkonem.

– I ty możesz tutaj mieszkać – mruczy mi do ucha, a ja przebieram nogami, bo nie mogę się doczekać, kiedy wreszcie znajdzie ten klucz. No niechże już otwiera.

– O, dywanik z Ajkii. Z IKEA – cieszę się. – Mam taki sam, tylko czerwony.

Dywanik Ksawerego jest zielony, a całe mieszkanie niepokalanie czyste. Tylko w dużym pokoju psują harmonię rozbebeszone torby Rafała i Gosi. Balkon uchylony, stoi tam suszarka na ubrania, wiszą symetrycznie rozmieszczone koszule. Czy Ksawery jest pedantem?

– Jezu, jak tu wysprzątane. Nadziwić się nie mogę – dziwię się na głos.

– Zapędził mnie, podłogę mopem myłem. Ja. To ja myłem. Dla niego, i na twoją cześć. We własnym domu nie myję, bo myje Gosia, a tu na urlopie myłem, uwierzysz – żali się Rafał, rozpiera go duma.

– Wiesz, jakie tu były kłęby kotów po kątach?! – ekscytuje się Gosia. – Potąd. Do połowy łydek.

– Wszystko tak wypucował dla ciebie. Ale za dwa dni będzie to samo – beznamiętnie podsumowuje Rafał.

Ksawery stoi w drzwiach do kuchni i się uśmiecha.

– I jak? – pyta w końcu.

– Bardzo sympatycznie. I bardzo kawalersko. – Śmieję się do niebieskiej kanapy i foteli, do rudego stolika i granatowego chodnika.

– Już niedługo – przytula mnie.

A mnie przechodzi złowieszczy dreszcz. Co to znaczy „niedługo”?

– Jutro zaczniemy szukać mieszkania – oznajmia.

– Gratuluję – mówi Gosia. – Może znajdziecie coś na tym osiedlu?

Do rana pijemy beherovkę i opowiadamy sobie na przemian o Pradze i weselu Hugonotów. Ksawery mnie tuli, głaszcze i podszczypuje, a za balkonem, na którym schną dawno już suche koszule, około północy nagle słychać klekot końskich kopyt.

*

Rafał i Gosia wyjeżdżają po śniadaniu, na które Ksawery przyrządza jajka sadzone, a każde z osobna, z chrupiącą szynką, serem i majonezem na czubku. Bomba kaloryczna, która smakuje jak niebo. Ksawery ma do tych jaj specjalną patelnię z czterema teflonowymi dołkami. Podejrzewam, że to receptura którejś panny, a może nawet Ani. Ale nie mam siły zazdrościć, ani nawet zapytać z podtekstem, bo smak jest powalający.

Ledwo za Rafałem i Gosią zamykają się drzwi, a my w trybie błyskawicznym nadrabiamy zaległości erotyczne. Nadrabiamy tak mniej więcej do drugiej po południu, gdy nagle mi się przypomina, że przecież mieliśmy odwiedzić moich rodziców, którzy czekają z obiadem i konają z ciekawości, co też ja z tym Podsiadło znowu kombinuję. Poza tym chcę się pochwalić, że kombinuję tak udatnie, że wreszcie chyba wygrałam przetarg na prawdziwą miłość.

– Ksa – mówię półgłosem, wyplątując się z jego objęć.

Śpi.

– Ksawery.

– Uhm. – Wtula we mnie kudłatą głowę.

– Może byśmy podjechali do moich rodziców? Okropnie są ciebie ciekawi.

– Uhm.

– To może do nich zadzwonię.

– Uhm.

– Mieliśmy szukać mieszkania.

– Uhm.

– Ale nie mamy gazety.

– Uhm. Do twoich rodziców?! – Zrywa się w panice.

– No...

– Ale ja nie mam się w co ubrać! – krzyczy, i otwiera szafę na oścież. – A moje kimono nosi teraz Piotrek! – chichocze. – Pamiętasz?!

– Jeszcze nigdy żaden amant nie zaprezentował się mojemu ojcu w takim rynsztunku. Wraca umordowany z pracy, otwiera drzwi, niczego nieświadom wchodzi do pokoju, a tu na środku living-roomu jakiś facet, którego nigdy w życiu nie widział na oczy... cały na biało...

– Rozkraczony w kimonie karateki...! Jezu, miałem ochotę się zapaść pod ziemię. Wszystko przez ciebie, babo. Kazałaś mi się przebrać w kimono i pokazywać ciosy. A ja jeszcze wyciągnąłem rękę i się przedstawiłem, jak jakiś idiota w dowcipie o kochanku w szafie... To jak mam się ubrać? Naprawdę nie wiem – marszczy się.

– Normalnie. W piankę i akwalungi na plecy...

– Zabiję!!! – Całuje mnie jak szatan.

– Siku! – uciekam do łazienki. – I pierwsza biorę prysznic!

Pod blokiem rodziców spotykamy sąsiadkę z trzeciego piętra, która lustruje nas z góry na dół, ale całkiem życzliwie. Nie widziałyśmy się ponad dziesięć lat. Kłaniamy się sobie z uśmiechem. Jutro będzie o nas wiedziało całe miasteczko.

*

– No, są, są! Coś podobnego, w najśmielszych snach bym się nie spodziewała czegoś takiego! – ćwierka mama, podekscytowana, ale i trochę na mnie zła, widzę to gołym okiem, no bo przecież wiadomo, jaki ten Podsiadło jest, a ja jej nie posłuchałam i natychmiast, wbrew rozsądkowi, poszłam z nim do łóżka.

W żółtej podkoszulce i białych rybaczkach, z kucykiem podskakującym na czubku głowy, wygląda jak nastolatka.

– O, mocny uścisk dłoni! Nie jakiś tam flak. To mi się podoba. Tak się wita prawdziwy mężczyzna – komplementuje ojciec, rozpromieniony, że już nigdy nie będzie musiał oglądać gęby Eryka. – Widzę, panie Ksawery, że od naszego ostatniego spotkania zmienił pan nieco styl ubierania, ha, ha, ha...!

– No, cóż, tak, ale wyznam szczerze, że dosyć niechętnie. Karategi są bardzo przewiewne... – nie pozostaje dłużny Ksawery.

Obaj z ojcem rechoczą po męsku na tle boazerii w przedpokoju.

– Kara... co? – mama, zdezorientowana, robi udawanego zeza.

– Karategi. Strój do karate – objaśnia roześmiany Ksawery.

– To tak się nazywa to, w czym pan wtedy wystąpił?!

– Muszę przyznać, panie Ksawery, że wydarzenie to, ekhem, wywarło na mnie niezapomniane wrażenie... ha, ha, ha...! Żaden z amantów naszej córki nie zaprezentował się nigdy w aż tak, że tak powiem, pełnej krasie...

– Na mnie też, proszę mi wierzyć... – sapie Ksawery zgięty wpół jak wasal, rozsznurowując czarne welury. – Na całe lata.

– Ależ proszę nie ściągać, absolutnie! – protestuje mama, czym mnie powala, jak bejsbolowym kijem, bo legendarne są jej podłogi, na których żaden pyłek nie ma prawa przycupnąć na dłużej, żeby złapać w pędzie oddech, a co dopiero się zadomowić i wydać potomstwo. Na podłogach, które skrzętnie podpucowywała po wypucowaniu głównym, a to szmatką, a to szczotką i szufelką, nawet Sanepid niczego by się nie doskrobał. A tu proszę. Podsiadło roztoczył swój heteroseksualny czar i prysnęła matki mej filozofia czystości.

– Siadajcie, siadajcie, bo zupa gorąca, a ziemniaki zaraz będą! – woła z kuchni. – Aga, chodź, pomożesz mi – aha, szykuje się kuchenne podpytywanko.

– No, i jak ci tam? – zagaja. – Ksaweremu ten, gdzie więcej – podsuwa mi talerze z firmową botwinką ojca.

– Dobrze, dobrze mi tam – śmieję się. – Jesteśmy okropnie szczęśliwi.

– A nie boisz się, że cię zdradzi? – mama atakuje błyskawicznie, bo czasu sam na sam kuchennego mamy niewiele.

Tylko tyle, co teraz, i chwilkę potem, przy nakładaniu drugiego dania.

Otwiera się we mnie jeżozwierz, i kłuje w żołądek. Wiem, że ona chce dobrze, boi się że mogę znowu cierpieć, wiem, że przez takie pytania i takie myślenie chce mnie i siebie uodpornić, przygotować na najgorsze, na wszelki wypadek. Tylko że ja już nie potrafię tego znieść. Mam dosyć własnej paranoi, nie mam więc siły na to żeby jeszcze dźwigać jej lęki i wątpliwości.

I co ja mam jej powiedzieć.

– No pewno, że się boję. Ale wierzę, że mnie nie zdradzi – mówię w końcu najprawdziwszą prawdę.

Może wyczuje, że to krucha równowaga i pomoże przechylić ją na tę stronę, co trzeba.

– Hm. No bo jak miał tyle romansów... – Kosztuje sałatkę. – Nie za dużo czosnku? Spróbuj.

Koniec rozmowy. Zabieram jeden talerz zupy, mama drugi. Idziemy do pokoju

– Niestety, tata za długo dusił bitki, i trochę się porozłaziły... – Tradycyjnie znowu uprzedza, na wszelki wypadek, ewentualne rozczarowanie, tym razem nie sercowe, ale kulinarne, czym nieopatrznie wywołuje salwy śmiechu.

– A zupa jest ohydna – oświadczam. – Nie sądzisz, Ksawusiu, kochanie? Nie będę tego jeść – udaję, że rzucam łyżką.

– Tak. A w ogóle, jest za słona. Jakbyś mi taką zrobiła, to bym cię stłukł – oznajmia Ksawery.

– No, ale naprawdę się porozłaziły... – śmieje się mama. – A do sałatki sypnęło mi się znowu za dużo czosnku... – wyznaje rozdzierająco.

– Zmieniamy lokal – dołącza tata.

Kończymy botwinkę, zbieram talerze, idę do kuchni po drugie danie.

– Widzisz, rozlazły się, zobacz. Ale są bardzo smaczne, naprawdę. – Mama nakłada ziemniaki, sałatę, brokuły i mięso. – To dla taty. A to dla pana Ksawerego.

Pałaszujemy przez chwilę w milczeniu. Zza otwartych okien dobiegają wrzaski dzieci, zapach spalin, buczenie samochodów. Przypominają mi się wakacyjne obiady po zakończeniu roku szkolnego: rodzice już od miesiąca na walizkach, mama buzująca reisefieberem w oczekiwaniu na wyjazd do Bułgarii, ja podniecona perspektywą kilku samotnych tygodni w mieście przed wyjazdem na wieś do dziadka. Mizeria, ciasto z truskawkami, czereśnie, tony czereśni, trzy osoby w kinie na „Niebiańskich dniach", lody włoskie, „Sto lat samotności", które przeczytałam w półtorej doby, próby krawieckie (spódnica przerabiana ze spodni, z łatami z zamszu na pupie), i zawsze ktoś, w kim byłam platonicznie zakochana.

– A to wypiek, muszę przyznać, że całkiem udany, mojej roboty... – Ojciec prezentuje ciasto z truskawkami, jeszcze ciepłe, obsypane cukrem pudrem i pachnące wanilią.

– Ależ imponujące! – woła Ksawery z zachwytem, i przełyka ślinkę. – Jak pan to robi? Nie znam osobiście ani jednego mężczyzny, który piecze ciasta!

– No, nawet niezłe – testuje ojciec. – Ale co to ja chciałem. Właśnie... chciałem powiedzieć, panie Ksawery...

– Ksawery. Nie „pan". Bardzo proszę – przerywa mój karateka, dziś w sztruksach i zielonkawym podkoszulku.

– Tak? No, dobrze. No, więc, jak już mówiłem, muszę przyznać, że jest pan... jesteś... bardzo sympatycznym młodym człowiekiem, inteligentnym, kulturalnym, wykształconym, i... po raz pierwszy nasza córka przyprowadziła do domu kogoś naprawdę na jej poziomie... cokolwiek to znaczy, ha, ha, ha... oczywiście żartuję...

Chryste, zaraz zaczną go porównywać z Markiem i Erykiem. Swoją drogą, dylemat jest. Już trzeci absztyfikant córki je obiad przy tym stole, a oni zachodzą w głowę, czy tym razem wreszcie się załapie na dobre, czy znowu tylko się naje tej ohydnej, fioletowej botwinki, rozbabranych bitek, cuchnącej czosnkiem sałaki, i nienormalnie wyrośniętego ciasta, i da nogę. I miej tu dzieci.

– Tylko go pilnuj. Dbaj o siebie, żebyś zawsze atrakcyjnie wyglądała – dorzuca mama, i puszcza do mnie oko.

Zgon, zgon, zgon.

– Agnieszka nie musi mnie pilnować, ponieważ jest tak piękną, wszechstronnie utalentowaną młodą niewiastą, że to raczej ja powinienem pilnować jej – odzywa się Ksawery, czym wprowadza mamę w stan stuporu.

Śmieję się głupkowato, i szczypię go pod stołem w udo, ale on ciągnie nieustraszenie dalej:

– ...doskonale wykształcona, niezwykle wręcz błyskotliwa, wrażliwa, a w dodatku znakomita kucharka pełna czarodziejskiej inwencji... Jaką kurę robi w pesto... język mój, choć jestem w miarę elokwentnym, inteligentnym, kulturalnym człowiekiem na poziomie, przecież tego nie opisze.

– Ee, przestań, bo pęknę! Aga, co on tak kadzi! – mama trzyma się za brzuch – co to takiego to pesto? Sos jakiś?

Wyjaśniam, co to pesto.

– To wszystko szczera prawda. Dodatkowo posiada ona także inne walory, o których nie wypada mi wspominać publicznie... – chichocze Ksawery.

– No, oczywiście. Ja zawsze mówiłem, że Agnieszka powinna wyżej mierzyć, a nie zadowalać się byle kim – wyjaśnia tata. – Ale słyszę, że pan... Ksawery posługuje się z dużą swobodą językiem niejakiego Jana Potockiego?

– Uwielbiam, a raczej kiedyś uwielbiałem, „Pamiętnik znaleziony w Saragossie”... – otwiera Ksawery puszkę Pandory na temat powieści szkatułkowej, i widzę, jak mojemu ojcu zaświecają się oczy.

Z Erykiem mógłby sobie pogawędzić co najwyżej o szkatułce typu trumna, z przeznaczeniem dla Eryka, oczywiście. Mama patrzy na Ksawerego jak na najlepszy serial telewizyjny. Pomimo pysznego ciasta w ustach i obezwładniającej czułością swady mojego ukochanego, jest mi trochę gorzko, że nie potwierdza żadnej z rewelacji na mój temat, a tylko chichra się i robi dziwne miny, sporadycznie przebąkując, no, taaak, hm, aha, no, tak.

– Od jutra szukamy mieszkania w Krakowie – rzuca nagle Ksawery, wprowadzając mamę w stan stuporu po raz wtóry.

– A nie za szybko? Może powinniście trochę... lepiej się poznać?

– A to poznamy się już na miejscu – mówi Ksawery. – A ze wszystkim, co się wydarzy potem, to już razem będziemy walczyć.

Czuję mrowienie w karku. Ale za nic nie przyznam się oficjalnie, przed rodziną, że mam jakiekolwiek obawy. I że też uważam, że to ciut za szybko. I że nie wiem, jaki jest Ksawery, kiedy jest inny niż tylko anielski i ujmujący. Bo przecież kiedyś musi być. Zamiast tego mówię:

– Nie mamy czasu. Mamy po trzydzieści sześć lat. Co tu sprawdzać? Docierać się, za przeproszeniem?

– Jeszcze byśmy, nie daj Boże, doszli do wniosku, że nasze wady są niekompatybilne i w ogóle nie chcielibyśmy być razem – mówi Ksawery.

Ojciec patrzy na niego z zachwytem. W oczach mamy lśni ciekawość, ale też i ciemno – niepokój.

Dzwoni moja komórka.

– Przepraszam – mówię, i wychodzę do przedpokoju.

Eryk dzwoni z Hiszpanii i informuje mnie, że znalazł się kupiec na nasze mieszkanie.

*

– Chyba sprzedamy wreszcie mieszkanie – mówię ostrożnie, żeby nie zapeszyć. – Jakiś dziadek, polski Kanadyjczyk, chce wnukowi zrobić prezent ślubny. Eryk poznał wnuka w Hiszpanii, bo wnuk też pływa, i poszukuje mieszkania w Gdyni.

Kiedy wreszcie z mojego języka zniknie Eryk, Erykowi, o Eryku. Męczy mnie samo wymawianie jego imienia, tak jak męczyły mnie dyskusje z nim o niczym i donikąd prowadzące, jak męczyło mnie życie z Erykiem, bycie z Erykiem, zastanawianie się, dlaczego, po co ten syzyfowy wysiłek, po co starania jakiekolwiek, gotowanie, sprzątanie, kochanie, farbowanie włosów, usuwanie włosów, zamiatanie okruchów. To nie fair, że kawa sypana z dwoma łyżeczkami cukru już do końca będzie mi się kojarzyć przede wszystkim z nim. Nie fair wobec kawy. Ciekawe, jakie moje natręctwa będą się jemu kojarzyć na zawsze ze mną? Migreny. Chorobliwa zazdrość. Jezu. Chyba powinnam porzucić ten kierunek myślenia.

– No, to dobrze by było – mówi mama, też ostrożnie, bo mieliśmy już kilka fałszywych alarmów. – Zawsze to jakiś grosz na początek. A czym się pan, panie Ksawery, zajmuje? Agnieszka mi coś tam tłumaczyła, ale Bogiem a prawdą, nic z tego nie rozumiem. – Uśmiecha się kokieteryjnie, a ja jestem jej wdzięczna. Tłumaczyłam pokrętnie, bo tak naprawdę wciąż, pomimo szczerych wysiłków kobiety zakochanej, niewiele rozumiem z tego, czym się zajmuje Ksawery, i dlaczego mu tak dobrze za to płacą.

Ksawery kiwa głową z zadowoleniem na wieść o mieszkaniu, i opowiada szeroko i powoli. Mama zadaje milion pytań, a Ksawery z uśmiechem odpowiada. Mama zadaje te same pytania ponownie, Ksawery, wciąż uśmiechnięty, ponownie odpowiada. Mama powtarza odpowiedzi Ksawerego na głos, jak Inwokację, żeby w razie potrzeby móc bezbłędnie powtórzyć rodzinie i znajomym. Teraz nawet ja wiem, czym zajmuje się Ksawery, ale nadal nie rozumiem, mama też nie, dlaczego mu tyle za to płacą.

Ojciec się cieszy, i zaczyna wspominać, jak sam kiedyś robił studia podyplomowe z zarządzania. Stamtąd już prosta droga do wspomnień ze studiów i z wojska. Siedzi rozanielony w fotelu, popija herbatę z goździkiem.

Ksawery obejmuje mnie za ramiona.

Łapię spojrzenie mamy, które mi mówi, że ona nie wie, o co w tym wszystkim chodzi.

*

– Ja już zawsze będę im tak robił – oznajmia, wydmuchując dym przez otwarte okno samochodu.

Nareszcie możemy swobodnie zapalić.

Paliliśmy, co prawda, po obiedzie na balkonie, ale czułam się tak, jakbym ostentacyjnie na oczach rodziców wciągała kreskę kokainy.

– Co mianowicie? – pytam, podszyta śmiechem.

Doskonale wiem, co ma na myśli.

– Cię na głos chwalił, komplementował i nieustannie się tobą zachwycał! – zachwyca się sobą Ksawery, głaszcząc mnie po kolanie. – Czy twoi rodzice byli zaskoczeni wbrew sobie? Czy ja, niczym prestidigitator, wyciągnąłem z tajemniczego i niezgłębionego kapelusza osobowości ich córki, białe króliki nieznanych im bliżej przymiotów? Czy matka twa zaniemówiła, a ojciec twój jej towarzyszył? Czy oni nagle zrozumieli, jak w amerykańskim filmie, że w ogóle nie znają swojego dziecka? O którym zgoła inne mieli wyobrażenie? – rzęzi Ksawery.

Chcę coś odpowiedzieć, żeby przerwać ten słowotok, ale nie mogę, bo się właśnie dławię ze śmiechu, a w dodatku to są przecież pytania retoryczne, więc właściwie nie ma takiej potrzeby.

– Czy ojciec twój uraczył mnie opowieścią o biegu na orientację z czasów swojej służby wojskowej, a ja umarłem ze śmiechu, i czy w związku z tym od dziś zamiast „halo?", będziemy do siebie mówić „ja, Brzoza, ja Brzoza, jak mnie słyszysz, odbiór"? Czy matka twa, dzięki mojemu wybitnemu talentowi dydaktycznemu, ma już jasność, czym zajmuje się ukochany jej córki, i bez wstydu może mnie przedstawiać w najlepszym towarzystwie?

– Ksawusiu.

– Czego chcesz, babo.

– Czy ty jesteś próżny jak dzwon Zygmunta. To nie jest pytanie.

*

Idziemy do kina „Ars" na „Schmidta" z Jackiem Nicholsonem, a potem na spacer po Rynku, i na drinka do kafejki na Świętego Jana.

– To straszne, uświadomić sobie pod koniec życia, że nie zrobiło się w nim nic dobrego – recenzuje jednym zdaniem film Ksawery, trafiając jak zwykle w sedno. Patrzy gdzieś w przestrzeń, obok mojej głowy.

– Straszne. I żałosne – potwierdzam, i patrzę w tym samym kierunku.

Campari z sokiem pomarańczowym, jedyny napój alkoholowy, po którym nie mam migreny, staje mi w poprzek w gardle.

Na linii wzroku Ksawerego siedzi prześliczna brunetka z postrzępioną grzywką i bardzo białymi zębami. Ksawery coś dalej bełkoce o „Schmidcie", ale ja nie słyszę z tego ani słowa. Kurczowo trzymam się szklanki z campari. Gryzę słomkę, udając, że wolniutko sączę drinka.

– Agusia? Agu? – Ksawery chwyta mnie za rękę.

– Co? – mówię, jak mi się wydaje, normalnym tonem.

– Co się dzieje? Nic się nie odzywasz, o co chodzi? – Patrzy na mnie zaniepokojony.

Brunetka odchyla do tyłu czarną głowę i śmieje się serdecznie.

– Umm, nic, głowa mnie trochę boli – mówię fałszywie, patrząc w oczy Ksaweremu, który nagle wydaje mi się bardzo blady i bardzo zmęczony.

Dobrze mu tak. Jest ze mną niecały miesiąc, a już szuka nowej zdobyczy. Ona ma chyba niewiele ponad dwadzieścia lat. Jest ewidentnie w jego typie. Może mnie też byłoby dobrze w takiej grzywce?

– Agusia?

– Tak?

– Co z tobą?

– Co ze mną?

– Jakoś tak... jesteś nieobecna. Jakaś... skulona w sobie. Nie mogę złapać z tobą kontaktu...

– A z nią możesz? – mówię cicho do szklanki.

Na dnie leży plasterek cytryny, jak rozgwiazda.

– Z kim? O co ci chodzi? – spina się Ksawery, czerwienieje.

– Z nią. – Kiwam głową w kierunku brunetki. – Cały czas się na nią gapisz.

– Na kogo? Czyś ty oszalała? – Ksawery się rozgląda.

Brunetka sprytnie zniknęła.

– Agusia, co ty wyprawiasz? Co ty nam robisz?! – Sięga po papierosa. – Na nikogo się nie gapiłem. Myślałem o filmie.

– Jasne – mówię tonem „akurat". – Zamyśliłeś się akurat w tamtym kierunku. A nie na przykład, w kierunku baru.

Za barem stoi intelektualista w okularkach i koszulce z napisem „Joy Division". Patrzymy, jak nalewa piwo dwóm ogolonym nie-intelektualistom w koszulkach z napisami „Puma" i „White Power".

– Jezu... – szepcze do siebie Ksawery. Zdusza papierosa w popielniczce, jak Janczar albo Cybulski w którejś z produkcji Szkoły Polskiej. – Nie cierpię zazdrości. Brzydzę się nią.

– Miło mi, że się mną brzydzisz – mówię wrednym tonem. – To całe gadanie, że jesteś innym człowiekiem. Bzdura! Jesteś tym samym człowiekiem. Nawet o tym nie wiesz. Ale pamięta o tym twoje ciało. Czy tego chcesz, czy nie.

Wstaję, wychodzę do toalety. Dlaczego ja, kiedy z nim jestem, nie oglądam się za innymi facetami. Dlaczego on musi szukać, a ja nie. Patrzę w lustro, i wiem. Bo jesteś starą, sfrustrowaną, niepewną siebie psycholką. A nie energiczną, beztroską dwudziestokilkulatką, która na wakacje pojedzie do Londynu pracować w knajpie, i zostanie tam najlepszą kelnerką, bo jej uśmiech rozświetli nawet angielską mgłę, a potem dostanie pracę w City, bo zrobi celująco dyplom z finansów, i napisze o niej „Polityka". Bo ty masz kompleksy i nieustanne wątpliwości, a ona żadnych. Bo w jej towarzystwie jest miło, a w twoim nie, bo jesteś starą, wredną, sfrustrowaną psycholką o zerowym poczuciu własnej wartości. A ona ma to wszystko jeszcze przed sobą.

– Co chcesz teraz robić? – pyta lodowato Ksawery, kiedy wychodzimy na ulicę.

Dookoła brzęczy radosny weekend.

Chcę wrócić do Gdyni, zamknąć się na wszystkie zamki i oglądać „Dźwięki muzyki".

– Nie wiem. – Wzruszam ramionami. – Może przejdziemy się na Kazimierz? Albo nad Wisłę?

– Jak chcesz. – Wzrusza ramionami Ksawery.

– To dokąd? Na Kazimierz, czy nad Wisłę?

– Obojętne. Możemy przejść wzdłuż Wisły na Kazimierz.

Ha, ha, normalnie bym się roześmiała, ale idę po prostu przed siebie, nie mam pojęcia dokąd, może to jest właśnie kierunek na Kazimierz wzdłuż Wisły, i się nie odzywam. Nagle nie wiadomo, co zrobić z rękami. Majtają się obok ud bezwładnie, jakby lalkarz wyciągnął z nich usztywnienie. Idziemy oddzieleni od siebie niewidzialną szybą, która się zaczyna jakieś pół metra od skóry. Niemoc. Nie da się wykonać żadnego gestu, ani do, ani od. Maszerujemy równo, z twarzami odwróconymi od siebie. Każde ogląda swoje wystawy po przeciwnych stronach ulicy.

Hejnał, dziewiąta.

Chcę uciec nad morze do latarni morskiej w Stilo i zostać tam całkiem sama, i uschnąć na dobrze zachowany szkielet.

Chcę chodzić po ulicach Nowego Jorku całkiem sama.

Ksawery też wygląda, jakby chciał uciec. W Bieszczady? Do Ani, która nigdy nie była zazdrosna? Idzie szybko, kiwa się na boki. Dlaczego tak się kiwa? Plecaczek mu się przesunął, ściska go pod pachą. Najpierw idzie jego głowa, kudłata, wysunięta do przodu, o zaciętej, zmartwionej twarzy. Potem szyja i cała reszta. Nie spojrzał na mnie ani razu. Nagle zatrzymujemy się przy kościele Mariackim.

– Zaczekaj chwilkę, zaraz wracam – mówi do budki z obwarzankami, bo na pewno nie do mnie.

Zostawia mnie u wylotu Siennej i wchodzi do EMPiK-u.

– Mamy do obejrzenia jutro kilka mieszkań – słyszę nagle nad uchem ton świetnie zorganizowanego biurokraty z wewnętrznym ISO. Szelest gazety. – Jeśli chcesz, oczywiście.

Kopię sandałem kocie łby.

– Nie wiem. Może to nie jest dobry pomysł – odpowiadam w końcu.

Jezu, niech powie, że jest.

– Jest – mówi Ksawery. – Nie. Nie wiem. Może ja się nie nadaję do pary.

Nie wiem, czy mnie nienawidzi, i się znęca, czy żartuje.

– Może to ja się nie nadaję – mówię z pełnym przekonaniem, jakbym nagle przeżyła objawienie. – Albo może oboje się nie nadajemy. Może i się kochamy, ale się nie nadajemy.

Zawsze pozornie z pełnym przekonaniem wypowiadałam takie zdania. Setki razy, w bezsilnej furii, wzruszając ramionami, że mi to niby nie zależy, mówiłam do Eryka obojętnym, ale zdecydowanym tonem: „No, to się wreszcie rozstańmy”, a w środku modliłam się, żeby tylko podszedł, przytulił i powiedział, że to niemożliwe, bo nie może beze mnie żyć. Ale on zawsze wtedy milczał, wściekły, albo warczał: „Nie szantażuj mnie”, i miał rację, bo tylko ten jeden, ostatni raz, w nocy, po przeczytaniu jego korespondencji z Andżeliką, mówiłam to, co czułam.

A teraz Ksawery patrzył mi w oczy, a ja wiedziałam, że odczytał w tej mojej fałszywej deklaracji całą tęsknotę, niepewność, kłamstwo, o których krzyczał mój *body language*. Aktorką w takich sytuacjach zawsze byłam kiepską. „Może i się kochamy, ale nie nadajemy się do życia w związku", też wymyśliłam. Jako sentymentalna krowa o zacięciu pozytywistycznym, wierzyłam niezłomnie akurat w coś kompletnie odwrotnego. Wierzyłam w happy end. Wierzyłam, że ciężka praca nad związkiem – tu ojciec Krzysztof pewnie by się zachwycił – wydać może piękne owoce, jeśli tylko jest miłość wzajemna. Vide oraka na ugorze, czyli lata spędzone z Erykiem. Ja kochałam, orałam i nawoziłam, ale on nie kochał plus zajmował się orką na innych gruntach. Nic dziwnego, że owoc żaden się nie urodził.

Czekam, skubiąc obwarzanka, co powie Ksawery. Teraz się okaże, czy mnie rzeczywiście kocha na tyle, żeby mnie wziąć wraz z całym bagażem emocjonalnego kretynizmu, czy też się go na dobre przestraszył i podda się, udając, że wierzy w to, co mówię. A wtedy będę musiała jeszcze tej samej nocy złapać pośpieszny do Gdyni.

Szeleści od nowa gazetą, otwiera na mieszkaniach do wynajęcia, wsadza zgrabny nos w papierową płachtę.

– Może to i prawda, babo, ale ja i tak nie mogę bez ciebie już żyć – mówi, wciąż tonem urzędnika, który nie ma zamiaru załatwić petenta pozytywnie.

Pod Kamienicą Szarą przygrywa ekipa à la andrusowska szmelcpaka: czapki w kratę, marynarki w kratę, apaszki, które widać z drugiego końca Rynku, chociaż zaraz zrobi się całkiem ciemno.

– „...kobieee-ta daje szczęścia na chwilę, a potem gryzie, jak leee-śny wąż..." – zawodzą chłopaki w rytmie walczyka.

– Mimo, że gryziesz, jak leśny wąż – przytula się do mnie Ksawery. – Babo. Moja. Głupia.

– A jak się będziemy strasznie kłócić i się pozabijamy psychicznie?

Ja też nie mogę bez niego żyć.

– Nie będziemy.

– Jak to nie będziemy? Już się kłócimy. I to o sprawy, które nie bardzo umiemy rozwiązać. Ja jestem zazdrosna, ty zazdrości nie uznajesz. A ja nie potrafię się zrobić niezazdrosna z dnia na dzień. To będzie wracać, wiesz o tym – mówię całkiem serio.

– Nie będzie – uśmiecha się dobrodusznie, co mnie wkurza. – Nie będzie, bo nie ma podstaw. Ja jestem innym człowiekiem. Zobaczysz. Damy radę.

Fajnie. Tylko, że ja jestem ta sama co zawsze.

*

Mieszkanie jest gigantyczne, zalane słońcem, które wpada przez potężne, staroświeckie podwójne okna i pełza po zniszczonym, zadeptanym parkiecie. To drugi lokal, jaki oglądamy. Kamienica dobrze przedwojenna, z witrażykiem nad wejściem, w centrum. Trzymamy się z Ksawerym za ręce. Puszcza mi iskierkę, oddaję. Właściciel, około trzydziestki, sympatyczny, opalony i ogolony do skóry, w typie Yula Brynnera, tylko nie tak przystojny, pokazuje przez okno na podwórze, gdzie stoi zamykany na skobelek, schludny, drewniany śmietnik, opowiada coś o meblach kuchennych, których nie ma. Nie wie, że my już wiemy, że to tu. Na samą myśl o tym, że mam mieszkać z Ksawerym Podsiadło, na którego chodziłam popatrzeć do franciszkanów, i który całe życie chciał tylko uciekać na wrzosowisko, serce podchodzi mi pod migdałki, chodzą po łydkach dreszcze i pocą mi się dłonie, co Ksawery na pewno czuje. Pocą mi się zresztą od rana, tak samo od rana mam palpitacje serca. Odkąd dotarło do mnie, że to wszystko się dzieje naprawdę, i że muszę się jakoś odnaleźć w tej przyszłości, której siłą sprawczą jest Ksawery, przyszłości, która przyszła nagle, żądając konkretów w postaci wspólnego mieszkania, zaplanowania przeprowadzki, mojej i Ksawerego, myślenia o znalezieniu pracy. Od chwili, gdy Ksawery po śniadaniu usiadł na niebieskiej kanapie, zapalił papierosa, wziął do ręki gazetę i długopis, i zaczął zakreślać ogłoszenia, czuję się jak jałówka prowadzona na rzeź. Mam wrażenie, że nic ode mnie nie zależy. Niby tego chcę, a nie chcę. Boję się, że znowu nie wyjdzie, boję się Ksawerego, który jest w euforii, nic nie widzi, boję się, że go nie znam, boję się, że naprawdę jestem potworem, i wszystko zniszczę. Nie chcę, żeby Ksawery dowiedział się, że jestem potworem. Drugi but. Wciąż czekam, kiedy spadnie ten drugi but. Jaki naprawdę jest Ksawery? Jak się wścieka, kiedy się wścieka, jak rani, jeśli w ogóle? Czy się wywrzeszczy, i już, czy stosuje ciche dni? Jaki jest, kiedy nie ma pieniędzy, kiedy jest chory? Czego nie znosi, a to przede mną ukrywa, żeby potem wybuchło mi w twarz, jak słoik ze sfermentowaną kapustą?

Właściciel mieszkania zostawia nas na moment samych, żebyśmy sobie pozaglądali we wszystkie kąty i się naradzili. Zamiast się naradzać, całujemy się. Motyle w moim żołądku na moment przestają trzepotać skrzydełkami. W wyobraźni już urządzam salon; w środku całowania uderza mnie panika ze zdwojoną siłą: z Erykiem też urządzałam, i to kilka razy, a w dodatku jak ładnie.

– Do tej pory nigdy nie zostawałem u żadnej niuni nawet na śniadanie, a z tobą chcę zamieszkać – mówi Ksawery. – Ledwo mogę w to uwierzyć. O, od szczypania się mam sine całe pośladki, chcesz zobaczyć... No co?!

– Niuni? – marszczę się. – Niuni?!

– No, niuni, babo.

– Ale ty mnie nie znasz. Jestem potworem – szepczę i głaszczę go po czuprynie.

– Ja też. Mam nawet taką koszulkę ze sklepu Endo z napisem „Jestem potworem, wiesz?" Czerwoną.

– Od którejś niuni? Ja ciebie też nie znam. Nie wiem, jak reagujesz w różnych sytuacjach...

– Nie, od Rafała. O, a tak właśnie reaguję w różnych sytuacjach. – Całuje mnie znowu. – Może być?

– Ale serio, a jak będziemy ze sobą nieszczęśliwi? – wyrzucam wreszcie.

– „Szczęście przyszło, czemu nam tak smutno?". To co, uważasz, że lepiej w ogóle nie spróbować? Romans z doskoku, a potem się zobaczy? – Odsuwa się ode mnie, bierze za ramiona. – Agusia, ja chcę wszystko po bożemu. Pomimo naszego rozwodniczego statusu: baba, obiad, na obiad rosół i schabowy, niedziela w centrum handlowym... Dzieci? Może? – Patrzy na mnie łobuzersko.

– A gdzie w tym wszystkim błyskotliwa kariera zawodowa baby? – Mrużę oczy feministycznie.

Ksawery też mruży.

– Eee, zaraz kariera. – Przytula mnie przekornie. – A rób, co chcesz, kochanie. Żebyś mi tylko była szczęśliwa.

– Fajna łazienka – mówię. – I te stare piece... mają charakter.

– Zostały przerobione na ogrzewanie elektryczne – odzywa się znienacka za naszymi plecami właściciel. – O, przepraszam, przestraszyłem panią? Pukałem, ale... Można nimi dogrzewać w razie potrzeby. Oczywiście są także normalne kaloryfery.

Za oknami, otwartymi na oścież, bo upał, słychać szum samochodów. Dom stoi w bocznej uliczce, ale blisko alei Trzech Wieszczów. Nigdy nie pamiętam, który kawałek przypada któremu wieszczowi; teraz będę miała szansę to poćwiczyć i opanować.

– Bierzemy. Od września – mówi Ksawery. – Tak, kochanie? – Patrzy na mnie rozradowany.

– Tak, kochanie – odpowiadam bez drżenia w głosie, co mi się udaje wyłącznie nadludzkim wysiłkiem woli.

Zamiast kawy sypanej, z dwoma łyżeczkami cukru, od września herbata... earl grey, zielona, owocowa? Z saszetki, czy parzona rytualnie w specjalnym dzbanku, kubku, filiżance, szklance? Nic nie wiem.

*

– Ty o tych dzieciach to poważnie? – pytam, zaciągając się z poczuciem winy.

Siedzimy u Ksawerego, gra z płyty Turnau.

– Jak najbardziej. Gdybyś tylko chciała, byłbym zaszczycony – wypuszcza dym Ksawery.

– Zaszczycony? Coś podobnego. Wiesz, że za taki tekst każda niunia mogłaby być twoja? Nic na nas tak nie działa, jak obietnica rodziny i stabilizacji...

– Naprawdę? – dziwi się Ksawery. – Niunie, z którymi bywałem, raczej nie miały w stosunku do mnie takich ambicji. A ja nigdy żadnej nie proponowałem wspólnej przyszłości, która by sięgała dalej niż do najbliższego wieczoru. One przeważnie też niczego więcej nie chciały. – Wzrusza ramionami. – Wykorzystywały mnie tak samo, jak ja wykorzystywałem je.

– I to cię, oczywiście, rozgrzesza – uśmiecham się, bo nie będę mu przecież robić scen.

Jestem dojrzałą, mądrą kobietą po przejściach, która nie jest obrzydliwie, neurotycznie zazdrosna o młode, giętkie, wykształcone, inteligentne niunie z przeszłości.

– Nie, oczywiście, że nie. Ale ty żyjesz w innym świecie, kochanie. Kobiety potrafią być bardzo bezwzględne....

– I drapieżne...

– I drapieżne, żebyś wiedziała, nie śmiej się, no co.

– Moja ty ofiaro kobiecych żądz. Naczytałeś się Dostojewskiego, biedaku.

– I Marqueza. Żebyś wiedziała. Te młode, ale nie tylko, świetnie wiedzą, czego chcą. Wiele z nich chciało po prostu seksu bez zobowiązań.

– Ale przecież niektóre na pewno były zakochane. Nie uwierzę, że ta Basia od wiersza z porami roku nie cierpiała przez ciebie.

– Jeśli nawet, to co ja poradzę.

– No, nic, nic. To bardzo wygodne – śmieję się złośliwie, mrużę oczy. – Rozkochać, dostać, to czego chcesz, a potem udawać, że nie wiesz, o co chodzi.

– No. Wygodne – zamyśla się. – Byłem jednak straszną świnią, nawet wtedy, kiedy mi się wydawało, że nią nie jestem.

– A widzisz.

– Widzę. Nie musisz mi tak, babo, robić, że mam jakieś wyrzuty.

– Muszę, bo świątobliwe samozadowolenie z tej twojej przemiany duchowej kapie z ciebie w sposób odstręczający... prawdziwie święci się nie obnoszą.

– Że niby brak mi pokory?

– No.

– Czy ty mi pokazałaś małość moją?

– Tak...? To miło. O, sorry, komórka mi dzwoni... – Patrzę na wyświetlacz. – Eryk – mówię do Ksawerego.

Nadal Hiszpania. W tle adekwatne morskie fale i krzyki mew.

– No, cześć. Tak. Aha. No, szkoda. Trudno. Cześć.

Ksawery patrzy na moją rzednącą minę, ale nie pyta o nic. Czeka, aż odezwę się sama. Nabieram powietrza.

– Dziadek z Kanady się wycofał. Nie kupi mieszkania dla wnuka. Uznał, że dwóch właścicieli to jakieś matactwo. Nie wniosę ci nic w posagu. Tylko kota.

*

Po Krakowie, „czerwonym jak cegła, rozgrzanym jak piec" (zaryczał Ksawery), Gdynia wydawała się po skandynawsku chłodna, zdrowa i czysta. Nawet powietrze na dworcu smakowało jak wody zdrojowe; krakowskie zatykało płuca i miało posmak dymu z elektrociepłowni. Ksawery obiecał, że przyjedzie w najbliższy weekend.

– Czy ja mam konferencję w Warszawie, i w związku z tym będę jechał do ciebie przez całą Polskę samochodem? – powiedział, ściskając mnie jak boa dusiciel na schodach pociągu.

Powiedziałam mu, żeby się nie przechwalał, bo Marii i Magdalenie Kossakównom podróż z Krakowa do Juraty zajmowała równo całą dobę, i to dopiero był heroizm.

Gdynia była owszem, może czysta, świeża i skandynawska, ale i potwornie pusta, jeśli nie liczyć turystów, którzy gigantycznymi, pastelowymi stadami paśli się głównie na skwerze Kościuszki, Bulwarze Nadmorskim i w okolicach Basenu Prezydenckiego. Od czasu do czasu ze zdziwieniem zapuszczali się na spacery wzdłuż Świętojańskiej, gdzie z euforią odkrywali znajome sklepy, które wydawały im się egzotyczne, ponieważ znajdowały się nad morzem i na wakacjach. W amoku rzucali się na „Terranovę", „Vero Modę", i „Jackpot & Cottonfiled", wykupując połowę wszystkich towarów. W wakacje trudniej było mi znaleźć miejsce przy stoliku w La Cawie; w plecionych fotelach wystawionych na ulicę rozwalali się opaleni, zadbani, szczupli panowie w jasnych spodniach i markowych T-shirtach polo, oraz ich zadbane, opalone partnerki, w markowych bojówkach do pół łydki, oplecionej rzemieniem pochodzącym z sandała na grożącym śmiercią koturnie.

Oprócz turystów w mieście nie było żadnych normalnych ludzi.

Ewka, która coraz gorzej znosiła upały, wyjechała z mamą na Hel, gdzie było przewiewniej. Adam wziął urlop i od rana do nocy pracował przy budowie domu, a do Ewki jeździł wieczorami i w weekendy. Hugonoty odkrywały przyjemności pożycia małżeńskiego na Kanarach, o czym sobie przypomniałam, kiedy dostałam złośliwego esemesa od Edzia z zapytaniem, czy mam zamiar jeszcze wrócić do pracy, czy też już moszczę sobie gniazdko w Krakowie. Odpisałam, że owszem wracam, aha, i to od siódmej rano. Jasnowidz cholerny. Edzio natychmiast oddzwonił, żebym spała spokojnie, dosłownie, ponieważ on przewidział, że będę wyczerpana po weekendzie, i na wszelki wypadek zamienił się ze mną zajęciami. Więc nie muszę gnać na złamanie karku, bo mam na dziewiątą, a on za to na siódmą.

Dopiero w domu, kiedy rozpakowywałam torbę, dotarło do mnie, że naprawdę wyprowadzam się z Gdyni. Za... trzy tygodnie! Rozejrzałam się po garderobie. Musiałam się do kolejnego przyjazdu Ksawerego połowicznie spakować; uzgodniliśmy, że zabierze samochodem część moich rzeczy. Po resztę – meble, zmywarkę, książki, naczynia i inne niezbędne rekwizyty – miał przysłać na początku września kolegę z pakownym vanem.

Myślenie o przeprowadzce dało mi niespodziewany zastrzyk energii. Była dziesiąta w nocy, kiedy zbiegłam na dół do „Admirała" i kupiłam dwa opakowania supermocnych czarnych plastykowych worków na śmieci. A potem, jakby nie było jutra, rzuciłam się do pakowania zimowych ubrań. Czemu nie. Przynajmniej będę mieć to z głowy. Koty plątały mi się pod nogami, zaniepokojone. Znowu przeprowadzka? A po co? Dlaczego ludzie nie mogą po prostu zostać w jednym miejscu? Z żalem patrzyłam na Cielęcinę, która stroszyła wąsy i ogon; nie wiedziała, że zostaje z Erykiem. Przegrałam walkę o prawa rodzicielskie. Fakt, że to ja ją wychowałam – karmiłam, szczotkowałam i głaskałam, kiedy on fruwał po regatach. Ale to Eryk był ojcem biologicznym: on ją fizycznie przyniósł do domu. Potwornie, po knajacku się o nią pokłóciliśmy. Moje argumenty, że jego nigdy nie ma, i kot zdechnie z głodu oraz braku uczucia okazały się mało istotne. Kot będzie mieszkał u jego rodziców i będzie mu tam dobrze. Była to oczywiście prawda bezdyskusyjna. Zamilkłam. U pani Wandy każdemu byłoby dobrze. Eryk miałby więc kota, tak jak miał mnie – z doskoku, na chwilę, bez zobowiązań.

Po godzinie trzy czwarte wszystkich moich ubrań znajdowało się w czarnych workach. Zostawiłam sobie tylko rzeczy niezbędne, które zamierzałam rotacyjnie prać. Widok pustych półek i wieszaków niemal wprawił mnie w ekstazę. Gdyby to było możliwe, wyjechałabym już dziś. Dochodziła zaledwie jedenasta. Właściwie, mogłabym jeszcze spakować swoje naczynia. Zawijałam właśnie w gazetę drugą szklankę ze sklepu Pier One, kiedy zadzwonił Ksawery.

– Pakuję się – powiedziałam, kaszląc i kichając.

Gazety były zakurzone. Stada roztoczy.

– Kocham cię. Jedziesz już do mnie? Naprawdę? – zachłysnął się. – I już ci przeszło?

– Co?

– Strach.

– Przeszło.

Do drugiej w nocy spakowałam wszystkie oficjalnie moje naczynia, a także pościel, ręczniki, drobne bibeloty, kolorowe butelki, dzbanki, obrazki, fotografie, opróżniłam szuflady biurka. Jutro miałam zamiar poprosić w „Admirale" o puste kartony po towarach, i spakować książki. Co z tego, że to wszystko będzie stało w pudłach i worach, i czekało. Im bardziej gołe i łyse będą półki i ściany, tym mniej to mieszkanie będzie moim domem. I dobrze.

*

Przez cały tydzień chodziłam automatycznie do pracy, a po pracy maniakalnie – na spacery. Chciałam zapamiętać Gdynię, którą wbrew sobie przez te trzy lata pokochałam. Przy ulicy Słowackiego, która wiła się u podnóża Kamiennej Góry, miałam swoją ulubioną zatoczkę z ławkami do czytania. Przesiadywałam tam zwykle z kawą na wynos albo z butelką wody mineralnej i z książką, albo kładłam się na wznak na ławce, z torbą pod głową i opalałam się. Było tu pusto, ani śladu turystów, którym rzadko kiedy chciało się wspinać na

Kamienną Górę, żeby zobaczyć widok na morze, powalająco drogą restaurację brazylijską wymalowaną wewnątrz we freski o przerażających tropikalnych barwach, słynny krzyż, oraz sam piękny, starannie utrzymany park, w którym - co odkryłam dopiero z Ksawerym - znajdował się głaz z surrealistyczną tablicą z epoki PRL-u, upamiętniającą zjazd Związku Pszczelarzy.

Zadzwoniłam do szefostwa w stolicy i powiedziałam, że odchodzę. Zaskoczyli mnie, bo chyba szczerze się zmartwili. Ale nie na długo. Natychmiast zapytali, kogo bym typowała na swoje miejsce.

Kazali przesłać wymówienie e-mailem.

Dałam ponownie ogłoszenie do gazety w sprawie sprzedaży mieszkania. W ciągu dwóch dni zadzwoniło czterech agentów nieruchomości. Umówiliśmy się na oglądanie lokalu, ale z czterech zjawiło się dwóch, w tym samym dniu, w odstępie dwugodzinnym: miła blondynka w typie współczesnej Małgorzaty Braunek, i bucowaty łysiejący szatyn, który co chwila uderzał czołem w lampę nad kuchennym stołem. Blondynka przyprowadziła pańcię w czerwonych pasemkach i bojówkach do pół łydki, a łysy szatyn chłopinę w typie drobnego urzędnika, ubranego w szare porcięta i sportową, bordową bluzę z zielonym napisem „Jungle Fever". Po wejściu na nasze czwarte bez windy pańcia nie była w stanie wykrztusić słowa, a chłopina wyglądał, jakby wymagał natychmiastowej reanimacji. Oboje sprawiali wrażenie ciężko obrażonych.

Coś mi podpowiedziało, że nie będzie łatwo.

W piątek od rana w nerwicy czekałam na Ksawerego. Niepotrzebnie, bo z Warszawy miał wyjechać dopiero wieczorem, więc spokojnie mogłam zacząć czekanie od dziesiątej w nocy, ale żeby mi się to udało, musiałabym być kimś innym.

Około północy zabrzęczał domofon:

– Kochanie, gdzie mam zaparkować? – zapytał, podszyty zwycięskim chichotem.

– Ojej, już jesteś! – wrzasnęłam histerycznie.

Nie spodziewałam się go co najmniej do drugiej.

– Czy ja pędziłem do ciebie jak szatan z siódmej klasy?

– Jezu, nie mów mi takich rzeczy. Mam fobię drogową, zwłaszcza w tym kraju.

– Ja jeżdżę bardzo bezpiecznie. Szybko, ale bezpiecznie.

– Jasne. Jak wszyscy denaci. A dlaczego my w ogóle rozmawiamy przez domofon? Poczekaj, naduszę kod do bramy.

Rozłączyliśmy się. Po kilku minutach znowu zabrzęczał dzwonek.

– Agusia? Nie otwiera się.

– Zaczekaj, zejdę na dół. Czasem coś się blokuje...

Zbiegłam po schodach, i dalej przez podwórko, na ulicę. Stał za kratą, z plecakiem, cały w beżach sepiowych. Wypluty i zgaszony. Nieswój. Otworzyłam bramę.

– A samochód? – zdziwiłam się, całując go w policzek.

– A, tutaj zaparkowałem... – Machnął ramieniem na odczepnego.

– Ale na podwórku bezpieczniej, zaraz otworzę ci bramę, poczekaj. Masz obcą rejestrację, a tu grasują bardzo sprawne gangi samochodowe...

– Eee, nie, nie trzeba – powiedział jakoś płasko, ale definitywnie.

– Jesteś pewien? No, to jak chcesz...

Objęłam go w pasie, a on mnie, ruszyliśmy do domu. Spojrzałam na niego z ukosa. Jeszcze przed chwilą miał w głosie tyle entuzjazmu. Co się działo?

– Ksawery?

– Uhm.

– Co się dzieje? Nie odzywasz się, ani razu nie spojrzałeś na swoją babę z uczuciem... – próbowałam żartować.

– Jestem umordowany. Bardzo szybko chciałem być z tobą – uśmiechnął się smutno. Jakby kompletnie uszło z niego powietrze.

– Ja też, no i jesteśmy, cały dzień czekałam... O co chodzi? – Nagle poczułam się winna, tylko nie miałam pojęcia, dlaczego mam się tak podle czuć.

Coś w oczywisty sposób było nie tak. A ja nie byłam jasnowidzem. Mój Ksawery, z którym mogłam rozmawiać o wszystkim, nagle nie miał mi nic do powiedzenia, oprócz tego, że był umordowany. Trzy tygodnie temu przyjechał do mnie o trzeciej nad ranem, a ja na niego czekałam na dworcu, i jakoś żadne z nas nie było umordowane. A teraz taki popis.

Przytuliłam się do niego, zanim weszliśmy na klatkę schodową.

– Bardzo tęskniłam – powiedziałam szeptem.

Może jest niedopieszczony.

– Ja też. – Znowu ten sam smutny uśmiech.

Jakby wiedział, że jest nieuleczalnie chory, i bohatersko starał się to za wszelką cenę ukryć.

Do jasnej cholery, czy on mi robi jakąś łaskę?

– Jesteś głodny? – zapytałam jak żona, która szybko zmienia temat, bo nie chce awantury. – Chcesz zupki pomidorowej?

Może mu przejdzie.

– Tak, chętnie.

Usiadłam, patrzyłam, jak je, a on od czasu do czasu podnosił na mnie wzrok i nadal smutno się uśmiechał, i milczał. Cały czas milczał. Wszystko się we mnie gotowało, ale siedziałam uprzejmie, z rękami zaplecionymi wokół kubka z kawą. A więc po to tu jechałeś przez całą Polskę. Żeby pomilczeć i zjeść talerz zupy. Nie za słonej, a w sam raz. A odezwijże się.

Zjadł, zabrałam talerz do umycia, on wstał i poszedł do łazienki. Kiedy wrócił, podszedł, objął mnie od tyłu, tak samo, jak za pierwszym razem obrócił i pocałował. Oddałam pocałunek, ale coś ciągle było nie tak. Kochaliśmy się potem, ale wciąż był w nas jakiś rozdźwięk, dysonans, jakbyśmy robili to, bo wymagały tego okoliczności. Zasnęłam na krótko w jego ramionach i obudziłam się nagle, rozdygotana, z poczuciem, że dzieje się coś złego. Ksawery nie spał. Leżał spokojnie, ale czujnie. Odwróciłam głowę w jego stronę.

– Nie śpisz? – zapytałam idiotycznie.

– Nie.

I cisza.

– Myślałem, że do mnie zejdziesz – powiedział.

Zamarłam. Ta pretensja w głosie, rozczarowanie, żal. Patrzył w okno, przez które widać było ciemne okna czyjegoś mieszkania po przeciwnej stronie ulicy.

– Przecież zeszłam? – Usiadłam na łóżku, owinęłam się kołdrą. Miałam dreszcze.

– Myślałem... jechałem, jak się dało najszybciej... a ty – patrzył w sufit, ręka zgięta pod głową – ...ty dawałaś mi instrukcję, jak parkować samochód... myślałem, że czujesz to co ja. Ale nie spotkaliśmy się.

Zapiekło mnie pod powiekami. Dlaczego on mi to robi? Miałam nigdy przez niego nie płakać.

– I pomimo że... że... jak to poetycko ująłeś, „nie spotkaliśmy się", ro... ro... zumiem... em – wyjąkałam – że chodzi o mityng emocjonalny, nie fizyczny – pomimo to, poszedłeś ze mną do łóżka? Byłeś na mnie obrażony, ale przespałeś się ze mną? Nie mogę uwierzyć. Co za... wyrachowanie. A ja cały dzień tak czekałam...

– To dlaczego nie zeszłaś? – Też usiadł.

– Bo jestem złą kobietą?! – wściekłam się. – Ugotowałam ci zupę, kurwa mać!

– W dupie mam zupę... to znaczy... Kochałem się z tobą, bo wiesz, jak na mnie działasz....

– Miałam zbiec po schodach z rozwianym włosem, bo tak sobie to wymyśliłeś?! Taką miałeś wizję miłości idealnej?! O to chodzi? – krzyknęłam, ignorując pochlebstwo.

– Myślałem, że też chcesz się ze mną jak najszybciej zobaczyć... – powiedział tonem człowieka, który nagle zobaczył, że jego księżniczka jest żabą.

– Chciałam. Ale chyba niepotrzebnie. Wybacz, ale nie jestem jasnowidzem. Kiedy ktoś mi mówi, że chce zaparkować samochód, to ja myślę, że chce zaparkować samochód, rozumiesz? A nie zobaczyć, jak biegnę z rozwianymi włosami... to jest totalna bzdura, co ty wygadujesz?!

– Nie jest, Agnieszko, nie jest. I nie krzycz. – Pokiwał głową jak pluszowy pies używany do dekorowania aut. – Jeśli nie czujemy tak samo, to jak możemy być razem? A jeśli będzie więcej takich sytuacji, w których się... nie spotkamy? – ciągnął smętnie.

– Ksawery, oczywiście, że będzie ich więcej, bo nie jesteśmy swoimi wzajemnymi klonami, do jasnej cholery! I co to za pretensjonalny tekst, „nie spotkamy się", rany boskie! Zaraz mi powiesz, że nie „pochyliłam się" nad twoim uczuciem!

To było gorsze, niż zostać zdradzoną, bo nie było się blondynką. Wykrzyczałam się i zamilkłam. Nie wiedziałam, co dalej. Obrazić się, przepraszać, żartować, wyrzucić go na zbity, przystojny pysk, zrobić herbaty? Nie miałam żadnej gotowej recepty. Nie umiałam niczego mądrego zaimprowizować. Nic dziwnego, bo nigdy wcześniej nie znalazłam się w sytuacji, której głównym bohaterem był problem całkowicie, w moim pojęciu, nieprawdziwy i książkowy. Czekałam więc, obsesyjnie składając i rozkładając róg poszwy od kołdry, aż Ksawery coś zrobi, coś powie.

Leżał. Patrzył w okno. Chyba wolałabym, żebyś już sobie pojechał i nigdy nie wrócił, pomyślałam. Jakim prawem mi to robisz. Jakim prawem każesz mi myśleć, że jestem nie taka. Dla Eryka byłam niezorganizowaną nie-blondynką, dla ciebie jestem – kim? – niewrażliwą, anty-telepatyczną babą, która zna się tylko na parkowaniu samochodów i zupie pomidorowej.

Nagle coś mnie olśniło.

– Kochanie – wycedziłam – w ilu ty prawdziwych, głębokich związkach byłeś?

– Tak naprawdę, to w żadnym – odchrząknął.

– Sam mi mówiłeś, że żyłeś obok Ani własnym życiem, pomimo że byliście ze sobą czternaście lat...

– Trzynaście.

– Okej. I mimo że nie masz pojęcia o życiu we dwoje, o życiu razem, wiesz, że jesteśmy „nie dla siebie", bo nie zbiegłam po schodach. Eryk miał do mnie pretensje, że zatrzymuję się na schodach, a ty, że po nich nie zbiegam.

– No, bo taką miałem wizję... – mruknął. – Myślałem, że wystarczy, jak powiem, że jestem na dole. Że zaraz przyjdziesz... – Łypnął na mnie z ukosa.

– A ja myślałam, że jak każdy facet, chcesz bezpiecznie zaparkować w obcym mieście samochód. I nie domyśliłam się, że mam biec na złamanie karku, żeby zaspokoić twoją fantazję romantyczną. Bo widzisz, ja z kolei miałam wizję, że ty wejdziesz do mnie po schodach, a ja cię przywitam w progu, i powiem, witaj w domu, kochanie... Ale nie wszedłeś. Nie spotkaliśmy się. Ale zjadłeś moją pomidorową.

– Zjadłem. Była bardzo smaczna. – Uśmiecha się, wreszcie. – I nie jestem każdy facet.

– Oj, wiem, wiem. A ja nie jestem eteryczną panienką z twoich wizji. Mam za duży nos i za mały biust. Nie jesteśmy identyczni, nigdy nie będziemy. Pomimo że oboje uwielbiamy Koterskiego i beherovkę.

– Jesteśmy – burczy.

– Nie możemy nic sobie nie mówić, a potem obwiniać się wzajemnie, że druga strona nie spełniła oczekiwań. To przedszkole. Telepatia nie istnieje.

– Istnieje. Masz mnie rozumieć bez słów, babo.

– To po co zawsze tyle gadasz? – Rzucam w niego poduszką. – A więc to jest ten drugi but.

– Jaki but? – Przysuwa się do mnie.

– Czekałam od miesiąca, kiedy wyjdzie z ciebie twój potwór. I wreszcie wyszedł. Ja jestem zazdrosna, a ty masz w głowie kiczowate wizje miłości idealnej à la „Notting Hill".

– Kiczowate?! Jaki znowu but?

– But – to taka przypowieść angielska. Że wraca pijany mąż do domu, tłucze się, robi demolkę, zrzuca jeden but. A żona nie śpi całą noc i czeka w łóżku, cała spięta i chora z nerwów, kiedy spadnie ten drugi. Rozumie on?

– Rozumie. A jaki jest pierwszy but?

– Moja obsesyjna zazdrość, oczywiście. Plus brak poczucia własnej wartości, w czym mnie dzisiaj tak czule utwierdziłeś.

– A jeśli jest więcej tego obuwia?

– Jest na pewno cała hurtownia. Poczekamy, aż spadną wszystkie. I dopiero wtedy się poznamy naprawdę. I dopiero wtedy miłość jest prawdziwie dojrzała... ała, puszczaaaaj!

*

Zasnęliśmy z ulgą, od nowa w sobie zakochani, ale kiedy obudziliśmy się rano, wskoczyliśmy w to samo napięcie. Ruchy zrobiły nam się nagle ostrożniejsze, słowa bardziej wyważone. Jakbyśmy byli obcymi sobie ludźmi, którzy utkwili w windzie i starają się rozmawiać o czymkolwiek, żeby odwrócić uwagę – ha, ha – od tego, że za chwilę zabraknie im powietrza i się uduszą. Nagle Ksawery bardzo długo i starannie smarował chleb masłem i pedantycznie nakładał szynkę, ser i paprykę. Żuł miarowo, tak jak się żuć powinno, żeby dobrze trawić i nie dostać wrzodów. Ja bardzo dokładnie kroiłam pomidory i pięć razy starłam kuchenny blat z okruszków, zanim usiadłam do stołu. Ksawery jadł śniadanie tak samo jak wczoraj pomidorową. Głowa w dół, żuchwy w ruch, wzrok w talerz. Ja – głowa w bok, spojrzenie za okno na balkon, w ręku kawałek żółtej papryki, którą chrupałam co dwie sekundy. Żadne z nas nie chciało tu być.

– Dokroić ci jeszcze chleba? – zapytałam neutralnie, wbijając sobie paznokcie w dłoń.

– Nie, dziękuję – odpowiedział uprzejmie na odlew.

– To dziękuję – wstałam. – Idę się myć.

– Dziękuję za śniadanie – powiedział, sięgając po kubek z herbatą.

Do śniadania zwykła czarna herbata, z cytryną i z cukrem, tyle się już nauczyłam.

– Proszę – uśmiechnęłam się kącikiem ust, ale udał, że tego nie zauważył.

Kiedy wyszłam z łazienki, zdziwiłam się, że jeszcze jest. Ale siedział w zielonym fotelu i czytał „Wyborczą".

Posmyrałam go po głowie, na co uśmiechnął się smutno, zaszeleścił gazetą, wstał, i bez słowa poszedł do łazienki. Chlapał się i chlapał. W tym czasie zdążyłam się ubrać, w byle co, niech sobie nie myśli, że będę się dla niego wysilać. Wymyślanie byle czego do ubrania zajęło mi tyle czasu, ile się chlapał. Dwadzieścia minut. Wypiłam kolejną kawę i wyszłam na papierosa.

Ubrał się w te same beżowe spodnie i bluzę z długim rękawem, w których przyjechał. Będzie ci za gorąco, ale nic nie powiem, pomyślałam. Byłam pewna, że zaraz zarzuci na ramię plecak, pożegna się zdawkowo, po cichutku, uprzejmie zamknie za sobą drzwi, po czym wsiądzie do swojego bezmyślnie zaparkowanego samochodu i odjedzie w siną dal.

Ale nie.

Spakował swoje rzeczy, okręcił się w kółko, wrócił do łazienki po kosmetyczkę, wrzucił ją do plecaka, pozasuwał wszystkie zamki, zapiął wszystkie klamerki, a każdą z osobna bardzo dokładnie.

Wreszcie podniósł wzrok i spojrzał na mnie pytająco.

– Co chcesz dzisiaj robić?

A więc powtórka sympatycznej atmosfery z Krakowa.

– Możemy pójść nad Wisłę albo na Kazimierz... – zaczęłam, w nadziei, że roześmieje się i dostrzeże absurd tej sytuacji.

Czy mi się wydawało, czy dostrzegłam jakiś błysk w oku...

– Możemy przez Kazimierz do Wisły – odpowiedział, krzywiąc się jak przedszkolak, któremu kazano zjeść rozbabrany szpinak.

*

Wychodzimy na ulicę, intuicyjnie skręcamy w prawo, nad morze. Jest upał nie do wytrzymania. Ksawery zatrzymuje się, grzebie w kieszeni.

– Muszę się przebrać – mówi głosem robota.

Aha. I wyszło na moje. Wiedziałam, że się ugotuje w tej bluzie.

Wyjmuje kluczyki, otwiera samochód, którego nikt nie ukradł, wyciąga z bagażnika reklamówkę. Błyskawicznie ściąga bluzę i wkłada białą koszulkę z jasnopopielatym nadrukiem „Quality rules".

– Dostaliśmy na konferencji – wyjaśnia, upychając do reklamówki bluzę. – Jest bardzo gorąco, wiesz.

– Wiem – odpowiadam, i uśmiecham się półgębkiem.

– Myślę, że zmieści się jakieś osiem, dziesięć worków – mówi, lustrując wnętrze opla jak zahartowany przemytnik narkotyków.

– Myślałam, że nie zauważyłeś – odzywam się kostycznie.

– Trudno nie zauważyć. W nocy o mało nie zabiłem się o worek z twoimi spodniami. Ile ty masz par?

– A ja w nocy o mało nie zabiłam ciebie.

– Chodźmy na piwo.

– Chodźmy – zgadzam się z ulgą.

– Już mi przeszło – oświadcza Ksawery, patrząc przed siebie, jakby szedł na szafot.

– Co? – pytam, sparaliżowana.

– Nienawiść do ciebie, babo – burczy.

Stajemy na środku chodnika. Teraz patrzy na betonowe płyty chodnikowe. Uwielbiam, jak burczy. Wtedy wiem, że przestaje się boczyć.

– Myślałam, że rano pojedziesz pierwszym pociągiem.

Zrywam listek z krzaka przy chodniku, jest kojąco ciemnozielony, pachnie cieniem.

– Chciałem, podczas śniadania. Ale przyjechałem samochodem, babo. Do ciebie. Specjalnie. – Obejmuje mnie.

– Uhm – mruczę.

– Nie wiem, dlaczego zostałem. To zupełnie do mnie niepodobne. – Marszczy brwi, wzrusza ramionami. – Zawsze uciekałem, kiedy tylko coś mi nie pasowało. Wystarczył jeden gest – nie taki – jedno słowo, nieodpowiednia intonacja...

Jest szczerze zdziwiony.

– Nie zawsze to, co wydaje się Ksaweremu Podsiadle, jest niepodważalne i jedynie słuszne – mówię, w swoim mniemaniu, bardzo mądrze i przenikliwie. – Czy ty kochanie nie traktujesz siebie czasem zbyt serio?

– Co to znaczy? – Robi krok w tył, ale wciąż trzyma dłonie na mojej talii.

– Że może dobrze by ci zrobił krok w tył, albo w bok, o właśnie taki, tylko psychiczny, i spojrzenie na siebie z dystansu... – ryzykuję. – Jak... jak... Diane Keaton w „Annie Hall".

Trudno, jak się obrazi, to się obrazi.

– Wydaje mi się – brnę dalej – że jesteś, kochanie, nieco rozpuszczony.

Milczy. Z miną wilka, który znowu znienacka oberwał w łeb od zająca.

– Mam wrażenie, że jesteś przyzwyczajony do tego, że ludzie spijają każde słowo z twoich ust, jak z krynicy mądrości, i wydaje ci się kompletnie nieprawdopodobne, że ktoś mógłby zakwestionować to, co mówisz i myślisz... – Marszczę się z niepewności, a w żołądku znowu zaczynają grasować motyle.

Zdaje się, że przegięłam. Wbiłam szpilę w samo mięso miłości własnej. Zdaje się, że mężczyźni tego nienawidzą. Zemsta będzie straszna. Nawet jeśli nie wyszedł w nocy, strzelając drzwiami, to zrobi to teraz. Strzeli drzwiami, wsiadłszy do zielonego opla, i odjedzie z filmowym piskiem opon. Tak by zrobił Ksawery, jakiego znałam kiedyś. Z takim Ksawerym, wiedziałam na pewno, nie mogłabym żyć. Ale skoro już się zaczął weekend prawdy, to niech się wykotłuje wszystko naraz. Najwyżej rozpakuję worki i zacznę szukać kawalerki w Gdyni. Aha, i jeszcze pracy.

– Hm – mówi wreszcie – no bo nikt nigdy nie kwestionował... wiadomo przecież, że zawsze mam rację... Annie Hall, powiadasz? Nie znam.

Wzrusza ramionami.

– Podczas sceny łóżkowej jej psyche wstaje, i siada na krześle, a ciało nadal leży pod Woodym Allenem...

– Czy wiesz – dziwi się z namaszczeniem – że jesteś pierwszą osobą w moim życiu, która zrobiła mi coś na przekór?

– Na zdrowie – mówię od serca.

– Jak to możliwe, że ja tu wciąż jeszcze jestem? Dlaczego nie uciekłem? – Puka się po głowie publicznie, co oznacza, że być może ma do siebie jakiś dystans?

– Bo mnie kochasz, i jestem twoim zbawieniem, i gdyby nie ja, tobyś się stoczył i zapił w samotności – recytuję.

– Naprawdę? – dziwi się coraz bardziej.

– To cytat. Sam mi to powiedziałeś, tylko chyba bardziej kwieciście.

– Powiedziałem, że chcę być z kobietą, która uważa, że jestem zarozumiały...

– A nie jesteś?

– Jestem, ale to nie ma nic do rzeczy.... że brak mi pokory – wylicza dalej na palcach – że mam kiczowaty ideał miłości, za gruby brzuch...

– Tego nie powiedziałam!

– ...taak, za gruby brzuch, i która uważa, że zawsze wszystko wiem lepiej, chociaż jej zdaniem tak nie jest, bo to przecież ona, rzecz jasna, wszystko wie lepiej...

– Nie wszystko.

– Niemożliwe?

*

Ledwo stanęłam sama w progu, rozpłakałam się.

Na widok ogołoconych ścian, pustej szafy, opróżnionego i uporządkowanego biurka moja złośliwa pamięć przekornie podrzuciła mi, niczym anonimowy prześladowca, kasetę wideo, same najlepsze chwile, jakie przeżyłam z Erykiem. Winogrona w miseczce na półeczce w samochodzie, kiedy po raz pierwszy przyjechałam do niego pociągiem, a on mnie odebrał na stacji pożyczonym samochodem, róża na poduszce po pierwszej wspólnie spędzonej nocy, wycieczki żaglówką po Lake George, szalone, weekendowe imprezy z całą amerykańską paczką, która zastępowała nam rodzinę, wyjazdy na Block Island i szusowanie na skuterach po wąskich, gładkich jak masło drogach, wspólne gotowanie, urządzanie kolejnych mieszkań i wykłócanie się o każdy detal na śmierć, kawa czarna parzona z dwoma łyżeczkami cukru (jedyny element konstans w naszym związku), wygłupy i dogadywanki we własnym, dla nas tylko zrozumiałym języku. Tego ostatniego było mi żal najbardziej. Intymności języka, którą mylnie brałam za bliskość emocjonalną, skoro już nie istniała między nami bliskość fizyczna. Tak jakby jedna mogła istnieć bez drugiej.

Ten przedziwny, niepojęty dla mnie kryzys trwał dosłownie mgnienie oka, i minął jak zahamowany odruch wymiotny, podczas którego zawartość żołądka podchodzi do gardła i natychmiast samoistnie się cofa. Cofnęło się, a ja się nie rozsypałam. Zagryzłam szczęki, bo natychmiast przypomniały mi się wszystkie momenty najgorsze, z lekcją tenisa na czele.

Co ja będę tutaj robić przez te ostatnie tygodnie? Teraz, gdy już wszystko zostało postanowione, czułam się w tym mieszkaniu jak w klatce. Ściany emitowały duszące toksyny, Gdynia za oknem nagle zaczęła mnie denerwować, bo nie była Krakowem, tak jak kilka lat temu doprowadzała mnie do szału, bo nie była Nowym Jorkiem. Ale wtedy cała Polska doprowadzała mnie do szału, bo nie była Nowym Jorkiem. Doprowadzała mnie do szału również Ewka – tym, że jej nie było, i z tej samej przyczyny, żonkoś Hugo. Tknięta nagłym olśnieniem – to był bardzo dziwny dzień – zadzwoniłam do niej na Hel.

– Mogę przyjechać? Muszę przyjechać! Jestem kompletnie rozwalona – wyrzuciłam egoistycznie jednym tchem. – Za parę tygodni wyjeżdżam do Krakowa. Na zawsze. Ksawery przed chwilą pojechał... zabrał część moich rzeczy...

– Eeee...! – stęknęła – Jezu, ale mnie plecy bolą. Nie mogę sobie znaleźć pozycji... pewnie, przyjeżdżaj. Tylko nie mam noclegu, jest Adaś i nowy chłopak mamy. Coś jak ty i Ksawery. Dawna miłość objawiła się po latach – ...yyyy...! – są nierozłączni jak koniki morskie.

Wiedziałam, czego Ewce potrzeba. Tylko nie miałam pojęcia, gdzie tego szukać. Zadzwoniłam do jedynej znajomej osoby, która nie wyjechała i do tego jeszcze mogła mieć potrzebne mi informacje.

– Edi – wrzasnęłam do słuchawki – gdzie są w okolicy jakieś porządne sklepy sportowe?

– W szkole wszystko dobrze, pani dyrektor, miło, że pani pyta – zmroził mnie. – Właśnie skończyłem uzupełniać dzienniki, i wychodzę. Grupa „Xenia" powiększy się o dwie osoby...

– W „Klifie"? Auchan?

– Najlepszy będzie... zaczekaj chwilkę... – W tle rozległ się dziewczęcy śmiech, a potem padło jakieś jedno krótkie zdanie. – W Centrum „Alfa".

Edzio miał dziewczynę?

– Dzięki.

Opowiedziałam mu z grubsza, o co chodzi, i jakoś dziwnie się przejął.

– Ale jak ty z Gdyni będziesz się telepać do „Alfy", i potem z takim tobołem na Hel? Może my kupimy i ci przywieziemy?

Kupimy? Przywieziemy? Aha, odgrywamy bezinteresownego, wrażliwego człowieka na użytek damy serca.

– Okej – zgodziłam się, bo faktycznie czasu miałam niewiele. Poza tym, nie bardzo wiedziałam, jak się dostanę na Hel. Chyba wodolotem. To było najlogiczniejsze rozwiązanie, chociaż drogie.

– Będziemy za dwie godziny.

– Będziecie? Z kim? – Nie wytrzymałam.

– Zobaczysz – zachichotał Edzio gardłowo jak Krzysztof Kolberger.

Przez telefon potrafiłby uwieść nawet zakonnicę.

Przyjechał przed czasem, ale zdążyłam umyć na nowo twarz i posmarować kremem.

– Fajnie mieszkasz. Nigdy tu nie byłem. – Rozejrzał się.

No, pewnie, że nie. Tylko tego by brakowało.

– Inga została na dole w samochodzie – powiedział i się zaczerwienił.

Wyglądał jeszcze niechlujniej niż zwykle.

Może to przez pogodę.

– Bo tak sobie rozmawialiśmy po drodze i....

– Ej, ej, zaraz, zaraz, wolnego! – przystopowałam go. – Inga? Jaka Inga? W naszym kosmosie jest tylko jedna Inga!

– Inga Knauss... – Zaczerwienił się jeszcze bardziej. – Ee, jesteśmy ze sobą...

– Odkąd? Jak? To uczennica!

– Ale nie nieletnia! – Zaśmiał się z mojej głupiej miny. – Chodzimy ze sobą od tygodnia. Uważa, że jestem genialny i oryginalny – powiedział, przymykając oczy i kładąc dłoń na piersi, jak przedwojenni aktorzy, gdy deklamowali Mickiewicza.

– To jest was dwoje. Grunt to zgodność poglądów – roześmiałam się. – Gratuluję, stary. To świetna dziewczyna. Chociaż feministka.

– Uwielbiam feministki.

– O? Od kiedy?

– Odkąd zobaczyłem Ingę w kąpieli.

– Stop! Stop! – wykrzyknęłam, wyciągając przed siebie wyprostowane ręce.

– No to zawieziemy cię na ten Hel – powiedział Edzio. – Chodźże już.

Zatkało mnie.

– No to bardzo mi miło – powiedziałam, kiedy odzyskałam mowę.

Jechaliśmy niecałą godzinę, bo jakimś cudem w kierunku półwyspu w ogóle nie było ruchu.

– Niedziela po południu. Wszyscy wracają z, a nie jadą do – oznajmił odkrywczo Edzio.

Inga siedziała przy nim jak Królowa Śniegu, z rozpuszczonymi włosami blond, opadającymi na bardzo mini dżinsową sukieneczkę. Bezustannie się śmiała ze wszystkiego, co mówił Edzio, a on trzymał rękę na jej opalonym udzie. Wyglądali na bardzo szczęśliwych.

– Jak się skończyła ta historia z gostkiem, który zdradzał narzeczoną i był napastowany przez jej kuzynkę-żmiję? – zapytała Inga, wystawiając na mnie swoje piękne zęby. – Bo to było z życia, prawda?

– E, wszystko dobrze. Zrobił drastyczne cięcie i pomogło. Ożenił się z tą narzeczoną. A kuzynka odnalazła miłość w koszuli yellow-bahama.

Inga spojrzała na mnie skonsternowana. Nie miałam pojęcia, jak się do niej zwracać. Pani? Ty? Na zajęciach po angielsku wystarczało „you". A teraz?

– Może... – zaproponowałam – może byśmy mówiły sobie po imieniu? Jakoś nie potrafię mówić... ci... pani...! – zaśmiałam się.

– A ja pani ci! – parsknęła Inga.

– E, tam, zaraz. Agnieszka – wyciągnęłam rękę.

– Inga – zabrzęczała przegubem Królowa Śniegu.

Do Helu dojechaliśmy około czwartej, w świetnych humorach. Inga i Edzio postanowili zjeść romantyczną kolację nad morzem i byli zachwyceni, że taki świetny im poddałam pomysł z tym Helem.

– Jakbyś nie miała jak wrócić, daj znać. Na pewno nie wyjedziemy przed dziesiątą – zaproponował Edzio, parkując pod domem, w którym Ewka wynajmowała dwa pokoje. Otworzył bagażnik i wyciągnął gigantyczną plastykową torbę.

– Tak mi się zdawało, że to ty.

Ewka podeszła bliżej i popchnęła mnie lekko wystającym brzuchem opiętym pomarańczowym jednoczęściowym strojem kąpielowym z seledynową lamówką. Różowa opalenizna sprawiała, że przypominała deser z lodów owocowych.

– Tak, tak, to ja, twój zaprzyjaźniony wieloryb. – Ucałowała mnie.

– Masz, wielorybie. – Położyłam torbę przy jej bosych stopach. – Niech cię plecy nie bolą.

– Co to? – zajrzała, i wrzasnęła – O, Jezu! Dobra kobieto! Skąd wiedziałaś?!

Odwróciła reklamówkę do góry dnem, i zawartość wylądowała na chodniku.

– Oglądam telewizję śniadaniową. Trzeba nadmuchać – powiedziałam, podnosząc ogromną czerwoną piłkę. – Masz piwo? Konam z pragnienia.

Usiedliśmy na tarasie. Domek stał na samym końcu Helu, o kilka kroków od wielkiej plaży przy otwartym morzu.

Ewka przesiedziała na piłce cały wieczór (Adaś napompował elektryczną pompką – skąd oni mieli takie rzeczy?), bujając się wte i wewte. Obecnie miała fazę potraw pikantnych i poczęstowała mnie wypalającym przełyk leczo.

– Tak musi smakować surówka, kiedy spływa do formy na sztaby kolejowe – wykrztusił Adaś, mrugając gęsto powiekami. – Widziałem w kronice filmowej z Peerelu. Pyszne, kochanie, pyszne. – Uchylił się z wprawą przed mokrą ścierką, która wylądowała mu na kolanach zamiast na (wyjątkowo) wyparzonej gębie.

– Pyszne, Ewuś – oceniłam szczerze. – Można jeszcze?

Uwielbiałam pikantną kuchnię. Ewka z plaśnięciem nałożyła mi na talerz drugą chochlę leczo.

– Widzisz? – spojrzała z wyrzutem na męża. – Gotuję ci, chociaż mnie mdli od zapachu mięsa.

Adaś uśmiechnął się, i z lubością, chociaż ze łzami w oczach, wyskrobał talerz do czysta, po czym duszkiem wypił kufel zimnego piwa.

– Nie wyjeżdżałabyś. Dzidzię byś mi bawiła – powiedziała Ewka smutno, przytulając się do moich pleców.

– I tak źle, i tak niedobrze – zażartowałam melancholijnie. – Ja nic nie wiem o dzidziach. Ja się dzidzi boję.

– E, byś się przyuczyła raz-dwa. Ja też nic nie wiem, a wcale się nie boję – powiedziała śpiewnie.

Adaś chrząknął.

– No, dobra, jestem w panice – westchnęła i skinęła głową. – Potwornej. – Złożyła różowe przedramiona na brzuchu. – Mama obiecała nam pomóc, ale teraz znienacka objawił się *boyfriend* z zaświatów. Jest, a jakby jej nie było. Ma takie oczy, o – wybałuszyła – jakby brała kokę.

Usiadła na piłce.

– Jezu, ale genialnie! – rozanieliła się. – Po raz pierwszy od miesiąca nie bolą mnie plecy. No więc boję się matce powierzyć potomka. Kupiła sobie sukienkę z asymetrycznym dekoltem i robi prawo jazdy. Ale bym sobie zapaliła...

Adaś zamarł.

– No, bym, bym, tryb przypuszczający, przecież nie będę palić, nie patrz tak. Pewnie już nigdy nie będę palić. Pewnie nie będę miała czasu.

– Może do czasu porodu jej się to rozleci – zasugerowałam z nadzieją. – I wtedy będzie ci wdzięczna w swojej depresji po odrzuceniu, że może być komuś potrzebna. Będzie ci dzidzię lulać z pocałowaniem ręki.

– Akurat – burknął Adaś. – Prędzej piekło zamarznie. Oni się zaręczyli. Dziś pojechali do księdza.

– Niestety. – Ewka bujnęła się w bok. – Ślub za dwa tygodnie.

Słońce zachodziło na pomarańczowo, sosny szumiały od wieczornego wiatru, w trawach dookoła coś cykało i brzęczało na potęgę. Piliśmy zimne piwo, Ewa bujała się na czerwonej piłce na tle zachodu słońca, gadaliśmy o wszystkim i o niczym, jakby jutro miał być taki sam, zwykły dzień, a po nim milion innych. Wiedziałam, wiedzieliśmy wszyscy, że w taki sposób nigdy już się nie spotkamy, ale żadnemu z nas nie chciało się rozmawiać o oczywistościach. Były chwile, że nie mówiliśmy nic, Adaś przeglądał gazetę albo donosił Ewce owoce i masował ją po plecach, a ja paliłam oszczędnie papierosy, wydmuchując dym w bok, żeby nie leciał na Ewkę i dzidzię, i było mi ciepło, błogo, rodzinnie, jakbym się zanurzyła w wody płodowe. Gdyby nie nagłe skurcze w gardle, brak oddechu z tęsknoty za tym zachodem słońca, za Ewką kiwającą się jak wańka-wstańka, za Adasiem zmarszczonym nad gazetą, za tym wiatrem helskim, pomarańczowym morzem, pomarańczowym piaskiem, nie zdawałabym sobie sprawy, że coś się właśnie kończy.

– Pamiętam, jak się pierwszy raz spotkałyśmy. Byłaś ubrana w obcisłe granatowe dżinsy i jadłaś kapuśniak – powiedziała, przerywając ciszę.

– A ty miałaś dyżur w stołówce – zaśmiałam się. – I też jadłaś kapuśniak, tylko bardzo szybko, i zakrztusiłaś się kminkiem...

– Bo musiałam spacyfikować II D, która rzucała się makaronem. Widzisz, przez ciebie nie zapomnę, że szóstego września miałam dyżur w stołówce, i że Patryk Gasiński wrzucił Monice Pyzio makaron wstążki za stringi, a potem chciał wyjmować...

– I zaklęłaś jak szewc. A wice stała za tobą z talerzem kapuśniaku.

Ewka niebezpiecznie zachwiała się na piłce.

– Fajnie było! – parsknęła.

– Okropnie – przytaknęłam.

– No, strasznie. Dobrze zrobiłaś, że uciekłaś. Nie nadajesz się do szkolnictwa publicznego...

– A ty się niby nadajesz? – odcięłam się, puszczając oko.

Miała rację, nie nadawałam się. Nie miałam na tyle dobrej woli i funduszy na ksero dla uczniów, żeby się starać dla idei, to znaczy miałam, ale do półrocza. Potem stało się jasne, że za to, co robię – a robiłam zawsze, zdaje się, za mało – nie usłyszę od nikogo nawet dobrego słowa. Do końca roku szkolnego przytrzymała mnie tylko jakaś minimalna rzetelność i takie drobiazgi jak, na przykład, wyznanie Jarka Gorczycy z III F, klinicznego dyslektyka, który podszedł raz do mnie i powiedział, że nareszcie wie, o co chodzi z tymi angielskimi czasami. Decyzję o ucieczce z gimnazjum podjęłam definitywnie, kiedy podczas jakiejś luźnej grupowej rozmowy w pokoju nauczycielskim – miałam wtedy „okienko" – wyszło na jaw, że najlepsza polonistka w szkole nie ma pojęcia, kto to jest Janusz Głowacki. Zobaczyłam wtedy oczami spanikowanej wyobraźni siebie za kilka lat: spódnica do pół łydki, golf, czółenka, kawa sypana w szklance, i nie pamiętam, kim jest Sam Shepard, Jane Austen, a nazwisko W. H. Auden, kwituję wzruszeniem ramion. Już wtedy nie miałam czasu ani siły na porządne czytanie, bo w kółko tylko sprawdzałam wypracowania, testy i robiłam ksero za własną pensję nauczyciela-stażysty.

– Ja się nadaję. Nigdy nie pracowałam za granicą, więc nie wiem, że może być lepiej. – Ewka uśmiechnęła się wymownie.

Od siedmiu lat pracowała w państwowym gimnazjum na etacie, a po lekcjach, które często kończyły się o siedemnastej, gnała dawać korepetycje. Miała zamiar pracować do rozwiązania, i dopiero po urlopie macierzyńskim – wiedziała, że wszystko jej się przewartościuje po porodzie – podjąć decyzję, co dalej. Adam po cichu marzył, żeby mieć żonę w domu; jednak jako mężczyzna z natury subtelny i nieroszczeniowy, nie śmiałby mówić o tym otwartym tekstem. Ale Ewka widziała, jak się rozanielał i relaksował nawet w te krótkie helskie weekendy, które spędzali jak nudna, porządna rodzina. Po raz pierwszy w życiu nigdzie nie goniła, nic nie załatwiała, i z nikim nie walczyła, żeby coś załatwić. Emanowała spokojem i dostojeństwem, niczym przywódczyni jakiegoś afrykańskiego plemienia – gruba i pogodna, ucieleśnienie macierzyństwa i matriarchatu. Na głowie miała tylko codzienną aprowizację, sporadyczne gotowanie, zakupy dla dziecka, nieodzowne wizyty u lekarza i spacery po plaży. Od czasu do czasu jeździła z Adasiem na budowę, żeby obejrzeć postępy robót; domek już stał, przykryty czerwoną dachówką, z zamontowanymi już drzwiami wejściowymi, ale bez okien. Fasada została zaprojektowana jako atrapa muru pruskiego połączonego z cegłą: chałupka stylistycznie bezbłędnie się wtapiała się w kaszubski pejzaż.

– Sajgon się zacznie dopiero przy wykończeniówce – wieszczyła złowróżbnie Ewka. – Każdy głupi potrafi zrobić stan surowy. Sztuka – to wykończyć. To są dopiero prawdziwe koszty. Widziałaś te wszystkie widma bez okien, co straszą po działkach? Całymi latami. Wszyscy składają na wykończeniówkę – oświadczyła autorytatywnie, a Adaś ponuro pokiwał głową.

Miło mieć żonę z dzieckiem w domu, ale w domu bez podłogi, ogrzewania, kafelków, wanny, prysznica, z gołymi cegłami zamiast tynku, słowem, bez wykończeniówki, na którą w dodatku samemu trzeba zarobić, bo żona gotuje (leczo), sprząta (goły beton), karmi (dziecko, siebie, męża) i przewija (dziecko, kasety z kołysankami), już nie tak miło.

– Sama nie wiem, czy bardziej mi się opłaca zostać w domu, nie wydawać na nianię, być sobie z dzidzią, i jako efekt uboczny zajechać na śmierć Adasia, czy zatrudnić nianię, wrócić do pracy, a jako efekt uboczny nie widywać dziecka – westchnęła ciężko. – Obracaliśmy to w głowie po tysiąc razy i nie widzimy wyjścia.

– Ja bym wolał, żebyś mnie jednak zajechała na śmierć – odważył się Adaś.

– Nie miałabym sumienia. I tak jesteś suchy jak Kościej Nieśmiertelny. – Ewka złapała go za wystające żebro. – Dziecko potrzebuje ojca. A jak mi padniesz z wycieńczenia, albo na serce, albo mi cię gangsterzy zabiją, to co mi wtedy po tej pustelni kaszubskiej w murze pruskim?!

– Ale co ci z dzidzi z zapalonym płucem, bo, na przykład, nie ma ogrzewania? – odbił racjonalnie Adaś.

– Ale przecież możemy mieszkać u mamy, dopóki... – zaczęła Ewka, ale zamilkła pod spojrzeniem Adasia.

– Nigdy – powiedział dobitnie, chociaż cicho. – Już raz mieszkałem z teściami, dziękuję. Między innymi dlatego teraz są eks. *Never again.* Nie przewracaj mi tu gałami przy Adze. Wiesz doskonale, co o tym myślę.

Klepnął ją w pupę, po czym odepchnął delikatnie na bezpieczną odległość.

– Poszła. Do garów.

Ewka zaniosła się radosnym, gardłowym chichotem.

– Ja też myślę, że w tej sytuacji chyba lepiej zajechać na śmierć Adasia – odezwałam się wreszcie. – Skoro on opcji zamieszkania u babci w ogóle nie bierze pod uwagę. Bo – rozkręciłam się – babcia świeżo poślubiona, a szczególnie babci mąż, może zacząć mieć wam za złe, że zamiast prasować jemu koszule, prasuje dzidzi pieluch. Znaczy, w przenośni, bo pampersy i tak dalej...

– Też żeśmy to przewidzieli – skinęła Ewka.

– Czyli zajedziesz mnie na śmierć? Hurra! – słabo zawołał Adaś. – I teraz mam na to świadka, to się nie waż zmienić zdania, bo cię pozwę.

– E, tam, taki świadek, z Krakowa – prychnęła Ewka. – Chyba oszaleję w domu na wsi z dzieckiem, całkiem sama. Zawsze pracowałam zawodowo, wiecie, że bez ludzi nie umiem. A tu psy, krzaki, kupki, zupki, spacerki, i spacerki, psy, kupki, zupki.

– I krzaki – dorzuciłam pedantycznie.

– Zwariuję. Ale trudno, jak trzeba, to trzeba.

Długo na pożegnanie ściskałyśmy się z Ewką. Jak się rozstawać z kimś, kto wie, kim jest Kościej Nieśmiertelny? Pokochałam ją za to na drugi dzień po naszym spotkaniu w stołówce.

– Oho, Kościej Nieśmiertelny znalazł sobie nowy obiekt – mruknęła pod nosem znad zupy fasolowej.

Podniosłam wtedy wzrok i od razu bezbłędnie wiedziałam, o kogo chodzi. Do stołówki wkroczył – nie dałoby się tego określić inaczej – bardzo wysoki, bardzo szczupły, bardzo blady mężczyzna o bardzo ciemnych włosach, i bardzo niebieskich oczach. Jego język ciała sugerował, że jest gwiazdą filmową, która trafiła do stołówki w podziemiach gimnazjum w Trójmieście, żeby zjeść fasolową i naleśniki z dżemem, a następnie przez cztery godziny grać w koszykówkę z czternastolatkami, wyłącznie po to, by zgodnie z Metodą Stanisławskiego, rzetelnie przygotować się do roli polskiego wuefisty w najnowszym hollywoodzkim hicie.

Byłam nieco zbita z pantałyku, ponieważ te bardzo niebieskie oczy wbite były we mnie.

– Aha – powiedziałam do Ewki. – Kościej jak się patrzy.

– W dodatku na ciebie – uzupełniła dowcipnie.

– Głupi? – zapytałam szczerze, bo wyglądała na rozsądną kobietę.

– O, jak marzenie – potwierdziła z uśmiechem, mocując się z naleśnikiem, który o tej porze był już zwiotczały jak guma. – Chyba go po prostu wezmę do buzi – oznajmiła, ku konsternacji Kościeja, który w tym momencie dosiadł się do stolika i nalewał sobie z wazy zupę fasolową.

Ręka mu drgnęła i zawartość chochli wylądowała częściowo na talerzu, a częściowo na udzie Kościeja.

– Cholera, jasny szlag! Nowe dżinsy! – warknął, coraz bardziej wcierając fasolę w materiał bibułkową serwetką.

Patrzyłyśmy na niego z rozbawieniem osób, które wiedzą lepiej. Nigdy nikomu nie udało się jeszcze wytrzeć czegokolwiek klasyczną, polską, bibułkową serwetką. Najlepiej nadawały się do umieszczania pośrodku restauracyjnego stołu, w ciasnych serwetnikach, w postaci wachlarzy, i trwania tam w charakterze wyszukanej konceptualnej instalacji; każda próba wyciągnięcia z wachlarza jednej serwetki do otarcia ust niezmiennie kończyła się zniweczeniem wachlarzowego arcydzieła: na stole pozostawał nieestetyczny, pomięty, bibułkowy kłąb. W stołówce szkolnej bibułkowe serwetki leżały na kupce, na półce obok okienka, przez które kuchnia wydawała obiady. Z kupki można już było od biedy jedną lub dwie sztuki podnieść, dwoma palcami, chociaż nie bez treningu, bo się ślizgały. Trzeba było ukradkiem palce poślinić, a i wówczas nieraz się kupkę niechcący przy okazji rozwaliło.

– Może nie będzie znać – powiedziała bez śladu współczucia Ewka.

– Trzeba zaprać w płynie do mycia naczyń, bo to tłuste. Niech pan, panie Robercie, idzie do kuchni, to panu dadzą – poradziła fachowo wicedyrektor, przerywając picie kompotu ze śliwek. Jej szminka pozostawiła na białym fajansowym kubku lśniący, różowy półksiężyc.

Kościej nic nie odpowiedział. Wstał od stołu, aż resztki fasolowej zafalowały w wazie, i więcej nie wrócił.

– Straciłaś niepowtarzalną okazję. Już cię nie zbajeruje, bo się przy tobie skompromitował – szepnęła mi do ucha.

– A szkoda, a żal – odparłam z fałszywym smutkiem – miał takie piękne niepolskie dżinsy z Peweksu.

Ewka parsknęła śmiechem.

– Skąd znasz Kościeja? – zapytałam.

– No... – powiedziała Ewka powoli, z namysłem, jak do dziecka – ...z pracy?

Chyba pomyślała, że wolno kojarzę.

– Nie, nie – skąd znasz Kościeja Nieśmiertelnego jako postać? – doprecyzowałam.

Sapnęła z ulgą.

– Już myślałam, że nasz etatowy Ken odessał ci mózg tym porcelanowym spojrzeniem. Miałam zbiór baśni z byłych republik radzieckich jako dziecko. Dalej mam. I czytam czasem do poduszki! – zachichotała z zakłopotaniem.

– „Niewyczerpany dzban"? – zaryzykowałam.

– Jezu. – Ewka odłożyła nadgryzionego naleśnika. – Chodźże ze mną na piwo. I na papierosy. Albo najlepiej, ożeń się ze mną. Mój mąż nie będzie miał nic przeciwko.

– Mój też nie – zaśmiałam się, myśląc całkiem serio, że Eryk na pewno nie miałby nic przeciwko.

*

Wróciłam do Gdyni z Adasiem, który rano musiał być w pracy. Ja też, o czym przypomniałam sobie w panice około pierwszej w nocy, otwierając drzwi wejściowe. Na dziewiątą, nie na siódmą, dzięki Edziowi, który będzie nieprzytomny po miłosnych ekscesach z Ingą na Helu. Brrr. Koty, obudzone, mrugały śmiesznie oczami, ziewały i przeciągały się. Nasypałam im pełne miseczki chrupek, bo od rana nic nie miały w pyskach.

Jazgot dzwonka poszybował przez otwarty balkon w noc. Ksawery zadzwonił na domowy.

– Nie ma cię i nie ma – zaburczał oskarżycielsko. – Dzwonię i dzwonię. Jest rano.

– Kiedy mnie nie ma? – zdumiałam się. – Cały czas miałam włączony telefon... O, ups, nie miałam. Przepraszam. Wyłączyłam dzwonek niechcący. Byłam u Ewki, przecież wiesz.

– Akurat. Tęsknię. Jedziesz mi?

– Już, już zarusieńko. O, rany – zacukałam się – mam zapchaną kompletnie skrzynkę odbiorczą. Ktoś mnie zaesemesował na amen. Ty?

– Ja, albo i nie ja. Może kochanek? – powiedział z godnością.

– O, pięć esemesów dostałam od ciebie.... – cmoknęłam do słuchawki. – Dzięki, kochanie. O rany, nie uwierzysz! – wrzasnęłam, nie bacząc na późną porę. – Wiesz...

– Masz innego? Gacha?

– Przestań, bo jak się śmieję, to nie mogę mówić. Uwielbiam słowo „gach".

– No co takiego znów? – burczał dalej.

Najwyraźniej odnalazł się w tej roli.

– Klementyna z Alinką są w Polsce! A to hadry niespodziane! Nic się nie przyznały! – Podskoczyłam. – Czekaj... właśnie mi napisały... *Jesteśmy w Poland. Ali znienacka dostała green card. Jedziemy pociągiem PKP z WAW do KRK. Nie wiemy, jak się używa tych waszych komórek. Mamy wypożyczoną. Pisze nam Miły Pan z Pociągu. Miła Pani z PKP dała nam prince polo i kawę rozpuszczalną za free. Kle-Kle i Ali. Over!* Od jutra są w Krakowie! Wariatki! Przyjeżdżam!

– Do mnie to byś nie przyjechała. A do bab jakichś to zaraz.

– Przecież i tak miałam do ciebie jechać na weekend!

– Akurat.

Nie mogłam się doczekać, żeby Klementynie pochwalić się Ksawerym, i zobaczyć jego minę w obliczu takiego zjawiska, jak Kle-Kle.

*

Klementyna wessała mnie w swoje życie już w pierwszym dniu liceum.

Siedziałam z boku, w rzędzie pod ścianą, obok jakiejś bladej blondynki, speszona, bardzo samotna i bardzo prowincjonalna w moich bordowych mokasynach z frędzlami, kupionych okazyjnie w Geesie w Gorlicach podczas ostatnich wakacji u dziadka. Wokół mnie same przemądrzałe (tak mi się wtedy wydawało) panny z Krakowa, na pewno córki lekarzy, adwokatów i profesorów UJ.

– Musicie założyć sobie dzienniczki ucznia. Najlepiej, żeby były jednakowe – ogłosił z westchnieniem wiadomość dnia wychowawca. – Może któraś z was podjęłaby się zakupu dla klasy? – zaryzykował.

Odpowiedziała mu przestraszona, niechętna cisza. Nikt nie chciał się wychylać, a już zwłaszcza w pierwszym dniu szkoły, zwłaszcza w żeńskiej klasie eksperymentalnej, gdzie żadna z dziewczyn, nawet tych wyszczekanych (ujawniły się wkrótce, ale nie dziś), nie miała ochoty się popisywać, bo nie było przed kim. Pospuszczałyśmy głowy, i jak dzieci, które gdy zamykają oczy, są przekonane, że nikt ich nie widzi, tak samo i my, piętnastoletnie, wyrośnięte dziewuchy, udawałyśmy, że nas nie ma. Wychowawca, drobny, łysiejący facecik w szarym, trzyczęściowym garniturze, rozglądał się rozpaczliwie, szukając jakiejś przyjaznej pary oczu. I wtedy znienacka Klementyna, w granatowym fartuszku z paskiem, z końskim ogonem z pszenicy miczurinowskiej opadającym na granatowe, lekko pochylone plecy, podniosła do góry rękę.

– Ja mogę kupić, panie profesorze – powiedziała głosem nałogowej palaczki.

Wszystkie pospuszczane głowy natychmiast się wyprostowały. Coś się działo. Jakaś lizuska się wychyliła.

– Widziałam u nas na osiedlu w „Gigancie". Ekhem – odkaszlnęła.

„Gigant" był nowym, niedawno otwartym domem towarowym na osiedlu XXX-lecia PRL, w którym od czasu do czasu – był dokładnie rok 1980 – udawało się jeszcze coś upolować. Na przykład juniorki albo dzienniczki ucznia. Wychowawca uczepił się Klementyny jak brzytwy w nabrzmiałym wrogością oceanie estrogenu.

– Bardzo dobrze. Jak się nazywasz?

– Wąsik. Klementyna Wąsik, ekhe, ekhe – zachrypiała Klementyna jak Dorota Stalińska.

Boże. Ależ ją podziwiałam. Ależ jej zazdrościłam. Klementyna. Nie jakaś tam banalna Agnieszka. Chciałam okropnie, żeby mnie polubiła, co tam, chciałam, żeby mnie chociaż zauważyła. Ale żeby nie zauważyła moich mokasynów. Sama nosiła zagraniczne adidasy.

– Dobrze, zatem, Wąsik – posmakował nowe nazwisko wychowawca – zbierzesz pieniądze, i kupisz dzienniczki.

Przez następny tydzień nie było jej w szkole, a kiedy się pojawiła, natychmiast otoczyła ją grupa zaintrygowanych dziewcząt.

– Miałam krakowiankę. Zawsze mam, jak tylko wracam do Krakowa. Dzienniczki kupiłam za swoje, musicie mi oddać – oznajmiła asertywnie, rozdając deficytowy towar.

„Krakowianka", nauczyłam się wówczas, to angina przystosowawcza, którą przechodziła większość dzieci powracających z łona wakacyjnej natury do zatrutego Krakowa.

– Mam gronkowca w gardle. Strasznie dużo choruję – pochwaliła się.

Dwa tygodnie później zostałyśmy przyjaciółkami po grób. Klementyna przyczepiła mi do pleców kartkę z napisem „Jestem sęp ścierwojad", a ja natychmiast zemściłam się, puszczając w obieg ksywę „Kle-Kle". Od tego momentu nie mogłyśmy bez siebie żyć. W połowie studiów – dostała się za pierwszym razem na ASP, po zwykłym liceum, a nie po „plastyku", co się praktycznie nie zdarzało – wyjechała do Stanów za ukochanym Frankiem. A potem ja pognałam za nią, z ówczesnym narzeczonym Markiem, do mojej wymarzonej Ameryki. We wrześniowe, upalne, wilgotne popołudnie odebrał nas, otumanionych i przestraszonych, z lotniska w Newarku rozebrany prawie do rosołu Franek. Klementynę po raz pierwszy po dwóch latach zobaczyłam przez okno ich starego mieszkania w Elizabeth – wysiadała z samochodu, bardzo szczupła, bardzo zagraniczna, ubrana w dżinsową miniówę i świetne nogi. Snop miczurinowskiej pszenicy krzaczastej zniknął z jej głowy. W jego miejsce sterczało gęste ściernisko – ostatni krzyk mody – pięciocentymetrowy jeżyk. Stała na amerykańskiej ulicy, roześmiana dookoła bursztynowych oczu. Właśnie wróciła z pracy.

Skojarzyłam nagle, smarując smarowidłem bez cholesterolu chlebek słonecznikowy na błyskawiczne śniadanie, że miała przecież przyjechać już jakieś dwa tygodnie temu, czego nie zauważyłam. Nie zauważyłam też, że nie zadzwoniła, kiedy minął spodziewany termin jej przylotu, a co gorsza, nie zauważyłam także, że ja sama do niej nie zadzwoniłam, kiedy ten termin nadszedł i odpłynął. Oznaczało to, że jestem skoncentrowana na sobie i nic mnie nie obchodzi, a to zawsze była domena Eryka. Źle. Miały obie z Alinką pełne prawo się na mnie obrazić; nie zrobiły tego chyba tylko ze względu na polonijny haj – stan znany wyłącznie Powracającym z Zagranicy, stan, w którym się nie śpi, nie je, pije dużo alkoholu, ale bez standardowych efektów – człowiek pozostaje nienormalnie trzeźwy, jak wtedy, kiedy pije wódkę w Zakopanem, chociaż według danych medycznych powinien dawno nie żyć; do tego dochodzą szkliste oczy, suchość w ustach, kręcenie się w kółko i niemożność usiedzenia na miejscu, a także zachwycanie wszystkim, o co wzrok zawadzi. Eksperci powiedzieliby, że tak samo mózg reaguje na kokainę. Mózg emigranta rejestruje, na przykład, w pociągu Intercity panienkę w czarnym mini serwującą najohydniejszą w smaku kawę rozpuszczalną, w tandemie z wafelkiem prince polo, i natychmiast zostaje urzeczony egzotyką jej gestykulacji oraz języka: „Poczęstunek, zapraszam", „zapraszam" koniecznie w tonacji wznoszącej, kolano w rajstopach cielistych oparte o wózek z prowiantem, identyfikator z napisem „legitymacja zastępcza" przypięty do białej bluzki. Wiedziałam doskonale, co czują Klementyna z Alinką, i ja taki zachwyt przeżyłam w PKP podczas pierwszej podróży po powrocie, rozumiałam znakomicie, dlaczego musiały mi o tym prince polo koniecznie napisać w esemesie, czym zapewne wprawiły w konsternację Miłego Pana, który im obsługiwał komórkę. Na polonijnym haju wszystko jest albo śmieszne, albo fantastyczne, albo śmieszne i fantastyczne, bo Powracający, niespodziewanie dla siebie samego, czuje się nagle w rodzonej ojczyźnie jak turysta, który w dodatku doskonale zna język tubylczy. Znajduje się zatem pozornie w sytuacji najbardziej komfortowej z możliwych - jest na wakacjach, płaci dolarami, potrafi się porozumieć, wie, gdzie wszystko jest, lub było, wszyscy go lubią. Wzrusza się na widok domu towarowego „Jubilat", który stoi, jak stał; wchodzi na dół, do spożywczego, i łzy mu napływają do czerwonych z niewyspania oczu, gdy staje przed półką z jogurtami, i widzi milion smaków, i każdego chce, musi spróbować, bo w Ameryce takich nie ma, i próbuje, próbuje przez tydzień, a każdy jogurt jest jak ambrozja; idzie na drugie piętro, a tam pasmanteria; i widzi milion guzików, przepięknych, zagranicznych, rzeźbionych, skórzanych, i plastykowych, i musi kupić, bo to spełniony sen z dzieciństwa, bo wtedy wszystkie guziki były takie same, a tu taki guzikowy paradajs, więc kupuje dwadzieścia, i dostaje od miłej myszowatej pani z kokiem kartę stałego klienta oraz rabat na dziesięć procent, na dźwięk słowa „rabat" wzrusza się ponownie, bo od lat słyszy tylko „discount", „sale", „bargain", a tu nagle takie piękne, polskie słowo. Oczy mu się kręcą dookoła głowy podczas spaceru po knajpach po odnowionym Kazimierzu; gruda nostalgii staje w gardle na widok dorożek na Rynku, budek z obwarzankami i McDonalda w kamienicy na Floriańskiej, gdzie ma obie swoje ojczyzny w jednym. Trwa to wszystko mniej więcej tydzień, aż pewnego dnia Powracający budzi się zlany potem z przerażenia. Je jogurt niemiecki o smaku kiwi i nagle uderza go, że chociaż od tygodnia mówi po polsku, słyszy język polski, widzi polskie napisy, czyta polskie gazety, rozmawia z Polakami, to chyba mówi, słucha, czyta i rozmawia bez zrozumienia. Im dłużej przebywa na wakacjach w Polsce, tym wyraźniej zaczyna nic nie rozumieć. A kiedy wreszcie odrobinę rozumieć zaczyna, musi znowu wracać tam, gdzie „discount", „sale" i bargain".

Czytać między wierszami rzeczywistości, odkodowywać niedomówienia, na to potrzeba bardzo dużo czasu. „Wyjąć z folii!" usłyszałam, zamiast amerykańskiego „Hi, can I help you", z pomarańczowych ust urzędniczki w ośrodku ruchu drogowego, gdy składałam wniosek (opakowany w plastykową koszulkę) o zamianę amerykańskiego prawa jazdy na polskie, i polonijna połowa mnie parsknęła niemo, a połowa polska skurczyła się o połowę, jakby dostała w łeb kijem bejsbolowym. Wtedy mieszkałam w Polsce po powrocie już trzy lata, i powinnam wyrobić w sobie odporność oraz okazywać podstawowe zrozumienie rzeczywistości. A ja ciągle nie byłam odporna i nie okazywałam. Nie okazywała też Mary, która wyłapywała takie kwiatki jak „Gastro Wars", pod którym to pseudonimem ukrywał się bar dworcowy w Krakowie, a potem konałyśmy ze śmiechu, ale bardziej z zażenowania, że nikomu w całym zarządzie dworcowym nie przyszło do głowy, jaką taka nazwa robi reklamę polskiej kuchni.

Eryk za to zaaklimatyzował się błyskawicznie i już po paru tygodniach potrafił załatwić tu dosłownie wszystko. Urzędniczki, które nie przepadały za folią, go nie frustrowały. „Gastryczne wojny" go śmieszyły, ale nie żenowały; nie uważał, że definiują zbiorową inteligencję narodu, w tym także jego inteligencję, w oczach świata; nie czuł się, odwrotnie niż ja i Mary, za „Wojny gastryczne" personalnie odpowiedzialny, i po prostu robił swoje.

Ale może osobowości typu A tak mają. Ciekawe, swoją drogą, co by Ksawery nawyczyniał w Ameryce. Najpewniej otrzepałby się po jetlagu jak pies po przepłynięciu strategicznej rzeki, i z marszu ruszył na podbój tego, co jeszcze zostało do podbicia, niewzruszony faktem, że podbija jako nielegalny, czyli na czarno. Alinka z Klementyną przecież też nie najgorzej sobie w końcu poradziły. Klementynę, po wielu latach chudych, sprawiedliwie nawiedził w końcu okres tłuściutki, niczym najlepszy bekon; uzyskanie amerykańskiego obywatelstwa zbiegło się w czasie z propozycją objęcia asystentury w wyższej szkole plastycznej. Klementyna była tak wniebowzięta, że z dnia na dzień porzuciła swoje sztandarowe czarne abstrakcje, druty i wieże wiertnicze, i przez cały następny miesiąc malowała wyłącznie etniczne, jadowite w kolorach, lub odwrotnie, całkiem pastelowe postmodernistyczne madonny z dzieciątkiem, z fotograficzną dokładnością cyzelując detale; madonna polska była chytrze uśmiechniętą, rumianą, ciężarną dziewicą w biało-błękitnej szacie ze złotym napisem „Girl Power", koronie cierniowej na głowie i biało-czerwonym szaliku kibica na ramionach; żonglowała z wprawą patelnią, telewizorem, burakiem i butelką wódki rękami starej kobiety, na których lśniły długie, czerwone paznokcie. Madonny sprzedały się na pniu za pieniądze, które pozwoliły Klementynie i Frankowi wnieść pierwszą wpłatę na wymarzony dom.

Bóg jeden wiedział, co malowała teraz.

Alinka znów po cichutku, kiedy jej status w Ameryce zaczął się wreszcie klarować (w pewnym momencie Urząd Imigracyjny zawiadomił ją, że jej dokumenty zaginęły podczas pożaru, a dokładniej, zostały zalane podczas akcji ratowniczej; rozpacz Ali sięgnęła dna, musiała rozpoczynać cały proces od początku), otworzyła na obrzeżach pewnej niewidocznej zza muru zieleni „sypialni" Nowego Jorku własny gabinet fizjoterapii i odnowy biologicznej. Nazwała go „Magnolia". Marzyła o tym od zawsze, ale zbliżała się do celu malutkimi kroczkami, bo jako osoba z natury hojna i ciekawa świata, nie potrafiła latami ciułać centa do centa, siedzieć co weekend w domu, nie kupować żadnych nowych ciuchów (Ali była niezwykle elegancka), nie zwiedzić Ameryki, w tym Alaski, i żywić się wyłącznie najtańszym gąbczastym chlebem tostowym i mielonką z puszki, a od wielkiego dzwonu pozwalać sobie na szaleństwo w postaci chińszczyzny na wynos. Prędzej by umarła, niż pokazała się w pracy w zniszczonych butach, co było zresztą uważane w klinice fizjoterapii, w której jeszcze do niedawna pracowała, za jedno z najdrastyczniejszych *faux pas*, czy – skandal zupełny – z odrostami w miedzianych włosach. To po prostu, *wasn't done*, takich rzeczy się nie robiło, bo najdrobniejsze niechlujstwo rzutowało na wizerunek kliniki i mogło skutkować spadkiem liczby pacjentów. Ci mogli przychodzić sobie wymięci, wczorajsi, niedomyci czy zlani orientalnymi olejkami od czubka owiniętej chustą głowy po obute w sandały stopy, ale Alinka i jej współpracownicy musieli prezentować się niepokalanie.

Była moim ulubionym Baranem, świetnie zorganizowanym, pewnym swego, pełnym energii, o której zawsze rozpisywały się horoskopy, ale pozbawionym Baraniego egocentryzmu; zawsze więcej dawała, niż brała, i posiadała tę niezwykle rzadką cechę, że człowiek biorąc, nie czuł się zakłopotany i nie miał poczucia, jak w wypadku niektórych osób, że musi odwdzięczyć się tak, żeby ich kompletnie zwaliło z nóg, na przykład, przez oddanie nerki. W ogóle, uświadomiłam sobie, miałam skłonności do rogacizny: Alinka Baran, Klementyna Koziorożec, i teraz Ksawery – Strzelec-centaur. Ali bardzo rogata na pozór nie była; rzadko krytykowała postępowanie swoich przyjaciół i znajomych, bo uważała, że nie ma prawa tego robić. Wydawało jej się naiwnie, że każdy z nich ma swój rozum, więc niech go używa, najlepiej jak potrafi. Co innego rodzina; tu w grę wchodziła osobista odpowiedzialność i tu Ali hamulców nie miała; kiedy coś jej się nie podobało, rąbała prawdę prosto w oczy, i przeważnie z owocnym skutkiem. Była młodsza ode mnie i Klementyny, ale miała w sobie coś, co z miejsca budziło respekt. Rodzina szanowała ją i chętnie prosiła o radę; o pomoc prosić nie musiała, bo Ali zawsze w porę znajdowała się tam, gdzie była potrzebna.

W świecie zrelatywizowanym do granic absurdu potrafiła przejrzeć przez gąszcz najrozmaitszych mamideł i nadal wiedzieć, co jest naprawdę ważne. Ali, kiwałyśmy z Klementyną głowami, należy się pomnik. Z granitu, za to, że była jak skała; skała z rudymi włosami i w pięknych butach. Zawsze miała terminarz otwarty na babskie pogaduchy, a na stojaku (właśnie skończyła trzydziestkę) jakieś dobre chilijskie wino. Gdybyśmy były z Klementyną mniej egocentryczne, na pewno już dawno założyłybyśmy odpowiednią fundację Budowy Pomnika Ali. Tymczasem postanowiłyśmy ją wyswatać.

Trzeba zaznaczyć, że było to zadanie nie mniej heroiczne. Ali była równie surowa dla siebie, co łagodna względem przyjaciół, i nieznośnie wymagająca, jeśli chodziło o facetów. I słusznie. Nie na darmo intrygowała eteryczną, subtelnie piegowatą urodą Irlandki, i była zgrabna w sposób budzący powszechną zawiść. Mężczyźni często brali tę filigranowość jej figury za oznakę łagodności charakteru, i nie mogli się nadziwić, kiedy ich zaloty były lakonicznie i bezceremonialnie odrzucane. Ali z uporem koncentrowała się na rodzinie, pracy i przyjaciołach, a kręcących się przy niej facetów podsumowywała zwykle jedną celną, bezlitosną uwagą, która od razu stawiała ich w określonym świetle:

tu owijać, zachciało mi się wyglądać jak Alinka. Ha. Łatwiej powiedzieć, niż zrobić. Najpierw przez pół godziny szukałam w szafie odpowiednich ciuchów. Porażka. Owszem, znalazłam dwie sztuki czarnych spodni, ale na czerń było zdecydowanie zbyt gorąco i nie do twarzy takiemu rozpasanemu latu w pełni. Może włożę je, jak mnie będą chować jako śp. Panią Dyrektor. Wspomniałam zawistnie, że Alinka miała na takie rozpasane lato w pełni z pół tuzina pastelowych, superzgrabnych spodni, które w dodatku nosiła tak, jakby w ogóle nie odczuwała upału. Hm. Zdjęłam z wieszaka swoją dyżurną (imieniny babci Eryka, komunia chrześniaka, impreza żeglarska, akademia w szkole) beżową spódnicę z lejącej dzianiny, z długim rozporkiem na udzie; ale w tym beżu z rozporkiem będę przecież wyglądać jak moja matka na wakacjach w greckim kurorcie, nie jak Alinka w pracy. Alinka nigdy by z takim rozporkiem do pracy nie przyszła. Ale tam była Ameryka; w Polsce pokazywało się wszystko wszędzie, rozgrzeszyłam się, nikt nawet nie zauważy, w końcu Moniczka-lektorka nieraz prowadziła zajęcia w militarnym mini. Z rozporkiem. A jakie miała wyniki, że o frekwencji nie wspomnę. Prasowanie spódnicy, a zwłaszcza rozporka, na czerwonym stoliku kawowym, w pozycji kucznej (nie mieliśmy deski do prasowania, właściwie nie wiem, dlaczego, to znaczy wiem, bo nienawidziłam prasować), zajęło mi następne pół godziny. Kiedy dobiegłam na dworzec, spocona jak gwiazda filmowa po porannym joggingu, ujrzałam, jak za zakrętem znika ogon mojego pociągu. Zaklęłam, zapominając na moment, że dziś jestem dystyngowana, ale zanim zdążyłam poprawnie zaakcentować „mać!", nadjechał następny. Po raz nie wiem który błogosławiłam profesora Podoskiego i inżyniera Modlińskiego, ojców trójmiejskiej SKM. Jakże wielcy musieli być to ludzie, którzy z pewnością sami nie spóźniając się nigdy, ze zrozumieniem spoglądali na słabostki innych, i wymyślili kolejkę, która jeździła praktycznie na okrągło, żeby nikt nigdy nie musiał się spóźniać, a jeśli już, to tyle, co nic. Jakże straszliwi musieli to być tyrani, którzy powoławszy do istnienia tę kolejkę przeklętą, raz na zawsze odebrali wszystkim istotom mniej doskonałym – pracownikom skacowanym, uczniom nieprzygotowanym, kawalerom w ciąży z niekochaną dziewczyną, a tymczasem ona czeka i czeka w barze umówionym, wnukom nastoletnim obrażonym, że rodzice każą im jechać do POD w Redłowie zbierać porzeczki u dziadków na działce, a tu Arka Gdynia gra – nieludzko i bezwzględnie, najstarszą w świecie wymówkę – że pociąg się spóźnił. Albo nie przyjechał wcale.

Rozsiadłam się z ulgą i natychmiast rozporek beż spódnicy podjechał mi do połowy uda. Chuda dwudziestolatka w fiołkowym makijażu, ubrana w obcisłe czarne spodnie i takiż szczelnie przylegający podkoszulek oraz czarne glany, oderwała na chwilę fiołkowy wzrok od egzemplarza „Z zimną krwią", antyczne wydanie Nike, żeby mnie obrzucić kpiącym spojrzeniem osoby awangardowej. Uśmiechnęłam się sympatycznie, aż smarkuli w pięty poszło, jak prawdziwa kobieta w średnim wieku i bez kompleksów, która świetnie zdaje sobie sprawę z tego, że ma na odsłoniętym udzie sine pajączki oraz pewną dozę cellulitu, ale ma to jednocześnie gdzieś. Najważniejsze jest wnętrze, gówniaro po pozorach sądząca. Wyciągnęłam komórkę, która zakleszczyła się w mojej czarnej (awangardowej) ortalionowej torebce między kłębem papierów z bazgrołami, szczotką do włosów, nieaktualnymi listami zakupów, i pustym portfelem, bo pieniądze nosiłam luzem w osobnej kieszonce zapinanej na zamek błyskawiczny. Było wpół do dziewiątej. Okropnie mnie kusiło, żeby zadzwonić do dziewczyn, ale bałam się je obudzić; pewnie zasnęły dopiero nad ranem; dla ich zegara biologicznego był środek nocy. Dylemat rozwiązał mi się sam, bo w tym momencie zadzwonił Ksawery.

– Czy moja ukochana już wstała? – zakląskał jak prawdziwy kochanek.

Ani śladu po zazdrości o wyimaginowanego gacha i Amerykanki.

– Wstała, i do roboty pomyka. A mój gdzie? – odkląskałam.

– Twój pomyka do M. – powiedział radośnie.

Opadły mi wszystkie liście. W M. mieszkała Ania. Piękna żona. Jeszcze nie eks.

– Agusia? Jesteś tam? Puk-puk?

– Uhm – odchrząknęłam. – Jestem.

Dałabym bardzo wiele, żeby mnie nie było. Wcale i nigdy. Żebym nigdy nie spotkała ponownie Ksawerego. Żebym nigdy nie odpowiedziała na jego e-mail. Żebym nigdy nie musiała się tak czuć. Jak nieszczęśliwa psychopatka, zazdrosna nawet o własne odbicie w lustrze.

– Ania rano zadzwoniła, żeby mi przypomnieć o spotkaniu u notariusza w sprawie podziału majątku. Musiałem odwołać konsultacje w Tarnowie, bo na śmierć o tym zapomniałem... ten termin ustaliliśmy już z miesiąc temu, ale oczywiście nigdzie nie zapisałem, bo wydawało mi się to na tyle ważne, że zapamiętam... – trajkotał, zaciągając się papierosem, słyszałam to wsysanie wyraźnie. – Aguś? – zaniepokoił się wreszcie – coś mi tak zamilkła?

Bo nie chce mi się z tobą gadać. Bo jedziesz do byłej, a przecież jeszcze aktualnej pięknej żony tolerancyjnej i niezazdrosnej, i jak ją zobaczysz, to na pewno się sobie rzucicie w ramiona, a ona powie, bądź ze mną, kocham cię przecież pomimo wszystko, a ty rzucisz się ją po rękach całować i powiesz, przebacz, ukochana żono, matko naszego syna, jakim podłym ja byłem sukinsynem, teraz widzę dopiero, jak ciebie zawsze kochałem, nie mogę znieść myśli, że tak ciebie skrzywdziłem, i jak mam teraz na zawsze żyć bez ciebie, każda inna przy tobie to nic, a ona się rozpłacze i powie, to, Ksawery, zacznijmy wszystko od nowa, i już. I zaczniecie, a co ze mną?

– ...Agusia? Co z tobą?

– Um, nic, do pracy jadę przecież... słucham... – mówię przez łzy prawie.

Widzę, że Fiołkowa Awangarda patrzy na mnie z jakby zainteresowaniem, a nie z zimną krwią, jak poprzednio, a może mi się zdaje przez mgłę w oczach. Ksawery coś plecie i plecie, a to o muzyce, a to o mieszkaniu niby naszym, a to coś tam. Nic nie słyszę, chociaż pomrukuję, aha, i grzebię, grzebię gorączkowo w torebce w poszukiwaniu chusteczki tylko z nazwy higienicznej i jednorazowej, ale zaplątała mi się w szczotkę do włosów i podarła, więc wygrzebuję tylko jakieś obrzydliwe farfocle z ligniny, i ryczę już na całego, jaka ta przyroda nieożywiona złośliwa w dodatku, a farfocle z ligniny oblepiają mi spódnicę beż z rozporkiem, który mi się pomiął, bo go zaczęłam międlić w desperacji na pół świadomie, odkąd usłyszałam, że on pomyka do M.

– Ksawery... – siąpię do słuchawki, i mało mnie obchodzi, o czym on teraz nawija, i że mu przerywam po chamsku w pół słowa, chcę powiedzieć, co mam do powiedzenia, bo zaraz pęknę – ja... chyba tak nie potrafię... to jest dla mnie za trudne... ja... nie dam rady z... tak z Anią w tle... z jej duchem w trójkącie... z tym M., i z twoim synem...

– ...stego września... – słyszę strzęp zdania, a potem cisza. – Agusia? Słyszysz mnie? Właśnie ci powiedziałem, że mam ostateczną rozprawę rozwodową piętnastego września. O tym też się dowiedziałem dzisiaj.

– Ahaaa... – buczę, z nosa mi się leje. O, kretynko.

Fiołkowa Awangarda nagle podnosi się z miejsca, podchodzi do mnie i z nieskazitelnie uporządkowanej czarnej awangardowej skórzanej torby o bardzo zagranicznym wyglądzie wyjmuje paczkę chusteczek higienicznych o zapachu truskawkowym, które mi wręcza, mówiąc:

– Nie przejmuj się. Wszyscy faceci to brakujące ogniwa.

Po czym wysiada w Sopocie, uśmiechając się krzepiąco przez szybę i roztaczając wokół fiołkową aurę kreatywności wpadającą w aurę intuicji, czyli indygo.

– Agu? Dlaczego ty wymyślasz jakieś takie scenariusze? Agu? – dopomina się Ksawery niespokojnie, prawie znowu obrażony. – Ja ci tu opowiadam o ważnych sprawach, a ty piszesz w głowie jakiś melodramat hollywoodzki. O co chodzi?

– Uhm – wydmuchuję nos w truskawkowe chusteczki. – Piętnastego września mam urodziny. Razem z Agathą Christie.

*

Żadna znana mi pani dyrektor nie wyglądała na początku dnia roboczego na tak złachaną życiem, jak ja w ten sierpniowy poniedziałek. Bokiem, i ze spuszczoną głową, żeby nie narażać się na dowcipne domysły i komentarze, przebiegłam obok biurka, rzuciłam dyżurnemu Edziowi lakoniczne, zdyszane „cześć", i schowałam się za szafką z podręcznikami. Odpowiedziała mi cisza. Ostrożnie wyjrzałam zza regału. Przy biurku nie było nikogo. Co więcej, było ono posprzątane tak schludnie, że zachodziło podejrzenie, że od dawna nikt przy nim nie zasiadał. Pewnie pali na tarasie, pomyślałam, i otworzyłam dziennik zajęć grupy „Xenia". Rzeczywiście, tak jak Edi mówił, powiększyła się o dwie osoby. Tyle że teraz „Xeni" powiększonej, ani nawet w rozmiarze normalnym, nigdzie fizycznie nie było. Obeszłam wszystkie sale, taras, łazienkę i jeszcze raz od początku wszystkie sale, wyjrzałam przez taras na ulicę. Ani śladu Edzia, ani „Xeni". Zgłupiałam. Dziwne. Sprawdziłam rozkład zajęć oraz, na wszelki wypadek, datę i dzień tygodnia. Potem usiadłam przy biurku i wykręciłam numer Edzia. Abonent chwilowo niedostępny. Jasne. Poszukałam w komputerze telefonu do Ingi Knauss. Rozłączyła się po dwóch sygnałach. Oczywiście. Co za prymityw. To wpływ Edzia, jak nic. Pewnie kochają się do gitarowej solówki z „Good Times, Bad Times" Led Zeppelin. Do Hugonota nie miałam po co dzwonić, bo jeszcze byczył się na Kanarach.

Klucze do szkoły – na breloczku z francuskim kogutem – leżały na parapecie za biurkiem. W zamyśleniu podniosłam je i zaczęłam podrzucać w dłoni. Coś mi się w tym wszystkim nie zgadzało. Najchętniej, w obliczu zastanej sytuacji, poszłabym sobie stąd na spacer po secesyjnym Wrzeszczu i porozmyślała o tym, jaki mój Ksawery jest mądry, przenikliwy i dorosły, a jaka ja niedorozwinięta, zakompleksiona i dziecinna. Niestety, w obliczu zastanej sytuacji nie mogłam tak po prostu sobie wyjść i pójść byle gdzie. Skoro nie było nigdzie nikogo, a zwłaszcza Edzia, musiałam zostać przy wypucowanym biurku i do piętnastej trzydzieści pełnić honory sekretarki. W końcu był to normalny dzień pracy szkoły. Ale nie miałam zamiaru tego robić o suchym pysku. Zrobię sobie kawy orzechowej z sekretnego schowka Hugonota pod licznikiem elektrycznym, a co. Odłożyłam klucze z kogutem i poszłam do pokoju lektorów.

– *Surprise!*

Umarłam na zawał.

Kiedy zmartwychwstałam, poczułam intensywnie znajomy zapach soli trzeźwiących marki Fendi for Men. Hugonot, przemknęło mi przez ogłuszoną głowę. Skąd, jak? Odwróciłam się. Oczywiście. Podtrzymywał mnie w pasie opaloną męską łapą; wyglądał jak zadowolony z siebie Tarzan.

Odsunęłam się i wycedziłam zimno:

– Super. Mogłam kipnąć na zawał.

Zachichotał.

– Nie ma za co. Kawa orzechowa. – Sięgnął na stół, na którym dopiero teraz zauważyłam dwa kubki i jakieś ciasteczka.

– Dzięki – uśmiechnęłam się, i upiłam łyczek. – Nie sądziłam, że to powiem, ale miło cię znowu zobaczyć, nawet jeśli przebywam obecnie w stanie śmierci klinicznej.

– O rany – przeraził się. – Jesteś już w tunelu? Tylko nie idź w stronę światła!

– Dawaj niedźwiedzia. – Uściskałam go. – Skoneś się wzion? Żeś na miesiączce miodowej miał być?

– Żem był. Do wczoraj. – Hugonot błysnął zębami w czarnej twarzy. – W związku z tym żadnej miesiączki nie będzie, he, he.

Zaniemówiłam.

– Witam, pani dyrektor. Ładnie wyglądasz. Profesjonalnie. Tylko ten różowy cień dookoła oczu...

– Aha – odpowiedziałam, odsuwając się od niego na bezpieczną odległość. – Muszę nauczać, wiesz. – Odwróciłam się w stronę drzwi. – Tylko nie mam kogo. Wiesz coś o tym?

– Nie, nie – skorygował Hugonot. – Zajęć nie ma. Grupa się odwołała.

– Jak to?

– Żartowałem. Nie odwołała się, ale Edi naucza.

– Gdzie naucza, kogo, co ty bredzisz? – żachnęłam się. – Przecież tu nikogo nie ma. Przeszukałam wszystkie sale dwa razy. Plus taras. W dodatku przecież jeszcze wczoraj z nim rozmawiałam, nic nie mówił o zamianie – spojrzałam na niego triumfalnie, że taka jestem logiczna, i zarazem z obłędem w oczach, bo nic z tego nie rozumiałam.

– Żartowałem. Nie naucza. Grupa się odwołała – podrapał się po czarnym czole. – Jednak – dodał po pauzie, i uśmiechnął się fałszywie. – Fajnie się żachnęłaś.

– Że co?

Ediego zabiję.

– Hugonot, wiesz ty co, dziecino, chodźmy do sekretariatu, zadzwonimy sobie razem do Ediego, bo już mnie szlag trafia... Może twój telefon odbierze. – Zgarnęłam rozporek spódnicy w dwa palce, i usiadłam na krześle naprzeciwko biurka, bębniąc palcami po blacie.

Hugonot wyjął komórkę.

– Nie mam zasięgu. – Wstał i poszedł w kierunku wyjścia na klatkę schodową.

Co on wyczynia? Przecież najlepszy zasięg jest na tarasie.

Otworzył drzwi, które zapiszczały, potem coś trzasnęło, rozległ się chichot i niezrozumiały okrzyk „No, chodźcież już, bo mnie zabije!”.

Krokiem przyczajonej pantery wrócił do biurka.

– Nie odbiera. – Wzruszył ramionami i poczerwieniał. – Muszę do kibelka – powiedział, i poczerwieniał jeszcze bardziej.

Mniej więcej w połowie drogi nagle dostał spazmatycznego ataku kaszlu; w tym samym momencie drzwi wejściowe ponownie się otworzyły i do środka wtargnęła, potykając się mocno i klnąc, jakaś zwarta grupa ludzka. Nie była to bynajmniej zaginiona grupa Xenia, lecz wszyscy nasi lektorzy. Z Edziem na czele. Który trzymał wielki bukiet rudych tygrysich lilii. Obok niego stała wierna Inga, za nią roześmiana Oliwka, Moniczka-lektorka, pięćdziesięciodwuletni Paul-Anglik, co miał żonę Polkę z Kościerzyny, dalej Ewelina-heroina, dzielna samotna matka, która pracowała szesnaście godzin na dobę, Sztywny Artur, a na końcu za wszystkimi, Moniczka-prawniczka z Torbielem-Ewarystem. Ewelina trzymała szampana, Sztywny Artur T-shirta z napisem „Learn Fast, Live Slow”, a Moniczka-prawniczka podejrzaną szarą, papierową torbę.

Oj, rany. Oj, przeczuwałam, co się święci. Oj. Przełknęłam ślinę. Wstałam. Łydki mi dygotały jak niedogotowane białko w jajku na miękko. Hugonot odchrząknął.

– Szanowna pani dyrektor. Uknuliśmy ten spisek, żeby cię pożegnać, jak się patrzy. A ty się nawet dosyć przyzwoicie na tę okazję wystroiłaś. Aplauz, aplauz! – zawołał, idiota, i zamachał rękami, dając przy okazji w czapę Sztywnemu Arturowi.

Wszyscy jak na komendę zarechotali.

Moniczka-lektorka pisnęła.

– Jesteście kompletnie nienormalni wariaci – powiedziałam zachrypniętym głosem, jakim zwykle mówią na ulubionych włoskich filmach taty wzruszeni starzy nauczyciele w obliczu niespodziewanej wdzięczności uczniów – Ja... przecież nikomu... nic konkretnego...

Teraz było mi głupio, że zwlekałam z powiadomieniem ich o swoim odejściu. Ale nie chciałam zapeszyć. Jeszcze tydzień temu wszystko z Ksawerym znienacka zawisło na włosku. O moich planach lojalnie poinformowałam tylko szefostwo.

– Mamy szpiegów.

Edi się ukłonił.

– Byłem u ciebie. Widziałem to wymiecione mieszkanie. Poza tym, od jakiegoś czasu jesteś nieobecna duchem. – Rozłożył ręce. – Poza tym – potoczył wzrokiem po zebranych – podobno zadzwoniłaś do Warszawy i zeznałaś, że wychodzisz za mąż w Krakowie, i w związku z tym namaszczasz mnie... – ukłonił się – jak to zostało sformułowane? – uderzył się w czółko z uśmieszkiem – „wybitnie kreatywną osobowość"...

Moniczka-lektorka parsknęła.

– ...na swojego następcę...

Artur zarechotał.

– „Namaszczasz", he, he...

– Przepraszam was – zmarszczyłam się. – Chciałam wam powiedzieć, naprawdę, ale to wszystko potoczyło się tak szybko, że trochę straciłam oddech. Wiem, że to mało profesjonalne, ale... sami wiecie, jak ciężko zebrać was wszystkich razem...

– Do kupy – podsunął Torbiel.

– Rotacyjne urlopy, i tak dalej – rozłożyłam ręce przepraszająco.

– No, właśnie, dlatego my tak rano, nietypowo... – uśmiechnęła się Ewelina.

Każdy jej dzień był rozplanowany co do sekundy.

– Warszawa zadzwoniła do mnie wczoraj wieczorem, kiedy konsumowałem... – spojrzał na Ingę – ...he, he, hem, rybkę na Helu – objaśnił Edi, oblizując się lubieżnie.

Inga spłonęła.

– Oczywiście, posadę przyjąłem. A ten tu niezborny kanar miał się zająć imprezą pożegnalną...

– Tilko nje myszl sobje, zie mi czię kcemy... *How do you say „oust" in Polish?* – Paul rozejrzał się w poszukiwaniu pomocy.

– Wysiudać – podpowiedział usłużnie Torbiel.

– Wiszudacz, *that's it.* Ti nje myszl tego, nje, nje. – Paul pokręcił głową ogoloną na skina i wystawił w uśmiechu wielkie zęby.

W wolnych chwilach siadywał w Sopocie na molo i czytywał w oryginale Pilcha.

– No, co, zorganizowałem przecież wszystko – obraził się Hugonot. – Nic nie załapała.

– Coś mnie tknęło przy tych kluczach z kogutem – przyznałam się. – Ale poza tym nic nie...

– Wspaniale wszystko zorganizowałeś, mój ty. – Oliwka podeszła, i cmoknęła go w policzek. Była w tej ciąży, czy nie? E, chyba się Hugonot przechwala. Z czekoladową opalenizną kanaryjską wyglądała dziś jak Halle Berry, co jej natychmiast powiedziałam. Wszyscy zaraz zapomnieli o imprezie i zaczęli oglądać Oliwkę ze wszystkich stron, czy rzeczywiście.

– No, rzeczywiście – mruknął Torbiel. – Tylko chyba wyższa jest. I oczy ma jasne, chyba zielone? – Zajrzał Oliwce w oczy jak kupiec koniowi w zęby na wiejskim targu.

Moniczka-prawniczka zniecierpliwiona szarpnęła go ku sobie.

– Przecież ona ma zupełnie inny typ urody – przewróciła oczami. – No, proszę bardzo, w którym miejscu Oli jest mulatką?

– Nie, no zobacz, zarys policzków, kształt głowy, figura... – wyliczył konkretnie Sztywny Artur.

– No, i ocziwyszcie, pjerszi. Bardzo podobni – powiedział Paul na głos to, o czym po cichu myśleli wszyscy obecni mężczyźni.

Zapadła cisza. Oliwka zamrugała gwałtownie i poczerwieniała, co w kombinacji z opalenizną dało kolor brunatny. Hugonot miał chyba ochotę dać komuś w mordę.

– Ty się nie frustruj, stary. Ty lepiej z niej zrób modelkę, niech na chlebuś z masełkiem zarabia, póki młoda. – Edzio klepnął Hugonota w plecy, aż zadudniło.

– Edi, weź ty się zajmij marketingiem swojej narzeczonej lepiej, co! – Walnął Hugonot Edzia w plecy, aż ten się zatoczył. – Póki młoda.

– Właśnie! – syknęła rozwścieczona Oliwka i koso łypnęła na Ingę.

Inga stała pod ścianą z założonymi rękami i uśmiechała się ironicznie.

– Kochanie – powiedziała spokojnie do Edzia – nie zachowuj się jak prostak.

Edi prychnął jak koń, który po raz pierwszy poczuł w pysku wędzidło.

– Właśnie, kochanie – potaknął Hugonot. – *Exactement*.

Ożeż, ale narobiłam.

– Sorry, Oliwka, to miał być niewinny komplement... – ukorzyłam się.

– Spoko, Aguś, był. Tylko nienawidzę tej atmosfery męskiej szatni... – Spuściła głowę i zaczęła grzebać w torebce. – Ma ktoś może chusteczkę higieniczną?! – warknęła, zniecierpliwiona, mrugając intensywnie rzęsami.

– A po co czi poczeba? – zainteresował się uprzejmie Paul. – Masz okres? – pokiwał głową ze zrozumieniem.

– Ja mam – powiedziałam pośpiesznie, i rzuciłam się do mojej ortalionowej torebki po truskawkowe chusteczki od Fiołkowej Awangardy.

– Ty też? – zdziwiła się Inga.

Podałam chusteczki Oliwce, która podeszła do dużego lustra wiszącego obok regału z podręcznikami, wyjęła jakąś maciupcią buteleczkę i z wprawą starła z oczu cały subtelny makijaż.

– Mam alergię na tygrysie lilie – burknęła.

– Ej, a co zrobiliście z powiększoną Xenią? – przypomniało mi się.

– Xenia przeniesiona na siedemnastą. Moniczka naucza – uśmiechnął się Hugonot dumnie, jak łyżwiarz figurowy, który właśnie wykonał potrójnego axla.

– Naprawdę wychodzisz za mąż? – zapytał z niedowierzaniem Sztywny Artur.

– Nie. Naprawdę to Edi się żeni – zemściłam się, patrząc na Edzia, który zrobił małpią minę i cmoknął przez zęby. – Ja będę żyć uczciwie na kocią łapę.

– Ej, no to jedziemy, czy nie, w końcu?! – zdenerwowała się Ewelina. – Dziecko muszę odebrać o pierwszej od babci.

– A dokąd? – zapytałam głupio.

– Na plażje, ocziwyszcie, do Sopot. A gdżie.

W tajemniczej, papierowej torbie, którą przytargała Moniczka-prawniczka, dziś przebrana w casual (dżinsy obstrzępione i niby-niedbały kok), odkryłam coś, co wycisnęłoby łzy z oczu każdej kobiety: orientalne, misternie haftowane klapki ciemnozielone z fioletowymi detalami i turkusowymi koralikami.

– Boże, jakie cudne! – włożyłam klapki z niedowierzaniem na ręce i uniosłam do góry. – Rany boskie. Coś fantastycznego. Moniczka! – Rzuciłam się na nią i wyściskałam z całych sił.

– To nie ja – pokręciła skromnie głową. – Ja tylko wybrałam, ale oni się zrzucili... a wymyśliła Oliwka. – Uśmiechnęła się z uznaniem do odzyskanej kuzynki. – Niech cię poniosą, dokąd tylko zechcesz.

– Niech ci podróż przez życie lekką będzie – wyrecytował patetycznie Edi. – Ja osobiście protestowałem, bo nie wypada kobiecie dawać obuwia, w dodatku pani dyrektor, w dodatku... hi, hi, na odchodne... – zachichotał. – To tak, jakbyśmy...

– ...kczieli czię wiszudacz – wskoczył dowcipnie Paul. – Podwójnie.

Ewidentnie ćwiczył nowe słowo. Z Paula jako *native speakera* nie było żadnego pożytku. Upierał się, żeby w każdej sytuacji mówić do nas po polsku i stanowczo odmawiał komunikacji po angielsku.

– no... podarowali ci taczki, hi, hi – spuentował sam siebie Edi, i zaczął zanosić się od śmiechu, a z nim cała reszta.

Siedzieliśmy na piasku, boso, i wyrozbierani na tyle, na ile się dało w ramach przyzwoitości. Oficjalnie byliśmy w pracy.

Impreza pożegnalna powolutku się zwijała. Zrobiło się już późne popołudnie, a wypity w okolicach jedenastej szampan rozleniwił nas i lekko uśpił.

– Nad brzegiem morza usiadłam i płakałam... – powiedziałam, pociągając nosem. – Wzruszyłam się, szczerze. Dzięki, dzięki za wszystko.

– I my ci też – powiedział Hugonot, podnosząc się z piachu i odklejając się na moment od Oliwki.

– Ależ piękny dzień. – Oliwka wstała, i przeciągnęła się jak młoda pantera.

Torbiel spojrzał na nią z nieskrywanym zachwytem. Moniczka na szczęście była zajęta poprawianiem niedbałego koka, który jej zjechał całkowicie na lewe ucho.

– No nie? – Odwróciła się. – Głodna jestem. Chodźmy coś zjeść. Ja chcę halibuta.

– Dobra myśl – przyklasnął Torbiel. – Ja też chcę halibuta. I jeszcze po piwku. Hugonot?

Hugo skinął bez słów.

– Ja też piwko – mlasnął Edi.

Pozbieraliśmy rzeczy z plaży i ruszyliśmy w stronę baru „Przystań".

– Moniczka – szepnęłam po drodze pięknej prawniczce do ucha – co się stało z Dzidziusiem? Tak między wami iskrzyło na weselu...

– No i się wyiskrzyło – zaśmiała się z zakłopotaniem. – Tomek pojechał z powrotem do Francji.

– A Torb... Ewaryst co, nie wraca do Montrealu?

Świat się kończy. Żeby takie Moniczki-prawniczki wciąż nie mogły trafić na odpowiedniego faceta. To znaczy do teraz.

Moniczka wzruszyła niewinnie ramionami.

– Nie.

– Wiesz, mam wrażenie, że ty i Torb... Ewaryst jesteście małżeństwem z co najmniej pięcioletnim stażem – powiedziałam, patrząc pod nogi. Dookoła walały się stada puszek po piwie. – Jesteście tacy spokojni... wyciszeni...

– Pozory, kochana, pozory. Rusty jest niemożliwy. Rusty! – zawołała.

Torbiel odwrócił się, a ona pomachała mu z impetem.

– Jest świetny w łóżku i w tłumaczeniach – powiedziała. – I zawsze rano chodzi po bułki.

Nie powiedziałam jej o podrywie Torbielowym na weselu Hugonotów. Przecież był, technicznie rzecz biorąc, sam, a ona migdaliła się z Dzidziusiem. Może Torbiel, pardon, Rusty, jak już raz poderwie, to jest potem wierny? Czy wiewiórki są wierne, czy raczej nie? Czy Moniczka jest kobietą jego życia? Hm.

*

Podobno dotyka nas wszystko, co spotykamy na drodze. Może kiedyś, na przykład, wyniknie coś Paulowi z tego, że dziś nauczył się słowa „wysiudać". A ja w moich nowych klapkach zrobię jakąś, choć niewiadomo jeszcze jaką, furorę. Co do Hugonota, za którym wiedziałam, że będę diabelnie tęsknić, to miałam przeczucie, że będziemy się często spotykać. A może tak się tylko łudziłam przy piwku, rybce, frytkach, sałatce Colesław, zachodzącym słońcu, szumie fal. Może tylko chciałam wierzyć, że przypadek, który nas sobie nawzajem postawił na drodze, miał w tym jakiś głębszy cel, i że ta znajomość, przyjaźń chyba, przetrwa, a nie okaże się tylko znajomością kolonijną, która umiera po sezonie, z chwilą, gdy kończy się wspólny turnus. Na naszym właśnie odbywała się zielona noc.

– A co tam u twojego Żyda z Krakowa? – uśmiechnęła się porozumiewawczo Moniczka, wycierając palce w bibułkową serwetkę.

Opowiedziałam wszystko o nowym mieszkaniu wynajętym, o pracy Ksawerego, a im dłużej mówiłam, tym bardziej przejmujące miałam wrażenie, znowu, że to wszystko, cała ta historia nieprawdopodobna, w ogóle mnie nie dotyczy, że to wszystko jest o kimś innym, o jakiejś Agnieszce, której się źle działo, a teraz się udało, i wyjeżdża po miłość, po nowe życie. Gadałam i gadałam, nawet dowcipnie i błyskotliwie, a oni mi dopowiadali i komentowali, dowcipnie i błyskotliwie, a ja przez cały czas patrzyłam na siebie z boku ich oczami i myślałam sobie, tak właśnie mnie widzą, to jestem ja, która za dwa tygodnie wyjeżdżam, ale w środku, tam, tam, gdzieś, to wcale nie jestem ja, ta panna-rozwódka w klapkach zielonych, to wszystko nie jest o mnie, o mnie jest przecież kawa sypana, z dwoma łyżeczkami cukru, dwa koty i mieszkanie nieszczęśliwe do śmierci z Erykiem w Gdyni, nie herbata żadna zielona w garniturze w zielonym oplu z systemem ISO, z Ksawerym na wrzosowiskach Krakowa. Ja wyjadę, owszem wyjadę, jedna Agnieszka wyjedzie, po zieloną herbatę, po miłość, chyba prawdziwą, na pewno prawdziwą, ale przecież druga Agnieszka zostanie tutaj, i dalej będzie żyła, z kawą sypaną, torbą żeglarską, kuchnią pseudo-prowansalską, balkonem na oścież, Andżelikami-Ilonami, spacerami samotnymi na Kamienną Górę, w tym nieszczęściu do śmierci, na Świętojańskiej w Gdyni. Czy nikt tego nie widzi?

*

– Ja wiem, to jest tak, jak z tą amputowaną nogą – mruknęła wszechwiedząco Mary, jakbym nie wymyśliła niczego niezwykłego

Zadzwoniła, żeby mi powiedzieć, że mnie strasznie przeprasza za milczenie, ale jest bliska choroby psychicznej ze szczęścia.

– Pisiu, dzwonię, żeby ci powiedzieć, że jesteśmy – zachichotała nerwowo – fak, fak fak! Faktycznie bogaci! Ian, mój Ian, tylko nie śmiej się zbyt głośno... odziedziczył zamek! – wyjąkała.

Śmiałam się tak, że drużyna pierścienia oderwała usta od kartonu z winem czereśniowym i spojrzała przekrwionym okiem w górę, na mój balkon.

– W życiu nie sądziłam, że się zaplączemy w taką arystokrację... mamy takie urwanie wszystkiego teraz...

Zamek stał gdzieś w Szkocji. Malutki, ale milutki, zgrabny, z nowo zainstalowanym ogrzewaniem, co było bardzo istotne. Ian dostał go w spadku po wujku – muzyku rockowym-hedoniście, który nabył zamek w ramach gwiazdorskiego kaprysu w latach 70. Wujek przekazał zamek, co prawda, matce Iana, ale ona była zbyt zajęta strzyżeniem owiec, i bez ceregieli kazała się zająć „tą ruderą bez Internetu" swojemu synowi.

Byłam strasznie ciekawa, co z tym teraz zrobią.

– Przecież takie rzeczy nie zdarzają się Polakom – oburzyłam się.

– Tam jest w pełni urządzone studio nagrań, wyobrażasz sobie. I jezioro. I góry, jak w Czorsztynie... Ian myśli o założeniu stacji radiowej... a ja... ja bym chciała bed & breakfast, albo wiejski hotelik... – gorączkowała się Mary. – Wyjeżdżamy, Pisiu. Chyba na zawsze. Ale za to, jak już zaraz wejdziemy do Unii, to będziecie do nas przyjeżdżać...

– Będziemy... – powiedziałam słabo. – Mary. Do kogo ja będę dzwonić, dopiero cię odnalazłam...

– I jesteśmy odnalezione, i już. Jest e-mail, jest telefon. Przestań. Do mnie w ciągu ostatniego roku pół Anglii przyjechało. Da się wszystko... Zresztą przyjeżdżamy z powrotem po rzeczy za dwa tygodnie, to się nagadamy i naściskamy... a teraz opowiadaj, co tam zamki, stały pięćset lat...

– Pięćset?!

– ...to postoją jeszcze. Mów.

– Mam rozszczepienie jaźni – westchnęłam. – Jakbym żyła i tu, i tam... chociaż tam jeszcze niby nie żyję, ale tu już też nie – opowiedziałam jej szczegółowo o swoim rozszczepieniu.

– Lęk przed nowym plus fantom dawnego związku – zdiagnozowała w sekundę.

Widziałam w wyobraźni, jak wzrusza ramionami.

– Pamięć molekularna ciała. Strach jako katalizator. Związku niby już nie ma, a jest i boli. Niby nie chcesz, żeby trwał, ale podświadomie jednak chcesz, bo się boisz zielonej herbaty w garniturze z ISO...

– Senk ju. Myślałam, że jestem nienormalną neurotyczką.

– Jesteś.

Może ja po prostu nie umiem osiąść. Może mam cygańską psychikę, która tylko udaje, że szuka stałego adresu emocjonalnego, a tak naprawdę zawsze musi mieć furtkę? Z Erykiem furtka zawsze była. Że podły, że zdradza, że nie kocha. I dlatego zawsze mogę odejść, w każdej chwili. Zupełnie jakby świadomość, że mogę, a nawet powinnam odejść, trzymała mnie przy nim przez siedem lat. A Ksawery? Nie ma furtki, nigdzie. Kocha, jest wierny, znalazł mieszkanie, słucha mnie, i nie przeraża go to, co słyszy. Chce mnie. Chce ze mną być. On, który zgłuszył tuziny panien dla rozrywki, wybrał sobie właśnie mnie na drugą – uczciwą – część swojego życia. Rozwód w moje urodziny. I nie ma odwrotu. Muszę z nim być.

To straszne.

Odpowiedzialność przetoczyła się po mnie jak walec.

*

Ksawery jakby zeszczuplał. Był dekadencko nieogolony. Światłocień zarostu uwypuklał mu kocie kości policzkowe i podkreślał błękit oczu, które dziś wydawały się bardzo po męsku stalowoniebieskie. Błękitna stal wydawała się kolorem zarezerwowanym w harlequinach dla bardzo męskich bohaterów pozytywnych. Dodatkowo bywali oni też wyposażeni w zdecydowane podbródki - cokolwiek to oznaczało - oraz spore zapasy czułości, które zwykle u zarania romansu kamuflowali pod warstwą kowbojskiej szorstkości, jakże przecież łatwą do przeniknięcia dla uwrażliwionej psychologicznie harlequinowej heroiny. Ksawery miał wszystko w zestawie jak wyżej, z wyjątkiem kamuflowanej czułości. Tę przechowywał zawsze w widocznym miejscu.

Kiedy go dostrzegłam z korytarza pociągu - takiego studenckiego, jak dawniej - zakręciło mi się w głowie. Byłam jednak płytką gówniarą; to, że wyglądał tak, jak wyglądał, wcale nie było bez znaczenia. Jakaś przystojna blondynka - całe szczęście, że blondynka - odwróciła się, żeby go sobie dokładnie obejrzeć.

- Moja. - Złapał mnie wpół i wycałował. - Zamknij oko.

- Aha. - Zamknęłam.

- Wyciągnij rękę.

Wyciągnęłam.

- Masz.

Coś zabrzęczało, poczułam dotyk metalu.

Otworzyłam oczy.

- Klucze. Do naszego mieszkania? - zagdakałam ze szczęścia.

Nagle kompletnie przestałam się bać. Nagle chciałam się już tam wprowadzać, urządzać, obrazki wieszać, gotować zupę.

- Już bym się wprowadzała, urządzała, zupę gotowała. - Wsadziłam mu rękę pod ramię i przytuliłam się.

- Hm - mruknął z uśmieszkiem - nie musisz. - Ścisnął mi rękę.

- Jak to? - przestraszyłam się.

- Bo już jest częściowo wprowadzone, urządzone. Tylko zupy brak - zabulgotał ze śmiechem.

Mowę mi odjęło.

– Od wczoraj oficjalnie mieszkam w naszym mieszkaniu. Tu. – Pokazał palcem na policzek i przymknął oczy.

Zarzuciłam mu ręce na szyję i posłusznie pocałowałam.

– Ażeś jest głupi! – zapiszczałam.

– I *nota bene, semper fidelis* – odparował, z niebieskimi iskierkami w stalowych oczach lub na odwrót. – Czy ja wszystko spreparowałem na przybycie ukochanej mojej w tajemnicy przed nią? Czy ukochana moja teraz może zwieźć swoje graty z dalekiego kraju i zamieszkać jak się patrzy w centrum Krakowa, lecz jednocześnie z dala od zgiełku i szalejącego tłumu? Czy ja przez cały dzień wczorajszy do nocy pakowałem i przewoziłem, a następnie, zwiózłszy, przez dwie godziny dywagowałem, przesuwając, gdzie postawić nasze łoże, i dalej nie wiem, czy dobrze, a dziś dzień cały rozpakowywałem, i dlatego nie miałem czasu się ogolić, przebacz?

Od pewnego czasu jakieś dziecko kilkuletnie, pucołowata dziewczynka ostrzyżona na jeża, w różowej sukience z gęstymi falbanami, stała obok nas z rozdziawioną buzią, wpatrzona okrągłymi oczami w Ksawerego. Z ust sączyła jej się malownicza strużka śliny.

– Tylko ty potrafisz takie historie – podsumowałam rzeczowo. – „Zwiózłszy”, na miłość Boga Jedynego!

Ksawery zachichotał jak gnom. Dziewczynka w zachwycie zaczęła się bujać z boku na bok.

– Ona chyba myśli, że jesteś Teletubisiem – powiedziałam półgłosem. – Spadajmy, zanim poprosi cię o autograf.

*

Dreptałam po Ikei, przyciskając się mocno do Ksawerego, obok kolorowych kanap, urządzonych na gotowo sypialni o śliwkowych ścianach, tęczowych dziecinnych pokoi z piętrowymi łóżkami, nastrojowo oświetlonych living-roomów z białymi dywanami i ciemnobrązowym drewnem, i zastanawiałam się, jak to możliwe, że robię z tym tu mężczyzną, który zapętlał polszczyznę w tak niemożliwy sposób, i był tak inny od Eryka, dokładnie to samo, co robiłam z Erykiem aż trzykrotnie. Gdzieś między sztućcami a tkaninami dopadło mnie znużenie; dziesiąta przeprowadzka, trzecia miłość... „a ta trzecia jak tchórz w drzwiach przekręca klucz i walizkę ma spakowaną już..."; zawsze wyobrażałam sobie tę scenę, kobieta, przestraszona, ale zdeterminowana, o z rosyjska pięknej twarzy, uczesana w kok, albo w kucyk, pochyla się nad spakowaną walizką, ubrana jest w golf, nie wiem dlaczego, może golf kojarzył mi się z emancypacją, egzystencjalizmem i odwagą jednocześnie, więc ta kobieta rosyjska w klimacie podnosi nagle wzrok, patrzy na śpiącego, niczego nieświadomego mężczyznę, po czym ostrożnie podnosi również walizkę, odwraca się, i po cichu wychodzi, zamyka za sobą drzwi na klucz, klucz wsuwa przez szparę pod drzwiami z powrotem do mieszkania. Żadnego listu, żadnego „żegnaj" szminką na lustrze. Kiedyś, byłam tego pewna, ta kobieta uciekała od szarzyzny do namiętnej miłości, co z tego, że i tak skazanej na śmierć. Teraz widziałam to zupełnie inaczej: moja kobieta w golfie miała dziś rozczarowaną, smutną, z rosyjska smutną twarz, a więc najsmutniejszą na świecie; uciekała od miłości, bo poznała już tę, „co z wiatrem gna, z niepokoju drży", i tę, co „życie zna i z tej pierwszej drwi". A trzeciej się boi. Boi się rozczarowania. Odchodzi, i zostaje sama.

Niech mi tylko ta IKEA nie zapeszy. Niech te słomki na okna od nowa kupowane nie staną się czarnym kotem naszej miłości, zakonnicą za kierownicą pod drabiną naszych uniesień, niech nowa szafa nie zamieni się w grobowiec pełen pustych szmat i rozbitych luster.

Ksawery, ty kochaj mnie, kochaj z całych sił, pomimo wszystko. Wiesz przecież, że w środku jestem fajna.

– Coś mówiłaś, kochanie – zauważa on i obejmuje mnie mocno za ramiona.

Z bliska widzę, że ma jednak bardzo zdecydowany podbródek, a oczy teraz za jakąś mgłą turkusową; a może to ta pościel na wyprzedaży po 149.90, w łezki brązowe na tle turkusowym tak się tylko śródziemnomorsko odbija?

*

Nie udało mi się zjeść pizzy w „Soprano". Przy drugim kawałku – szpinak, gorgonzola, czosnek plus pomidor – zaterkotała moja komórka. Jadłam po amerykańsku, czyli trójkąt w łapę, i do pyska (Ksawery trochę się zdziwił, ale nie okazał wyraźnej dezaprobaty), zamiast kulturalnie po polsko-europejsku, skrzypiąc nożem i widelcem po talerzu, napinając z wysiłku wszystkie mięśnie, żeby wykroić elegancki kawałeczek. Odłożyłam nadgryzioną porcję, a Ksawery, który z wielkim apetytem wcinał tagliatelle z kurczakiem w sosie śmietanowym, bo nie przepadał za pizzą, spojrzał na mnie porozumiewawczo i skinął głową, wciągając do ust kawałek makaronu. Wiedział, że czekam na ten telefon.

– *Here we are! Ta-dam!* – wrzasnęły chórkiem Alinka z Klementyną.

– Cześć, wariatki bose, nareszcie! – odwrzasnęłam.

Uwielbiałam w Klementynie i Alince to, że jak mówiły, że zadzwonią, to dzwoniły, choćby po to, żeby powiedzieć, że nie mogą rozmawiać. Ali informowała o tym zwięźle i z zadyszką, i rozłączała się w sekundę; Klementynie stwierdzenie, że otóż właśnie nie może rozmawiać, bo wychodzi, dzieci się biją, czy coś tam, zajmowało średnio kwadrans, podczas którego zawsze zdążyła mi streścić i zanalizować całe swoje życie.

Przez cały poprzedni tydzień plotkowałyśmy, wisząc na telefonie jak nastolatki; nie mogłyśmy się doczekać, kiedy poplotkujemy sobie na żywo.

– Właśnie żeśmy się wróciły z gór – dorwała się Kle-Kle. – Jesteśmy u mnie,. ee, to znaczy w mieszkaniu moich rodziców, i możemy się dzisiaj spotkać, ale w nocy, bo teraz jeszcze idę, idziemy znaczy się tugezer z Muhammadem Alim na wystawę do Małpy.

Małpa był kolegą z roku Klementyny i wreszcie udało mu się zaistnieć. Dwa lata temu wpadł na pomysł, żeby akrylem malować scenki z telenowel, stylizowane na komiksy, z tekstem w chmurkach. Teraz był rozchwytywany, i pomimo wciąż za długich i bardzo owłosionych rąk, co z radosnym sarkazmem przy każdej okazji przypominała Kle-Kle, stał się ulubieńcem wszystkich mediów. Najpierw nastąpiła opowieść o górach, góralach i góralskim targu, gdzie Klementyna o mały włos nie została pobita za robienie zdjęć kramarzom sprzedającym na czarno towar; potem nastąpiła opowieść o tym, w jaki sposób wycieczka w góry natchnęła Klementynę twórczo, i co z tego artystycznie wyniknie; potem nastąpiła opowieść o tym, jak to w Polsce jest czadowo, ilustrowana licznymi przykładami. Następnie Klementyna opowiedziała mi pięć najnowszych kawałów zasłyszanych od młodszego brata, a oddających ze smakiem nasz narodowy charakter; położyłam się na stole, a łzy ciurkiem wsiąkały w moją papierową serwetkę. Jezu, spięłam się nagle. A jeśli one są dla Ksawerego za bardzo? A jeśli nie przypadną sobie nawzajem do gustu? Znałam moc rażenia języka Klementyny i równie silną moc rażenia milczenia Alinki. Albo przypadną sobie aż za bardzo? Alinka miała przecież subtelność, którą tak cenił Ksawery, a dodatkowo była jeszcze niezależna, przedsiębiorcza i pełna kobiecego wdzięku; Klementyna była co prawda blondynką, ale za to z osobowością i charyzmą kilkunastu brunetek; posiadała ugruntowaną wiedzę na wiele tematów i potrafiła dyskutować dowcipnie i ze swadą. Ksawery rzuci jedno spojrzenie na moje przyjaciółki i natychmiast zrozumie, że zainwestował emocjonalnie nie w tę, co trzeba.

*

– Jezdem leciutko przynapita – zawołała Klementyna, krocząc wdzięcznym halsem po pokładzie barki piwnej zamontowanej u stóp Wawelu. – Oni mi na tym wernisażu kazali pić szarlotkę, hi, hi.

– Czeeeść! – skoczyła na mnie Alinka, powiewając chmurą rudych loków.

– Jak Małpi biznes? – zapytałam od progu.

– „Dla-cze-go mał-pa szczy-do piwa...?" – zaswingowała jazzowo Kle-Kle. – Jak komiksy o serialach, tylko wielkości billboardów. Ciekawe, co będzie malował, jak się pokończą seriale.

– Nigdy się nie pokończą – mruknęła Ali.

– No, to jak się znudzą.

– Nigdy się nie znudzą! – zaśmiałyśmy się z Alinką i Ksawerym.

– Yiiiii... – zapiszczała Klementyna, podchodząc do mnie w podskokach, i na chwilę zatonęłyśmy w statycznym uścisku, jakby któraś z nas właśnie wróciła z wojny.

– A to ty jesteś Ksawery o Pięknych Oczach, hem, hem – powiedziała lubieżnie, kiedy mnie puściła. Odsunęła się nieco i bezceremonialnie zaczęła oglądać sobie Ksawerego, tak, jak ogląda się obraz. Na to Ksawery pocałował ją w rękę, a ona znienacka przytuliła się do jego brzucha.

Ksawery uśmiechał się nieco bezradnie; nie był przyzwyczajony do tego, że nie panuje nad sytuacją. Nad kobietami.

Klementyna podniosła głowę z jego piersi, ale nadal obejmowała go w pasie.

– Oczy ma, faktycznie. Piękne. W ogóle jest fajny.

– Dawaj, muszę przetestować – odepchnęła ją Alinka. – Nooo... – zamruczała z rudą głową na jego klacie – fajny jest! Może być. – Odsunęła się, a Ksawery skorzystał z okazji i pocałował ją w rękę. – Dobrze mu z oczu patrzy. Co nie?

– Podobno robisz doktorat i jesteś bardzo inteligentny... – przewróciła oczami Kle-Kle. – I operatywny.

– No, trochę... – odparł dobrodusznie Ksawery, wywołując salwy śmiechu.

– My nie jesteśmy pijane... – zaczęła Ali.

– Od tygodnia nie możemy się upić – wskoczyła Klementyna. – Dopiero dziś cokolwiek poczułam, po tej żubrówce z jabłkami.

– Nie to ciśnienie – wyjaśnił Ksawery i z uśmiechem wsadził do ust papierosa.

– Uuuu, on pali. Bałdzo nie po amełykanski – powiedziała z fałszywym niesmakiem Klementyna.

– Ja też palę. I to dużo – zmarszczyłam się.

– Uuu. Włóciłaś do nałogu. Ale nic dziwnego... – łypnęła oskarżycielsko na Ksawerego.

– Nie pal, po co ci to – wtrąciła troskliwie Alinka, po czym zaćwierkała, zniecierpliwiona: – No to opowiadajcie teraz wreszcie.

Ksawery omiótł je zachwyconym spojrzeniem i zaczął opowiadać. Dziewczyny piły piwo i chrupały chipsy, od czasu do czasu wtrącając:

– No, i dobrze, nareszcie ktoś cię docenił – Ali.

– Wreszcie przestaniesz być taka zazdrosna – Klementyna.

– I niepewną siebie – Ali.

– A propos, Aguś, muszę ci coś powiedzieć – dodała Klementyna – bo mnie to okropnie męczy. – Spoważniała. – Teraz chyba już można, nie? – Spojrzała pytająco na Alinkę. – Jak ma takiego Ksawerego? Jak myślisz?

W oczach Ali zapaliły się ostrzegawcze iskierki.

– Nie wiem... – powiedziała z namysłem i napięła się nagle jak struna.

– Ale co? – zniecierpliwiłam się. – O czym?

Klementyna wzięła do ust wykałaczkę i zaczęła ją gryźć. Zamilkła.

– O, Jezu, dokończ, jak już zaczęłaś – ponagliłam ją. Umierałam z ciekawości, co takiego w kontekście mojej osoby mogło męczyć Klementynę. Przecież nie miałyśmy przed sobą sekretów.

– Dawno chciałam ci powiedzieć, ale... – przygryzła wykałaczkę – nie wiedziałam jak, żebyś nie pomyślała, że to moja wina... Eryk się do mnie dobierał.

Zabrakło mi powietrza. Na chwilkę. Spokojnie. To przeszłość.

Ale chciałam ją poznać do końca.

– Kiedy? – zapytałam.

Nie wiem, w jaki sposób głos wydobył mi się z gardła. Było zaciśnięte jak pięść.

Ksawery głaskał mnie po ramieniu.

– Na twoich urodzinach w Connecticut... robiłaś coś w kuchni, chyba kawę, a on ze mną tańczył... próbował rozpiąć mi stanik pod bluzką... niby dla jaj, ale mnie to zmierziło... – Wzdrygnęła się.

Ali siedziała jak skamieniała. Ciężkim ruchem odgarnęła włosy za ucho.

Odchrząknęła.

– Umm... do mnie też się dostawiał. Kiedy wyjechałaś do Polski... – przełknęła ślinę – na... pogrzeb dziadka. Zaprosił mnie na kolację – popatrzyła na mnie smutno. – Oczywiście odmówiłam. Dzwonił do mnie kilka razy i próbował zbajerować... jakieś żagle, jakieś kina. Dupek! – Walnęła dłonią w kolano.

– No, to mamy kolejny odcinek Jerry'ego Springera z głowy – powiedziałam i zapaliłam papierosa.

– Ale nie jesteś na nas zła? – zapytała bojaźliwie Klementyna. – Agusiu? My naprawdę nie dawałyśmy mu żadnych... znaków... – Zachichotała nerwowo. – „Czy mnie chcesz pokochać, daj mi jakiś znak..."

– Nie jestem zła – odparłam, wcale nie taka pewna, czy nie.

– Ale dlaczego nie powiedziałyście mi wcześniej? – spytałam z pretensją.

– Jak? Jak miałyśmy to niby zrobić? Uwierzyłabyś? Że to jego inicjatywa w całości, a nie moja, albo Klementyny? – Alinka złapała mnie za rękę. – Przecież wiesz, jak ona szaleje za Frankiem, ale byłaś w takiej paranoi... pamiętasz, jak mi mówiłaś, po waszym wyjeździe na Lake George, że Mańka kokietuje Eryka, Mańka! Która go od razu rozpracowała i wiecznie się z nim o wszystko kłóciła! Mańka, która świata nie widzi za Miśkiem! A-guś! – prychnęła.

– Próbowałyśmy ci go obrzydzić na różne sposoby – mlasnęła Klementyna – ale byłaś kompletnie ubezwłasnowolniona.

Ksawery uniósł w górę szklankę z piwem.

– Za katharsis. I za przyjaźń. Za – ogarnął nas niebieskim spojrzeniem – brunetki, blondynki i rude. Wasze zdrowie, czarownice z Eastwick!

– I pańskie, mister Daryl van Horne! – odparowałam.

– Jakim cudem ty pamiętasz takie rzeczy? – zdziwiła się Alinka.

– Bo jestem bałdzo mądła i ętelegętna. – Wzruszyłam ramionami i podniosłam do ust półlitrową szklankę żywca.

– Ja też. – Klementyna podniosła swoją szklankę.

– Ja też – Alinka zrobiła to samo.

– I ja. – Ksawery upił łyk piwa i oblizał wąsy z piany.

Objął mnie za barki, aż mi chrupnęło w obojczyku.

– A czy wy wiecie, że my od dziś mieszkamy razem? – zapytał wyzywająco.

– Jezu – zachichotała Klementyna.

Alinka wytrzeszczyła oczy; jedna brew podjechała do góry o pięć centymetrów, a druga zjechała w dół o trzy. Jej twarz przypominała znak (bardzo atrakcyjny) zapytania. Ona na pewno nie podjęłaby na moim miejscu, a już tym bardziej na swoim własnym, takiej pochopnej decyzji. Westchnęła, pełna zwątpienia i troski. Klementyna prychnęła i przewróciła oczami.

– Co?! – szczeknęła Alinka zaczepnie. – Dla mnie to za szybko. Dla ciebie nie?

– Hm. Szybko, nie szybko, bo ja wiem – zmarszczyła się Klementyna. – Z drugiej strony, na co tu czekać. Jeśli ta butelka coca-coli to jest to... Z trzeciej strony – wsadziła sobie do ust garść chipsów – to ja bym się osobiście trochę bała, ale z czwartej strony – zapiła chipsy piwem z sokiem malinowym – to co ja się będę wymądrzać. Sama miałam w życiu trzech boyfriendów, z czego dwóch platonicznych, a trzeci został moim mężem, bo odważył się mnie pocałować pod kapliczką na Jaszczurówce jak schodziliśmy ze szlaku, i było już ciemno, a za nami szli moi rodzice... *Anyway*, ciebie kocham – popatrzyła na mnie – ciebie lubię, a nawet bardzo – popatrzyła na Ksawerego, więc... – wzruszyła ramionami i prychnęła wesolutko. – *Go for it, girlfiend* – zaśpiewała czarnym akcentem z amerykańskiego Południa.

Coś zabrzęczało. Jakby łańcuch? Zgodnie odwróciliśmy głowy. Przy wejściu na barkę stał umordowany chłopczyna z podbitymi oczami i zaskakująco zawadiacką o tej porze fryzurą w kaczy kuper; miał na sobie pomiętą koszulę, która na początku dnia chyba była biała. Z wyrazem twarzy, który dosyć jednoznacznie mówił „k...!", majstrował coś z łańcuchem i kłódką.

– Chyba chce, żebyśmy sobie poszli – powiedziałam. – To chodźmy. Do nas?

Straszną miałam ochotę i potrzebę, żeby zostać z dziewczynami sama, żeby wreszcie obgadać Ksawerego, ale wkrótce okazało się, że tego wieczoru nie będzie to możliwe. Dziewczyny były bardziej zafascynowane Ksawerym per se, niż nami jako parą. Już w taksówce Klementyna zaczęła perorę o tym, co teraz maluje i wdała się z nim w filozoficzną dyskusję o kondycji sztuki. Na chwilę przerwali, kiedy poszła obejrzeć mieszkanie. Wykorzystała ten interwał Alinka, która zwierzyła się Ksaweremu ze swoich planów i problemów z „Magnolią"; miała klientów i dochody, ale wciąż kulała jej płynność finansowa, i z miesiąca na miesiąc z coraz większym trudem spłacała coraz to wyższe rachunki. Ksawery usadził ją w niebieskim fotelu na tle zielonego pieca i na poczekaniu, zadawszy kilka strategicznych pytań, z palca wykreował program naprawy – jak się wyraził – jej „small biznesu".

– Powiem tak – dobiegło mnie w kuchni, kiedy o północy robiłam pierwszą w naszym wspólnym mieszkaniu kawę (i herbatę dla męża).

Gdy coś tłumaczył, zawsze zaczynał zdanie od „powiem tak", słyszałam to ze sto razy przez telefon, kiedy rozmawiał z klientami.

– No, więc, Alinko, powiem tak: musisz nauczyć się delegować.

– Co proszę? – Nadstawiła uszu Alinka.

– Rozdzielać władzę i odpowiedzialność. – Ksawery rozsiadł się wygodnie na niebieskiej kanapie i zapalił papierosa. – Z tego, co mówisz, wygląda mi na to, że wszystko chcesz robić sama: przyjmować pacjentów, zarządzać, aprowizować, plotkować, dopieszczać. Plus płacić pensje i rachunki.

– No bo to przecież mój biznes, muszę go kontrolować – obruszyła się Alinka.

Postawiłam kubki z kawą i herbatą na stole.

– Jasne. Ale sama widzisz – Ksawery pochylił się do przodu – że tę kontrolę gdzieś, w którymś momencie tracisz, bo – jak się domyślam, jako perfekcjonista i także właściciel „small biznesu" – nie starcza ci na wszystko czasu. Zamiast obmyślać coraz skuteczniejszą strategię marketingową dla „Magnolii", zajmujesz się pierdołami typu wystawianie rachunków, jeżdżenie do sklepu po środki czystości, obliczanie pensji pracowników, i tak dalej. Zgadza się? – Spojrzał pytająco na Ali.

– I jeszcze przyjmuję pacjentów – zaśmiała się.

– Na których masz coraz mniej czasu – podsumował Ksawery. – Przekaż cały ten bagaż – oczywiście niezbędny dla funkcjonowania firmy – komuś, komu ufasz. Zrób z kogoś menedżera „Magnolii". Na pewno wśród tych sześciu osób, które zatrudniasz znajdzie się ktoś o odpowiednich predyspozycjach, kogo wystarczy przeszkolić; a jeśli nie, to kogoś takiego powinnaś nawet zatrudnić, w przeciwnym razie...

– Ale jak mam to zrobić? Nie stać mnie na płacenie jeszcze jednej pensji – zdenerwowała się Alinka.

– A czy stać cię na to, żeby tracić klientów, których mogłabyś pozyskać, gdybyś miała wolną głowę i nie musiała się zastanawiać, czy w łazienkach jest czysto i czy są zaopatrzone w papier toaletowy i mydło? Zastanów się. „Magnolia" jest hybrydą, masz gabinet fizjoterapii, zapewne bliższy ci, z racji twojego wykształcenia, niż salon odnowy biologicznej... To może oznaczać – Ksawery uderzał wskazującym palcem prawej ręki w otwartą dłoń lewej, jakby coś pisał; zawsze tak robił, kiedy coś objaśniał – chociaż, oczywiście, nie musi, ale przyznasz, że taka możliwość istnieje – uśmiechnął się – że ta odnowa będzie w pewien sposób kulała; w pewnym momencie być może zaczniesz ją traktować nieco po macoszemu, i jakość oferowanych przez ciebie usług spadnie... a tym samym, istnieje możliwość, że po wsi pójdzie niedobry chyr, który będzie rzutował na całą „Magnolię", a nie tylko na gabinet odnowy...

– Jest akurat odwrotnie, bo dokładnie z tego powodu bardziej się przykładam do odnowy, niż do mojej fizjoterapii... żeby nie kulała – zaśmiała się Alinka. – Ale wiem, o co ci chodzi. Faktycznie – zaczęła skubać ucho, co oznaczało, że myśli – coraz częściej, a właściwie ostatnio bez przerwy, mam wrażenie, że nie panuję nad tym moim cyrkiem. I jeszcze te rachunki... Gdybym mogła zrobić taki krok do tyłu, i spojrzeć z boku na całość, chyba byłoby mi łatwiej zobaczyć, co gdzie puszcza w szwach...

Ksawery postukał trzykrotnie palcem w dłoń.

– I zaplanować, co chcesz robić dalej – dokończył Ksawery. – Bardziej ci się opłaci, gwarantuję – trzykrotnie postukał palcem w dłoń – zapłacić komuś, żeby zaprowadził i utrzymał porządek organizacyjny w firmie, niż być w ciągłym biegu i w efekcie niczego nie dopilnować. To są pozorne oszczędności. Ja też mógłbym stracić pół dnia na skręcanie tej szafy – kopnął szarą paczkę, w której leżała na płask moja szafa z IKEA – żeby udowodnić, że jestem macho i wiem, jak trzymać młotek. Tylko po co? Szkoda mojego czasu. Jutro przyjadą panowie z IKEA, i za, powiedzmy dwadzieścia złotych, skręcą, co trzeba, i ustawią, gdzie trzeba. Agusia ich dopilnuje... – cmoknął. – Ja bym stracił pół dnia, nerwy, a tak, w tym czasie, przeprowadzę szkolenie za, powiedzmy, tysiąc złotych. Rachunek jest prosty... – pociągnął łyk herbaty.

– Może Carla? – Nagle mnie olśniło.

– Co Carla? – spytała Alinka, potrząsając lokami.

– Może Carla by weszła z tobą w spółkę? Otworzyłybyście zakład fryzjerski przy tej odnowie....

Nie wiem dlaczego Alinka popatrzyła na mnie, jakbym powiedziała, że ziemia jest płaska.

– Kto to jest Carla? – zapytał Ksawery.

– Co Carla, co? – zapytała Klementyna, stając w drzwiach z wielką książką pod pachą. – Znalazłam album ze sztuką prerafaelitów – wybałuszyła oczy – i mnie wciągnęło.

– O, a to mój, wsadziłam go do pudła z twoimi obrazami – ucieszyłam się. – Mówię Ali, żeby weszła w spółkę z Carlą, żeby robiły biznes razem, wiesz, terapia, odnowa, zmiana image'u... jak w filmie, kobiety sukcesu...

– W życiu! – wrzasnęła Alinka, kiedy wreszcie trafiła na względną pauzę w konwersacji. – Carla to dyktatorka. Genialna fryzjerka, ale tyran. W życiu nie chciałabym spędzić w jej towarzystwie więcej czasu niż to absolutnie konieczne. W ży-ciu! – Potrząsnęła głową, jakby ją kopnął prąd elektryczny.

– Agusia – powiedział Ksawery łagodnie, jak do znarowionej klaczy – nie chcemy inwestować w nową, dodatkową formę działalności, tylko usprawnić to, co już jest...

– Nie musisz mnie pouczać – obraziłam się. – Przy Amerykanach. Ale fajnie by było – uśmiechnęłam się do Alinki – ...nie musiałabyś już jeździć do fryzjera taki kawał... i mogłabyś masować Carli kręgosłup i stopy, żeby się odwdzięczyć... – zachichotałam.

Byłam zła, że mówią o czymś, w czym nie uczestniczę.

– Jezu, brr – otrzepała się Ali. – Myślę, że moja Roma nada się na menedżerkę – powiedziała z namysłem. – Mam taką sprytną dziewuszkę, recepcjonistkę. A na jej miejsce może przyjmę sobie kogoś... – zamruczała i zamyśliła się na dobre, chociaż była już pierwsza w nocy.

Klementyna otworzyła album i położyła go przed Ksawerym.

– No, zobacz, na przykład – rozłożyła ręce. – Pięknie namalowani piękni ludzie w pięknych ubraniach. Symbolizm. Tajemniczy klimat. Metafizyka. – Wzruszyła ramionami. – Ale teraz już tak nie można malować, i udawać, że to jest sztuka.

Wróciliśmy do tematu z taksówki.

– Mnie się podoba – pisnęłam niepewnie. – Lubię tę piękną Izoldę Williama Morrisa, bo ma takie oczy podbite, jak ja, jak byłam bardzo porzucona i nie spałam.

– Mnie się też podoba, chociaż, ja oczywiście, jestem laikiem – ziewnął subtelnie Ksawery. – Bardziej mi się podoba, niż te obrazy tego Małpy o serialach peruwiańskich.

– Mnie też się podoba, nie powiedziałam, że nie. Tylko że to jest dziewiętnasty wiek. Nie można malować teraz ładnych obrazków, że tu rączka, tu nóżka, tu oczy w słup, bo to już było. Można, oczywiście, ale jako cytat konceptualny.

– Ale oni byli bardzo konceptualni – wtrąciłam się. – Wymyślili, że będą malować tak, jak malarze średniowieczni i wczesnorenesansowi przed Rafaelem, bo takie malarstwo wydawało im się prawdziwsze i bardziej szlachetne od akademizmu dziewiętnastowiecznego...

– Uważali Rafaela za prekursora tych ładnych obrazków z gustownym światłocieniem... – dokończyła Klementyna. – Ja też ich bardzo lubię, tych prerafaelitów, kojarzą mi się z Malczewskim w klimacie, tylko próbuję ci, Ksawery o Pięknych Oczach, hi, hi, wytłumaczyć, że tak się dzisiaj już nie da malować, bo to będzie wtórne. Tak samo jak nikt przy zdrowych zmysłach nie zrobi portretu à la Marilyń Monroe Warhola, i nie będzie udawał, że właśnie wczoraj to wymyślił... Co?

– Mówię, że piękne stopy malował ten John Everett Millais – powtórzyłam znad obrazu „Chrystus w domu swoich rodziców".

– Nie, to oczywiste, że wtórne jest wtórne, chyba, że jest świadomym cytatem... tak samo jest przecież w literaturze, i wszędzie w ogóle – powiedział Ksawery. – Ale ja po prostu nie daję rady z tymi niektórymi abstrakcjami. Albo z jelitami krowimi na obrazie, i że to jest kolaż. Nie-e – otrząsnął się.

– Tam, gdzie teraz uczę.... – nabrała oddechu w płuca Klementyna.

– W Ameryce – kiwnął Ksawery z uśmieszkiem.

– W Amełyce, właśnie. Jest zupełnie inne, kreatywne podejście do sztuki, od podstawówki. Dzieci uczy się tak, że malują to, co czują, na przykład, na widok czterech zielonych jabłek. Pokazuje się im różne techniki wykonania, i wychodzą niesamowite rzeczy. Dzieci wpadają na nieprawdopodobne pomysły, chociaż nie mają pojęcia o technice malowania, dlatego to, co powstaje, jest takie oryginalne. To samo przenosi się teraz na nauczanie dorosłych na uczelniach artystycznych – trzeba mieć talent i pomysł na siebie, a rąsia, znaczy warsztat, wyrobi się w czasie studiów, i dalszej pracy twórczej. U nas jest kompletnie na odwrót. Najpierw trzeba umieć gustownie odwzorowywać z natury, narysować przysłowiową rąsię, i na tej podstawie się ocenia, czy ktoś ma talent. A potem dopiero ewentualnie można sobie wymyślać, jaką chce się robić sztukę. Dlatego mamy całe tabuny rzemieślników z dyplomami ASP, którzy nie mają pojęcia, co malować, bo potrafią tylko niebo, koń, goła baba, orzą traktorem...

– Chyba trochę przesadzasz i demonizujesz. Mnóstwo jest świetnych współczesnych polskich artystów – powiedział Ksawery.

– Jakie mnóstwo?! Ilu znasz polskich artystów o światowej sławie, ale takiej prawdziwej, jak powiedzmy, Warhol? Na palcach jednej ręki można policzyć! – uniosła się Klementyna, a Alinka potaknęła gorliwie z fotela.

– Moim zdaniem to jest jakiś wymyślony problem i chwyt marketingowy. Według tej teorii każdy może być artystą, o ile ma koncept. Ale nic się nie zrobi bez warsztatu. Śpiewać też podobno każdy może, ale nie każdy powinien.

– No to po czym poznacie, że dziecko, które po raz pierwszy dorwało się do kredek, ma talent? – zażądałam. – Bo ja nie wiem.

– Po kompozycji, doborze kolorów... – prychnęła Klementyna. – Po tym, w jaki sposób dziecko chciało przekazać to, co mu się wydawało najważniejsze... i po ciarkach na plecach.

– A ja po tym, czy jabłko jest podobne do jabłka – powiedział Ksawery.

– Przerażasz mnie – przeraziłam się.

– Żartuję – uśmiechnął się. – Myślę, że poprawna jest odpowiedź D: „wszystko to, co powyżej".

– *All of the above* – zaćwierkała Klementyna.

– *Peace* już mi, ale już – zarządziłam. – Jest trzecia. Zaraz świt. Komuś herbaty?

Wstałam i wyszłam do kuchni. Mojej kuchni. Wspólnej z Ksawerym. W Krakowie.

W mojej nowej kuchni w Krakowie na podwórku śpiewał ptak, i śpiewał jak w pierwszym dniu świata, a ja czułam się bardzo swojsko, a jednocześnie bardzo bohemicznie, studencko i nowojorsko, robiąc o trzeciej nad ranem herbatę dla moich przyjaciół do akompaniamentu rozmów o sztuce.

Klementyna, blada jak trup, przyszła za mną, powłócząc nogami. Objęła mnie od tyłu i położyła mi głowę na ramieniu.

– Ummm – zamruczała – mój tato kochany... tak mi się tam za tobą tęskni....

– Mi też – pogłaskałam ją po pszenicznej grzywce. – Nawet nie wiesz jak, tato...

Nie wiem, skąd się to wzięło, ale od początku naszej przyjaźni w liceum mówiłyśmy do siebie – oczywiście nie zawsze – tato. Zaczęło się to chyba w któreś wakacje: Klementyna siedziała na daczy w górach, ja siedziałam u dziadka całkiem niedaleko gór, telefonów nie było, transport i fundusze ograniczone, więc porozumiewałyśmy się tradycyjnie, czyli listownie, opisując sobie wzajemnie nasze stany ducha średnio raz na dwa tygodnie, na średnio dziesięciu stronach papieru w kratkę. Kiedyś Klementyna wyjechała z rodziną gdzieś tam, i przysłała mi kartkę z pozdrowieniami. Kartka rozpoczynała się pozdrowieniem „Kochany Tato!", po czym następował tekst, którego nikt nie był w stanie rozebrać bez wódki, i kończyła się podpisem „Twój Tato". Kartkę przechwycił mój ojciec. Przeczytał ją kilka razy, mrugając powiekami; adres się zgadzał, zgadzał się nagłówek, ale... co za cholera? Przecież jego córka była w domu, i z tego, co wiedział, nigdzie nie wyjeżdżała. Klnąc pod nosem na rozpuszczonych debili, którzy nie mają nic innego do roboty w wakacje, i sobie jaja z ludzi robią, pokazał mi pocztówkę, a potem, obrażony (tata miał kruche ego), patrzył z niesmakiem, jak pokładam się ze śmiechu. Od tej pory, wspominając o naszych ojcach, zawsze używałyśmy sformułowania „mój biologiczny ojciec". Nasi przyjaciele przywykli i nie mieli nam za złe. A Ksawery posunął się nawet do tego, że wygrzebał swoją praską jarmułkę, włożył ją na kędzierzawy łeb, i powiedział, że skoro ja jestem dla Klementyny „tate", to on chce być „tatełe". I został z kwikiem przyjęty.

Przeżyłyśmy razem połowę życia: swojego i tej drugiej, a zatem żyłyśmy poniekąd podwójnie. Wiedziałyśmy o sobie wszystko, i każdą naszą rozmowę zaczynałyśmy od tego, która z nas gorzej wygląda, ma bardziej tłuste włosy lub uda, i gdzie mamy największe pryszcze. Coś w stylu reklamy obiadu w wykonaniu mojej mamy.

– Czy on zawsze jest taki mądry? – zapytała Klementyna, wskazując ruchem głowy Ksawerego, który teraz dawał rady Alince, jak praktycznie podejść do reorganizacji „Magnolii". Znowu coś rysował palcem na dłoni.

Usiadłyśmy przy stole. Na podwórku nadal śpiewał ten sam ptak.

– No. Niestety – westchnęłam. – Nawet jeszcze bardziej. Gdybyś go słyszała w rozmowie z pełnomocnikiem Urzędu Marszałkowskiego...

Klementyna zrobiła zeza. Biedna Amerykanka, nie miała pojęcia, o czym mówię.

– Oni w dodatku utrzymują, że mówi bardzo przystępnie. – Zrobiłam uprzejmie zeza do towarzystwa. – I że dopiero teraz wiedzą, o co chodzi w tym ISO... Nie wiem w ogóle, dlaczego się ze mną zadaje. Boję się, że któregoś dnia go olśni, że królowa jest naga... hihi – zarechotałyśmy.

Ksawery rzucił nam zaniepokojone spojrzenie kogoś, kto bardzo chciałby w konspirze uczestniczyć, ale nie może.

– Obgadujemy cię za plecami – powiedziałam.

– I co?

– Nic, jeszcze w toku, dopiero zaczęłyśmy, hihi – powiedziała Klementyna tonem „a odczep się". – Ale ty przecież jesteś, Agusiu, wybitnie inteligentna. Tak jak i ja. – Znalazła kawałek macy i ugryzła ze smakiem. – To co się dziwisz. – Wzruszyła ramionami. – Poznał się na tobie.

– Dziękuję ci, tato, że zawsze uważasz mnie za wybitnie inteligentną, niezależnie od okoliczności.

– Hihi, proszę bardzo tato, nie ma za co. Robisz nieraz głupoty, ale inteligencja ci jeszcze została.

– Akurat... wiesz – zniżyłam głos do szeptu – ja się boję jeszcze jednej rzeczy. Ksawery jest strasznie... wyrazisty w tym co robi, czego chce w życiu. A ja ciągle nie wiem, ani jednego, ani drugiego. Czuję, że coś tam we mnie siedzi, tylko nie wiem, cholera, co...

– Tato kochany, jak to co, talent literacki w tobie siedzi, to jasne jak słońce. Wiesz przecież dobrze, że tak jest. Tylko z jakiegoś powodu się boisz iść za tym głosem... piszesz piękne wiersze...

– E. Poza tym, nawet jeśli by tak było, to i tak za mało. – Pokręciłam głową. – Muszą być jeszcze mądre i niezrozumiałe, oparte na konsekwentnej filozofii, i na koncepcie, jak twoja sztuka....

– E – powiedziała Klementyna.

– ...poza tym, w tym kraju nikt nie drukuje młodych poetek płci żeńskiej, tylko młodych poetów płci męskiej... z poetek jest tylko Szymborska, Ewa Lipska i Urszula Kozioł. Kobiety w Polsce piszą prozę obyczajową, ewentualnie raz na sto lat trafi się jakaś Masłowska.

– Albo Tokarczuk... – sapnęła Klementyna. – To pisz tę prozę obyczajową. Zawsze w Stanach zaśmiewałam się z twoich felietonów. Zrób coś z tym. Może powieść o Polce w Ameryce? Ale o takiej nienormalnej, jak ja, hihi. – Podskoczyła, zachwycona swoim pomysłem.

– Myślisz, że mi to nie chodziło po głowie? Cały czas mi chodzi, nawet wiem z grubsza... napisałam kiedyś pierwszy rozdział... – wyszeptałam.

O tym nie wiedział nawet Ksawery.

– O czym? – odszeptała Klementyna, przysuwając głowę do mojej.

– A co wy tam tak szur-szur-szur w tej kuchni? – zawołała Alinka. – Chodźcie do nas, kokoszki.

– Właśnie! – dorzucił Ksawery, patrząc z ukosa.

– A tak sobie bajczymy... – powiedziałam. – Zaraz do was idziemy.

Nie muszą od razu wszystkiego wiedzieć.

– Jak to czym? Oczywiście o miłości. Zakazanej i niedobrej – mruknęłam Klementynie w twarz. – O trzydziestolatce, która żyje z dnia na dzień, i odkrywa wreszcie, co chce robić ze swoim życiem...

– Ajajaj! – cmoknęła. – Opowiedz coś.

– Pierwsza scena: erotyczna. Pierwsze zdanie: „Pocałowałam go pierwsza". Dalej nie pamiętam...

Klementyna o mały włos nie spadła z krzesła.

– No to w czym problem? Pisz dalej.

– Kiedy to strasznie durne, i nie mam poza tym pieniędzy, żeby pisać.

Klementyna pojęła w lot.

– To pisz po pracy.

– Nie potrafię. Mój mózg tak nie pracuje, już próbowałam. Nie umiem trzymać kilku srok za ogony. Muszę... mieć czas, żeby pomyśleć... Poza tym nie mam pracy. W Krakowie. Dlatego... – spojrzałam rozpaczliwie w bursztynowe oczy Klementyny – dlatego tak się boję Ksawerego. On zobaczy, że nic nie potrafię... że jestem słaba... i... się rozczaruje... i... on jest taki w tej swojej pracy bezwzględny... chyba nie rozumie, że nie wszyscy są tak skonstruowani, jak on....

– Eee – powtórzyła Klementyna, ale z mniejszym przekonaniem.

– No, nie „eee". Ty potrafisz malować po przyjściu z uczelni, po nocach, Ksawery może siedzieć godzinami przy komputerze, a ja padam. Po północy nie umiem już myśleć.

– Eeee, ja tam jakoś czuję, że wszystko się wam ułoży. Wiesz, że jestem medium. – Pogłaskała mnie po plecach. – On cię strasznie kocha. To widać na kilometr. Ty wiesz, co się działo, jak dwa lata temu dostałam się na studia podyplomowe?! W ogóle nie mieliśmy pieniędzy, dzieci rosną, buty, rowery, komputery, fortepiany, a tu mamusia sobie idzie do szkoły. Franek... Atmosfera w domu była koszmarna, przecież wiesz. A teraz wszystkim opowiada, że jego żona jako jedyna Polka jest asystentem na szpanerskiej uczelni artystycznej... – Przewróciła oczami.

– Ale ty jesteś jak czołg, zawsze do przodu, a ja wiesz, siedź w kącie, a znajdą cię. Może. Ale jak się pcham, to mi nic nigdy nie wychodzi...

– To się nie pchaj, ale rób swoje. Może taką masz karmę... – Chrupnęła macą Klementyna. – Na pewno cię znajdą. Ksawery cię znalazł, o.

– A propos karmy, to żeśmy zgłodnieli – powiedział Ksawery wchodząc do kuchni i całując mnie w czubek głowy. – Będę kroił chleb powszedni.

Nastawiłam kolejny czajnik na herbatę; zabrałam dziewczynki pod pachy na podwórko na słowika, a siebie na papierosa.

Ksawery, oczywiście, musiał zabłysnąć swoim firmowym śniadaniem. Ali i Klementyna, sine z przemęczenia, ale chyba nareszcie śpiące, wsuwały Ksawerowe jajka na szynce z majonezem w całkowitym milczeniu, sporadycznie tylko wydając pełne ukontentowania pomruki, jak niedźwiedzice, które dorwały się do niestrzeżonej pasieki.

– No – skomentowała Alinka, rozwalając się na krześle i wycierając subtelne usta chusteczką.

– Pycha – prychnęła.

– Bardzo proszę – Ksawery uśmiechnął się z nieskrywaną dumą. – Jeszcze herbatki?

Klementyna pokiwała głową jak pluszowy pies samochodowy.

– Spać. – Ziewnęła, i klapnęła na stół.

Chyba natychmiast zasnęła, z głową na plecionej podkładce stołowej z bananowca.

Ali szklanymi oczami wpatrywała się w lodówkę. Ksawery w milczeniu spojrzał na mnie i z zapałem godnym lepszej sprawy zabrał się do zmywania naczyń.

– Daj, ać ja pobruszę – powiedziałam wyłącznie z poczucia obowiązku.

Zmywanie garów było ostatnią rzeczą, na jaką miałam w tej chwili ochotę. Najchętniej padłabym w tym momencie w pościel. I zasnęła. W duecie z Ksawerym.

Ale chciałam zachować się stosownie do okoliczności, i jak każda osoba kulturalna, w podzięce za przygotowanie posiłku, posprzątać ze stołu.

– Nie-e – powiedział Ksawery, stanowczo zabierając się do szorowania patelni.

– Chodźcie spać, ofiary jetlagu – powiedziałam i pogłaskałam Klementynę po głowie.

Dziewczyny podniosły się w zwolnionym tempie i bez ducha powlokły się za mną do sypialni.

Klementyna padła na łóżko tak, jak stała. Ali zapytała, czy może się nie myć, i czy mam zapasową szczoteczkę do zębów. Nie miałam.

Poszłam do kuchni, gdzie Ksawery właśnie precyzyjnie wycierał rozlaną wodę wokół zlewu. Wyglądał jak bardzo fachowa pomoc domowa, która robi takie rzeczy za pieniądze.

– Miałbyś zapasową szczoteczkę do zębów dla Alinki? – zapytałam głosem robota.

– Miałbym – wyżął ściereczkę, a następnie strzepnął. – Kupiłem z myślą o moim synu. Zielona, na półce w łazience. – Odwrócił się do mnie plecami i rozłożył ścierkę na kaloryferze pod oknem do wyschnięcia.

– Dziękuję – powiedziałam, cudem powstrzymując się od śmiechu. – Wyglądasz jak najemna fachowa siła robocza.

Alinka stanęła w drzwiach kuchni, słaniając się na framudze. Miała wyraz twarzy jak topielica Elenai z obrazu Waterhouse'a, a na reszcie ciała kusy jedwabny szlafroczek.

– Naści – podałam jej szczoteczkę.

Poczłapała do łazienki. Ksawery odprowadził ją wzrokiem. Kolnęło mnie coś.

Może wolałby taką Alinkę płomiennorudą z nogami i bizneswoman w takiej czystej, eleganckiej branży. W dodatku była sto razy lepszym człowiekiem ode mnie i działała w Adopcji na Odległość. Ja też zawsze chciałam to zrobić, ale jakoś nigdy się konkretnie tym nie zajęłam, chociaż za każdym razem, gdy wzruszałam się na widok reklam w telewizji, obiecywałam sobie, że wreszcie zapiszę ten numer konta, i wyślę te symboliczne dwadzieścia złotych. Ale nigdy jakoś nie miałam pod ręką długopisu albo kartki, i w dodatku ten numer wyświetlał się na ekranie przez jakieś wyjątkowo krótkie sekundy. A do Alinki co miesiąc przychodziły rozczulające w swojej nieporadności listy z rysunkami od małego Paco z Ekwadoru.

– Chodźże mi tu – burknął Ksawery. – Babo. Gdzie tam stoisz tak daleko.

– Bo co – powiedziałam jak automat.

Stałam pół metra od niego.

Pewnie, zacieraj sobie teraz wrażenie, że patrzyłeś na jej pupę. Ali mogła sobie być bardzo dobrym człowiekiem, ale była, niestety, zbudowana jak jawnogrzesznica.

– No, chodźże. No. – Zmiażdżył mnie w ramionach jak ośmiornica, kiedy niechętnie podeszłam.

– Co „no".

Nadal byłam niezadowolona i zamierzałam dać mu to odczuć.

– Co tak dziwnie mówisz?

– Zmęczona jestem. – Spuściłam głowę.

W związku z tym, co chciałam mu teraz powiedzieć, wolałam patrzeć na jego stopy w niebieskich klapkach niż w jego niebieskie oczy.

– A czy kochałbyś mnie bardziej, gdybym była rzutką bizneswoman albo utalentowaną artystką? – wyrecytowałam jednym tchem.

Żałosne. Wybierz mnie! Wybierz mnie! Co miał niby powiedzieć? Że wolałby artystkę albo bizneswoman?

– Agusia. Ty nie mówisz serio. – Ksawery podniósł moją brodę do góry, tak, że musiałam patrzeć mu w twarz.

Usiłowałam uciec wzrokiem, aż rozbolały mnie gałki oczne.

– No... nie... – powiedziałam bez przekonania.

W takich sytuacjach żałowałam, że nigdy nie nauczyłam się porządnie kłamać.

– Ty mówiłaś serio – zauważył Ksawery z przerażeniem. – Przecież to są twoje przyjaciółki. Czyś ty postradała rozum? Jak w ogóle mogło ci przyjść do głowy coś tak... obrzydliwego... ze względu na mnie, i przede wszystkim, ze względu na nie... – Wypuścił mnie z ramion, odsunął się i stał, z rękami w kieszeniach, patrząc przed siebie, na podwórko zamknięte klasztornym murem.

Serce mi się zatrzymało i nie chciało zacząć bić z powrotem.

– Przepraszam... – szepnęłam przez łzy napływające mi do oczu. – Ja... Ksawery...

Odwrócił się i spojrzał na mnie smutno. Ujrzałam w tym spojrzeniu współczucie dla wszystkich moich kompleksów, które właśnie wyartykułowałam. I żal, że potrafią doprowadzić mnie do takiego stanu. Nie mogłam tego znieść. Że zna prawdę o mnie, i że ta prawda jest dla niego odpychająca.

I wyszłam. Nacisnęłam klamkę w masywnych drzwiach mojego nowego mieszkania i wyszłam na ulicę. Chciałam to zrobić co najmniej od pół godziny.

Przebiegłam przez puste, popielate Aleje Trzech Wieszczów na drugą stronę i znalazłam się w Parku Krakowskim. W Nowym Jorku za rogiem byłoby jakieś deli, gdzie kupiłabym sobie kawę na wynos i bejgla. Tu nie było nic. Tak zwane delikatesy, pozostałość po PRL-u, przy ulicy Królewskiej, otwierano dopiero o siódmej. W dodatku kawa była tam wyłącznie w stanie sypkim, do kupienia i zaparzenia w domu. Kto to widział włóczyć się po Polsce po parku o piątej rano z bułką i kawą. Usiadłam na pierwszej lepszej ławce i drążącą ręką zapaliłam papierosa. Wysuszona na wiór staruszka przeszła obok mnie, wlokąc na smyczy zapasionego kundla o wrednym pysku. Zaciągnęła szczelnie szlafrok w kratkę wokół zapadniętego biustu i rzuciła mi zgorszone spojrzenie. Pies podbiegł do mojej ławki, a następnie odskoczył, jak rażony prądem i obsikał ławkę naprzeciwko.

– Można ognia? – zacharczała niespodziewanie nad moim uchem.

Wyczułam zapach strawionego alkoholu. Uznała mnie za bratnią duszę. Nic dziwnego, właściwie. Piąta rano, park, papieros, gęba spuchnięta i czerwona.

– Proszę. Papierosa? – wysunęłam paczkę vogue'ów w jej stronę.

– E, nie, dla mnie za cienkie. Palę tylko caro. Od trzydziestu lat, chrrr, chrr.... chodź tu, Perła, chrr, chrr.... noga...

Perła, na miłość Boga Jedynego... Ksawery nie dzwoni. Nie szuka mnie. Ale dlaczego miałby, po co? Przecież nie nadaję się do niczego. Do-ni-cze-go. Dlaczego miałby z własnej woli pochcieć spędzać dzień po dniu, plus noce, do końca życia, z podejrzliwą, zakompleksioną neurotyczką, która będzie rozliczać go z każdego spojrzenia, każdego uśmiechu, wysłanego w kierunku innej kobiety? Po co wchodzić z własnej woli do puszki Pandory?

– Czy ciebie, babo, już Pan Bóg całkiem opuścił?! – usłyszałam piskliwy dyszkant.

Ksawery stał naprzeciwko mnie i dyszał, jakby przebiegł maraton.

– Żebyś mi nigdy więcej nie uciekała... z... z taką twarzą...

– Z jaką twarzą?

– Taką straszną... smutną... paszczą... Potworze... – Objął mnie i odwrócił moją twarz do swojej.

– Ksawery. Dlaczego ty właściwie chcesz ze mną być?! – pisnęłam histerycznie. – Pytam szczerze i jak najbardziej serio. Dlaczego mi przebaczasz, i za mną biegniesz, i się nie poddajesz, chociaż widać gołym okiem, że jestem... – szukałam gorączkowo słowa – niewyuczalna?! Mimo że podświadomie chcę wszystko zepsuć, żeby się tylko nie starać i nie wiązać? Tylko nie naigrawaj się...

– Nie wiem. Sam siebie nie poznaję. To wszystko jest irracjonalne. Kompletnie irracjonalne, jeśli o mnie chodzi, bo to właściwie ja powinienem uciekać. To ty mnie obraziłaś, i byłaś wredna, i podła. I głupia. – Wzruszył ramionami, ewidentnie zdumiony tym, co robi. – Bo – parsknął nagle – nie mam nikogo innego na świecie? Bo pomimo wszystko uważam, że Miła moja jest moja, a ja Jej? Bo nie znam żadnej innej takiej, która w tym kontekście, w tej sytuacji użyłaby słowa „naigrawać się"?

– Czyli chcesz być ze mną ze względów lingwistycznych?

– Owszem. Oraz ze względu na wszystkie twoje urocze, zgrabne, inteligentne przyjaciółki, które mam zamiar przelecieć, jak tylko pójdziesz umyć zęby...

– Nigdy już nie będę myła zębów – burknęłam, myśląc w panice, że za chwilę przecież pozna Mary.

– Czy my jesteśmy bezdomni, bo w naszym nowym mieszkaniu śpią obce kobiety cudzoziemki? – zapytał, muskając ustami moje ucho. – Już ja cię z tych wszystkich głupot wyleczę...

– Uhm... – mruknęłam, kątem oka rejestrując, że staruszka z psem, która odeszła już jakieś trzy metry dalej, odwróciła się, i z satysfakcją na twarzy o kolorze i fakturze rzemienia patrzyła, jak nie całkiem już nastoletnia para całuje się bez opamiętania w parku Krakowskim, na tle błękitnego tramwaju numer 13, który właśnie podjechał na przystanek.

– Niemyte kobiety – dodałam na wszelki wypadek.

Nigdy nic nie wiadomo.

*

Nigdy nie myślałam, że można z kimś być przez siedem lat i rozstać się bez jednego słowa.

Ale dokładnie tak to się odbyło. Po powrocie z Hiszpanii Eryk przyjechał do domu po zmianę bielizny, po czym wyjechał do Niemiec. Ponieważ w tym czasie przebywałam w pracy, nie mieliśmy okazji się spotkać twarzą w twarz. Tydzień wcześniej wysłałam mu esemesa:

Cześć. Wyprowadzam się 14 września. Have a nice life.

Odpisał:

Okej. Tobie też:))

I to był koniec wszystkiego. Tyle. Znak czasów.

Nie wiedziałam, czy Erykowi było na rękę, że stało się to w taki, a nie inny sposób. Chyba tak. Przecież nigdy nie lubił konfrontacji. Czy w ogóle coś czuł, kiedy wrócił do naszego mieszkania, i zastał pustkę tam, gdzie jeszcze przed chwilą byłam ja? Tego zapewne nie dowiem się nigdy; nawet, gdyby tak było, nie przyznałby się za nic. No, chyba że za duże pieniądze. Ale aż tak zdesperowana, by poznać na koniec zakątki jego duszy, nie byłam.

Wyprowadziłam się więc ze swojego mieszkania przy Świętojańskiej w Gdyni, wysokie czwarte piętro bez windy, w pewien wrześniowy dzień. W czternasty dzień września. Tuż przed moimi urodzinami.

Kuchnia pseudoprowansalska została zubożona o zmywarkę do naczyń, którą małostkowo postanowiłam zabrać ze sobą.

Nagietki na balkonie uschły bardzo symbolicznie i kompletnie na pieprz.

Wczesnym rankiem przyjechał vanem kolega Ksawerego. Wspólnie załadowaliśmy moje rozeschnięte, poturbowane meble, na dziesiątą już drogę życia, po czym kolega napomknął, że zamierza poimprezować trochę w Sopocie, zatem cały swój dobytek zobaczę ponownie dopiero za dwa dni.

Ksawery miał przyjechać za kilka godzin. Żeby zabrać mnie i Szarego na zawsze z Gdyni. Cielęcina chodziła z kąta w kąt, przeczuwając, co się dzieje, a mnie się serce ściskało na myśl, że już jej nigdy nie zobaczę. Taki kot. Taki cudowny, mądry kot. Co z nią będzie? Wieczorem przyjdzie ją ktoś nakarmić. Jakiś znajomy-znajoma Eryka. Może brat.

W oczekiwaniu na Ksawerego poszłam na ostatni obiad i ostatni spacer po Gdyni. Trochę się dziwiłam, że nikt nie widzi, że zaraz wyjeżdżam stąd na zawsze. Ale Nowy Jork też się nie dziwił.

Ksawery przyjechał po południu i razem wypiliśmy ostatnią gdyńską kawę-herbatę. Potem zapakowaliśmy Szarego do kociej klatki, w której trzy lata temu przyleciał ze mną zza oceanu, Ksawery zarzucił na plecy moje dwie torby i zszedł do samochodu.

Zostałam sama w pustym mieszkaniu. Otoczył mnie starannie obojętny pogłos. Nagle, na ułamek sekundy wrócił strach: robię coś złego, czego mi nie wolno. Erykowi na pewno nie będzie się to podobać. Nie będzie mnie za to kochał. Stałam jak sparaliżowana, moje ciało ociężałe, bezwolne, ołowiane.

Zadzwonił domofon. Ksawery.

I wówczas, jak wtedy, kiedy z westchnieniem ulgi budzimy się z koszmaru, gdy dociera do nas, że to tylko sen, i wcale nie musimy ponownie pisać matury z matematyki – strach odszedł. Schyliłam się, i mechanicznie, pedantycznie, podniosłam jakiś paproch z podłogi – już nie mojej – i wyrzuciłam do śmieci. Wyjrzałam przez balkon; ta sama, co zwykle, drużyna pierścienia popijała w piaskownicy pod jaśminem wino z kartonu; w mieszkaniu po przekątnej jak zwykle wydzierał się Lumpenproletariat. Wszystko było jak zawsze. Wygłaskałam i wytarmosiłam Cielęcinę, która zamruczała. Na znak, że jest okej. Podniosłam klatkę z Szarym, zamknęłam drzwi. Swoje klucze, zgodnie z umową, wrzuciłam do skrzynki na listy.

Kiedy wsiadłam do samochodu, Ksawery przez kilka chwil, które wydawały mi się wiecznością, patrzył na mnie i patrzył, bez słowa. W końcu zapytał:

– Gotowa? Pewna?

Szary zamiauczał rozpaczliwie z tylnego siedzenia.

Przez moment udałam, że się zastanawiam.

*

Do Krakowa dojechaliśmy na krótko przed północą.

Ksawery wyskoczył z samochodu i pobiegł do naszego nowego domu, tak jak stał, tylko z kluczami w ręku. Co on wyprawia, zirytowałam się, dlaczego nie wziął żadnego bagażu? Albo choćby kota? Zagryzłam zęby. Wywlokłam klatkę z Szarym z samochodu i wniosłam do mieszkania. Zataczając się, na łapach zgiętych wpół, wyczołgał się na podłogę i natychmiast halsem czmychnął do sypialni. Ksawerego ani śladu. Może jest w łazience? W końcu mieliśmy za sobą bardzo długą i męczącą podróż.

Zapukałam do drzwi. Nic. Cholera?

Nagle z tyłu, za mną, w salonie rozległa się muzyka.

Skoczna, bardzo radosna i bardzo głośna. Znałam ten utwór. Na pamięć.

Spadają płatki kwiatów na minione dni
Pytasz mnie, czemu wciąż o karnawale śnisz
Kąpią się uśmiechy, ależ ty oczy masz
podaj mi szybko rękę, czekam już tyle lat...

– Agusia, najmilsza przyjaciółko moja – powiedział Ksawery, idąc do mnie z największym na świecie bukietem słoneczników, uśmiechając się przy tym szerzej niż Kot z Cheshire. – Przed chwilą minęła północ. Wszystkiego najlepszego w dniu urodzin.

Wzruszenie odebrało mi mowę i oddech. Efekciarz cholerny. Zarzuciłam mu ręce na szyję, słoneczniki posypały się na podłogę, a Antonina Krzysztoń śpiewała dalej jak anioł, tak, jak tylko ona potrafi:

Tańczymy cza-karerę, na to nie ma słów,
przestań wreszcie tęsknić, zdarzył ci się cud...
Przestań wreszcie tęsknić, zdarzył nam się cud...

I tańczyliśmy, tańczyliśmy, naszą czakarerę, pośród rozsypanych słoneczników i plastykowych worków z ubraniami, i tekturowych kartonów.

A przez wielkie, czarne, nagie okna zaglądał do nas uśpiony, wrześniowy Kraków.